DIE LEGENDE VON SKRIEK

Das Attentat

K. A. Stone

Umschlaggestaltung:
Juliane Schneeweiss,
www.juliane-schneeweiss.com

Bildmaterial:
www.depositphotos.com

Lektorat:
Melanie Vogltanz
www.melanie-vogltanz.net

Einige wenige werden als Helden geboren
und enden auf dem Schlachtfeld.
Viele werden ohne Zukunft geboren,
vermeinen, Helden zu sein,
und enden auch auf dem Schlachtfeld.
Wie viel klüger ist es doch,
Bahlunas Weg zu folgen!

Skriekische Weisheit

Prolog

Meine Mutter schläft und träumt Bahlunas Traum.

In ihrem Traum hat sie goldene Flügel und schwebt hoch über den weißen Wolken. Der Wind spielt mit ihr und trägt sie weiter und weiter fort. Da taucht vor ihr ein Gebirge auf. Mächtige Gipfel aus Eis und Schnee glitzern in der Sonne. Meine Mutter genießt die schwindelerregende Höhe und das berauschende Gefühl von grenzenloser Freiheit. Ein Lied zu Ehren ihrer Göttin Bahluna kommt von ihren Lippen und sie überlässt sich ganz der Melodie, doch plötzlich spürt sie einen eigenartigen Sog, dem sie nicht widerstehen kann. Es fühlt sich für sie beinahe so an, als ob ein Wesen mit großer Macht eindringlich und fordernd nach ihr rufen würde. Ihre Flügel schlagen und drücken sie abwärts. Langsam gleitet sie der Erdoberfläche entgegen und fliegt an Tannen vorbei, die hoch in den Himmel wachsen. In den Ästen sitzen schwarze Raben und beäugen meine Mutter. Erneut schwebt sie empor und erhebt sich über die Wipfel der Bäume. Nach einer Weile blickt sie sich um. Vor ihr ist ein Plateau, auf dem ein uraltes Schloss mit unzähligen Türmen steht. Das Bauwerk ist von gewaltigen Ausmaßen. Meine Mutter fliegt näher heran und landet vor dem schmiedeeisernen Tor. Erst jetzt erkennt sie, dass Sommer ist. Sie sucht unter einer Kiefer nahe der Schlossmauer Schutz vor der allumfassenden drückenden Hitze. Die Zeit vergeht. Meine Mutter wartet. Schließlich setzt die Abenddämmerung ein und die Sonne verschwindet glutrot hinter dem Horizont. Die Luft flirrt noch immer von der drückenden Hitze des Tages. Neugierig blickt sich meine Mutter um. Irgendetwas hat sich im Traum verändert. Anfangs weiß sie nicht, was es ist, doch nach einer Weile wird ihr bewusst, dass es ringsum ganz still ist. So still, wie es nur in einem Traum sein kann. Kein Rabe krächzt, keine Grille zirpt, kein Insekt summt. Selbst der Wind scheint innezuhalten.

Da sieht meine Mutter drei Wesen. Sie gehen ruhigen Schrittes über den weitläufigen Vorhof des Schlosses. Ihre Stiefel wirbeln Staub auf, wenn sie auf uralte, zerbrochene

Steinfliesen treten.

Die drei kommen näher. Eine Aura von Macht und Unendlichkeit umgibt sie.

Meine Mutter kann sie jetzt besser erkennen. Es sind zwei Männer und eine Frau.

Links schreitet ein Herrscher. Groß, hager, mit dunklen Stoffen bekleidet, ein Rapier an seiner Seite. Er trägt Handschuhe. Sein Gesicht verhüllt eine schwarze Maske, in die Zeichen mit kleinen diamantenen Steinen gestickt sind.

Rechter Hand marschiert ein Zauberer. Ein großer Schlapphut mit breiten Rändern sitzt ein wenig schief auf seinem Kopf. Seine Gesichtszüge sind verdeckt, aber meine Mutter meint, einen dichten Vollbart zu erkennen. Der Zauberer trägt die traditionelle Kleidung der magischen Bruderschaft: einen grauen Mantel mit den beiden Runensymbolen auf Schulterhöhe, eine purpurne Schärpe und darunter eine weiße Toga. In seiner Hand hält er einen langen Stab aus Zedernholz. Schmale Eisenbänder sind um seine Enden geschmiedet.

Zwischen den beiden Männern geht eine Hohepriesterin mit anmutigen, fließenden Bewegungen. Ihre Haut ist dunkel wie Ebenholz. Langes, schwarzes Haar fließt über ihren Rücken. Ein goldener Stirnreif schmückt ihr Haupt. Ihr Gesicht ist fast überirdisch schön. Sie trägt ein enganliegendes, knöchellanges Kleid von blutroter Farbe. Ein breiter, schwarzer Gürtel liegt um ihre schmalen Hüften. Zwei lange, spitz zulaufende Dolche sind daran befestigt.

Sind diese drei Wesen gut oder böse?

Meine Mutter erhält in ihrem Traum keine Antwort. Aber sie spürt instinktiv, dass sie sehr gefährlich sind.

Der Herrscher, der Zauberer und die Hohepriesterin gehen weiter. Sie erreichen das große, schmiedeeiserne Tor. Es ist verschlossen.

Mit einem Schlag erkennt meine Mutter diesen Ort, obwohl sie ihn nie noch nie zuvor aufgesucht hat.

Kalmania! Das verlassene Königsschloss, hoch oben in den Malthinischen Bergen. Tausend Jahre hat Kalmania über den Kontinent geherrscht, doch dann wurde seine Macht gebrochen und seit langer Zeit hat niemand mehr die sagenumwobene Königsburg betreten. Die Steine sind verwittert, die Balken von der Sonne ausgebleicht. Zerbrochene Dachziegel liegen im

Innenhof. Efeu rankt sich um die hohen Türme. Knöterich und Schlehdorn haben die Säulen und Stelen überwuchert.

Die Hohepriesterin hebt ihre Hand. Knarrend entriegelt sich das große Tor und die Flügel schwingen auf.

Meine Mutter sieht lange Flure und mottenzerfressene Teppiche. Breite Treppen mit marmornen Geländern führen nach oben. Putz bröckelt von den Wänden. Spinnweben spannen sich über Kästen und Simse. Und überall ist Staub.

Sie betreten den großen Ratssaal. Ein modriger Geruch, entstanden in Jahrhunderten, erfüllt die Luft. Rostige Schwerter und Hellebarden hängen an den Wänden. Samtene Vorhänge verrotten. Die bunten Glasfenster sind eingeschlagen und Vögel haben sich eingenistet. Der goldene Thron ist mit Taubenkot bedeckt. Ein großer, ovaler Tisch steht in der Mitte des Raumes. Seine Platte hat Sprünge und Risse. Sieben Stühle stehen rund um den Tisch. Sie sind ohne Ausnahme morsch und faulig.

In diesem Ratssaal haben früher die Könige und Königinnen von Kalmania geherrscht – Gesetze verabschiedet, Verträge geschlossen, Handelsbeziehungen aufgebaut, Hochzeiten vereinbart und Kriegszüge angeordnet. Doch das ist lange vorbei. Geblieben sind nur Verfall und Asche.

Der Zauberer hebt erst seine rechte Hand, dann die linke. Lichtsäulen strahlen aus seinen Fingern. Staub und Unrat verschwinden, ebenso die Risse und Sprünge in dem Tisch. Die Stühle knarren. Ihr Holz strafft sich, die Sitzbezüge erscheinen wie neu.

Der Herrscher nickt. „Nun ist es angemessen." Seine Stimme klingt kratzig und spröde, ganz so, als ob er viele Monate kein Wort gesprochen hätte.

Die drei setzen sich. Meine Mutter kann erneut ihre Kraft spüren und erzittert in ihrem Traum.

„Meine Legionen stehen bereit", sagt der Herrscher. „Sie können jederzeit zuschlagen."

„Ist das klug?", zweifelt die Hohepriesterin. Ihre Stimme klingt dunkel, ihr Timbre ist rauchig. „Du brauchst deine Soldaten, um die Grenzen zu sichern und um deine Länder zu befrieden. Es gibt immer noch Rebellen und Aufständische. Und der Emporkömmling aus dem Süden ist noch nicht besiegt."

„Die Legion ist nur eine Möglichkeit“, erwidert der Herrscher. „Es gibt Alternativen.“

„Vier Wege“, sagt der Zauberer. Er spricht leise, weich, flüsternd. „Einen direkten mit deinen Legionen. Und drei indirekte, verschlungene. Zwei davon kurz, einer lang.“

Die Hohepriesterin legt ihre Dolche auf die Tischplatte. „Meine Meuchlerinnen sind bereit für den einen Weg.“

Der Herrscher starrt sie durch die Augenschlitze seiner Maske an. „Sind sie gut genug?“

Anmutig neigt die Hohepriesterin den Kopf. Ihr goldener Stirnreif funkelt. „Die Zeit wird es weisen.“

„Die Zeit!“ Der Herrscher spuckt die beiden Wörter beinahe aus.

„Wir haben viel davon“, meint der Zauberer mit seiner leisen Stimme. „Mehr als je ein Wesen vor uns.“ Er berührt einen blauen Siegelring, der auf seinem linken Ringfinger steckt.

Der Herrscher greift zu seinem bronzenen Armreif. Die Hohepriesterin umfasst ihre silberne Halskette.

„Die Reliquien haben uns über all die anderen erhoben“, fährt der Zauberer fort, „und uns reich beschenkt. Mit Wissen, Macht, Magie. Und vor allem mit Zeit.“

„Dennoch fehlen noch zwei“, entgegnet der Herrscher.

„Wir werden sie uns holen“, sagt die Hohepriesterin.

„Nun gut.“ Der Herrscher legt seine Handflächen aneinander. „Ein kurzer Weg sind die Meuchlerinnen. Der andere kurze Weg bedeutet Diebstahl.“ Er öffnet seine Hände. „Also wird die Gilde der Diebe von mir hören. Sie wird Unsummen von Gold verlangen.“

„Ist das ein Problem?“, fragt der Zauberer.

„Nein.“ Der Herrscher schüttelt beinahe unmerklich den Kopf. „Aber ich bezweifle, dass die Gilde über geeignete Frauen verfügt.“

Die Hohepriesterin beugt sich nach vorne. „Meine Göttin Haspanarte ist eine Frau. Und mächtiger als all die anderen Götter.“

„Ich zweifle weder an dir noch an deiner Göttin“, sagt der Herrscher. „Ich zweifle an den Menschenfrauen.“

„Trotzdem ist es einen Versuch wert“, wirft der Zauberer ein.

Die drei sehen sich an. Die Luft knistert von all der Magie.

Und meine Mutter versteht.

Der Herrscher möchte Macht und Ordnung.

Der Zauberer Frieden und Harmonie.

Und die Hohepriesterin Glauben und Gehorsam.

Starke Gründe. Gründe, für die die drei bereit sind, alles zu tun. Auch zu morden?

Meine Mutter hat Angst. Sie will nicht mehr träumen.

Da ergreift erneut der Herrscher das Wort. „Und der lange Weg?"

Die Hohepriesterin lächelt. „Ich habe nachgedacht ..."

Der Zauberer erwidert ihr Lächeln. „Ich auch."

Meine Mutter erwacht. Sie zittert am ganzen Körper. Ihre Hände beben. Flehentlich ruft sie nach unserer Göttin Bahluna.

Ich öffne meine Augen. Das Rufen meiner Mutter hat mich aufgeweckt.

Ich bin noch jung, dennoch kann ich die Angst in den Augen meiner Mutter erkennen. Zögernd frage ich, was sie bedrückt.

Sie beugt sich zu mir, streicht liebevoll über meine ledernen Schuppen und erzählt mir von ihrem Traum. Langsam, ausführlich.

Ich höre aufmerksam zu. „Hat dir Bahluna diesen Traum geschickt?", frage ich, als sie mit ihrer Erzählung geendet hat.

„Ja", haucht sie.

„Hat dieser Traum mit mir zu tun, Mutter?"

„Ich weiß es nicht."

01

Meine Mutter war eine Skriek. Groß, stark, schnell, mit üppigen weiblichen Formen und frei von jeglichem Haar. Ihren Körper bedeckten, wie es für Skriekfrauen typisch ist, unzählige kleine, rotgoldene, lederne Schuppen. Wenn direktes Sonnenlicht auf ihre Schuppen fiel, glitzerten sie in bunten Farben. Sie hatte ovale, schräg stehende Augen von einem intensiven, dunklen Blau. Ich habe ihre Augen geerbt.

Ein Skriekauge hat keine Pupille und keine Iris, dennoch ist es jedem menschlichen Auge weit überlegen.

Meine Mutter hatte schöne Hände und Füße. Ihre Schuppen waren dort von einem besonders dunklen Rot. Schlanke, hornige Krallen, die sich zum Ende hin verjüngten und nach unten bogen, schmückten ihre Finger und Zehen und erlaubten ihr, steile Felswände mühelos zu erklimmen. Ihre Zähne waren spitz und weiß, die Nase schmal und lang. Unförmige Nasenflügel, die die Gesichter der Menschen so verunstalten, fehlen den Skriek. Meine Mutter hatte ausgeprägte, hohe Wangenknochen und kleine, rundliche Ohren, die eng an ihrem Kopf anlagen. Meist trug sie bunt gefärbte Kleider aus leichten Baumwollstoffen. Ein breiter Gürtel mit zahlreichen Taschen umschloss ihre Hüften, sodass sie all die Gerätschaften, die eine Skriekfrau benötigte, stets bei sich hatte. Nach ihrem Tod nahm ich den Gürtel an mich. Ich trage ihn seither jeden Tag voll Stolz und seine Taschen sind stets gut gefüllt.

Meine Mutter war eine Künstlerin und verstand es vortrefflich, auf einer Knochenflöte zu musizieren. Sie spielte traurige Weisen und fröhliche Tänze. Manches Lied hat sie allein für den Mond komponiert. Die große Göttin Bahluna hat sie in dieser Hinsicht mit reichlich Talent gesegnet. Meine Mutter war aber auch gütig, klug und weise. Sie kannte die alten Geschichten und lachte gerne. Aber das Wunderbarste an ihr war, dass eine wahrhaft große Seele ihren Körper bewohnte.

Ich glaube aus ganzem Herzen, dass die Seele meiner Mutter nun im großen Mondschloss weilt und neben Bahluna im Garten der Freuden an einem stillen Weiher sitzt und glücklich ist.

Ich vermisse sie jeden Tag.

Alle Skriek sind groß, über zwei Meter, und stark. In einem Ringkampf kann ein einzelner, egal ob Skriekfrau oder Skriekmann, es leicht mit drei, vier Menschenmännern aufnehmen.

Skriek leben in losen Familienverbänden. Meist ziehen sie in kleinen Gruppen durch das Alltanische Gebirge. Manchmal wandern sie auch entlang der zahlreichen Flüsse Embriens und durchqueren die Lungerischen Tiefebenen. Stets folgen sie dem Ruf Bahlunas, auf der Suche nach einem Lied oder einer Geschichte. Die Menschen würden sie wohl als ausgesprochen neugierig einstufen. Die Skriek hingegen bezeichnen sich selbst als *mahamsanazu*; es weist auf ihr unstillbares Interesse an all den Dingen hin, die Bahluna erschaffen hat, und an all den Begebenheiten, die sich im Leben ereignen können. Da alle Skriek von ihrer Göttin Bahluna eine große, weite Seele geschenkt bekommen haben, sind sie stets auf der Suche nach Schönheit, Wahrheit und Liebe, um ihre Seelen zu erquicken. Die niederen Triebe der Menschen widern sie an. Kein Skriek hat Freude am Kampf oder gar am Töten. Habgier und Neid sind ihnen fremd. Macht und Besitz streben sie nicht an, Stadtmauern und Burgen engen sie ein. Vorschriften und Gebote gibt es unter ihnen nicht.

Die Skriek mögen auch kein Eisen und keinen geschmiedeten Stahl. Sie haben zum Schutz und zur Abwehr lediglich Stöcke aus Holz. Das muss genügen. Vielleicht gibt es aber auch deswegen nur mehr so wenige Skriek? Oder es liegt daran, dass die Skriek kein Talent zum Überleben haben. Nur wenige werden älter als fünfzig Jahre, obwohl es ihren Körpern möglich wäre, viele Jahrhunderte zu überdauern.

Viele Völker verabscheuen die Skriek. Manche hassen sie sogar und halten sie für Mörder und Leichenschänder. Darum werden die Skriek auch so oft gejagt und getötet. Doch das ist ein großes Unrecht! Die Skriek achten alle Wesen. Niemals würden sie mit einem Troll oder Gnom Streit suchen. Selbst den Menschen begegnen sie friedvoll und mit Achtung vor deren Seelen, obwohl sie wissen, dass die Seelen der Menschen klein und kümmerlich sind.

Die Skriek jagen und essen keine Tiere, sei es nun Reh, Wildschwein oder Fisch, sondern sie ernähren sich von

Pflanzen, Wurzeln und Kräutern. Ich selbst esse Fleisch. Es hat aber viele Jahre gebraucht, bis ich akzeptierte, dass mein Körper nach gegartem und gekochtem Fleisch verlangt. Dieses Verlangen verdanke ich meinem Vater.

Skriek sind, im Gegensatz zu den Menschen und Riesen, auch über alle Maßen treu. Haben sie einmal ihren Seelenpartner gefunden, bleiben sie ein Leben lang mit ihm verbunden.

Der Seelenpartner meiner Mutter hieß Soltanisono. Er war von hohem, schlankem Wuchs und hatte wie jeder Skriekmann breite Schultern und dunkelblaue Schuppen. Seine Augen waren golden, und meine Mutter erzählte mir einst, dass sie sich zuerst in seine Augen verliebte. Das erste Mal trafen sie sich vor über dreißig Jahren an den Hängen des Taltorron. Soltanisono kam mit seiner Sippe einen schmalen Weg entlang. Meine Mutter und ihre beiden Schwestern saßen auf einem großen Felsen und spielten mit ihren Knochenflöten eine alte Weise. Soltanisono hielt an und lauschte der Melodie. Nach einer Weile trat er vor meine Mutter, grüßte höflich und sah ihr lange in die Augen.

Meine Mutter erzählte mir oft, dass sich in diesem Moment ihre Seelen berührt hätten. Lächelnd kletterte sie vom Felsen und ergriff seine krallenbewehrte Hand. Das war der Beginn ihrer Liebe. Viele Monde zogen Soltanisono und meine Mutter durch die Länder des allunischen Kontinents. Sie durchstreiften Wälder und Auen, Steppen und Ebenen, aber am liebsten waren ihnen die verschlungenen Bergpfade Masturiens. Sie fertigten Knochenflöten, aßen Pilze und Knollen, tranken edle Weine, suchten nach Silber und liebten sich inniglich. Nach zwei Jahren war die Zeit des gegenseitigen Erkennens endlich vorbei und Soltanisono und meine Mutter wollten ihren ewigen Bund vor Bahluna zelebrieren. Meine Mutter zog sich in eine Klause des Masturischen Waldes zurück, band einen Kranz aus Wiesenblumen, spielte ihre Knochenflöte und wartete. Sie war aufgeregt und glücklich. Und sie spürte, dass ihr Leib bereit war, zu empfangen. In ein, zwei Monden würde neues Leben in ihr heranwachsen.

Soltanisono ging währenddessen zu den Kathlonischen Furten, um dort nach Silber zu suchen, das er meiner Mutter schenken wollte. So war es Brauch bei den männlichen Skriek, wenn sie sich mit ihrer Seelenpartnerin auf ewig verbinden wollten. Die Höhlen rund um die Kathlonischen Furten waren bekannt für ihren Silberreichtum. Man wusste aber auch, dass dort entflohene telberische Soldaten ihr Unwesen trieben und auf der Suche nach Sklaven für die vinbonischen Märkte waren. Soltanisono schreckten diese Gefahren aber nicht. Er wollte so viele Silberstücke wie möglich für meine Mutter finden. So tief ging seine Liebe zu ihr, dass er kein noch so großes Risiko scheute.

Die Skriek sind das wundervollste Volk unter der Sonne, aber ich sagte es schon, sie haben leider kein Talent zum Überleben. Kurz bevor Soltanisono die Kathlonischen Furten erreichte, stieß er auf drei telberische Soldaten. Sie zogen ohne Vorwarnung ihre Schwerter und hielten sie an Soltanisonos Hals. Er wusste, was das bedeutete: Gefangenschaft und Sklaverei!

Soltanisono dachte an meine Mutter und spürte die unendliche Liebe, die er für sie empfand, tief in seinem Herzen. Er konnte ohne sie nicht leben. Daher beschloss er zu kämpfen. Aber auch wenn er viel größer und stärker als die menschlichen Soldaten war, so war er in seiner Seele doch vor allem ein Sänger und Künstler und im Kampf völlig unerfahren. Es gelang ihm zwar mit einem raschen, kraftvollen Hieb einem Soldaten mit seinem Holzstab den Schädel einzuschlagen, als er jedoch die gebrochenen, toten Augen des Menschen sah, erfüllte Trauer seine Seele und er zögerte. Diesen Moment nutzten die beiden anderen Soldaten, um ihre Schwerter in seine Brust zu treiben. Soltanisono starb mit einem lauten Ruf nach meiner Mutter. Dann entschwebte seine Seele zu Bahluna.

So eng und innig waren die Seelen meiner Mutter und ihres Geliebten verbunden, dass sie den Augenblick seines Todes unmittelbar miterlebte. Und sogar seinen verzweifelten Ruf nach ihr vermeinte sie zu spüren.

Tiefe, schwarze Trauer erfüllte meine Mutter. Langsam nahm sie den Blumenkranz von ihrem Kopf. Dunkle Tränen rannen über ihre Wangen und ihr Herz war voll Leid. Stunden vergingen. Schließlich erhob sie sich und machte sich auf den Weg. Nach kurzer Suche fand sie Soltanisonos Leichnam. Die Soldaten hatten ihn gehäutet und seine schuppige Lederhaut mit sich genommen, um sie an einen fahrenden Händler für goldene

Taler zu verkaufen. Meine Mutter harrte bei ihrem Liebsten aus, bis der erste Tag des Vollmondes gekommen war. Dann nahm sie all ihr Silber aus ihren Gürteltaschen und legte es auf seine Brust, dort wo einst seine edle Seele gewohnt hatte. Sie übergoss ihn mit reichlich Fackelöl und zündete ihn an. Es dauerte lange, bis alle Flammen erloschen waren. Mit bebenden Fingern ergriff meine Mutter eines von den angerussten, verschmolzenen Silberstücken und verwahrte es als Andenken an ihren geliebten Soltanisono in einer ihrer Gürteltaschen. Sie nahm Stab und Knochenflöte an sich und ging los. Bahluna hatte ihre Seele berührt und ihr eine klare Botschaft geschenkt. Meine Mutter sollte Allunien verlassen und sich nach Euptonien, dem Kontinent der Menschen, begeben, um dort aus einem menschlichen Oberschenkel eine neue Knochenflöte zu Ehren Soltanisonos anzufertigen.

Tagelang war sie unterwegs. Sie kannte weder Rast noch Ruh. Endlich erreichte sie die Meeresenge von Tassuan und die ersten Ausläufer von Kornium, dem östlichsten Teil Euptoniens. Mit einem Mal fühlte sie einen Frieden in sich, den sie seit Soltanisonos Tod nicht mehr verspürt hatte. Das Ziel ihrer Reise war nahe. Sie blieb stehen und witterte. Ihre kleinen, runden Ohren zuckten. Plötzlich hörte sie die schmerzerfüllten Schreie eines Mannes. Vorsichtig schlich sie in jene Richtung, aus der die Rufe gekommen waren. Sie bewegte sich geschmeidig und leise von Baum zu Baum. Schließlich erreichte sie den Rand einer Lichtung. Zwei bärtige Männer, bekleidet mit einfachen Fellhosen und ärmellosen Jacken, standen über einem toten, telberischen Soldaten. Sie hatten ihn mit ihren Streitäxten niedergestreckt. Meine Mutter dankte Bahluna für ihre Weisheit und formte das heilige Zeichen des Mondes mit ihren Krallenhänden. Telberische Soldaten hatten Soltanisono getötet und nun würde sie aus dem Oberschenkelknochen eines Telberiers die Knochenflöte für ihren Liebsten anfertigen. Das schien ihr gut und richtig zu sein.

Mit einiger Ungeduld wartete meine Mutter gut verborgen hinter einem Baum, bis die beiden bärtigen Männer dem telberischen Soldaten all seine Münzen und Waffen geraubt hatten und sich endlich von dannen machten.

Schließlich hatte das Warten ein Ende und meine Mutter konnte sich zu dem toten Telberier begeben. Mit ihren scharfen

Krallen legte sie den rechten Oberschenkel des Getöteten frei und holte seinen Oberschenkelknochen aus dem blutigen Fleisch. Meine Mutter säuberte den Knochen notdürftig und dankte Bahluna erneut für das großzügige Geschenk. Anschließend stand sie auf, um sich auf den Rückweg nach Euptonien zu machen, um dort mit der Bearbeitung des Knochens zu beginnen. Wenn die Flöte vollendet war, würde sie jedes Mal, wenn sie auf ihr spielte, mit ihrem geliebten Soltanisono verbunden sein.

Meine Mutter hatte erst wenige Schritte getan, als die zwei bärtigen Männer von vorhin aus einem nahegelegenen Dickicht traten. Sie waren in Begleitung von sechs weiteren Kriegern zurückgekehrt, drei davon waren mit Steinschleudern bewaffnet. Einer von ihnen trug einen bronzenen Stirnreif und schien ihr Anführer zu sein. Sein Name, so erfuhr meine Mutter später, war Chandrion.

Die Männer schwärmten aus. Meine Mutter versuchte zu fliehen, doch da flog ein Stein heran und traf ihre Schläfe. Sie wankte, aber sie war stark und flink. Ihre Krallen schossen nach vorne und schlugen blutige Furchen in das bärtige Gesicht eines Angreifers. Der Mann schrie heulend auf und stürzte zu Boden. Meine Mutter wirbelte geschmeidig zur Seite, hob ihren Stab und fauchte herausfordernd. Ihre große Seele spürte zum ersten Mal so etwas wie Hass. Sie erschauerte. Ein weiterer Stein, größer und schwerer als der erste, sauste heran und traf sie knapp über dem linken Ohr. Erneut taumelte sie.

Dann waren die bärtigen Männer über ihr. Ein Eisenschild wurde mit Wucht gegen ihren Kopf geschlagen und meine Mutter verlor das Bewusstsein.

Viel später erwachte sie mit dröhnenden Kopfschmerzen und schlimmem Durst. Sie lag in einem Pferdestall auf einem Strohlager, war in Eisen gekettet und nackt. Ihre Kleider lagen zerfetzt auf dem schmutzigen Boden. Über ihr stand Chandrion. Er war ebenfalls nackt. Seine Augen funkelten lüstern. Meine Mutter spürte in ihren Körper hinein und stellte erschüttert fest, dass sich der bärtige Krieger während ihrer Bewusstlosigkeit bereits zwei Mal an ihr vergangen hatte. Sie zerrte heftig an ihren Ketten, doch vergebens. Das Eisen war zu stark.

Da wuchs wiederum der Hass in ihrer Seele und erneut erschauerte sie. „Warum?“, fragte sie Bahluna. „Warum nur?“

Sie bekam keine Antwort.

Meine Mutter wusste, dass die meisten Menschen die Skriek als hässlich empfanden. Doch sie hatte auch davon gehört, dass einige Menschenmänner ein perverses Vergnügen daran hatten, Skriekfrauen zu besteigen.

Ein Skriekmann würde niemals einer Menschenfrau Leid zufügen! Wie verdorben und böse Menschenmänner doch waren!

Wieder und wieder zerrte meine Mutter an den eisernen Ketten. Chandrion lachte höhnisch über ihre nutzlosen Bemühungen und legte sich erneut zu ihr auf das Strohlager.

Ein drittes Mal verging er sich an meiner Mutter. Dieses Mal bekam sie alles mit und ihre Seele wollte vor Leid zerspringen. Als Chandrion fertig war, spuckte er meiner Mutter ins Gesicht und lachte höhnisch. Meine Mutter sah ihn eine Weile nur ausdruckslos an. Schließlich bat sie ihn um einen Schluck Wasser. Verärgert darüber, dass meine Mutter ihn ohne Unterwürfigkeit oder gar Angst angesprochen hatte, griff er nach seinem Schwert, das er zuvor an einen Pfosten gelehnt hatte. Meine Mutter erzählte mir später, dass sie in diesem Moment sicher war, sterben zu müssen. Aber Chandrion überlegte es sich im letzten Augenblick anders. Anscheinend hatte er zu großen Gefallen an ihr gefunden und wollte sie noch nicht töten. Er legte sein Schwert zur Seite, holte eine Kelle mit Wasser und hielt sie an ihre blutenden Lippen. Meine Mutter trank gierig. Dann schlug sie zu. Ihre Krallen fuhren durch seine empfindliche Menschenhaut, zerfetzten Muskeln und Blutgefäße und bekamen schließlich seine Gedärme zu fassen. Sie zog sie mit einem kräftigen Ruck aus seinem Leib und er starb mit einem erbärmlichen Wimmern.

Meine Mutter langte nach dem Schwert. Sie brauchte fünf Schläge, bis die Kette endlich zerbrach. Immer noch spürte sie diesen beängstigenden, ihr lange Zeit so fremden Hass. Sie hob das Schwert und rammte es in Chandrions Brust, dorthin, wo sich seine kümmerliche, kleine Menschenseele befunden hatte. Dann floh sie, bevor Chandrions Männer sie aufhalten konnten.

Siebzehn Monde später kam ich in der Nähe des Pastallischen Haines zur Welt. Meine Mutter weinte bei meiner Geburt bitterliche Tränen.

Ich bin ein Bastard. Halb Skriek, halb Mensch. Meinen Hals, meinen Rücken, meine Schultern und Teile meines Hinterkopfes sowie meine Arme und meine Beine bedecken grünliche Schuppen. Mein Gesicht, meine Stirn und meine Brust haben eine menschliche Haut. Ich habe die Nase und die Augen eines Skriek, aber meine Ohren sind fast so fleischig und groß wie bei einem Menschen. Einzelne, dunkle Haare wachsen auf meinem Kopf, meinen Wangen und meinem Kinn, daher rasiere ich mich jeden Tag. Nur meine vier Eckzähne sind spitz, alle anderen sind ebenso flach wie jene von Menschen und Wiederkäuern. Ich bin groß, ebenso groß wie meine Mutter. Meine Hände und Füße sind eine Mischung zwischen Skriek- und Menschengliedern. Ich habe nur wenige Schuppen auf Fingern und Zehen. Meine Krallen sind kürzer als jene der Skriek und den Nägeln der Menschen nicht unähnlich. Sie verjüngen sich an den Enden, sind dick und kräftig und erlauben es mir, fast ebenso geschickt wie ein Skriek über Felsen zu klettern.

Ich spiele die Knochenflöte, verehre meinen Gott und esse Fleisch. Eisen und Stahl schrecken mich heute nicht mehr. Ganz im Gegenteil. Ich nenne zwei Streitäxte, einen Kampfstab und ein Rundschild mein Eigen.

Ich empfinde das *mahamsanazu* der Skriek, und auch der Hass und der Zorn der Menschen sind mir wohlvertraut. Täglich mehre ich meine Kraft und feile an meiner Kampftechnik. Ich habe Menschen und andere Wesen getötet und es hat mich erschreckt. Anfangs.

Ich fühle und denke oft wie ein Skriek. Doch ich bin auch ein Bastard und weiß, dass meine menschliche Seite sehr stark ist. An manchen Tagen wünsche ich mir sehnlichst, dass ich die große, schöne Seele eines Skriek besitze, doch in ehrlichen Stunden weiß ich, dass dieses Wünschen vergebens ist.

02

Meine Mutter suchte, während ich in ihrem Körper heranwuchs, nach ihren Schwestern. Ein den Skriek eigener Instinkt führte sie zu ihrer Stammsippe, wo sie bereits sehnsüchtig von ihren beiden Schwestern und all den anderen

Sippenmitgliedern erwartet wurde, die in einer hoch oben gelegenen Höhle nahe den Pastallischen Hainen lagerten. Es war damals für alle keine glückliche Zeit, da nicht nur meine Mutter, sondern auch ihre Schwestern großes Leid in sich trugen. Mahansata, die ältere, hatte erst wenige Monate vor meiner Niederkunft ihren geliebten Seelenpartner verloren. Er war unglücklicherweise einem überaus gereizten Troll über den Weg gelaufen. Puntamina, die jüngere, litt immer noch in ihrer Seele unter dem plötzlichen Tod ihres jüngsten Sohnes, der vor eineinhalb Jahren von einer Felslöwin getötet worden war. Wie schon erwähnt, die Skriek haben nur wenig Talent zum Überleben. Und so waren die drei Schwestern in jener Zeit, als meine Mutter mit mir schwanger war, einander Stütze und Hilfe und versuchten, sich in ihrer Seelenqual beizustehen und zu trösten. Und alle, auch die restlichen fünfzehn Sippenmitglieder, erwarteten schon gespannt meine Geburt. Meine Mutter hatte nämlich allen vorbehaltlos von ihren schlimmen Erlebnissen mit den Nordmännern und von ihrer Vergewaltigung durch einen von ihnen, die schließlich zu meiner Zeugung geführt hat, erzählt.

Bei den Skriek gab und gibt es diesbezüglich keine falsche Scham. Was auch immer ihre großen, reinen Seelen belastet, muss ans Tageslicht gebracht werden, damit es sich nicht als böse Dunkelheit in ihnen einnistet. Darum erzählen die Skriek jederzeit frei von sich, ihren Gedanken, Gefühlen, Ängsten, Sorgen, Träumen und Wünschen. Später hielt es meine Mutter auch so mit mir. All ihr Wissen, ihre Lieder, ihre Geschichten und Erlebnisse breitete sie vor mir aus und ließ mich so an ihrer Seele und ihrem Leben teilhaben. Ich selbst erfuhr von ihr höchstpersönlich einige Jahre nach meiner Geburt all die Umstände, die zu meiner Zeugung geführt hatten. Meine Mutter sprach oft über ihre ewige Liebe zu Soltanisono, über die Schmerzen, die ihr mein Vater Chandrion zugefügt hatte und davon, wie sie seinen Unterleib mit ihren Krallen aufgeschlitzt hatte. Manches Mal erzählte sie auch von ihrer langen und mühsamen Rückkehr nach Allunien, bis sie schließlich ihre Schwestern und deren Familien in den Pastallischen Hainen gefunden und sich auf meine Geburt vorbereitet hatte.

Ich kam auf jene Welt, die Bahluna in ihrer Weisheit und Güte erschaffen hatte. Alle Skriek aus der Sippe meiner Mutter beäugten mich skeptisch und interessiert. Sie waren im Zustand des *mahamsanazu*. Wie würde ich, ein Mischling zwischen Menschenmann und Skriekfrau, wohl sein? Würde ich eine große, reine Seele haben? Und vor allem, würde Bahluna mich annehmen?

Meine Mutter weinte lange, als sie erstmals meine grünen Schuppen sah, die nicht einmal meinen ganzen Körper bedeckten. Grün war die Farbe der Pflanzen, aber auch der faulenden Verderbnis. Hatte mich Bahluna für immer mit einem Makel gezeichnet? Es beunruhigte die Skriek, dass ich, der ich ja ein Knabe war, keine blauen Schuppen hatte. Anfangs, im frühen Stadium der Entwicklung, waren die Schuppen bei einem gesunden Skriekknaben von einem zarten Hellblau, um sich schließlich bei Erreichen des Mannesalters zu einem satten, dunklen Blau zu verfärben. Wie, fragten sich die Skriek, werden meine Schuppen wohl aussehen, wenn ich erst erwachsen bin? Auch die Krallen an meinen Fingern und Zehen waren untypisch für einen Skriek. Sie waren zu kurz, zu breit und zu wenig spitz zulaufend. Besorgnis machte sich innerhalb der Sippe breit und sie sahen einander an. War nur mein Äußeres missgestaltet, oder mein ganzes Wesen? Es dauerte lange, bis die Tränen meiner Mutter versiegten. Doch schlussendlich legte sie mich an ihre Brust und ich begann zu saugen. Nach einer Weile strich sie mir zärtlich über den Kopf und gab mir den Namen Hamalalenno.

Zwei Wochen später wollten die Skriek weiterziehen. Sie meinten, den Ruf Bahlunas zu vernehmen. Aber sie zögerten, ihre Gürteltaschen zu schnüren und zu ihren Stäben und Knochenflöten zu greifen. Und das lag an mir. Noch immer war nicht geklärt, ob ich ein schlechtes Omen für die Gemeinschaft bedeutete. Reisen waren gefährlich, vor allem für die Skriek, die von allen angefeindet und verfolgt wurden. So gesehen, war eine kleine, unreine Seele, die möglicherweise in meinem fremdartigen Körper wohnte, noch ein zusätzliches, kaum einschätzbares Wagnis. Die Skriek wollten auf keinen Fall, dass ihnen Bahluna zürnte, wenn sie mich auf ihrer Wanderschaft mitnahmen. So beschlossen sie, den nächsten Vollmond abzuwarten und mich dem Urteil ihrer Göttin zu überlassen. Meine Mutter hüllte mich in ein warmes Biberfell und legte mich, kaum dass die Abenddämmerung einsetzte, auf einen sichelförmigen Fels unweit unserer Höhle. Tränen liefen über ihre Wangen, als sie mir noch einmal tröstlich über die Stirn strich. Dann wurde ich meinem Schicksal überlassen.

Doch Bahluna war mir wohlgesonnen und kein Raubtier kam, um mich zu fressen, noch erschienen Gnome oder Kobolde, um mich zu rauben. Bahluna hatte ihr Urteil gesprochen und ich wurde von den Skriek als Sippenmitglied angenommen. Meine Mutter jauchzte erfreut und spielte ihrer Göttin eine fröhliche Weise auf ihrer Knochenflöte. Zwei Tage später zogen wir zu den Zangischen Felsen, stets Bahlunas Ruf folgend.

Ich wuchs heran, wurde größer und stärker und spielte mit den anderen Skriekkindern. Mein fremdes Aussehen schien niemanden mehr zu stören und alle waren freundlich zu mir. Sie riefen mich Hama und erzählten mir Geschichten. So erfuhr ich schon als kleines Kind viel über die Länder unseres magischen Kontinents Allunien, der nicht nur die Skriek beheimatete, sondern auch von vielen anderen Wesen bewohnt wurde. Ich hörte von Gnomen, Kobolden, Zwergen, Riesen und Trollen, die in ihren jeweiligen Territorien herrschten. Ich hörte aber auch von Kampftruppen und Freischärlern, die zahlreich und maßlos durch Allunien zogen.

Die männlichen Skriek der Sippe berichteten von ihrer Suche nach Silber und zeigten mir, wie man einen Wanderstab mit einem Knochenmesser schnitt. Mahansata lehrte mich das Singen und die Neue Sprache, die in Euptonien gesprochen wurde. Mit Puntamina übte ich die Hohe Sprache Alluniens, mittels derer sich Gnome, Kobolde, Riesen, Trolle und Zauberer verständigten. Meine Mutter brachte mir das Schnitzen und Spielen von Knochenflöten bei.

An dieser Stelle ist es mir wichtig anzumerken, dass sich viele Lügen und falsche Legenden um die Knochenflöten der Skriek ranken. Niemals würde ein Skriek ein anderes Wesen töten, um an einen Oberschenkelknochen heranzukommen. Sie bedienen sich lediglich bereits Verstorbener, die gewaltsam oder durch eine Krankheit zu Tode gekommen waren. Den Knochen aller Wesen wohnt eine Melodie inne, die es einem Wesen mit großer Seele ermöglicht, unmittelbar mit Bahluna in Kontakt zu treten. So ist es nur zu verständlich, dass die Skriek, wenn sich die Möglichkeit dazu bietet, nicht davor zurückschrecken, einen Oberschenkelknochen mit ihren scharfen Krallen aus dem Fleisch bereits Toter zu schneiden.

Die Skriek wissen seit tausenden von Jahren, dass es von Volk zu Volk deutliche Unterschiede im Klang der Oberschenkelknochen gibt. Die Knochen der Gnome und Kobolde sind von einem weichen, zarten Ton. Zwerge klingen erdig und manchmal auch rau. Trollknochen haben eine harmonische Schwingung, die Bahluna besonders gut gefällt, sie sind aber nur schwer zu bekommen. Die Knochen der Riesen verströmen Kraft und Stärke, auf ihnen kann man vor allem die tiefen Töne sehr gut spielen. Die Skriek verwenden auch gerne Menschenknochen, da sie leicht und schnell zu bearbeiten sind und fröhlich und hell klingen. Vor allem junge Frauen haben einen sehr ansprechenden Klangkörper.

Leider führte und führt die Liebe der Skriek zur Musik wiederholt zu Missverständnissen mit den anderen Wesen. Daher werden sie auch immer noch völlig zu Unrecht verfolgt und getötet und ihre Zahl ist stark im Schwinden.

Doch von all dem Hass, der den Skriek entgegenschlug, merkte ich anfangs, als ich noch klein war, kaum etwas. Damals erreichten wir völlig ungehindert das nördliche Tannengebirge, das Ziel meiner ersten Reise. Ich war knapp über ein Jahre alt, als wir dort ankamen, und keiner aus unserer Sippe war während des Marsches verstorben. Die Skriek werteten dies als gutes Zeichen und meinten, dass ich Bahluna günstig stimmen würde. Meine Mutter war sehr stolz auf mich.

Wir blieben fast zwei Jahre im Tannengebirge und ich lernte von den anderen Kindern, wie man steile, glatte Felswände bezwingen konnte. Anfangs stellte ich mich noch ungeschickt an und war allen anderen Kindern unterlegen. Die spitzen, scharfen Krallen der Skriek waren gegenüber meinen breiten, kurzen Krallen beim Klettern deutlich im Vorteil. Auch verfügten die anderen Skriekkinder über eine Gelenkigkeit, die ich durch mein väterliches Erbe nicht hatte. Doch an Kraft war ich den anderen ebenbürtig. Und ich besaß deutlich mehr Ehrgeiz. Stundenlang, während meine Spielkameraden längst die steilen Felswände verlassen und sich anderen Beschäftigungen zugewandt hatten, übte ich, bis meine Muskeln brannten und ich völlig außer Atem war. Mahansata merkte einmal kritisch an, als sie mich verschwitzt und keuchend in den Felsen beobachtete, dass meine Seele vielleicht doch nicht so groß sei, aber meine Mutter zuckte nur mit den Schultern und sagte, dass ich eben gerne klettern würde.

Eines Tages wurde es dann Zeit weiterzuziehen und das Tannengebirge Richtung Süden zu verlassen. Bahlunas Ruf hatte uns erreicht. Wir wanderten entlang der Lungerischen Ebene bis zum Tor von Santanien, das die Kontinente Allunien und Euptonien durch einen schmalen Streifen Fels und Erde verband. Nördlich des Tores, so erzählte mir Puntamina, bereits auf Euptonien gelegen, befindet sich das Land der Amazonen. Sie leben in ihrer Burg Ontron, die am Flusse des On gelegen ist, und herrschen über die Hügel, Wälder und Berge dieser Region. Die Amazonen sind Menschenfrauen, die über geheime Tränke und seltenes Wissen verfügen. Außerdem sind ihre Seelen für Menschen außergewöhnlich groß und rein. So erzählen es zumindest die alten Geschichten.

Eine Weile blieben wir in der Nähe des Tores, gut verborgen in den dichten Wäldern. Schließlich wurde es Herbst und wir wussten instinktiv, dass ein ganz besonders strenger Winter bevorstand. So zogen wir weiter gegen Süden, durchquerten die Mallunische Steppe und verbrachten den Winter im Wald von Taballion, um schließlich das Große Meer zu erreichen. Diese zweite Reise, vom Tannengebirge bis zum Großen Meer, dauerte fast zwei Jahre und sie war, im Vergleich zu meiner ersten, eine recht traurige.

Zwei männliche Skriek, Junkoloso und Fangdeso, keiner von beiden älter als dreißig Jahre, wurden auf einer Waldlichtung von einem Trupp Kobolde gestellt, als sie gerade auf der Suche nach Pilzen waren. Junkoloso und Fangdeso versuchten zwar noch eiligst zu fliehen, doch es war bereits zu spät. Die kleinen, vergifteten Armbrustbolzen der Kobolde durchschlugen die dunkelblauen Schuppen meiner Gefährten, drangen tief in ihr Fleisch ein und ließen sie qualvoll sterben.

Nachdem der Koboldtrupp endlich weitergeritten war, eilten wir zu unseren gefallenen Brüdern. Die blauen Schuppenhäute waren den beiden friedliebenden Skriekmännern von den geldgierigen Kobolden abgezogen worden. Ich erschauerte bei all dem Blut und dem grässlichen Anblick, der sich mir bot. Ganasammana, die Seelenpartnerin Fangdesos, schlug sich vor

Verzweiflung gegen die Brust und weinte unzählige Tränen. Junkolosos Seelenpartnerin war schon vor meiner Geburt gestorben, dennoch war die Trauer um ihn nicht minder groß.

Auch ich bedauerte den Tod der beiden sehr. Sie hatten oft mit mir gespielt und gelacht. Ich fühlte, dass es mir mit einem Mal in meiner Brust eng wurde und ich kaum Luft bekam. Meine Zähne knirschten, meine Hände waren zu Fäusten geballt. Verwirrt kam meine Mutter zu mir und fragte, was mit mir los sei. Ich antwortete mit einer Gegenfrage.

„Warum haben sich Junkoloso und Fangdeso nicht gewehrt?“

„Weil sie Bahluna treu gedient haben“, sagte meine Mutter.

„Wir sollten“, knurrte ich, „diese Kobolde jagen und töten.“

Meine Mutter starrte mich entgeistert an. Mahansata und Puntamina waren währenddessen zu ihr getreten. Sie hatten meine letzten Worte gehört. Die drei Frauen formten das heilige Zeichen des Mondes mit ihren Krallenhänden. Meine Mutter neigte sich zu mir und erzählte mir zum wiederholten Male mit leiser, trauriger Stimme, dass sie selbst einst getötet hatte, nämlich meinen Vater, und dass diese Tat immer noch schwer auf ihrer Seele laste und sie daher noch viele Male die Knochenflöte spielen müsse, bis ihre Seele völlig frei von diesem Makel sei.

Ich verstand meine Mutter nicht und blickte sie trotzig an. Mit meinen noch nicht einmal fünf Jahren war ich natürlich unwissend und dumm wie alle kleinen Kinder. Dennoch schien es mir schon damals falsch zu sein, die Kobolde ungestraft davonkommen zu lassen. Noch dazu, wo ein Skriek mindestens doppelt so groß und dreimal so schwer wie ein kleiner, dunkler, haariger Kobold ist.

„Ich will die Kobolde aber töten“, wiederholte ich daher stur meine Forderung. Meine vier spitzen Eckzähne schlugen verärgert aufeinander. Und da hörte ich zum ersten Mal jenes Wort, das mich noch bis heute in den Schlaf verfolgt. „Halbseele“, sagte jemand aus der Sippe. „Hama ist eine Halbseele.“

Ich weiß bis heute nicht, wer als erster von meiner Sippe dieses Wort verwendete. Bis auf meine Mutter und ihre beiden Schwestern, die mir direkt gegenüber standen, hockten alle anderen rund um die beiden Ermordeten, und ich konnte nicht ausmachen, wer gesprochen hatte. Im Endeffekt spielte es wohl auch keine Rolle. Von nun an hörte ich immer wieder das Wort Halbseele. Anfangs nur hinter meinem Rücken, später wurde es mir auch direkt ins Gesicht gesagt.

Auf dem Rückweg von der Lichtung zu unserem Lager fragte ich meine Mutter, warum die Kobolde Fangdeso und Junkoloso gehäutet hatten. Erneut traten Tränen in ihre Augen. „Unsere ledernen Schuppenhäute", erklärte sie mir, „bringen auf den Märkten gutes Geld."

„Warum?", wollte ich wissen.

„Sie machen Taschen, Schuhe, Gürtel und lederne Beutel aus uns", sagte meine Mutter.

Ich knurrte. Und wieder spürte ich dieses seltsame Ziehen in meiner Brust. Heute weiß ich, dass es Wut und Hass waren, aber damals war ich noch zu unerfahren, um diese Gefühle richtig einordnen zu können.

Es herrschte eine sehr bedrückte Stimmung, als wir Richtung Großes Meer weiterzogen. Tagelang spielte Ganasammana auf ihrer Knochenflöte und sang zu Bahluna. Mit der Zeit war ich ihrer Gesänge so überdrüssig, dass ich an mich halten musste, um sie nicht anzuschreien. Etwa um jene Zeit geschah es auch, dass mich ein kleines Skriekmädchen eines Abends zu einem Wettlauf herausforderte. Sie hieß Malamannina, war ein Jahr jünger als ich und die Tochter von Puntamina. Ich wusste, dass die Skriek schneller liefen als ich, aber ich rechnete mir gegen das jüngere Mädchen durchaus Chancen aus. Doch Malamannina gewann um Längen. Wut kochte in mir hoch, als ich atemlos und weit abgeschlagen hinter ihr in unser Lager gestürmt kam und sah, dass sie schon bei den anderen stand und sich über ihren leichten Sieg freute. Ich lief zu Malamannina und schlug ihr ohne Vorwarnung mit der Faust ins Gesicht. Sie fiel zu Boden und kreischte auf, als Blut aus ihrer Nase lief. Die anderen Skriek kamen angelaufen. Ich sah das Entsetzen in ihren Gesichtern, als sie erkannten, was ich getan hatte. Auch meine Mutter war bei ihnen. Ihre rotgoldenen Schuppen färbten sich dunkel, sie atmete keuchend ein und aus und ihr vorwurfsvoller, trauriger Blick fand den meinen. Langsam wurde mir klar, was ich getan hatte und ich schämte mich zutiefst. Und dann hörte ich wieder das so verhasste Wort: Halbseele! Ich schluchzte, schlug die Hände vor das Gesicht und lief aus dem Lager.

Stunden später fand mich meine Mutter, an den Stamm einer alten Esche gelehnt. Sie legte ihre Knochenflöte in meinen Schoß. „Du musst für Malamannina spielen“, sagte sie.

Ich nickte, stand auf und ergriff ihre Hand. Beschämt und verwirrt kehrte ich mit meiner Mutter ins Lager zurück.

03

Malamannina hörte in den darauffolgenden Tagen meinem Knochenflötenspiel folgsam zu, doch ihr abweisendes Verhalten mir gegenüber änderte sich nicht. Immer noch schreckte sie zurück, wenn sie meiner ansichtig wurde. Sie versuchte, so gut es in unserer kleinen Gemeinschaft eben ging, sich von mir fernzuhalten.

Ich war unglücklich und fühlte mich böse. Warum konnte ich nicht so großmütig und rein wie die anderen Skriek sein? Immer öfter haderte ich damit, einen menschlichen Vater zu haben, denn ich gab ihm die Schuld daran, dass meine Seele so verkümmert war. Doch es gab auch eine andere Stimme in mir, eine sehr leise, die mir nächtens seltsame, beängstigende Dinge zuflüsterte. Sie sprach von Kampf, Blut und Rache.

Ich war damals erst fünf Jahre alt und ein verwirrtes Kind und konnte nicht ahnen, wie machtvoll die einst so leise Stimme in mir noch werden sollte. Vielleicht hätte ich diese Stimme vehementer bekämpfen sollen, ernsthafter versuchen sollen, sie zum Verstummen zu bringen? Ich weiß es nicht. Aber tief in mir glaube ich jetzt, so viele Jahre später, dass die Götter all unsere Wege mit Mondstaub vorgezeichnet haben und unsere Seelen nicht stark genug sind, gegen diese Wege zu verstoßen. Und mein Gott hat mich als machtvollen Krieger gemalt. Doch das war mir damals noch nicht klar. Damals galt meine größte Sorge Malamanninas Verhalten mir gegenüber. Auch den anderen Skriek blieb die Veränderung an dem kleinen Mädchen nicht verborgen. Vor allem ihre Mutter Puntamina und meine eigene Mutter zeigten besorgte Gesichter und steckten oft die Köpfe zusammen, um einander Rat und Trost zu spenden.

Eines Tages, wir hatten das Große Meer erreicht und den

Winter gut überstanden, sagte Puntamina, dass sie mit ihrer Tochter unsere Sippe für einen Monat verlassen würde. Ich wusste sofort, worum es ging. Malamanninas Seele war noch nicht geheilt. Und das war allein meine Schuld.

So verließen die beiden unsere Gemeinschaft, begleitet von unseren besten Wünschen. Jeder von uns wusste, wie gefährlich es war, nur zu zweit durch die Lande zu streifen, aber der Ruf Bahlunas war nicht zu überhören und sogar ich selbst vermeinte, ihr Wispern zu vernehmen.

Jeder Tag des folgenden Monats war voller Qual für mich. Ich sorgte mich um Puntamina und Malamannina.

Meine Mutter nahm mich nach einer Woche zur Seite und hockte sich mit mir in den weißen Sand, gegen den sanft die Wellen des Großen Meeres anliefen. Ich hatte im letzten Winter schwimmen gelernt und fühlte eine seltsame Verbindung zu dem Meer. Es machte mich ruhig und friedlich. Meine Mutter hatte dies bemerkt, deswegen wählte sie das sandige Ufer, um mit mir zu sprechen. Wenn es um die Seele geht, kann man vor einem Skriek kaum etwas verbergen.

Viele Jahre später habe ich die unterschiedlichsten Wesen kennengelernt: Zwerge und Trolle, Riesen und Menschen. Alle erscheinen mir noch heute im Vergleich mit den Skriek dumpf und einfältig zu sein.

Damals am Strand sprach meine Mutter von meinem menschlichen Erbe und davon, dass nur gewisse Teile meines Körpers mit Schuppen bedeckt waren. Der Rest jedoch zeigte menschliche, sonnengebräunte Haut. Ich hatte also, meinte meine Mutter, nicht nur äußerlich Ähnlichkeit mit meinem Vater, auch meine Seele zeigte deutlich menschliche Schwächen. Wenn ich ärgerlich oder traurig wurde, erklärte mir meine Mutter, verzogen sich meine Gesichtsmuskeln und meine, damals als Kind noch hellgrünen, Schuppen, verfärbten sich zu einem giftigen, dunklen Grün. Das waren Zeichen, auf die ich achten müsste. Wenn mich Ärger überkam, sollte ich das Wasser aufsuchen, ruhig atmen, das heilige Zeichen des Mondes formen und zu Bahluna beten. Das würde den wütenden menschlichen Teil in meiner Seele besänftigen.

Ich nahm mir an jenem Tag fest vor, die Ratschläge meiner Mutter zu befolgen und meine Schuppen stets genau zu beobachten, wenn ich in mir Zank oder Hader spürte. Das sagte ich auch meiner Mutter mit ernster Stimme. Daraufhin lächelte sie mich an und strich mir liebevoll über den Kopf. Unsere Blicke verschmolzen und unsere dunkelblauen, ovalen Augen, die im Gegensatz zu denen anderer Wesen weder das Weiß rund um die Iris noch Pupillen hatten, verbargen nichts vor dem anderen. Wir konnten einander tief in die Seelen blicken und ich fühlte mich meiner Mutter in diesem Moment ganz nah.

Da hörten wir plötzlich das Knirschen von beschlagenen Pferdehufen im weißen Meeressand. Reiter kamen herangeritten, direkt auf uns zu. Erschrocken wollte ich hochspringen und fliehen, doch meine Mutter hielt mich zurück.

„Bleib, Hama", sagte sie.

Ich starrte sie verwundert an. Meine Mutter lächelte und zeigte mit ihrer Krallenhand hinter mich. Schnell drehte ich mich um und sah drei Reiter auf großen, weißen Pferden. Es waren zwei Männer und eine Frau. Sie wirkten machtvoll und erhaben. Graue Mäntel umwallten ihre Körper, sie trugen weiße Togen und purpurne Gürtel. In ihren Händen hielten sie lange Stäbe aus Zedernholz, deren Enden mit feinem Eisen beschlagen waren.

„Wer sind sie?", fragte ich.

„Zauberer", flüsterte meine Mutter und senkte demütig den Kopf.

Ich tat es ihr gleich.

Die drei Wesen ritten an uns vorüber. Einer nickte uns freundlich zu, die anderen beiden hoben grüßend die Arme. Dann waren sie vorbei und feiner Sand senkte sich in die Hufspuren, die sie am Strand hinterlassen hatten. Meine Mutter erhob sich und blickte ihnen hinterher. Ich stellte mich zu ihr.

„Die Zauberer sehen wie Menschen aus", sagte ich verwundert.

Meine Mutter nickte. „Es sind Menschen, aber Menschen mit einer großen Seele. Daher können sie Magie wirken und verfügen über große Macht."

„Warum haben sie uns nichts getan?", fragte ich. Alle Wesen, die mir auf meinen Wanderungen bisher begegnet waren, hatten sich den Skriek gegenüber feindlich gezeigt.

„Die Zauberer sind die Bewahrer Alluniens", erklärte meine Mutter. „Sie tagen im Bastolischen Schloss in einem großen

Saal aus marmornen Säulen und halten Rat. Die unterschiedlichen Völker Alluniens sind dort vertreten und werden von den allmächtigen Zauberern angehört. Streit wird von ihnen geschlichtet, Friedensverträge ausgehandelt und Recht gesprochen.“

Ich hörte gespannt zu, meine menschenähnlichen Ohren zuckten interessiert.

„Alle“, fuhr meine Mutter fort, „sind dem Rat der Zauberer unterworfen. Die drei zwergischen Königreiche ebenso wie die sieben Riesenstämme, die vier Trollhorden sowie die Kobolde und Gnome, die ihre Reiche in zahlreiche Fürstentümer aufgeteilt haben.“

„Und haben auch wir Skriek eine Stimme im Rat der Zauberer?“, wollte ich wissen.

„Nein“, sagte meine Mutter und schüttelte ihren schuppigen Kopf. „Wir Skriek leben frei. Wir haben weder Länder noch Städte. Wir bestellen keine Felder und betreiben keinen Handel. Unser Streben geht allein dahin, Bahlunas Ruf zu folgen. Kein Skriek würde seine Tage in einer marmornen Halle verbringen und über Zwistigkeiten debattieren. Dabei würde seine reine Seele verkümmern.“

„Ach so.“ Ich überlegte. „Wir haben also keinen Sitz im großen Saal. Daher dürfen uns all die anderen Wesen jagen, töten und häuten.“

Meine Mutter seufzte. „Niemand darf uns jagen und töten“, erklärte sie. „Der Rat der Zauberer hat es verboten. Aber es gibt viel Streit in Allunien und die Zauberer haben alle Hände voll zu tun, die Grenzen zwischen den einzelnen Fürstentümern und Königreichen zu sichern. Selbst die Wesen eines einzigen Volkes sind sich oft uneins. Zwerg kämpft gegen Zwerg, Troll gegen Troll. So kann es keinen Frieden geben und die Zauberer stehen vor einer schier unlösbaren Aufgabe.“

„Und sie haben daher keine Zeit, sich um uns zu kümmern“, vollendete ich die Ausführungen meiner Mutter.

„So ist es, kleiner Hama“, sagte sie.

Drei Wochen später kehrten Puntamina und Malamannina unversehrt zu uns zurück. Ich stieß einen Schrei der Freude aus und lief Malamannina lachend entgegen, um sie herzlich zu umarmen. Ohne Scheu erwiderte sie meine Begrüßung und ich atmete auf. Sie war geheilt.

Vier Tage später zogen wir entlang der Küsten des Großen Meeres weiter. Unterwegs fanden wir zwei tote Kobolde, deren Körper von kleinen Blasrohrpfeilen gespickt waren. Wir nahmen ihre Oberschenkelknochen und fertigten vier handliche, kleine Flöten, die wir Puntamina und Malamannina schenkten.

Von allen wurden die beiden toten Kobolde als gutes Zeichen Bahlunas gewertet und ich fühlte, dass die Sippe mir wieder wohlgesonnen war. Meine Verfehlung gegenüber Malamannina wurde mir endgültig verziehen und es sollte einige Zeit vergehen, bis ich wieder das verhasste Wort Halbseele hörte.

Eines Tages, wir durchquerten soeben einen Ausläufer des Großen Meeres, überfiel mich völlig überraschend *mahamsanazu*. Ein unstillbares Interesse brannte plötzlich in meiner Seele und ich wurde unruhig. Meine Mutter erkannte meinen Zustand und nickte mir aufmunternd zu. Wir verließen die Sippe. Mit festem Griff hielt ich die Hand meiner Mutter und überließ mich meinen Instinkten, die mich in östliche Richtung führten. Wir schlugen einen Waldweg ein, schlichen um Bäume und Büsche und hielten Ausschau. Nach einer Weile schnupperte meine Mutter in den Wind und lächelte zufrieden. Mit Gesten hieß sie mir, ihr leise zu folgen. Vorsichtig näherten wir uns einer Lichtung, an deren Rändern Brombeersträucher wuchsen. Ich sah eine Gruppe Kobolde und wieder kochte die Wut in meiner Seele hoch. Die Schuppen an meinen Armen färbten sich augenblicklich dunkelgrün. Da spürte ich die besänftigende Krallenhand meiner Mutter auf meiner Schulter und so versuchte ich ruhig zu bleiben, mein *mahamsanazu* zu leben und die Kobolde zu beobachten. Nach drei, vier Atemzügen und dem Formen des heiligen Mondzeichens wurde meine Seele wieder friedlicher.

Die Kobolde, es waren rund ein Dutzend, schienen einen Wettstreit auszutragen. Sie hatten Lederschlingen, die sie über ihren Köpfen wirbelten, um kleine, runde Kiesel abzuschießen.

„Das sind Steinschleudern“, flüsterte meine Mutter und zwei goldene Schuppen auf ihrer Stirn färbten sich dunkel.

Da wusste ich, dass sie an die Männer meines Vaters dachte, die sie heimtückisch mit Steinschleudern angegriffen hatten. Zwei Steine, so hatte mir meine Mutter mehrmals erzählt, hatten ihren Kopf getroffen und sie beinahe zu Boden geworfen. Sanft berührte ich ihren Unterarm. Ich wusste, wie schwer es für sie war, die Kobolde mit den Steinschleudern anzusehen, trotzdem blieb sie, gut versteckt vor den koboldischen Augen, neben mir im Gebüsch hocken, damit ich meinem *mahamsanazu* folgen konnte.

Zwei Kobolde öffneten in regelmäßigen Abständen kleine, aus Weiden geflochtene Käfige, um Singvögel freizulassen. Zwei andere Kobolde zielten auf die gefiederten Tiere und fast jeder Steinwurf brachte einen Treffer. Die restlichen Kobolde, die als Zuschauer fungierten, jubelten bei jedem getroffenen Vogel. Nach einer Weile war der Wettstreit zu Ende und die toten Vögel wurden gezählt. Dann reichte einer der beiden steinschleudernden Kobolde dem anderen ein schmales goldenes Messer. Das war wohl der Siegespreis. Die Kobolde verließen die Lichtung und ich spürte, wie mein *mahamsanazu* langsam nachließ.

Auf dem Rückweg war ich ungewöhnlich still. Nachts hatte ich einen seltsamen Traum und am nächsten Morgen begann ich, unbeholfen und ungeschickt eine Steinschleuder zu bauen. Ich wollte ein ebenso vorzüglicher Schleuderer wie die Kobolde werden. Als meine Mutter sah, was ich tat, wurde sie traurig und ich erschrak über meine Gedankenlosigkeit. Eilig lief ich zu ihr und bat sie um Verzeihung. Sie schüttelte aber nur den Kopf und sagte, dass dies eben mein *mahamsanazu* sei.

Da wusste ich, dass sie mir ihren Segen gegeben hatte, und ich arbeitete weiter an meiner Steinschleuder. Ich zielte auf Felsen und Baumstümpfe. Anfangs traf ich kaum, doch mit der Zeit wurde ich geschickter und so mancher Stein fand sein Ziel. Da mich das Schleudern der Steine entspannte und friedlicher machte, ließen mich die Skriek gewähren. In dieser Zeit färbten sich meine Schuppen nur sehr selten dunkel und nur ab und zu ballte ich meine Hände zu Fäusten. Es war eine schöne Zeit und ich fühlte mich behütet und geliebt.

Doch eines Tages, ich war bereits sieben Jahre alt und wir zogen immer noch die Ufer des Großen Meeres entlang, flog über uns eine Möwe. Sie krächzte und keckerte und fast schien es mir so, als würde sie uns verspotten. Ohne nachzudenken griff ich nach meiner Schleuder und drehte sie. Ein rundlicher Stein löste sich von dem Lederband und traf die Möwe mitten im Flug. Das war der beste Wurf, den ich bis dahin abgeschossen hatte und ich hätte nicht im Traum daran gedacht, dass ich tatsächlich treffen würde.

Die Möwe stürzte auf den Strand und verstarb zuckend.

Und da war es wieder, das verhasste Wort. „Halbseele", sagten sie. „Du hast getötet!"

Meine Mutter formte das heilige Zeichen des Mondes, nahm die Steinschleuder aus meiner Hand und warf sie ins Meer. Ich musste die Möwe begraben und drei Tage an ihrem Grab für sie auf der Knochenflöte spielen.

Ich begann, das tote Tier zu hassen.

Danach wurde alles schlimmer. Die Sippe betrachtete mich noch skeptischer als damals, als ich Malamannina geschlagen hatte, denn jetzt hatte ich sogar getötet.

Innerlich war ich verzweifelt und immer öfter krochen Ärger und Wut in meine Seele. Schließlich nahm mich eines Tages meine Mutter zur Seite, um mit mir zu reden. Sie erzählte erneut, wie sie mit ihren Krallen die Gedärme meines Vaters aufgeschlitzt hatte und wie sehr sie noch immer unter ihrer Tat litt. Jeden Tag bedauerte sie seinen Tod und ihre Seele hatte immer noch einen Makel.

„Du, Hama", sagte sie, „bist ein Kind und hast schon ein Tier getötet. Du musst in Zukunft viel besser auf deine Seele achten."

Doch ich spürte kein Bedauern wegen der Möwe. Ein Teil von mir war sogar stolz auf meinen Steinwurf. Meine Mutter spürte dies genau und Trauer verdunkelte ihr Gesicht.

An die nächsten Monate erinnere ich mich nur als eine Zeit der Zweifel und daran, dass ich meist das Gefühl hatte, ganz allein zu sein. Die Sippe zog sich von mir zurück und ich selbst haderte mit mir, weil meine Seele so kümmerlich und klein war. Es gab aber auch Momente, in denen ich zu wissen meinte, dass die Skriek sich irrten und erbarmungswürdige Feiglinge waren. Doch Augenblicke später schämte ich mich wegen dieser Gedanken und fühlte mich noch unvollkommener und verdorbener.

So wurde ich acht Jahre alt und schließlich neun. Wir hatten das Große Meer verlassen und uns wieder Richtung Norden gewandt. Die Alltanischen Berge waren unser Ziel.

In den letzten Monaten hatten sich zwei Sippenmitglieder von uns verabschiedet und sich einer anderen Gruppe angeschlossen. Insgeheim wusste ich, dass sie meinetwegen gegangen waren.

Eine Skriekfrau und ein Skriekmädchen starben, als wir die Furt eines seichten Flusses durchquerten. Ostalische Soldaten griffen uns völlig überraschend an. Bahluna sei Dank, entkamen wir anderen ihren Schwertern und Speeren. Doch mittlerweile war ich so voller Zweifel und Selbsthass, dass ich mir auch die Schuld am Tod der beiden Skriek gab. Meine Mutter widersprach mir zwar, aber ich fühlte mich trotzdem schuldig, da ich glaubte, dass meine dunkle Seele das Unglück anziehen würde. Und ich war mir sicher, dass einige aus meiner Sippe auch so dachten.

Dann geschah etwas, das mich für einige Zeit aus meinen Selbstzweifeln riss.

Es war spät am Abend und wir hatten bereits die Mondandacht vollendet, als wir leise Schritte hörten. Wir lauschten erst angespannt, doch schnell entspannten wir uns wieder. Es waren unüberhörbar drei Skriek, die sich unserem Lager näherten. So stießen Jolandolo, ein großer Skriekmann, Susama, seine fünfjährige Tochter, und Katrilla, eine überaus hübsche Skriekfrau, zu uns.

Schon nach wenigen Augenblicken fiel mir auf, dass Jolandolo voll Stolz und Erhabenheit war. Er hatte einen Wanderstab, dessen Enden, nicht unähnlich den Stäben der Zauberer, mit Eisen beschlagen waren. Das verwunderte mich sehr, denn kein Skriek mag Metall in seiner Nähe, geschmiedetes Eisen schon gar nicht. Doch mich faszinierte der Stab und ich verspürte keinerlei Abscheu gegenüber den eisernen Enden.

Ich mochte Jolandolo von Anfang an und ich fühlte mich auf eigenartige Weise zu ihm hingezogen. Heute weiß ich, dass ich in ihm jenen Vater sah, den ich mir so oft gewünscht hatte.

Katrilla war ebenfalls bemerkenswert. Sie schritt selbstbewusst einher, gelegentlich erhob sie ihre Stimme, ganz selten war sie sogar in einer beinahe aggressiven Stimmung und ballte ihre Krallenhände.

Das alles faszinierte mich und ich suchte unablässig die Nähe von Jolandolo und Katrilla.

Die anderen Mitglieder der Sippe blieben den beiden gegenüber aber reserviert und zurückhaltend.

Einige Zeit später sollte ich erfahren, dass die Zurückhaltung der anderen Skriek unter anderem auch darin begründet lag, dass Katrilla und Jolandolo keine Seelenpartner waren und trotzdem das Lager miteinander teilten.

Es kommt bei den Skriek ja des Öfteren vor, dass ein Seelenpartner stirbt. Danach dauert es, wenn es überhaupt jemals wieder geschieht, sehr viele Jahre, bis die Seele eines Skriek bereit ist, einen neuen Seelenpartner anzunehmen. Jolandolo hatte sich aber schon ein halbes Jahr nach dem Tod seiner Seelenpartnerin, die die leibliche Mutter der kleinen Susama war, mit Katrilla zusammengetan. Hinzu kam, dass jeder Skriek aus unserer Sippe spürte, dass Jolandolo und Katrilla mehr aus Lust denn aus Liebe beieinander waren.

Mir war das völlig egal. Für mich zählte nur, dass sie zu uns gestoßen waren und meinem Leben ein neues, helles Licht gebracht hatten. Wann immer sich die Gelegenheit ergab, sprach ich mit Jolandolo, der Bahluna sei Dank niemals müde wurde, mir zuzuhören.

Eines Tages erzählte ich ihm auch von meiner Steinschleuder und der Möwe, die ich im Flug getroffen hatte. Er hörte wohl den Stolz in meiner Stimme, doch tadelte er mich deswegen nicht. Nein, ganz im Gegenteil, er zeigte sich ausgesprochen interessiert und fragte nach, wie ich meine Steinschleuder gebaut hatte.

Eine Woche später kam Jolandolo zu meiner Mutter und bat sie, dass ich ihn für zwei Tage begleiten dürfe. Er sagte zu ihr, dass er den Ruf Bahlunas gehört hätte. Meine Mutter war skeptisch und hatte Mühe, ihm zu glauben, aber da Skriek niemals logen, gab sie schließlich, wenn auch äußerst widerwillig, ihre Erlaubnis.

Ich war hocherfreut und überglücklich. Aufgeregt schwatzend marschierte ich neben Jolandolo über eine Blumenwiese und erzählte von meiner Zeugung und wie meine Mutter meinen Vater getötet hatte.

Jolandolo gab nur einsilbige Antworten. Offensichtlich war er mit seinen Gedanken ganz woanders. Schließlich hielt er an und holte zu meiner großen Überraschung zwei Steinschleudern aus einer seiner Gürteltaschen. Er sagte, dass er sie nach meiner

Erzählung gebaut habe und nun, fernab von der Sippe, gezeigt bekommen möchte, wie man damit umginge.

Er drückte mir vier kleine Kiesel in die Hand. Ich fragte ihn, ob es wirklich Bahlunas Ruf gewesen war, der ihm geheißen hatte, dass ich mit ihm mitkomme, doch er gab mir keine Antwort, sondern lachte nur kurz auf.

Wir zielten auf den Stamm eines Apfelbaumes. Bald hatte Jolandolo das Prinzip verstanden und traf viel besser als ich.

Die Stunden vergingen und wir übten immer noch. Da hörten wir Stimmen. Ein Trupp von acht Soldaten, alle mit Schwert, Speer und Schild bewaffnet, marschierte über die Wiese. Da sie noch weit entfernt waren, wäre es ein Leichtes gewesen, zu fliehen, doch Jolandolo hielt mich zurück.

„Ich will nicht fliehen", sagte er. „Ich will noch hierbleiben und weiter mit der Schleuder üben. Kein Skriek sollte vor anderen Wesen davonlaufen."

„Die Soldaten werden uns töten", erwiderte ich und meine Stimme war vor Angst ganz heiser.

„Tritt hinter mich", befahl Jolandolo. Dann verstaute er seine Schleuder in einer Gürteltasche und griff nach seinem Stab mit den eisernen Enden.

Die Soldaten marschierten auf uns zu. Ein Dutzend Schritte vor uns hielten sie an und hoben ihre Speere.

„Den großen Echsenmann häuten wir", sagte ihr Anführer und spuckte verächtlich aus. „Den kleinen nehmen wir als Sklaven."

Jolandolo formte das heilige Zeichen des Mondes. Dann griff er übergangslos an. Wie ein Wirbelwind brach er in die Reihen der verdutzten Soldaten. Sein Stab zuckte vor und zurück. Er war wie eine Urgewalt, unglaublich schnell, mit kolossaler Kraft und unübertrefflichen Instinkten. Die Soldaten hatten nicht den Funken einer Chance. Schon nach wenigen Momenten wälzten sie sich blutend und schreiend auf der Wiese. Jolandolo hatte ihnen Nasen, Beine und Arme gebrochen, Zähne ausgeschlagen und Kniescheiben zertrümmert.

Ich stand mit weit offenem Mund da und meine Seele jubilierte.

Jolandolo wischte am Mantel eines Soldaten die blutigen Enden seines Stabes ab.

Schließlich fand ich meine Stimme wieder. „Ich möchte auch so kämpfen können“, sagte ich.

„Dann werde ich es dich lehren“, versprach mir Jolandolo. „Im Geheimen, verborgen vor den Augen der anderen Skriek.“

Ich blickte zu den Soldaten. „Warum hast du sie nicht getötet?“, fragte ich.

„Weil ich immer noch ein Skriek bin“, fauchte Jolandolo und ballte in hilfloser Wut seine Krallenhände zu Fäusten.

04

Jolandolo und ich machten uns auf den Rückweg zu unserer Sippe. Anfangs sprachen wir kaum ein Wort und das war äußerst ungewöhnlich, denn die Skriek redeten meist ohne Unterlass. Vor allem dann, wenn etwas Besonderes geschehen war. Aber vielleicht war das vorhin Erlebte auch zu unfassbar, zumindest für mich, sodass wir erst einmal keine Worte wechselten. Schließlich brach Jolandolo das Schweigen. Er blieb stehen und blickte mich an. „Du willst also kämpfen, so wie ich?“, fragte er.

Ich nickte vehement, immer noch auf eigenartige Weise fasziniert von der Kraft und Schnelligkeit, mit der er die acht Soldaten niedergestreckt hatte. Erst langsam begann ich zu ahnen, welch unübertrefflicher Krieger ein Skriek sein konnte, wenn er seine Fähigkeiten voll ausschöpfte. Und wenn ihn seine Seele nicht blockierte.

„Erzähl mir von Bahluna“, forderte Jolandolo mich auf.

Ein wenig verwundert über sein Ansinnen, begann ich zu sprechen. Ich erzählte, dass Bahluna unsere Welt mit all den Kontinenten und Völkern erschaffen hatte und jedem Wesen eine Seele geschenkt hatte. Die Seele der Skriek war die größte und reinste. Das Streben aller Wesen, ob sie es nun wussten, so wie wir Skriek, oder dumm und unwissend waren, so wie die Menschen, Zwerge, Trolle, Gnome, Kobolde und Riesen, galt allein der Ganzwerdung der Seele. Dies erreichte man durch friedliches und liebevolles Denken, Fühlen und Handeln. Je reiner eine Seele wurde, desto größer war Bahlunas Freude.

„Was weißt du über die anderen Götter?“, fragte Jolandolo.

„Es gibt viele von ihnen. Jedes Volk hat seine eigenen, doch kein Gott, keine Göttin steht über Bahluna."

„Kennst du Jatzamete?"

Ich bejahte. Meine Mutter hatte mir von ihm erzählt. Er war ein Kriegsgott der südlichen Zwerge.

„Und kennst du Thoranton?", fuhr Jolandolo fort zu fragen.

Ich schüttelte den Kopf. „Nein." Von Thoranton hatte ich noch nie gehört.

„Er ist ebenfalls ein Kriegsgott", sagte Jolandolo.

„Von welchem Volk?"

„Von unserem." Jolandolo lächelte, als er mein erstauntes Gesicht sah.

„Das ist unmöglich", keuchte ich.

„Thorantons Zeichen ist ein gehörnter Stierschädel." Jolandolo ergriff den Kragen seines bunten Hemdes und zog ihn zur Seite. Ich sah ein Amulett, das an einem Lederband um seinen Hals hing und einen Stierschädel mit gewaltig langen Hörnern darstellte. Um die Hörner des Stieres schlangen sich Eisenbänder.

„Nie hat mir jemand von Thoranton erzählt", sagte ich.

„Natürlich nicht." Jolandolo hob seinen Stab und ging weiter. „Er ist der verpönte Gott. Nur wenige Skriek haben den Mut, ihm zu folgen."

„Du bist nicht der Einzige?"

„Nein, aber wir sind zu wenige."

„Wie kann man Thoranton dienen?"

„Indem man kämpft."

„Das zerstört unsere Seele."

„Möglich." Jolandolo blieb erneut stehen. Der Blick seiner goldenen Augen suchte den meinen. „Einige wenige Skriek dienen Thoranton. Sie wollen all die anderen beschützen, die Bahluna verehren."

Ich begann zu verstehen.

„Bald ist die Zeit des Khung gekommen", sagte Jolandolo nach einer Weile.

Meine Mutter hatte mir ein, zweimal vom Khung erzählt. Darunter versteht man die Versammlung aller Skriek an einem geheimen Ort. Der letzte Khung hatte vor über zwanzig Jahren stattgefunden und die Skriek waren von nah und fern gekommen, um miteinander zu singen, zu musizieren und Bahluna zu verehren. Es gab keinen ausgemachten Zeitpunkt, wann der Khung stattfinden sollte. Auch gab es keinen fixen Ort, an dem sich die Skriek trafen. Wenn es soweit war, so hatte mir meine Mutter erklärt, spürte jeder den Ruf des Khung und machte sich auf den Weg.

Jolandolo hob die Nase in den Wind und witterte. „Noch ein paar Monate."

„Ist der Khung wichtig?", wollte ich wissen.

„Er könnte es werden."

Stunden später erreichten wir unsere Sippe. Meine Mutter eilte mir entgegen und umarmte mich. Langsam strich sie mit ihrer Krallenhand über meinen Rücken und ihre hellblauen Augen waren eine einzige Frage. Sie spürte, dass ich aufgewühlt und verwirrt war. Ich aber mied ihren Blick und sagte kein Wort.

Die Wochen zogen ins Land, und wann immer es mir möglich war, übte ich heimlich mit Jolandolo. In jener Zeit strebte jede Faser meines Seins danach, ein Diener Thorantons zu werden, um meine Sippe und all die anderen Skriek beschützen zu können.

Von Tag zu Tag wurde ich geschickter im Umgang mit dem Stab und Jolandolo lobte mich für mein Talent und meinen Ehrgeiz. Liebend gerne hätte ich mir, so wie er, Eisenbänder um die Enden meines Stabes geschmiedet, aber ich wagte es nicht. Ich wollte nichts riskieren, das meinen Kontakt zu Jolandolo gefährden könnte.

Durch das regelmäßige Üben mit dem Stab wurden mein Zorn und mein Ärger kanalisiert und ich wirkte auf die Gemeinschaft ruhiger und entspannter.

Nur meine Mutter blieb misstrauisch. Ein paar Mal schlich sie sogar hinter mir her, wenn ich für ein paar Stunden die Sippe verließ, um zu üben. Ich bemerkte sie aber jedes Mal und narrte sie, indem ich die Kampfübungen zwar ausführte, aber ohne Stab. Dabei tat ich so, als ob es sich um einen ungewöhnlichen Tanz handelte. Wenn ich von meinen Übungen zurückkehrte, versuchte ich besonders friedlich und ausgeglichen zu wirken. Irgendwann gab meine Mutter schließlich ihr Misstrauen auf, denn sie konnte nicht ernsthaft glauben, dass sich ein Skriek über längere Zeit verstellen konnte. Dabei übersah sie aber mein menschliches Erbe.

Manchmal hatte ich deswegen ein schlechtes Gewissen, doch meist freute ich mich, dass ich meine Mutter getäuscht hatte, da ich nun unbeschwert meine Kampftechniken üben konnte.

Langsam, die Knochenflöten spielend, zogen wir unaufhörlich Richtung Alltanische Berge. Während ich darauf wartete, endlich den Ruf des Khung zu vernehmen, verließen immer wieder Sippenmitglieder unsere kleine Gemeinschaft, um ihr *mahamsanazu* zu leben.

In jener Zeit geschah es auch, dass wir Hastanosto verloren. Er war ein junger Skriek und hatte vor über zwei Jahren Tantaloka, eine hübsche Skriekfrau, getroffen, die sich unserer Sippe angeschlossen hatte. Beide erkannten im anderen ihren Seelenpartner und beschlossen, miteinander die Zeit des Erkennens zu erleben. Schließlich kam für Hastanosto der Tag, an dem er uns Lebewohl sagte und sich auf seine Suche nach Silberstücken begab, um mit Tantaloka die ewige Verbindung vor Bahluna zu feiern. Er verließ die Sippe und kehrte von seiner Suche niemals wieder zurück. Viele Monate später sollten wir erfahren, dass ein Riese ihn gehäutet und gefressen hatte. Tantaloka weinte bittere Tränen der Verzweiflung.

An einem warmen Sommertag, Hastanosto hatte uns erst vor wenigen Tagen verlassen, um Silber für Tantaloka zu suchen und wir wussten noch nichts von seinem bevorstehenden grausamen Schicksal, hörte Katrilla ein verzweifeltes, schmerzerfülltes Stöhnen abseits des Weges. Sofort war sie von *mahamsanazu* erfüllt und eilte von dannen. Wir anderen folgten ihr eiligst, allen voran Jolandolo mit seinem Stab. Als wir Katrilla erreichten, sahen wir, dass sie bei einem verletzten Kobold am Boden kniete. Neben ihm stand sein gesatteltes Pony und schnaubte ängstlich. Schnell war allen klar, was geschehen war. Das Pony hatte gescheut und seinen Reiter abgeworfen. Dabei war er so unglücklich gestürzt, dass er sich die rechte Schulter ausgekugelt und den rechten Knöchel gebrochen hatte. Auch ein paar Rippen waren angeknackst.

Katrilla untersuchte vorsichtig seine Wunden, während der Kobold sie misstrauisch mit seinen großen, runden, grünen Augen anstarrte. Seine schwarzen, fledermausartigen Ohren zuckten nervös und Blut lief aus seiner kurzen, unförmigen Nase.

„Wir müssen ihn ins Lager tragen“, entschied Katrilla, nachdem ihre erste, flüchtige Untersuchung beendet war.

Ich schnaufte empört, doch da spürte ich eine Hand auf meiner Schulter, die mich beruhigend drückte. Es war Jolandolo. „Lass dir deine Gefühle nicht anmerken“, flüsterte er.

Ich nickte und atmete langsam aus. Er hatte recht. Ich musste ruhig bleiben. Niemals wieder wollte ich das Wort Halbseele hören. Dennoch war ich innerlich voll Hass. Ich musste an Fangdeso und Junkoloso denken, die von Kobolden rücksichtslos abgeschlachtet und gehäutet worden waren.

Im Lager zogen Puntamina und Katrilla dem Kobold die lederne Rüstung, sowie Gürtel, Hose, Wams und Stiefel aus. Zwei Dolche und ein kurzes Schwert wurden mit spitzen Krallen zu seinen Kleidern gelegt. Als er dann halbnackt, nur mit seiner Unterhose bekleidet, vor uns im Gras lag, sah ich, dass sein ganzer Körper mit einem dichten, dunkelblauen Fell bedeckt war. Lediglich ein Teil der Wangen und der Stirn sowie seine Hände und Füße waren unbehaart. Der Kobold war gedrungen, hatte breite Schultern und war nur wenig kleiner als ein ausgewachsener Zwerg. Nach meiner Schätzung maß er deutlich mehr als einen Meter.

Die Skriek kümmerten sich fürsorglich um ihn. Er bekam Kräutertee gegen seine Schmerzen, seine Schulter wurde eingerenkt, die angeknacksten Rippen verbunden und sein gebrochener Knöchel geschient. Schließlich reichte man ihm auch noch Essen und Getränke und er langte ordentlich zu. Wenig später schlief er ein und schnarchte wie eine knarrende Raddeichsel. Als er Stunden später erwachte, blickte er sich überrascht um. Erst langsam kam seine Erinnerung zurück und er spuckte vor uns verächtlich aus.

Mahansata und meine Mutter wollten sich mit ihm unterhalten, doch der Kobold fauchte die beiden Frauen wütend an und beschimpfte sie unflätig in seiner Sprache. Bald sahen alle ein, dass es unmöglich war, mit ihm vernünftig zu reden. Zwei Tage blieb er bei uns. Er bekam weiterhin Nahrung und Wasser, seine Verbände wurden regelmäßig gewechselt und man spielte die Knochenflöte für ihn. Oft beobachtete ich ihn heimlich aus den Augenwinkeln und prägte mir sein Gesicht und seine Gestalt ein. Einmal musste er meinen Blick bemerkt haben, denn er starrte höhnisch zurück und vollführte eine obszöne Geste in meine Richtung.

Nach den zwei Tagen wurde der Kobold unter einen schattenspendenden Baum gesetzt, seine Waffen auf einen nicht weit entfernten Stein gelegt und das Pony an einem Ast festgebunden. Wasser, Brot und Käse ließen wir ebenfalls zurück. Dann zogen wir langsam weiter. Nach einer halben Stunde ließ ich mich unauffällig zurückfallen. Jolandolo sah mich an und nickte. Ich erwiderte das Nicken, drehte mich um und begann zu laufen. Nach wenigen Minuten erreichte ich den Kobold. Er hatte sich mittlerweile zu dem Stein geschleppt und seine Waffen ergriffen. Als er mich sah, stand er mühsam auf. Sein verletzter Knöchel behinderte ihn sichtlich. Ich hob meinen Stab und kam ihm lauernd entgegen.

„Echsenkind!“, höhnte er. „Bist du gekommen, um zu sterben?“ Es war das erste Mal, dass ich ihn in der Hohen Sprache sprechen hörte. Seine Stimme klang seltsam melodisch.

Ich kam noch näher. Mit meinen mittlerweile beinahe zwölf Jahren war ich gut einen halben Meter größer als er, aber das schien den verletzten Kobold nicht zu ängstigen, und ich spürte, wie ich darüber in Zorn geriet. Ohne nachzudenken überwand ich die letzten Meter mit einem einzigen Satz und schlug mit meinem Stab gegen seinen Unterarm. Das kurze Schwert fiel aus seiner Hand und er sah mich überaus verwundert an. Niemals hätte er mit einem Angriff meinerseits gerechnet. Ich schlug erneut zu. Mein Stab traf sein breites Kinn und er stürzte mit einem Schrei zu Boden. Benommen blieb er liegen. Ich ergriff sein Schwert und setzte es an seine Brust.

Er sah in meine hellblauen Augen und erstarrte. „Du bist ein Skriek“, stammelte er. „Du wirst mich nicht töten!“

„Ich bin ein Bastard!“ Heftig stieß ich zu. Das Schwert durchbohrte sein Koboldherz. „Für Fangdeso und Junkoloso“, knurrte ich, als ich es wieder herauszog, und blickte auf die blutverschmierte Schneide des Schwertes. Nur zu gerne hätte ich diese Waffe mit mir genommen, aber das ging natürlich nicht. Wütend rammte ich dem toten Kobold das Schwert in den Bauch.

Wenig später hatte ich meine Sippe fast eingeholt. Ich atmete schwer. Jolandolo eilte mir entgegen. In meinen Augen erkannte er alles. Er lächelte und seine Hand legte schnell und heimlich ein Amulett auf meine offene Handfläche.

„Du hast es verdient“, sagte er.

Ich lächelte erfreut zurück. Es war ein Stieramulett. Ich war nun ein Krieger Thorantons.

Drei Monate später, kurz bevor wir die Alltanischen Berge erreicht hätten, ereilte unsere Sippe der Ruf des Khung. Wir machten kehrt und begaben uns in das Gebiet der Gnome, südlich der Lungerischen Ebene. Nach zwei Wochen waren wir an unserem Ziel, den Sieben Fichten, angelangt. Dort befand sich eine große Lichtung, gut tausend Meter über dem Meeresspiegel, unwirtlich und rau, umgeben von hohen, zerklüfteten Felsen. Gleich bei meiner Ankunft sah ich Dutzende Skriekkinder, die vergnügt in den Steilwänden herumkletterten. Da war ein Lärmen und Musizieren, Feuer waren entzündet worden und es gab reichlich Gemüse und Obst, kühlen Wein und unzählige Kräutertees.

Ich war verwirrt von der großen Anzahl an Skriek. Es mussten hunderte, ja vielleicht sogar tausende sein. Ich kam mit dem Zählen gar nicht nach. Jolandolo fasste mich beim Oberarm und zog mich hinter sich her. Dabei deutete er gelegentlich verstohlen nach links und rechts. Überrascht blieb ich stehen und biss meine vier spitzen Eckzähne aufeinander. Ich sah mehrere Skriek, die Eisenbänder um die Enden ihrer Wanderstäbe geschlagen hatten. Als ich endlich meine Stimme wiederfand, konnte ich nur ein Wort krächzend flüstern: „Thoranton.“

„Wir sind zu wenige“, flüsterte Jolandolo bekümmert zurück. „Aber vielleicht kann ich das ändern.“

Stunden später, die Dämmerung war bereits hereingebrochen, versammelte sich eine große Gruppe Skriek um einen mondförmigen Stein, auf dem die heiligen Symbole Bahlunas gemalt worden waren. Hier konnte jeder frei sprechen und seine Gedanken der Gemeinschaft mitteilen. Ein großer Skriek trat nach vorne und erzählte von seiner Reise ins Wentische Karst. Überschwänglich pries er die Schönheit der Landschaft und wie sehr er in jedem Grashalm die Nähe Bahlunas gespürt hatte. Nach ihm sprach eine Skriekfrau über die Geburt ihres Sohnes und trug dann ein Lied vor, das sie zu

Ehren ihres neugeborenen Kindes für Bahluna komponiert hatte. Die meisten Skriek klatschten begeistert Beifall, nur Jolandolo und ein paar andere, darunter auch ich, schnaubten verächtlich.

Anschließend sprach ein alter Skriek, dem ein Arm und ein Auge fehlten, über den Frieden seiner Seele.

Endlich war Jolandolo an der Reihe. Selbstsicher und mit erhobenem Kopf trat er nach vorne, der Stab mit den eisernen Bändern lag fest in seiner Krallenhand. Katrilla winkte ihm aufmunternd zu und seine kleine Tochter Susama hatte ein stolzes Lächeln im Gesicht.

Ich war nervös und griff nach meinem Stierkopfamulett. Das gab mir etwas Mut, obwohl meine Anspannung weiterhin groß blieb.

Jolandolo sprach mit klarer Stimme. Er erzählte vom Tod vieler Skriek. Manche starben durch Krankheit oder wilde Tiere, doch die meisten wurden von Trollen, Riesen, Zwergen, Gnomen, Kobolden und Menschen abgeschlachtet. Die Menge rumorte. Jolandolo wies darauf hin, dass beim letzten Khung viel mehr Skriek gekommen waren als dieses Mal. Ihre Zahl wurde von Jahr zu Jahr weniger. Bald, so meinte er, würde es keine Skriek mehr geben, wenn sie nicht endlich anfangen würden, sich zu wehren. Er deutete mit der spitzen Kralle seines rechten Zeigefingers auf das Eisenband am oberen Ende seines Stabes und bot allen Skriek an, dass er und eine kleine Schar Gleichgesinnter bereit wären, die Skriek zu beschützen.

Tumult setzte ein. Alle riefen durcheinander. Schließlich trat eine ältere Skriekfrau nach vorne. Sie lahmte. Ein Schwert hatte die Sehnen an ihrem linken Knöchel durchschnitten. Sie hob ihre Arme und betete laut zu Bahluna. Anschließend wandte sie sich an Jolandolo, dessen rechte Hand seinen Stab so fest umklammert hatte, dass sich seine dunkelblauen Schuppen deutlich wölbten.

„Bahluna“, sagte die Frau und alle ringsum wurden still, „hat uns scharfe Krallen und spitze Zähne gegeben. Unsere Körper sind stark und schnell. Ein Skriek kann einen anderen Skriek mit einem einzigen Hieb seiner Krallenhand töten.“ Ein Keuchen, das sich aus vielen Kehlen löste, war zu vernehmen. „Bahluna prüft uns in ihrer Weisheit. Wir sind tödliche Geschöpfe, wenn wir unsere Seele verleugnen.“ Sie spreizte ihre Fingerkrallen und drehte sich einmal im Kreis. „Jeder Kampf, jeder Schlag, ja, sogar jedes böse Wort macht uns klein und unwürdig.“ Ihre Stimme erhob sich. „Niemals darf ein Skriek ein anderes Wesen angreifen oder verletzen.“ Ihre Stimme wurde noch lauter. „Denn das wäre wirklich unser aller Ende. Aber solange wir fest im Glauben bleiben, werden wir überleben.“ Ihre Stimme wurde wieder leiser, aber noch eindringlicher. „Ich bestreite nicht, dass noch weitere Brüder und Schwestern sterben werden. Von uns werden große Opfer abverlangt. Doch wenn wir stark bleiben und unsere Seelen weiter hüten und beschützen, dann wird Bahluna uns alle erretten.“ Ihre Stimme wurde wieder lauter. „Für Bahluna! Für Bahluna!“

Die Skriek stimmten in ihren Chor mit ein.

Jolandolo wusste, dass er verloren hatte. Die Skriek würden seinem Vorschlag nicht Folge leisten. Stumm schüttelte er den Kopf und verließ mit hängenden Schultern den Platz. Katrilla, Susama und eine Handvoll Skriek mit eisenbeschlagenen Stäben folgten ihm nach.

Mir wurde schwer ums Herz. Am liebsten wäre ich Jolandolo hinterher gelaufen, aber das konnte ich nicht tun. Es war mir unmöglich, meine Mutter und meine Sippe zu verlassen. Tränen traten in meine Augen. Da spürte ich eine Krallenhand auf meiner Schulter. Es war meine Mutter. Tröstend sah sie mich an.

„Vertrau auf Bahluna“, sagte sie.

Am nächsten Morgen waren Jolandolo, Katrilla und Susama mit einem guten Dutzend weiterer Skriek verschwunden.

Ich war mürrisch und übellaunig. So gut mir der Khung anfangs gefallen hatte, so sehr verabscheute ich ihn jetzt. Ich meinte, dass alle Skriek blind und dumm waren. Die leise Stimme, die stets von Kampf und Blut zu mir sprach, wurde wieder lauter und ich schämte mich ihrer nicht.

Zwei Tage später war der Khung zu Ende und ich zog mit meiner Sippe wieder Richtung Alltanische Berge. Nach einer längeren Wegstrecke sahen wir aus der Ferne eine Brücke, die offensichtlich Zwerge gebaut hatten, da sie aus festem Stein und ohne Schnörkel war. Gemächlich kamen wir näher, doch plötzlich stockte mir der Atem. Ich roch verwesendes Fleisch und hatte den metallischen Geschmack vergossenen Blutes in meinem Mund. Auch die anderen Skriek merkten es. Sie witterten mit bebenden Nasenflügeln und Trauer machte sich breit. Tod und Leid lagen in der Luft. So schnell wir nur konnten, liefen wir zu der steinernen Brücke. Schon von weitem sahen wir die verunstalteten, gehäuteten Körper der Skriek. Mein Herz drohte auszusetzen, als ich den zerbrochenen Stab Jolandolos im niedergetrampelten Gras entdeckte. Ich fiel auf die Knie und schluchzte. Meine Mutter eilte zu mir, um mich zu beruhigen.

Die anderen Skriek suchten nach Spuren und Hinweisen. Bald wussten sie, was geschehen war. Ein Trupp Trolle hatte die Brücke überquert. Sie waren mit Keulen und Speeren bewaffnet gewesen. Jolandolo hatte sich mit seinen Gefährten eine Weile hinter den Weiden nahe der Brücke versteckt und die Trolle, als sie vorüberzogen, angegriffen. Es war zu einem Gemetzel gekommen.

Ich hob mein tränenüberströmtes Gesicht. „Wurden auch Trolle getötet?“, fragte ich.

Mahansata und Puntamina beäugten erst lange und ausführlich die Spuren, dann wiegten sie langsam ihre Köpfe hin und her. „Es waren fünf Trolle“, sagte schließlich Puntamina. „Ich vermute, dass zumindest zwei von ihnen im Kampf verletzt worden sind. Aber nicht so schwer, dass sie nicht mit den anderen weiterziehen konnten.“

„Und wie viele Skriek sind gestorben?“, krächzte ich.

„Alle.“ Mahansatas Blick war traurig. „Es waren fünfzehn.“

„Fünfzehn gegen fünf! Und wir verlieren! Wir werden erschlagen! Niedergemetzelt!“, schrie ich und fasste unter mein Hemd. Mit einem Ruck zog ich das Stierkopfamulett über meinen Hals und warf es wütend in den nahen Fluss. Thoranton war nicht mein Gott, wenn fünf Trolle genügten, um die dreifache Anzahl an Skriek zu töten.

05

Wir schleppten die Leichen der gehäuteten Skriek in einen nahegelegenen Wald. Da wir unseren Vorrat an Fackelöl aufgebracht hatten, schichteten wir trockenes Holz auf und zündeten es an. Das Feuer fraß sich bald in die toten Körper und stinkender Qualm stieg zum Himmel. Mir brannten die Augen und schmutzige Tränen liefen über meine Wangen. Ein Teil von mir war wie tot, ein anderer, kleinerer, sorgte sich um unsere Sicherheit. Das Feuer war meilenweit zu sehen. Und plötzlich, ganz so, als ob meine Befürchtungen wahr werden würden, hörten wir ein Pferd, das durch das Unterholz brach. Kurz darauf sahen wir den Reiter. Es war eine Zauberin. Ihren großen Schlapphut hatte sie nach hinten geschoben. Lange, blonde Haarsträhnen umrahmten ihr Gesicht. Ihr Stab lag locker in ihrer rechten Hand und sie strahlte eine Souveränität aus, die selbst jene des toten Jolandolo bei weitem übertraf.

Ich war beeindruckt.

Mit einem Blick erfasste die Zauberin die Situation. Sie zeigte eine ernste Miene und nickte uns kurz zu. Dann wendete sie ihr großes Pferd und war, ebenso schnell wie sie gekommen war, auch wieder verschwunden.

Meine Faszination für die majestätische Frau schlug in Zorn um. Sie hatte gesehen, was uns angetan worden war, doch das schien sie nicht zu kümmern. Hoch erhobenen Hauptes war sie auf ihrem Pferd sitzen geblieben und hatte es nicht einmal der Mühe wert befunden, uns ein paar tröstliche Worte zu schenken. Die Skriek spielten für sie keine Rolle. Wir waren so unwichtig wie Staub und Sand. Ich begann die Zauberer zu hassen.

Stunden später zogen wir weiter. Ich spürte die Blicke der anderen und wusste, was sie dachten. Das Stieramulett machte mich zu einem Anhänger Thorantons, zu einem Krieger, zu einer verlorenen Seele. Ich hatte wieder einmal all den anderen Skriek aus meiner Sippe gezeigt, dass ich nur eine Halbseele war. Zwar hatte ich das Amulett in einem Wutanfall in den Fluss geschleudert, aber das würde nur wenig an der Meinung der anderen ändern. Es war für alle klar, dass ich meine Gefühle nicht im Griff hatte und immer noch zu Wutausbrüchen neigte. Meine Mutter, die meine Seelenqual spürte, gesellte sich zu mir.

„Erzähl mir alles“, sagte sie.

Ich blickte sie lange an, dann sprach ich mit leiser Stimme. „Jolandolo gab mir das Amulett. Er behauptete, dass es Glück bringt. Aber es bringt nur Unglück, sonst wäre er jetzt nicht tot.“

„Hama, weißt du, was der Stierkopf bedeutet?“

„Nein, Mutter.“

„Er bedeutet Kampf und Tod.“ Sie seufzte. „Wer ihn trägt, versündigt sich an Bahluna.“

Ich versuchte, ein betroffenes Gesicht zu machen. „Das wusste ich nicht.“

„Na gut, Hama. Ich werde es den anderen erzählen.“ Sie verließ mich und eilte ein Stück nach vorne, um sich zu ihren Schwestern zu gesellen.

Ich blieb zurück und ging absichtlich recht langsam, um zu den anderen Abstand zu halten. Wie leicht es doch auf einmal für mich gewesen war, meine Mutter zu belügen. Ich verachtete sie beinahe für ihre Naivität und schalt sie innerlich als dumm und leichtgläubig. Minuten später bekam ich deswegen jedoch ein schlechtes Gewissen, aber das dauerte nur kurz an und ich spürte erneut, dass ich nicht wirklich zu den Skriek gehörte. Ihr edles Wesen begann mich immer mehr anzuwidern. Ich blickte zum Himmel und beschloss, auch weiter auf die Macht der Lüge zu setzen. Dann dachte ich an Jolandolo und seinen sinnlosen Kampf. Wie konnte es sein, dass er acht menschliche Soldaten mühelos besiegte, während fünfzehn Skriek von einer Handvoll Trolle niedergestreckt wurden? Meine Gedanken kreisten. Ich war damals nur ein unwissender Junge von zwölf Jahren und hatte Jolandolo grenzenlos bewundert und als überaus tapferen Skriek verehrt. Und so, wie ich vorher meine Mutter belogen hatte, begann ich jetzt auch mich zu belügen, da ich es nicht ertragen konnte, Jolandolo als schwächlichen Verlierer zu sehen. Ich stellte mir daher in Gedanken vor, dass Jolandolo den Trupp Trolle gesehen und sofort gewusst hatte, dass sie auf den Weg zu den Sieben Fichten waren, um unseren Khung zu stören und alle Skriek zu vernichten. Heldenmutig hatte sich Jolandolo mit seinen Gefährten den Trollen entgegengestellt und sie durch seinen todesmutigen Einsatz so sehr geschwächt, dass sie von ihrem ursprünglichen Plan abließen. Später, mit den Wochen, wurden in meinen Gedanken aus den fünf Trollen zwei Dutzend und nur Jolandolo und zwei weitere Skriek hatten sich ihnen entgegengestellt und gekämpft wie die Götter. Jolandolo wurde zu meinem ganz persönlichen geheimen Helden und ich machte mir heimlich ein neues

Stieramulett, das ich gut verborgen unter meinem Hemd am Körper trug. Dennoch blieb für mich weiterhin die Frage offen, warum die Skriek den Kampf gegen die Trolle verloren hatten. Ich hatte früher schon öfters aus der Ferne Trolle beobachtet. Sie waren etwas größer als Skriek und deutlich breiter gebaut. Ihre Arme reichten beinahe bis zum Boden, sie verfügten über gewaltige Kräfte, waren aber weder besonders schnell noch sehr schlau. Ihre Körper bedeckte eine dicke, dunkle, rissige Haut, die an zerklüftete Felsen erinnerte und voller Warzen und Narben war. Trolle hatten runde Ohren, breite Augenwülste und lange, gelbe Zähne. Ihr Atem stank faulig. Sie hatten an jedem Fuß nur drei Zehen mit plumpen Krallen, jede Hand endete in vier dicken Fingern. Bewaffnet waren sie meist mit Keulen oder Speeren.

Aber, und das wusste ich auch, sie waren keine übermächtigen Gegner, selbst wenn sie einem Skriek an reiner Körperkraft überlegen waren. Und eines Abends, als ich gerade am Lagerfeuer saß und in die flackernden Flammen sah, kam mir der alles erklärende Gedanke: Ein Holzstab, nur mit schmalen Eisenbändern verstärkt, würde niemals genügen, um einen Troll wirklich ernsthaft zu verletzen. Er reichte aus, um die schwächlichen Nasen und Kniescheiben von Menschen zu zerbrechen, aber ein Troll war zu robust und seine Haut zu dick. Nur scharfes Eisen konnte einen Troll töten, doch darüber hatte Jolandolo nicht verfügt. Und das hatte sein Schicksal besiegelt.

Es vergingen weitere Tage und wir kamen den Alltanischen Bergen immer näher. Ich hatte wieder meine Übungen aufgenommen, jedoch ohne einen Stab zu verwenden. Doch in meiner Vorstellung hielt ich ihn sehr wohl in meinen Händen. Ich übte offen neben den anderen Skriek und behauptete frech, dass ich mit meinen Bewegungen, die durchaus an einen Tanz erinnerten, für meine Verfehlungen gegenüber Bahluna um Verzeihung bat. Die Skriek glaubten mir, was zu einem Teil auch daran lag, dass ich ruhig und friedlich wirkte.

Ich fragte mich selbst, warum ich mittlerweile deutlich entspannter war. Lag es an dem Tanz, der mich zu müde machte, um Zorn und Wut zu fühlen? Oder lag es vielleicht daran, dass ich eine diebische Freude daran hatte, alle Skriek aus meiner Sippe zu täuschen? Sie glaubten, ich tanzte zu Ehren Bahlunas, doch in Wirklichkeit vollführte ich Kampfübungen, um Thoranton zu dienen. Welche Ironie!

Heute meine ich zu wissen, dass mich damals vor allem die Schadenfreude über die getäuschten Skriek so ausgeglichen und friedlich machte.

Kurz bevor wir das Gebirge erreichten, blieb Mahansata plötzlich stehen und witterte. Sie hatte die empfindlichste Nase von allen. Aufgeregt zeigte sie Richtung Westen und wir folgten ihr. Nach wenigen Minuten erreichten wir eine gepflasterte Straße. Ein großer, hölzerner Planwagen lag im Graben, seine Deichsel war gebrochen. Vorsichtig kamen wir näher und schon bald sahen wir die beiden Menschen. Es waren ein älterer Mann und eine junge Frau von vielleicht achtzehn, neunzehn Jahren. Sie waren beide tot. Die junge Frau hatte sich beim Sturz vom Kutschbock das Genick gebrochen. Der Mann war unter seinem Wagen eingezwängt worden und erstickt.

„Er war ein fahrender Händler“, sagte meine Mutter. Die anderen Skriek nickten zustimmend und sahen sich suchend um. Währenddessen betrachtete ich fasziniert die tote, junge Frau. Ich hatte schon viele Menschenmänner gesehen, aber sie war die erste Menschenfrau, die ich zu Gesicht bekam. Ihr Kopf stand in einem seltsam verrenkten Winkel vom Körper ab und ihre toten Augen waren weit aufgerissen. Trotzdem gefiel sie mir. Sehr sogar. Mit ihrer blassen Haut und den langen, glatten, braunen Haaren erschien sie mir viel hübscher als die geschuppten, haarlosen Skriekfrauen. Gerne hätte ich sie berührt.

Überrascht von meinen Gefühlen wandte ich mich ab und trat zu ein paar Skriekfrauen, die eifrig den Wagen durchsuchten. Wir fanden zwar nur wenig Lampenöl, dafür aber reichlich Gewürze, Stoffe, Felle, Pfannen, Weinfässer und einen Sack voll Silbermünzen sowie einen kleinen Beutel mit Gold. Das Gold ließen wir zurück, alles andere konnten wir gut gebrauchen. Aus den Stoffen würden wir neue Kleider, Gürteltaschen und Rucksäcke nähen, die Felle würden uns im Winter wärmen.

Tage später erreichten wir die Alltanischen Berge und bald fiel der erste Schnee. So verbrachten wir den Winter in einer großen Höhle und warteten auf den Frühling. Einmal überkam mich mein *mahamsanazu* und ich verließ unseren Unterschlupf. Meine Mutter kam nicht mit mir, sie meinte, ich wäre nun alt genug, um ihrer Begleitung nicht mehr zu bedürfen. So kletterte ich allein eine Felsrinne nach oben, immer meinem *mahamsanazu* folgend. Schon von weitem hörte ich die Kampfgeräusche. Hastig schlich ich näher. Ich sah drei Frauen, die Spinnennetze auf ihre linken Gesichtshälften tätowiert hatten und mit einem riesigen Troll die Klingen kreuzten.

Meine Mutter hatte mir in meiner Kindheit ein paar Mal von weiblichen Kämpferinnen erzählt und daher wusste ich, zu welchem Stamm diese Frauen gehörten: Es waren Amazonen. Sie trugen enganliegende, schwarze Lederhosen, gefütterte Wamse und lederne Stiefel mit hohen Schäften. In ihren breiten Gürteln steckten zahlreiche Messer, auf ihren Rücken waren metallene Rundschilde geschnallt. Ihre langen Haare waren zu vielen dünnen Zöpfen geflochten und wurden von ledernen Stirnbändern in Zaum gehalten. Um ihre Handgelenke lagen breite, metallene Armbänder.

Die drei Frauen waren schnell und wendig. Ihre Krummsäbel sausten nur so durch die Luft und bedrängten den wütenden Troll. Weiter und weiter wurde er zurückgetrieben. Schließlich gelang dem Troll aber ein überraschender Ausfallschritt und er rammte seinen Speer in den Bauch jener Amazone, die ihm unmittelbar gegenüberstand. Sie schrie auf. Der Troll lachte höhnisch und wollte mit einem Ruck den Speer aus dem Körper der Amazone herausziehen. Doch diese ließ gedankenschnell ihre Krummsäbel fallen und umklammerte mit beiden Händen den Speerschaft. Wütend zog der Troll an seiner Seite des Speeres. Er war viel stärker als die Amazone und so konnte sie nicht verhindern, dass er den Speer freibekam, doch der kurze Augenblick der Ablenkung genügte den beiden anderen Kämpferinnen. Ihre Krummsäbel fuhren herab und fraßen sich in den Troll. Immer und immer wieder schlugen sie zu. Trollblut spritzte in den weißen Schnee. Schließlich hielten die Amazonen inne und wandten sich ihrer sterbenden Gefährtin zu. Trauer und Wut lagen in ihren Gesichtern.

Langsam zog ich mich von meiner Beobachterposition zurück und kletterte die Felsrinne wieder hinab. Meine Gedanken kreisten. Schwächliche Menschenfrauen hatten mit ihren Eisenwaffen einen fast doppelt so großen Troll besiegt. Alles in mir sehnte sich nach einer Waffe. Selbst mit einem kleinen, schartigen Dolch wäre ich schon glücklich gewesen.

Aber das durfte natürlich nicht sein. Wütend betrachtete ich meinen Holzstab. Ich hatte große Lust, ihn in der Mitte entzweizubrechen, aber dann ließ ich es doch bleiben. Immerhin hatte ich damals mit diesem Stab jenen Kobold, den Katrilla am Wegesrand gefunden hatte, zu Boden geschlagen.

Als ich die Höhle erreichte, setzte ich mich zu meiner Mutter und erzählte ihr ausführlich, was ich gesehen hatte. Sie lächelte mich an. „Hama, Hama. Was hat dich wohl mehr fasziniert? Der Kampf oder die Menschenfrauen?“

Ich spürte, wie sich mein Gesicht rot färbte.

Die nächsten Tage spielte meine Mutter besonders häufig auf ihrer Knochenflöte. Oft saß sie anschließend stundenlang still da und versuchte, den Ruf Bahlunas zu vernehmen. Ihr Verhalten beunruhigte und verwirrte mich gleichermaßen. Wenn ich auch kein reinrassiger Skriek war, so hatte ich doch zu viel von meiner Mutter in mir, um nicht zu spüren, dass etwas im Gange war. Schließlich kam sie zu mir und bat mich, ihr ein Stück zu folgen, damit sie in Ruhe mit mir reden konnte. Ich wusste in diesem Moment, dass eine schicksalhafte Wende in meinem Leben bevorstand.

„Hama“, sagte meine Mutter, „ich habe lange dem Ruf Bahlunas gelauscht und endlich habe ich eine Antwort bekommen.“ Sie sah mich an und ich konnte deutlich die Sorge in ihrem Gesicht erkennen. „Wir werden unsere Sippe für eine Weile verlassen und nach Euptonien, dem Kontinent der Menschen, ziehen.“

„Aber ...“, stotterte ich.

„Du hast einen menschlichen Vater und ein Anrecht darauf, auch die zweite Hälfte deines Seins kennenzulernen.“

„Aber Mutter!“, stotterte ich erneut.

„Bahluna hat es so entschieden.“ Sie wandte sich ab. „Ich werde es den anderen sagen. Morgen ziehen wir los.“

Und so war es beschlossen. Am nächsten Morgen verabschiedeten wir uns von der Sippe. Meine Mutter wurde von allen herzlich umarmt und es flossen reichlich Tränen. Ich wurde mit einem höflichen Nicken und ein, zwei freundlichen Worten auf den Weg geschickt. Niemand bedauerte ernsthaft, mich los zu sein. Einige hofften wohl, dass ich nie wieder zurückkam.

Meine Mutter witterte in die Luft, dann marschierte sie in westlicher Richtung los. Ich machte mir große Sorgen. Wie sollten wir bei den gewalttätigen Menschen nur überleben? Sie würden uns augenblicklich töten oder versklaven. Doch meine Mutter beruhigte mich. Sie hatte vor, sich einem fahrenden Zirkus anzuschließen, um so ein wenig mehr Sicherheit für unsere Reise zu erlangen. Skriek waren gerngesehene Attraktionen bei den verschiedenen Völkern Euptoniens.

Nach zwei Tagen, das Talent meiner Mutter Fährten zu lesen hatte sich dabei als sehr nützlich herausgestellt, sahen wir eine Reihe von rollenden Planwagen, die träge eine gepflasterte Straße entlang fuhren. Die Wagen waren mit bunten Farben bemalt, sodass jeder schon von weitem sehen konnte, dass ein fahrender Zirkus heranzog. Langsam, um niemanden zu erschrecken, näherten wir uns der Kolonne. Auf dem ersten Kutschbock saß ein gewaltig dicker Zwerg mit seiner Frau. Er trug einen hohen schwarzen Hut und sah uns skeptisch an. Wir verneigten uns erst höflich, bevor meine Mutter ihn ansprach. Sie erklärte, dass wir eine Mitfahrgelegenheit Richtung Euptonien suchten, da wir nach Thuma wollten. Der Zwerg stieg vom Wagen und beäugte uns skeptisch. Er hatte in seinem Gürtel einen langen Dolch stecken und ich fürchtete mich daher vor ihm. Außerdem sah er mit seinem langen, struppigen Bart und seinem zerfurchten Gesicht mit den rot unterlaufenen, trüben Augen wenig vertrauenerweckend aus. Nach einer Weile brummte er etwas in seiner Sprache, um schließlich in der Hohen Sprache zu uns zu sprechen. Er war bereit uns mitzunehmen, wenn wir uns, sobald ein Dorf oder eine kleine Stadt erreicht wurden, in einen Käfig begaben und den Zuschauern unsere Krallen und Zähne zeigten. Wir sollten fauchen und knurren und so furchterregend wie möglich aussehen. Essen und Trinken würden wir von ihm erhalten, Bezahlung gab es aber keine. Meine Mutter willigte ein.

Es kam eine schlimme Zeit für uns. Wir wurden meist wie wilde Tiere gehalten. Zu dem Zwerg mussten wir Meister sagen und er hatte nie ein gutes Wort für uns übrig. Die anderen Wesen der kleinen, fahrenden Gemeinschaft mieden uns nach Möglichkeit. Es gab einen alten, mürrischen Troll, der die Zuschauer mit seiner Kraft beeindruckte und Eisenstangen verbog. Neben der Frau des Meisters, die ebenso wie ihr

Ehemann stets übel gelaunt war, gab es noch zwei weitere Zwerge, die die Tiere, zwei Bären, einen Berglöwen, drei Esel und die Kutschpferde, versorgten und Kunststücke mit brennenden Äxten vorführten. Ein Kobold war auch dabei, der bei den Vorstellungen als Meisterschütze angepriesen wurde und mit Armbrustpfeilen treffsicher durch kleine Ringe schoss und Äpfel spickte. Schließlich gehörte auch noch eine Handvoll Menschen zu dem Zirkus, die turnten, jonglierten und billige Zaubertricks vorführten. Auch meine Mutter und ich mussten in der Manege auftreten. Wir wurden an Ketten herumgeführt und mussten brüllen und toben. Einmal beobachtete mich der Meister nach einer Aufführung bei meinem Kampftanz und beschloss, dass ich ihn von nun an auch in der Manage aufführen sollte. Die Zuschauer johlten vor Begeisterung und lachten Tränen. Ein tanzender Skriek! Es war so erniedrigend für mich! Obwohl meine Seele nicht so empfindsam war wie die meiner Artgenossen, fühlte ich die Enge und Schwermut immer stärker und erdrückender. Auch meine Mutter litt große seelische Qualen und wurde von Tag zu Tag stiller. Meist saß sie zusammengekauert in einer Ecke unseres Wagens und spielte stundenlang die Knochenflöte.

Oft fragte ich mich in jener Zeit, wie es Wesen möglich war, in derart erniedrigenden Umständen zu hausen. Später erfuhr ich, dass meist Verbrecher und Deserteure in einem Zirkus Zuflucht suchten, um sich einer Verfolgung zu entziehen. Insofern war es mit uns nicht unähnlich. Wir waren zwar keine Verbrecher, aber auch wir suchten Schutz.

Und so fuhren wir sechs Monate mit dem Zirkus durch die Lande, durchquerten das Tor von Santanien, reisten immer weiter in den Süden Euptoniens, kamen an Dörfern und kleinen Ansiedlungen vorbei und zeigten unsere Vorstellungen den Menschen des Landes.

Eines Tages war es dann soweit. Wir lagerten in der Nähe des Königreiches Thuma, als wir dem Zirkus den Rücken kehrten. Kurz nach Mitternacht, als alles schlief, schlichen sich meine Mutter und ich heimlich davon. Wir trauten dem Zwerg nicht und befürchteten, dass er uns mit Gewalt festhalten würde, da wir ihm gutes Geld eingebracht hatten und viele Zuschauer in seinen Zirkus gekommen waren, nur um uns zu begaffen.

Das Königreich Thuma lag tief im südöstlichsten Zipfel Euptoniens, war recht klein und lebte vor allem vom Fischfang und dem Anbau von Oliven und Feigen. Es wurde von König Viktor dem Siebenten regiert und war wohl der einzige Ort Euptoniens, an dem sich ein Skriek einigermaßen sicher fühlen konnte.

Das kam so: Vor vielen Jahren war ein Trupp thumanischer Soldaten, der Viktors Frau Patheme und seinen kleinen Sohn Erwinus von der Hauptresidenz in das königliche Sommerhaus bringen sollte, von einer Gruppe Deserteure überfallen worden. Zwei Skriek, die gerade im Zustand des *mahamsanazu* und ganz in der Nähe waren, hatten das Gemetzel beobachtet. Nachdem die Deserteure abgezogen waren, hörten sie ein leises Wimmern. Der kleine Erwinus hatte, auch wenn er schwer verletzt war, überlebt. Die beiden Skriek kümmerten sich aufopferungsvoll um das Menschenkind und heilten seine Wunden. Aus Dankbarkeit verkündete König Viktor, dass in seinem Königreich jeder Skriek willkommen war und sie von niemandem behelligt werden durften. So wurde das Königreich Thuma zum ersten und einzigen Zufluchtsort der Skriek. Dennoch wurde das Angebot König Viktors von den Skriek kaum genutzt, denn die engen Grenzen eines Landes waren für sie nur schwer zu ertragen.

Meine Mutter und ich marschierten nach Thum, der Hauptstadt des Reiches. Wir wurden von vielen Seiten zwar misstrauisch und teilweise auch ablehnend beäugt, aber die Thumaner ließen uns in Ruhe. Es war ein eigenartiges Gefühl, sich unbehelligt zwischen all den fremdartigen Menschen aufhalten zu können. Ich bestaunte all die Straßen, Tore, Türme, Ställe, Schmieden, Verkaufsstände, Brunnen und Gebäude von Thun. Sie waren überaus beeindruckend und ich wunderte mich, wie viel Zeit die Menschen doch für die Errichtung von Mauern, Dächern und anderen Begrenzungen aufwendeten.

Später sah ich andere Städte Euptoniens und ich muss sagen, Thum war im Vergleich zu ihnen klein und provinziell. Aber damals war es meine erste große Stadt und ich kam aus dem Staunen nicht heraus. Alle Menschen waren geschäftig und eifrig. Stets hatten sie etwas zu tun. Es gab kaum Müßiggang. Und überall sah man Stadtpatrouillen, die mit Hellebarden bewaffnet für Recht und Ordnung sorgten.

Wie anders ist doch das gemaßregelte, hektische Leben der Menschen zu dem freien, einzig Bahluna verpflichteten Dasein der Skriek!

Da wir über kein Geld verfügten, und das brauchte man in einer Menschenstadt, um überleben zu können, heuerte meine Mutter bei einem Wirt namens Estmond an, der das Gasthaus zur Grünen Gans besaß. Sie musste abends für die Gäste die Knochenflöte spielen, untertags war sie angehalten, in der Küche mit anzupacken. Da sie, wie alle Skriek, viel kräftiger als ein Mensch war, wurde sie für Estmond bald zur unersetzlichen Stütze, wenn es darum ging, Wagenladungen voll Korn abzuladen oder schwere Bier- und Weinfässer in den Keller zu tragen. Auch ich musste im Gasthaus zur Grünen Gans mithelfen. Ich fegte, putzte, trug Platten und Krüge, schälte Kartoffeln und Karotten, versorgte die Pferde und mistete den Stall aus.

Meine Mutter lachte wieder etwas öfter, jetzt wo wir dem Zirkus mit seinen Zwängen und Demütigungen entkommen waren, dennoch war sie nicht wirklich glücklich. Oft betrachtete sie spät nachts, nachdem sie für die Menschen im Gasthaus gespielt und gesungen hatte, den Mond und Tränen liefen über ihre Wangen. Eine Menschenstadt ist kein Ort für einen Skriek. Ich hingegen war glücklich und zufrieden. Thum und seine Bewohner faszinierten mich, die Mauern und Gesetze störten mich nicht. Und so dachte ich, töricht und jung wie ich war, dass ich vielleicht hier mein Glück und eine neue Heimat gefunden hätte. Doch wie sehr sollte ich mich irren!

06

Die ersten Wochen in Thum waren für mich voller Aufregung und Entdeckungen und ich versuchte, wann immer es meine Zeit zuließ, die Stadt zu erkunden. Meist musste ich ja im Gasthaus zur Grünen Gans aushelfen, doch gelegentlich bekam ich auch Botengänge von Estmond, dem Wirt, aufgetragen, die mich in die verschiedensten Winkel und Straßen führten.

Das bunte Treiben in Thum gefiel mir und ich beobachtete

die zahlreichen Menschen mit großem Interesse. Nach ein paar Tagen fiel mir auf, dass über vielen Läden und Schenken Schilder mit seltsamen Zeichen befestigt waren. Auch gab es große Tafeln, meist auf freien Plätzen, die mit Blättern behängt waren, die ebenfalls diese Zeichen trugen. Meine Mutter erklärte mir, dass diese Zeichen Buchstaben seien und sich die Menschen damit Botschaften und Informationen zukommen ließen. Mein *mahamsanazu* war geweckt. Intensiv betrachtete ich die unterschiedlichen Buchstaben und bald kannte ich sie auswendig. Wenn ich auch nie das Schreiben erlernte, so war es mir doch möglich, nach wenigen Wochen die Buchstaben zu entziffern und ihren Sinn zu verstehen. Mein Lesen lässt sich natürlich nicht mit dem von Gelehrten vergleichen, dennoch, das muss ich sagen, bin ich stolz auf meine Fähigkeit, mehrere Zeilen lesen zu können und deren Sinn zu verstehen.

Neben den Buchstaben entwickelte ich auch schon bald ein großes Interesse an den Mauern der Stadt. Sie waren aus solidem Stein gebaut und nur die Reichsten hatten ihre Häuserfassaden verputzen lassen. Die Steinwände gaben mir die Möglichkeit zu klettern, und so turnte ich völlig unbekümmert Türme und Langbauten hinauf. Kein Haus und kein Tempel waren vor mir sicher, und meine kurzen, kräftigen Nägel fanden überall guten Halt. Doch schon bald erregte ich mit meinen Klettereien einiges Aufsehen in Thum, und die Leute der Stadt zeigten mit den Fingern auf mich. Da ich es für klüger hielt, so anonym und unauffällig wie möglich unter den Menschen zu leben, verschob ich meine Klettereien auf die dunkle Nacht. Da aber regelmäßig Wachtrupps durch die Gassen und Straßen patrouillierten, kaufte ich mir mit den ersten Goldtalern, die meine Mutter in der Grünen Gans verdient hatte, einen schwarzen Kapuzenmantel, der mich, wenn ich in den Wänden hing, gut vor den Blicken der Wachen schützte. So konnte ich nächtens ungehindert klettern und von Turmzinne zu Turmzinne springen. Ich blickte durch Fenster und beobachtete heimlich die Menschen bei ihrem nächtlichen Treiben. Vieles stieß mich ab. Die Menschen schienen mir meist launisch und gewalttätig zu sein. Oft sah ich in dunklen Gassen Betrunkene torkeln. Es gab bemitleidenswerte Frauen, die ihren Körper gegen Geld feilboten. Einmal beobachtete ich Diebe, wie sie die Tür einer Schmiede aufbrachen. Zweimal sah ich Männer sterben, die sich nicht von ihren Goldtalern trennen wollten. Ich griff niemals ein. Stets blieb ich im Hintergrund und beobachtete, gut geschützt durch meinen schwarzen Mantel. Später ging ich sogar dazu über, den Kapuzenmantel tagsüber zu tragen. Die Kapuze verdeckte die meisten Schuppen meines Kopfes und da mein Gesicht und meine Stirn menschenähnlich waren, war ich auf den ersten Blick kaum von einem Thumaner zu unterscheiden. Das gab mir eine ganz neue Freiheit. Noch heute trage ich stets lange, schwarze Kapuzenmäntel, die mein Gesicht verhüllen und mir eine, wenn auch trügerische, Sicherheit schenken.

Ich denke oft, wenn ich Handschuhe und Stiefel anziehen würde, um meine schuppigen Hände und Füße zu verbergen, würde ich noch unerkannter zwischen den Menschen wandeln können. Doch meine krallenartigen Nägel, die vor allem bei meinen Füßen stark gebogen sind, machen es mir nahezu unmöglich, Stiefel anzuziehen. Daher gehe ich stets barfuß, so wie alle Skriek.

Aber ich schweife ab. Wie ich schon sagte, Thum war in der ersten Zeit für mich eine Stadt voll Wunder und Überraschungen.

Besonders fasziniert war ich von den thunischen Soldaten. Man sah sie überall auf den Straßen und bei den Ständen, oft kamen einige von ihnen auch in die Grüne Gans, um Bier zu trinken, zu essen, sich zu unterhalten und den Liedern meiner Mutter zu lauschen. Ich suchte stets die Nähe dieser Männer und war begierig, jedes Wort, das sie miteinander sprachen, aufzuschnappen. Dank meiner Skriekohren verstand ich meist alles, was sie sagten, auch wenn ich viele Meter von ihnen entfernt war und am anderen Ende der Schankstube zu tun hatte. So erfuhr ich auch, dass es unterschiedliche Waffengruppen in Thum gab, die einer ganz eigenen Ordnung unterworfen waren. Die meisten Soldaten waren einfache Schwertkämpfer oder Speerträger. Andere verdingten sich als Bogenschützen oder Lanzenreiter. Die besten Kämpfer wurden der Stadtwache zugeteilt und im Kampf mit Schild und Säbel trainiert. Angeführt wurden sie von Feldwebeln und Korporalen. Ganz an der Spitze der thumischen Soldaten stand ein General namens Gestonos, der wiederum unmittelbar König Viktor unterstellt war. Alles war geordnet. In Thum gab es eine klare Hierarchie. Die Skriek hingegen kennen keine Strukturen. Selbst bei der kleinsten Sippe bestimmt keiner über den anderen. Alle sind gleich und frei. Heute meine ich, dass das keine schlechte Art zu leben ist, aber damals, in Thum wünschte ich mir sehnlichst, ein Soldat zu werden und unter einem Feldwebel zu dienen. Am liebsten wäre ich ein Speerträger gewesen, da mich ein Speer entfernt an den Wanderstab eines Skriek erinnerte. Auch die Lanzenreiter beeindruckten mich, wenn sie langsam und hoch erhobenen Hauptes über die gepflasterten Straßen ritten. Aber für mich, das wusste ich, würden die Lanzenreiter stets unerreichbar bleiben, da meine Fußkrallen viel zu scharf waren. Ich hätte bei einer falschen Bewegung meiner Beine den Bauch des armen Pferdes regelrecht aufgeschlitzt.

In meinen kühnsten Träumen stellte ich mir vor, mit meinem Speer heldenmutig Thums Haupttor gegen angreifende Kobolde zu verteidigen. Anschließend würde mich General Gestonos in seine Stadtwache aufnehmen und mit Orden überhäufen. Ich würde auf meinem Schild einen Stierkopf anbringen, um so Thoranton zu ehren und allen Thumanern zu zeigen, was für ein herausragender Kämpfer ich war. In jener Zeit dachte ich auch oft an Jolandolo, an seinen Kampf und seinen Tod. Immer mehr verklärte ich ihn. Ich wendete mich innerlich endgültig von Bahluna ab. Thoranton wurde mein einziger Gott.

Eines Tages schickte mich Estmond mit einem Leiterwagen in den Süden der Stadt, um zwei Fässer Bier zu holen. Sein Brauer, ein dicker Mann namens Eftbert, hatte sich den Fuß gebrochen und konnte daher sein Bier nicht selbst anliefern. Auf meinem Weg kam ich bei der Wachhalle vorbei, von der ich aus den Erzählungen der thumischen Soldaten zwar schon gehört, aber sie selbst noch nie gesehen hatte. Neugierig ging ich zum offenen Haupttor der Anlage und spähte ins Innere. Mein Blut geriet augenblicklich in Wallung, als ich all die übenden, schwitzenden Soldaten sah; am liebsten hätte ich mir ein Schwert geschnappt und mich ins Getümmel gestürzt, um den Anleitungen eines Feldwebels oder Korporals zu folgen. Nur mit Mühe gelang es mir, meinen Herzschlag zu beruhigen und mich meines Auftrages zu besinnen. Ich wandte mich wieder meinem Leiterwagen zu und ging weiter. Von diesem Tag an kam ich noch oft zu der Wachhalle, um den Soldaten bei ihrem Kampftraining zuzusehen, und ich wage zu behaupten, dass ich dort, schon in jungen Jahren, die eine oder andere Finte gelernt habe, die mir später sehr zugute gekommen ist und so manchem meiner Gegner das Leben gekostet hat.

Nun, ich erreichte die Brauerei des dicken Eftbert und klopfte an seine Tür. Er bat mich herein, um mich anschließend skeptisch zu beäugen. „Du bist kein richtiger Skriek“, stellte er nach einer Weile fest.

„Ich bin ein Bastard“, sagte ich. „Meine Mutter ist eine Skriek. Mein Vater war ein Nordmann.“

„War?“

„Meine Mutter hat ihn getötet.“

„Aha.“ Eftbert rutschte mit seinem fetten Hintern ein wenig hin und her, dann lagerte er sein gebrochenes Bein etwas höher und hieß mich an, einen großen Krug Bier im Keller zu zapfen.

Als ich zurückkam, schenkte er zwei Gläser voll und schnaufte. „Wie alt bist du, Junge?“

„Vierzehn.“

„Du bist groß.“

„Fast zwei Meter“, sagte ich stolz.

„Und stark?“

„Ich kann ein Bierfass alleine hochheben und in den Keller tragen.“

„Respekt.“ Er nahm einen tiefen Schluck Bier aus seinem Glas und schob dann das zweite Glas näher zu mir. „Wer so groß und stark ist, kann auch Bier trinken.“

„Ich bin erst vierzehn.“

„Das sagtest du schon.“ Ächzend bewegte er sein Bein. „Und jetzt trink!“

Ich kostete vorsichtig einen kleinen Schluck. Das Bier schmeckte mir überraschender Weise ausgesprochen gut und so leerte ich mein Glas in einem Zug. Lachend schenkte mir Eftbert nach. Ich trank wieder gierig. Eftbert lachte erneut.

Skriek trinken gerne Wein, den sie auf ihren Reisen finden, und auch ich habe in den folgenden Jahren den einen oder anderen Wein gekostet, aber er hat mir nie besonders geschmeckt. Bier hingegen schätze ich sehr und ich achte stets darauf, genügend Fässer in meiner Höhle zu lagern.

Da Eftbert merkte, dass mir das damals noch ungewohnte Bier zu Kopf stieg, schickte er mich erneut in den Keller, dieses

Mal aber, um Fleisch und Wurst zu holen. Ich hatte noch nie zuvor ein gekochtes Tier gegessen, doch Eftbert duldete keine Widerrede, also kostete ich auch von Fleisch und Wurst. Es schmeckte herrlich. So lernte ich an diesem denkwürdigen Tag nicht nur die Wachhalle kennen, sondern auch den Genuss von Fleisch und Bier. So gesehen verdanke ich dem dicken Eftbert so einiges.

Ich kehrte frohgemut mit dem Leiterwagen und zwei großen Fässern Bier zu Estmond und der Grünen Gans zurück. Meine Mutter erwartete mich schon. Sie wirkte besorgt, doch als sie mich sah, hellte ihr Gesicht sich auf. Trotz König Viktors Erlass, der besagte, dass kein Thumaner die Hand gegen einen Skriek erheben darf, blieb meine Mutter damals stets misstrauisch. So ganz konnte sie selbst den Menschen hier in Thum nicht vertrauen und sie wurde unruhig, wenn ich alleine in der Stadt unterwegs war. Daher sagte ich ihr auch nichts von meinen nächtlichen Klettereien, die ich meist ausübte, wenn sie im Schankraum ihre Lieder spielte und sang. Auch schwieg ich darüber, dass ich Bahluna verlassen und mich endgültig Thoranton zugewandt hatte. Seit es mir immer leichter gelang, sie zu belügen und zu überlisten, verlor ich auch immer mehr die Achtung vor ihr. Heute bedauere ich meine selbstherrliche Überheblichkeit zutiefst. Ich war damals ein arroganter Narr und unfähig zu sehen, wie viel meine Mutter mir zuliebe auf sich genommen hatte.

An jenem Tag, als ich die beiden Bierfässer zur Grünen Gans brachte, deutete sie mit ihrem krallenartigen Zeigefinger auf meinen schwarzen Kapuzenmantel. „Ist dir nicht zu warm, Hama? Die Sonne scheint. Zieh doch den Mantel aus.“

„Ich will nicht! Und du hast mir gar nichts zu befehlen! Geh mir schnell aus dem Weg, ich habe zu tun!“, fauchte ich sie unfreundlich an und ging ohne ein weiteres Wort an ihr vorbei. Meine Mutter blickte mir hinterher und Tränen glitzerten in ihren Augen. Skriek waren es nicht gewohnt, von ihren Kindern so behandelt zu werden.

Tage später kamen drei Soldaten in die Grüne Gans, die ich erst ein, zwei Mal zuvor gesehen hatte. Sie waren staubbedeckt und wirkten grimmig und aufgeregt. Ich belauschte ihre Gespräche und erfuhr, dass König Angrias von Ostalien mit seinen Truppen Königin Silvina und ihr paltonisches Reich angegriffen hatte. Es war zu einem Gemetzel nahe den Höhen von Tenga gekommen und Königin Silvina war seither mit ihren verbliebenen Soldaten auf der Flucht. Viele Paltonier flohen über die Grenzen ihres Landes, ein Teil in Richtung Thuma und seiner Hauptstadt Thum.

Damals hörte ich zum ersten Mal von König Angrias von Ostalien und ich dachte mir nicht viel dabei. Für mich war er nicht mehr als ein weiterer menschlicher König, der nach Macht und Herrschaft strebte. Interessant an ihm schien mir nur, dass, so erzählten die drei Soldaten, niemand sein Gesicht kannte, da er es hinter einer dunklen Maske verbarg. Für einen kurzen Moment überlegte ich, ob König Angrias auch ein Bastard war, und deswegen, ähnlich wie ich mit meinem Kapuzenmantel, sein Gesicht vor den Augen der anderen verbarg. Aber ich verwarf den Gedanken schnell wieder. Könige und Königinnen, so hatte mir Estmond erst vor ein paar Wochen erzählt, mussten reinrassig und edlen Geblüts sein; niemals würde ein Bastard die Königswürde erreichen können. Ich dachte damals nicht weiter über Angrias nach, obwohl er noch entscheidend Einfluss auf mein Leben nehmen sollte.

Die Soldaten aus Thum fluchten und sagten, dass jetzt viel mehr Arbeit auf sie zukommen würde, da die Straßen bald von Paltoniern verstopft sein würden. Zwei Tage später trafen die ersten paltonischen Flüchtlinge ein. Ich beäugte sie skeptisch. Es schienen tausende zu sein. Zwei Dutzend Familien wurden am unteren Ende unserer Gasse in einer leerstehenden Lagerhalle untergebracht.

Die Paltonier verhielten sich ganz anders als die Thumaner. Sie waren verschlossen und mürrisch, kaum einmal lachten sie. Anfangs dachte ich, ihr mürrisches Wesen hätte ihren Grund darin, dass sie ihre Heimat hatten verlassen müssen, doch bald merkte ich, dass sie einfach ein anderer Menschenschlag waren. Hinzu kam, dass die Paltonier keine Gelegenheit ausließen, um meiner Mutter und mir zu schaden. Sie hielten ganz offensichtlich nicht viel von den Gesetzen und Erlässen Thumas und betrachteten die Skriek als Freiwild. Bisher war ich mit den Jugendlichen in Thum eigentlich recht gut ausgekommen, auch wenn keine Freundschaften zwischen mir und den anderen entstanden waren. Vor allem die Burschen respektierten mich wegen meiner Kraft, Größe und Schnelligkeit. Die Mädchen hingegen waren meist scheu vor mir zurückgewichen, was ich sehr schade fand, da ich die meisten von ihnen ausgesprochen hübsch fand. Ich hätte großes Interesse gehabt, die Mädchen näher kennenzulernen. Leider beruhte das Interesse nicht auf Gegenseitigkeit. Aber immerhin ließen mich die thumarischen Mädchen in Ruhe und verfolgten mich nicht mit ihrem Spott.

Ganz anders waren da die paltonischen Jugendlichen, egal ob Bursche oder Mädchen. Ich wurde von ihnen verspottet, bespuckt und beleidigt. Regelmäßig jagten sie mich durch die Gassen und versuchten, mich mit ihren Stöcken zu schlagen. Sie bewarfen mich mit Unrat und Steinen. Meine glückliche Zeit war, ebenso schnell wie sie gekommen war, auch schon wieder vorbei, und Thum wurde zu einem einzigen Spießrutenlauf für mich. Ständig sah ich über meine Schultern und war in Sorge, von meinen Feinden überrascht zu werden. Auch meine Mutter litt. Sie wurde immer dünner und sprach viel weniger mit mir als in unseren ersten Wochen in Thum. Auch verließ sie die Grüne Gans nicht mehr, nicht einmal für einen kurzen Spaziergang, und starrte oft stundenlang durch die trüben Fensterscheiben des Gasthauses nach draußen. Es war nicht zu übersehen, dass sie Angst hatte. Um mich und um sich. Es war eine schlimme Zeit für uns beide.

Liebend gerne hätte ich mich gegen die paltonischen Quälgeister gewehrt, doch ich wagte es anfangs nicht aus Rücksicht auf meine Mutter. Sie litt schon genug. Außerdem meinte ich, dass ich zu all meinen Lügen nicht auch noch Gewalt hinzufügen sollte. Damals glaubte ich zwar, vermessen wie ich war, Bahluna endgültig abgeschüttelt zu haben, aber so war es leider ganz eindeutig nicht. In mir steckte noch zu viel von einem Skriek, und so brachte ich es lange nicht übers Herz zurückzuschlagen und die paltonischen Jugendlichen anzugreifen.

Doch nach ein paar Monaten, ich hatte bereits das fünfzehnte Lebensjahr erreicht, war ich mit meiner Geduld endgültig am Ende. Die leise Stimme in mir war immer lauter geworden, und mein Gott Thoranton forderte sein Recht. So wartete ich eines Abends, bis meine Mutter in den Schankraum gegangen war. Dann trat ich in eine schmale Seitengasse und zog meinen schwarzen Kapuzenmantel aus. Er war in Thum zu einer Art Markenzeichen für mich geworden und ich legte ihn ab, da ich heute Nacht nicht erkannt werden wollte.

Die Geschichten über König Angrias hatten mich inspiriert. Aus einem alten Kartoffelsack hatte ich eine behelfsmäßige Maske mit zwei Löchern für meine Augen gemacht. Ich zog sie über meinen Kopf, dann wickelte ich Felle um meine Krallenbeine und zwängte meine Finger in große Handschuhe. So verkleidet marschierte ich los. Ich wusste, dass sich die paltonischen Jugendlichen jeden Abend bei den knorrigen Buchen nahe der Weinkelterei trafen. Da ich durch die Felle und Handschuhe am Klettern gehindert war, schlich ich über Hinterhöfe näher heran. Schließlich war ich nahe genug herangekommen, um meine Widersacher erkennen zu können. Es waren vier Burschen und zwei Mädchen. Ich kannte sie alle den Namen nach und sie gehörten zu den Paltoniern, die mich, neben ein paar anderen, am schlimmsten verhöhnt und verfolgt hatten. Wie der Blitz fuhr ich zwischen sie und schlug zu. Ich bremste meine Schläge ab, da ich niemanden töten wollte, dennoch wollte ich fest genug zuschlagen, um alle sechs ausschalten zu können. Die jungen Paltonier verhielten sich meist hinterhältig, gemein und böse, doch sie waren auch mutig und kampferprobt und setzten sich vehement zur Wehr. Ich kam ziemlich in Bedrängnis und steckte einige schwere Schläge ein. Blut lief aus meiner Nase und sickerte in die Kartoffelsackmaske. Grimmige, kalte Wut erwachte in mir. Ich gab meine Zurückhaltung auf. Meine Faust krachte gegen den Schädel eines Mädchens und ich hörte ihre Knochen splittern. Das andere Mädchen sprang mich daraufhin wütend an, während ein großer, stämmiger Junge mit einem Ruck den Kartoffelsack von meinem Kopf riss. Alle erstarrten für einen Augenblick.

„Der Eidechsenjunge“, keuchte einer.

„Das Schuppenmonster“, fluchte ein anderer.

Für einen kurzen Moment starrten wir uns alle nur an und ließen die Fäuste sinken. Die Paltonier überwanden aber recht schnell ihre Verblüffung darüber, dass ausgerechnet ich, der doch immer ihr Opfer gewesen war, es gewagt hatte, sie anzugreifen. Sie spuckten verächtlich vor mir aus, drehten sich um und liefen davon. Das tote Mädchen ließen sie einfach liegen.

Ich blickte ihnen mit bangen Gedanken hinterher. Meine

Eckzähne schlugen voll Ingrimm und hilfloser Wut aufeinander. Warum flohen die paltonischen Feiglinge und verhinderten so meine Rache? Meine Unerfahrenheit verhinderte damals ein konsequentes Handeln meinerseits. Heute würde ich jedem einzelnen Paltonier unerbittlich nachhetzen und ihn zur Strecke bringen, damit es keine Zeugen für meine unrühmliche Tat geben würde. Aber damals hatte Thoranton meine Sinne noch nicht ausreichend geschärft. So überkam mich plötzlich eine panische Angst: Ich wollte weg. Einfach nur weg!

Die Felle riss ich von meinen Beinen, da sie mich am Laufen hinderten. Unterwegs zog ich auch die Handschuhe aus. Eine Weile irrte ich ziellos und voll banger Gedanken durch die Stadt. Irgendwann blieb ich dann stehen und keuchte erschrocken auf. Mit einem Schlag war mir klar geworden, dass ich zurück musste, um meine Mutter zu warnen. Die Paltonier hatten mich erkannt. Sie würden mir nachstellen und natürlich bei meiner Mutter mit der Suche beginnen.

Als ich in die Nähe der Grünen Gans kam, hörte ich schon die Rufe und den Tumult. Ich drückte mich in den Schatten einer Hauswand und schlich vorsichtig weiter. Endlich erreichte ich die schmale Gasse und schlüpfte hinein. Mein Kapuzenmantel war noch da. Eilig zog ich ihn über und trat wieder zum Ausgang der Gasse. Vor der Grünen Gans brandete Jubel auf. Besorgt schob ich meinen Kopf um die Ecke und sah, wie meine Mutter von Gardisten der Stadtwache festgenommen wurde. Die Menge johlte. Tomaten, Salatköpfe und Eier wurden meiner Mutter ins Gesicht geschleudert. Die Soldaten hatten Mühe, ein Lynchen zu verhindern.

Mein Herz wurde klamm vor Angst und ich glaubte, ersticken zu müssen. Thumaner und Paltonier standen einträchtig beieinander und schimpften und wüteten gegen meine Mutter. Langsam begann mein Verstand das Gesehene zu verarbeiten. Meine Mutter war unschuldig, ich allein hatte gesündigt. Doch das interessierte keinen Menschen. Hier ging es nicht um Gerechtigkeit. Mochten die Paltonier und die Thumaner auch ihre Meinungsverschiedenheiten haben, wenn es gegen eine Skriek ging, hielten die Menschen stets zusammen. Aufgrund des Erlasses von König Viktor wagten die Soldaten nicht, meine Mutter an Ort und Stelle zu töten, und brachten sie stattdessen, trotz massiver Proteste des Pöbels, in den Gefängnisturm. Ich beobachtete alles aus der Ferne und wusste, was ich jetzt zu tun hatte.

Mit Gewalt brach ich in eine nahegelegene Schmiede ein und stahl ein Schwert. Es war alt und schartig und wohl zum Schmied gebracht worden, damit die Klinge geschärft wurde, doch mir musste es genügen, so wie es war. Ich schlich zum Gefängnisturm zurück und wartete, bis sich der aufgebrachte Mob endlich zerstreut hatte und Ruhe eingekehrt war.

Der Gefängnisturm hatte dicke Mauern, war gut dreißig Meter hoch und ebenso breit. Er hatte keine Fenster und nur eine einzige, ebenerdige, eisenbeschlagene Tür, die von einem Trupp Soldaten bewacht wurde. Ich kannte den Turm von meinen nächtlichen Klettereien und wusste, dass von der oberen Plattform eine unbewachte Falltür ins Innere führte. Niemand in ganz Thum konnte sich vorstellen, dass es nötig war, dort Wachen aufzustellen. Aber die Bewohner der Stadt wussten auch zu wenig über meine Kletterkünste.

Leise und verstohlen wie ein Schatten zog ich mich entlang der Steinmauern auf der Rückseite des Wachturmes immer weiter nach oben. Mein Atem ging mittlerweile keuchend. Die Sorge um meine Mutter wurde immer beklemmender. Da hörte ich laute, langgezogene Schmerzensschreie aus dem Inneren des Turmes. Sie kamen von meiner Mutter. Mein Herz raste. So schnell ich konnte, kletterte ich weiter und erreichte die Falltür. Ich zog das gestohlene Schwert aus dem Hüftgurt meiner Gürteltasche und eilte ins Innere des Turmes, immer den Schreien meiner Mutter folgend. Augenblicke später sah ich sie. Sie lag am streubedeckten, steinigen Boden einer düsteren Zelle, nackt und blutend. Drei Soldaten schlugen mit Peitschen auf sie ein, während ein vierter ein Brandeisen ins Feuer hielt. Ich riss die unversperrte Tür auf und schrie den Namen Thorantons. Dieses Mal kannte ich keine Zurückhaltung. Meine schartige Schwertklinge brachte Tod und Verderben. Ich metzelte die Soldaten ohne Gnade nieder. Dann löste ich die Fesseln meiner Mutter, hüllte sie in den Mantel eines toten Soldaten und reichte ihr ihre Gürteltasche, die neben ihren zerfetzten Kleidern am Boden lag. Mit zitternden Fingern band sie die Gürteltasche um ihre Hüften. Ich sah tiefe, klaffende Wunden auf der Haut meiner Mutter. Sie stammten vom

Brandeisen. Es stank erbärmlich nach versengten Schuppen. Wut kochte in mir hoch. Meine Krallen schlugen mehrmals gegen die steinerne Wand. Meine Mutter sah mich nur ausdruckslos an und sagte kein einziges Wort. Schließlich kam ich langsam wieder zur Besinnung. Ich hielt keuchend inne und versuchte meine Gedanken zu ordnen.

„Wir müssen fliehen“, sagte ich, immer noch nach Atem ringend. „Kannst du klettern?“

Meine Mutter nickte. Ihr Gesicht wirkte seltsam starr. Wir eilten auf die Plattform, schwangen uns über die Zinnen und kletterten den Gefängnisturm hinab. Niemand sah uns.

In dieser Nacht flohen wir aus Thum und ich machte mir große Vorwürfe. Meine Mutter blieb die ganze Zeit über seltsam stumm und teilnahmslos. Damals dachte ich, dass die Schmerzen sie so schweigsam machten. Doch das war es nicht. Ihre Seele war gebrochen und sollte niemals wieder heilen. Und das war allein meine Schuld.

07

Wir brauchten fünf Stunden, bis wir jene nördliche Grenze erreichten, die die Königreiche Thuma und Palton voneinander trennte. Meine Sinne waren in jener Nacht ungewöhnlich geschärft. Es gelang mir immer wieder, den thumischen Patrouillen rechtzeitig auszuweichen und einen großen Bogen um sie zu schlagen. Meine Mutter wäre ohne mich keine zwei Meilen weit gekommen. Mit leerem Blick ging sie hinter mir her, schweigend und eingehüllt in einen Mantel der Traurigkeit. Ich litt an starken Schuldgefühlen, da ich wusste, dass sie durch meine Dummheit gequält, misshandelt und gebrandmarkt worden war. Aber immer wenn meine Hand den Griff des alten, schartigen Schwertes berührte, das an meiner Seite an einer Schlaufe meiner Gürteltasche hing, fühlte ich mich irgendwie seltsam erhaben. Und sehr mächtig.

Heute weiß ich, dass es am Metall des Schwertes lag, dass sich meine Sinne damals so ungewöhnlich scharf anfühlten. Vor allem Eisen lässt die Jagdinstinkte eines Skriek erwachen und kann ihn zu einem tödlichen Jäger machen. Daher lehnen die Skriek das Eisen auch so vehement ab und fühlen sich in seiner Nähe unwohl. Mich hingegen macht das Metall zu dem, der ich bin. Und in jener Nacht bekam ich eine erste, vage Vorstellung von der Beschaffenheit meines Wesens.

Wir überquerten einen kleinen Grenzfluss, dessen Namen ich nicht kannte, und setzten nach Palton über. Nicht weit entfernt standen ostalische Soldaten dicht gedrängt an einem Grenzposten und blickten müde und übernächtig in die beginnende Morgendämmerung des neuen Tages. Es war ein Leichtes, sie zu umgehen. Als es noch etwas heller wurde, sahen wir dann auch all die grausame Verwüstung. Ostalien hatte das kleine Königreich Palton mit seinen Soldaten regelrecht überrannt. Dörfer brannten. Leichen lagen entlang der Wege. Die abgeschlagenen Köpfe paltonischer Soldaten hingen von den unteren Ästen der Bäume. Planwagen waren umgekippt und Tempel zerstört worden. Die Ostalier gingen mit unglaublicher Brutalität vor und raubten und vergewaltigten ohne Hemmungen. Meine Mutter war starr vor Entsetzen, als sie all der Gräueltaten ansichtig wurde. Auch mein Herz schlug heftig gegen meinen Brustkorb und ich verabscheute die ostalischen Soldaten für ihre Grausamkeit. Ein Teil meiner Seele hätte geradezu liebend gerne das schartige Schwert gezogen, sich in den Kampf gestürzt und Ostalier getötet. Immer wieder musste ich an die Wachen im Gefängnisturm von Thum denken und jedes Mal spürte ich eine tiefe Befriedigung darüber, wie schnell und mühelos ich sie vernichtet hatte.

Als die Sonne endgültig aufgegangen war, war meine Mutter mit ihren Kräften am Ende. Wir drangen noch tiefer in den Wald vor und versteckten uns unter den tiefhängenden Ästen einer riesigen Kiefer. Meine Mutter sank erschöpft zu Boden. Nur mit Mühe konnte sie die Heilkräuter aus ihrer Gürteltasche zu einem Brei vermischen, den sie dann ächzend auf ihren Brandwunden auftrug. Ich hätte ihr gerne geholfen, aber ihr leerer Blick hielt mich davon ab. Sie war mir auf einmal so fremd – und ich wusste, dass das meine Schuld war. Ich sagte zu ihr, dass ich für uns Wasser suchen würde, aber ich war mir nicht sicher, ob sie mich überhaupt hörte, da sie auf meine Worte nicht reagierte. Unnahbar und kalt wirkte sie. Und zutiefst verletzt. Das ertrug ich kaum.

Eilig schlich ich mich davon und drang noch tiefer in den Mischwald vor. Nach wenigen Minuten hörte ich das Rauschen eines Baches und folgte dem Geräusch mit gespitzten Ohren. Da warnten mich plötzlich wie aus dem Nichts meine skriekischen Instinkte. Ich ging in die Hocke und bog vorsichtig den Zweig eines Ginsters zur Seite. An einer Mulde des Baches lagerte ein Trupp Gnome. Es waren wohl so an die zwanzig. Neben ihnen weideten ihre seltsam kleinen, dünnen Ponys.

Gnome sind noch eine Handbreit kleiner als Kobolde. Sie haben eine gelbe, glatte Haut und lange schwarze Haare, die sie meist zu langen Zöpfen flechten. Ihre Augen sind schmal und schwarz, ihre Ohren groß und spitz. Sie haben messerscharfe Zähne und eine winzig kleine Nase. Ihre Körper tätowieren sie mit seltsamen dunklen Zeichen. Sie kleiden sich meist in Leder und Fell und tragen Schutzamulette um ihren Hals. Ihre Arme und Beine sind ungewöhnlich dünn, aber man sollte sie deswegen nicht unterschätzen, da sie für ihre Größe recht stark sind, auch wenn sie im Nahkampf nichts taugen. Ihre Gefährlichkeit liegt vor allem in ihrer Geschicklichkeit, vergiftete Pfeile punktgenau ins Ziel zu bringen. Sie sind meisterliche Armbrustschützen, aber auch mit dem Blasrohr verstehen sie vortrefflich umzugehen. Ich nahm mich daher in Acht und blieb ganz leise.

Auf ihren ärmellosen Jacken hatten die Gnome das Zeichen Ostaliens gemalt: ein Adler, der ein Schwert in seinen Krallen hält. Da wurde mir klar, dass die Gnome von König Angrias angeheuert worden waren. Doch zu welchem Zweck, vormochte ich mir nicht vorzustellen, da das Königreich Palton ja bereits erobert war. Einen Moment verharrte ich noch und dachte über die Gnome nach. Da ich nicht von *mahamsanazu* erfüllt war, gab es eigentlich keinen Grund zu bleiben.

Plötzlich hörte ich Schritte, die von rechts kamen. Hastig zog ich mich noch ein Stück weiter zurück. Zehn Trolle kamen zu der Bachmulde, alle waren mit Speeren und Eisenstäben bewaffnet. Mein Interesse war geweckt.

Die Trolle und Gnome begrüßten einander knapp und die beiden Befehlshaber traten nach vorne. Der Gnom reichte dem Troll nicht einmal bis zum Bauchnabel, dennoch wurde er mit einem gewissen Respekt behandelt. Die beiden tauschten Informationen aus und so erfuhr ich, dass König Angrias Dutzende Gnomtrupps und Trollhorden bezahlt hatte, damit sie seine Soldaten bei der geplanten, unmittelbar bevorstehenden

Invasion von Thum halfen.

Ich wurde sehr nachdenklich. Was hatte König Angrias, der Herrscher mit der dunklen Maske, vor? Wollte er den gesamten Kontinent Euptonien mit seinem Krieg überziehen? Ich wusste, dass Ostalien eigentlich nur ein mittelgroßes Königreich war. Doch seit Angrias vor einigen Jahren den Thron bestiegen hatte, waren seine Grenzen beständig erweitert worden. In drei großen Schlachten waren die Königreiche Koralien, Timion und Telberien erobert worden. Die anderen Herrscher Euptoniens hatten sich darüber nur wenig erfreut gezeigt, zumindest hatte es mir so der Wirt Estmond erzählt, aber sie waren auch nicht ernsthaft besorgt gewesen. Selbst ein vereintes Reich aus Ostalien, Koralien, Timion und Telberien unter der Herrschaft Angrias war keine ernsthafte Bedrohung für die großen Königreiche wie Barius, Karnium oder gar Salur, das mit Abstand das größte und mächtigste Land ganz Euptoniens war.

Thuma sollte also nach Palton als nächstes Ostalien einverleibt werden. Das würde Angrias Reich noch weiter wachsen lassen. Aber würden die anderen Herrscher dann immer noch tatenlos zusehen? Ich konnte es mir nicht vorstellen und vermutete daher, dass es bald in ganz Euptonien zu Schlachten und Scharmützeln kommen würde. Wie die nächsten Jahre zeigten, sollte ich rechtbehalten. Es zogen Unmengen von Schmerz und Leid, Angst, Hunger, Seuchen und Tod durch Euptonien und die Menschen litten unsägliche Qualen unter der Geisel des Krieges. Bezahlte Kriegstruppen marodierten durch die Lande. Auch Gnome, Kobolde, Trolle und selbst Riesen fochten unerbittlich für den Emporkömmling Angrias, und die Zauberer saßen all die Zeit über in ihrem Bastolischen Schloss, hielten endlos Rat und taten nichts, um die Qual zu lindern.

Zauberer! Schon bei dem Gedanken an sie kommt mir die Galle hoch.

Als die Gnome und Trolle endlich weiterzogen, verließ auch ich meinen Beobachtungsplatz, füllte Wasser in unsere Trinkschläuche und kehrte zu meiner Mutter zurück. Sie schlief. Ich setzte mich leise zu ihr und hing meinen Gedanken nach. Nach einer Weile erwachte sie. Erst war ihr Blick stumpf und unklar, doch dann erkannte sie mich und lächelte zaghaft. Ich lächelte erfreut zurück.

„Mutter, geht es dir besser?"
„Hama, Bahluna hat mir einen Traum geschenkt."
„Ja?"
„Nicht sehr weit von hier ist eine Höhle mit einem Wasserfall. Dort sollen wir bleiben."
„Aber ..."
„Ich werde zu meinen Schwestern nach Allunien zurückkehren. Aber erst später." Sie richtete sich auf. „Gib mir zu trinken."
So zogen wir weiter. Drei Stunden marschierten wir, die meiste Zeit über ging es bergauf. Schließlich erreichten wir den Platz, den meine Mutter im Traum gesehen hatte. Er gefiel mir auf Anhieb. Es gab eine geräumige Höhle, deren Eingang durch dichtes Buschwerk verdeckt war. Daneben rauschte ein kleiner, steiler Wasserfall, der in einen Bach mündete, in dem es von Forellen, Saiblingen, Welsen und Barschen nur so wimmelte. Wir waren hoch oben, umgeben von großen Tannen, Föhren, Buchen, Eschen und Eichen. Das Laub hatte sich noch nicht verfärbt, aber ich wusste, dass bald der Herbst kommen würde. Ich atmete tief ein und aus. Die Luft war hier klar und frisch und roch nach Freiheit.
Meine Mutter setzte sich auf einen Felsen nahe dem Wasserfall.
„Hama", sagte sie, „ich brauche neue Knochenflöten."
Ich nickte betroffen. Bei unserer Flucht hatte ich auf ihre Flöten ganz vergessen.
„Mutter, was soll ich tun?", fragte ich daher.
„Es herrscht Krieg. Da gibt es viele Tote." Sie deutete mit ihrer Krallenhand den Berg hinab. „Such mir einen Trolloberschenkel und einen menschlichen."
„Wie du wünschst." Ich berührte den Griff meines Schwertes. Meine Mutter folgte meinen Bewegungen mit den Augen, sagte aber kein Wort. Störte es sie nicht mehr, wenn ich eine Waffe trug? Oder war sie einfach nur zu müde, mit mir deswegen zu streiten? Damals wusste ich es nicht, aber später erfuhr ich von ihr, dass Bahluna ihr in ihrem Traum nicht nur unsere Höhle gezeigt hatte, sondern auch meine Bestimmung. Und zu dieser Bestimmung gehörten nun einmal Waffen. So war das, und da es ein Traum Bahlunas war, akzeptierte es meine Mutter.

Ich machte mich auf den Weg. Bald fand ich Spuren im Wald. Aufmerksam um mich blickend folgte ich ihnen. Wenig später hörte ich hohe, gequälte Schreie. Schnell kam ich näher und sah vier ostalische Deserteure, die eine junge Frau zu Boden geworfen hatten. Einer der Männer verging sich gerade an ihr, während die anderen höhnisch lachten. Ich zog mein schartiges Schwert und stürmte los. Den ersten köpfte ich mit einem wilden Schrei. Die anderen reagierten überraschend schnell. Sie waren erfahrene Söldner und wussten eine Waffe zu führen. Einer verletzte mich am Oberarm mit einem raschen Hieb seines Degens, einem anderen wäre es fast gelungen, seinen Säbel in meinen Bauch zu rammen. Doch ich war zu flink und wendig für die Menschen. Und so dauerte es nicht lange, bis ich auch die restlichen drei Soldaten getötet hatte. Dunkles Blut tropfte von der Klinge meines Schwertes. Da sah ich aus den Augenwinkeln eine Bewegung und fühlte mich bedroht. Ich reagierte ohne nachzudenken, wirbelte herum und stach zu. Die Spitze meines Schwertes durchbohrte den Brustkorb der jungen Frau, die sich lediglich aufgesetzt hatte, um nach ihren Kleidern zu greifen, mit denen sie ihre Blöße bedecken wollte. Einen Herzschlag lang sah sie mich noch entsetzt an, dann brachen ihre Augen und sie war tot.

Langsam zog ich das Schwert aus ihrem Brustkorb. Ich hatte sie nicht töten wollen und für einen Moment fühlte ich ein tiefes Bedauern. Als ich sie aber länger betrachtete, änderten sich meine Gefühle und ich gewann fast den Eindruck, dass ihr Tod ein gutes Zeichen war. Ich wusste, dass die Knochen junger Menschenfrauen einen ganz besonders schönen Klang haben, und daher beschloss ich, beide Oberschenkelknochen von ihr mitzunehmen. Mit meinen Klauen machte ich mich ans Werk und legte die Knochen frei. Es war eine überaus blutige Arbeit. Als ich endlich fertig war, sah ich mich um. Die Waffen der toten Soldaten waren viel besser als mein schartiges Schwert. Ich nahm zwei Säbel, einen Degen und ein Florett an mich sowie zwei Messer und einen großen, metallenen Rundschild, der mit schwarzem Leder überzogen war.

Noch heute trage ich den Rundschild unter meinem Kapuzenmantel. Er hat mir schon das eine oder andere Mal das Leben gerettet, was vielleicht auch daran liegen mag, dass ich mit weißer Knochenfarbe einen Stierschädel mit langen

Hörnern, um dessen Enden sich Metallbänder schlingen, aufgemalt habe. Ich glaube, dass Thoranton, mein Kriegsgott, mich daher stets beschützt. Bis heute hat sich dieser Glaube als richtig herausgestellt.

Mein blutiges, schartiges Schwert ließ ich unbeachtet im zertretenen Gras liegen und machte mich auf den Rückweg. Meine Mutter freute sich über die Oberschenkelknochen, wählte einen aus und begann gleich damit, ihn zurechtzuschnitzen. Auch ich fertigte mir eine Knochenflöte.

In den nächsten Tagen streifte ich durch die nähere und fernere Umgebung unserer Höhle und erkundete die Gegend. Ich sah viele Tiere, Kräuter, Pilze und Beeren. Gelegentlich machte ich Gnome und Kobolde aus, die in kleinen Trupps Richtung Thuma zogen. Auch ostalische Soldaten gab es zuhauf, aber keine Trolle. Meine Mutter wurde daher immer unruhiger; ihr ganzes skriekisches Sein sehnte sich immer stärker nach einer Trollflöte. Da sie ohnehin schon durch meine Schuld in ihrer Seele schwer verletzt und von einer großen, für mich oft kaum ertragbaren Trauer erfüllt war, beschloss ich, ein weitaus größeres Umfeld rund um unsere Höhle nach Trollen abzusuchen. Ich legte eine weite Strecke zurück, die mich fast bis zum gestischen Fluss im Norden des Landes führte, nur um endlich auf einen Troll zu treffen. Drei Tage war ich nun schon unterwegs, doch immer noch sah ich weit und breit keinen Troll. Also kehrte ich schließlich schweren Herzens um. Unterwegs fand ich dann die Leichen zweier Kobolde und nahm deren Oberschenkelknochen mit mir. Meine Mutter dankte mir zwar höflich, aber ich wusste ganz genau, dass die Koboldknochen nur ein schwacher Ersatz für Trollknochen waren.

Es kam der Herbst. Laub fiel von den Blättern und es wurde merklich kühler. Wochen vergingen. Ich übte oft mit den erbeuteten Waffen, aber weder Säbel noch Degen noch Florett lagen wirklich gut in meiner Hand. Ich wünschte mir eine schwerere Waffe, die mehr meiner Körperkraft entsprach. Irgendwann schnitt ich mir dann von einer alten Hasel einen dicken, runden Ast ab, entfernte die kleinen Zweige und Blätter und schmiedete Eisenbänder um seine Enden. Der Stab lag deutlich besser als die anderen Waffen in meiner Hand und ich begann wieder mit dem Kampftanz, den mich Jolandolo gelehrt hatte. Meine Mutter sah mir oft zu, beklagte sich aber nicht, und mittlerweile wusste ich auch warum. Es war wegen Bahlunas Traum, der ihr meine Bestimmung gezeigt hatte.

Eines Tages, es fiel soeben der erste Schnee, fühlte ich *mahamsanazu* in mir. Ich ergriff Florett und Stab, befestigte den Rundschild auf meinem Rücken, zog meine Kapuze über den Kopf und ging los. Meine Instinkte führten mich nach Westen und ich folgte einem schmalen Waldpfad. Kampfgeräusche ertönten. Ich beschleunigte meine Schritte und bog eilig um eine Kurve.

Anfangs konnte ich nur einen kleinen Planwagen erkennen, vor dem zwei Ponys angespannt waren. Doch wenig später, als ich ein weiteres Dutzend Schritte näher gekommen war, sah ich die beiden Trolle. Sie bedrängten einen alten, graubärtigen Zwerg. Er wehrte sich tapfer und überaus geschickt mit seinen beiden Äxten. Doch schließlich durchbrach einer der beiden Trolle die Deckung des Zwerges und bohrte seine Speerspitze in den Wams des Graubartes. Der andere Troll frohlockte siegessicher und hob seinen Eisenstab für einen letzten tödlichen Schlag. Doch da war ich schon heran. Kraftvoll schlug ich zu. Mein Florett drang seitlich in den Hals des Trolls ein. Er grunzte überrascht. Noch einmal schlug ich zu und durchtrennte seine Halsschlagader. Trollblut floss. Der andere Troll zog hastig seinen Speer aus dem Körper des verwundeten Zwergs und drehte sich zu mir. Ich schlug erneut zu, doch der Troll konnte meinen Angriff parieren. Für einen kurzen Moment standen wir uns Auge in Auge gegenüber. Da hörte ich ein schmatzendes Geräusch. Die Axt des Zwerges grub sich tief in den Rücken des Trolls, der eine Woge dunklen Blutes spuckte, bevor er zu Boden fiel und starb.

„Danke", ächzte der Zwerg in meine Richtung und sank in den blutgefärbten Schnee.

Ich hob mein Florett und trat unschlüssig zu dem Zwerg. Sollte ich ihn töten? Seine Knochen würden eine gute Flöte abgeben und schöne, erdige Töne hervorbringen. Da hörte ich meine Mutter rufen. Ihr *mahamsanazu* hatte sie ebenfalls hierher geführt. Sie befahl mir, den Zwerg in den Planwagen zu heben, wo sie ihn notdürftig verarztete. Anschließend brachten wir ihn mit seinem Wagen zu unserer Höhle. Anfangs war mir das gar nicht recht. Ich wollte nicht, dass irgendjemand außer meiner Mutter und mir von unserem Versteck wusste. Doch dann sah ich, wie viel es meiner Mutter bedeutete, den Zwerg zu pflegen. Irgendwie schien es mir fast so, als würde der Schmerz des Zwergs das Leid meiner Mutter lindern. Also ließ ich sie gewähren. Der Trollspeer hatte die Lunge des Zwergs, er hieß Perty, durchstoßen und schwer verletzt. Er spuckte Blut und meine Mutter hatte alle Hände voll zu tun, um ausreichend Heiltee zu brauen und Salben anzurühren.

Nach ein paar Tagen gewöhnte ich mich an Perty und erlebte ihn beinahe als angenehme Abwechslung. Für einen Zwerg war er recht gesprächig und so erzählte er mir, dass er früher seinem König Sinnly über zwanzig Jahre als Gardesoldat gedient hatte. Schließlich war seine Dienstzeit vorüber und er hatte einen Berg Gold als Belohnung erhalten. Mit diesem Gold hatte er sich dann den Planwagen und die beiden Ponys gekauft und sich als fahrender Händler verdingt. Jahrelang war alles gut gegangen, bis plötzlich die beiden Trolle aufgetaucht waren und ihn überfallen hatten.

Mich interessierte der Inhalt seines Planwagens. Vor allem das Fackelöl, die Stoffe und die Bierfässer konnte ich gut gebrauchen. Ohne zu fragen bediente ich mich, und da Perty nichts dagegen sagte, nahm ich an, dass der Inhalt des Wagens als Dankeschön für seine Rettung uns gehörte. Aber mehr als jede Wagenladung interessierten mich seine beiden Äxte. Ich war immer noch verblüfft, mit welcher Wucht das riesige Schneideblatt in den Rücken des Trolls gefahren war. Die Äxte mit den überdimensional großen Schneideblättern schienen die richtigen Waffen für mich zu sein, auch wenn ihre Schäfte viel zu kurz für mich waren, da sie für Zwerge gemacht worden waren. Ich hockte mich an Pertys Krankenlager und forderte von ihm, mir zu zeigen, wie man Axtschäfte fertigte, die für meine Körpergröße geeignet waren. Anfangs zeigte sich der Zwerg erbost über mein Ansinnen und weigerte sich strikt, mir zu helfen. Aber nach zwei Tagen und angesichts seiner hilflosen Situation fügte er sich schließlich doch. So fertigte ich unter Pertys Anleitung zwei lange Schäfte, an die ich die Axtblätter befestigte. Mit der Zeit fand Perty Gefallen an dem, was ich tat. Er riet mir, da ich stärker als jeder Zwerg war, die Schäfte noch mit Eisenbändern zu umwickeln, um durch das zusätzliche Gewicht für mehr Ausgewogenheit zu sorgen. So stimmten schließlich die Dimensionen zwischen Schaft und Blatt für meine Größe und Kraft überein. In die Griffe der Äxte brannte ich Thorantons Zeichen. Dann begann ich unter Pertys Anleitungen, mit den Äxten zu üben. Ich konnte gar nicht genug davon bekommen und der alte zwergische Gardesoldat erzählte mir von jedem Trick und Kniff, den er in seinem langen Soldatenleben kennengelernt hatte.

Es wurde kälter und kälter. Dichter Schnee fiel und Pertys Husten wurde schlimmer. Meine Mutter braute neue Tees, sang zu Bahluna und spielte die Trollknochenflöte, aber es half alles nichts. Eines Morgens erwachte Perty nicht mehr. Er war im Schlaf verstorben. Wir begruben ihn im nahen Wald, seine Ponys ließen wir frei, aus dem Planwagen machten wir Feuerholz, den Inhalt des Wagens verstauten wir in unserer Höhle. Und endlich wurde es Frühling.

Meine Mutter träumte, und als sie erwachte, sagte sie mir, dass es für sie jetzt an der Zeit sei, zu ihren Schwestern zurückzukehren.

Ich nickte zustimmend. „Mutter, ich werde dich zu deinen Schwestern begleiten. Wenn du sicher am Ziel bist, kehre ich wieder hierher zurück."

„So soll es geschehen, Hama. In drei Tagen ziehen wir los." Sie griff zu ihrer Trollknochenflöte. „Und jetzt lass mich allein. Ich will Lieder spielen." Sie ging in den Wald und ließ mich ohne ein weiteres Wort zurück.

Ich griff zu meinen Äxten und begann mit meinen Übungen. Drehen, täuschen, ducken, schlagen. Wieder und immer wieder. Schweiß tropfte von meiner Stirn und ich wirbelte noch schneller über den Platz vor meiner Höhle. Finte, ducken, Hieb. Und erneut. Doch mit einem Mal hielt ich inne. In mir war plötzlich so eine seltsame Unruhe. Meine Nasenflügel vibrierten. Irgendetwas stimmte nicht. Ich leckte nervös über meine Lippen. Und dann war auf einmal eine seltsame Klarheit in mir und ich wusste ganz genau, dass meine Mutter in wahrlich großer Gefahr war.

So schnell ich konnte, lief ich los. Alle meine Sinne waren hellwach. Ich witterte und fand den Weg, den meine Mutter entlang gegangen war. Ich sprang über Wurzeln und schlug herabhängende Zweige zur Seite. Mein Atem ging stoßweise und ich war schweißgebadet. Die Haut unter meinen Schuppen kochte. Ich zog, ohne in meinem Lauf innezuhalten, die Kapuze nach hinten. Da hörte ich plötzlich die Schreie meiner Mutter. Sie war ganz nahe.

Ich brach durch das Unterholz und erfasste die Situation mit einem Blick. Vor mir war eine große Lichtung. Zwei ostalische Soldaten, keine fünfzig Meter von mir entfernt, hatten meine Mutter gefangengenommen und an den Händen gefesselt. Zynisch lächelnd malträtierten sie mit ihren kurzen, scharfen Messern die Haut meiner Mutter. Ich brüllte aus tiefster Wut und sprintete weiter. Mein Herz schlug mir bis zum Hals. Meine Oberschenkelmuskeln brannten. Doch ich ließ in meinem Tempo nicht nach. Alles in mir wusste, dass ich nicht einen winzigen Moment zögern durfte. Das Leben meiner Mutter hing an einem seidenen Faden. Erneut brüllte ich meinen Zorn hinaus und hoffte, so die Soldaten für jenen kurzen Augenblick abzulenken, den ich benötigte, um sie zu erreichen und mit meinen Äxten niederzustrecken.

Doch als die Soldaten mich heranstürmen sahen, durchschnitt einer von ihnen mit einer einzigen, beinahe gleichgültig wirkenden Bewegung die Kehle meiner Mutter. Sie röchelte schmerzerfüllt ein letztes Mal. Blut schoss aus der klaffenden Halswunde und meine Mutter starb mit einem Zucken ihres geschundenen Körpers. Leblos kippte sie zur Seite.

Eiskalte Wut durchströmte mich. Ich ließ meine Äxte fallen und stürzte mich mit geballten Fäusten auf die beiden ostalischen Soldaten. Innerhalb von Sekunden lagen sie bewusstlos vor mir am Boden. Ich nahm ihre Gürtel und band sie damit an die Stämme zweier junger Föhren. Dann wartete ich voller Ingrimm. Als sie wieder zu sich kamen und mich sahen, keuchten sie entsetzt auf und flehten um Gnade. Ich knebelte sie kurzerhand, ergriff eines ihrer scharfen Messer und begann mit der Häutung ihrer Leiber. Da ich darin ungeübt war, stellte ich mich wohl ziemlich ungeschickt an, denn die beiden Soldaten starben relativ schnell. Ich hätte sie lieber länger leiden gelassen. Dennoch verschaffen mir auch heute noch das Entsetzen in ihren Gesichtern und der Schmerz in ihren Augen eine gewisse grimmige Genugtuung. Aus ihren Oberschenkelknochen machte ich vier schöne Flöten, die heute noch in meiner Höhle aufbewahrt sind. Gelegentlich, wenn mir meine Mutter sehr fehlt, spiele ich auf diesen Flöten. Dann fühle ich mich ihr nah.

08

Zehn Jahre sind ins Land gezogen. Es ist wieder Frühling. Die Sonne scheint warm vom Himmel. Keine Wolke trübt ihre Strahlen. Die Bäume und Sträucher zeigen ihr sattes Grün, kleine Kitze und Bären streifen durch die Wälder. Bald werden die ersten Beeren reif sein.

Ich sitze auf einem Felsen neben dem Wasserfall, spiele die Knochenflöte und denke an meine Mutter. Trotz all des Blühens und Wachsens um mich herum fühle ich eine Melancholie, die mir in letzter Zeit nur zu vertraut geworden ist. Ich bin schon zu lange allein. Wenn ich auch bei weitem nicht so gesprächig bin wie ein Skriek, so fehlt mir doch die Unterhaltung mit anderen Wesen. Die Stille rund um meine Höhle wird von Jahr zu Jahr drückender und belastender. Seit ein paar Monaten träume ich auch von all den Trollen, Gnomen, Kobolden und Menschen, die ich getötet habe. Ihre Gesichter erscheinen mir im Traum, sie bespucken und verfluchen mich und ich wache schweißgebadet auf. Meist dauert es sehr lange, bis ich wieder einschlafen kann. Ich brauche jemanden zum Reden, aber es gibt niemanden. Trübsinnig schlage ich die Beine übereinander und wie von selbst schweifen meine Gedanken, begleitet von den Melodien der Knochenflöte, in die Vergangenheit.

Vor ein paar Jahren, ich streifte gerade durch das Unterholz und war erfüllt von *mahamsanazu*, sah ich einen Skriek einen Feldweg entlanggehen. Er trug einen Stab mit Eisenbändern. In diesem Moment hoffte ich innigst und wider jede Vernunft, dass auch er ein Anbeter von Thoranton war, und so sprach ich ihn an. Er hieß Tasonkolo, kannte Jolandolo und war wegen der Eisenbänder an seinem Stab von seiner Sippe verstoßen worden. Seither zog er allein durch die Lande. Wir unterhielten uns lange und er vertraute mir an, dass er Thoranton anbetete, auch wenn er Gewalt verabscheute. Ich erzählte von mir, meiner Mutter, unserer Reise nach Thuma, unserer Flucht, wie ich mit meiner Mutter hierher kam und schließlich schilderte ich Tasonkolo auch den Tod meiner Mutter und meine Rache.

Er hörte mir aufmerksam zu und blieb eine Woche bei mir. Dann verließ er mich wieder. All die Waffen in meiner Höhle und meine Erzählungen über getötete Kobolde und Menschen hatten seine Seele zutiefst aufgewühlt und er konnte meine Nähe nicht mehr länger ertragen.

Als er gegangen war, dachte ich erst eine Weile nach. Ich erinnerte mich an die paltonischen Jugendlichen in Thum, die ich einst entkommen ließ. Diesen Fehler wollte ich nicht noch einmal begehen. So beschloss ich, Tasonkolo zu folgen und ihn zu töten. Er kannte mein Versteck neben dem Wasserfall und ich wusste, wie gesprächig Skriek waren. Ich wollte nicht riskieren, dass irgendjemand von mir erfuhr. Manch junger, übermütiger Krieger würde sich, wenn er von mir hörte, versucht fühlen, meine Haut zu erbeuten.

Mehrere Stunden eilte ich Tasonkolo hinterher. Als ich ihn fast erreicht hatte, hörte ich seinen Todesschrei. Er war ostalischen Häschern, die damals schon mehr als den halben Kontinent mit ihren Piken und Schwertern unterworfen hatten, in die Hände gefallen. Tasonkolos Leiche wurde zur perversen Freude der Soldaten gehäutet und enthauptet. Seinen Schädel steckten sie auf einen Pfahl.

Wie gesagt, die Skriek haben einfach kein Talent zum Überleben.

Gut verborgen hinter einer stämmigen Eiche überlegte ich, ob ich die ostalischen Häscher angreifen sollte, um Tasonkolos Tod zu rächen. Einen Augenblick spürte ich große Lust in mir, meine beiden Kampfäxte zu ziehen, aber dann ließ ich es doch bleiben. Tasonkolo bedeutete mir eigentlich nichts, er war nur ein weiterer einfältiger Skriek, der zu dumm war, um zu überleben, und die ostalischen Soldaten zählten gut dreißig Mann. Das waren eindeutig zu viele. Sie hätten mich innerhalb weniger Augenblicke mit Pfeilen und Speeren gespickt. So zog ich mich lautlos zurück.

Ich halte viel auf meine Instinkte. Sie haben dafür gesorgt, dass ich immer noch lebe. Und ich weiß, wann ich einem Kampf aus dem Weg gehen muss. Das ist wahrscheinlich das Erbe meines Vaters – es macht mich misstrauisch und vorsichtig und hilft mir zu überleben.

Langsam lasse ich die Knochenflöte sinken und blicke mich um. All die Bäume und Sträucher rund um den Wasserfall und die Höhle sind mir nur zu vertraut. Ich kenne alle Waldwege und auch die steilen Pfade durch die langgezogenen Konthischen Berge, die mich umgeben. Ich klettere Felswände hinauf und übe mit Stab und Äxten. Gelegentlich schleiche ich zu den Dörfern der Menschen und stehle, was ich benötige: Mehl und Schmalz, Webstoffe und Bier, Fackelöl und Metalle. Stellen sich die Menschen mir in den Weg, töte ich sie.

Ich habe mein Leben in den letzten Jahren zur Gänze Thoranton geweiht. Rauben und töten schrecken mich nicht mehr. Gelegentlich unternehme ich weite Streifzüge, verlasse das von Angrias eroberte Palton und begebe mich zu den umliegenden Gebieten, um auf Menschen Jagd zu machen. Manchmal treffe ich dabei auf Trolle und Kobolde. Wenn es nur wenige sind, greife ich direkt an, ansonsten lauere ich im Hinterhalt.

Einmal stieß ich auf einen Zwerg. Er erinnerte mich an Perty, da er ebenso grauhaarig, knurrig und kampflustig war, und ich zog lächelnd meine Äxte. Der Zwerg wehrte sich tapfer und ich musste all meine Schnelligkeit aufbieten, um ihn zu besiegen. Axt traf auf Axt und ein metallenes Klirren lag in der Luft. Wie sehr habe ich diesen Kampf genossen!

Ja, ich habe mich endgültig von der sanften, gütigen Bahluna losgesagt. Nun bringe ich mit Äxten und Krallen Thoranton meine Opfergaben.

Nachdenklich betrachte ich die Knochenflöte in meinen kralligen Händen. Die Sonne brennt heiß vom Himmel. Nach einer Weile gehe ich in den kühlen Schatten. Der Wasserfall schäumt neben mir und feine Wassertröpfchen legen sich auf mein erhitztes Gesicht und meine bloßen Schultern. Die Melancholie lässt mich nicht los und wird immer mehr zu einer dunklen Trauer. Ich sehne mich nach einer Gefährtin. Einer Menschenfrau. Skriekfrauen stoßen mich mittlerweile ab. Ich hasse ihre schuppige Haut und ihre kahlen Schädel, auch wenn ihre üppigen weiblichen Formen durchaus ihre Reize auf mich ausüben. Aber Menschenfrauen finde ich viel schöner. Ihre glatte Haut, ihre Haare und ihre Augen gefallen mir ganz besonders.

Zwei Mal versuchte ich, als die Sehnsucht nach einer Frau in mir zu stark wurde, zu den Menschenfrauen Kontakt aufzunehmen. Ich schlich mich eines Sommers, als bei den

Menschen die Feldarbeit anstand, in die Nähe eines Dorfes namens Semnan. Dort wartete ich zwei Tage verborgen im Unterholz. Schließlich kam eine dralle Magd allein des Weges. Ich trat aus dem Unterholz. Als sie mich sah, mit dem dunklen Kapuzenmantel, den beiden Axtblättern, die über meine Schultern hervorragten, und dem Kampfstab in meiner linken Hand, ließ sie ihren Weidenkorb fallen und lief schreiend davon. Kurz rührte sich mein Jagdinstinkt und ich wollte sie verfolgen, doch nach einem Moment der Besinnung ließ ich es bleiben. Ich raube und töte. Aber ich nehme keine Frauen mit Gewalt. Das liegt zu einem großen Teil an meiner Mutter. Sie wurde bei meiner Zeugung selbst geschändet und litt darunter bis zu ihrem Tod. Oft hat sie mir davon erzählt: Von all ihrer Qual, ihrem Schmerz, ihrer Demütigung. Daher berühre ich keine Frauen gegen ihren Willen. Und ich denke, dass es auch Thoranton so recht ist. Er ist ein Gott des Kampfes. Schwert gegen Axt. Mann gegen Mann. Blut und Schmerz. Das will er, und nicht das ehrlose Besteigen einer schwachen Frau.

Nachdem die schreiende Magd aus meinem Blickfeld verschwunden war, machte ich kehrt und dachte über das Erlebte nach. Wochen später quälte mich wieder eine gewisse Unruhe sowie eine heftige Sehnsucht nach Nähe und Zweisamkeit. So ging ich zu einem anderen Dorf. Neben einem Weiher legte ich meine Äxte und den Kampfstab ab, nahm den Rundschild vom Rücken und zu guter Letzt zog ich auch meinen Kapuzenmantel aus. Dann wartete ich ungeduldig, bis eine Menschenfrau allein des Weges kam. Endlich, es dämmerte schon, war es soweit. Langsam, um sie nicht zu erschrecken, trat ich zwischen zwei schlanken Birken hervor. Ich hob meine rechte Hand und lächelte freundlich, um sie zu beruhigen und um ihr zu zeigen, dass ich in friedlicher Absicht kam. Für das Erste wäre ich schon damit zufrieden gewesen, nur ein paar belanglose Worte mit ihr zu wechseln. Doch soweit kam es erst gar nicht. Die Menschenfrau reagierte ebenso wie die dralle Magd. Vor Angst schreiend rannte sie eiligst davon.

Menschenfrauen finden mich abstoßend und hässlich. Sie ekeln sich vor mir und ich mache ihnen Angst. Niemals werden sie sich zu mir auf mein Lager legen.

Mehrmals überlegte ich schon, mir eine Handvoll Goldstücke zu nehmen und zu jenen Frauen zu gehen, die ihren

Körper für Münzen darbieten. Doch ich ließ es stets bleiben. Ich möchte dafür nicht bezahlen. Es kommt mir unehrenhaft vor und einem Krieger Thorantons unwürdig.

Mit den Gedanken an die Vergangenheit verlasse ich meinen Schattenplatz neben dem Wasserfall und gehe zum Eingang der Höhle. Meine Trauer wird immer tiefer. Ich hasse Tage wie heute. Endlos suhle ich mich in meinem Leid und meiner Einsamkeit und ich spüre, wie sich in der Tiefe meiner Seele eine schwarze, zerstörerische Wut regt. Wenn sie sich ihre Bahn bricht, werde ich zu meinen Waffen greifen, auf die Jagd gehen und töten. Schlagen, blocken, täuschen und wieder zuschlagen. Bis die Wut verraucht und meine Traurigkeit verschwunden ist, zumindest für eine kurze Zeit. Lange bleiben meine dunklen Gefühle mir nie fern. Manchmal glaube ich, dass sie jedes Mal ein wenig stärker zu mir zurückkommen und sich immer bösartiger und hartnäckiger in meiner Seele einnisten.

Ich greife zu meinem Stieramulett und schicke ein Gebet zu Thoranton. Viel zu wenig weiß ich über meinen Gott. Ich kenne nicht die alten Rituale, mit denen man ihn ehren sollte, ebenso wenig kenne ich die Gesten, die ihn anrufen oder besänftigen. Jolandolo hat mir kaum etwas über ihn erzählt. Ich weiß nur, dass Thoranton mächtig ist. Überaus mächtig. Und dass er glücklich ist, wenn ich in den Kampf ziehe. Ich greife nicht nur zu meinen Äxten, um meine Seelenqual zu beruhigen, nein, ich will Thoranton auch zufrieden stellen. Nur ein Narr würde seinem Gott nicht zu gefallen suchen. Man kann über mich vieles sagen – ich bin ein Bastard, eine Halbseele, ein Schlächter und ein Dieb, aber ich bin kein Narr.

Die Sonne steht jetzt hoch am Himmel. Ich ziehe mich noch weiter in den Schatten zurück und greife nach meinem Wetzstein. Ein Krieger muss seine Waffen stets scharf halten. Gleichmäßig lasse ich den Wetzstein nach vorne und zurück gleiten. Die Schneiden meiner Axtblätter sind schärfer als jedes Rasiermesser. Vor und zurück. Die Monotonie der Bewegungen entspannt mich ein wenig. Doch plötzlich halte ich inne. Irgendetwas stimmt hier nicht. Aber was? Seltsamerweise signalisieren mir meine Instinkte keine Gefahr. Trotzdem spüre ich, dass sich etwas verändert hat. Ich brauche einen Moment, um zu begreifen, was es ist. Es ist still ringsum. Zu still. Kein

Singvogel ist zu hören. Jetzt im Frühling müsste ein Zwitschern und Tschilpen die Luft erfüllen; es sei denn ein Jäger, egal ob zwei- oder vierbeinig, schleicht durch die Wälder. Aber warum geben mir meine Instinkte keinen Alarm? Dort draußen ist jemand. Da bin ich mir sicher.

Ich lege den Wetzstein zur Seite und stehe leise auf. Es wäre dumm, sich nur auf meine Instinkte zu verlassen. Ich stecke die Äxte in die Lederriemen knapp unter meinen Schulterblättern und schnalle meinen Rundschild auf den Rücken. Anschließend hülle mich in meinen langen, dunklen Mantel, ziehe die Kapuze über meinen Kopf und greife nach meinem Kampfstab. Nun bin ich gerüstet und es hat nur wenige Augenblicke gedauert.

Ich wittere in die Luft und nehme fremde Gerüche wahr. Dann höre ich, wenn auch noch weit entfernt, eine Frauenstimme. Ein Pferd schnaubt. Reiter! Wollen sie zu mir? Ich verlasse den Platz vor meiner Höhle, klettere eilig über steile Felsen nach oben und verstecke mich hinter einem Felsvorsprung. Vorsichtig spähe ich nach unten und sehe vier Reiter. Sie kommen ohne Scheu und ohne zu zögern näher. Vor meiner Höhle halten sie an.

Ich bin erstaunt. Überrascht. Einer von ihnen ist ein Zauberer. Er trägt die traditionelle Kleidung der magischen Bruderschaft: ein grauer Mantel mit den beiden Runensymbolen auf Höhe der Schultern, eine breite, purpurne Schärpe und eine lange, weiße Toga. In der rechten Hand hält er einen Zauberstab aus Zedernholz. Gelassen steigt der Zauberer von seinem schwarzen Wallach. Er dürfte so um die fünfzig Jahre alt sein. Seine Haare sind kurz und braun, sein Gesicht ist glattrasiert, abgesehen von einem schmalen, penibel gestutzten Kinnbart. Er hat eine ungewöhnlich große Nase für einen Menschen und einen breiten Mund. Runzeln liegen in seinen Augenwinkeln. Er ist groß, fast so groß wie ich und von hagerer Gestalt. Ruhig sieht er sich um, geht ein paar Schritte Richtung Höhle und hält schließlich an.

Ich löse meinen Blick von ihm und wende ihn seinen Gefährten zu. Die junge Frau steigt von ihrem Pferd und bindet die Zügel an einem Strauch fest. Sie ist schlank, hat aber dennoch deutlich sichtbare weibliche Rundungen, denen einer Skriekfrau nicht unähnlich. Sie gefällt mir auf Anhieb. Ihr Haar ist gewellt und schwarz und reicht ihr bis zur Mitte ihres

Rückens. Ihre Augen sind veilchenblau und ihre Haut ist glatt und sonnengebräunt. Sie trägt eine lederne Reithose, kniehohe Stiefel, eine grüne Bluse und eine dunkle Lederjacke, an deren Ärmeln lange Fransen angenäht wurden. In den Händen hält sie ebenfalls einen Zedernstab. Ist auch sie eine Zauberin? Wenn ja, warum trägt sie dann die Bekleidung einer Waldläuferin?

Ich wende meinen Blick von ihr ab und betrachte die beiden letzten Reiter, die mittlerweile ebenfalls abgestiegen sind. Der eine ist ungewöhnlich breit und klein. Er wirkt wie ein steinerner Quader. Überaus muskulöse Unterarme enden in zwei riesigen Pranken, die im Verhältnis zu seiner geringen Körpergröße seltsam anmuten. Es wirkt fast so, als ob man an seinen tonnenförmigen Leib die Arme eines Riesen angeleimt hätte. Er ist glatzköpfig, hat eine breite Nase, große fleischige Ohren und einen struppigen schwarzen Vollbart. In seiner Linken hält er einen großen Streitkolben, mit seiner rechten die Zügel seines grauen Pferdes. Das Tier ist ungemein breit und muskulös, mit dicken Fesseln und einem starken Rücken.

Neben dem grauen Pferd tänzelt ein edler, weißer Hengst. Seine Zügel hält ein schlanker, großer Mann. Er ist wie ein Geck gekleidet – bunt, beinahe grell. Seine weißen Stiefel reichen bis zur Mitte der Oberschenkel und sind blankgeputzt. Er trägt eine hellblaue Hose aus feinstem Leinen. Sein Wams ist blutrot. Die Puffärmel seines Rüschenhemdes sind gelb und grün gestreift. Sein langer Mantel ist violett, ebenso sein breitkrempiger Hut mit der langen, weißen Schwanenfeder, die in seinem Hutband steckt. Er hat graue Augen, hohe Wangenknochen, braune Haare und ein schmales Gesicht. Die langen Enden seines Schnurrbarts sind nach oben gedreht. Sein Kinnbart ist zu drei schmalen Zöpfen geflochten, in denen kleine, goldene Ringe funkeln. An seinem Gürtel hängt ein Rapier. Die Parierstange und das Heft sind mit Edelsteinen besetzt. Auf den ersten Blick wirkt er schwach, eitel und weibisch, doch davon lasse ich mich nicht täuschen. Ich habe seine starken Handgelenke gesehen. Und er bewegt sich schnell wie eine Natter. Dieser Mann ist gefährlich. Das weiß ich.

Der Zauberer legt seinen Kopf in den Nacken und sein Blick schweift über die Felsenwand nach oben. „Skriek!“, ruft er. Seine Stimme ist tief und ruhig. „Wenn du uns vier lange genug betrachtet hast, dann komm heraus.“

Ich erstarre. Hat er mich gesehen? Und warum nennt er mich Skriek? Was weiß er von mir?

„Skriek“, ertönt es erneut von unten, „ich will mit dir reden. Du hast von uns nichts zu befürchten.“

Ich denke nach. Woher kennen sie mich und wie haben sie zu meiner Höhle gefunden? Mir wird klar, dass ich sie alle töten muss. Aber das wird nicht leicht werden. Ich habe noch nie gegen einen Zauberer gekämpft. Die junge Frau und den geckenhaften Mann kann ich bezwingen, das spüre ich. Aber der seltsame kleine Mann, der ebenso breit wie hoch ist, macht mir Sorgen. Eine seltsame Kraft geht von ihm aus. Ich beschließe daher, zu einer Finte zu greifen und mich freundlich zu stellen. Vielleicht werden sie dann unachtsam und ich kann sie so leichter töten.

Ich verlasse mein Versteck und trete zu einem Felsvorsprung. „Was wollt ihr?“

„Ich sagte es schon: reden.“ Der Zauberer deutet mit seinem Stab zum Wasserfall. „Das ist ein hübscher Platz zum Verweilen. Komm herunter und setz dich zu mir.“

Einen Moment bin ich versucht, zu fliehen. Die vier würden mich nicht erwischen. Aber soll ich wirklich meine Höhle aufgeben? Ich muss mehr über sie erfahren. Sind sie die Einzigen, die von mir wissen, oder gibt es noch andere? Bedächtig klettere ich nach unten. Nicht einen Moment lasse ich die vier aus den Augen. Sie haben sich auf den Steinen vor dem Wasserfall niedergelassen. Die Sonne scheint sie nicht zu stören. Ich trete zu ihnen.

„Hast du was zu trinken, Skriek?“, fragt der Zauberer.

In meiner Höhle lagern kühle Bierfässer und über ein Dutzend Flaschen Rotwein, aber ich weigere mich, den ungebetenen Besuchern etwas anzubieten. Daher deute ich auf den Wasserfall. „Da ist Wasser.“

Der geckenhafte Mann nickt dem kleinen zu. Dieser erhebt sich und geht zu den Pferden. Nach wenigen Augenblicken kommt er mit vier ledernen Schläuchen zurück und verteilt sie. Alle schöpfen Wasser und trinken. Die Sonne macht durstig.

Ich überlege, ob der kleine Mann der Diener des anderen ist. Wahrscheinlich wird es so sein.

„Setz dich“, sagt der Zauberer und deutet vor sich auf den Boden.

Ich gehorche, ohne zu murren, da ich friedlich und kooperativ erscheinen will.

Der Zauberer seufzt. „Ich bin Erik Anfohrrnus vom Rat der Zauberer.“ Er deutet zu der Frau. „Sie heißt Kathinka Ebensa und ist meine gelehrigste Schülerin.“

Sie nickt mir zu. Knapp und mürrisch.

Also ist sie doch eine Zauberin, denke ich.

Der Zauberer zeigt auf den geckenhaften Mann. „Darf ich vorstellen? Prinz Romaldo von Harba.“

Prinz Romaldo verbeugt sich und zieht schwunghaft seinen Hut mit der Schwanenfeder. Um seine Mundwinkel spielt ein höhnisches Lächeln. Ich mag ihn nicht. Er wirkt arrogant, selbstsicher und überheblich.

„Und der Mann neben Prinz Romaldo ist sein Bruder Knut“, fährt der Zauberer fort.

„Bruder?“, frage ich erstaunt. Der vierschrötige Knut und der elegante Romaldo sind äußerlich so verschieden, wie es zwei Menschenmänner nur sein können.

„Genau genommen sind sie Zwillinge.“ Zauberer Erik wedelt ungeduldig mit der Hand, ganz so, als ob er andeuten will, dass das keine Rolle spiele. „Irgendein seltsamer harbaischer Blutschwur hat Knut zu dem gemacht, was er ist.“

Knut neigt den Kopf in meine Richtung.

„Grumpf“, lallt er.

Ich sehe, dass er keine Zunge hat.

„Ach ja, er ist stumm.“ Der Zauberer lächelt. „Und wie ist dein Name, Skriek?“

„Ich bin kein Skriek“, antworte ich grimmig.

„Nun, zumindest bist du ein Halbskriek.“

„Mein Name ist Hamalalenno“, sage ich.

„Kleiner Sonnenschein“, übersetzt der Zauberer meinen Namen in die Neue Sprache. „Deine Mutter gab dir einen schönen Namen.“

Prinz Romaldo grinst höhnisch. Ich mag ihn immer weniger. Niemand macht sich über meinen Namen lustig. Aus den Augenwinkeln sehe ich, dass auch Kathinka Ebensa verächtlich die Mundwinkel verzieht. Nun, das wird sie bereuen. Keiner von den vieren wird überleben. Ich wende mich wieder dem Zauberer zu. „Du sprichst die Sprache der Skriek?“

„Ich spreche viele Sprachen.“ Er seufzt. „Hamalalenno

werde ich dich aber nicht nennen. Denn du bist alles andere als ein kleiner Sonnenschein. Für mich und die anderen bist du einfach Skriek."

„Ich bin ein Bastard. Kein Skriek." Ich spüre, wie ich langsam ärgerlich werde.

„Mein Freund, du bist mehr Skriek, als du dir derzeit noch vorstellen kannst."

„Ich bin nicht dein Freund", knurre ich. Was meint er damit, dass ich mehr Skriek wäre, als ich mir vorstellen kann? Was weiß der Zauberer, was ich nicht weiß?

„Wir werden noch Freunde", prophezeit Erik Anfohrrnus.

„Was willst du von mir?", frage ich.

„Ich will, dass du uns begleitest."

Ich zeige ihm meine vier spitzen Eckzähne, dann spucke ich aus.

Erik Anfohrrnus seufzt und beugt sich vertraulich nach vorne. „Ich werde ganz ehrlich mit dir sein." Er seufzt erneut. Ich habe den Eindruck, dass der Zauberer sehr oft seufzt. „Hör zu, Skriek. Wir brauchen dich, weil wir König Angrias, den Herrscher Ostaliens, töten wollen."

Ich lache auf. Erik ignoriert es und spricht mit ruhiger Stimme weiter.

„Vor über fünfzehn Jahren hat sich in Ostalien Dramatisches ereignet, und alles hing mit Angrias zusammen. Er war damals noch keine zwanzig Jahre alt und lebte in einem armseligen, kleinen Schloss. Angrias war ein unwichtiger Neffe zweiten Grades des damaligen Herrschers, eines Königs namens Gunther. Unglücklicherweise starben König Gunther und seine drei leiblichen Söhne innerhalb eines Monats. Es herrschte Aufruhr in Ostalien. Viele begehrten die Königsmacht. Ausgerechnet der unbedeutende Angrias bat Julissa, die einzige Tochter König Gunthers, um ihre Hand. Ein Aufschrei ging durch Ostalien. Wie konnte ein unwichtiger Neffe zweiten Grades sich nur erdreisten, die Tochter des Königs zu freien? Doch wie erstaunlich, der Kronrat stimmte der Hochzeit zu." Die Stimme des Zauberers trieft vor Ironie. „Da fragt man sich natürlich, woher ein unwichtiger Neffe von kaum zwanzig Jahren all die Unsummen Goldtaler herhat, die man benötigt, um einen Kronrat bestechen zu können." Eriks Blick gleitet in die Ferne. „Nun, wie auch immer. Angrias heiratete Julissa.

Leider verstarb sie zwei Monate später. Ein unglücklicher Jagdunfall, wie man sagt." Erik räuspert sich. „Aus Trauer um den Tod seiner jungen Gattin band sich Angrias ein schwarzes Tuch vor sein Gesicht und wurde zum Herrscher mit der dunklen Maske. Den Rest kennst du vermutlich."

„Und?" Ich verstehe nicht, warum mir der Zauberer das alles erzählt.

„Angrias überzog den Kontinent Euptonien mit einem nie zuvor gesehenen Krieg. Er hob Truppen aus, kaufte Söldner, darunter auch Kobolde, Trolle und Gnome aus Allunien. Sogar Riesen kämpften für ihn. So fiel Königreich um Königreich in Angrias Hand. Mittlerweile herrscht er über zwei Drittel des Kontinents und nur mehr der tapfere König Edwin aus Salur mit seinen beiden edlen Söhnen leistet noch mit einigen anderen Königreichen, die sich ihm angeschlossen haben, Widerstand. Aber auch er wird unter Angrias Stiefeln zertreten werden."

„Wen kümmert es?", werfe ich ein.

„Mich", sagt der Zauberer. „Ich weiß, wie du denkst, Skriek. Menschen töten Menschen. Das war schon immer so. Und das wird auch immer so bleiben. Womöglich ist es daher sogar besser, wenn es nur einen einzigen Herrscher gibt, mag er auch noch so ungerecht und grausam sein. Denn bei einem Herrscher hält sich die Anzahl der Kriege in Grenzen, nicht wahr? Du, Skriek, glaubst wahrscheinlich", er deutet mit seinem rechten Zeigefinger auf mich, „dass nach Angrias Tod das Chaos in Euptonien ausbrechen wird, da es keine ordnende Hand mehr gibt."

Ich nicke.

„Und du hast recht, Skriek." Der Zauberer seufzt. „Nach Angrias Tod werden bestialische Kriege, Seuchen und Hunger Euptonien heimsuchen. Aber", seine Stimme senkt sich, „die Alternative wäre noch schlimmer. Angrias will ganz Euptonien unterwerfen, dann wird er sich Allunien zuwenden, um schließlich auch noch den Kontinent Hestard zu erobern."

„Es geht also um deine Sicherheit, alter Mann." Ich spucke aus.

„Nein, mein Freund. Es geht um die Zerstörung der Welt."

„Selbst wenn Angrias über die drei Kontinente herrscht, wird dadurch unsere Welt noch lange nicht zerstört. Ein Herrscher ist so gut wie ein anderer."

„In diesem Fall leider nicht.“ Erik wischt einen Schweißtropfen von seiner Stirn. Die Sonne steht immer noch hoch am Himmel. „Was glaubst du, Skriek, wie es einem zwanzigjährigen Jüngling innerhalb weniger Jahre gelungen ist, zum mächtigsten Mann Euptoniens aufzusteigen?“

„Glück.“

„Magie. Unglaublich mächtige Magie.“

„Und, Zauberer, wo ist das Problem?“

„Ich vermute, dass die alten Reliquien im Spiel sind. Und dass Angrias nicht alleine handelt. Er hat starke Verbündete.“

„Ich sehe das Problem noch immer nicht“, sage ich. Doch auf einmal erinnere ich mich an den Traum meiner Mutter. Sie sah einen Herrscher mit Maske. Und einen Zauberer. Und eine Hohepriesterin. Ist Erik der Zauberer aus dem Traum meiner Mutter? Ich glaube es nicht. Soweit ich mich erinnere, hat sie mir stets erzählt, dass der Zauberer aus ihrem Traum einen langen dichten Bart hatte. Erik Anfohrrnus Kinnbart hingegen ist sehr kurz und ordentlich gepflegt. Nun, man kann einen Bart natürlich kürzen, dennoch, ich halte Erik Anfohrrnus nicht für den Zauberer aus dem Traum. Außerdem wäre es ja auch widersinnig, wenn er sich gegen seinen Verbündeten wenden würde? Doch der Traum bringt mich auf eine Idee.

„Warum tötet ihr Zauberer nicht einfach Angrias?“

Er seufzt. „Nun, um ganz ehrlich zu sein, mein Freund, der Rat der Zauberer hat eine etwas andere Sicht der Dinge als ich. Niemals würde ich eine Mehrheit im Rat finden, die bereit wäre, Angrias zu töten. Ganz abgesehen davon, dass der Rat der Zauberer den Frieden bewahren muss und nicht zu Meuchelmördern werden darf. Das würde jede Ordnung zunichte machen.“

„Ihr Zauberer schaut wieder einmal weg.“ Tiefe Verachtung liegt in meiner Stimme.

„Ich nicht“, entgegnet Erik.

„Aber du handelst gegen den Rat. Im Geheimen.“

„So ist es.“ Ein müdes, fast trauriges Lächeln huscht über sein Gesicht. „Ich stelle mich gegen meine Brüder und Schwestern und schicke Meuchelmörder aus. Weit ist der einst so vielversprechende Erik Anfohrrnus aus dem Dorfe Siminzin gekommen!“

„Du bist doch ein Zauberer“, sage ich. „Reite nach Vinbon,

der Hauptstadt Ostaliens, und töte Angrias."

Er seufzt erneut. „Ich fürchte, ich bin zu gut bekannt. Man wird mich nicht zu Angrias durchlassen. Außerdem wird er von einer Schar Hexer beschützt."

„Hexer?", frage ich.

„Ja, es sind abtrünnige Magier, die niemals die Aufnahme in den Rat der Zauberer geschafft haben. Sie lassen sich für lumpige Goldtaler von Angrias kaufen."

„Und von denen lässt du dich aufhalten?", stichle ich. Langsam beginne ich, Erik Anfohrrnus zu mögen.

„Zwei, vielleicht sogar drei könnte ich jederzeit besiegen. Aber zwei Dutzend Hexer? Niemals."

„Dann hol dir doch ein paar Zauberer zur Unterstützung. Es werden ja wohl nicht alle vor dem Rat kuschen."

„Ich bin allein." Er blickte zu seiner Schülerin. „Bis auf Kathinka."

Ich sehe ebenfalls zu ihr. Sie ist wirklich sehr schön und ich spüre, dass ich sie eigentlich nicht töten möchte. Bedächtig balle ich meine Fäuste, sodass meine scharfen Krallen ein wenig gegen meine Handflächen drücken. Das lässt mich klarer denken. Ich kann mir jetzt keine sentimentalen Gefühle leisten. Die vier müssen sterben, auch wenn Erik und Kathinka mir sympathisch sind. Hier geht es um mein Überleben.

„Was willst du von mir, Zauberer?", frage ich.

„Du musst auf den Turm von Yestshire klettern."

„Was?"

„Du kletterst auf den Turm von Yestshire, dringst in den Innenhof vor, öffnest den verschlossenen Brunnen und lässt mehrere Amazonenkriegerinnen ins Innere des Turms. Die Amazonen werden sich als Bedienstete verkleiden, sich an Angrias heranschleichen und ihn töten."

„Das ist der Plan?" Ich zeige erneut meine Eckzähne. „Einen größeren Schwachsinn habe ich bis jetzt noch nicht gehört."

„Das ist aber der Plan", bestätigt der Zauberer.

„Du musst zutiefst verzweifelt sein", stelle ich fest.

„So ist es."

„Wo ist dieser Turm von Yestshire?"

„In der Nähe von Barius. Yestshire ist eine riesige Handelsstadt und liegt zwischen dem ostalischen Reich und dem Königtum Salur. Angrias wird dort mit König Edwin zu

Verhandlungen zusammentreffen."

„Wann?"

„In ein paar Monaten."

„Das weißt du also."

„Ich habe meine Quellen", sagt Erik. „Also, Skriek, bist du dabei?"

„Niemals!" Ich versuche, ein freundliches Lächeln zu zeigen, um sie nicht zu verschrecken. Schließlich muss ich sie in Sicherheit wiegen, um dann zu einem geeigneten Zeitpunkt zuschlagen zu können.

Der Zauberer seufzt, dieses Mal besonders tief. „Mein lieber Freund, ich war sehr offen und ehrlich zu dir. Und ich habe dir gefährliches Wissen anvertraut. Du wirst doch wohl nicht annehmen, dass ich dich damit leben lasse, wenn du dich nicht unserer Sache verschwörst?"

„Du willst mich töten?", frage ich scheinbar ruhig, während meine linke Hand langsam Richtung Axtstiel wandert. Da hebt Kathinka Ebensa ihren Stab und zeigt direkt auf mich.

„Lass deine Hand, wo sie ist", sagt sie kalt. Ich halte inne.

Erik Anfohrrnus hebt nun ebenfalls seinen Stab. Ein blauer Strahl löst sich blitzschnell und für mich völlig überraschend aus einem Ende, saust über den freien Platz vor meiner Höhle und schlägt in einer Jungbuche ein. Der Baum zerplatzt. Holzsplitter, Blätter und Zweige wirbeln durch die Luft.

Ich atme keuchend aus.

„Nun, Skriek", sagt der Zauberer völlig ruhig, „meine bezaubernde Schülerin hat zwar noch nicht ganz meine Macht, aber glaube mir, sie kann deinen Schädel wie eine reife Melone zerplatzen lassen."

Ich glaube ihm. „Was willst du?", knurre ich Erik an, Kathinka und ihren Stab nicht aus den Augen lassend.

„Schwöre bei deinem Gott, dass du alles in deiner Macht Stehende unternehmen wirst, um Angrias zu töten." Er senkt seine Stimme. „Und schwöre auch, dass du niemandem etwas über unsere Gemeinschaft verraten und jeden von uns nach bestem Wissen und Gewissen beschützen wirst."

Ich lächle listig. „Habe ich denn eine Wahl, Zauberer?"

„Die hat man immer." Er klingt irgendwie traurig und ich glaube, ihn zu verstehen. Er hasst das, was er hier machen muss, aber aus irgendeinem Grund glaubt er zutiefst, dass es seine Pflicht ist.

„Dann treffe ich meine Wahl“, sage ich und forme das heilige Zeichen des Mondes. „Ich schwöre bei meiner Göttin Bahluna, nicht eher zu ruhen, bis König Angrias tot ist. Niemanden werde ich von unserem Bündnis erzählen. Und alle aus unserer Gruppe werde ich beschützen. Das schwöre ich bei meiner Göttin Bahluna.“

Erik Anfohrrnus lacht herzlich. Dabei klopft er sich mit seiner rechten Hand auf den Oberschenkel. „Raffiniert, mein Freund, sehr raffiniert.“ Er lacht noch einmal auf. „Du denkst doch nicht, dass ich ernsthaft glaube, ein Wesen wie du würde Bahluna anbeten.“ Er wischt eine Lachträne aus seinem rechten Augenwinkel. „Schwöre bei deinem Gott Thoranton, oder sei bereit, zu sterben.“

Ich blicke mehr als nur überrascht von ihm zu seiner Schülerin Kathinka. Am Ende ihres Stabes, der immer noch auf meinen Kopf zielt, leuchtet ein blauer Funke.

„Entscheide dich“, fordert der Zauberer und seine Stimme klingt mit einem Mal hart wie Stahl.

Also entscheide ich mich. „Ich schwöre bei meinem Gott Thoranton ...“

09

Nach meinem Schwur habe ich ein Fass kühles Bier geöffnet. Es wäre mir falsch vorgekommen, die vier weiterhin mit Wasser abzuspeisen. Nun kreisen die Trinkhörner und es wird ordentlich gezecht. Ich spüre, wie mir der Alkohol zu Kopf steigt, und ich genieße es. Endlich gibt es für mich andere Wesen, mit denen ich mich unterhalten kann. Die Dunkelheit in mir weicht für einen kurzen Moment ein wenig zurück und ich glaube tatsächlich, dass ich nicht länger alleine bin. Wahrscheinlich, gestehe ich mir in meiner Bierlaune ein, hätte ich auch ohne bindenden Schwur die Jagd auf Angrias mitgemacht. Immerhin haben ostalische Soldaten meine Mutter ermordet, Ostalien ist daher ein zutiefst verhasster Feind von mir. Hinzu kommt, dass Angrias derzeit sicherlich als der größte Kriegsherr Euptoniens gilt und es daher nur richtig ist, wenn ich, ein Anhänger Thorantons, ihn jage. Ich werde seinen

Leichnam meinem Gott zu Füßen legen.

Ich spüre eine Euphorie in mir, die zwar trunken und verlogen ist, aber doch viele hundertmal besser als die alte, schwermütige, so wohl vertraute Melancholie. Bedächtig schweift mein Blick durch die Runde. Ich habe mir meine neuen Gefährten nicht ausgesucht, aber sie sind da und vertreiben meine Einsamkeit. Zumindest jetzt, für einen kurzen Moment. Ich betrachte sie alle eingehend.

Da wäre zuerst einmal Prinz Romaldo, der mir mit seiner eitlen, zynischen, geckenhaften Art zwar weiterhin unsympathisch ist, aber er gibt sich zumindest einigermaßen höflich und ist gesprächig und fröhlich. Neben ihm sitzt sein stummer Zwillingsbruder Knut. Mit dem weiß ich eigentlich nicht viel anzufangen. Er verzieht keine Miene, starrt vor sich hin und schüttet Unmengen von Bier in seinen tonnenförmigen Körper, aber dennoch ist er mir irgendwie willkommen. Er strahlt Sicherheit und Kraft aus.

Erik Anfohrrnus, den Zauberer, mag ich. Er hat etwas an sich, dass mich in seinen Bann zieht. Es ist nicht nur die Macht, die er verkörpert, und auch nicht seine Magie, die ihn so besonders erscheinen lässt. Er wirkt auf mich edel und gut. Beinahe so wie ein Skriek, nur ohne das Schwächliche und Feige. In einem Kampf möchte ich Erik Anfohrrnus niemals gegenüberstehen. Ich weiß mittlerweile genau, dass er mich wie ein lästiges Insekt zerquetschen würde. Tief in mir wünsche ich mir, dass der Zauberer mein Freund wird.

Und dann ist da noch Kathinka Ebensa. Sie mag mich nicht. Nicht eines einzigen Blickes würdigt sie mich. Doch mir gefällt ihr Äußeres. Sie ist eine wunderschöne Menschenfrau. Ihre rauchige Stimme geht mir unter meine schuppige Haut und ein dummer, verzweifelter Teil in mir möchte sie berühren, mit meinen kralligen Fingern durch ihr langes, dunkles Haar streichen.

Ja, ich habe zu viel getrunken. Und ich vergesse auch nicht, dass die vier Wesen gefährlich sind. Aber im Moment ist mir das egal. Endlich hat sich die Dunkelheit in meiner Seele ein wenig gelichtet. Ich lächle meine neuen Gefährten an. Selbst Prinz Romaldo schenke ich ein kurzes Heben meiner Mundwinkel. Er erwidert es mit einem kurzen Nicken. Es erscheint mir nicht unhöflich, möglicherweise sogar ein wenig respektvoll. Und da macht sich plötzlich das skriekische, friedvolle Erbe meiner Mutter bemerkbar. Ich nehme mir ernsthaft vor, auch Romaldo zu mögen. Zumindest ein wenig. Und wenn mir das nicht gelingt, dann will ich wenigstens versuchen, ihn zu respektieren.

Die Zeit vergeht und ich fülle die Trinkhörner auf ein Neues. Nach einer Weile beugt sich Romaldo zu Kathinka und flüstert ihr etwas ins Ohr. Sie lacht glockenhell. Ihre veilchenblauen Augen funkeln vergnügt. Ich knurre ungehalten. Der Skriek in mir löst sich in Luft auf. Mit einem Schlag bin ich wieder ein Krieger Thorantons. Ein Eidschwur bindet mich an die vier und ich werde ihn nicht brechen. Aber ich werde Prinz Romaldos Arme und Beine wie trockene Äste zerknicken, wenn er seine Finger nicht von Kathinka lässt. Das schwöre ich bei Thoranton. Erneut knurre ich.

Da spüre ich eine Hand auf meiner Schulter. Es ist Erik Anfohrrnus. Er erkennt die Wut in mir. Daher fordert er mich auf, aufzustehen und ein Stück mit ihm zu gehen. Erst will ich Kathinka mit dem schleimigen Prinzen nicht alleine lassen, dann nicke ich aber doch und erhebe mich. Mir ist leicht schwindlig. Ich habe eindeutig zu viel Bier getrunken.

Erik ergreift meinen Oberarm und führt mich von den anderen weg. Wir folgen einem schmalen Bergpfad und bald kann ich meine Gefährten nicht mehr sehen.

„Skriek, in dir ist viel Wut“, sagt der Zauberer.

Ich grunze etwas Unverständliches. Was soll ich dazu auch schon sagen?

„Thoranton“, meint Erik nach einer Weile, „hieß früher Thurantuh. Doch mit der Zeit änderte sich die Aussprache seines Namens und die Skriek begannen, ihn Thoranton zu nennen. Doch sein wahrer und einziger Name ist Thurantuh. Und nur mit diesem Namen solltest du deinen Gott anrufen und seinen Segen erflehen.“

Seine Worte berühren mich eigentümlich. Es ist fast so, als ob er mir etwas erzählt, das ich eigentlich insgeheim schon lange weiß. Ich bin angespannt. Mein Herz pocht schnell und ich schwitze. Der Alkohol in meinem Hirn löst sich langsam auf und ich kann wieder ein wenig klarer denken. „Erzähl mir von meinem Gott“, bitte ich den Zauberer.

„Thurantuh beziehungsweise Thoranton bedeutet in der

Sprache der Skriek, wie du ja weißt, der Machtvolle." Erik bleibt stehen und betrachtet mich nachdenklich. Ich habe den Eindruck, dass er gut überlegt, wie viel er mir erzählen soll. „Thurantuh liebt das Metall und den Stein. Das Metall steht für Kampf und Tod. Der Stein für Härte und Beständigkeit. Wenn du also zu Thurantuh beten willst, errichte einen kleinen Altar aus Steinen und lege deine Äxte darauf. Suche dir ein Stierhorn. Dieses legst du ebenfalls zu deinen Äxten. Richte den Altar immer nach Norden aus. Der Norden ist die Himmelsrichtung von Thurantuh, denn im Norden herrschen Kälte und Schnee. Kein Feuer kann in all dem Eis eine Seele wahrhaft erwärmen. Nur die Stärksten überleben unter diesen unwirtlichen Bedingungen." Er streicht über seine ungewöhnlich große Nase. „Thurantuh akzeptiert nur die Stärksten. Schwäche und Feigheit verabscheut er. Wenn du sein Zeichen formen willst, dann schlage die Innenseiten deiner Handgelenke aneinander und zische den Namen deines Gottes dreimal. Lege metallene Armbänder um deine Handgelenke und das Zeichen wird noch machtvoller."

Er lächelt ein wenig, doch seine Augen blicken weiterhin ernst. „Wenn du ihm danken willst, vergrabe einen Stierschädel in der Erde und rufe dreimal laut seinen Namen."

Ich nicke.

Der Zauberer hebt seinen rechten Zeigefinger. „Und nun höre das Wichtigste. Thurantuh ist der eiskalte Krieger. Grimmiger, nie versiegender Zorn treibt ihn an. Die eisigen Nordwinde umspielen sein Haupt und formen sein Herz zu einem Klumpen Eis. Thurantuh verliert nie die Beherrschung. Er ist ruhig und berechnend. Und er hat Zeit. Soviel Zeit wie das ewige Eis hoch oben im Norden."

„Du meinst ..."

„Ich meine", unterbricht mich Erik, „dass man dir deine Gefühle zu deutlich ansieht. Knut verwirrt dich. Seinen Bruder Romaldo kannst du nicht leiden. Vor allem dann nicht, wenn er sich länger mit Kathinka unterhält, die du offensichtlich und heiß begehrst."

Ich spüre, wie sich meine Wangen vor Scham rot färben.

„Skriek, dein Benehmen ist gegenüber deinem Gott mehr als nur unwürdig."

Ich schnaube erbost, doch ich kann die Wahrheit seiner

Worte nicht leugnen.

„Sei kalt und distanziert, mein schuppiger Freund. Berechnend und schnell. Lass niemanden deine wahren Gefühle erahnen.“ Erik seufzt. „Ansonsten, und da bin ich mir sicher, wirst du die Reise zum Turm von Yestshire nicht überleben.“

„Ich verstehe“, sage ich und habe so ein Gefühl, als ob ich tatsächlich verstehen würde.

Wir kehren um. Nach einer Weile richte ich wieder das Wort an Erik. „Haben die anderen auch einen Schwur auf ihre Götter geleistet? Haben sie sich auch eidverpflichtet, Angrias zu töten?“

„Nein, mein Freund, das haben weder Kathinka noch die Zwillinge getan.“ Er blinzelt in die Sonne. „Und, genau genommen, ist das bei den dreien auch nicht notwendig.“

„Wieso?“

„Das werden sie dir vielleicht irgendwann selbst erzählen. Aber sei versichert, sie hassen Angrias mehr, als du dir im Moment vorzustellen vermagst.“

Ich nicke. Dann habe ich noch eine Frage. „Warum hast du mich ausgesucht, um auf einen Turm zu klettern? Die meisten Skriek klettern besser als ich.“

Erik schnauft verächtlich. „Aber sie haben kein Talent zum Überleben, nicht wahr? Sie würden auf der Reise nach Yestshire sterben.“

„Und wie kamst du auf mich?“

„Ich reise viel. Und ich höre viel. Vor kurzem hörte ich zufällig von zwei Mägden, dass ein böser Mann in den Bergen leben soll. Laut ihren Erzählungen hat dieser Mann grüne Schuppen, lange Krallen und ein hässliches, bösartiges Gesicht.“

Ich fauche erbost.

„Weißt du, Skriek, lange Krallen interessieren mich immer. Und Schuppen auch. Also machte ich mich auf die Suche.“ Er betrachtet seinen Zauberstab. „Es war nicht schwer, dich zu finden. Zwei Tage habe ich dich beobachtet. Ich sah dich steile, glatte Felswände hinaufklettern und war beeindruckt.“

„Du warst bei meiner Höhle? Zwei Tage lang?“

„Nun, ich verwendete einen Tarnzauber.“ Er grinst schelmisch. „Schließlich bin ich ja ein Zauberer, nicht wahr?“

Ich schweige. Erik Anfohrrnus, der Zauberer, erschüttert

mich. Lange Zeit habe ich geglaubt, dass nichts und niemand mich besiegen kann. Doch jetzt beginne ich langsam zu begreifen, dass es viel gefährlichere und vor allem machtvollere Wesen als mich gibt. Ich muss achtsam sein. Auf meine Instinkte hören. Und auf meinen Verstand. Ich denke an Thurantuh und an das, was Erik mir vorhin gesagt hat. Kalt, unnahbar, berechnend, abwartend. Ein wahrer Krieger meines Gottes. So werde ich sein.

Wir kehren zu den anderen zurück. Sie haben ein zweites Fass Bier geöffnet. Knut reicht mir ein Trinkhorn und ich ergreife es dankend. Ich setze mich etwas abseits und beginne zu beobachten. Ich muss meine Gefährten besser kennenlernen, um erfassen zu können, wie sie denken. Außerdem will ich verstehen, wie sie sind und was sie antreibt. Schon nach wenigen Augenblicken revidiere ich meine anfängliche Meinung über sie. Was mir vorher im ersten Überschwang wie ein zwangloses Zusammensein erschienen ist, ist vielmehr ein gegenseitiges Abschätzen und Prüfen.

Knut trinkt zwar Unmengen von Bier, aber er scheint es auch problemlos zu vertragen. Sein Blick bleibt stets klar und wandert prüfend von einem zum anderen. Nichts entgeht ihm.

Sein Bruder Romaldo nippt nur an seinem Trinkhorn. Mag er auch blumige Geschichten erzählen und regelmäßig ein Lächeln zeigen, so ist er doch überaus wachsam. Seine grauen Augen erreicht sein Lachen nie und wenn er sich unbeobachtet fühlt, taxiert er uns alle.

Erik sitzt neben ihm. Er strahlt Ruhe und Gelassenheit aus. Sein Bierkonsum ist stark, wieder und wieder füllt er sein Trinkhorn. Doch wenn seine Augen glasig und seine Aussprache undeutlich werden, bewegt er unauffällig und schnell seine Finger und er ist wieder nüchtern. Er wirkt Magie und gibt sich nur jovial. Er ist ebenso vorsichtig und angespannt wie wir anderen.

Seine Schülerin Kathinka trinkt nur wenig. Sie beobachte ich besonders genau. Mir fällt auf, dass sie zwar über Romaldos Geschichten und Scherze lacht, ihre Augen aber nicht, wie ich erst dachte, fröhlich blitzen, sondern vielmehr höhnisch funkeln. Kommt ihr Romaldo zu nahe, rückt sie stets zur Seite. Sie macht es aber so geschickt, dass es wie unbeabsichtigt erscheint.

Mir wird einiges klar. Die vier sind keine verschworene Gruppe, die gemeinsam durch Tod und Hölle gehen. Vielmehr scheint es zwei Gruppen zu geben: Auf der einen Seite die beiden Brüder, die sich, aus welchen Gründen auch immer, der Sache verschrieben haben. Auf der anderen Seite ist Kathinka Ebensa mit ihrem Lehrer Erik Anfohrrnus, der alles plant und uns anführt. Ich stehe zwischen den beiden Gruppen. Und uns fünf eint lediglich ein gemeinsames Ziel: der Tod von König Angrias.

Ich werde vorsichtig sein müssen. Niemandem kann ich wirklich vertrauen, nicht einmal Erik. Ich spüre, dass er mir nicht alles erzählt hat. Es steckt mehr hinter seinem Wunsch, Angrias tot zu sehen. Mein alter Widerwillen gegen Zauberer kehrt zurück. Was bezweckt er wirklich? Sein hehres Ziel, die Kontinente vor der Zerstörung zu retten, klingt ja schön und gut, aber ich glaube ihm nicht. Wie soll ein einziger Mann, und sei er auch so mächtig wie Angrias, die Möglichkeiten und Fähigkeiten haben, ganze Erdteile zu zerstören? Und was hat es mit diesen Reliquien auf sich, die Erik kurz erwähnt hat? Sie sind auch im Traum meiner Mutter vorgekommen. Ich schüttle unmerklich meinen Kopf. Angrias zu töten, ist für mich in Ordnung. Damit ehre ich meinen Gott Thurantuh. Aber ich muss aufpassen. Auf mich. Damit ich nicht wie ein Schaf auf der Schlachtbank hingerichtet werde, wenn unser Auftrag erfüllt ist. Weder Erik und seine Schülerin, noch die Zwillinge werden ein Interesse daran haben, mich leben zu lassen. Schließlich und endlich bin ich ein gedungener Attentäter, der eindeutig zu viel weiß. Nein, ich traue niemandem. Und ich beginne es langsam zu bereuen, meinen heiligen Schwur geleistet zu haben, denn im Endeffekt bin ich noch immer allein, auch wenn ich jetzt in Gesellschaft der vier bin. Aber sie sind nicht meine Freunde, meine Vertrauten. Sie sind lediglich Schicksalsgenossen, die einen gemeinsamen Weg mit mir gehen, der uns alle höchstwahrscheinlich in den Tod führen wird.

„Skriek."

„Was?" Ich schrecke aus meinen Gedanken auf.

„Du bist so schweigsam, Skriek", sagt Romaldo mit seiner melodischen, südländischen Stimme. „Beeindrucken dich meine Geschichten so sehr?“

„Nein, sie langweilen mich.“

Er lächelt und zeigt seine strahlend weißen Zähne. Sein Lächeln ist falsch und hinterhältig. „Ich bin der größte Kämpfer, den Harba je hervorgebracht hat. Es würde dir gut anstehen, mir aufmerksam zu lauschen und von mir zu lernen“, prahlt Romaldo und zupft wichtigtuerisch an den langen Ärmeln seines bunten Rüschenhemdes. „Skriek, du kannst mir danken. Ich werde nämlich so gnädig sein und dir noch einmal von meiner Heldentat erzählen. Also, höre jetzt gut zu. Es war vor fast zwei Jahren im Frühsommer. Ich ritt soeben auf meinem treuen Ross Kunbert so vor mich hin. Da hörte ich gellende, verzweifelte Hilfeschreie. Als Mann der Ehre gab es für mich keinen Moment des Zögerns. Jemand benötigte meine Hilfe und ich war bereit, sie zu gewähren. Ich zog mein Rapier und gab Kunbert die Sporen. Wenige Augenblicke später sah ich zwei Trolle, die eine unschuldige junge Gräfin bedrängten. Todesmutig sprang ich vom Pferd und rief meine Herausforderung.“ Er zwirbelt seinen Schnurrbart. „Die beiden Unholde ließen von der jungen Frau ab und wandten sich mir zu. Ich lächelte kühl. Dann griff ich an. Mein Rapier fuhr durch die Luft. Pfeilschnell. Tödlich. Und ehe sich die Trolle versahen, lagen sie schon mit aufgeschlitzten Kehlen blutend im Gras. Und die junge Gräfin war gerettet.“ Sein Blick sucht den meinen. Er ist herausfordernd, durchdringend. „Und, Skriek, hast du auch schon einen Troll erlegt? Oder eine unschuldige Frau errettet?“

„Ich habe schon ein, zwei Frauen getötet. Ob sie unschuldig waren, weiß ich nicht.“ Ich zeige ihm meine vier spitzen Eckzähne. „Aber ich glaube, dass ich noch keinen Prinzen erschlagen habe.“

Er schnaubt verächtlich. „Du bist ein primitives Monster, Skriek.“

„Das mag schon sein“, kontere ich. „Aber dafür kann ich dich ohne Anstrengung in der Mitte entzwei brechen.“

„Bevor du mich zu fassen bekommst, Schuppenkopf, würde die Spitze meines Rapiers schon dein Herz durchbohrt haben“, behauptet Romaldo mit Überzeugung.

Darauf sage ich nichts mehr, sondern zucke nur mit den Schultern. Romaldo ist in meinen Augen ein Angeber und ich will ihn mit Desinteresse strafen, da ich glaube, dass das diesen eitlen Gecken am meisten stört.

Erik lacht. „Das wird eine lustige Reise." Er steht auf. „Es ist an der Zeit, euch zu verlassen. Wir treffen uns in wenigen Tagen bei den Amazonen wieder."

„Du kommst nicht mit uns?", frage ich erstaunt.

„Mein lieber Freund, ich denke, ich bin ein wenig zu bekannt in diesen Landen. Angrias hat einen Ring von Soldaten rund um das Land der Amazonen gelegt. Daher erscheint es mir ratsam, dass ich mich alleine durchschlage. Ich möchte um jeden Preis verhindern, dass irgendjemand davon erfährt, dass ich euch kenne." Er streicht über seine lange Nase. „Hinzu kommt, dass ich noch etwas erledigen muss."

Kathinka tritt zu ihm und umarmt ihn. „Ich werde dafür Sorge tragen, dass wir rechtzeitig bei den Amazonen eintreffen", verspricht sie ihm leise.

„Nichts anderes erwarte ich von dir." Erik Anfohrrnus drückt sie noch einmal kurz an sich, dann dreht er den Kopf und fixiert Romaldo mit seinem Blick, anschließend Knut und schlussendlich mich. „Meine Schülerin wird euch drei anführen. Hört auf ihre Befehle."

Wut ist plötzlich in Romaldos Gesicht zu sehen. Er erhebt sich mit einer geschmeidigen Bewegung aus seiner sitzenden Position und tritt zu dem Zauberer. „Du beleidigst mich, alter Mann. Niemals wird ein Sohn Harbas von einer Frau Befehle entgegennehmen."

Erik bleibt erstaunlich ruhig. „Nun, mein Freund, in diesem Fall wirst du es tun."

„Niemals!"

„Willst du Angrias tot sehen oder nicht?"

„Was hat das damit zu tun, Zauberer?"

„Alles."

Romaldo ballt seine Hände zu Fäusten. Knut grunzt warnend. „Grumpf." Und noch einmal grunzt er. Es vergeht ein kurzer Moment. Plötzlich gleitet ein Lächeln über Romaldos Gesicht und er öffnet seine Fäuste. Sein Lächeln wird noch eine Spur breiter. Und noch eine Nuance verlogener. Schließlich dreht er sich zu Kathinka. Galant zieht er seinen breitkrempigen Hut mit der Schwanenfeder. „Es wird mir eine Ehre sein, von so einer bezaubernden Frau, wie du es bist, Kathinka Ebensa,

Befehle entgegenzunehmen."

Sie nickt ihm huldvoll zu. „Ich danke dir, Prinz Romaldo."

Ich spüre Ärger in mir aufsteigen und öffne schon meinen Mund, um meine Meinung kundzutun. Doch dann schließe ich ihn wieder und denke an Eriks Worte über Thurantuh. Ich muss kalt sein, distanziert, beobachtend. Da sehe ich, wie Kathinka, als sich Romaldo seinem Bruder zuwendet, verächtlich die Mundwinkel verzieht. Mir wird klar, dass sie dem harbanischem Prinzen kein Wort geglaubt hat.

Wir verabschieden uns von Erik und er winkt uns allen noch einmal zu. Ich blicke ihm so lange nach, bis er aus meinem Blickfeld verschwunden ist.

Romaldo und Knut gehen zu ihren Pferden, beschäftigen sich mit ihren Satteltaschen und ignorieren mich. Kathinka betrachtet nachdenklich den Himmel. Die Sonne ist ein großes Stück weitergewandert. Bald wird es Abend werden.

Ich verräume die Trinkhörner und die leeren Bierfässer. Anschließend durchwühle ich meine Holzkiste mit den erbeuteten Gegenständen. Ich suche mir zwei metallene Armbänder aus, streife sie über und schlage die Innenseiten meiner Handgelenke aneinander. Das Metall klingt dumpf. Das gefällt mir. Dreimal zische ich den Namen Thurantuhs, genau so, wie es mir der Zauberer geraten hat. Es fühlt sich gut an. Noch einmal schlage ich die metallenen Armbänder aneinander und zische Thurantuhs Namen. In meinem Kopf ist plötzlich ein seltsames Kribbeln. Ich fühle mich meinem Gott so nahe wie noch nie zuvor in meinem Leben. Daher bleibe ich noch eine Weile in meiner Höhle und halte Zwiesprache mit ihm. Ich meine, jedes seiner Worte klar verstehen zu können. Schließlich schweigt Thurantuh und ich danke ihm, indem ich erneut die metallenen Armbänder aneinander schlage.

Beseelt von meiner Erfahrung begebe ich mich ins Freie. Vom harbaischen Prinzen und seinem Bruder ist nichts zu sehen, aber Kathinka steht immer noch mit dem Rücken zu mir gedankenverloren vor dem Wasserfall, ihren Blick in den Himmel gerichtet. Ich gehe zu ihr. Sie erscheint mir auf einmal so traurig und verloren. Thurantuh beseelt mich immer noch. Ich möchte ihr daher beistehen und versuchen, ihre Trauer zu mildern. Leise nenne ich sie bei ihrem Namen. Doch da Kathinka mich anscheinend nicht hört, lege ich vorsichtig meine prankige Hand auf ihre Schulter und sage erneut ihren Namen. Sie fährt blitzschnell und verärgert herum. Ihr Zauberstab zeigt auf meine Kehle.

„Kein Mann fasst mich an!“, faucht sie. „Keiner! Nie mehr!“

„Aber ...“ Ich erstarre, als ich den kleinen blauen Funken am Ende ihres Stabes sehe.

„Skriek, in meinen Augen bist du ein Tier.“ Ihr Gesicht nähert sich meinem. Ich kann deutlich ihre Wut und ihren Hass darin sehen. „Du bist ein Dieb, ein Mörder und ein Frauenschänder. Ich verabscheue dich zutiefst.“

„Ich habe niemals einer Frau Gewalt angetan“, sage ich. Zorn kriecht in meine Adern.

„Du lügst, Echsenmann!“ Sie tritt einen Schritt zurück und senkt ihren Zauberstab. „Verschwinde zurück in deine Höhle.“

„Ich habe dir nichts getan, Frau“, knurre ich und bleibe herausfordernd stehen. „Und ich erzähle dir auch keine langweiligen Geschichten wie Romaldo, zu denen du verlogen lachst. Wer ist hier also der Lügner?“

„Romaldo ist ein Prinz. Er verdient ein höfliches Benehmen und einen gewissen Respekt.“ Sie spuckt vor meine Füße. „Du hingegen bist ein Schlächter. Krank und bösartig. Du verdienst gar nichts.“ Sie spuckt noch einmal aus, dann dreht sie sich von mir weg und geht hoch erhobenen Hauptes zu ihrem Pferd.

Ich blicke ihr hinterher. In meiner Seele toben wilde Stürme.

10

Es ist früh am Morgen. Die Sonne scheint schon recht kräftig und es wird auch heute wieder ein warmer Frühlingstag. Wir sind seit knapp einer Stunde unterwegs. Es herrscht lähmendes, drückendes Schweigen. Als Erste reitet Kathinka auf ihrer braunen Stute, dahinter Romaldo auf seinem weißen Hengst, anschließend kommt Knut auf seinem grauen, ungemein breiten Wallach. Ich bin der Letzte in der Reihe und laufe zu Fuß. Es bereitet mir keine Probleme, das Tempo der anderen mitzuhalten. Ich bin ein guter Läufer und habe keine Lust, meine Füße mit den krallenartigen Zehen in enge Stiefel zu zwängen, nur um auf einem Pferd sitzen zu können. Auf langen Strecken kann ich mit jedem Reiter mithalten, nur bei schnellen Sprints bin ich den Pferden an Geschwindigkeit unterlegen. Auf unserer Reise zu den Amazonen werden die Pferde aber wohl kaum dahin galoppieren, also sehe ich keine Schwierigkeiten. Außerdem hat Kathinka uns allen beim Aufbruch noch einmal eingeschärft, dass wir uns langsam und unauffällig bewegen sollen. Wenn wir auf ostalische Truppen treffen, sollen wir uns als Reisende aus dem Süden ausgegeben und behaupten, dass wir zum Tor von Santanien wollen.

Ich bin schon sehr gespannt auf die Amazonen. Meine Mutter hat mir einmal vor vielen Jahren erzählt, dass die Königin der kriegerischen Frauen in der riesigen Burg Ontron lebt. Die Burg hat ihren Namen von On, dem gewaltig langen und breiten Fluss, der Amazonien durchzieht. Ich kann mich noch gut daran erinnern, wie mich einmal vor vielen Jahren *mahamsanazu* befallen hat und ich über Schnee und Felsen geklettert bin, um den Kampf von drei Amazonen mit einem Troll beobachten zu können. Eine Kriegerin ist bei dem Kampf gestorben, doch die beiden anderen Frauen haben den Troll in Stücke gehackt. Sie sind tapfere Kämpferinnen. Mir fallen Geschichten über die Amazonen ein, die ich abends an den Lagerfeuern gehört habe, als ich noch klein war. Die Amazonen verehren eine Spinnengöttin namens Ama und sollen magische Getränke zu sich nehmen, die sie stärker als jeden Menschenmann machen. Ich hätte Kathinka gerne über die Amazonen befragt, um mehr über die kriegerischen Frauen und ihr Land zu erfahren, aber ich halte meinen Mund und sage kein Wort. Ich habe meinen Stolz. Diese Frau hat mich zutiefst beleidigt. In ihren Augen bin ich weniger wert als ein Tier. Das hat sie gesagt, und dafür verabscheue ich sie. Es mag ja schon sein, dass sie derzeit nur eine Zauberschülerin ist und noch eine lange Zeit der Lehre vor sich hat, aber dennoch, sie hat für mich ganz grundsätzlich einfach zu wenig Erhabenes an sich. Sie wirkt nur wütend und aggressiv. Ich kann mir nicht vorstellen, dass sie jemals in den Rat der Zauberer aufgenommen wird. Erik Anfohrrnus ist da von ganz anderer Wesensart. Er strahlt Macht aus. Und auch Güte und Verständnis.

Ich mag keine Zauberer, da sie die Skriek nicht vor Verfolgung und Qualen beschützen, aber vor Erik habe ich Respekt. Er hat mich nicht schlecht behandelt. In seinen Augen habe ich keine Abscheu und keinen Ekel gelesen, wenn er mich angesehen und mit mir gesprochen hat. Bei Kathinka ist das ganz anders. Sie ist voller Vorurteile und Hass. Ich denke erneut daran, wie sie mich gestern Abend angefaucht hat. Dabei hat sie unter anderem auch gesagt, dass nie mehr wieder ein Mann sie berühren wird. Es ist nicht schwer zu erraten, was die Zauberschülerin mit ihren Worten gemeint hat. Ein Mann, vielleicht auch mehrere Männer, haben ihr Gewalt angetan und sie gedemütigt. Höchstwahrscheinlich waren es ostalische Soldaten oder bezahlte Söldner in Angrias Diensten. Der Krieg gibt solchen Männern viele Möglichkeiten, ihre dunklen Triebe auszuleben. Kathinka hat wohl Qualvolles erdulden und ertragen müssen. Und deswegen, so glaube ich, hasst sie alle Ostalier. Vor allem aber den Verursacher all dieser Kriege und des damit einhergehenden Leides: König Angrias. Natürlich weiß ich nicht, ob das, was ich über Kathinka denke, tatsächlich stimmt. Aber meine skriekischen Instinkte sagen mir, dass ich recht habe. Ich spüre in mich hinein, ob mir Kathinka leid tut, aber ich fühle nur Empörung über ihre gehässigen Worte mir gegenüber.

Ich schlage kurz meine metallenen Armbänder aneinander, dann zische ich dreimal Thurantuhs Namen. Augenblicklich spüre ich die Nähe meines Gottes. Das klärt mein Denken und ich erkenne die Schwächen der Zauberschülerin noch deutlicher. Kathinka kann nicht unterscheiden, sie ist durch ihren Hass unfähig zu differenzieren. Ostalische Soldaten haben ihr anscheinend großen Schmerz zugefügt, aber ich bin nicht wie diese Schergen Angrias. Ich habe Ehre und diene meinem Kriegsgott. Niemals würde ich einer Frau Gewalt antun. Doch das sieht Kathinka in ihrer Wut nicht. Sie hält mich für ein primitives Tier und kann meine Seele nicht erkennen. Daher ist sie in meinen Augen eine einfältige Menschenfrau. Ich wäre gerne ihr Freund gewesen. Aber jetzt bin ich zu ihrem Feind geworden. Nur der geschworene Eid bindet mich und ich werde ihr daher kein Leid zufügen. Noch nicht!

Ich werde mich auch nicht, so wie Kathinka es tut, im Schmerz verrennen und blind für die Wahrheit werden. Nein, ich werde kalt bleiben, distanziert und abwartend, so wie es sich für einen Diener Thurantuhs geziemt. Und dann, wenn der rechte Augenblick gekommen ist, werde ich Rache nehmen.

Meine Gedanken wandern von Kathinka zu Romaldo. Ich

betrachte den Prinzen eine Weile. Er reitet elegant und geschmeidig. Doch sein Kinn ist angespannt und ein drohendes Funkeln liegt in seinen grauen Augen. Er erzählt Kathinka keine ausschweifenden Geschichten über seine Heldentaten mehr. Seit die Zauberschülerin von Erik das Kommando übertragen bekommen hat, gibt der Prinz sich wortkarg und mürrisch. Nur wenn ihn Kathinka direkt anspricht, was selten genug vorkommt, gibt er sich einigermaßen höflich. Dann zeigt er kurz sein verlogenes Grinsen und seine strahlend weißen Zähne. Seit neuestem nennt er die Zauberschülerin „Lady". Doch dieses „Lady" sagt er so akzentuiert und langgezogen, dass es wie blanker Hohn klingt. Kathinka Ebensa reagiert darauf aber nicht. Sie bleibt ihm gegenüber gelassen zurückhaltend und tut so, als ob sie die versteckten Beleidigungen nicht hören würde.

Mir ist das mittlerweile egal. Sollen Romaldo und Kathinka doch ihre Spielchen spielen und mit kleinen verbalen Spitzen und falscher Freundlichkeit ihren Kleinkrieg austragen. So gibt es, wenn ich die beiden belausche und beobachte, wenigstens etwas Unterhaltung auf meiner Reise zu den Amazonen. Ansonsten ist alles düster und grau für mich, da mag die Sonne noch so hell vom Himmel scheinen. Romaldo hält mich ebenso wie Kathinka für ein primitives, wildes Tier. Ich kann seine Verachtung mir gegenüber beinahe körperlich spüren und weiß ganz genau, dass er mir gerne ins Gesicht spucken und mich langsam mit seinem Rapier aufspießen würde. Niemand sieht, dass ich eine Seele habe. Mag sie auch nicht so groß sein, wie die der Skriek, so ist sie doch mindestens so rein und gut wie die eines Menschen. Doch das wollen meine Gefährten nicht wahrhaben. Und daher werde ich, wenn alles vorbei ist und ich meinen Eid erfüllt habe, Romaldo und Kathinka töten. Langsam und qualvoll. Wahrscheinlich werde ich Knut ebenfalls töten, auch wenn er durch keine Geste erkennen lässt, dass er mich verachtet. Er ist stets gleichbleibend ruhig und stoisch.

Die Sonne wandert zwei, drei Fingerbreit weiter und ich überlege mir immer noch die unterschiedlichsten Tötungsarten für meine Gefährten. Da zügelt Kathinka ihre braune Stute und steigt ab. Sie geht ein paar Schritte mit dem Pferd und bindet es mit den Zügeln an einen Ast.

„Wir rasten", sagt sie und wirft mir ihren leeren

Wasserschlauch zu. „Skriek, geh zum Fluss und hol Wasser."

Der Schlauch fällt neben mir zu Boden. Ich rühre mich nicht und sage auch kein Wort.

„Hol Wasser!", befiehlt sie.

„Hol es dir doch selber", knurre ich und setzte mich in den Schatten einer großen Blutbuche.

Kathinka tritt zu mir. „Echsenmann, erinnerst du dich noch an Eriks Worte?"

„Klar und deutlich."

„Du hast mir zu gehorchen."

„Ich folge deinem Weg, Frau. Aber ich bin nicht dein Diener."

Sie starrt mich eine Weile an. „Na schön", sagt sie schließlich, dreht sich von mir weg und wendet sich an Romaldo. „Prinz, würdest du meinen Wasserschlauch auffüllen?"

„Mit dem größten Vergnügen, Lady Kathinka." Sein „Lady" ist so gedehnt und langgezogen, dass es wie eine obszöne Anspielung klingt. Er hebt den Wasserschlauch auf und wirft ihn Knut zu. „Auffüllen", sagt er.

„Grumpf", brummt Knut, dann nimmt er Kathinkas, Romaldos und auch seinen eigenen Wasserschlauch und macht sich auf den Weg zum nahen Fluss.

Kathinka wird weiß um die Nase und eine Ader an ihrem Hals pocht vor unterdrückter Wut.

Das freut mich, doch ich lasse mir nichts anmerken. Mein Gesicht bleibt starr und ausdruckslos. Nach einer Weile stehe ich auf und folge Knut zum Wasser. Auch mein Schlauch muss aufgefüllt werden und niemand aus unserer Gruppe würde das für mich übernehmen.

Knut kniet am Ufer und befüllt bereits den zweiten Schlauch.

Ich setze mich zu ihm. „Kennst du Kathinka schon lange?", frage ich.

Er schüttelt den Kopf und zeigt mir drei seiner ungewöhnlich dicken Finger.

„Erst seit drei Wochen?", rate ich.

Er schüttelt den Kopf.

„Seit drei Tagen?"

Knut nickt.

Ich betrachte seinen kahlen Schädel, seinen struppigen schwarzen Vollbart und seine riesigen, fleischigen Ohren. Er ist hässlich, vielleicht sogar noch hässlicher als ich.

„Und du bist tatsächlich Romaldos Zwillingsbruder?"

Er nickt zweimal.

Ich fülle meinen Schlauch. „Was hat dich so verändert? Magie?"

Er nickt und ahmt mit seiner Hand die Geste des Trinkens nach.

„Du hast Zaubertränke bekommen?", vermute ich.

Er nickt erneut.

Mein Schlauch ist gefüllt. Ich stehe auf.

„Knut", sage ich und meine Stimme klingt kratzig. „Ich weiß, dass mich Kathinka und Romaldo verabscheuen. Verabscheust du mich auch?"

Er zuckt mit den Schultern.

„Oder bin ich dir einfach nur egal?"

Er nickt.

Ich gehe zurück zu den Pferden. Ja, ich werde auch Knut töten.

Es ist Nacht und wir sitzen um ein kleines Lagerfeuer. Jeder hat seinen eigenen Proviantbeutel vor sich liegen. Keinen kommt es in den Sinn, sein Essen mit einem anderen zu teilen. Ich hätte ein Fass Bier aus meiner Höhle mitnehmen sollen. Es würde die drückende Stille rund ums Feuer erträglicher machen. Nachdem alle aufgegessen haben, rollen wir uns in unsere Decken. Ich kann lange nicht einschlafen. Unruhig wälze ich mich unter meiner Decke hin und her. Viele Gedanken kreisen in meinem Kopf und mir wird erst jetzt so richtig bewusst, dass ich mich höchstwahrscheinlich auf meiner letzten Reise befinde. Vielleicht gelingt es uns ja tatsächlich, König Angrias zu töten, aber dass wir dann heil und unbeschadet den Turm von Yestshire verlassen können, erscheint mir sehr unwahrscheinlich. Außerdem würden uns die ostalischen Häscher über den ganzen Kontinent unerbittlich verfolgen. Nein, ich rechne nicht damit, diese Reise zu überleben. Aber irgendwie macht es mir auch nicht wirklich viel aus. Ich habe das Alleinsein satt. Und mir ist mittlerweile klar, dass man sich auch in einer Gruppe sehr einsam fühlen kann. Vielleicht sogar noch mehr, als wenn man wirklich ganz alleine ist. Ich sehne mich nach meiner Höhle und meinem Wasserfall. Dort würde ich mich verkriechen und von der Außenwelt völlig abschotten können. Es lastet auf meinem Gemüt, dass ich ohne Hoffnung bin. Es gibt auf der ganzen Welt wahrscheinlich kein weiteres Wesen, das ebenso beschaffen ist wie ich. Ich bin ein Bastard, halb Mensch, halb Skriek. Mit der Sippe meiner Mutter kann und will ich nicht leben. Die Menschen hassen und jagen mich. Ebenso die Riesen, Gnome, Kobolde und Trolle. Ich habe keine Freunde, keine Verwandten. Niemand will in meiner Nähe sein. Bei meinen Reisegefährten bin ich nur geduldet, weil Erik Anfohrrnus das so will. Und der Zauberer braucht mich auch nur, weil ich für ihn die glatten Wände eines Turmes erklimmen soll.

Mit meiner rechten Hand umfasse ich mein Stieramulett. Ich bete zu Thurantuh. Leise und flüsternd. Mein Gott ist in der Nähe. Ich kann ihn spüren. Und hören. Er erzählt mir vom Norden. Von den kalten, eisigen Landen. Von den einsamen Jägern, die durch den tiefen Schnee stapfen. Verlassen und verloren. Und doch voller Kraft und Stärke. Endlich kann ich einschlafen. Ich weiß jetzt, dass meine Einsamkeit eine Waffe ist. Thurantuh hat es mir gesagt. Die Einsamkeit ist wie ein Schutzpanzer, der mir hilft, das Richtige zu tun. Und das einzig Richtige für mich ist es, Thurantuh zu dienen.

Nach einem knappen Frühstück ziehen wir weiter. Heute ist es ein wenig bewölkt und die Sonne scheint nicht mehr ganz so warm wie an den beiden letzten Tagen. Unser Reisetempo ist weiterhin gemächlich. Wir durchqueren den östlichen Zipfel Telberiens und erreichen die Ausläufer des Dranus, eines wahrhaft mächtigen Stromes, auf dem zahlreiche Kahne und Schiffe fahren. Wir wenden uns nach Norden und folgen dem Lauf des Dranus. Am Nachmittag sehen wir aus der Ferne Brack, die Hauptstadt Timions. Wir verlassen die Ufer des Dranus und begeben uns noch nördlicher. Bald befinden wir uns in Burgisien, das ebenso wie Telberien und Timion schon vor vielen Jahren von König Angrias erobert worden ist. Das Gelände wird steiler und felsiger, die Laubbäume werden weniger, man sieht immer öfter Nadelbäume.

Ostalische Wimpel hängen in den Ästen, zwei Mal sehen wir eine Patrouille. Schließlich hält Kathinka an und sagt, dass wir hier rasten und etwas essen.

„Wann erreichen wir die Amazonen?“, frage ich, nachdem ich einen Schluck Wasser getrunken habe. Es sind die ersten Worte, die ich heute spreche.

„Du wirst es schon noch früh genug merken, wenn wir da sind“, sagt Kathinka unfreundlich und fasst nach ihrem Wasserschlauch.

„Wie du meinst, Lady.“ Ich betone „Lady“ ebenso verächtlich, wie es Romaldo zu tun pflegt.

Der Prinz aus Harba gluckst hämisch.

Kathinka ballt ihre Hände zu Fäusten und blickt mich böse an. „Du bist ein Tier“, knurrt sie.

„Das sagtest du schon“, gebe ich zurück, lehne mich an den Stamm einer Föhre und beschließe, Kathinka für den restlichen Tag völlig zu ignorieren. Doch plötzlich steigt mir eine Witterung in die Nase. Ich schnuppere und lausche. Pferde sind zu hören. Waffen klirren leise. Ein Mann gibt Befehle.

Ich stoße mich vom Stamm ab, stülpe die Kapuze meines Mantels über meinen Kopf und ziehe meine Äxte.

Romaldo wirbelt zu mir herum und seine Hand zuckt zum Rapier. Er versteht die ganze Situation falsch. Seine menschlichen Sinne sind nicht so scharf wie meine und daher weiß er noch nicht, dass sich uns fremde Wesen nähern. Er meint wohl wegen meiner gezogenen Kampfäxte, dass ich aus einem tierischen Antrieb heraus ihn und seinen Bruder angreifen will. Seine Augen funkeln mich bedrohlich an. „Denk an deinen Schwur, Skriek! Wir sind Gefährten!“

„Soldaten kommen“, sage ich nur, während ich an ihm vorbeigehe. Meine Schulter stößt absichtlich und nicht gerade sanft gegen seine.

Kathinka Ebensa springt auf. „Halt, Echsenmann!“ Sie eilt zu mir, ihren Zauberstab in der Hand. „Keine Gewalt. Ich rede mit den Soldaten. Wir dürfen um keinen Preis auffallen.“

Ich lasse die Äxte mit einer fließenden Bewegung hinter meinem Rücken in den Halteschlaufen verschwinden, nur mehr die scharfen Metallblätter meiner Waffen sind zu sehen. „Du hast hier das Kommando, Lady.“ Ich gehe zurück zur Föhre und lehne mich, Desinteresse und Langeweile vortäuschend, an den knorrigen Stamm. Für einen kurzen Moment überlege ich, ob ich nicht demonstrativ gähnen soll, aber das kommt mir dann doch übertrieben vor.

Knut und Romaldo sind hinter Kathinka getreten. Sie streicht mit ihren Fingern über ihren Zauberstab. Für kurze Zeit tanzt ein grünes Licht um ihre Fingerkuppen und der Stab beginnt sich zu verändern. Die Eisenbänder und die unzähligen eingeritzten Zeichen und Runen verschwinden, der Stab wird schmäler und kürzer, verändert Form und Aussehen und ist schließlich ein ganz gewöhnlicher Haselnusszweig.

Jetzt bin ich beeindruckt, auch wenn ich es mir nicht anmerken lasse. Ich habe ganz vergessen, wie mächtig die Zauberer sind. Und offensichtlich verfügen auch Zauberschüler schon über erstaunliche Fertigkeiten. Es wird vermutlich deutlich schwerer als angenommen, Kathinka zu töten. Nun gut, Thurantuh liebt Herausforderungen.

Wir warten. Nach wenigen Minuten kommen acht berittene, ostalische Soldaten des Weges. Sie sind mit Piken, Schwertern, Degen und Schilden bewaffnet. Zwei Soldaten haben Armbrüste umgeschnallt.

Ihr Anführer, ein Leutnant, ist ein kleiner, drahtiger Mann mittleren Alters. Er trägt einen grünbraun gestreiften Kriegswams und lederne Handschuhe. Auf seiner Brust sieht man das Emblem Ostaliens: ein goldener Adler, der ein Schwert in den Krallen hält. Die Soldaten kommen gemächlich näher. Sie fühlen sich stark, sicher und überlegen. Wenige Schritte vor uns halten sie an. Der Leutnant rückt schweigend den Gurt seines Waffengehänges zurecht und fixiert uns lange mit seinem Blick. Mir scheint es so, als würde er uns abschätzen.

„Einen guten Tag wünsche ich“, sagt Kathinka schließlich in das lange Schweigen hinein. Ihre Stimme klingt nicht mehr rauchig tief, sondern glockenhell und sehr mädchenhaft. Sie lächelt den Leutnant an.

„Wie heißt du?“, will er wissen. Seine Hand senkt sich auf seinen Säbel. Seine Augen blicken gierig und gleiten über Kathinkas kurvigen Körper. Währenddessen greifen die beiden Armbrustschützen zu ihren Waffen und legen spitze Bolzen ein.

„Ich bin Magda“, sagt Kathinka schnell, „ich reise mit meinem Mann“, sie zeigt auf Romaldo, „und unseren beiden Dienern“, sie zeigt auf Knut und mich, „zum Tor von

Santanien. Meine Mutter wohnt dort. Sie ist krank und ich will sie besuchen."

„So, so." Der Leutnant gafft sie weiter lüstern an. Dann wendet er sich plötzlich ruckartig und für alle überraschend Romaldo zu und deutet mit seinem rechten Zeigefinger auf ihn. „Du bist so bunt bekleidet wie ein Pfau. Und du hast weibische Klamotten an. Deine Frau hingegen", er reckt sein Kinn in Richtung Kathinka, „trägt die Tracht eines Waldläufers." Er grinst verschlagen. „Ich frage mich, wer von euch beiden jetzt tatsächlich der Mann ist." Verächtlich spuckt er vor Romaldo aus. Er fühlt sich sehr sicher mit seinen Männern im Rücken. „Du eitler, südländischer Gockel kannst sicherlich keine Frau befriedigen. Wenn du überhaupt Frauen begehrst, du Schlappschwanz. Da bin ich mir bei dir nicht so sicher." Seine Männer lachen laut und schmutzig über seine derben Worte. „Ich glaube, ich werde deiner Frau zeigen müssen, was ein richtiger Mann ist", spottet der Leutnant weiter. Seine Männer grölen zustimmend.

„Noch ein Wort, du kleiner Wicht", sagt Romaldo mit wutverzerrter Stimme, „und ich schneide dir die Zunge ab." Seine Hand senkt sich langsam auf den Griff seines Rapiers.

„Willst du mir etwa drohen, du aufgeblasenes Sumpfhuhn?" Der Leutnant zieht seinen Degen und zielt mit der Spitze seiner Waffe auf Romaldo. „Du bist ein weibischer, stinkender, erbärmlicher, feiger Scheißhaufen!"

„Das reicht", knurrt Romaldo und zieht blitzschnell sein Rapier. „Komm, Knut!"

„Nein! Wartet! Nicht!", schreit Kathinka entsetzt.

Aber da ist es schon zu spät. Romaldo stürmt vorwärts, Knut, seinen großen Streitkolben mit der rechten Hand schwingend, ihm dicht auf den Fersen.

„Schießt", befiehlt der Leutnant mit einem zuversichtlichen Grinsen.

Die beiden Armbrustschützen drücken ab. Zwei Bolzen sirren durch die Luft. Schneller, als ein Auge zu sehen mag, wischt Romaldo mit seinem Rapier die Geschosse aus der Luft. Einen Herzschlag später hat er den Leutnant erreicht.

Der Prinz von Harba sticht zu, tötet, zieht die rasiermesserscharfe Klinge aus dem Oberkörper des Leutnants und wirbelt zum nächsten Soldaten herum. Sticht erneut zu.

Blockiert einen Schlag. Trifft, tötet.

Knut schleudert seinen Streitkolben und zerschmettert den Schädel eines Armbrustschützen. „Grumpf", sagt der kleine, klobige Mann und seine Waffe fliegt schnell und wie von Zauberhand gelenkt zu ihm zurück. Erneut schleudert er den Kolben. Der zweite Armbrustschütze stirbt mit eingedrücktem Schädeldach.

„Grumpf." Knut scheint zufrieden zu sein.

Kathinka schreit immer noch. Mittlerweile hat sie den Haselnusszweig wieder in ihren Zauberstab zurückverwandelt. Die beiden Enden glühen blau.

„Hört auf!!!" Ihr Schreien wird zu einem Kreischen. „Hört endlich auf!!!"

Romaldo tötet den letzten ostalischen Soldaten mit einem schnellen Hieb auf die Gurgel und wendet sich dann mit seinem bluttriefenden Rapier zu Kathinka um. Galant zieht er seinen Hut und verbeugt sich. „Die bösen Unholde sind besiegt, werte Lady."

„Grumpf", fügt Knut sichtlich zufrieden hinzu.

Ich staune. Die Zwillinge kämpfen ausgesprochen effektiv, schnell und tödlich. Sie sind präzise und diszipliniert. Keine leichten Gegner, wahrlich nicht. Thurantuh will mich anscheinend ernstlich prüfen. Nun, ich werde bereit sein.

Kathinka stapft wütend auf Romaldo zu. „Du bist ein riesiger Idiot, Prinz von Harba!" Mit Kathinkas Höflichkeit ist es endgültig vorbei.

„Lady?"

Kathinka ist immer noch sehr laut. „Du hast acht ostalische Soldaten getötet! Das ist ja wirklich wahnsinnig unauffällig! Innerhalb weniger Stunden wird es in der ganzen Gegend nur so von Schergen wimmeln! Wir werden niemals unbehelligt Amazonien erreichen, du kranker, blindwütiger Narr!" Sie ist ihm nun ganz nahe. Die Nasen der beiden berühren sich fast. „Hast du mir irgendetwas zu sagen, du harbaischer Dummkopf?"

„Nun, Lady, genau genommen habe ich nur sechs Soldaten getötet. Die beiden Armbrustschützen gehen auf das Konto meines Bruders."

„Grumpf", nickt Knut und hält Zeige- und Mittelfinger seiner rechten Hand nach oben.

Kathinka knurrt tief und wütend. Blaue Funken tanzen entlang ihres Zauberstabes.

Romaldo macht zwei Schritte rückwärts, schiebt das Rapier in seinen Gürtel und hebt seine Hände. Er will damit wohl andeuten, dass er keinen Streit sucht. Sein Blick bleibt aber hart und grimmig. Die beiden starren sich an.

„Es gibt zwei Wege nach Amazonien“, sagt er schließlich.

„Und beide werden von den Ostaliern strengstens bewacht sein“, kontert sie.

„Dann reisen wir eben über die Zhokanischen Bergzüge und nähern uns von Norden her Amazonien“

„Die Zhokanischen Berge sind steil.“ Kathinka ist immer noch wütend, auch wenn die blauen Funken mittlerweile erloschen sind. „Außerdem müssten wir ein Stück durch Allunien reisen. Und dieses Gebiet der Zhokanischen Berge gehört den Riesen.“

„Riesen kann man mit Gold bestechen.“

„Hast du welches?“

„Genug, Lady, mehr als genug.“ Dieses Mal klingt das „Lady“ beinahe höflich.

11

Knut trägt die Leichen der Soldaten etwas tiefer in den Wald und bedeckt sie mit Blättern und Zweigen. Romaldo lässt die Pferde der Toten laufen und wir machen uns auf den Weg. Kathinka wählt eine nördliche Route, die uns noch weiter in den Wald hineinführt. Wir finden einen schmalen, unebenen Pfad, der hauptsächlich von Waldläufern benutzt wird. Die Pferde meiner drei Gefährten kommen nur langsam voran. Die Zweige der Bäume hängen tief und der Boden ist reich an Wurzeln und Gestrüpp. Zweimal höre ich ostalische Soldaten, die durch den Wald streifen. Wir halten an und warten, bis die Geräusche verklungen sind. Ob die ostalischen Soldaten uns suchen, weiß ich nicht, aber eigentlich glaube ich das nicht. Es kommt mir unwahrscheinlich vor, dass sie so schnell ihre gefallenen Kameraden entdeckt haben sollen. Überhaupt finde ich, dass wir uns völlig unnötig Sorgen machen. Meiner Meinung nach hätten wir ruhig auf der geplanten Route weiterziehen können. Der Umweg über die Zhokanischen Berge durch das Gebiet der Riesen macht für mich keinen Sinn. Woher sollen die Ostalier denn wissen, dass ausgerechnet wir ihre Leute getötet haben? Jeder hätte das sein können. Und in diesen unruhigen Zeiten ziehen genügend lichtscheue Gesellen durch das Land.

Aber Kathinka und auch Romaldo scheinen das ganz anders zu sehen. Wenn sie auch sonst nur selten übereinstimmen, so sind sie sich doch einig, dass wir in Gefahr sind und deswegen einen Umweg in Kauf nehmen müssen. Ich vermute, dass die beiden etwas wissen, das ich nicht weiß. Und natürlich werden sie ihr Wissen nicht mit mir teilen. Ich bin ja nur ein primitives Tier!

Ich überlege, ob unsere Mission vielleicht doch nicht so geheim ist, wie Erik Anfohrrnus mir das hat glauben machen wollen. Möglicherweise ist etwas durchgesickert. Ich kenne mich in der Welt der Menschen nicht gut aus, ich weiß aber, dass die Ostalier über ein Netz von Geheimagenten verfügen. Ist König Angrias eventuell sogar schon darüber informiert, dass ein Attentat auf ihn geplant ist? Hat er deswegen einen Ring von Soldaten rund um die Eingangspforte von Amazonien gelegt? Aber was soll ihm das nützen? Glaubt der Herrscher mit der dunklen Maske tatsächlich, dass er dadurch einem Anschlag auf sein Leben zuvorkommen kann? Nein, das ergibt keinen Sinn. Aber warum belagert er dann die Amazonen? Will er sie auch erobern?

Ich kenne die riesigen Eingangspforten der Amazonen vom Sehen. Zumindest die erste. Sie versperrt eine steile Felsschlucht, durch die man Zutritt nach Amazonien erhält. Das ganze Land der kämpferischen Frauen ist nicht sehr groß und von drei Seiten von beinahe unbezwingbaren Felswänden umgeben. Nur von Süden kann man zu ihnen hinein und zur Burg Ontron gelangen. Doch vorher muss man die Pforten überwinden. Jede ist riesengroß, gut bewacht und aus hartem Fels erbaut. Niemanden ist es, zumindest erzählen das die alten Legenden, jemals gelungen, die Pforten zu überwinden. König Angrias würde sich mit seinen Soldaten bei einem Angriff nichts weiter als eine blutige Nase holen. Was plant er also mit seiner Belagerung? Aushungern kann er die Amazonen nicht, dazu haben sie zu viele fruchtbare Felder hinter den Pforten.

Ich schüttle den Kopf. Es ist für einen Krieger nicht gut, wenn er zu viel nachdenkt. Das macht ihn unaufmerksam. Außerdem interessieren mich die Ränke und Pläne der Menschen nicht wirklich. Natürlich will ich über unsere nächsten Schritte Bescheid wissen, damit ich mich besser auf die ganze Situation einstellen und vorbereiten kann. Aber leider weiß ich nichts von unseren Plänen, sondern habe nur Fragen: Ist unsere Mission schon jetzt in Gefahr? Ahnt König Angrias etwas? Was halten meine Gefährten vor mir geheim? Warum beschreiten wir den Umweg über das Gebiet der Riesen? Es wäre wichtig, Antworten auf diese Fragen zu erhalten, doch mir ist klar, dass ich keine bekommen werde. Also ist es müßig, darüber zu spekulieren. Es hält mich nur davon ab, stets achtsam zu sein und auf meine Instinkte zu hören. Das allein sichert mein Überleben und gibt mir die Möglichkeit, Rache an meinen mich so verachtenden Reisegefährten zu üben. Ich schlage die Armbänder aneinander und zische Thurantuhs Namen.

Zwei Stunden später lässt Kathinka anhalten. Der Weg wird immer steiler, die Vegetation spärlicher und über unseren Köpfen sehen wir nackten, rissigen Fels. Es sind die ersten Ausläufer der Zhokanischen Berge.

Romaldo betrachtet skeptisch den schmalen Steig vor uns. „Wir müssen die Pferde hierlassen", sagt er.

„Umso besser", meint Kathinka, „dann sind unsere Spuren schwerer zu verfolgen."

„Nicht, wenn sie ihre Bluthunde einsetzen", entgegnet Romaldo und zieht nachdenklich an seinen drei geflochtenen Kinnbartenden mit den goldenen Ringen.

„Hm." Kathinka nimmt ihr Bündel vom Rücken ihres Pferdes. „Wir sollten uns beeilen."

Ich umklammere meinen Kampfstab. Spuren? Bluthunde? Was geht hier vor sich? Warum sagt mir niemand etwas? Ärger steigt in mir hoch und ich sehe, dass sich die Schuppen an meinen Unterarmen in ein schmutziges, dunkles Grün verfärben. Hastig atme ich durch und sende ein Stoßgebet an Thurantuh. Ich muss ruhig bleiben. Kühl. Beobachtend. Langsam nehmen meine Schuppen wieder ihr normales, helles Grün an.

„Ich hasse es, mein Gepäck zu tragen", mault Romaldo,

während er sich sein Bündel umhängt.

„Hättest du nicht die Soldaten hirnlos abgeschlachtet, dann könnten wir jetzt bequem reiten“, wirft ihm Kathinka verärgert vor. „Das hier ist allein deine Schuld. Also jammere nicht herum wie ein altes Waschweib.“

„Lady, die Soldaten haben meine Ehre verletzt. Ich musste handeln, so wie es sich für jeden mutigen, aufrechten Harbaner gehört.“

„Es gibt nichts, das lächerlicher ist, als die Ehre eines Mannes.“ Kathinka spuckt aus. „Und jetzt los!“

Wir eilen ihr hinterher. Es geht immer steiler bergauf. Bald müssen die anderen drei ihre Hände zu Hilfe nehmen und sie beginnen zu schwitzen und zu schnaufen. Ich bewege mich dank meiner Krallenfüße ohne Probleme. Irgendwann schickt mich Kathinka an die Spitze unserer kleinen Gruppe und befiehlt, dass ich vorausgehen und den Pfad auskundschaften soll. Wir kommen immer wieder zu rutschigem Geröll und großen Felsbrocken, die unseren Weg blockieren. Zweimal muss ich sogar Kathinkas Hand ergreifen und sie hochziehen, damit wir weiter können. Es fühlt sich gut an, ihre Haut an meinen Schuppen zu fühlen. Aber sie blickt derart grimmig und abweisend, dass ich ihre Hand stets schnell wieder loslasse, wenn ein Hindernis überwunden ist.

Romaldo und Knut benötigen meine Hilfe nicht. Auch wenn sie keuchen und ächzen, so sind sie doch passable Bergsteiger und in der Lage, selbstständig die steilen Felsen hochzuklettern. Das wundert mich, denn ich habe oft Menschen in den Bergen beobachtet. Sie brauchen normalerweise Seile und Spitzhacken und tragen keine Waffen, die sie beim Klettern behindern. Romaldo und Knut sind da anders. Aber ich habe die Zwillinge ja schon bei ihrem Kampf mit den ostalischen Soldaten gesehen. In ihnen ist eine seltsame Kraft, die sie über die üblichen Fähigkeiten der Menschen erhebt. Sie sind deutlich stärker und schneller.

Nach drei Stunden erreichen wir ein kleines Plateau. Kathinka Ebensa gibt das Zeichen zum Rasten. Wir setzen uns auf die herumliegenden, durch Wind und Regen abgerundeten Steine und greifen zu unserem Proviant. Wir haben noch reichlich zu essen. Auch Wasser gibt es genug, da wir an einem kleinen Rinnsal in der Nähe unsere Schläuche auffüllen können.

Nach dem Essen gehe ich ein Stück von den anderen weg, setzte mich auf einen Stein, ziehe eine Knochenflöte aus Trollknochen aus meinem Gürtel, der einst meiner Mutter gehört hat, und beginne zu spielen. Traurig und leise. Der Wind erfasst meine Melodie und trägt sie davon.

Da steht plötzlich Kathinka vor mir. Sie zeigt wie üblich ein grimmig abweisendes Gesicht. Ihre veilchenblauen Augen blicken kalt. Eine lange schwarze Haarsträhne hängt vor ihrer Nase. Sie bläst sie verärgert zur Seite. „Skriek, hör auf zu spielen!“

„Wieso?“

„Weil ich es sage.“

„Ich bete mit der Flöte zu meinem Gott.“

„Ha!“ Sie wird noch ein wenig grimmiger. „Dein Gott ist ein bestialischer Mörder. Flötenmusik wird ihn da wohl kaum interessieren.“

„Er mag meine Lieder“, sage ich und beginne wieder zu spielen.

Kathinka greift nach der Flöte und will sie mir aus dem Mund reißen. Ich halte sie mit meinen Händen fest, meine Zähne beißen auf das Mundstück. Sie zerrt voller Wut, aber sie hat keine Chance gegen mich, da ich viel stärker bin.

Plötzlich spüre ich Hitze. Meine Flöte wird heiß. Brennend heiß! Ruckartig lasse ich los. Kathinka taumelt rückwärts. Sie stolpert über einen Stein und plumpst auf ihr wohlgeformtes Hinterteil. Die Flöte fällt zu Boden. Ein seltsamer roter Glanz umgibt sie. Dann schlängelt sich eine flackernde Flamme aus dem Mundstück und wird immer größer. Es gibt einen kurzen, trockenen Knall und meine Flöte zerfällt zu Asche.

Romaldo lacht laut und herausfordernd. Knut grunzt mehrmals zufrieden, den Streitkolben locker in seiner Hand haltend.

Mein Mund brennt, auf meiner Zunge bilden sich Blasen und meine Schuppen werden vor Ärger dunkel, beinahe schwarz. Meine Finger zucken und meine Krallen sind bereit zu töten.

Kathinka steht auf und klopft gelassen den Staub von ihrer Hose. „Das wird dir eine Lehre sein, Echsenmann“, sagt sie.

Ich stehe auf und trete zu ihr. Groß, breitschultrig und tödlich. Kathinka muss ihren Kopf in den Nacken legen, um mir ins Gesicht sehen zu können. Sie umfasst ihren Zauberstab. „Gib mir auch deine zweite Flöte.“

„Willst du sterben, Zauberlady?“, frage ich gefährlich leise und voller Wut. Ich bin schnell, schneller, als sie denkt. Meine Krallen könnten ihr zartes Fleisch zerreißen, bevor sie ihre Magie wirken kann. Da bin ich mir sicher.

„Die Flöte“, fordert sie erneut.

Knut und Romaldo sind zu ihr gekommen. Beide sehen mich drohend an. Knut hat seinen Streitkolben fester gepackt, Romaldo sein Rapier halb aus seiner Gürtelscheide gezogen. So ist das also. Drei gegen einen. Ich knurre. Mein Eid bindet mich. Noch! Ich werde nicht den ersten Schlag setzen. Doch wenn sie mich angreifen, werde ich mich verteidigen.

„Hör zu, Skriek“, sagt Romaldo und seine Stimme klingt gelassen und gedehnt, „wir wollen dich nicht töten. Zumindest noch nicht. Erik Anfohrrnus braucht dich ja.“ Er lächelt selbstzufrieden und überlegen. „Wenn du deine Flöte spielst, beleidigst du nicht nur die Ohren jedes einigermaßen musikalischen Lebewesens. Du bringst uns auch in Schwierigkeiten, weil man dein Gejaule meilenweit hören kann. Also, gib uns deine Flöte und dafür behältst du deine hässliche Schuppenhaut. Skriek, du willst doch nicht gehäutet werden, oder?.“

Thurantuh, denke ich, es ist so unsagbar schwer, mich an meinen Schwur zu halten. Mach meine Seele hart und kalt, damit ich nicht eidbrüchig werde.

Vor meinem geistigen Auge taucht ein wirbelnder Schneesturm auf und ich fühle, wie Thurantuh grimmig lächelt. Auch meine Mundwinkel verziehen sich ganz leicht nach oben und mein Herzschlag beruhigt sich wieder. Ich weiß jetzt, was mein Gott von mir erwartet.

„Die Flöte ist mir heilig“, sage ich. Meine Stimme ist nicht mehr als ein Flüstern und mein Mund brennt immer noch wie Feuer. „Ich kann sie euch nicht geben. Aber ich werde nicht mehr auf ihr spielen, bis wir unseren Auftrag erfüllt haben. Das schwöre ich bei meinem Gott.“

„Hm.“ Romaldo zieht mit seiner linken Hand an einem von seinen drei geflochtenen Bartenden. „Klingt für mich eigentlich recht vernünftig.“

„Grumpf“, stimmt Knut zu.

„Na schön.“ Kathinka lässt ihren Zauberstab sinken und geht ohne ein weiteres Wort.

Am nächsten Tag ist es kalt und windig, die Sonne lässt sich kaum blicken. Als es Mittag wird, haben wir schon zwei Gipfel überstiegen. Immer tiefer dringen wir in die Zhokanischen Berge vor. Meine linke Hand liegt seit Stunden auf meiner Knochenflöte, die in meinem Gürtel steckt. Ich bin voller Zweifel. Habe ich meinen Gott wohl richtig verstanden? War es klug von mir, vor den anderen klein beizugeben? Halten sie mich jetzt für schwach? Für feig?

Kathinka eilt zu mir an die Spitze. „Wir kommen jetzt in das Land der Riesen, Skriek. Sei wachsam.“

Ich sage nichts darauf, weil ich mit ihr nicht reden will und meine Zunge immer noch schmerzt.

Wir marschieren und klettern zwei weitere Stunden. Ein Steinadler kreist lange über uns, vier Gämsen fliehen mit hastigen Sprüngen, als wir näherkommen. Und dann sehe ich die Riesen. Es sind drei. Sie lagern bei einem schmalen Durchgang, der in eine dunkle Klamm führt.

Vorsichtig kommen wir näher. Jetzt geht Kathinka voraus. Ihren Zauberstab hat sie wieder in einen Haselnusszweig verwandelt. Es darf wohl niemand wissen, dass sie ein Zauberlehrling ist.

Die drei Riesen kommen uns einige Schritte entgegen. Zwei von ihnen sind weit über drei Meter groß, einer ist etwas kleiner und er scheint auch jünger zu sein. Die Riesen haben dicke knollige Nasen, Augenwülste, breite Münder, struppiges dichtes Haar, lange Bärte und eine dicke, gräuliche Haut. Sie sind mit Hosen, breiten Gürteln, Fellschuhen und ärmellosen, vorne offenen Jacken bekleidet. An den Oberarmen tragen sie metallene Kriegerringe. Auf ihrer Brust sind Zeichen tätowiert. Deutlich sieht man ihre gewaltigen Muskeln. Sie sind mit eisernen Keulen bewaffnet.

Kathinka bleibt stehen und grüßt freundlich in der Hohen Sprache. Die Riesen grunzen herausfordernd und heben drohend ihre großen Keulen.

„Wir haben Gold“, sagt Kathinka unbeeindruckt und für einen kurzen Moment bewundere ich sie für ihren Mut. „Lasst uns passieren.“

Einer der Riesen kommt noch näher und beugt sich zu uns herab. Er stinkt nach altem Schweiß und kalter Asche. Aus seinem Maul dringt ein Geruch von Magensäure und fauligem Essen. Er schnuppert an uns. Seine breiten Nasenflügel gehen auf und zu. Er schnauft. Schnuppert noch einmal. Schließlich richtet er sich auf und deutet der Reihe nach mit seinem dicken Zeigefinger auf Kathinka, Knut und Romaldo. „Ihr drei riecht nach Magie. Daher dürft ihr passieren, wenn ihr uns euer Gold gebt."

„Wie viel Gold willst du?", fragt Kathinka Ebensa.

„Alles, was ihr habt", grinst der Riese.

Romaldo schnauft empört. „Das erscheint mir doch etwas gierig."

„Tu, was er sagt", fährt ihn Kathinka an.

Seufzend greift der Prinz von Harba in seinen Gürtel und fördert einen ansehnlichen Beutel voller Goldstücke zutage. Mit einem wehmütigen Blick wirft er ihn dem Riesen zu. Dieser fängt ihn geschickt und begutachtet kurz den Inhalt. Er grunzt zufrieden und deutet mit seiner Keule auf den schmalen Durchgang. „Ihr dürft gehen."

Ich stehe wortlos daneben. Was läuft hier ab? Warum unternimmt Kathinka nichts? Will sie mich hier verrotten lassen?

Der Riese wendet sich an mich. „Was für ein Wesen du auch bist, an dir ist keine Magie. Du kannst dir deinen Weg daher nicht freikaufen. Das verbieten unsere Gesetze."

„Was soll ich also tun?"

Der Riese deutet mit seinem Daumen auf den kleineren seiner beiden Gefährten. „Du wirst mit ihm darum kämpfen, ob du passieren darfst."

„Einverstanden." Warum auch nicht?, denke ich. In mir ist genügend Zorn und ich will meine Schmach von vorhin tilgen. Ein Kampf kommt mir daher gerade recht. Ich schlage meine Armbänder aneinander. Thurantuh, Thurantuh!

Mein Gegner packt seine Keule fester und stapft auf mich zu. Er ist deutlich jünger als die beiden anderen Riesen. Auf seiner Brust sind nur wenige Tätowierungen und seinen rechten Oberarm ziert nur ein einziger Kriegerring. Daraus schließe ich, dass er noch unerfahren ist und sich seine Sporen erst verdienen muss. Wahrscheinlich lassen die beiden anderen Riesen ihn gegen mich kämpfen, damit er Erfahrungen sammeln kann. Sie halten mich wohl nicht für eine ernsthafte Bedrohung.

„Gibt es irgendwelche Regeln bei dem Kampf?“, frage ich.

Die Riesen lachen. „Nein, Schuppenzwerg. Keine Regeln.“

Damit bin ich einverstanden. Ich lehne meinen Kampfstab an einen Felsen und ziehe meine beiden Streitäxte. Kurz sende ich ein Gebet an meinen Gott. Dann bin ich bereit und warte. Der junge Riese stürmt heran. Er holt weit aus und schlägt zu. Seine Keule kracht gegen meine Axt, mit der ich seinen Angriff blocken will. Der Zusammenprall unserer beiden Waffen schüttelt mich gehörig durch. Ich keuche auf und gehe in die Knie. Mein Handgelenk dröhnt schmerzend, mein Arm vibriert von dem Aufprall. Der Riese ist viel stärker als ich. Und für seine Größe erstaunlich schnell.

Ich rolle mich eilig zur Seite ab, bewege meinen Arm, um wieder ein Gefühl in ihm zu bekommen, und setze auf Zeit. Ich ducke, täusche, weiche aus. Der Riese jagt mir hinterher. Seine Keule zischt mehrmals gefährlich nahe an meinem Kopf vorbei. Plötzlich stolpert er unter der Wucht seines eigenen, fehlgehenden Schlages nach vorne. Ich nütze den Moment seiner Unachtsamkeit, springe hoch, wirble um meine Achse und schlage mit aller Kraft zu. Die flache Seite meiner Streitaxt kracht mit voller Härte gegen die Schläfe des Riesen. Seine Augen werden glasig, er taumelt und wankt, aber er fällt nicht. Seine beiden Gefährten schreien erbittert auf.

„Grumpf“, brummt Knut und es klingt beinahe anerkennend. Kathinka und Romaldo hingegen geben keinen Laut von sich. Mit starren Mienen verfolgen sie den Kampf.

Ich lande auf dem Boden, hole mit dem rechten Arm aus und schlage zu. Meine Axt durchschneidet mit einem schmatzenden Geräusch die Sehnen am Knöchel des Riesen.

Er brüllt schmerzvoll auf. Vor- und rückwärts taumelt er, verzweifelt darum bemüht, das Gleichgewicht zu halten. Doch er schafft es nicht. Der Länge nach stürzt er mit einem Krachen auf den felsigen Boden. Durch den heftigen Aufprall kann er seine Keule nicht länger festhalten, sie entgleitet seiner Hand und rollt über den felsigen Boden von ihm weg. Ächzend stemmt er sich hoch und will nach ihr greifen. Doch da saust meine Axt heran und durchtrennt die drei äußeren Finger seiner rechten Hand. Blut fließt. Der Riese brüllt erneut. Abwehrend hebt er seinen unverletzten Arm. Seine Augen bitten um Gnade. Seine Kraft ist erschöpft und er weiß, dass er verloren hat. Soll ich ihn schonen? Ich trete einen Schritt zurück und denke an Eriks Worte. Kalt und berechnend soll ich sein. Ein wahrer Krieger Thurantuhs. Kann ich es mir überhaupt leisten, den Riesen am Leben zu lassen? Wird er mich, wenn seine Wunden verheilt sind, nicht jagen und verfolgen, um seine durch mich erlittene Schmach tilgen zu können? Nein, nur ein toter Gegner gibt mir Sicherheit. Ich schlage zu. Kalt und berechnend. Mein Axtblatt dringt tief in seinen Brustkorb ein.

Kathinka schreit empört auf. Die Riesen brüllen vor Zorn. Noch einmal schlage ich zu und mein Gegner ist tot.

„Thurantuh, du bist stark und mächtig“, flüstere ich dankbar.

Die beiden anderen Riesen stürmen heran. Ich hebe meine blutigen Äxte. Knapp vor mir bleiben die Riesen stehen. Hass und Entsetzen gleichermaßen sind in ihren Gesichtern zu sehen.

„Keine Regeln“, knurre ich den einen Riesen an. „Das hast du selbst gesagt.“

„Er hieß PamTam und du hast ihn grundlos getötet. Er war schon besiegt.“ Der Riese beugt sich zu mir. „PamTam war noch sehr jung und der Sohn unseres Häuptlings HamSamKoLo. Sein Vater wird nicht ruhen, bis er dich getötet hat.“

„Kann ich jetzt gehen?“, frage ich.

„Geh!“ Er betrachtet mich eingehend, ganz so als ob er sich mein Gesicht genauestens einprägen wollte. „Unsere Gesetze binden mich.“ Er richtet sich wieder auf. „Es gibt aber auch das Gesetz der Blutehre. HamSamKoLo wird es an dir vollstrecken. Ab diesem Moment ist dein Leben keinen Pfifferling mehr wert.“

Ich gehe um den Riesen herum und ein eisiger Hauch berührt meine Seele. Ich glaube dem Riesen. Man wird mich unerbittlich verfolgen. Mit müden Bewegungen lasse ich die Streitäxte in die Schlaufen hinter meinen Rücken gleiten, greife nach meinen Kampfstab und gehe zu meinen Gefährten.

Romaldo nickt mir zu. „Es verwundert mich, Skriek, dass du keine Magie in dir hast. Das hätte unseren schönen Plan beinahe über den Haufen geworfen.“

„Grumpf“, bestätigt Knut und marschiert los.

Kathinka wirft mir einen finsteren Blick zu. „Echsenmann,

du bist tatsächlich das grausame Tier, für das ich dich von Anfang an gehalten habe."

12

Wir durchqueren hastig die enge Klamm und eilen weiter durch das Territorium der Riesen. So weit es uns die zerklüftete Landschaft erlaubt, halten wir uns südwestlich, um Allunien schnellstmöglich wieder verlassen zu können. Stundenlang klettern wir über Fels und Stein. Der östliche Ausläufer von Karnium ist unser Ziel. Von dort wollen wir hinter den Ostalischen Belagerungsring kommen, um dann nächtens und ungesehen Amazonien zu betreten. Aber noch ist es nicht so weit. Eine ordentliche Strecke liegt noch vor uns. Wenn alles gut geht, werden wir dafür noch zwei Tage benötigen. Zumindest hat Kathinka dies zu Romaldo gesagt. Dank meiner guten Ohren habe ich sie belauschen können. Mit mir hätte niemand auch nur ein Wort gesprochen. Seit ich den jungen Riesen getötet habe, schlägt mir von meinen Gefährten eisige Verachtung entgegen. Mittlerweile, ich kenne die anderen ja jetzt schon ein paar Tage und weiß daher, wie sie sind, könnte mir ihre Ablehnung egal sein, aber es stört mich doch. Es macht mich traurig, mit drei anderen Wesen zusammen zu sein, die mich für ein blutrünstiges Monster halten. Erkennen sie nicht, dass ich ein ehrenhafter Krieger Thurantuhs bin? Am liebsten würde ich sie anschreien und wachrütteln, meine Seele offen vor ihnen darlegen. Doch mir sind die Hände gebunden. Ich muss die Abscheu und den Ekel, den die drei für mich empfinden, ertragen, ob ich will oder nicht.

Leider ist auch mein Gott Thurantuh mit mir äußerst unzufrieden. Stetig flüstert er mir ins Ohr, wie dumm und kurzsichtig ich mich bei meinem Kampf mit dem jungen Riesen verhalten habe. Es ist nicht richtig gewesen, ihn zu töten, da er noch zwei andere Riesen als Begleiter bei sich gehabt hat. Wenn ich ihm allein und ohne Zeugen gegenübergestanden wäre, wäre mein Verhalten angebracht gewesen, aber so habe ich mich nur selbst unnötig in Schwierigkeiten gebracht. Kalt, berechnend und abwartend, so wie Eis und Schnee, soll ich sein. Thurantuh erwartet das von mir. Aber zu meiner Schande bin ich das nicht gewesen. Ich habe als Krieger Thurantuhs versagt. Ein kluger Kämpfer hätte den Riesen am Leben gelassen, ihm gesagt, wie tapfer er gekämpft habe und dass ich nur durch Glück gewonnen hätte. Das hätte das Gesicht des jungen Riesen gewahrt und die beiden anderen auf meine Seite gebracht. Ja, ich bin dumm und einfältig gewesen. Da gibt es nichts zu beschönigen. Thurantuh grollt mir. Er hat mehr von mir erwartet. Ich schwöre ihm im Stillen, damit mich meine Gefährten nicht hören, einen heiligen Eid. Meinen nächsten Kampf werde ich listig und überlegt austragen. Niemals wieder will ich meinen Gott beschämen!

Die Stunden ziehen sich. Langsam werde auch ich müde. Knut ist noch an meiner Seite. Er keucht, schnauft und schwitzt, aber erstaunlicherweise kann dieser kleine, kastenförmige Klotz von einem Mann mein Tempo halten. Romaldo ist deutlich zurückgefallen. Schweißperlen tropfen von seinem Gesicht. Seine Schnurrbartenden hängen schlapp herab und seine Kleidung hat erste Flecken abbekommen. Auf seinen langen weißen Stiefeln sind Erde und Schmutz. Bisher hat Romaldo seine Kleidung und seine Stiefel stets jeden Abend penibel gepflegt. Er hat gebürstet und gewienert, der eitle Prinz aus Harba. Doch nun fehlt ihm die Kraft, auf sein sonst so gepflegtes Äußeres zu achten. Keuchend und schnaubend wie ein altes Schlachtross kämpft er sich Richtung Karnium.

Kathinka ist noch ein Stück hinter ihm. Große, dunkle Schweißflecken zeigen sich unter den Achseln ihrer Waldläuferkleidung. Ihre langen, schwarzen Haare sind verklebt und sie ist ziemlich am Ende ihrer Kräfte. Vor drei Stunden hat sie gemeint, dass wir bald von den Riesen verfolgt werden, da die beiden Wächter der Klamm mittlerweile genügend Zeit gehabt haben, um den Vater des toten, jungen Riesen zu benachrichtigen. Kathinka ist felsenfest davon überzeugt, dass die Hetzjagd auf uns schon begonnen hat. Ich glaube das nicht. Weit und breit ist kein Riese zu sehen. Außerdem bewegen sie sich nicht sehr schnell. Sie sind stark, vielleicht die stärksten Wesen in ganz Allunien, aber sie sind keine Läufer. Ihre muskelbepackten Körper sind zu schwer, um rasch die steilen Felswege der Zhokanischen Berge erklimmen zu können. Das habe ich Kathinka auch gesagt, doch sie hat mir, wie ich nicht anders erwartet habe, nicht geglaubt. Sie ist voller Sorge gewesen, hat mich einen Narren und Dummkopf geheißen und ist zu guter Letzt sogar dazu übergegangen, ihre Tarnung aufzugeben. Sie hat ihren Haselnusszweig in einen Zauberstab zurückverwandelt, damit man schon von Weitem sehen kann, dass sie die Zauberei beherrscht. Anscheinend schätzt sie die Gefahr so groß ein, dass sie bereit ist, ihre magische Macht zu zeigen, um so die Riesen von einem übereilten Angriff abzuhalten. Mittlerweile braucht sie den Zauberstab aber vor allem als Stütze. Ihre Kräfte erlahmen. Sie wird immer langsamer. Zweimal habe ich aus den Augenwinkeln gesehen, wie ihr Zauberstab aufgeflackert ist und für ganz kurze Zeit die Form des Haselnusszweiges angenommen hat. Was das bedeuten soll, weiß ich nicht, aber ich habe so ein Gefühl, als ob ihre letzten Reserven bald verbraucht wären. Und das wundert mich doch ein wenig. Ich habe immer gedacht, dass Zauberer mit ihrer Magie fast alles bewerkstelligen können. Da dürfte es doch kein Problem sein, seinen Körper, zumindest für einige Zeit, stärker und schneller zu machen. Bei Kathinka Ebensa ist das jedoch eigenartigerweise nicht der Fall. Aber vielleicht hat sie ja auch noch nicht die nötigen Sprüche gelernt, die nötig sind, um den eigenen Körper zu kräftigen.

Sie strauchelt. Nur mit Mühe kann sie einen Sturz vermeiden.

Ich drehe um und eile zu ihr. „Lady, willst du rasten?"

Sie streicht empört eine verschwitzte, dunkle Haarsträhne aus ihrem Gesicht. „Nein, Schuppenmann." Sie wirft mir einen kurzen Blick zu und kämpft sich mit zusammengebissenen Zähnen weiter. Ich frage mich erneut, wie so wunderschöne, veilchenblaue Augen dermaßen ablehnend und verächtlich blicken können.

Endlich wird es Abend. Wir haben das Territorium der Riesen verlassen und sind gut zwei Wegstunden ins Land Karnium vorgedrungen. Noch immer klettern wir über Felsen, aber ich habe so ein Gefühl, als ob wir bald die Ausläufer der Zhokanischen Berge erreichen würden.

Kathinka gibt das Zeichen zum Anhalten. Sie ist mit ihren Kräften am Ende und lässt sich neben einer einsamen, verwachsenen Latsche zu Boden fallen. „Kein Feuer", sagt sie und greift nach ihrem Wasserschlauch. Sie trinkt hastig und mit langen Zügen. Wassertropfen laufen über ihr Kinn. Kathinka wischt sie gedankenverloren weg. Nach einer Weile wickelt sie sich in eine grüne Wolldecke und starrt zum immer dunkler werdenden Nachthimmel. Ihre Augen sind kleine Schlitze.

Wir anderen setzen uns neben sie und greifen zu unserem Proviant. Ich halte ihr ein Stück Käse entgegen. „Du solltest etwas essen."

Sie würdigt mich keiner Antwort, nicht einmal ihren Kopf dreht sie in meine Richtung.

„Du brauchst Nahrung. Morgen wird wieder ein langer, harter Tag", beharre ich.

Jetzt dreht sie doch den Kopf in meine Richtung. „Wenn du deine kranke Mordlust im Griff hättest, müssten wir nicht wie die Wahnsinnigen durch das Gebirge rennen."

„Es nützt nichts, über vergossene Milch zu jammern", sage ich.

„Verschone mich mit deinen Lebensweisheiten." Sie dreht sich von mir weg, zögert ein wenig, greift schließlich aber doch zu ihrem Bündel und holt sich mit grimmiger Miene Brot und Hartwurst.

Romaldo und Knut essen schweigend. Als die Brüder fertig sind, ergreift Knut seinen Streitkolben und geht ein Stück zur Seite. Er will wohl alleine sein. Oder er erträgt meine Nähe nicht länger. Ich befürchte, dass es Letzteres ist.

Romaldo holt Bürsten und Putzlappen aus seinem Bündel und beginnt, akribisch seine Kleidung und seine Stiefel zu reinigen. Mehrmals seufzt er unglücklich über all den Staub und Dreck. Aber schließlich ist er mit seinen Bemühungen doch zufrieden, verstaut sein Putzzeug und kramt einen kleinen Spiegel sowie zwei Kämme und Haaröl hervor. Bedächtig legt er seinen breitkrempigen Hut mit der leicht zerzausten Schwanenfeder ab und beginnt, Haar und Bart in Form zu bringen. Bald sind seine Schnurrbartenden gut geölt und elegant nach oben gezwirbelt. Seine drei Bartzöpfchen glänzen und sein Haar ist frisch gekämmt und wieder lockig gewellt.

„Du siehst bezaubernd aus, Prinz von Harba", flachse ich.

„Halt die Klappe, Hässlicher", knurrt Romaldo, steht auf und gesellt sich zu seinem Bruder. Die beiden gehen ein Stück zur Seite. Sie wollen wohl ein Gespräch unter Zwillingen führen.

So bleibe ich alleine bei Kathinka sitzen. Sie hat mittlerweile ihre Decke noch fester um ihren Körper gewickelt. Am Abend wird es in den Bergen, obwohl es Frühling ist, immer noch recht kalt. Ich würde gerne ein Lagerfeuer entfachen, aber das hat Kathinka Ebensa ja verboten. So bleibe ich einfach untätig sitzen und beobachte sie aus den Augenwinkeln. Nach menschlichen Maßstäben ist sie sicherlich eine Schönheit. Sie hat volle Lippen, eine schmale gerade Nase, hohe Wangenknochen, ein überaus energisches Kinn und wunderschöne, lange schwarze Haare. Ich will gar nicht leugnen, dass sie mir immer noch gefällt, auch wenn ihr Verhalten mir gegenüber ablehnend und feindselig ist. Eigentlich habe ich ihr nie etwas getan. Ich war anfangs sogar höflich zu ihr. Und respektvoll. Doch das kann sie einfach nicht sehen und seit dem Vorfall mit dem Riesen fühlt sie sich in all ihren Vorurteilen noch mehr bestätigt. Kathinka Ebensa ist ganz sicher kein Wesen, das eine einmal gefällte Meinung leicht und schnell ändert. Im Prinzip gefällt mir ihre sture, konsequente Haltung sogar, doch mir gegenüber ist sie einfach nur ungerecht.

Ich betrachte die schmalen Linien, die sich trotz ihrer jungen Jahre bereits links und rechts unter ihren Mundwinkeln eingekerbt haben. Ihr Gesicht ist nicht mädchenhaft oder gar unbeschwert. Es ist schön, aber es erzählt auch von Leid, Schmerz und großem Kummer. Wenn ich ein ganzer Skriek wäre und nicht nur eine verkümmerte Halbseele, würde ich noch viel mehr aus Kathinkas Gesicht herauslesen können, aber auch mit meinen spärlichen Seelenfertigkeiten wird mir klar, dass die Zauberschülerin zu viel erlitten hat, um unbeschwert zu sein. Härte und Kälte haben sich in ihrer Seele eingenistet, und ihr ganzes Sinnen gilt der Rache.

Ich bedaure sie. Zu einem Teil. Ein anderer Teil von mir ist zornig. Wir haben eine selbstmörderische Mission vor uns. Da könnten wir uns doch etwas Halt und Nähe geben. Ich fühle, dass wir jede Unterstützung brauchen würden, die wir nur bekommen können. Und wenn wir uns schon nicht gegenseitig Zuspruch und Hilfe geben, so sollten wir auf jeden Fall zumindest miteinander reden. Dieses Schweigen ist nach all den Tagen kaum mehr zu ertragen und zehrt an meinen Nerven. Nicht nur Kathinka hat gelitten und schwere Zeiten hinter sich, auch in meiner Seele ist viel Leid.

Ich räuspere mich kurz. „Vermisst du den Zauberer?“, frage ich und versuche, meine Stimme sanft und friedlich klingen zu lassen.

Sie sieht mich nur kurz an, sagt aber kein Wort.

„Lady, ich begleite dich auf einer Mission. Aber ich weiß so wenig“, spreche ich weiter. Ich will die Stille nicht länger ertragen müssen. „Was genau haben wir bei den Amazonen vor? Und wie kommen wir unbeschadet zum Turm von Yestshire? Wird der Herrscher mit der dunklen Maske tatsächlich dort sein?“ Ich beuge mich ein wenig nach vorne. „Ich habe das Gefühl, dass unsere Mission nicht so geheim ist, wie der Zauberer das gerne glauben möchte. Meine Instinkte sagen mir, dass im Dunkeln noch ein weiterer Gegenspieler lauert. Und meine Instinkte täuschen mich nur höchst selten.“

Sie schnaubt verächtlich. „Skriek, du hast die Instinkte eines niederen Tieres. Einer blutrünstigen Bestie. Deine Instinkte besagen gar nichts.“

Ich schlucke die Beleidigungen. Kühl, überlegt und berechnend! „Ich sollte mehr über unser Vorhaben wissen.“

„Du weißt genug“, sagt sie und blickt mir direkt ins Gesicht. „Halt jetzt deinen Mund, ich will in Ruhe die Sterne betrachten.“

„Na schön, Lady.“ Ich stehe auf. „Dann will ich dich nicht länger mit meiner Gegenwart belästigen.“

Sie sagt darauf kein Wort, sondern ignoriert mich völlig.

Ich gehe und suche mir einen Weg durch die Dunkelheit. Nach ein paar Schritten wende ich mich nach links, da ich weiß, dass Romaldo und sein Bruder nach rechts gegangen sind und ich nicht mit den beiden zusammen treffen will. Doch schon nach wenigen Schritten höre ich ihre Stimmen. Sie unterhalten sich flüsternd und leise. Mein *mahamsanazu* erwacht. Vorsichtig schleiche ich näher, um noch besser zu verstehen, was sie sagen.

„Und, Bruder“, flüstert Romaldo soeben, „dieser Kathinka Ebensa traue ich in keinster Weise. Sie ist nie und nimmer ein Zauberlehrling. Nicht die kleinste Rune trägt sie auf ihrer Kleidung. Und ihre Finger schmückt kein einziger Siegelring. Da stimmt doch was nicht.“

„Grumpf“, stimmt Knut leise zu.

„Ich habe ein ganz eigenartiges Gefühl bei ihr. Sie hat nichts von einer Zauberin an sich. Keine übermenschliche Macht, keine Erhabenheit. Kathinka wirkt zerrissen, hasserfüllt und traurig.“

„Grumpf.“

„Eben“, sagt Romaldo. „Wir dürfen sie auf keinen Fall unterschätzen. Ist sie wirklich eine Verbündete? Können wir uns auf sie verlassen?“

„Grumpf.“

„Ja, ich traue Erik Anfohrrnus auch nicht. Einem Zauberer kann man nicht trauen. Sie kochen stets ihr eigenes Süppchen. Aber wer, wenn nicht Erik, hat die Möglichkeiten und die Kühnheit, einen Anschlag auf König Angrias zu planen?“

„Grumpf.“

„Ja, du hast recht, Bruder. Es ist eine Frage der Ehre, unseren Vater zu rächen. Und das werden wir auch tun.“ Romaldos Stimme wird noch leiser. „Das Ansehen von Harba wird wiederhergestellt werden, das verspreche ich bei unserem Gott Ganthron, dem Allmächtigen.“

„Grumpf, grumpf.“

„Ja, auch Thurantuh, der Gott dieses hässlichen Schuppenkopfes, scheint recht mächtig zu sein.“ Romaldo spuckt aus. „Aber am Ende wird immer Ganthron siegen.“

„Grumpf.“

„Natürlich ist der Skriek ein gefährlicher Kämpfer. Äußerst gefährlich sogar. Ich kenne nur wenige, die einen Riesen besiegen können. Auch wenn der Riese noch jung und unerfahren war, so war er eben doch ein Riese.“ Romaldo schüttelt den Kopf. „Nein, einen Riesen zu töten, gelingt nur sehr, sehr wenigen.“

„Grumpf. Grumpf.“

„Ja, der Zauberer sagte, er braucht den Skriek nur zum Klettern. Aber das glaube ich nicht.“

„Grumpf?“

„Möglich, möglich. Vielleicht ist er wirklich ein gedungener Mörder. Vielleicht kennt er Erik ja auch schon länger und die beiden haben uns bei der Höhle etwas vorgespielt.“

„Grumpf.“

„Natürlich hasst Kathinka den Skriek. Sie hält ihn für ein primitives, mordlustiges Vieh.“

„Grumpf."

„Das brauchst du nicht extra zu erwähnen, Bruder. Selbstverständlich ist der Skriek mehr, als er scheint."

„Grumpf?"

„Nein, bei Ganthron, wahrhaftig nicht. Er ist mir zutiefst unsympathisch."

„Grumpf. Grumpf."

„Na ja. Natürlich vertraue ich deinen Gefühlen. Aber der Skriek bleibt mir trotzdem unsympathisch. Er hat einfach keinen Stil. Kein Niveau. Und keine Klasse."

Einige Stunden später brechen wir auf, noch bevor der Morgen dämmert. Wir eilen durch die Dunkelheit. Langsam wird es heller. Es kündigt sich wieder ein schöner Frühlingstag an, doch wir achten nicht darauf. Wir wollen nur endlich die Amazonen erreichen. Kathinka Ebensa hat sich über Nacht erstaunlich gut erholt. Sie wirkt frisch und ausgeruht. Ich vermute, dass sie einen Zauber gesponnen hat.

Mehrmals sehen wir aus der Ferne ostalische Patrouillen. Sie sind ein untrügliches Zeichen dafür, dass wir wieder in Euptonien sind.

Wir marschieren über Mittag durch, essen im Gehen und gönnen uns keine Rast. Es wird Nachmittag und schließlich Abend. Wir erreichen die letzten Ausläufer der Zhokanischen Berge. Vor uns ist ein schmales Plateau. Wir gehen bis zum Rand, legen uns auf die Bäuche und spähen nach unten. Der Ausblick ist atemberaubend. Im Osten, tief unter uns, liegt Amazonien. Es ist von drei Seiten durch steile Felswände geschützt. Nur ein schmaler Durchgang auf südlicher Seite ermöglicht den Zugang zu dem Tal und der berühmten Burg Ontron. Insgesamt sieben mächtige Pforten, aufgefädelt wie Perlen auf einer Schnur, umschließen die einzige Straße, die ins Land der Amazonen führt.

Vor der ersten Pforte ist freies Gelände. Es gibt nur zwei gepflasterte Wege nach Amazonien; beide führen, einer von Osten, einer von Westen kommend, durch den Karnischen Wald und enden in einem recht kurzen Abstand voneinander an der offenen Wiesenfläche vor der ersten Pforte. Das Unterholz rechts und links der Wege ist so dicht, dass selbst ich kaum hindurch gekommen wäre. Nun verstehe ich meine Gefährten besser. Amazonien kann man kaum unbemerkt betreten. Schon gar nicht, wenn man zuvor ein paar ostalische Soldaten abgeschlachtet hat.

Fünf, vielleicht sogar sechs ostalische Legionen lagern am Waldesrand und davor, rund zwei Meilen von der ersten Pforte entfernt. Sie haben schweres Kriegsgerät bei sich: Onager, Triböcke, Schleudern, Skorpione, Rammen und Belagerungstürme. Überall sieht man Soldaten, waffenstarrend, selbstbewusst und kriegslüstern. Ich schätze, es sind so an die zehntausend Mann. Zelt liegt an Zelt, Unterkunft an Unterkunft. Zahlreiche Feuer brennen. Und überall weht das Zeichen Ostaliens: ein goldener Adler mit Schwert.

Kathinka Ebensa zeigt weit nach Süden. Dort ist eine zweite Armee, deutlich kleiner als jene, die Amazonien belagert. „Das dort sind König Edwins Mannen“, erklärt sie uns. „Salur lässt die Amazonen nicht im Stich.“

„Grumpf“, knurrt Knut gereizt; ihm scheint die Anwesenheit der salurischen Krieger gar nicht zu gefallen.

Mir ist in der Zwischenzeit ein gutes Dutzend schwarze Raben aufgefallen, die rund um das größte Zelt des ostalischen Lagers kreisen. „Was ist mit den Vögeln dort unten?“, frage ich.

Kathinka Ebensa flucht unterdrückt. In ihren Augen liegt kalter Zorn. „Das sind dunkle Boten. Verlogene Wesen, die dem Herrscher mit der Maske dienen.“

„Die Raben überbringen Nachrichten?“, wundere ich mich.

„Sie tun viel mehr.“ Kathinka umfasst ihren Zauberstab so fest, dass ihre Knöchel weiß hervortreten. In ihrem Zorn merkt sie gar nicht, dass sie mir Antworten gibt, mit mir spricht. „Verstehst du jetzt, Echsenmann, warum wir so vorsichtig sein müssen? Diese verdammten Raben können überall sein. Sie sehen alles.“

Ich verstehe.

Wir warten, bis die Sonne untergeht und wir uns an den Abstieg machen können. Endlich wird es Nacht und dunkel. Sehr dunkel. Vorsichtig klettern wir die steilen, zerklüfteten Felsen nach unten, ständig darauf bedacht, so wenige Geräusche wie möglich zu machen. Die Sterne spenden ein erbärmlich spärliches Licht, kaum genug, um einen Schritt weit zu sehen. Wir kommen nur sehr langsam voran. Kathinka hat große Mühe, einmal rutscht sie auf einem Kiesel aus und kann gerade noch im letzten Augenblick einen Sturz vermeiden. Keuchend atmet sie durch und akzeptiert meine helfende Hand, wenn auch nur sehr widerwillig. Stück für Stück arbeiten wir uns abwärts und nutzen jeden noch so kleinen Felsvorsprung zum Schutz vor neugierigen Blicken. Endlich erreichen wir gut eine Meile hinter dem ostalischen Heerlager die ebene Erde. Bis jetzt, Thurantuh sei Dank, scheint uns niemand bemerkt zu haben.

Wir laufen, so schnell wir können, auf die erste Pforte zu, die sich direkt vor uns hoch in den Nachthimmel erhebt. Da tauchen plötzlich Schatten vor uns auf und mit einem Schlag sind wir von Kriegerinnen umzingelt. Es sind Amazonen. Sie haben lange, schmale Speere, mit denen sie auf uns zielen. Einige entzünden Fackeln. Krummsäbel werden gezogen. Die Mienen der Frauen sind kalt und tödlich.

„Wir dienen dem Smaragdkelch.“ Kathinkas Stimme klingt seltsam angespannt, kratzig und rau. Sie hebt ihren Zauberstab an und spricht jetzt lauter, damit jede Amazone sie verstehen kann. „Wir dienen dem Smaragdkelch! Dem Smaragdkelch!“

Eine Kriegerin tritt nach vorne. Sie ist groß, schlank und sehnig. Und äußerst gefährlich, das sagen mir meine Instinkte. Auf ihrer linken Gesichtshälfte ist ein schwarzes Spinnennetz tätowiert. Sie verbeugt sich leicht. „Ihr werdet erwartet.“

13

Ich erwache in einem Bett. Ein Bett! Wie lange habe ich nicht mehr in einem geschlafen! Es ist wahrlich viele Jahre her. Damals in Thuma, als meine Mutter und ich für Wirt Estmond gearbeitet haben, sind wir in einer winzigen Kammer über dem Schankraum untergebracht gewesen. Und dort hat auch ein Bett gestanden – schief und durchgelegen zwar, mit dünner Stroheinlage und einer morschen Kopfleiste, aber es ist ein Bett gewesen. Ansonsten habe ich seit meiner frühesten Kindheit stets auf Fellen geschlafen, die ich auf felsigen Höhlenböden, in Holzunterständen mit Erdböden oder unter dem freien

Nachthimmel ausgebreitet habe.

Ich trete zum Fenster. Die Sonne geht auf. Heute wird es warm und klar. Kaum eine Wolke ist zu sehen. Mein Blick schweift nach unten. Die Pforte ist wahrhaft gewaltig. Sie überspannt den gesamten Eingang des Tales und ist gut fünfhundert Meter breit. Alles ist aus solidem Fels erbaut worden, die Wände sind meterdick. Gestern sind wir, ohne dass die Amazonen viele Worte verloren haben, über eine steile Treppe nach oben geführt worden. Im Fackelschein habe ich hohe Türme und lange Wehrgänge gesehen. Eine Amazone hat zu Kathinka gesagt, dass die Pforte über siebzig Meter Höhe hat, an manchen Stellen sogar noch mehr. Und der Hauptturm über dem eisernen Eingangstor soll sogar über hundert Meter messen.

Ich sehe das ostalische Feldlager. Soldaten exerzieren, schleifen mit Wetzsteinen die Schneiden ihrer Waffen. Andere überprüfen das schwere Belagerungsgerät. Wieder fallen mir die Raben auf, die das größte Zelt des feindlichen Lagers umfliegen, und ich muss an Kathinka Ebensa denken. Warum hasst sie die Raben nur so? Was für eine Bewandtnis hat es mit diesen Tieren? Ich seufze, ganz so wie es der Zauberer Erik Anfohrrnus zu tun pflegt, und lasse meinen Blick weiter nach Süden gleiten. Dort liegt die salurische Armee von König Edwin und seinen Söhnen, Prinz Baldwin und Prinz Logwin. Die Salurer sind den Ostaliern an Zahl deutlich unterlegen, trotzdem vermitteln sie ein gewisses Gefühl an Sicherheit. Sie sind ein Zeichen dafür, dass König Angrias nicht unbehelligt und ohne Gegenwehr über ganz Euptonien herrschen kann. Eigentlich, denke ich, kann es mir ja egal sein, welcher König herrscht. Ich kenne König Edwin von Salur ebenso wenig wie König Angrias aus Ostalien. Vielleicht ist er ein ebenso grausamer Despot wie der ostalische Herrscher mit der dunklen Maske? Vielleicht strebt auch Edwin nach der Herrschaft über den ganzen Kontinent? Nun, für mich würde es keine Rolle spielen. Mich scheren Machtspiele und Königtümer nicht. Mein Leben gestaltet sich unabhängig davon, wer welche Länder beherrscht. Ich habe keinen Stamm, keine Familie, kein Territorium, dem ich angehöre. So gesehen könnte man sagen, ich bin völlig vogelfrei. Und allein. Freiheit und Alleinsein, denke ich, gehen wohl stets miteinander einher.

Ich wende mich vom Fenster ab und greife nach meinem Kapuzenmantel und meinen Waffen. Dabei wird mir wieder einmal klar, dass ich zwar die traurige Gewissheit in mir trage, immer noch einsam und allein zu sein, aber nicht mehr das Gefühl habe, auch nur irgendwie frei und unabhängig zu sein. Ich bin eidverbunden, gekettet an einen Schwur und einen Auftrag: König Angrias muss getötet werden. Das bestimmt mein Schwur. Dennoch kümmert es mich nicht, wer herrscht und regiert. Ich werde mithelfen, den Herrscher mit der dunklen Maske zu töten. So einfach ist das. Und so klar. Es geht hier nur um mich. Ich muss überleben und wachsam sein. Meinen Eid erfüllen. Alles andere ist unwichtig. Völlig unbedeutend. Nicht mehr als eine Randnotiz in meinem Leben. Töten, um selbst überleben zu können. Das ist es, was ich meinem Gott Thurantuh schuldig bin.

Ich verlasse meine Kammer und mir fällt auf, dass ich seit Tagen keine Melancholie mehr in meiner Seele verspürt habe. Woher kommt das? Ich weiß es nicht. Aber ich akzeptiere es als Verbesserung. Vielleicht ist es auch ein Geschenk Thurantuhs? Vielleicht will er nicht, dass ich, sein einziger Krieger, Schmerz und Trauer in meiner Seele trage, bevor der Schwur erfüllt ist?

Am Gang treffe ich eine Amazone. Ihre langen Haare sind, wie bei allen Kriegerinnen, zu dünnen Zöpfen geflochten. Sie trägt dunkle Lederkleidung und einen Rundschild an ihrer linken Hüfte. Hinter ihrem Rücken, überkreuz, hat sie zwei Krummsäbel. Ihre linke Gesichtshälfte ist mit einem schwarzen Spinnennetz tätowiert. Schon gestern ist mir aufgefallen, dass die Tätowierungen nicht bei allen Amazonen gleich sind. Es gibt unterschiedlich große Netze, manche Fäden reichen weit über die Augenbrauen und gehen bis zum Halsansatz, andere beschränken sich auf die linke Wange, einige wenige zeigen sogar kleine Spinnen.

„Wo sind meine Gefährten?“, frage ich die Amazone.

„Komm mit.“ Sie führt mich eine gewundene Treppe nach oben und öffnet eine Tür. Wir treten auf einen breiten Wehrgang mit hohen Zinnen. Rundum steht Kriegsgerät: Katapulte, Speerschleudern, Feuer- und Pechnasen, Triböcke, schwere Skorpione und Steinkörbe. Eine Handvoll Kriegerinnen betrachtet argwöhnisch die weite Ebene vor der Pforte. Sie sind mit Krummsäbeln und Bögen bewaffnet. An der Wehrmauer lehnen Armbrüste und Köcher voll mit Pfeilen und Bolzen. Ich sehe auch Hellebarden, Piken und Speere. Die Amazonen sind mehr als nur gut gerüstet.

Ich trete an eine Zinne und lege meine krallige Hand auf die Brüstung. Es geht tief nach unten. Die Pfortenmauern sind glatt, steil, stabil und hoch. Mir erscheinen sie unbezwingbar. Das ostalische Heer hat keine Chance, Amazonien einzunehmen. Schon an der ersten Pforte wird es zerschellen.

Die Amazone führt mich eine weitere Treppe nach oben und wir kommen in ein Turmzimmer. Meine Gefährten sitzen an einem langen Tisch und frühstücken. Es gibt dunkles Brot, gebratenen Speck, Eier, Butter, Honig, Marmelade, Ziegenkäse und Obst. Karaffen mit Fruchtsäften und dampfende Teekannen stehen bereit. Ich grüße meine Gefährten und setze mich zu ihnen.

„Grumpf", nickt Knut. Kathinka Ebensa und Prinz Romaldo ignorieren mich. Ich habe nichts anderes erwartet. Mit ausdruckslosem Gesicht häufe ich meinen Teller tüchtig voll und beginne zu essen. Bei den Skriek ist es üblich, sich den Bauch vollzuschlagen, wann immer sich die Gelegenheit dazu bietet. Sie sind ein Wandervolk und müssen sehen, wie sie zu ausreichend Nahrung kommen. Daher wird bei den Skriek tüchtig gegessen, wenn es Essen gibt. Ich halte es ebenso. Und mir ist aufgefallen, dass sich die meisten Menschen in diesem Punkt nicht sehr von den Skriek unterscheiden. Mehrmals fülle ich meinen Teller, bis ich endlich satt und vollgefressen bin.

Zwei Amazonen sitzen mit uns am Tisch. Die eine, sie ist etwas älter, hat eine Spinne in ihrem tätowierten Netz. Nachdem alle aufgegessen haben, bedeutet sie uns, ihr zu folgen.

Wir steigen unzählige Treppen nach unten und erreichen schließlich einen Innenhof, der an der Rückwand der Pforte errichtet worden ist. Die Amazone führt uns zum Pferdestall. Kathinka und Romaldo bekommen neue Pferde, zwei kräftige, schöne Stuten mit rotbraunem Fell. Für Knut findet sich kein Pferd, das stark genug gebaut ist, um ihn tragen zu können. Die Amazonenkriegerinnen sind alle schlank und sehnig und benötigen keine breiten, muskelbepackten Tiere, die sich behäbig und träge bewegen. Die Amazonen setzen bei ihren Pferden auf Schnelligkeit, daher wird Knut, ebenso wie ich, laufen müssen. Trotzdem wird es kein Problem sein. Ich habe in den Zhakonischen Bergen gesehen, wie ausdauernd der kleine Kerl mit dem großen Streitkolben ist. Er wird das Tempo der Pferde für lange Zeit mithalten können.

Die Amazone mit der tätowierten Spinne holt ihr eigenes Pferd. Dann reitet sie los. Kathinka und Romaldo folgen ihr. Knut und ich eilen hinterher.

Wir verlassen die erste Pforte durch ein rückwärtiges Tor. Ich sehe links und rechts steile Felswände, die das Tal der Amazonen begrenzen. Die hohen Felsen sind ein natürlicher Schutz. Ein Einzelner könnte sie wohl besteigen, aber für eine Armee mit schweren Geräten stellen sie ein unüberwindliches Hindernis dar. Die Straße vor uns ist gut gepflastert und zieht sich schnurgerade durch die fruchtbare Landschaft. Rundum sind Felder voll Getreide. Linker Hand fließt der On. Der breite Fluss durchschneidet die Landschaft und schenkt ihr reichlich Wasser. Wir kommen an kleinen Brücken vorbei, später an einer einfachen Siedlung. Es gibt zahlreiche Fischteiche und Haine voll Weintrauben, Oliven und Feigen. Überall wird gearbeitet. Zu meinem Erstaunen sehe ich auch Männer. Ich eile nach vorne und geselle mich zu der Amazone. „Warum sind nicht alle Amazonen tätowiert?“, frage ich.

„Das Netz ist uns Kriegerinnen vorbehalten“, sagt sie. Sie hat eine helle Stimme und wirkt nicht ungehalten über meine Frage. „Die Priesterinnen haben ein eigenes Zeichen, ebenso die Heilerinnen, Handwerkerinnen, Bäuerinnen und Händlerinnen.“

Es tut gut, wenn man sich höflich unterhalten kann, und so frage ich weiter. „Leben viele Männer in Amazonien?“

„Einige.“ Sie lächelt ein wenig. „Was glaubst du, Skriek, wie wir uns fortpflanzen?“

„Äh ...“

„Eben.“ Sie blickt von ihrem Pferd zu mir herunter. „Es reicht nicht aus, dass viele Mägde und Tagelöhnerinnen ihre Babys vor unserer ersten Pforte ablegen. Wir müssen selbst für unseren Nachwuchs sorgen. Viele Amazonen sind selbst Mütter.“

„Und was ist, wenn sie männliche Babys bekommen?“, will ich wissen.

„Sie werden für die Feldarbeit gebraucht. In der Schmiede.

Auf den Marktplätzen. Bei den Fischteichen. In den Hainen"

„Können sie auch Krieger werden?"

„Nein, das nicht."

„Und dürfen eure Männer heiraten? Oder selbst eine Werkstatt oder ein Geschäft haben?"

„Unsere Männer werden geheiratet. Es ist eine große Ehre für sie, wenn eine Amazone sich bereit erklärt, ihre Ehefrau zu werden." Sie schnalzt mit der Zunge, um ihr Pferd ein wenig anzutreiben. „Werkstätten und Geschäfte dürfen die Männer nicht führen."

„Warum nicht?"

Sie lacht glockenhell. „Weil wir in Amazonien sind, Skriek. Darum."

Ich lächle. „Irgendwie gefällt mir euer Land."

„Es ist das Schönste auf der ganzen Welt", sagt sie mit tiefster Überzeugung.

Ich nicke, dann lasse ich mich zurückfallen. Meine Seele ist berührt und ich fühle mich erstmals seit Tagen wieder wohl. Die Amazone hat mich als ganz normales Wesen behandelt. Kein Hass, keine Abscheu, kein Ekel sind in ihrem Gesicht zu erkennen gewesen. Das tut mir gut.

Wir kommen durch vier weitere Pforten. Alle sehen aus wie die erste und reichen über das gesamte Tal hinweg von Felswand zu Felswand. Überall können wir mühelos passieren. Es wird Mittag und wir rasten neben einem Buchenwäldchen an einem kleinen Teich. Die Pferde grasen. Wir sitzen auf unseren ausgebreiteten Decken am Boden und essen. Die Amazone erzählt von einer Schlacht gegen Kobolde, die vor über hundert Jahren stattgefunden und den Amazonen einen großen Sieg beschert hat.

„Grumpf", sagt Knut, nachdem die Amazone geendet hat.

„Ihr Amazonen seid tapfere Kriegerinnen", übersetzt Romaldo.

„So ist es." Die Amazone steht auf. „Wir müssen weiter."

Es kommt die nächste Pforte. Und dann noch eine. Die Abenddämmerung setzt ein, als wir endlich Ontron, die mächtige, riesige Burg der Amazonen, erreichen. Ich bin beeindruckt. Mauern, Türme, Dächer, Zinnen, Kuppeln und Häuser, so weit das Auge reicht. Fackeln und Öllampen werden aller Orten angezündet und unzählige Lichter tauchen Ontron in ein sich ständig bewegendes, flackerndes Licht.

Wir passieren das Haupttor, über dem eine riesige Spinne auf die unverputzten Steinquader gemalt ist. Die Amazone, Kathinka und Romaldo steigen von ihren Pferden. Eine Torwächterin übernimmt die Tiere. Wir gehen über breite, gepflasterte Straßen, die stetig ansteigen und von unzähligen weißen Häusern mit dunklen Holzgiebeln gesäumt sind. Mit der Zeit werden die Straßen schmäler und nehmen den Charakter von gewundenen Gassen an. Rund um uns ist ein Treiben, Lärmen und Hasten. Alle wirken geschäftig. Ab und zu sehe ich auch Männer. Und andere Besucher. Zwei Riesinnen stapfen durch die Menge und ich gehe ihnen tunlichst aus dem Weg. Ich sehe eine Gruppe Gnome, Männchen und Weibchen, die keckernd beieinander stehen. Ein Zwerg feilscht mit einer Händlerin. Eine Trollin beauftragt eine Schmiedin. Zwei Kobolde trinken Bier in einem Gastgarten. Ich denke bei mir, dass der Krieg vor über hundert Jahren anscheinend die Beziehungen zwischen Amazonen und Kobolden nicht nachhaltig beeinträchtigt hat.

Schließlich erreichen wir das Zentrum der Burg: ein prunkvolles Kastell mit goldbeschlagenen Portalen erwartet uns. Eine riesige Spinne, aus glitzernden Steinen zusammengesetzt, ist auf der Vorderfront zu sehen. Daneben sind kleinere Spinnen angebracht, ebenfalls aus vielen kleinen Steinen geformt. Andächtig schweigend bleibe ich stehen und betrachte fasziniert die Kuppeln, Dächer, Säulen, Stelen und Balkone.

Zwei Wächterinnen kommen zu uns. Wir werden vorgestellt und müssen unsere Waffen abgeben. Sie werden nummeriert und in einer Waffenkammer direkt neben dem Haupttor verwahrt. Für einen Moment fühle ich mich nackt und wehrlos. Doch dann denke ich an meine Krallen. Wenn kein Besucher innerhalb des Kastells Waffen tragen darf, bin ich mit meinen hornigen Zehen und Fingern eindeutig im Vorteil.

Wir werden weitergeleitet und gehen über einen weitläufigen Innenhof, der mit Marmorfliesen ausgelegt ist. Eine grauhaarige Amazone erwartet uns und führt uns rasch weiter. Wir eilen durch Flure und über Treppen. Überall sind Wachen, aber auch Bedienstete und Zofen. Einmal sehe ich eine Frau mit einer langen, weißen Toga. Sie hat eine Brosche in Form einer Spinne über ihrer linken Brust an ihrem Kleid befestigt. Der Kopf der Frau ist kahlgeschoren. Sie trägt eine goldene Sichel in ihrem Gürtel. Ich vermute, dass sie eine Priesterin ist.

Endlich erreichen wir unsere Zimmer. Meines liegt direkt neben Kathinkas. Die grauhaarige Amazone überreicht uns lederne Halsbänder, die silberne Spinnenanhänger haben. „Mit diesen Anhängern könnt ihr euch in Ontron frei bewegen und benötigt keine Begleiteskorte.“ Sie drückt jedem von uns einen Beutel mit Münzen in die Hand. „Das sind Silberdinare. Damit könnt ihr bei den Läden und Werkstätten einkaufen. Unsere Königin schenkt sie euch und heißt euch herzlich willkommen.“

„Wann werden wir die Königin sehen?“, fragt Kathinka.

„Morgen. Ich gebe euch noch Bescheid.“

„Ist der Zauberer schon da?“

„Nein, aber er wird wohl bald kommen.“ Sie sperrt unsere Zimmertüren mit einem Schlüssel auf. „Wenn ihr etwas braucht, zieht am Klingelstrang neben der Tür. Ansonsten seid ihr völlig ungestört und könnt kommen und gehen, wie es euch gefällt.“ Die grauhaarige Amazone verabschiedet sich.

Ich betrete mein Zimmer und bin freudig überrascht. Es ist groß und geräumig, mit einem breiten Bett. Auf einem Tisch sind Speisen angerichtet: Obst, Käse, Wurst und dunkles Brot. Eine Karaffe Wein und ein Trinkkelch stehen daneben. Das Allerbeste ist aber eine Badewanne, die mit heißem Wasser gefüllt ist und mitten im Raum steht. Ich schäle mich aus meinen schmutzigen Kleidern und lege mich in die Wanne. Nach einer Weile kühlt das Wasser ab und ich klettere heraus.

Auf dem Bett liegen eine dunkle Leinenhose und ein weißes, langärmeliges Hemd. Ich ziehe die frischen Sachen an, schlüpfe in meinen Kapuzenmantel und überlege, was ich jetzt angehen soll. Die anderen wollen mit mir sicherlich nichts zu tun haben. Doch allein auf meinem Zimmer will ich nicht bleiben. Zu faszinierend erscheint mir die riesige Burg Ontron. Sinnend betrachte ich meinen Anhänger mit der silbernen Spinne und fälle eine Entscheidung.

Ich verlasse mein Zimmer und gehe los. Unterwegs treffe ich Dutzende Amazonen, die geschäftig durch die Gänge eilen. Keine beachtet mich besonders. Schließlich erreiche ich das goldbeschlagene Portal. Die Wächterinnen nicken mir zu. Ich nicke zurück und marschiere Richtung Haupttor. Wieder komme ich in die schmalen, verschlungenen Gassen und bin mit einem Schlag von unzähligen Wesen umgeben, die neben, vor und hinter mir einher marschieren oder mir entgegenkommen. Ich erreiche einen freien Platz, in dessen Mitte ein steinerner Wasserspeier steht. Rundum sind Verkaufsbuden, kleine Geschäfte und Stände voll Obst und Gemüse. Ich bleibe stehen, lege den Kopf in den Nacken und betrachte ein hohes, weißes Tempelhaus, in dessen Dachrelief Figuren gemeißelt sind, die einem Skriek nicht unähnlich sehen.

„Durstig, Fremder?“, höre ich eine Frauenstimme.

Ich drehe mich überrascht um und bemerke erst jetzt, dass ich direkt neben einer Schenke angehalten habe. „Hast du kühles Bier?“, frage ich die Frau. Sie ist eine Amazone – nicht besonders groß, so um die dreißig Jahre, mit dunkelblondem Haar und rundlichen Formen. Kein Spinnennetz ist in ihr Gesicht tätowiert. Sie ist also keine Kriegerin. Dann fällt mir ein hellblauer Reif auf, der ihren rechten Oberarm schmückt und eine amethystrote Spinne zeigt.

„Mehr, als du trinken kannst.“ Sie deutet mir, mitzukommen. „Ich bin hier die Schankmaid, Fremder. Das Lokal gehört Wirtin Estantalla.“

Ich folge ihr und setze mich an einen freien Tisch. Sie bringt mir einen großen Krug Bier.

„Ich heiße Anninka.“

„Ich heiße ...“ Einen Moment überlege ich, was ich sagen soll, dann entscheide ich mich. „Ich heiße Skriek.“

„Na dann, Skriek, lass es dir schmecken.“

„Das werde ich.“ Ich trinke. Ein Bier, zwei Bier. Dann noch ein drittes. Immer wieder kommt Anninka an meinen Tisch und wechselt ein paar Worte mit mir. Sie gefällt mir, da sie sich nett und freundlich gibt. Und sie hat überhaupt keine Angst vor mir. Sie scherzt sogar mit mir und lächelt mir zu. Es wird spät. Irgendwann bin ich der letzte Gast. Die Wirtin bedeutet mir zu gehen. Sie will zusperren.

Anninka gesellt sich zu mir. „Komm, Skriek, gehen wir zu mir. Ich wohne ganz in der Nähe.“

Ich spüre, wie sich meine Kehle verengt, und ich bin mit einem Schlag verunsichert.

„Was hast du vor?“, stammle ich.

Sie lacht. „Ich will die Nacht mit dir verbringen, Skriek."
„Einfach so?"
Sie runzelt die Stirn. Ist sie jetzt ungehalten? Habe ich etwas Falsches gesagt? „Hör zu, Skriek. Du bist ungewöhnlich, fremd. Faszinierend. Ich möchte deine Schuppen berühren." Sie betrachtet mich einen Moment. „Ich bin eine Amazone. Ich nehme mir, was ich will. Hast du damit ein Problem?"
„Nein. Überhaupt kein Problem."
Ich gehe völlig verdutzt neben ihr her, unfähig, noch ein weiteres Wort zu sagen. Nach wenigen Schritten erreichen wir ein kleines Haus. Anninka wohnt im zweiten Stock. Wir steigen eine knarrende, schmale Treppe nach oben und betreten ihr Zimmer. Es ist klein und dunkel. Ein Duft nach getrockneten Orangenschalen liegt in der Luft. Ich werde noch nervöser. Irgendetwas kommt mir hier falsch vor. Ich kenne Anninka doch kaum. Eigentlich gar nicht. Ich weiß nur, dass sie hübsch ist. Lebendig. Ich denke an meine alte Sippe und daran, dass jeder Skriek sich einen Lebenspartner sucht, dem er auf ewig in Liebe verbunden ist. Zwischen Anninka und mir ist keine Liebe. Nur Lust. So lange habe ich mir gewünscht, bei einer Menschenfrau zu liegen. Doch jetzt, wo sich mir die Möglichkeit bietet, zögere ich. Ich bin unsicher und habe das Gefühl, etwas falsch zu machen. Ich befürchte, meine Seele zu verletzen, und bin voller Zweifel.
Da entzündet Anninka eine Öllampe. Heller Feuerschein flackert durch das Zimmer und ich sehe das breite Bett. Meine Zweifel nehmen zu. Was tue ich hier? Es ist falsch. Ich spüre es immer deutlicher.
Mit einem schelmischen Blick lässt Anninka ihr Kleid zu Boden gleiten. Langsam zieht sie die restlichen Wäschestücke aus und präsentiert mir ihre weiblichen Rundungen. Schließlich steht sie nackt im Schein der Lampe, die dunkle Schatten auf den schönen Körper der Amazone malt. Anninka lächelt. Verführerisch. Weiblich. Voller Sinnesfreude.
„Skriek, tu mir mit deinen Krallen nicht weh", flüstert sie.
„Ich werde ganz vorsichtig sein", krächze ich. Mein Mund ist wie ausgetrocknet. Ich nestle ungeschickt an meinem Kapuzenmantel herum. Meine Zweifel sind weg, mit einem Schlag völlig verschwunden. Spurlos.

14

Anninka liegt in meinen Armen. Ich vermute, dass es schon weit nach Mitternacht ist. Der Mond scheint als helle Sichel durch die beiden Fenster des kleinen Zimmers. Ich fühle mich wohl. Zumindest einigermaßen. So lange habe ich davon geträumt bei einer Menschenfrau zu liegen, und nun ist es endlich Realität geworden. Ich habe es genossen. Und ich mag Anninka – ihre weiche Menschenhaut, ihr Haar, ihre Augen, ihr Lachen. Vor allem ihr Interesse an mir. Dennoch fehlt mir etwas. Ich schicke ein kurzes Gebet zu Thurantuh. Dann hadere ich mit mir selbst. Innerlich. In Gedanken. Noch immer steckt zu viel von einem Skriek in mir. Das ist leider nicht zu leugnen. Dumm, wie ich bin, sehne ich mich tatsächlich nach einer Lebenspartnerin, nach einem weiblichen Wesen, das nicht nur meinen Körper, sondern auch meine Seele berührt. Und Anninka ist dies nicht. Ich schätze ihre unkomplizierte Art, ihr amazonisches Selbstvertrauen, ihren Humor. Sie könnte mir eine gute Freundin sein. Jemand, der immer wieder meine Einsamkeit beenden würde, zumindest für einige kurze Momente. Aber ich spüre keine Liebe. Doch genau das wünsche ich mir. Vielleicht verlange ich aber auch zu viel. Ich bin ein Bastard, ein Krieger Thurantuhs. Die Götter haben für meinen Weg wohl kaum eine Seelenpartnerin und tiefe, innige Liebe vorgesehen. Kampf, Schmerz, Blut und Einsamkeit sind mein Schicksal.

Mit einem Mal bin ich traurig. Ich atme langsam aus und versuche, mir nichts anmerken zu lassen.

Anninka fährt mit der Kuppe ihres rechten Zeigefingers den Rand einer Unterarmschuppe nach. „Du bist ein Tier“, sagt sie.

Ich lache. Kurz und hell. Die Traurigkeit wird erträglicher. Es tut mir nicht weh, wenn mich Anninka als Tier bezeichnet. Bei ihr ist es eine Wertschätzung. Ein Scherz.

„Aber ein sanftes“, fügt sie hinzu.

Ich nicke. Ja, ich bin sanft gewesen. Vorsichtig. Fast zurückhaltend. Meine Krallen haben nur zwei kleine Kratzer auf ihrer linken Schulter hinterlassen. Sie bluten nicht mehr und ich habe das Gefühl, dass mir Anninka deswegen nicht böse ist.

„Skriek, bleibst du über Nacht?“, fragt sie.

Ich würde gerne bleiben. Zumindest ein Teil von mir; aber ich kann nicht. Ich will zurück ins Kastell und allein sein. Ist es eine böse Ironie, dass gerade ich, der sich so oft einsam und verlassen fühlt, nicht einmal eine ganze Nacht bei einer Frau bleiben kann? Vermutlich. Ich weiß es nicht. Und es spielt wohl auch keine Rolle. Ich spüre nur, dass ich gehen will. Ich finde aber keine Worte.

Anninka versteht mich auch so. Sie rollt sich aus meinen Armen und setzt sich auf.

„Geh!“ Sie streicht ihre Haare aus der Stirn. „Und komm morgen Abend wieder.“

Ich richte mich auf. „Darf ich wirklich wiederkommen?“

Sie lacht. „Ja, mein großer Skriek. Ich habe noch nicht alle Schuppen erforscht.“

Ich lache mit ihr und fühle mich frei. Lebendig. Fast glücklich. Die Traurigkeit ist verschwunden. Es ist schön mit Anninka.

Wenig später verabschiede ich mich und gehe zurück ins Kastell. Der schwindende Mond ist am Himmel ein Stück gewandert, doch es wird noch dauern, bis die Morgendämmerung einsetzt. Vielleicht bekomme ich noch ein paar Stunden Schlaf. Die Wächterinnen am Tor grüßen mich knapp, stellen aber keine Fragen. Ich gehe über weite Flure und steige die Treppen zu meinem Zimmer empor. Gelegentlich sehe ich Wächterinnen, auch zwei, drei Bedienstete. Ontron ist stets geschäftig, selbst in der Nacht.

Ich erreiche unseren Gang. Das erste Zimmer auf der rechten Seite gehört Romaldo und Knut. Ihre Tür ist fest verschlossen. Ich spitze meine Ohren, höre aber keine Atemgeräusche. Auf Zehenspitzen schleiche ich näher heran und lege mein Ohr an die Tür. Im Zimmer ist es still. Zu still. Wo sind Knut und Romaldo? Sind sie ebenfalls auf amouröse Abenteuer aus? Wahrscheinlich.

Ich gehe weiter. Da höre ich verhaltenes, grimmiges Schluchzen. Es sind Laute tiefer Trauer und sie kommen aus Kathinkas Zimmer. Ich verharre und lausche neugierig. Kathinka weint so leise, dass sie fast nicht zu hören ist, aber meine Ohren sind fein genug, um es trotzdem wahrzunehmen. Was ist mit der Zauberschülerin los? Ihr Schluchzen kommt tief aus ihrer Seele. Plötzlich stammelt sie Worte. Sie sind voller

Hass und Verzweiflung. Ich kann nicht alles verstehen, was sie sagt, aber ich glaube, „Familie“ und „Verräter“ aufzuschnappen. Dann weint sie wieder. Leise, verzweifelt, nicht enden wollend. Soll ich anklopfen und ihr meine Hilfe anbieten? Nein, das wäre äußerst unklug. Kathinka würde mich dafür verfluchen und verdammen. Sie will ganz offensichtlich, dass niemand von ihren Seelenschmerzen erfährt. Das werde ich respektieren.

Ich gehe weiter und betrete mein Zimmer. Meine alte, schmutzige Bekleidung, die ich achtlos über einen Stuhl geworfen habe, ist weggebracht worden. Frisches Obst steht auf einem kleinen Tisch neben meinem Bett. Ich blicke aus dem Fenster und spüre, dass ich innerlich seltsam aufgewühlt bin. Mehr, wie mir scheint, von Kathinkas Tränen als von Anninkas zärtlichen Berührungen. Warum weint die Zauberschülerin? Sie gibt sich doch immer so hart und unnahbar.

Ich trete näher an das große, zweiflügelige Fenster in meinem Zimmer und betrachte den schmalen Mond durch die Glasscheiben. Viele Gedanken sind in meinem Kopf. Da spüre ich ein leichtes Ziehen in meiner Seele. Und dann ist es da: *mahamsanazu*. Mein Blick schweift über den langgezogenen Innenhof. Was erregt um diese nachtschlafende Zeit bloß meine Aufmerksamkeit?

Ich öffne das Fenster einen Spalt und höre Schritte. Wenig später sehe ich eine Amazone, die es anscheinend sehr eilig hat. Als sie unter einer Öllampe vorbeihuscht, sehe ich ihr staubiges, verschwitztes Gesicht. Wo will sie hin? Wer ist sie? Ich warte einen Moment und schon ist sie aus meinem Blickfeld verschwunden. Eilig öffne ich die Fensterflügel noch weiter und überlasse mich ganz meinem *mahamsanazu*. Es leitet mich. Stetig. Unbeirrbar. Ich steige durch den offenen Fensterrahmen ins Freie und klettere die Wände nach oben. Nach einigen Metern erreiche ich eine Terrasse und folge dem Geländer, das mich zu einem kleinen Turm führt. Ich klettere hinauf und schwinge mich über eine Brüstung. Mein *mahamsanazu* wird noch stärker. Vor mir ist ein Balkon. Ich springe hinüber. Dann geht es weiter. Ein schmaler Mauersims dient mir als Weg. Bald bin ich hoch über dem Boden. Die Wände ringsum sind verputzt und glatt. Ich ergreife eine Dachrinne und hantle mich weiter. Da sehe ich ein großes Fenster mit Eisengittern davor.

Die Vorhänge sind fast zur Gänze zugezogen, nur aus einem kleinen Spalt dringt Licht. Mein *mahamsanazu* vibriert in meiner Seele und so weiß ich, dass ich mein Ziel erreicht habe. Meine Krallenfüße umklammern die gebogene Dachrinne. Kopfüber wie eine schlafende Fledermaus hänge ich in der Luft. Mein Mantel fällt nach unten und verdeckt meinen Körper, sodass ich vor neugierigen Blicken gut verborgen bin. Ich warte.

Jemand ist im Zimmer hinter dem Fenster, doch er spricht nicht. Wo bleibt die Amazone?

Da höre ich Schritte und ein Klopfen.

„Herein“, befiehlt eine weibliche Stimme. Sie klingt eigenartig scharf und klackernd.

Ich kann nicht sehen, was im Zimmer vor sich geht, aber meine Instinkte sagen mir, dass nun die Amazone, die ich vorher über den Innenhof eilen sah, eingetreten ist. Sie scheint sich zu verbeugen. Auf jeden Fall höre ich ihr Lederwams knarzen.

„Meine Königin“, sagt sie. „Möge Ama all deine Fäden segnen und dein Netz stets heil erhalten.“

„Ich danke dir, Sincha Ankonski. Auch dir Amas Heil und Segen“, entgegnet die Amazonenkönigin. Ihr gehört die seltsam klackernde Stimme. „Du warst lange weg, Sincha.“

„Sechs Monate, meine Königin.“

„Setz dich. Trink Gewürzwein. Und erzähle.“

Sincha Ankonski tut, wie ihre Königin befiehlt. Sie nimmt gurgelnd einen tiefen Schluck und beginnt zu erzählen. „Der Herrscher mit der dunklen Maske wird stärker und stärker. Zwei weitere Legionen sind von Vinbon aufgebrochen und auf dem Weg zu uns. Er hat zahlreiche Mineure angeworben. Seine Stahlrammen sind deutlich verbessert. Und seine Schleudern haben an Reichweite und Wucht gewonnen.“

„Wann können seine neuen Legionen hier eintreffen?“

„In vier, fünf Monaten.“

„Das lässt uns etwas Zeit.“ Die Königin der Amazonen scheint zu überlegen. „Was ist mit Salur und König Edwin?“

„Er schart Verbündete um sich. Und er setzt auf Verhandlungen.“

„Dann will er mit Angrias also reden.“

„Ja, persönlich, von Angesicht zu Angesicht. Das habe ich

gehört.“

„Hm.“ Die Königin schweigt für einen Moment, bevor sie weiterspricht. „Deine Informationen decken sich mit jenen, die ich von anderen erhalten habe.“

„Glaubst du, meine Königin, dass sich Edwin und Angrias auf einen, wenn auch nur kurzen, Frieden einigen werden?“

„Ich weiß es nicht.“ Sie hebt ihre Stimme. „Sincha, du bist eine meiner fähigsten Kriegerinnen. Was denkst du? Kann König Angrias ganz allein Amazonien erobern?“

„Nein, niemals! Vielleicht kann er eine Pforte zerstören, möglicherweise zwei. Aber mehr auf keinen Fall.“

„Und wenn ihm König Edwin hilft?“

„Dann könnten drei Pforten fallen.“ Sinchas Stimme wird kratziger. „Aber bis jetzt ist noch nie auch nur eine Pforte von einem Feind erobert worden. Amazonien wird für immer bestehen.“

„Ich freue mich über deinen Optimismus, mein Kind.“ Wieder höre ich dieses Klackern. „Aber die Zeiten ändern sich. Völker kommen und gehen.“

„Ama wird uns beschützen.“ Sincha wankt nicht in ihrer Zuversicht.

„Ja, das wird sie wohl.“ Die Königin seufzt. Sie klingt müde. „Wenn sich die Zwerge mit Angrias und Edwin verbünden, wird Amazonien fallen.“

„Die Zwerge?“ Sincha Ankonski klingt erstaunt. „Sie hassen den Herrscher mit der dunklen Maske.“

„Noch, mein Kind, aber so vieles kann sich ändern.“ Ein Stuhl scharrt, als sich die Königin erhebt. Ich höre, wie sie auf und ab geht. „Hast du schon einmal darüber nachgedacht, wie widersinnig es doch ist, Amazonien erobern zu wollen? Wir sind ein sehr kleines Land im Vergleich zu all den anderen Fürstentümern und Königreichen Euptoniens. Amazonien ist zwar fruchtbar und ernährt uns, aber es birgt nur wenige Bodenschätze. Unsere Felsen sind steil und kahl. Unsere Pforten beinahe uneinnehmbar. Strategisch liegt Amazonien an einem Ort, der für Euptonien kaum eine Rolle spielt. Wir kontrollieren weder große Handelsstraßen noch wichtige Passwege.“

„Was willst du mir damit sagen, meine Königin?“

„Vor drei Monaten sind Meuchlerinnen bis an die zweite

Ringmauer von Amas Tempelhöhle vorgedrungen."

„Aber ... unmöglich ...", stammelt Sincha.

„Die Tempelgarde war überaus achtsam und konnte die Meuchlerinnen stellen. Es kam zum Kampf. Wir blieben siegreich. Als die Meuchlerinnen sahen, dass sie verlieren würden, stürzten sie sich in ihre Messer und Dolche. Keine überlebte. Wir nahmen ihnen die Schleier ab und sahen, dass die Meuchlerinnen von dunkler Hautfarbe waren. Sie trugen das Zeichen der Göttin Haspanarte. Es waren also Frauen aus Hestard. Es wird von einer Hohenpriesterin beherrscht. Zumindest zu einem großen Teil."

„Wie konnten die hestardischen Meuchlerinnen so weit vordringen? Gibt es Verräterinnen unter uns? Hatten sie Hilfe?"

„Amas Priesterinnen sagen nein. Wir Amazonen sind weiterhin ein geeintes Volk."

„Glaubst du den Priesterinnen?"

„Selbstverständlich." Die Königin bleibt stehen. Sie atmet leise ein und aus. „Vor vier Wochen überwanden drei Frauen die dritte Ringmauer. Sie gehörten der Gilde der Diebe an und waren überaus geschickt, doch erneut bewährte sich unsere Tempelgarde. Die Diebinnen wurden entdeckt. Wir wollten sie lebend fangen, doch es gelang uns nicht. Als wir sie angriffen, schluckten sie Gift, das sie in ihren Mundhöhlen verborgen hatten. Augenblicke später waren sie tot."

„Was wollen die Diebinnen und Meuchlerinnen?"

Die Königin klackert kurz. Dann, nach einem Moment der Stille, stellt sie eine Gegenfrage. „Du kennst doch den Spruch der Weisheit, oder?"

„Selbstverständlich." Sincha klingt ein wenig verstimmt. „Den lernt doch jedes Amazonemädchen in der Schule."

„Sag ihn mir!"

„Wie du willst, meine Königin." Sincha räuspert sich kurz. „Es gibt sechs Elemente, fünf Reliquien und vier Wahrheiten."

„Fünf Reliquien", wiederholt die Königin gedankenverloren. „Sincha, ich vermute, dass die Diebinnen und Meuchlerinnen unsere Reliquie, den grünen Smaragdkelch von Ama, stehlen wollten."

„Wozu?" Sincha klingt angespannt. „Welchen Sinn macht es, unser Heiligtum zu stehlen?"

„Nun, ich hoffe, die Antwort auf deine Frage von Erik

Anfohrrnus zu erhalten."

„Der Zauberer ist hier?"

„Ja."

„Vertraust du ihm? Und seiner Antwort?"

„Kein Wesen mit Verstand sollte einem Zauberer vertrauen. Aber Erik hat sich gegenüber uns Amazonen immer loyal verhalten. Mehrmals hat er uns unterstützt und sein Wort für uns beim Rat eingelegt."

„Du hast schon einmal mit Erik wegen dem Smaragdkelch gesprochen", wird Sincha Ankonski plötzlich klar.

„Ja, das habe ich. Und Erik ist wegen König Angrias sehr besorgt. Viel zu schnell ist der Herrscher zu so großer Macht gekommen. Zu viele Reiche hat er erobert. Zu sehr giert er nach Euptonien und seinen Ländern."

„Alles hängt mit dem Herrscher mit der dunklen Maske zusammen, nicht wahr, meine Königin?"

„Ja, das befürchte ich." Die Stimme der Königin wird mit einem Mal hart. Eisern. „Und darum müssen wir ihn töten."

„Ich werde ihn für dich auf dem Schlachtfeld stellen und meinen Krummsäbel durch sein schwarzes Herz bohren."

„Mein liebes Kind, Angrias wird sich in keiner Schlacht zeigen. Er ist nicht dumm. Generäle und Soldaten ziehen für ihn in den Krieg. Er bleibt im Hintergrund und plant."

„Aber wie sollen wir ihn dann töten?"

„Nun, wir werden ihn feige und hinterrücks ermorden."

„Das ist einer Amazone unwürdig!", begehrt Sincha Ankonski auf. Sie klingt empört. Fast wütend.

„Meine tapfere Kriegerin, ich wünschte, die Dinge wären so einfach, wie du es gerne hättest. Aber das sind sie nicht. Als Königin muss ich alles bedenken. Jede Amazone, von der einfachsten Bäuerin bis zur huldvollsten Priesterin, muss von mir beschützt werden." Sie spricht rasch weiter, eindringlich und klackernd. „Würde und Ehre spielen eine untergeordnete Rolle, wenn die Existenz Amazoniens auf dem Spiel steht. König Angrias hat uns den Fehdehandschuh hingeworfen. Und wir werden ihn aufnehmen."

Ich höre, wie sich Sincha Ankonski niederkniet. Sie unterwirft sich der Autorität ihrer Herrscherin. „Was wünschst du also von mir, meine Königin?"

„Suche sechs Kriegerinnen aus. Die besten, die du finden

kannst. Sie werden mit dir auf eine Reise gehen."

„Wohin wird uns die Reise führen?"

„Wenn Ama es so will, bis zum Turm von Yestshire."

„Wann, meine Königin, sollen wir aufbrechen?"

„Morgen früh."

„Und in Yestshire sollen wir also König Angrias ermorden."

„Ja, Sincha. Möge Göttin Ama uns alle beschützen."

Ein Rascheln von Kleidung verrät mir, dass sich die Kriegerin aus ihrer knienden Position erhebt.

Die Königin tritt zu ihr. „Es gibt da noch etwas, das ich mit dir besprechen muss. Es wird dir nicht gefallen."

„Was ist es?"

„Wir werden später darüber reden. Du brauchst jetzt deinen Schlaf. Und ich habe noch zu tun."

„Sehr wohl, meine Königin."

Ich verlasse meinen Lauschplatz und mache mich auf den Rückweg. Behände klettere ich über Balkone und entlang der Simse. Schließlich schwinge ich mich etwas außer Atem durch das offene, zweiflügelige Fenster in mein dunkles Zimmer und erstarre. Ein Mann sitzt auf meinem Bett. Ich spreize meine kralligen Finger und fauche drohend.

Augenblicke später erkenne ich ihn an seiner Silhouette. Es ist der Zauberer Erik Anfohrrnus.

„Immer kampfbereit, mein schuppiger Freund", lächelt er.

Ich senke meine Arme und lächle zurück. Ich mag den alten Mann. Er klopft mit der flachen Hand neben sich auf die Bettdecke und ich setze mich zu ihm.

„Zauberer, was machst du hier?"

„Wie ich dich kenne, bist du voller Fragen." Er seufzt. „Also bin ich hier, um sie zu beantworten."

„Nun, ich habe tatsächlich die eine oder andere Frage."

„Das dachte ich mir doch." Er kratzt seine so ungewöhnlich lange Nase. „Und deswegen bin ich jetzt hier."

„Und du bist nur meinetwegen gekommen?"

„Natürlich nicht. Aber ich habe eine Stunde Zeit, und die will ich nicht sinnlos verschwenden. Was nützt mir ein Krieger, dessen Kopf voll mit Unsinn ist? Gar nichts. Bei all deinem Grübeln wirst du wahrscheinlich nie den Turm von Yestshire erreichen. Und wenn du wie durch ein Wunder doch ankommst, wirst du beim Klettern abstürzen." Er klopft mit seinem

Zauberstab leicht gegen meine Stirn. „Du hast zu viele krause Ideen hinter deinen Schuppen. Also, frag endlich."

„Ich halte unser Unternehmen nicht für sonderlich geheim", sage ich und merke, dass ich etwas unsicher bin, da ich den Zauberer nicht kritisieren möchte; aber es wäre dumm, meine Vorbehalte geheim zu halten.

„Ach ja?"

„Nun, wir bewegen uns hier in Ontron recht offen. Da meine Gefährten und ich keine unauffällige Gruppe sind, wird uns über kurz oder lang jemand bemerken, der uns nicht wohlgesonnen ist. Und jetzt bist du auch noch da."

„Es wäre wesentlich auffälliger, wenn ich nicht hier in Ontron wäre."

„Wieso?"

„Der Rat der Zauberer hat mich hierher geschickt. Es geht um einen alten Handelsstreit zwischen Trollen und Amazonen."

„Der Rat der Zauberer schickt dich?"

„Ja, das tun die ziemlich gern. Sie schicken mich dorthin und dahin." Er seufzt. „Weißt du, Skriek, dem Rat stehen die fünf Vorsitzenden vor. Sie sind sozusagen unsere Befehlshaber und werden auf viele Jahre von den anderen Ratsmitgliedern gewählt. Der Rat selbst ist in einen oberen, mittleren und unteren Rat unterteilt."

„Und du gehörst ...?"

„... dem unteren Rat an", vervollständigt er meinen Satz und seufzt erneut. Dieses Mal besonders tief und lang. „Ich bin nicht besonders gut angesehen bei den meisten meiner Kollegen. Deswegen schicken sie mich auch kreuz und quer durch die Lande, damit ich ihnen im Bastolischen Schloss nicht zu sehr auf die Nerven gehe. Und dieses Mal bin ich eben zu den Amazonen nach Ontron geschickt worden."

„Ist es nicht verdächtig, wenn Kathinka, deine Schülerin, mit uns reist, während du alleine unterwegs bist?"

„Ich hoffe doch sehr, dass der Rat nichts davon weiß, dass die schöne Kathinka meine Schülerin ist."

„Oh!"

„Eben, mein Freund, eben." Er lächelt nur kurz, dann wird er mit einem Schlag sehr ernst. „Ich gehe davon aus, dass du Kathinka vorher weinen gehört hast."

„Äh, ja."

„Pass mir gut auf mein kleines Mädchen auf. Sie ist nicht so unverletzbar, wie sie erscheint."

„Kathinka hasst mich!"

„Ja, das tut sie vermutlich." Er hebt seinen rechten Zeigefinger. „Aber das darf dich nicht davon abhalten, gut auf sie aufzupassen. Sie ist sehr wichtig."

„Woher kommt denn Kathinkas Leid? Es geht so tief. Ungewöhnlich tief." Ich atme aus. „Sie wurde von ostalischen Soldaten missbraucht, nicht wahr?"

Eriks Augen blicken traurig. „Wenn es nur das allein wäre, würde Kathinka nicht so knapp davor sein, zu zerbrechen. Nein, sie ist stark. Sehr stark. Aber sie wurde von ihrer eigenen Familie an die ostalischen Soldaten verraten und verkauft. Es ist der reine Hass, der sie antreibt." Erik seufzt. „Und am Leben erhält, befürchte ich."

Ich bin betroffen. Von der eigenen Sippe betrogen zu werden, ist für mich, der ich bei den Skriek aufgewachsen bin, fast unvorstellbar. Wozu sind Menschen in ihrer Grausamkeit nur fähig?

„Sei Kathinka ein wachsamer Freund", bittet Erik. „Auch wenn sie dich zutiefst verachtet."

„Du verlangst viel", sage ich.

„Ich bin ein Zauberer. Wir verlangen immer viel. Meist zu viel."

Ich betrachte meine schuppigen Krallenhände. „Warum mussten wir nach Ontron kommen?", frage ich. „Wäre es nicht einfacher gewesen, die Amazonen in der Nähe des Turms von Yestshire zu treffen?"

Er lacht herzlich und schallend. Eine Träne glitzert in seinem rechten Augenwinkel. „Mein lieber Freund, du glaubst doch nicht ernsthaft, dass dich die Amazonen auf eine solche delikate Mission schicken, bevor du ihrer Göttin Ama eidverschworen bist."

Ich erstarre. Meine Stimme klingt kalt, fast eisig. „Ich diene nur Thurantuh."

„Das weiß ich doch." Der Zauberer tätschelt beruhigend meinen Unterarm. „Aber du wirst dennoch Ama deine Treue schwören."

„Ich verstehe nicht."

„Es ist doch ganz einfach." Er legt seinen Zeigefinger an

seine Nasenspitze. „Du bist ein Krieger. Ein Diener Thurantuhs. Und du begleitest die Amazonen bei ihrer Meuchelei. Ihr habt sozusagen ein gemeinsames Ziel: den Tod von König Angrias. Solange du mit ihnen unterwegs bist, schuldest du ihnen daher Loyalität und Freundschaft. Und das schwörst du ihrer Göttin Ama."

„Nun gut." Ich bin wieder einigermaßen beruhigt. Thurantuh würde ich nie verraten, aber den Amazonen meine Verbundenheit zu ihrem Volk zu schwören, das erscheint mir in Ordnung zu sein. Thurantuhs Ehre wird dadurch nicht angetastet. „Und wie soll ich schwören?"

„Du schwörst mit einem Spinnenbiss." Er grinst. Schelmisch, wie mir scheint. „Es wird ein ganz besonderer Biss, das kann ich dir versprechen."

„Inwiefern?"

„Alles, mein neugieriger Freund, werde ich dir nicht verraten. Aber so viel kann ich dir sagen: Kathinka, Knut und Romaldo werden auch gebissen werden."

„Du nicht?"

„Natürlich nicht. Ich bin ein Zauberer."

Das erklärt für mich zwar nicht, worum er nicht auf Ama schwören muss, aber er sagt es so bestimmt, dass ich keine Einwände erhebe. Stattdessen nehme ich von der Obstschale neben meinem Bett einen rotgelben Apfel und beiße hinein.

Erik blickt mich nachdenklich an. „Ich vermute, dass du vorhin von *mahamsanazu* erfüllt warst. Habe ich recht?"

Apfelsaft tropft von meinen Lippen. „Woher weißt du das, Zauberer?"

„Es war nicht schwer zu erraten. Welchen Grund soll es für dich geben, mitten in der Nacht durch das Fenster in dein Zimmer zu schwingen? Ein amouröses Abenteuer in einem fremden Bett wird es wohl nicht gewesen sein, nicht wahr?"

Ich schweige und beschließe, ihm nichts von Anninka zu erzählen. Der Zauberer weiß ohnehin schon viel zu viel.

„Also", sagt Erik, „was war mit deinem *mahamsanazu*?" Sein Blick ist stechend und fordernd. Ich vergesse immer wieder, dass er ein überaus mächtiger Zauberer ist. Sein sanftes Wesen, sein Humor und seine langgezogenen Seufzer lullen mich ein und machen mich nachgiebig. „Erzähl, Skriek!"

Ich nicke. Warum soll ich auch nicht erzählen? Er hat mir

vorhin alle Fragen beantwortet. Ich bin ihm etwas schuldig. „Die Königin der Amazonen sprach mit einer gewissen Sincha Ankonski.“

„Ich kenne sie. Eine tapfere Kriegerin und fähige Heerführerin.“

„Sie erzählte, dass König Angrias weitere Truppen aushebt.“ „Das weiß ich schon.“

„Die Königin behauptete, dass niemand mit Verstand einem Zauberer vertrauen sollte“, sage ich, um ihn ein wenig zu ärgern.

„Ja, ja, sie ist klug, die Königin“, seufzt Erik.

„Sie befürchtet, dass sich Angrias, Edwin und die Zwerge gegen Amazonien verbünden könnten.“

Erik schüttelt ein wenig verächtlich den Kopf. „Nun, zu viel Klugheit schlägt oft in Dummheit um.“

„Was meinst du damit, Zauberer?“

„Die Amazonenkönigin sieht zu viele Feinde. Das führt dazu, die Gegner zu überschätzen. Und das ist unklug.“

„Aha“, sage ich, bin aber nicht sicher, ob ich ihn verstehe.

„Was hast du noch erfahren?“, will Erik wissen.

„Hestardische Meuchlerinnen und drei Frauen einer Diebesgilde sind in die heiligen Tempelhöhlen eingedrungen, um den grünen Smaragdkelch, die Reliquie der Amazonen, zu stehlen. Die Tempelgarde hat die Eindringlinge aber aufgespürt. Daraufhin haben sich die Eindringlinge selbst getötet, noch bevor sie befragt werden konnten.“

„Davon hörte ich.“ Er streicht über seine zerfurchte Stirn und wirkt besorgt.

„Die Königin glaubt, dass Angrias den grünen Smaragdkelch stehlen will. Sie geht wohl davon aus, dass die Diebinnen und Meuchlerinnen vom Herrscher mit der dunklen Maske geschickt worden sind.“

„Das glaube ich auch“, sagt Erik und erhebt sich.

Ich beiße erneut von meinem Apfel ab. „Was will Angrias mit dem Smaragdkelch?“, schmatze ich ein wenig undeutlich.

„Tja, Skriek, das ist eben genau die Frage.“ Erik Anfohrrnus geht zur Tür. „Ich wünsche dir viel Glück.“

„Sehen wir uns heute noch?“

„Nein.“ Er öffnet die Tür meines Zimmers. „Wenn alles gut geht, sehen wir uns in ein paar Wochen.“

„Du reist wieder ab?“ Das habe ich nicht erwartet.

„Nun, der Rat hat schier unzählige Aufträge für mich.“ Er seufzt. Noch länger als sonst. „Ich muss mich beeilen. Die Königin erwartet mich bald zu einer Audienz. Und vorher muss ich noch so vieles mit Kathinka besprechen.“ Er hebt die Hand zum Abschied. „Man sieht sich, mein Freund.“

15

Ich dämmere vor mich hin und fühle mich müde, fast erschöpft, aber der Schlaf will sich nicht einstellen. Zu viele Gedanken sind in meinem Kopf. Ich denke an Kathinka, an Anninka, an den bevorstehenden Spinnenbiss, von dem Erik Anfohrrnus erzählt hat. Schließlich setze ich mich auf, greife unter mein Hemd und umfasse mein Stieramulett. Das gibt mir ein wenig Ruhe, aber nicht genügend.

Seufzend schwinge ich die Beine aus dem Bett. Heute werde ich keinen Schlaf mehr finden. Soll ich etwas essen? Es ist bereits hell. Der neue Tag ist da. Ich blicke zu der Obstschale neben dem Bett und nehme mir zwei Birnen. Eigentlich habe ich Lust auf Speck und Schinken, Brot und Käse. Ich müsste nur am Glockenstrang ziehen. Die Amazonen würden mir bringen, was immer ich will. Ich könnte aber auch Kathinka fragen, ob sie mit mir in die Speisehalle geht. Schnell verwerfe ich diesen Gedanken wieder. Sie würde mir nur die Tür vor der Nase zuknallen. Aber allein will ich auch nicht essen. Also streife ich meinen Kapuzenmantel über und fasse einen Entschluss.

Ich verlasse mein Zimmer und gehe zielstrebig zum Haupttor. Dort stehen wieder Wächterinnen, aber es sind andere Frauen als gestern Abend und Nacht. Auch von ihnen werde ich nur knapp gegrüßt. Die Amazonen scheinen sich nicht allzu viel um die Aktivitäten ihrer Gäste zu scheren. Das soll mir nur recht sein. Ich folge den schmalen Gassen, bis ich schließlich vor Anninkas Haus stehe. Vielleicht ist sie ja noch daheim und hat Zeit für mich? Ich steige die Treppe nach oben und klopfe. Da sich nichts rührt, lege ich mein Ohr an die Tür. Stille. Anninka ist nicht zuhause. Ich fluche. Wieso war ich auch so dumm und bin nicht über Nacht geblieben? Vor wenigen

Stunden konnte ich die Zweisamkeit nicht ertragen und jetzt halte ich das Alleinsein nicht aus. Thurantuh, was ist nur los mit mir?

Mein Gott schweigt. Er interessiert sich für meine Kampfkraft, nicht für meine verworrenen Gefühle.

Seufzend mache ich kehrt und steige die Treppe wieder hinunter. Vor dem Haus lege ich den Kopf in den Nacken und blinzle in die frühe Sonne. Heuer ist ein guter Frühling. Warm und sonnig. Aber ist es auch für mich eine gute Zeit? Eher nicht. Ich bin zu unruhig. Zu nachdenklich. Das ärgert mich.

Plötzlich melden sich meine Instinkte. Unauffällig sehe ich mich um, kann aber nichts Verdächtiges bemerken. Langsam ziehe ich meine Kapuze tiefer ins Gesicht und mache mich auf den Rückweg. Aus den Augenwinkeln beobachte ich meine Umgebung. Ich sehe zahlreiche Amazonen: Händlerinnen, Kriegerinnen, Bäuerinnen, Handwerkerinnen. Zwei Zwergenfrauen mit Weidenkörben voll Gemüse. Einen alten Troll, der eine Schenke betritt. In einer schmalen Seitengasse stehen zwei Riesinnen. Es sind dieselben, die ich gestern gesehen habe. Warnt mich mein Instinkt vor ihnen? Die Riesinnen sprechen mit einer Amazone. Sie sind so sehr in ihr Gespräch vertieft, dass sie mich gar nicht bemerken, als ich eilig und mit gespitzten Ohren an der Gasse, in der sie stehen, vorübergehe. Ich höre, dass sie über den Preis von Kartoffeln reden. Die Riesinnen sind offensichtlich Händlerinnen und harmlos. Aber wovor warnt mich sonst mein Instinkt? Ich weiß es nicht.

Als ich das Haupttor des Kastells erreiche, frage ich die Wächterinnen nach dem Speisesaal. Sie beschreiben mir den Weg. Nach wenigen Minuten durch lange Flure und über breite Treppen erreiche ich den Saal. Er ist voller Amazonen. Ich entdecke auch zwei Kobolde. Und meine Gefährten. Ich gehe zu ihnen. Sie sitzen schweigend da.

Kathinka wirkt frisch und erholt. Ihr dunkles, langes Haar glänzt. Ihre Veilchenaugen zeigen nicht das kleinste Rot, sondern blicken klar und bestimmt. Man würde nie vermuten, dass sie letzte Nacht bitterlich geweint hat. Sie hat ein knöchellanges grünes Kleid angezogen, das ihr sehr gut steht. Eine bunte Stola liegt um ihre Schultern. Ich komme nicht umhin, wieder einmal festzustellen, wie schön sie doch für eine

Menschenfrau ist.

Knut begrüßt mich mit einem knappen „Grumpf".

Romaldo nickt mir nicht einmal zu. Er ist heute ganz besonders adrett gekleidet. Die Rüschen seines Hemdes sind von einem zarten Rosa, sein Gilet dunkelblau. Eine gestreifte Leinenhose und lange, rote Lederstiefel vervollständigen das Bild eines geckenhaften Schönlings. Seine geölten Kopf- und Barthaare schimmern dunkel. Auf der Lehne seines Stuhls hängt ein großer, brauner Hut, den eine reinweiße, lange Schwanenfeder ziert. Ich grinse verächtlich. Romaldo ist und bleibt ein Geck.

Ohne zu fragen setze ich mich zu den dreien und greife nach Brot, Käse und Wurst. Wir haben uns nichts zu sagen. Daher esse ich, trinke Tee und beobachte die anderen. Die Zeit vergeht. Alle haben aufgegessen, aber keiner steht auf. So bleibe auch ich sitzen, senke meinen Blick und beginne, ausführlich meine scharfen, breiten Fingernägel zu betrachten.

„Grumpf", sagt Knut und deutet hinter mich. Zwei Amazonen kommen an unseren Tisch und fordern uns auf, ihnen zu folgen.

Treppe um Treppe steigen wir hinab. Immer wieder kommen wir an schwerbewaffneten Amazonen vorbei, die uns argwöhnisch beäugen. Irgendwann höre ich auf, die Stufen zu zählen. Wir müssen mittlerweile tief im Inneren des Kastells sein. Endlich erreichen wir einen schmalen Flur. Ein Trupp Amazonen erwartet uns. Sie verbinden unsere Augen, greifen unsere Hände und führen uns weiter. Ich höre, wie Türen geöffnet und wieder geschlossen werden. Langsam verliere ich das Zeitgefühl. Schritt um Schritt geht es durch die Dunkelheit. Eine weitere Tür wird geöffnet. Nach einigen Metern halten wir an.

Endlich nimmt mir jemand die Augenbinde ab und ich sehe mich um. Wir sind in einer großen Kaverne. Rundum ist Fels – die Wände, der Boden, die Decke, alles ist aus massivem Stein. Zahlreiche Fackeln beleuchten den Raum. Die Höhle ist riesig, wie mir scheint. Waffenstarrende Amazonen umringen uns. Viele haben drei mittelgroße Spinnen in ihren tätowierten Gesichtsnetzen. Ich vermute, dass die drei Spinnen das Zeichen der Tempelwache sind. Ein gutes Dutzend Amazonen ist kahlgeschoren und trägt goldene Sicheln in ihren Gürteln. Das sind die Priesterinnen. Einige Meter vor mir befindet sich ein Altar. Er ist aus grob behauenem Stein. Ein kleiner smaragdgrüner Kelch steht auf der flachen Oberseite des Altars. Er wirkt unscheinbar. Dieser kleine Kelch ist also das Heiligtum der Amazonen. Ich habe mehr erwartet.

Da geht ein leises Raunen durch die Menge der Amazonen. Die Kriegerinnen knien nieder und beugen ihre Köpfe. Die Priesterinnen versammeln sich hinter dem Altar. Es ist soweit: Die Königin kommt. Neugierig drehe ich mich in ihre Richtung und bin verblüfft. Sie ist groß. Fast so groß wie ich. Und sehr dünn. Sie trägt ein ärmelloses, tief ausgeschnittenes blaues Kleid, einen schmalen schwarzen Gürtel und Sandalen. Ein Goldreif schmückt ihre edle, hohe Stirn. Sie hat langes, volles Haar und ist über und über mit Netzen und Spinnweben tätowiert. Hunderte Spinnen sind auf ihrem Körper verteilt. Im flackernden Licht der Fackeln erscheint es so, als ob die tätowierten Spinnen lebendig sind und hin und her krabbeln würden.

Die Königin bleibt vor Kathinka, Romaldo, Knut und mir stehen. Huldvoll neigt sie ihren Kopf. Nun sehe ich, dass ihre Augen völlig schwarz sind.

„Kniet nieder", sagt sie. Sie hat, ebenso wie ich, vier scharfe, spitze Eckzähne. Ihre sind deutlich länger als meine und schlagen beim Sprechen aufeinander. Daher kommt also das klackernde Geräusch. Wir knien nieder.

„Ihr werdet bei Göttin Ama schwören. Solange euer Auftrag währt, seid ihr allen Amazonen treu und loyal verbunden."

Ich möchte gerne etwas sagen. Fragen stellen. Aber mein Mund ist trocken und meine Kehle rau und ich habe das Gefühl, dass es höchst unangemessen ist, jetzt den Mund aufzumachen. Also schweige ich. Auch meine Gefährten sagen kein Wort. In diesem Moment wird mir klar, dass Erik Anfohrrnus mit jedem von uns heute Morgen gesprochen hat. Er hat uns alle gut instruiert.

„Ihr dient unterschiedlichen Göttern", fährt die Königin fort, „und das respektiere ich. Aber hier und jetzt seid ihr in den heiligen Tempelhallen von Ama. Das ist nur wenigen erlaubt."

Sie wendet sich nach links und ergreift mit ihren langen, spinnendürren Fingern den Smaragdkelch.

Die Priesterinnen treten zu ihr und intonieren einen Gesang. Er schwillt an, wird beinahe unerträglich hoch, sinkt ab und geht schließlich in ein beharrliches Summen über.

„Streckt euren linken Unterarm nach vorne“, sagt die Königin.

Ich fühle etwas Eigenartiges: Die Luft knistert. Die Flammen der Fackeln schwanken hin und her. Magie und Macht durchdringen die Kaverne. Der Smaragdkelch beginnt ein grünes, schimmerndes Licht zu verstrahlen.

Widerwillig krempeln wir die Ärmel hoch und strecken unsere nackten Unterarme nach vorne, mit der Innenseite nach oben. In den Augen meiner Gefährten kann ich denselben Trotz und Unmut erkennen, den auch ich empfinde. Man kann von uns halten, was man will, denke ich in diesem Moment, wir mögen uns nicht und haben uns nichts zu sagen. Unter uns vieren herrscht Schweigen, Misstrauen und Verachtung. Aber wir sind auch allesamt stur, eigensinnig, stolz und rechthaberisch. Das zumindest vereint uns.

Der Smaragdkelch erstrahlt noch heller. Magie umgibt uns. Die Königin ruft laut nach ihrer Göttin.

„Ama! Ama! Ama!”, singen die Amazonen. Die Kriegerinnen stampfen mit den Schaftenden ihrer Speere auf den felsigen Untergrund. Tack, tack! Tack, tack!

Ich sehe die Außenseite des Kelches jetzt aus unmittelbarer Nähe. Sie zeigt ein gleichförmiges Spinnennetz. Plötzlich umhüllt weißer Rauch den Kelch.

Die Königin beugt sich zu Knut hinab. „Schwörst du Ama die Treue?“, fragt sie zischend.

„Grumpf.“ Es klingt ängstlich.

Mit einer Hand erfasst die Königin Knuts Unterarm, mit der anderen drückt sie die Unterseite des Kelches in sein Fleisch. Es zischt und qualmt. Knut schreit. Laut und gellend. Man riecht verbranntes Fleisch.

„Ama! Ama! Ama!“, singen die Amazonen.

Knut kippt keuchend und schweißgebadet zur Seite. Er wimmert leise.

Romaldo wird kalkweiß im Gesicht. Kathinka stöhnt neben mir entsetzt auf. Ich schlage meine vier Eckzähne so fest aufeinander, dass es wehtut.

Erneut stellt die Königin ihre Frage. Romaldo schwört fast

unhörbar. Die Königin senkt den dampfenden, grünen Kelch. Romaldo schreit kurz auf, dann verdreht er die Augen und sinkt zur Seite. Kathinkas Blick wird hektisch. Schweiß perlt von ihrer Stirn. Ihre Lippen beben.

„Ama! Ama! Ama!", rufen die Priesterinnen.

Die Königin fährt mit ihrem Tun unerbittlich fort. Kathinka schwört bebend und quietscht dann angstvoll, als sich der Kelch ihr nähert. Ein heftiger Schmerz durchzuckt sie und sie fällt bewusstlos nach hinten.

Nun bin ich an der Reihe. Fauchend hebe ich meinen Unterarm der Königin entgegen und schwöre.

„Ama! Ama! Ama!", rufen die Kriegerinnen.

Dann kommt die Qual. Mein Innerstes wird nach außen gekehrt. Ich brenne. Mein Blick wird unscharf. Mein Oberkörper wankt hin und her. Ich höre mich selbst schreien. Ich kippe schwer atmend nach vorne. Erst im letzten Moment kann ich mich mit meinen Händen abstützen. Und dann ist der Schmerz wie von Zauberhand mit einem Mal vorbei. Ich blicke auf meinen linken Unterarm. Ein kleines, grünes Spinnennetz ist tief in mein Fleisch eingebrannt.

„Das Brandmal passt gut zu dem etwas dunkleren Grün meiner Schuppen", schnaufe ich, in dem Versuch, witzig zu sein.

Die Königin sieht mich mit ihren schwarzen Augen durchdringend an, sagt aber kein Wort. Sie mag meinen Humor wohl nicht. Und, ehrlich gesagt, ich habe schon vermutet, dass ich nicht sehr lustig bin. Um dem stechenden, beharrlichen Blick der Königin endlich zu entkommen, drehe ich meinen Kopf nach links, dorthin, wo meine Begleiter liegen.

Knut murmelt mehrere „Grumpfs", während sein dicker Daumen neugierig über die Brandnarben streicht. Romaldo ist immer noch kalkweiß im Gesicht. Er flucht zischend schrecklich derbe Worte, ruft laut nach seinem Gott Ganthron und empört sich darüber, dass das eingebrannte Spinnennetz für seine samtweiche Haut eine einzige Beleidigung ist. Ich vermeine, sogar Tränen in seinen Augen zu entdecken.

Kathinka liegt immer noch reglos auf dem felsigen Boden. Vorsichtig berühre ich ihre Schulter und schüttle sie sanft. Sie stöhnt leise und ächzt. Schließlich schlägt sie ihre Augen auf.

„Finger weg, Skriek", knurrt sie.

„Geht es dir gut, Lady?“, frage ich.
Sie betrachtet ihren Unterarm und zuckt mit den Schultern. „Eine Narbe mehr. Was macht das schon?“
Die Königin stellt den Smaragdkelch auf den Felsenaltar. „Ihr seid jetzt gezeichnet und mit uns und Göttin Ama unauflöslich verbunden.“ Sie hebt ihre Arme. „Möge Ama all eure Fäden segnen und euer Netz stets heil erhalten.“ Sie wendet sich ihren Priesterinnen zu. Uns werden erneut Augenbinden umgelegt.

Es ist bereits dunkel. Ich sitze im Schankraum von Wirtin Estantallas Lokal. Anninka bringt mir einen dritten Krug des kühlen Bieres und lächelt mir verheißungsvoll zu. Morgen, zeitig in der Früh, werde ich mit meinen Gefährten und einer Handvoll Amazonen aufbrechen, um unseren Auftrag zu erfüllen. Mir bleibt nur mehr diese eine Nacht mit Anninka, dann werde ich sie wohl nicht mehr wiedersehen. Das bedaure ich.
Ich trinke noch ein viertes Bier und streiche über mein Brandmal. Es juckt. Irgendetwas hat sich in mir verändert. Ich weiß nicht was, aber es hat mit dem eingebrannten Spinnennetz zu tun. Ich fühle mich irgendwie gebunden.
Endlich ist Sperrstunde. Anninka kommt freudig zu mir und hängt sich bei meinem Arm unter. Nach einem schnellen Kuss auf die Wange führt sie mich zu ihrem Haus. Sie öffnet die Tür und entzündet ein kleines Öllicht. Es spendet nur wenig Helligkeit. Das Zimmer bleibt dämmrig dunkel.
„Bleibst du heute über Nacht?“, fragt Anninka.
Ich ziehe meinen Kapuzenmantel aus und setze mich auf das Bett. „Morgen breche ich auf. Sehr früh.“
Sie kommt zu mir. Ein Lächeln liegt auf ihren Lippen. „Dann sollten wir uns beeilen.“ Sie kniet vor mir nieder und küsst mich. Ich versuche, mit meinen vier spitzen Eckzähnen vorsichtig zu sein, und erwidere den Kuss behutsam. Ihre Hände gleiten nach unten. Sie greift zu meinem Gürtel und löst die Schnalle. Ich spüre Lust in mir. Und etwas anderes. Meine Instinkte schlagen an. Gefahr! Aber woher?
Eine Messerklinge blitzt auf. Es ist Anninka. Sie will mich töten. Blitzschnell fasse ich ihr Handgelenk. Sie ist stark. Wehrt sich. Wo hat sie nur so schnell das Messer her? Lag es

griffbereit unter ihrem Bett? Ich werde wütend.

Sie zischt und knurrt, drückt gegen mich. Ich schlage zu. Ihr Kopf schnellt nach hinten. Noch ein Schlag in ihre Magengrube. Sie ächzt und verdreht die Augen. Das Messer fällt aus ihrer Hand. Heißes Blut kocht in mir hoch und ich spüre Hass. Anninka hat mich betrogen. Verraten. Ich hebe meine Krallenhand und bin bereit zu töten. Doch irgendetwas hält mich zurück und blockiert meinen Arm. Mein Brandmal knistert. Magie umhüllt mich. Ich kämpfe dagegen an. Meine Hand sinkt unaufhaltsam nach unten. Amas Magie ist stark, doch ich kann sie überwinden. Anninka wimmert. Angstvoll. Verzweifelt. Sie begreift, dass ich sie töten kann. Amas Magie ist nicht mächtig genug, um die Amazone zu beschützen.

Da spukt Thurantuh durch meinen Kopf. Grimmig, verärgert. Enttäuscht. Ich halte inne. Kalt und berechnend soll ich sein. Ich denke an den jungen Riesen. Und verstehe. Anninka darf ich nicht töten. Sie muss leben, damit wir sie befragen können und Bescheid wissen. Warum wollte sie mich ermorden? War es ihr eigener Antrieb? Oder wurde sie bezahlt? Und wenn ja, von wem?

Ich balle meine Krallenfinger zu einer Faust und schlage zu. Anninka verliert das Bewusstsein. Mit meinen Krallen schneide ich Streifen aus ihrem Kleid, fessle und kneble sie. Nun liegt sie wehrlos vor mir am Boden. Doch wie soll es jetzt weitergehen? Ich bin unsicher, was zu tun ist. Soll ich Anninka über meine Schulter legen und ins Kastell bringen? Doch was werden die Amazonen denken, wenn ich eine der ihren gefesselt durch die Gegend trage? Ich brauche Rat. Da fällt mir Kathinka ein. Sie ist unsere Anführerin, von Erik Anfohrrnus dazu bestimmt. Sie muss mir helfen.

Ich verschließe Anninkas Zimmertür, haste die Treppenstufen nach unten und eile ins Kastell. Die ganze Zeit über fühle ich mich beobachtet. Endlich erreiche ich das Tor. Die Wächterinnen bleiben ungerührt wie stets. Ich schnappe nach Luft und laufe weiter. Drei Stufen auf einmal nehmend, erreiche ich den Flur mit unseren Zimmern. Ungeduldig klopfe ich an Kathinkas Tür. Ich höre Schritte.

Sie öffnet mir mürrisch. „Was willst du, Skriek? Es ist spät."

„Es gibt Probleme", keuche ich. „Wir müssen reden."

Sie betrachtet mich eine Weile skeptisch, schließlich nickt

sie. „Komm rein." Sie deutet auf einen Stuhl. Ich setze mich und spüre eine tiefe Unruhe in mir. Hastig greife ich nach einem Glas Wasser und trinke.

„Was für Probleme gibt es?", fragt Kathinka. Ihre Augen sind kalt wie Gletschereis.

„Man hat versucht, mich zu ermorden", sage ich.

„Wer?"

„Eine Amazone. Sie ist Schankmaid und heißt Anninka. Ich habe sie gestern Abend kennengelernt."

Verächtlich verzieht Kathinka ihre vollen Lippen. „Ich kann verstehen, dass Frauen dich ermorden wollen." Ihre Stimme bekommt ein seltsames Timbre. Sie klingt hart und noch abweisender. „Warum belästigst du mich mit deinen Affären? Glaubst du wirklich, dass mich deine Liebeleien interessieren, Schuppenkopf?"

Ich atme innerlich durch und bleibe ruhig, da ich mit Kathinkas abweisender Reaktion schon gerechnet habe. „Ich glaube nicht, dass der Anschlag mir allein galt. Unser Auftrag ist in Gefahr. Er ist nicht so geheim, wie der Zauberer meint." Ich kratze mein Brandmal. „Wahrscheinlich weiß König Angrias längst Bescheid."

„Weißt du, wie viele falsche Fährten Erik ausgelegt hat?"

„Nein."

„Dutzende. Er ist viel klüger, als du denkst." Sie streicht eine Haarsträhne zurück. „Angrias Spione werden genarrt und getäuscht, Skriek."

„Aber ..."

„Niemand weiß, dass ich Eriks Schülerin bin. Romaldo und Knut gelten als seltsame, harmlose Zwillinge aus Harba. Du bist ein bedeutungsloser Bastard. Niemand verdächtigt uns."

„Man hat uns zusammen gesehen", entgegne ich.

„Und? Zwerge reisen mit Gnomen, Menschen mit Trollen. Wir leben in bewegten Zeiten."

„Na schön." Ich zeige ihr meine Eckzähne. „Trotzdem wollte mich eine Amazone töten, Lady. Warum sollte sie das tun?"

„Sag mir einen Grund, warum sie das nicht tun sollte?"

„Sehr lustig." Ich stehe auf und trete zu ihr. „Ich dachte, wir wären ein Team. Gefährten."

Sie blickt mich an. Ihr Unterkiefer mahlt. „Also gut." Sie hat eine Entscheidung getroffen. „Lebt die Amazone noch?“

„Ja.“

„Und wo ist sie?“

„Ich habe sie in ihrer Wohnung gefesselt zurückgelassen.“

„Warum hast du sie nicht hergebracht?“

„Soll ich eine bewusstlose und geknebelte Frau durch Ontron spazieren tragen?“

Kathinka greift nach ihrem Mantel. „Zeig mir, wo dein Schätzchen wohnt.“

„Sie ist nicht mein Schätzchen“, knurre ich.

Wir treten auf den Flur und stehen zehn Amazonen gegenüber. Ihre Speere sind auf uns gerichtet. Sie wirken entschlossen und verärgert.

„Was ist?“, frage ich.

„Ihr kommt mit uns“, sagt eine Amazone.

Sie führen uns in den südlichen Teil des Kastells. Mir wird mulmig. Bin ich in Schwierigkeiten? Was wissen die Amazonen?

Kathinka wirft mir abschätzige Blicke zu. Gibt sie mir die Schuld an dem Ganzen? Vermutlich.

Wir werden, von den Amazonen gut bewacht, in ein kleines Zimmer geführt. Die Königin wartet bereits auf uns. Sie sitzt an einem kleinen, runden Tisch und trinkt gewürzten Wein. Hinter ihr steht Sincha Ankonski, die Kriegerin. Ich habe sie erst einmal gesehen, heute, zeitig in der Früh, als sie verstaubt und verschwitzt über den Innenhof vor meinem Fenster gelaufen ist, aber ich erkenne sie sofort wieder. Sincha Ankonski hat große grüne Augen, ein spitzes Kinn und braune Haare, die zu Dutzenden kleinen Zöpfen geflochten sind. Sie betrachtet uns regungslos und wirkt sehr beherrscht und selbstbewusst. Und gefährlich.

Zwei von den Amazonenkriegerinnen, die uns abgeholt haben, ergreifen uns an den Schultern und drücken uns nach unten. Kathinka und ich müssen vor der Königin niederknien. Ihre spitzen Eckzähne klackern missgelaunt aufeinander. Plötzlich deutet sie herrisch nach links. Ich drehe den Kopf und erstarre. Anninka liegt auf einem ausgebreiteten Tuch am Boden und ist tot. Ein Messergriff ragt aus ihrer Brust.

„Das war ich nicht!“, rufe ich. „Ich schwöre bei meinem Gott Thurantuh, dass ich sie nicht getötet habe!“ Eine Speerklinge drückt sich gegen meinen Nacken. „Ich brauche kein Messer, um zu töten.“ Meine Stimme ist rau, heiser und angstvoll. „Ich habe Krallen.“

„Wir können selber denken, Skriek“, klackert die Königin und erhebt sich von ihrem Stuhl. „Und jetzt sei still!“

„Aber ich ...“ Die Speerklinge ritzt meine Haut und ich schweige.

Die Königin kniet vor mir nieder, schiebt meinen linken Hemdsärmel zurück und legt ihren Zeige- und Mittelfinger auf mein eingebranntes Spinnennetz. Ein Funke zuckt durch mein Hirn. Ich keuche, spüre Schmerz und höre einen Befehl. Stammelnd beginne ich zu erzählen. Von Anninka. Davon, dass ich sie eigentlich mag, trotz ihres Betruges. Von meinem Wunsch nach einer Seelenpartnerin. Meiner Einsamkeit. Von meinem Bedürfnis nach Nähe. Ich erzähle, wie ich sehnsüchtig auf die Sperrstunde gewartet habe. Wie sich Anninka bei meinem Arm eingehängt hat. Von ihrem Zimmer. Dem kleinen Öllicht. Unserem Kuss. Meinem Instinkt. Dem Kampf. Amas Magie. Meinen brennenden Wunsch, Anninka wegen ihres Verrates zu töten. Von Thurantuh. Vom Fesseln und Knebeln. Von meinem Gedanken an Kathinka und dass sie mir vielleicht helfen kann.

Endlich löst die Königin ihre Finger von meinem Unterarm.

Ich schluchze und spüre tiefe Scham. Mir ist schrecklich kalt und ich fühle mich nackt und wehrlos. Das Innerste meiner Seele wurde vor all diesen Frauen nach außen gezerrt.

Die Königin erhebt sich. „Er ist unschuldig“, sagt sie. „Bringt ihn zurück auf sein Zimmer.“

Die Amazonen fassen mich bei den Oberarmen und ziehen mich hoch. Unwillig drehe ich meine Arme zur Seite und löse mich aus dem Griff der Kriegerinnen. In meinem Kopf tanzen bunte Kreise und ich wanke unsicher Richtung Tür. Kathinka kommt mit mir. Sie passt sich meinem Tempo an und wir gehen nebeneinander her. Vier Amazonen folgen uns mit neutralen Gesichtern. Ihr Ärger und ihr Ingrimm sind wie weggeblasen. Sie halten mich nicht länger für einen Amazonenmörder.

Vor meiner Tür halte ich an. Immer noch schwirrt mein Kopf, aber ich kann endlich wieder klarer denken. Die

Amazonen nicken uns kurz zu, bevor sie uns alleine lassen.

Kathinka bleibt neben mir stehen, hebt ihre Hand und streicht behutsam, und für mich völlig überraschend, über meine Wange. „Ich habe dir Unrecht getan, Skriek“, sagt sie leise und dunkel. „Du bist kein Monster.“

Ich starre sie an. Kathinka hat mich freiwillig, ganz ohne Not, berührt. Das überrascht mich sehr, aber noch mehr verblüffen mich ihre Worte.

„Danke, Lady“, krächze ich. „Danke.“

Sie senkt ihre Hand. „Vielleicht, Skriek, sind wir uns sogar ähnlicher, als du denkst.“

Ich verstehe nicht, was sie damit meint.

Sie schenkt mir ein müdes, trauriges Lächeln. „Ich bin auch ein Bastard“, sagt sie.

Dann geht sie in ihr Zimmer. Ich bleibe allein zurück.

16

Es ist noch früh am Morgen. Der Himmel ist bewölkt. Nebelfelder stehen über dem feuchten Gras. Feiner Nieselregen fällt und ein kalter Nordwind fegt durch Amazonien. Seit Wochen ist es der erste Frühlingstag, an dem die Sonne nicht scheint. Romaldo flucht deswegen. Er behauptet, das schlechte Wetter wäre ein böses Vorzeichen, das uns sein Gott Ganthron geschickt hat. Ich glaube vielmehr, dass ihm der leichte Regen nicht behagt, weil dadurch sein adrettes Äußeres ein wenig in Mitleidenschaft gezogen wird. Aber soll Romaldo ruhig jammern. Mich stört das ebenso wenig wie der Nieselregen. Es geht mir gut. Kathinka hasst mich nicht mehr. Das freut mich mehr, als ich sagen kann. Daher ist mir das schlechte Wetter und Romaldos Gejammere völlig egal.

Wir haben vorhin von Bediensteten unsere Waffen zurückbekommen. Nun stehen wir in einem Innenhof des Kastells und warten. Ich habe meine Kapuze tief ins Gesicht gezogen und blinzle in den Regen. Kathinka steht neben mir, den Haselnusszweig in der rechten Hand. Sie hat wieder ihre Waldläuferkleidung angezogen und sieht wunderschön aus. Ich kann den Blick fast nicht von ihr abwenden.

Endlich kommen die Amazonen. Es sind sieben Frauen.

Sincha Ankonski, die Heerführerin, führt sie an. Sie bleibt vor uns stehen und grüßt knapp. Zwei Krummsäbel hat sie überkreuz auf den Rücken geschnallt, an ihrer linken Hüfte hängt ein Rundschild. Ihre Kleidung ist typisch für Amazonen: kniehohe Stiefel, dunkle lederne Hosen und Wamse sowie breite Gürtel voller Messer und Dolche. Die Haare sind zu vielen Zöpfen geflochten. Sincha trägt zusätzlich noch einen blauen Stirnreif, der sie als Heerführerin kennzeichnet. Ihre linke Gesichtshälfte ist mit tätowierten Spinnweben überzogen. Zwei kleine Spinnen sind zu sehen.

„Ich bin Sincha Ankonski, Beauftragte der Königin. Zwei von euch kennen mich bereits. Zumindest vom Sehen.“ Sie wirft Kathinka und mir einen kurzen Blick zu. „Bevor wir aufbrechen“, fährt sie fort, „möchte ich euch meine sechs Kriegerinnen vorstellen.“ Sie deutet auf die Frauen neben ihr. Sie haben keine Spinnen im Gesicht. „Basola Mammati, Lusona Tassita, Emmensa Masuha, Zebuna Godana, Clarina Haffina und Fasinga Lefa.”

Die Frauen neigen der Reihe nach kurz ihre Köpfe. Alle sind schlank, groß, sehnig. Und hart. Ich habe Respekt vor ihnen, befürchte aber, dass es eine Weile dauern wird, bis ich mir ihre Namen merken kann.

„Ich werde unsere Expedition anführen. Alle müssen sich an meine Befehle und Anordnungen halten“, erklärt Sincha und ihre Stimme duldet keinen Widerspruch. „Kathinka Ebensa kann mich beraten.“

„Bei meinem Gott Ganthron ...“, begehrt Romaldo auf.

„Wir Amazonen tragen die Hauptlast“, sagt Sincha und fixiert den eitlen Prinzen aus Harba. „Und ihr seid alle unserer Göttin Ama eidverschworen. Damit erübrigt sich jede Diskussion.“

Romaldos Augen funkeln böse. Ein Gesichtsmuskel an seiner linken Wange zuckt. Knut berührt schnell den Oberarm seines Bruders und flüstert ein „Grumpf“. Für einen kurzen Moment ist Romaldo irritiert, doch schon wenige Augenblicke später gleitet ein salbungsvolles Lächeln über sein Gesicht. Er zieht seinen Schwanenfederhut, schwenkt ihn theatralisch durch die Luft und verbeugt sich tief. „Mylady, es wird mir eine Ehre und Freude sein, von dir Befehle entgegenzunehmen.“

„Ich wusste, dass du vernünftig bist, harbaischer Prinz.“

Sinchas Miene straft ihre Worte Lügen. Sie glaubt Romaldo kein Wort. Das gefällt mir. Ich möchte nicht von einer einfältigen Amazone angeführt werden. Aber wenn man Sincha gegenübersteht, wird einem sofort klar, dass sie nicht nur knochenhart, sondern auch erfahren und intelligent ist. „Wir reiten quer durch Amazonien bis zu den westlichen Ausläufern des Punzinischen Gebirges. Dann wandern wir in östlicher Richtung durch die Berge, verlassen Euptonien und erreichen Allunien. Wir werden in das Reich von Zwergenkönig Sinnly kommen. Die Zwerge sind Freunde der Amazonen und werden uns ungehindert passieren lassen. Wir wenden uns Richtung Süden, durchschreiten die Lungerische Ebene, gehen weiter bis zum Tor von Santanien und kehren so nach Euptonien zurück."

Kathinka nickt zustimmend zu den Worten der Heerführerin. „Erik Anfohrrnus hat mir von der geplanten Route schon erzählt. Sie scheint mir klug gewählt. Die ostalischen Soldaten werden uns nicht so schnell zu Gesicht bekommen."

„Möge Ama unsere Netze beschützen." Sincha geht los. Wir anderen folgen ihr.

Knut und ich traben durch den Nieselregen. Alle anderen reiten. Wir durchqueren Amazonien Richtung Osten. Ich bin schon gespannt, wann wir die Ausläufer des Punzinischen Gebirges erreichen werden. Die Landschaft zieht sich dahin. Ich sehe kleine Teiche, Mischwälder und sanfte Hügel. Gelegentlich kommen wir an Schafweiden, Pferdekoppeln und Schweineställen vorbei. Die Zeit vergeht und es wird Mittag. Sincha führt uns zu einem Bauernhof und befiehlt, anzuhalten. Eine grauhaarige, gedrungene Amazone kommt durch die Tür des weitläufigen Hauses ins Freie. Sie trägt keine Spinnweben im Gesicht, ihre Haare sind aber zu einem großen Knoten gebunden. Das habe ich schon öfters in Ontron gesehen. Dieser Knoten ist offensichtlich das Zeichen der amazonischen Bäuerinnen. Ein alter Mann mit krummem Rücken tritt respektvoll hinter der Frau ins Freie. Beide verneigen sich tief vor Sincha Ankonski. Die Heerführerin gibt Befehle, ordert Essen und Trinken.

Ich ziehe meine Kapuze nach hinten, als ich das Haus betrete. Ein Feuer knistert im Ofen und angenehme Wärme schlägt mir entgegen. Die Bäuerin richtet ein Mahl für uns, während ihr Mann die Pferde versorgt. Wir langen zu und sprechen wenig. Romaldo knurrt gelegentlich verstimmt, aber auch er hält Großteils seinen Mund. Kathinka sitzt neben mir und ich genieße ihre Nähe. Ich wünsche mir, dass wir Freunde werden. Gute Freunde. Manchmal denke ich bei mir, dass ich vielleicht mehr in ihr sehe, aber der Skriek in mir spürt, dass ihre Seele so voll Zorn und Leid ist, dass sie alle Avancen meinerseits empört zurückweisen würde. Aber Freundschaft ist möglich, da bin ich mir sicher. Außerdem muss so ein hässlicher Schuppenkopf wie ich nehmen, was er bekommen kann. Und Kathinkas Freundschaft scheint mir nicht wenig zu sein.

Nach einer Weile stehen wir auf. Sincha bedankt sich bei der Bäuerin und gibt ihr zwei Silberdinare. Wir holen die Pferde und machen uns wieder auf den Weg.

Mit der Zeit ergibt es sich so, dass ich neben der Heerführerin zu laufen komme. Ich nütze die Gelegenheit und spreche sie an. „Sincha, was ist mit der Schankmaid Anninka geschehen?"

Sie blickt mich von ihrem Pferd herab lange an. Schließlich zuckt sie mit den Schultern. „Wir wissen es nicht genau. Aber Anninka hatte viele Schulden. Vielleicht wollte sie deine Haut teuer verkaufen."

„Möglich." Ich zucke ebenfalls mit den Schultern. „Aber wer hat sie getötet?"

„Vermutlich jemand, der die Gelegenheit nutzte, sich an ihr zu rächen." Sincha hebt den Kopf und betrachtet die dichten, dunklen Wolken am Himmel. „Ontron beherbergt viele Kreditgeberinnen. Sie sind nicht eben für ihre Geduld bekannt." Sie senkt ihre Stimme. „Du hast Anninka gefesselt zurückgelassen. Eine Kreditgeberin könnte daher meinen, dass sie Anninka töten kann, ohne dass ein Verdacht auf sie fällt."

Ich denke nach. „Warum waren die Wächterinnen so schnell bei Kathinka und mir im Kastell?"

Sincha lacht leise, kehlig und ohne Humor. „Skriek, glaubst du wirklich, dass du auch nur einen Schritt in Ontron tun konntest, ohne überwacht zu werden? Während du in Anninkas Wohnung warst, standen Wächterinnen in der Gasse neben dem Haus. Als du dann so eilig ins Kastell zurückgelaufen bist, wurden sie natürlich misstrauisch."

„Und fanden die tote Anninka?“

„Ja.“

„Die Wächterinnen haben niemanden gesehen?“

„Niemanden, außer dir.“

„Das ist doch seltsam“, brumme ich.

„So ist es.“ Sincha schnalzt mit der Zunge und treibt ihr Pferd schneller an.

Ich lasse mich zurückfallen, bis ich mit Kathinka auf gleicher Höhe bin, und erzähle von meinem Gespräch mit der Amazone. Kathinka überlegt eine Weile schweigend, schließlich streicht sie eine klatschnasse, schwarze Haarsträhne aus ihrem Gesicht. „Anninkas Tod ändert nichts an unserer Situation.“ Sie lächelt mich kurz aufmunternd an. Ich mag ihr Lächeln sehr. Insgeheim wünsche ich mir, dass ich die Gabe hätte, sie öfter zum Lachen zu bringen, aber mein Humor ist leider nur sehr schwach ausgeprägt. „Skriek, wir müssen weiterhin äußerst vorsichtig sein, unsere Augen offen halten und versuchen, zu überleben.“

„Du hast recht, Kathinka.“ Es gefällt mir, ihren Namen auszusprechen. Eine Weile schweigen wir. Immer weiter fallen wir zurück. Bald sind wir die Letzten in der Reihe. „Kathinka“, sage ich so leise, dass die anderen uns nicht hören können, „du hast gestern Abend gesagt, dass du auch ein Bastard bist.“

„Ja, das habe ich.“ Ihre veilchenblauen Augen verengen sich und wirken plötzlich abweisend. Will sie nicht mit mir darüber sprechen?

Da ich sie auf keinen Fall vergrämen und unser gutes, noch so neues Einverständnis belasten will, hebe ich entschuldigend die Hände. „Ich bin ein halber Skriek und daher ausgesprochen neugierig.“

„Was willst du denn genau wissen?“, seufzt Kathinka.

„Du siehst wie eine ganz normale, wenn auch wunderhübsche Menschenfrau aus. Wie kannst du da ein Bastard sein?“

„Das Äußere kann täuschen.“ Sie blickt mich traurig an. „Mein Vater war ein Mensch. Ein Schmied aus Telberien.“ Ihre Stimme zittert leicht. „Meine Mutter war so eine Art Magierin.“

„Eine Hexe?“

„Nein. Ihre Magie war ... eigenartig. Anders.“ Sie will nicht mehr dazu sagen. Daher nicke ich einfach nur. „Meine Eltern sind tot.“ Ihr Blick schweift in die Ferne. „Und ich bin allein. So allein wie du, Skriek.“

„Jetzt haben wir ja uns.“

Sie lacht bitter. „Ja, Skriek. Und das muss wohl genügen.“

„Mir genügt es.“

Ihre veilchenblauen Augen bohren sich skeptisch und ein wenig irritiert in meine. Schließlich löst sich ihre Anspannung. „Vielleicht genügt es mir ja auch, Schuppenkopf.“

Als ich ihre Worte höre, glaube ich erstmals ernsthaft, dass mich Kathinka mittlerweile wirklich mag. Ihr Hass und ihre Ablehnung sind in Wertschätzung und Wohlwollen umgeschlagen. Sie sieht mich nicht mehr als böses Tier, sondern sie erkennt, dass auch ich eine Seele habe, die leidet. Und trauert. Das verbindet uns. Und ein wenig spielt wohl auch mit, dass sie wegen mir ein schlechtes Gewissen hat, da sie mich anfangs verachtet hat. Daher ist sie möglicherweise noch freundlicher zu mir. Und ich genieße das.

„Kathinka“, frage ich, „wie stark ist eigentlich deine Magie?“

Sie seufzt. „Meine Magie ist schwach.“

„Aber du bist doch Erik Anfohrrnus Schülerin. Seine beste, wie er gesagt hat.“

„Ich bin vor allem seine einzige Schülerin.“

„Oh!“ Ich schlucke. „Kannst du einen Riesen mit deiner Zauberkraft töten?“

„Nein.“ Ihr Blick wird starr. „Ich verfüge über nur wenig Kampfkraft. Mein Talent liegt ganz woanders.“

„Wo?“ Ich bin neugierig und spüre das erste Ziehen von *mahamsanazu* in mir.

„Das wirst du noch früh genug erfahren.“ Sie treibt ihr Pferd an. „Wir sollten den Anschluss zu den anderen nicht verlieren.“

Ich verstehe. Wir vertragen uns erst so kurze Zeit. Da kann man nicht über alles sprechen. Nicht alles preisgeben. Noch nicht. Aber ich werde geduldig sein und warten. Irgendwann wird mir Kathinka alles erzählen. Und ich werde ihr zuhören.

Es wird Abend. Vor uns kann ich die ersten felsigen Ausläufer des Punzinischen Gebirges erkennen. Es besteht aus Gneis und Granit. Die Gipfel sind nicht zu sehen, da die Wolken zu dicht sind und zu tief hängen. Vereinzelt wachsen

Latschen und Kiefern. Ansonsten gibt es nur wenig Vegetation. Wir erreichen eine Garnison mit hohen Mauern und starken Wachtürmen und reiten durch ein befestigtes Tor ins Innere. Überall sind waffenstarrende Kriegerinnen. Fackeln werden entzündet.

„Jetzt übertreibt ihr Amazonen aber“, schnaubt Romaldo, während er von seinem Pferd steigt und seine Zügel einer herbeigeeilten Kriegerin überreicht. „Wer braucht denn hier in dieser Einöde eine Festung? Das ist ja lächerlich! Keine Armee der Welt kann dieses Gebirge vor uns überqueren.“

„Einzelne Spione aber schon, Prinz aus Harba!“ Sincha Ankonski steht neben ihm und klingt ungehalten.

„Pfh!“, schnauft Romaldo. „Für ein paar Spione benötige ich doch keine ganze Garnison. Da genügen flinke, wendige Reiter.“

„Wir Amazonen wissen schon, wie wir uns zu schützen haben.“ Sincha deutet mit ihrem Zeigefinger auf Romaldo. „Deine Heimat Harba wurde von König Angrias in einem Handstreich erobert. Amazonien ist immer noch frei und unbesiegt.“

Für einen winzigen Augenblick zuckt Romaldos Hand zu seinem Rapier.

„Grumpf!“, faucht Knut seinen Bruder warnend an.

Romaldo entspannt sich, lächelt, als ob nichts gewesen wäre, und neigt huldvoll seinen Kopf vor der Heerführerin. „Danke, Mylady Sincha, dass du mich auf Harbas offensichtliche Schwächen hinweist. Ich werde es nicht vergessen.“

„Du scheinst nie etwas zu vergessen, Prinz. Zumindest sagt man dir das nach.“

„Nun, Mylady, meine Feinde werden nicht alt.“ Er zeigt seine weißen, ebenmäßigen Zähne. „Wir Harbaner sind ein stolzes Volk. Unseren Freunden treu bis in den Tod. Unerbittlich zu unseren Widersachern.“

„Manche behaupten, dass Leute, die mit dir im Streit lagen, oft tot in ihren Betten aufgewacht sind. Im Schlaf gemeuchelt.“ Sinchas Stimme klingt verächtlich und herablassend.

„Nun, Mylady, dann kannst du ja unbesorgt schlafen.“ Romaldo tippt an seinen Hutrand und wendet sich von der Amazone ab. Knut geht mit seinem Bruder.

Sincha verfolgt die beiden nachdenklich mit ihren Augen.

Ihre Kriegerinnen murren und werfen Romaldo und Knut böse Blicke hinterher.

Wir haben gegessen – Hartkäse, Brot und Rüben. Dazu gab es Wasser und roten Wein. Es ist spät geworden. Sincha und ihre Kriegerinnen sitzen mit der Kommandantin der Garnison an einem Ende des Tisches und wollen offensichtlich unter sich bleiben. Sinchas Kriegerinnen sind recht wortkarg, aber nicht unfreundlich. Zumindest nicht zu mir. Sie nehmen mich als das, was ich bin: ein Gefährte, mit dem sie einen gemeinsamen Auftrag zu erfüllen haben. Es gibt keine bösen Worte, keine scheelen Blicke. Sie respektieren mich. Das tut meiner Seele gut. Ich spüre, dass die Dunkelheit in mir ein wenig zurückweicht und meine Aggression schwindet. Und auch ich respektiere die Amazonen. Sie sind ehrenhafte Kriegerinnen, die ihr Land gegen eine Übermacht verteidigen. Das spricht für ihren Mut.

Schließlich steht Sincha auf und wünscht eine gute Nacht. Ihre Kriegerinnen folgen ihr zu den Schlafgemächern. Die Kommandantin verabschiedet sich ebenfalls. Wenig später gehen auch Romaldo und Knut. Kathinka bleibt noch eine Weile bei mir am Tisch im Speiseraum der Garnison sitzen. Wir schweigen, spüren die Nähe des anderen und verstehen uns ohne Worte. Schließlich erhebt sich auch Kathinka und geht. Sie lächelt mir zu, als sie die Tür hinter sich zuzieht.

Ich bleibe allein zurück und trinke Wasser. Obwohl ich müde bin, kann ich noch nicht einschlafen. Mit schmalen Augen starre ich durch die Fensterscheibe in die dunkle Nacht. Ich beschließe, eine Runde durch die Garnison zu gehen. Mit tief in die Stirn gezogener Kapuze laufe ich über den Hof, klettere eine Leiter hinauf und marschiere die rundumlaufende, überdachte Palisade mit der hohen Brustwehr entlang. Wächterinnen sind auf den Türmen postiert. Zwei stehen über dem Haupttor. Sie haben lange Speere in den Händen. Ich gehe an ihnen vorbei und grüße sie mit einem Nicken. Mir ist kalt. Der Regen lässt nicht nach. Ich mache mir ein wenig Sorgen, wie Kathinka morgen die Kletterei über die glitschig nassen Felsen des Punzinischen Gebirges schaffen will. Nun, ich werde ihr helfen, so gut ich kann. Meine Gedanken wandern weiter. Ich denke an Zauberer Erik Anfohrrnus und an die Königin der

Amazonen. Beide sind mächtig und geheimnisvoll. Sie schmieden große Pläne, aber sie erzählen nur wenig. Wie Schachfiguren schieben sie uns über ein Spielbrett und verraten nur das Nötigste. Das gefällt mir nicht.

Noch enger wickle ich mich in meinen Kapuzenmantel und gehe weiter. Bald erreiche ich das südliche Ende der Garnisonspalisade. Vor mir ist ein hoher Aussichtsturm, unter mir ein Stall. Pferde schnauben, scharren mit den Hufen im Stroh. Ich klettere eine Leiter hinunter und will zurück in das Haupthaus. Da höre ich plötzlich eine Stimme aus dem Stall. Es ist Romaldos. Er spricht ganz leise mit Knut. Ich werde neugierig. Vorsichtig schleiche ich näher heran und ducke mich in den nächtlichen Schatten, den die Fackeln werfen. Durch ein Astloch in der Holzwand spähe ich ins Innere des Stalles und lausche.

„Und eines, mein lieber Bruder, sage ich dir auch“, wispert Romaldo soeben, „da ist irgendetwas am Köcheln.“

„Grumpf?“

„Warum werden der Eidechsenmann und diese Kathinka Zauberfee denn mitten in der Nacht von amazonischen Wächtern abgeholt und kaum eine Stunde später wieder in ihre Zimmer zurückgebracht?“

„Grumpf.“

„Eben, du weißt es auch nicht. Aber es ist mehr als nur verdächtig.“ Romaldo zieht vehement an seinem mittleren Kinnbart. „Und dann erzählt Kathinka dem Skriek auch noch, dass sie ein Bastard ist. Und siehe da! Seither sind die beiden ein Herz und eine Seele. Es fehlt nur noch, dass die Zauberin die Schuppen des Monsters krault. Aber warte nur ab, lieber Bruder, das wird auch noch kommen.“

„Grumpf?“

„Natürlich ärgere ich mich. Wir reiten mit acht Frauen durch die Gegend und keine einzige von ihnen weiß meine Einzigartigkeit zu schätzen.“

„Grumpf.“

„Natürlich sind die Amazonen für einen harbaischen Edelmann viel zu ungebildet, zu hager, zu sehnig und zu vorlaut, aber ...“ Romaldo hebt seinen Zeigefinger. „... aber wir sind hier in der Wildnis. Weit weg von jeder Zivilisation. Da darf ein Mann nicht wählerisch sein.“

„Grumpf!“

„Natürlich ist Kathinka mit Abstand die hübscheste Frau von allen. Aber sie ist geschädigt. Verletzt. In ihrem Denken. Und in der Seele.“

„Grumpf.“

„Nein, lieber Bruder, wir können sie nicht erretten. Und das ist auch überhaupt nicht unsere Aufgabe. Du weißt, was der Zauberer gesagt hat.“

„Grumpf.“

„Ja, das finde ich auch schade.“

„Grumpf? Grumpf?“

„Natürlich dürfen wir uns mit den Amazonen ein paar schöne Stunden machen.“ Romaldo grinst hämisch. „Und alle sind ja nicht so hässlich wie diese Sincha Ankonski.“

„Grumpf.“

„Ja, die streitlustige Sincha ist nicht dumm.“

„Grumpf.“

„Bitte, wenn du meinst, Brüderchen. Aber ich habe dich gewarnt.“

Ich entferne mich leise. Romaldo und Knut haben Kathinka und mich also gestern Nacht heimlich belauscht. Ich denke nach, ob das einen Unterschied macht, und komme zu dem Schluss, dass es keine Rolle spielt. Aber eines wird mir auch klar: In unserer kleinen Gemeinschaft bespitzelt jeder jeden. Ich muss in Zukunft noch vorsichtiger sein.

17

Über Nacht hat der Regen zugenommen. Jetzt, am frühen Morgen, schüttet es immer noch. Der Boden ist schlammig und aufgeweicht. Ein kühler Wind weht und wir wickeln uns fester in unsere Mäntel, während wir durch das gut bewachte Tor die Garnison verlassen. Im trüben Tageslicht setzen wir unseren Marsch fort. Die Pferde haben wir zurückgelassen. Sincha hat gesagt, dass wir die Tiere nicht mehr benötigen, da wir nach einer knappen halben Stunde die ersten steilen Felswände des Punzinischen Gebirges erreichen werden. Und so ist es auch. Die Amazonen haben Seile und Kletterhaken. Ihre Gesichter sind grimmig entschlossen. Der Regen peitscht. Die Gneis- und Granitfelsen sind glitschig. Es wird kein leichter Aufstieg werden. Besorgt blicke ich zu Kathinka. Ich weiß, wie anstrengend für sie die Kletterei durch die Zhakonischen Berge im Gebiet der Riesen gewesen ist. Und sie hat mir ja mittlerweile auch erzählt, dass ihre Magie nur schwach ausgeprägt ist. Es wird mehr als nur mühsam für sie sein, die Felsen zu erklimmen.

Kathinka bemerkt meinen Blick und wirft mir ein kurzes Lächeln zu. In ihrem Lächeln liegen Unsicherheit und ein wenig Angst, aber auch Mut. Sie ist eine Kämpferin. Ich trete zu ihr, binde ein Seilende um ihre Hüften und überprüfe den Knoten. Er wird halten. „Keine Sorge", flüstere ich, damit mich die anderen nicht hören können, „wir werden es schon schaffen. Und schlimmstenfalls trage ich dich über die Berge."

„Danke, Skriek", flüstert sie zurück. „Ich habe dich anscheinend wirklich falsch eingeschätzt."

„Das hast du jetzt oft genug gesagt", brumme ich. „Hoffentlich änderst du nicht deine Meinung, wenn es zum nächsten Kampf kommt. In meiner Seele gibt es immer noch Hass und Zorn."

„So wie in meiner", gibt sie zurück.

Ich blicke sie kurz an, sage aber nichts. Was gibt es auch schon zu sagen? Wir wissen beide, dass Tod, Schmerz und Leid vor uns liegen. Und auch in uns selbst herrscht kein Frieden. Aber wir tun einander gut, beruhigen uns, geben dem anderen ein Gefühl von Gleichheit. Verletzte Seelen, Bastarde sind wir. Aber im Moment ist alles gut. Wir wissen, dass es nicht so bleiben wird, doch es wäre dumm, sich deswegen zu viele Gedanken zu machen. Ich bin soeben dabei zu lernen, die wenigen friedlichen Augenblicke, die mir Thurantuh schenkt, auch zu genießen.

Wir klettern stundenlang. Monotonie hält Einzug in mein Gemüt. Tritt um Tritt. Griff um Griff. Aufwärts. Immer weiter. Der Regen lässt nicht nach, doch uns ist nicht kalt. Zu mühsam ist der Aufstieg. Granit und Gneis wechseln sich ab. Die Felsen sind durch den Regen rutschig und tückisch. Sincha Ankonski klettert voran. Gelegentlich hält sie an, überprüft ihre Landkarten und berät sich mit den anderen Amazonen. Es muss so um die Mittagszeit gewesen sein, als sie gesagt hat, dass wir nun Euptonien verlassen haben und in den Kontinent Allunien vorgedrungen sind. Noch zwei, drei Stunden, hat sie gemeint, dann würden wir das Zwergenreich von König Sinnly erreichen.

Wir klettern weiter. Die Amazonen voraus, knapp dahinter Romaldo und Knut. Sie können das Tempo der Kriegerinnen halten, auch wenn sie schwitzen, fluchen und keuchen. Aber Kathinka wird müde, auch wenn sie tapfer weiterkämpft. Ihr langes schwarzes Haar ist klatschnass.

Es wird immer kälter, je höher wir klettern. Weiße Wölkchen kommen aus unseren Mündern. Kathinkas Finger zittern. Ihre Brust hebt und senkt sich heftig. Ihre Kraft schwindet sichtlich. Ich ziehe sie hoch, hebe sie über Steine und leite sie über schmale Felssimse, entlang derer wir uns hanteln. Trotz all der Anstrengung bin ich beinahe glücklich. Ich kann Kathinkas Hände halten, wenn ich sie hochziehe. Ich spüre ihre weiblichen Hüften an meinen Handflächen, wenn ich sie ein Stück trage. Und sie ekelt sich nicht vor mir. Nicht vor meiner Nähe. Ich weiß, dass ostalische Soldaten ihr großes Leid zugefügt haben. Der Skriek in meiner Seele spürt, dass sich Kathinka Ebensa wohl niemals wieder freiwillig zu einem Mann legen wird. Zu tief sitzen ihr Schmerz, ihre Verachtung. Aber sie lässt mich ihr nahe sein und vertraut mir. Das wird mir immer wichtiger. Ich denke an die Geschichten der edlen Paladine, von denen mir meine Mutter früher ein paar Mal erzählt hat.

Die Paladine sind Menschen mit großen Seelen gewesen und vor langer Zeit ausgestorben. Sie haben damals im legendären Königreich Kalmania gedient und sich einer Prinzessin oder Edelfrau verschworen. Ihr ganzes Streben war darauf gerichtet, sich einer hohen Dame zu verpflichten, um ihr treu zu dienen und ihr Leben mit dem eigenen beschützen zu können. Laut meiner Mutter sollen die Paladine auf wilden Pferden geritten sein. Als Zeichen ihrer Ergebenheit zu den Prinzessinnen und Edelfrauen haben sie seidene Schals und goldene Bänder getragen, die sie von den Damen erhalten haben.

Das gefällt mir. Auch ich möchte ein Paladin sein, der treue Beschützer von Kathinka Ebensa.

Trotz all der mühsamen Kletterei muss ich schmunzeln. Wie

sich die Dinge doch ändern können! Vor wenigen Tagen wollte ich Kathinka noch töten und jetzt bin ich bereit, mein Leben für sie zu geben. Werde ich zu einem sentimentalen Narren? Ich bin mir nicht sicher. Aber eines weiß ich: Mein Leben erscheint mir schon lange nicht sonderlich wertvoll. Ich bin nur ein Krieger, der seinem Gott Thurantuh, so gut es eben geht, dienen will. Krieger leben nie lange. Jeder Tag kann ihr letzter sein. Kathinka hingegen ist etwas ganz Besonderes. Zumindest glaube ich das. Vielleicht ist es aber auch nur der dunkle Schmerz in ihr, der mich so fasziniert? Wie auch immer! Ich fühle mich besser, wenn ich mich als ihr Beschützer sehe. Mein Leben bekommt so einen neuen, tieferen Sinn.

Ich berühre kurz mein Stieramulett durch mein klatschnasses Hemd. Ob es Thurantuh gefällt, wenn ich mich als Paladin, als Beschützer Kathinkas sehe? Er schweigt. Vorerst.

Ist es denn, frage ich in Gedanken, für einen Krieger nicht ebenso edel, eine leidende Seele zu beschützen, wie fremde Seelen in einem Kampf zu ihren Göttern zu schicken?

Mein Stieramulett vibriert ganz kurz. Das ist ein Zeichen von Thurantuh. Er billigt meine Gedanken und Überlegungen. Ich schlage meine Armbänder aneinander und zische dreimal seinen Namen. Regen prasselt gegen meine Schuppen und ich jubiliere innerlich. In mir wächst etwas heran. Etwas Neues, Großes. Ich bin zu sehr Skriek, um das nicht zu spüren, um das leugnen zu können. Thurantuh erhöht mich. Er macht mich durch seine Zustimmung zu einem Krieger von hohem Wert. Ich bin nicht mehr nur der Schlächter und Zerstörer, ich bin auch ein Beschützer und Bewahrer. Kathinka ist meine edle Dame; meine Aufgabe. So einfach ist auf einmal alles. Kathinka und ich werden nie ein Liebespaar werden, dennoch ist sie, auf ganz eigene Art, meine Seelenpartnerin. Meine Freundin. Jene Seele, die meiner am nächsten steht. So ist das.

Es wird Abend. Alle sind erschöpft, verschwitzt und ausgelaugt. Der Regen lässt nicht nach. Kathinka kann sich kaum mehr auf den Beinen halten, daher stütze ich sie die meiste Zeit über. Wir erreichen ein kleines Plateau. Kathinka stolpert in meinen Armen. Im letzten Moment kann ich ihren Sturz abfangen. Thurantuh sei Dank, bleibt sie unverletzt. Ich hebe sie hoch und trage sie über Geröll und Stein. Sincha

Ankonski entdeckt eine Höhle. Wir hasten vorwärts. Rein in die Höhle. Raus aus dem Regen. Die Amazonen entfachen schnell und routiniert ein Feuer. Essen wird verteilt. Kathinka kauert am Boden auf einer Decke und wärmt sich. Sie sieht unendlich müde aus. Nach einer Weile lehnt sie ihren Kopf an meine Schulter, kaut auf einem Stück Brot herum und schweigt.

Die Amazonen hängen einen mit Regenwasser gefüllten Topf über das Feuer und geben seltsam aussehende und riechende Kräuter hinein.

„Braut ihr Tee?“, frage ich.

„Einen ganz besonderen“, antwortet Sincha.

„Kann ich etwas abhaben?“

„Nein, Skriek, das ist ein Tee nur für Amazonen.“

„Gibt er euch eure Kraft und Schnelligkeit?“

„Ja, Skriek.“

Ich spüre mein *mahamsanazu* und möchte Antworten. „Trinkt ihr jeden Tag diesen Tee, Sincha?“

„Nein.“ Sie blickt in die Runde.

Kathinka wirkt unbeteiligt. Sie ist wohl zu erschöpft, um sich jetzt noch für die Trinkgewohnheiten der Amazonen zu interessieren. Aber Romaldo und Knut spitzen ihre Ohren und sind wohl ebenso neugierig wie ich.

Sincha drückt ihre Zähne nachdenklich in ihre Unterlippe und wirft ihren Kriegerinnen einen schnellen Blick zu. Diese zucken mit den Schultern und bedeuten ihr so, dass sie als Heerführerin entscheiden muss, wie viel sie uns erzählen will. Sie seufzt.

„Heute ist der dritte Tag des neuen Mondes“, sagt sie schließlich.

Stimmt, denke ich bei mir, das habe ich gar nicht beachtet. Früher, als ich noch Bahluna angebetet habe, habe ich niemals auf den Mond vergessen. Doch jetzt ist das anders.

„Ama, unsere geliebte Göttin, ist eins mit dem Mond. Sie schenkt uns Amazonen Weisheit und Stärke“, fährt Sincha Ankonski zögernd fort. Sie ist unsicher, wie viel sie uns tatsächlich erzählen soll. „Zu jedem neuen Mond trinken wir unsere Tränke, die es uns ermöglichen, gegen unsere Feinde zu bestehen.“

„Trinken alle Amazonen davon?“, will ich wissen.

„Nein, nur wir Kriegerinnen.“ Sincha blickt in das Wasser,

das mittlerweile kocht. Ein aromatischer Duft erfüllt die Höhle. „Die Priesterinnen haben eigene Tränke."

„Und was ist mit den Bäuerinnen, Handwerkerinnen und Händlerinnen? Sie brauchen doch auch Kraft, um ihre Arbeiten zu erledigen."

„Die Amazonen brauchen aber auch Kinder, Skriek. Viele Kinder. Wir sind ein sehr kleines Volk."

„Oh", sage ich und bin mir nicht sicher, ob ich verstehe.

Romaldo grinst hämisch und stößt seinen Bruder in die Seite.

„Was gibt es zu lachen, Prinz aus Harba?", fragt Sincha gefährlich leise.

Romaldo schiebt sehr langsam, sehr bedächtig seinen Hut aus der Stirn.

Ich betrachte ihn von der Seite. Trotz des Regens und der mühsamen Kletterei wirkt er im Vergleich zu uns anderen ungewöhnlich adrett und ordentlich. Selbst seine Stiefel hat er, während wir anderen noch gegessen haben, geputzt. Unwillkürlich muss ich an das Gespräch mit seinem Bruder denken, das ich gestern belauscht habe. Mir ist erst im Nachhinein aufgefallen, dass Romaldo sinngemäß zu Knut gesagt hat, dass er sich wegen Kathinka Sorgen macht, es aber nicht die Aufgabe der Zwillinge sei, ihr zu helfen. Auch Zauberer Erik Anfohrrnus hat ihnen davon abgeraten. Seit diesem belauschten Gespräch sehe ich Romaldo ein wenig anders. Er nennt Sincha „Mylady" und Kathinka „Lady" und hört sich bei beiden oft höhnisch an. Doch es gibt, wenn man gut aufpasst, Unterschiede in seinen Gesten und seiner Betonung. Romaldo kann die Heerführerin der Amazonen eindeutig nicht leiden, vielleicht hasst er sie sogar. Sie ist ihm zu hart. Zu bestimmend. Zu selbstsicher. Sein „Mylady" ist voller Spott und Verachtung. Zu Kathinka sagt er zwar auch „Lady", aber es klingt neutraler. Nicht so abwertend. Und heute ist mir ein, zwei Mal aufgefallen, dass er Kathinka, wenn er sich unbeobachtet fühlt, mitleidige Blicke zuwirft. Weiß er etwas, das ich nicht weiß? Wo sind er und sein Bruder überhaupt in jener Nacht gewesen, als ich von Anninka in mein Zimmer zurückgekommen bin und Kathinka nebenan geweint hat? Wenn ich es recht bedenke, und das fällt mir erst jetzt auf, verhält sich Romaldo seit jener Nacht anders gegenüber

Kathinka. Vorsichtiger. Behutsamer. Erneut überlege ich, was er weiß, das ich nicht weiß.

„Ich fragte, was es zu lachen gibt“, klingt erneut Sinchas Stimme aggressiv und herausfordernd durch die Höhle.

Romaldo nimmt den Hut endlich ganz ab und bequemt sich zu einer Antwort. „Ihr kriegerischen Amazonen seid unfruchtbar.“ Er ist voll Spott. „Das amüsiert mich.“

„Warum?“, knarrt Sincha.

„Nun“, er streicht aufreizend durch sein geöltes Haar, „ich war mir nie sicher, ob Amazonen richtige Frauen sind.“

„Was willst du damit sagen?“ Sinchas grüne Augen verengen sich.

„Nichts, Mylady.“ Romaldo wedelt lässig mit der Hand. Er will damit wohl andeuten, dass es für ihn keine Rolle spielt, was die Amazonen tun oder denken. Doch dann kann er es doch nicht lassen. Ein mutwilliges Funkeln tritt in seine Augen. „Verspürt ihr Kriegerinnen nicht mehr die fleischliche Lust, wenn ihr euren magischen Tee getrunken habt, Mylady Sincha?“

Die Amazonen murren. Einige starren ihn feindselig an. Romaldo hat wirklich ein Talent, sich bei den Kriegerinnen unbeliebt zu machen.

„Wir haben unseren eigenen Kodex, harbaischer Prinz.“ Sincha klingt wütend, nur mühsam beherrscht. „Unsere Lust geht dich nichts an.“ Sie spuckt aus. „Und für aufgeputzte Schönlinge haben wir Amazonen noch nie etwas übrig gehabt.“

„Dann bin ich je beruhigt, Mylady“, gibt Romaldo ungerührt zurück.

Knut schnauft ein kehliges „Grumpf“. Für mich klingt es so, als ob er ein wenig enttäuscht wäre.

In diesem Moment erwacht Kathinka aus ihrer Empathie und hebt ihren Kopf von meiner Schulter. „Dann können die Kriegerinnen der Amazonen keine Kinder bekommen?“, fragt sie.

„Die magischen Tränke erhalten unsere Körper jung“, erklärt Sincha Ankonski und klingt deutlich weniger aggressiv, da sie jetzt zu Kathinka spricht und so den arroganten Romaldo weitgehend ignorieren kann. „Wenn wir das vierzigste Lebensjahr erreichen und aus dem Armeedienst entlassen werden, sind unsere Körper dank Amas Macht erst dreißig

Jahre alt. Wir bekommen von unserer Königin für die lange Dienstzeit als Kriegerin einen Abfindungssold, der es uns ermöglicht, einer neuen Tätigkeit nachzugehen. Wir können ein Geschäft aufmachen, eine Schenke eröffnen, einen Bauernhof kaufen und uns einen Mann erwählen." Sincha blickt in Kathinkas müdes Gesicht. „Da wir nach dem Armeedienst die Tränke nicht mehr zu uns nehmen, werden wir wieder fruchtbar."

„Eure Göttin Ama scheint alles sehr klug geregelt zu haben", meint Kathinka. Sie senkt den Kopf und betrachtet sinnend die eingebrannte Spinne auf ihrem linken Unterarm, sagt aber kein weiteres Wort.

Romaldo steht auf, gibt sich gelangweilt, ignoriert die Amazonen und setzt sich in die Nähe des Höhleneingangs. Knut folgt ihm. Sincha betrachtet eine Weile nachdenklich den Rücken des Prinzen aus Harba. Ich meine, ihre Gedanken zu erraten. Wird Romaldo für weiteren Unfrieden sorgen? Wird es irgendwann zu einer handgreiflichen Auseinandersetzung mit ihm kommen?

„Er ist ein Großmaul", sage ich leise und deute mit meinem Kinn in Romaldos Richtung.

„Er ist viel mehr als das", gibt Sincha ebenso leise zurück. „Unterschätze ihn niemals, Skriek."

Die Amazonen füllen ihre Becher mit Tee, stehen auf und ziehen sich in den hinteren Teil der Höhle zurück.

Ich bleibe mit Kathinka am Feuer sitzen. Irgendwie erscheint mir unsere jetzige Verteilung in der Höhle beinahe symbolisch zu sein. Auf der einen Seite hocken die Amazonen, schlürfen ihren Tee und wollen unter sich sein. Auf der anderen Seite sind Romaldo und Knut. Kathinka und ich befinden uns irgendwo dazwischen.

Das Feuer prasselt. Ich lege Holz nach. Da es feucht vom Regen ist, qualmt es. Der Rauch beißt in unseren Augen. Kathinka hebt ihren Kopf und streicht eine Haarsträhne zurück. Wir schweigen. Das verbindet uns. Nur wenige Worte kommen über unsere Lippen, wenn wir zu zweit sind. Wahrscheinlich gäbe es viel zu sagen und zu erzählen, aber keiner von uns weiß, wo er beginnen soll und wie viel er preisgeben will. Ich rücke näher an das Feuer. Kathinka gähnt. Sie wird bald einschlafen.

Dann beginne ich doch, leise und stockend zu erzählen. Von meiner Mutter und den Geschichten, die sie mir erzählt hat. Von den Paladinen und ihren Prinzessinnen und Edelfrauen. Vom Schutz und vom Dienen. Ich erzähle, dass die Paladine bereit waren, ihr Leben für ihre Dame zu geben. Ihr ganzes Streben ging dahin, dass sie eine Prinzessin fanden, die sie verehren und beschützen konnten. Ich sage zu Kathinka, dass ich auch gern ein Paladin wäre. Sie senkt den Kopf und mit einem Schlag bin ich unsicher. Habe ich zu viel gesagt? Will ich Kathinka meine Freundschaft zu sehr aufdrängen?

„Ich bin keine Prinzessin", nuschelt sie.

„Für mich schon."

„Du hast ja keine Ahnung, Skriek." Sie blickt mich lange an und ist sehr skeptisch, wie mir scheint. Schließlich öffnet sie den obersten Knopf ihres Wamses, greift in die linke Brusttasche ihres Hemdes und reicht mir ein kleines, grünes Tüchlein. „Binde es um deinen Kampfstab", sagt sie mit rauer Stimme und ich vermeine, Tränen in ihren Augen zu sehen.

„Danke", stammle ich, unsicher, ob ich noch etwas sagen soll.

Kathinka nimmt mir die Entscheidung ab. Sie legt sich zur Seite und rollt sich zusammen. Ich breite eine Decke über sie und lege Holzscheite nach.

„Gute Nacht, Paladin Skriek", murmelt sie. Wenig später ist sie eingeschlafen.

Ich binde das grüne Tüchlein um ein Ende meines Kampfstabes, starre ins Feuer und sinniere vor mich hin. Doch bald bin ich das Nachdenken leid und so sehe ich mich in der Höhle um. Die Amazonen unterhalten sich leise. Die Zwillinge sitzen immer noch in der Nähe des Höhleneinganges und betrachten stillschweigend die herabstürzenden Regenmassen.

Ich weiß nicht warum, aber ich stehe auf und begebe mich zu den Zwillingen. „Darf ich mich zu euch setzen?", frage ich.

Knut blickt mich kurz an. „Grumpf", sagt er zustimmend.

„Na schön, Echsenkopf", grummelt Romaldo. „Dann setz dich eben zu uns."

Es ist finster vor der Höhle. Von den Sternen und dem Neumond ist nichts zu sehen. Ich räuspere mich und suche nach Worten, finde aber keine.

Irgendwann wird es Romaldo zu dumm. „Also, Skriek, was

willst du?“

Ich hebe meinen Kopf und sehe in seine grauen Augen. Sie blicken hart und unnachgiebig, aber auch klug. Romaldo mag manches sein, aber er ist kein Dummkopf.

„Vorletzte Nacht haben mich Amazonenkriegerinnen zu ihrer Königin gebracht“, sage ich. „Sie glaubten, dass ich eine Schankmaid getötet habe. Ihre Königin befragte mich. Sie legte zwei Finger auf mein Spinnenbrandmal.“ Ich deute auf meinen Unterarm. „Ich war unter einem magischen Zwang und habe ihr alles erzählt.“

„Die Königin ist stark.“ Romaldo spuckt in den Regen.

„Sie erkannte, dass ich unschuldig war.“

„Sind wir das nicht immer?“, fragt Romaldo und zwirbelt seinen Schnurrbart.

„Die Schankmaid wollte mich töten. Ich konnte mich wehren und sie bewusstlos schlagen. Da ich nicht wusste, wie ich weiter vorgehen sollte, eilte ich zu Kathinka. Ich wollte ihren Rat.“ Ich kratze an einer Schuppe herum. „Als die Amazonen die Schankmaid fanden, war sie tot. Ermordet. Erstochen.“

„Grumpf. Grumpf.“

„Ja, mein Bruder, das sehe ich auch so“, stimmt Romaldo Knut zu.

„Was meint Knut?“, frage ich.

„Er meint, dass es für die Schankmaid viele Gründe gegeben haben mag, dich zu töten. Ihm selbst fallen zwei ein, deretwegen er dich töten möchte.“

Ich starre Knut an. Er starrt unbeeindruckt und selbstsicher zurück. Der kleine Mann ist tödlich wie eine Viper. Das darf ich nie vergessen.

„Warum erzählst du uns das alles, Eidechse?“, fragt Romaldo.

Ich löse langsam meinen Blick von Knut und richte ihn auf den Prinzen. „Es muss doch einen Grund geben, warum man uns töten will?“

„Uns?“, gibt Romaldo zurück.

„Glaubst du wirklich, dass der Anschlag nur meinem Leben galt?“

Er zuckt mit den Schultern. „Möglich.“

„Unwahrscheinlich“, knurre ich.

„Grumpf!“

„Na schön.“ Romaldo kaut mit seinen ebenmäßigen Zähnen nachdenklich auf seiner Unterlippe herum. „Knut ist deiner Meinung, Skriek. Man will uns töten. Aber wer? König Angrias?“

„Wer sonst?“, frage ich.

„Grumpf.“

„Eben“, sagt Romaldo. „Die Dinge sind nicht so einfach.“

„Was meinst du damit?“, will ich wissen.

„Ich meine, dass Erik Anfohrrnus ein alter Fuchs ist. Daher gehe ich davon aus, dass unser Auftrag noch geheim ist. Aber“, er hebt einen Finger, „in unserer Gesellschaft reist eine Dame, die, soweit ich weiß, eine Menge Feinde hat.“

„Du meinst Kathinka?“

„Ja, Skriek. Es gibt Gerüchte über sie. Sie soll einst Angrias Geliebte gewesen sein.“

Mein Herz setzt für einen Schlag aus. „Gerüchte?“, stammle ich.

„Oder mehr als das.“ Romaldo zuckt mit den Schultern. „Ich weiß auf jeden Fall mit Sicherheit, dass die schwarzen Boten Kathinka jagen.“

„Die schwarzen Boten? Wer sollen denn die sein?“

„Raben, Skriek. Es sind verdammte Raben.“

„Wie sollen Raben Kathinka etwas anhaben?“

„Ich weiß es nicht.“ Romaldo senkt seine Stimme. „Aber diese Raben sind voll Magie und Bösartigkeit. Ich habe sie im ostalischen Zeltlager gesehen und ihre Macht gespürt.“

Auch ich habe die Raben gesehen. Kathinka ebenfalls. Sie hat wütend gezischt, als sie die gefiederten Tiere entdeckt hat.

„Dann sollten wir alle Raben töten, die uns zu nahe kommen“, sage ich.

„Du magst einfache Lösungen, nicht wahr?“

Ich nicke. „Raben sollte keine Bedrohung sein, Prinz.“

„Ja, das sollten sie nicht.“ Romaldo blinzelt in den Regen. „Aber es gibt Gerüchte. Geschichten.“

„Welche?“ Ich bin neugierig.

„Diese Raben waren angeblich einst Menschen. Angrias hat sie verändert. Verzaubert. Ihre Seele gestohlen.“

„Angrias verfügt über Magie?“ Das ist mir neu.

„Warum will Erik Anfohrrnus wohl, dass wir den Herrscher

mit der dunklen Maske töten?“, fragt Romaldo.

„Weil Angrias die Kontinente zerstören will“, antworte ich.

„Eben.“ Romaldo lächelt kalt. „Und wie, einfältiger Skriek, soll das ohne überwältigende Magie funktionieren?“

Ich nicke. Romaldo hat recht. Der dunkle Herrscher wirkt Magie. Das habe ich bis jetzt nicht bedacht. Und es macht unsere Aufgabe, König Angrias zu ermorden, eindeutig nicht leichter.

„Grumpf, grumpf, grumpf“, sagt Knut in meine Gedanken hinein.

„Mein Bruder will“, übersetzt Romaldo, „dass ich dir unsere Geschichte erzähle.“ Der Prinz kann seine Verwunderung über die Bitte seines Bruders kaum verbergen, dennoch fügt er sich seinem Wunsch. „Harba, meine Heimat, ist die Perle des Westmeeres. Schön, erhaben und stolz. Mein Vater war einst ihr König. Ein weiser und von seinem Volk geliebter Herrscher. Er war gerecht und großzügig. Unsere Sklaven wurden nur selten gezüchtigt. Unsere Frauen bekamen nur dann die Peitsche zu spüren, wenn sie sich sehr unziemlich benahmen. Unsere Gefangenen wurden nur wenige Tage gequält, bevor wir sie hinrichteten.“ Seine Stimme klingt rau. „Alle liebten meinen gütigen Vater. Und dann erklärte uns eines Tages König Angrias den Krieg. Seine Legionen marschierten gegen Harba.“ Romaldo zieht vehement an seinem rechten Kinnbartzopf. Er ist sichtlich aufgewühlt von den Erinnerungen. „Harba ist wunderbar, aber klein. Wir baten unseren Nachbarn, König Edwin von Salur, um Hilfe, Beistand und Unterstützung. Doch er verweigerte sie. König Edwin wollte nicht in einen Kampf mit Angrias hineingezogen werden. Nicht wegen uns. Nicht wegen Harba. Weil wir zu klein waren. Zu unwichtig.“ Romaldo klingt grimmig. „Heute beschützt der edle König Edwin die Amazonen, weil sie in seinen Überlegungen eine Rolle spielen. Sie sind sein Schutzschild gegen Angrias. Aber damals, als wir seinen Schutz benötigten, tat er keinen Handgriff. Er ließ uns, er ließ Harba, im Stich.“

„Grumpf.“ Knut ist böse. Das ist deutlich zu hören.

„König Edwin hat zwei Söhne. Baldwin und Logwin. Wir boten unsere einzige Schwester, die wunderschöne Esmalda, dem Königreich Salur als Braut an. Wir hofften, durch eine Heirat die Unterstützung von Edwin und seinen salurischen

Armeen zu erhalten.“ Romaldo knirscht voller Wut mit den Zähnen. „König Edwin lehnte ab. Er wollte nicht, dass einer seiner Söhne unsere Schwester heiratet.“ Romaldo spuckt in den Regen. „Unsere Ehre, die Ehre von ganz Harba, war zutiefst verletzt!“ Obwohl Romaldo leise spricht, überschlägt sich seine Stimme fast vor Ingrimm. „Und dann kam der Krieg. Harba stand allein und wir wurden in wenigen Tagen überrollt. Angrias Legionen fegten durch unser geliebtes Land. Sie zerstörten alles. Und sie töteten. Unseren Vater. All unsere Brüder. Und auch unsere geliebte Schwester ist tot. Erschlagen von den ostalischen Schergen.“

„Ihr wollt König Angrias töten“, stelle ich fest, „weil er euer Land erobert und eure Familie ermordet hat.“

„So ist es“, bestätigt Romaldo.

„Grumpf“, fügt Knut hinzu. „Grumpf.“

„Ja, mein Bruder, zuerst stirbt König Angrias. Und dann ist König Edwin an der Reihe.“

„Ihr wollt König Edwin auch töten?“ Ich kann nicht glauben, was ich da höre.

„König Edwin hat uns zutiefst beleidigt, indem er unsere Schwester zurückwies. Es ist eine Frage der Ehre. Wir Harbaner sind ein stolzes Volk.“

„Grumpf! Grumpf!“

„So soll es sein“, sagt Romaldo. „Zuerst bricht Knut mit seinem Streitkolben König Edwin die Arme und Beine. Dann schneide ich Edwins feiges, kleines Königsherz mit meinem Rapier in Streifen.“

18

Über Nacht hat es zu regnen aufgehört. Der Himmel ist wieder klar, die Sonne scheint und ihre Strahlen glitzern auf den grauen Felsen und in den Wasserpfützen ringsum. Wir sitzen vor der Höhle und essen Brot und Hartwurst. Unsere Kleider sind über Nacht getrocknet. Der Ausblick, der sich uns bietet, ist atemberaubend schön. Wir können mehrere schneebedeckte Gipfel des Punzinischen Gebirges sehen. Ein Geruch nach Tannennadeln, Kiefern und Frühling liegt in der Luft. Alles scheint so friedlich. Es ist kaum vorstellbar, dass rund um uns Krieg herrscht. Und doch ist es so.

Ich richte meinen Rückenschild, betrachte meine metallenen Armbänder und denke an Thurantuh. Wann kommt der nächste Kampf?

Sincha hält ihre Krummsäbel in den Händen, stellt sich neben Kathinka und nickt ihr zu. Romaldo steht in der Nähe und entfernt penibel ein paar Stäubchen von seiner Kleidung. Die Amazone betrachtet ihn eine Weile abschätzig, schließlich richtet sie das Wort an Kathinka. „Ich bin froh, eine Zauberin bei mir zu haben“, sagt sie. „Im Zwergenreich sind wir sicher, aber auf unserem Weg nach Yestshire können viele Gefahren lauern: Trolle und Kobolde, marodierende Soldaten und Gnome. Da ist es gut, jemanden mit Zauberkraft dabei zu haben. Waffen allein können uns nicht ausreichend beschützen.“ Sincha wirft Romaldo einen kurzen, herausfordernden Blick zu. Der Prinz aus Harba zieht an einem Bartstrang und wirkt verärgert. Will ihn Sincha Ankonski mit ihren Worten provozieren, seine Stärke als Krieger in Frage stellen? Oder geht es ihr wirklich nur um Kathinka und ihre Magie und sie nutzt lediglich die Gelegenheit, Romaldo in seine Schranken zu weisen?

Kathinka scheint von dem kleinen Geplänkel zwischen der Amazone und Romaldo gar nichts mitzubekommen. Sie streicht ein wenig nervös ihr Haar zurück. „Ich bin keine Zauberin, Sincha. Nur eine Schülerin.“ Sie blinzelt in die Sonne. „Meine magische Kampfkraft ist sehr gering.“

„Du bist zu bescheiden“, sagt die Amazone. „Das würde manch anderem gut anstehen.“ Sie wirft Romaldo einen weiteren Blick zu. Er lächelt verschlagen zurück, lässt sich aber sonst nicht viel anmerken. Romaldo ist wohl zu klug, um sich von der Amazone und ihren Andeutungen provozieren zu lassen, auch wenn es ihm schwerfällt, völlig ruhig zu bleiben. Sein linkes Augenlid zuckt immer wieder. Mittlerweile kenne ich ihn so gut, dass ich weiß, dass das bei ihm zumindest ein Zeichen von Anspannung ist.

Kathinka spricht sehr leise. „Sincha, meine Magie ist nicht für den Kampf geeignet. Hat Erik Anfohrrnus deiner Königin denn nichts davon gesagt?“

„Ich weiß nur, dass eine Schülerin des großen Erik Anfohrrnus auf jeden Fall sehr begabt ist“, entgegnet Sincha, hebt ihre Hände und schiebt die Krummsäbel kreuzüber in die Halterungen ihres Rückengurts. „Wir ziehen bald weiter. Haltet euch alle bereit." Sie geht zu ihren Kriegerinnen.

Romaldo spuckt verächtlich aus und blickt der Amazone verdrießlich hinterher.

Ich geselle mich zu Kathinka und ziehe sie ein Stück zur Seite, sodass uns niemand hören kann. Gestern Abend ist sie todmüde gewesen, doch heute sieht sie wieder erstaunlich erholt aus. Was geschieht in der Nacht mit ihr? Wirkt sie einen geheimen Zauber?

Kathinka blickt zu mir hoch. „Was ist mit dir los, Skriek?", fragt sie.

„Nichts", sage ich.

„Du lügst." Sie klingt bestimmt. Eine Falte bildet sich zwischen ihren Augenbrauen. „Ich denke, Paladine sollten ihre Prinzessin nicht anlügen."

„Also gut." Ich ergreife ihren Unterarm und ziehe sie ein weiteres Stück zur Seite, noch weiter weg von den anderen. „Romaldo", flüstere ich und meine vier spitzen Eckzähne schlagen aufeinander, „erzählte mir gestern, dass du König Angrias Geliebte warst."

„Was?" Sie wirkt erstaunt und ehrlich überrascht.

Meine Skriekinstinkte schlagen an. „Er lügt", sage ich. „Oder?"

„Er lügt." Sie berührt meine Schulter. „Ich war in Angrias Kerker. In Vinbon, der ostalischen Hauptstadt. Seine Schergen kamen oft zu mir in meine Zelle." Sie spuckt die Worte vor Ingrimm fast aus. „Aber König Angrias hat mich nie zu sich in sein Bett geholt."

„Ich glaube dir, Kathinka", sage ich mit rauer Stimme und drücke kurz ihre Schulter. So signalisiere ich ihr, dass alles gut ist. Nichts steht mehr zwischen uns. Romaldo ist ein Lügner. Ein Unruhestifter. Ich will wieder zu den anderen zurück, doch Kathinka hält mich an den Oberarmen fest und blickt direkt in meine ovalen, blauen, pupillenlosen Augen. „Skriek, ich werde nie wieder bei einem Mann liegen. Das weißt du doch, oder?"

„Das weiß ich." Ich streichle vorsichtig mit meinem Krallenfinger über ihre Wange. „Ich bin dein Paladin. Hast du das schon vergessen?"

„Nein, Skriek. Das habe ich nicht."

Wir marschieren los und verlassen das Plateau Richtung Nordwesten. Anfangs geht es steil bergab. Wir kommen durch Schluchten und schmale Rinnen. Es wird stetig wärmer. Bald steht die Sonne hoch am Himmel. Ich gehe, weil es sich zufällig so ergibt, ein Stück neben zwei Amazonen einher. Es sind Emmensa Masuka und Clarina Haffina. Ihre Namen habe ich mir mittlerweile gemerkt, da sie sich ein wenig von den anderen Amazonen unterscheiden. Die Körper der beiden sind zwar ebenso hager, sehnig und hart wie die der anderen, aber sie haben weder braune Haare noch grüne Augen. Emmensa ist blond, hat ein herzförmiges Gesicht und hellblaue Augen. Clarina hat gelocktes rotes Haar, braune Augen und ein blasses Gesicht voller Sommersprossen.

Eine Weile gehen wir schweigend dahin. Gelegentlich rutschen lose Steine unter uns weg. Ich nehme meinen Kampfstab als Stütze.

Als wir eine mit Sträuchern bewachsene Senke erreichen, wendet sich Clarina an mich. „Du hast ein hübsches Tuch um deinen Stab gebunden, Skriek."

„Es ist von Kathinka."

„Seid ihr zwei ein Paar?", will sie wissen.

Erst verwundert mich Clarinas direkte Art, doch dann wird mir klar, dass sie eben eine Amazone ist. Selbstbewusst, ohne Schnörkel und ohne Hinterlist.

„Nein, wir sind kein Paar." Ich suche nach Worten. „Wir sind Freunde. Gefährten."

„Vertraute?"

„So kann man sagen." Ich räuspere mich. „Eigentlich bin ich ihr Paladin. Ihr Beschützer."

Clarina lacht, erstaunlich hell und fröhlich für so eine harte Kriegerin. „Skriek, du bist verliebt." Sie lacht erneut. „Ein romantischer Narr bist du."

„Ja, da magst du recht haben." Ich grinse zurück.

Ich weiß nicht warum, aber ich mag die Amazonen. Ihre Art, ihr Denken. Liegt es vielleicht an dem magischen Spinnenbrandsiegel auf meinem Unterarm, dass ich mich zu ihnen so hingezogen fühle? Möglich wäre es.

„Du bist ein ungewöhnliches Wesen, Skriek", fährt Clarina in ihrer direkten Art fort. „Und deine Schuppen machen mich neugierig."

„Oh!"

„Kann sein, dass ich sie einmal berühren will."

„Oh!"

„Ist das ein Problem für dich? Oder für Kathinka?"

„Das weiß ich nicht", sage ich wahrheitsgemäß.

„Wenn du es weißt, Skriek, dann lass es mich wissen."

Es wird Mittag. Wir rasten, füllen unsere Wasserschläuche an einer Quelle auf und trinken gierig. Das Wandern macht durstig. Kathinka sitzt neben mir und schweigt. Ich bin mit den Gedanken bei Clarina. Sie verwirrt mich und macht mich unsicher, da sie mir eigentlich recht gut gefällt. Clarina hat schöne Augen und eine zarte Menschenhaut. Natürlich gefällt mir Kathinka besser, aber meine Verbindung zu ihr kann nur platonisch sein, Clarina hingegen könnte ich berühren und küssen.

Hinter mir streiten Sincha und Romaldo und ich schrecke aus meinen Gedanken auf. Der Prinz von Harba möchte aufbrechen und endlich weitermarschieren. Sincha will noch rasten. Sie sagt, dass wir es nicht eilig haben und uns die Kräfte gut einteilen sollten. Hier im Zwergenreich von König Sinnly sind wir sicher, sagt sie, später wird das nicht überall der Fall sein. Romaldo knurrt daraufhin etwas Unverständliches, fügt sich aber der Heerführerin. Die beiden sind wie Feuer und Eis.

Da ruft eine Amazone eine Warnung. Ich glaube, sie heißt Basola Mamatti, aber ich bin mir nicht sicher. Wir stehen auf, richten unsere Waffen und blicken uns wachsam um. Eine Gruppe Zwerge marschiert auf uns zu. Es sind sechs. Alle haben lange Rauschebärte, in die Zöpfe und Goldringe geflochten sind. Sie tragen knielange Kettenhemden, Helme und große Langschilde aus gehärtetem Stahl. In ihren Gürteln stecken Äxte, Beile und Dolche. Einer hat eine Armbrust.

Sincha geht den Zwergen entgegen, verbeugt sich höflich und entbietet den Gruß der Amazonen. Wir stellen uns hinter ihr auf und grüßen ebenfalls.

Die sechs Zwerge bleiben stehen und betrachten uns. Sie sind klein, nur knapp einen Meter fünfzig, aber sie haben dicke Muskeln und breite Schultern. Ein Zwerg tritt nach vorne. „Ich bin Dammky aus Getalfy", sagt er. Seine Stimme poltert und knarrt. Er richtet sich direkt an Sincha, da er sie als unsere Anführerin ausgemacht hat. „Ihr befindet euch in König Sinnlys Reich."

„Ich weiß, wo wir sind. Und ich habe schon von dir gehört, Dammky aus Getalfy. Du bist ein mächtiger Krieger." Erneut verbeugt sich die Amazone. „Ich bin Sincha Ankonski, eine Heerführerin."

„Dein Name ist mir ebenfalls bekannt." Jetzt verbeugt sich auch der Zwerg. „Auch du bist stark und mächtig." Er kratzt seinen Bart. „Was führt dich in das Reich von König Sinnly, Amazone?"

„Wir wollen nach Euptonien und hoffen, dass ihr uns passieren lasst."

„Hm." Die kleinen Äuglein des Zwerges funkeln listig. „Zwischen uns und den Amazonen herrscht Frieden. Wir waren stets gute Verbündete. Es gibt also keinen Grund, euch an einer Durchreise zu hindern."

„Ich danke dir, Dammky aus Getalfy." Sincha verbeugt sich ein drittes Mal.

„Aber", sagt der Zwerg, „deine Gefährten müssen König Sinnly Rede und Antwort stehen."

„Was meinst du damit?", will Sincha Ankonski wissen.

„Deine Gefährten sind ungewöhnlich. Seltsam." Sein dicker rechter Zeigefinger deutet auf Knut. „Dieser Mann ist nicht größer als ein Zwerg, aber doppelt so breit." Der Zeigefinger wandert weiter. „Dieses Wesen dort hat Schuppen und spitze Eckzähne." Und noch weiter wandert der Finger. „Der hübsche Menschenmann ist wie ein König bekleidet. Und die schwarzhaarige Menschenfrau trägt die Kleidung eines Waldläufers."

„Es sind Freunde der Amazonen", erklärt Sincha.

„Das mag wohl sein. Aber sind die vier auch Freunde der Zwerge?"

„Das sind sie." Sincha versucht, so viel Überzeugung wie möglich in ihre Worte zu legen. „Bitte glaube mir, Dammky aus Getalfy."

„Hm." Der Zwerg zieht an einem Bartzopf. „Wir Zwerge gelten als stur, aber das sind wir nicht. Wir sind lediglich in der Lage, selbstständig zu denken." Er deutet auf seine waffenstarrenden Männer. „Ich bin ein Kommandant und trage

Verantwortung für dieses Land. Und für die Sicherheit aller Zwerge.“ Sein Blick wird hart. „Sincha Ankonski, du und deine Kriegerinnen können ungehindert passieren.“ Er hebt sein bärtiges Kinn und legt seine große, schwielige Hand auf das Schneideblatt seiner Axt. „Diese vier Wesen jedoch werden mich zu König Sinnly begleiten. Ich denke, er wird einige Fragen an sie haben.“

„Dammky von Getalfy, ich bitte dich im Namen der alten Verbundenheit zwischen unseren Völkern, vertrau mir. Diese vier sind keine Feinde der Zwerge. Sie begleiten lediglich uns Amazonen und sind in friedlicher Mission unterwegs.“

„Das mag schon sein, Heerführerin. Aber wir Zwerge haben nicht Jahrtausende überlebt, weil wir leichtgläubig oder unvorsichtig waren.“ Er spricht langsam und eindringlich. „Wenn die vier Wesen nichts zu verbergen haben, wird König Sinnly sie passieren lassen.“ Er hebt seine Hand. „Und nun, ihr vier, gebt uns eure Waffen. Wir werden euch zu König Sinnly bringen.“

Anspannung ist plötzlich in der Luft. Es gibt nichts mehr zu sagen. Nichts zu verhandeln. Sincha Ankonski weiß das. Sie blickt ihre Amazonen rasch der Reihe nach an. Dann finden ihre Augen die von Romaldo. Mögen die beiden auch noch so unterschiedlich sein, in diesem Moment ist alles klar. Romaldo nickt. Sinchas Blick wandert weiter und heftet sich auf mich. Ich nicke ebenfalls.

Die Zwerge werden unruhig. Sie spüren die Gefahr und ihre Hände senken sich auf ihre Waffen, die noch in den breiten Ledergürteln stecken.

Romaldo zieht übergangslos sein Rapier. Er greift an. Knut folgt ihm knapp auf den Fersen. Auch die Amazonen sind bereit. Krummsäbel werden gezogen. Ein Ruf ertönt. Die Zwerge weichen zurück, heben ihre großen Eisenschilder und greifen zu ihren Äxten und Beilen.

Kathinka wird weiß im Gesicht. Ich eile zu ihr, löse eilig meinen Rundschild vom Rücken und halte ihn schützend vor Kathinka. Mit der freien Hand ziehe ich meine Axt und warte angespannt ab. Das ist nicht mein Kampf. Ich bin hier, um Kathinka zu beschützen, und außerdem glaube ich nicht, dass die anderen meine Hilfe benötigen. Es stehen nur sechs Zwerge gegen Knut, Romaldo und sieben kampferprobte Amazonen.

Die kleinen bärtigen Krieger, denke ich, werden keine Chance haben und schnell sterben.

Doch ich unterschätze die Zwerge. Sie sind wie Felsen: verwittert, steinhart und unerschütterlich. Ihre Schilde geben ihnen Schutz. Ihre Äxte und Beile stoßen, schlagen und blocken.

Romaldo kämpft wie ein Wirbelwind. Er dreht sich und täuscht eine Finte an. Blitzschnell sticht er zu. Seine Klinge trifft eine ungeschützte Stelle zwischen Schulter und Rippen. Der Zwerg stöhnt, blutet und stirbt. Knut wuchtet seinen Streitkolben. Die Zwerge wehren den Abgriff ab und schlagen zurück. Ein Axtblatt zischt durch die Luft und eine Amazone fällt.

Ein Schild trifft Romaldo im Gesicht. Blut spritzt. Er taumelt und stürzt. Sein Rapier wird ihm aus der Hand geschlagen. Es folgt ein gezielter Tritt und Romaldo bleibt bewusstlos liegen. Ein Zwerg setzt nach. Es ist Dammky. Knut blockiert die Zwergenaxt mit seinem Kolben. Er ist stärker als Dammky, aber der Zwerg hat die Wucht des Angriffes auf seiner Seite. Knut ist in der Defensive, er kann nicht zurückweichen, den Schlägen nicht ausweichen, weil dann sein Bruder ungeschützt vor dem Zwerg am Boden liegen würde.

Eine weitere Amazone wankt zur Seite und stürzt auf den felsigen Boden. Es ist Clarina. Die Zwerge jubeln rau und wild. Sincha Ankonski faucht vor Wut und brüllt Befehle. Währenddessen geht Knut unter den heftigen Angriffen des zwergischen Kommandanten in die Knie. Dammky setzt unerbittlich nach und behält die Oberhand.

Kathinka atmet keuchend neben mir und beißt ihre Unterlippe blutig. Ich handle und schleudere kraftvoll meine Axt. Sie kracht in Dammkys ungeschütztes Gesicht und zersplittert seine Knochen und Zähne. Knut erhebt sich. Er hat jetzt freie Bahn. Mit einem Satz ist er über Dammky hinweg und schlägt hammerhart zu. Sein Kolben zermatscht einen Zwergenschädel.

Drei Zwerge sind tot, drei leben noch. Sie rücken enger zusammen. Dann ein Ausfallschritt. Ein Beil saust heran. Schnell. Zu schnell für eine braunhaarige Amazone. Sie stirbt.

Knut zieht sich zurück und steht als lebender Schutzschild vor seinem Bruder. Ich habe meine zweite Axt gezogen, beobachte und schätze ab. Die Zwerge sind gut eingespielt und tödlich, doch Kathinka ist hinter meinem Schild in Sicherheit.

Die drei noch lebenden Zwerge rufen Schmähungen. Sie stehen nun gegen vier Amazonen und fühlen sich siegessicher. Die Kriegerinnen kämpfen zwar wie die Teufel, doch die Zwerge sind unerschütterlich und ehern, eine Phalanx aus Stahl und Tod.

„Knut!“, rufe ich und zeige nach vorne. Er versteht, grunzt und wirft. Sein Kolben trifft einen Zwerg und bricht dessen Oberarm. Der Schild des Zwerges sinkt. Die blonde Emmensa Masuka nützt den Moment und sticht zu. Die Spitze ihres Krummsäbels durchbohrt das Auge des Zwerges. Er stirbt innerhalb eines Wimpernschlages. Der Streitkolben fliegt zurück in Knuts Hand und er grunzt zufrieden. Romaldo regt sich und erwacht aus seiner Bewusstlosigkeit.

Nur mehr zwei Zwerge sind übrig. Ihre Deckung fällt auseinander. Sincha läuft an, springt hoch und dreht einen Salto über den Kopf eines Zwerges. Geschmeidig landet sie hinter ihm. Er will sich hastig umdrehen und den drohenden Angriff abwehren, doch Sincha ist zu schnell. Ihr Krummsäbel saust auf den ungeschützten Nacken des Zwerges hernieder. Wirbel brechen. Blut fließt. Er ist tot, bevor er zu Boden stürzt. Die Amazonen brüllen, drängen vorwärts und töten den letzten Zwerg. Stille kehrt ein. Nur keuchendes Atmen ist noch zu hören. Und leises Stöhnen.

Ich wende mich zu Kathinka. „Es ist vorbei“, sage ich.

Sie nickt langsam, streicht eine Haarsträhne zurück und atmet aus. „Ja, es ist vorbei.“

Sincha Ankonski stapft heran. Wütend. Funkelnd. Sie hat einen blutigen Kratzer auf der Wange, sonst ist sie unverletzt. „Kathinka Ebensa!“, ruft sie voller Zorn. „Du bist eine feige Schlange! Ein hinterlistiges Stück Dreck!“

Ich fauche die Amazone an und hebe drohend meine Axt. Sie ignoriert mich. Ihr linker Zeigefinger stößt gegen Kathinkas Brustbein. Kathinka taumelt rückwärts. Da ergreife ich Sinchas Handgelenk und halte es energisch fest.

„Was ist in dich gefahren, Amazone?“, frage ich herrisch. Mein Blut kocht. Niemand stößt Kathinka. Niemand!

„Drei von meinen Kriegerinnen sind tot, weil die Zauberin tatenlos zugesehen hat.“ Sincha Ankonski versucht, ihren Arm zu befreien, doch ich bin zu stark für sie. Zwei Amazonen kommen heran. Ihre blutigen Krummsäbel zeigen auf mich.

„Lass los, Skriek", knurrt Sincha und hebt nun ebenfalls ihre Waffe mit ihrer freien linken Hand.

„Kathinka hat dir heute Morgen gesagt, dass sie über kaum Kampfmagie verfügt", sage ich rasch und blicke mich um. Die beiden Amazonen neben Sincha wirken entschlossen. Sie sind bereit, jederzeit zuzustechen. Eine, Emmensa Masuka, kniet noch bei den drei gefallenen Kameradinnen. Auch sie beobachtet uns.

Romaldo kommt, gestützt von seinem Bruder, heran. Blut läuft aus seiner Nase, aber sie scheint nicht gebrochen. Unter seinem rechten Auge bildet sich eine Schwellung. „Heerführerin", schnarrt er, „du hast wohl wieder einmal die Situation falsch eingeschätzt. Und nicht richtig zugehört." Er funkelt sie anklagend an. „Nur deinetwegen sind drei deiner Kriegerinnen tot."

Sincha knurrt. Ihr Zorn wird noch größer. Sicherheitshalber ergreife ich auch ihr linkes Handgelenk mit dem Krummsäbel und drücke es zur Seite. Sie windet sich und spannt ihre Muskeln, um sich aus meinem Griff zu lösen, doch ich bin ihr an Körperkraft überlegen. Sie müsste mich schon treten oder mir einen Kopfstoß versetzen, um sich zu befreien. Doch zu so drastischen Mitteln will sie wohl trotz allen Ärgers nicht greifen. Sie spuckt aus und richtet ihren Blick auf Romaldo. Der eitle Prinz scheint genau das richtige Ziel für ihren aufgestauten Ärger zu sein.

„Prinz von Harba, du bist eine schwache Kröte!" Sie spuckt erneut aus. „Während du am Boden lagst, haben wir die Zwerge getötet."

„Ich habe den ersten Zwerg getötet, Amazone."

„Das war nichts als Glück, Schönling!"

„Du hast keine Ahnung vom Kämpfen, Hässliche!"

Die beiden Streithähne starren einander an. Ich halte immer noch Sincha fest. Knut legt beruhigend seine große Pranke auf Romaldos Schulter und grumpft. Widerwillig senkt der Prinz seinen Blick und tritt zwei Schritte zurück.

Währenddessen berührt Kathinka meinen Unterarm. „Skriek, lass endlich Sincha los!", befiehlt sie und klingt sehr bestimmt. Ich gehorche.

Sincha senkt nun ihren Krummsäbel und versucht, sich zu beruhigen. Sie atmet durch, ignoriert mit einiger Anstrengung Romaldo und wendet sich direkt an Kathinka. „Auch ein schwacher Zauberlehrling kann töten“, sagt sie anklagend.

„Meine Magie ist anders und nicht für den Kampf geeignet.“

„Zeig mir deine Magie“, fordert Sincha.

Für einen kurzen Moment zögert Kathinka, doch schließlich nickt sie. „Ja, ich denke, es ist an der Zeit, dass ihr alle meine Magie kennenlernt.“ Sie zieht ihren Haselnusszweig aus ihrem Gürtel. „Ihr glaubt, dass das ein Zauberstab ist, den ich verwandelt habe. Doch das ist er nicht. Er ist in Wahrheit nichts anderes als ein Haselnusszweig. Durch meine Magie, Erik Anfohrrnus nennt sie Transformationsmagie, kann ich für kurze Zeit den Zweig in einen Zauberstab verwandeln.“ Sie tut es und hält plötzlich einen Zauberstab in ihrer Hand. „Als ich Skriek das erste Mal traf, hielt ich meinen transformierten Haselnusszweig an seinen Kopf und blaue Flammen schlängelten sich um sein Ende. Erik behauptete, ich könnte damit Skrieks Kopf wie eine Melone zerplatzen lassen.“ Sie zeigt ein müdes Lächeln. „Das war eine Lüge. Ich kann keine Strahlen abschießen. Keine Magie schleudern. Keine Feuerkugeln werfen.“ Sie berührt vorsichtig die Klinge von Sinchas Krummsäbel. „Ich kann nur transformieren. Und auch nur die Dinge, die ich mit meiner Hand anfasse.“

Magie ist plötzlich zu spüren. Sinchas Säbel glüht, transformiert und verändert sich. Im nächsten Moment hält die Amazone eine Rose in der Hand. Sie schnauft überrascht.

Kathinka spricht ruhig weiter. „Es dauert einige Augenblicke, bis meine Magie wirkt. Das ist leider viel zu lange, um in einem Kampf effektiv zu sein. Bevor ich einen Säbel transformieren kann, habe ich ihn schon zwischen meinen Rippen.“ Kathinkas Stimme wird leiser. „Ich tauge nicht für den Kampf.“

„Warum will Erik Anfohrrnus dich dann unbedingt dabei haben?“, fragt Sincha, während sie immer noch verblüfft auf die Blume in ihrer Hand starrt.

Kathinka berührt die Rose kurz und sie beginnt sich wieder in den Krummsäbel zurückzuverwandeln. „Erik hat seine Gründe. Und du wirst sie noch früh genug erfahren.“

„Na schön.“ Sincha hat sich wieder im Griff. Sie strahlt jene

Ruhe und Klarheit aus, die ich an ihr kenne. Von ihrer Wut ist nichts mehr zu bemerken. Bedächtig schiebt sie ihren Krummsäbel in die Rückenhalterung.

Da ruft Emmensa Masuka nach ihrer Heerführerin. „Clarina atmet noch!“

Sincha eilt schnell zu ihrer Kriegerin. Wir anderen folgen. Tatsächlich! Clarina lebt. Aber sie ist bewusstlos und schwer verletzt. Mehrere Rippen sind gebrochen. Sie hat eine riesige Beule am Hinterkopf und blutet stark aus einer Beinwunde. Sie braucht dringend Hilfe und so greife ich als guter, wenn auch nur halber, Skriek in meine Gürteltaschen, suche nach den richtigen Kräutern und verbinde die Wunde.

„Wir müssen weg“, sagt Romaldo. „Unser Kampf wird andere Zwerge anlocken.“

Sincha nickt. „Du hast recht. Ausnahmsweise“, fügt sie verächtlich hinzu. „Wir müssen unsere Toten mitnehmen und irgendwo unterwegs vergraben. Wenn die Zwerge die Leichen finden, kann es zu ernsthaften Irritationen zwischen ihnen und uns Amazonen kommen.“

„Willst du die Leichen vielleicht tragen?“, höhnt Romaldo.

„Ich nicht.“ Sincha baut sich vor ihm auf. „Du und Knut. Ihr zwei tragt die Leichen.“

„Niemals, Amazone!“

„Bist du zu schwach, um eine tote Frau zu tragen, Prinz aus Harba?“

„Wage es nicht, mich zu beleidigen!“

„Dann zeig, wie stark du bist!“

„Grumpf“, mischt sich Knut besänftigend ein und Romaldo lenkt schon wieder ein. Mittlerweile frage ich mich ernsthaft, wer von den beiden so ungleichen Brüdern tatsächlich das Kommando hat.

Sincha kommt zu mir. „Skriek, du trägst Clarina. Sei vorsichtig und schütze sie vor Stößen.“ Sie klopft auf meine Schulter. „Und stolpere nicht.“

Behutsam hebe ich Clarina hoch. Sie ist schlank und hat kein überflüssiges Fett am Körper. Doch ihre Muskeln und Sehnen machen die bewusstlose Amazone deutlich schwerer, als sie aussieht. Ich bette ihren Kopf in meiner linken Armbeuge und bin ein wenig irritiert. Erst vor wenigen Stunden wollte Clarina meine Schuppen berühren und nun liegt sie in meinen Armen. Sie ist mir ganz nahe. Ich kann sie flach atmen hören. Ihr von Natur aus blasses, sommersprossiges Gesicht ist nun noch bleicher. Die dunkle Spinnennetztätowierung auf ihrer linken Wange tritt überdeutlich hervor.

Da höre ich Kathinka rufen. Sie deutet hinter mich. Schnell wende ich meinen schuppigen Kopf. Drei große, schwarze Raben hocken auf einem Felsen in der Nähe und starren zu uns.

„Die schwarzen Boten." Kathinka eilt zu mir. „Wegen des starken Regens konnten sie gestern nicht fliegen. Aber jetzt haben sie uns gefunden."

Knut ergreift einen Stein, grumpft kurz und wirft kraftvoll. Die Vögel weichen mühelos aus, krächzen höhnisch und erheben sich in die Luft.

„Vielleicht sind es einfach nur Raben", sage ich zu Kathinka.

Sie schüttelt den Kopf. „Nein, es sind schwarze Boten. Ich kann ihre Magie spüren."

Sincha wird ungeduldig. „Raben hin oder her. Wir müssen endlich weg von hier."

Wir eilen dahin. Hastig und schnell. Clarina liegt schwer in meinen Armen. Den Kampfstab habe ich am Rundschild befestigt. Er drückt gegen meinen Rücken. Romaldo und Knut schwitzen und keuchen unter der Last der Leichname, die über ihren Schultern liegen. Sincha studiert in unregelmäßigen Abständen die Landkarten und flucht. Wir sind immer noch in König Sinnlys Reich. Zweimal sehen wir in der Ferne Zwergenpatrouillen. Sie scheinen etwas zu suchen. Wahrscheinlich uns.

Wir erreichen einen steilen Anstieg. Sincha befiehlt uns anzuhalten. „Nur noch dieser Pass", sagt sie. „Dahinter endet das Zwergenreich." Sie sieht sich um. „Wir begraben die Leichen unter den losen Steinen da hinten." Sie wirkt unnahbar und kühl. Der Tod ihrer Kameradinnen scheint sie nicht mehr zu kümmern, aber ich sehe die Kerben in ihren Mundwinkeln. Sie ist die Anführerin und muss uns befehlen. Da ist kein Platz für Klagen und Tränen, dennoch trauert sie innerlich.

Hastig verscharren wir die Leichen unter den Steinen. Die Amazonen sprechen ein kurzes Gebet zu Ama. Dann beginnen wir mit dem Aufstieg. Knut muss Kathinka helfen. Ich brauche beide Arme für die immer noch bewusstlose Clarina. Ihr Atem wird immer flacher. Einmal kommt sie kurz zu sich, doch ihr Blick bleibt trübe und unfokussiert. Sie erkennt nichts von ihrer Umwelt. Augenblicke später dämmert sie wieder in ihre Bewusstlosigkeit zurück. Ich mache mir Sorgen. Auch Kathinka ist voll Sorge. Immer wieder blickt sie über ihre Schultern, aber von den drei großen schwarzen Raben ist nichts mehr zu sehen.

Wir erreichen eine Anhöhe. Sincha hebt die Hand als Zeichen dafür, dass wir anhalten sollen, und geht langsam zu einem Felsvorsprung. Vorsichtig späht sie nach unten.

Ich lege Clarina vorsichtig auf dem Boden ab und bewege dann rhythmisch meine Arme und Schultern hin und her. Sie sind ziemlich verspannt.

Sincha kommt zu uns. „Hinter dem Felsvorsprung führt ein Weg talwärts“, sagt sie. „An seinem Ende warten zwei Zwerge. Es sind Grenzwächter.“

„Vielleicht lassen sie uns passieren“, meint Kathinka. „Sie können doch eigentlich nichts von dem Vorfall wissen.“

„Möglich.“ Sincha streicht mit dem Zeigefinger über ihre tätowierte Wange. „Aber ich will nichts riskieren.“ Sie blickt mich an. „Skriek, zieh deine Axt und folge mir.“

„Dafür brauche ich keine Axt“, sage ich und lasse Rundschild, Kampfstab und Äxte zu Boden gleiten.

„Wie du meinst.“ Sincha geht los.

Ich blicke kurz zu Kathinka. Sie nickt mir zu und ich folge der Amazone. Wir schleichen um den Felsvorsprung und versuchen, so leise wie möglich zu sein. Vor uns sind Strauchwerk, niedrige Kiefern und Latschen. Wir nützen jeden Sichtschutz. Sincha bewegt sich wie eine Sandviper. Schnell und geschmeidig. Ich stehe ihr nicht nach. Wir kommen immer näher an die zwergischen Grenzwächter heran. Sie bemerken uns nicht.

Dann sind wir heran. Überraschend und tödlich. Meine linke Krallenhand zerfetzt eine Zwergenkehle. Blut spritzt. Der Zwerg stirbt röchelnd. Neben mir zieht Sincha ihren Säbel aus einer durchbohrten Zwergenbrust. Auch ihr Kontrahent ist tot.

Unsere Gefährten kommen den Abhang herunter. Knut trägt Clarina. Romaldo zeigt ein säuerliches Gesicht. Er empfindet es wohl als Schmach, dass Sincha ihn nicht gefragt hat, ob er sie begleiten mag, um die zwergischen Grenzwächter zu töten.

Kathinka eilt mir entgegen. Ihre veilchenblauen Augen sind dunkel und verschleiert. Sie greift in ihren Reiserucksack, holt ein sauberes Tuch heraus und benetzt es mit Wasser aus ihrem Trinkschlauch. Damit säubert sie meine Hände und mein Gesicht von dem Zwergenblut, das auf mir haftet. Das Tuch färbt sich rot. „Es fällt mir nicht immer leicht, dich als meinen Paladin zu sehen“, sagt sie mit rauer, stockender Stimme.

19

Es wird Abend. Wir haben einige Meilen zwischen uns und König Sinnlys Zwergenreich gebracht und die Lungerische Ebene erreicht. Rundum ist Wald. Föhren, Eschen, Buchen, Ahorn und Birken sind zu sehen. Es gibt weiter südlich eine gepflasterte Handelsstraße, doch diese meiden wir tunlichst.

Die Lungerische Ebene ist eine langgezogene Senke, die direkt zum Tor von Santanien führt, der Verbindungsnaht zwischen den beiden Kontinenten Allunien und Euptonien. Die Zauberer haben vor vielen Jahrhunderten, so hat es mir meine Mutter erzählt, die Lungerische Ebene zu neutralem Gebiet erklärt. Kein Volk aus Allunien darf es für sich alleine beanspruchen. Dadurch ist gewährleistet, dass alle Wesen freien Zugang zum Tor von Santanien und nach Euptonien haben. Aber auch wenn die Lungerische Ebene eine freie Zone ist, so ist sie doch alles andere als ungefährlich. Kleine Gruppen von Trollen, Gnomen und Kobolden ziehen umher, immer auf der Suche nach Reisenden, die sie berauben können. Desertierte Soldaten und marodierende Söldner gibt es hier ebenfalls. Und Mord ist ihr Geschäft.

Daher sind wir alle besonders wachsam und mühen uns durch den dichten Wald, der an der nördlichen Flanke der Lungerischen Ebene wächst. Zweige und Wurzeln behindern uns. Wir sind müde. Mir tun die Arme weh, da ich immer noch die bewusstlose Clarina trage. Sie fühlt sich kühl an, ihr Atem ist ganz flach und kalter Schweiß perlt von ihrer Stirn.

Eine Stunde vergeht. Endlich erreichen wir eine kleine Lichtung. Sincha befiehlt uns, anzuhalten. Erschöpft sinken wir alle in das dichte, dunkelgrüne Waldgras. Wir breiten unsere

Decken aus, greifen nach den Wasserschläuchen und Essensvorräten. Feuer wagen wir keines zu entfachen, zu hoch ist das Risiko, entdeckt zu werden. Ich bette Clarinas Kopf vorsichtig in meinen Schoß und berühre ihre Stirn. Sie fühlt sich nicht mehr kühl an. Jetzt glüht sie. Clarina hat hohes Fieber. Die Wunde an ihrem Unterschenkel hat sich entzündet.

Kathinka kaut an einem Stück Wurst und blickt zu mir. Dunkle Ringe liegen unter ihren veilchenblauen Augen. Die Erschöpfung ist ihr deutlich anzusehen. Und die Sorge. Stets hält sie nach den schwarzen Boten, den Raben, Ausschau. Bis jetzt hat sie aber keine entdeckt. Vielleicht sind sie ja endgültig verschwunden, hoffe ich, aber so ganz kann ich es nicht glauben.

Romaldo und Knut haben ihr Abendessen hastig hinuntergeschlungen. Sie stehen von ihrem Lager auf und Romaldo sagt, dass er mit seinem Bruder die Umgebung erkunden will, um sicher zu sein, dass in der Nähe keine unliebsame Überraschung auf uns lauert. Die beiden Brüder gehen, ohne eine Antwort abzuwarten.

Ich greife nach meinen Gürteltaschen und suche nach Heilkräutern. Meine Mutter ist eine große Heilerin gewesen. Leider habe ich in Bezug auf Heilkräuter nur sehr wenig von ihr gelernt. Ich glaube aber, genug über Kräuter zu wissen, um Clarinas Fieber senken zu können. Während ich den Tee zubereite und die große Beule an ihrem Hinterkopf mit einem feuchten Tuch kühle, denke ich über Romaldo nach. Der eitle Prinz ist die letzten Stunden über ausgesprochen mürrisch gewesen und hat Sincha keines einzigen Blickes gewürdigt. Ich glaube, es nagt an ihm, von einem Zwerg bewusstlos geschlagen worden zu sein. Und es stört ihn maßlos, dass Sincha ihn übergangen und mich mitgenommen hat, um die beiden zwergischen Grenzwächter auszuschalten. Sein harbaischer Stolz ist zutiefst gekränkt. Hinzu kommt noch, dass sich Romaldo offenbar die Schuld daran gibt, dass zwei Amazonen tot und eine schwer verletzt ist. Ich weiß nicht, warum ich das glaube, aber es muss wohl an meinem skriekischen Erbe liegen. Auch dieser Umstand kratzt schwer an Romaldos Ehre. Aber das ist dumm! Glaubt Romaldo denn wirklich ernsthaft, dass er ganz alleine in der Lage ist, uns alle vor Unheil zu bewahren? Wahrscheinlich ist es bei ihm tatsächlich so. Aber woher kommt diese massive Selbstüberschätzung?

Sincha unterbricht meine Gedanken, indem sie sich zu mir hockt. „Du bereitest Tee, Skriek?“

Ich deute mit dem Kinn auf Clarina, die immer noch ohne Bewusstsein in meinem Schoß liegt. „Sie hat hohes Fieber.“

Sincha berührt die Stirn ihrer Kriegerin. Das Gesicht der Heerführerin wird noch sorgenvoller. „Kannst du ihr helfen?“

Ich zucke mit den Schultern. „Meine Mutter hätte es gekonnt.“

„Ich werde zu Ama beten.“ Sincha bleibt sitzen, verfällt aber in ein brütendes Schweigen.

Ich gieße die Kräuter mit kaltem Wasser auf, da wir es nicht wagen, ein Feuer zu entzünden. Besser wäre heißes Wasser, das weiß ich. Doch die Kräuter, hoffe ich, werden auch so ihre Wirkung entfalten. Ich beschließe, den Tee im Trinkkrug sehr lange ziehen zu lassen. Vielleicht nützt das ja.

Kathinka richtet ihren Mantel, streicht eine dunkle Haarsträhne zurück und wendet sich an Sincha. „Woran denkst du, Amazone?“, fragt sie.

Die Heerführerin blickt hoch. Im schwachen Licht der Sterne kann ich ihr tätowiertes Spinnennetz nur schemenhaft erkennen. „Ich denke an Strategien, Kathinka Ebensa.“

„An Strategien?“

„Ja.“ Sincha ergreift mit Daumen und Zeigefinger einen von ihren langen, dünnen Zöpfen und rollt ihn hin und her. Ihre grünen Augen liegen im Schatten. „Die Zwerge waren nur zu sechst. Dennoch hätten sie uns fast besiegt, obwohl wir ihnen an Zahl deutlich überlegen waren und die besseren Kämpfer in unseren Reihen hatten.“ Sie lässt den Zopf los. „Aber Romaldo und Knut sind einfach losgestürmt. Ohne Formation. Ohne Verstand.“ Sie blickt zu Kathinka und mir. „Ihr beide seid zurückgeblieben und als Kämpfer ausgefallen, auch wenn Skriek schlussendlich mit seiner Axt einen Zwerg getötet hat.“ Sie klingt bitter. „Wir sind keine Einheit und haben keine Strategie. Das nimmt uns viel von unserer Stärke.“

„Romaldo wird sich niemals fügen. Und Knut folgt stets seinem Bruder“, meint Kathinka.

„Ich weiß.“ Sincha senkt den Kopf und betrachtet nachdenklich die bewusstlose Clarina. „Möge Ama uns vor weiteren Kämpfen bewahren."

„Was ist mit den beiden toten Kriegerinnen?", will Kathinka wissen.

„Was soll damit sein?"

„Glaubst du, dass wir ihre Leichen gut genug versteckt haben?"

„Nein, das glaube ich nicht." Sincha seufzt lange. „Die Zwerge haben hervorragende Fährtensucher in ihren Reihen. Es wird Schwierigkeiten geben."

„Kann eure Königin, falls alles herauskommt, König Sinnly nicht mit Reputationszahlungen besänftigen?"

„Wir haben insgesamt acht Zwerge getötet; zwei Grenzwächter und sechs Krieger. Darunter auch Dammky aus Getalfy. Er war einer der ehrenvollsten Krieger von König Sinnly. Das werden die Zwerge uns Amazonen nur schwer verzeihen."

Wir schweigen eine Weile und hängen unseren Gedanken nach. Unsere Reise steht bisher unter keinem guten Stern. Wir haben bereits nach wenigen Tagen zwei Gefährtinnen verloren. Ist das ein schlechtes Omen? Deutet es darauf hin, dass wir scheitern werden? Möglich. Aber unsere Chancen, König Angrias zu töten, sind von vornherein nur sehr gering gewesen.

„Wie geht es jetzt weiter, Sincha?", frage ich.

„Versuche, Clarina zu heilen, Skriek." Sie steht auf. „Die gebrochenen Rippen sind nicht das Problem. Auch die Beule am Hinterkopf wird Clarina nicht lange behindern. Wir können ein, zwei Tage warten. Aber wenn Clarina dann noch immer Fieber hat oder ihre Beinwunde nicht heilt, müssen wir sie zurücklassen."

Ich nicke. Das klingt vernünftig. Es macht keinen Sinn, sich unnötig mit der verletzten Amazone zu belasten.

Am nächsten Morgen hat Clarina immer noch Fieber, aber es ist gesunken und sie ist bei Bewusstsein. Mit müden, glasigen Augen sieht sie sich in unserem provisorischen Lager um. Schließlich bleibt ihr Blick auf mir haften. „Skriek." Sie versucht ein Lächeln. Es misslingt. Ihre Stimme klingt rau. „Ich habe Durst."

Ich stütze ihren Kopf und flöße ihr Wasser ein. Sie trinkt vorsichtig in kleinen Schlucken. „Was ist mit mir?", will sie wissen

Ich sage es ihr.

Sincha kommt zu uns, begrüßt Clarina und freut sich sichtlich, dass es ihrer Kriegerin besser geht. „Heute bleiben wir noch hier“, sagt die Heerführerin, „morgen geht es weiter.“

Clarina nickt und ich reiche ihr Brot und Käse. Sie muss dringend etwas essen, um wieder zu Kräften zu kommen.

Sincha geht zu den anderen Amazonen. Mittlerweile kenne ich alle beim Namen. Die blonde, blauäugige Kriegerin ist Emmensa Masuka, das weiß ich schon länger. Die beiden anderen, die jetzt neben Sincha Ankonski stehen und ebenso grüne Augen und braune Haare wie die Heerführerin haben, sind Basola Mamatti und Lusona Tassifa. Zebuna Gedona und Fasinga Lefa sind beim Kampf gegen die Zwerge gefallen.

Knut gesellt sich zu Sincha. Er zieht seine Mundwinkel unbeholfen nach oben und lächelt. Sein Lächeln wirkt wegen seines struppigen, dichten Bartes, seinem großen Mund und seinem kugelrunden, glatzköpfigen Schädel wie eine Grimasse. „Grumpf“, sagt er und lächelt erneut.

Die Heerführerin ist ein wenig irritiert und würdigt ihn nur eines kurzen Blickes. Sie weiß wohl nicht so recht, was sie von dem kleinen Mann halten soll.

Mir fällt auf, dass sich Knut seit ein paar Stunden sehr um die Amazone zu bemühen scheint. Er sucht ihre Nähe, reicht ihr Trinken und Essen, starrt sie mit seinen Schweinsäuglein an und sagt immer wieder „Grumpf“ zu ihr. Macht er ihr Avancen? Insgeheim muss ich grinsen. Glaubt der kleine, kastenförmige Kerl mit den Riesenpranken tatsächlich, dass er bei Sincha Ankonski eine Chance hat? Er ist doch so hässlich, wie die Nacht finster ist! Doch dann ermahne ich mich selbst. Gerade ich, der voller grüner Schuppen ist und lange Krallen an Fingern und Zehen hat, darf nicht über andere unansehnliche Männer urteilen. Außerdem verspüre ich doch selbst eine tiefe, unerfüllbare Zuneigung zu der wunderschönen Kathinka. Als mir klar wird, wie ähnlich meine Situation mit der von Knut ist, wünsche ich ihm im Stillen viel Glück. Doch mein Wünschen wird ihm nichts nützen. Da bin ich mir sicher. Sincha ist zwar einigermaßen höflich zu ihm, aber völlig distanziert und desinteressiert. Aber das scheint den beharrlichen Knut nicht sonderlich zu stören. Soeben sagt er wieder „Grumpf“ zu ihr und deutet in den dichten Wald. Was will er ihr damit sagen? Lädt er die Amazone auf einen Spaziergang ein?

Sincha schüttelt ungehalten den Kopf und sagt kalt und schneidend zu ihm, dass sie jetzt mit ihren Kriegerinnen Kampfübungen machen will. Knut zuckt mit den Schultern, zeigt sein furchteinflößendes Lächeln und bleibt in Sinchas Nähe stehen.

Die Amazonen greifen zu ihren Krummsäbeln und beginnen unter Anleitung ihrer Heerführerin mit den Übungen. Die Frauen sind hervorragend aufeinander abgestimmt. Ihre Bewegungen sind gleitend, fließend, schnell und ergänzen sich perfekt. Sie werden zu einem Kriegstanz voll Präzision und Kraft. Sonnenstrahlen funkeln wiederholt auf den scharfen Klingen der Krummsäbel, wenn sie durch die Luft surren.

Ich schaue fasziniert zu, ebenso Kathinka Ebensa. Sie ist heute ungewöhnlich still und in sich gekehrt. Gelegentlich betrachtet sie skeptisch den klaren Himmel. Sie macht sich Sorgen. Ich kann ihre Unruhe spüren, weiß aber nicht, wie ich ihr helfen soll. So bleibe ich still und beobachte weiter die Amazonen bei ihren Übungen.

Romaldo legt seine Bürsten und Putztücher zur Seite, zieht seine langen Lederstiefel an, geht provozierend nahe an den Amazonen vorbei und lehnt sich an den Stamm einer Buche. Lässig greift er nach einem kleinen Zweig, knickt ihn ab und entfernt zwei Blätter. Dann klemmt er ihn in seinen rechten Mundwinkel und zeigt ein verächtliches Gesicht.

Eine Weile steht er nur da, schließlich spuckt er den Zweig aus. „Ihr Amazonen kämpft wie fette Waschweiber“, sagt er höhnisch und laut.

Die Kriegerinnen halten inne. Ich höre, wie Clarina neben mir verärgert mit den Zähnen knirscht.

Sincha geht zu Romaldo, die Krummsäbel in den Händen. „Willst du uns beleidigen, Prinz von Harba?“, fragt sie gefährlich sanft.

„Niemals, Mylady.“ Er schiebt seinen breitkrempigen Hut mit der langen Schwanenfeder ein wenig aus der Stirn. „Ich sage bloß die Wahrheit. Mehr nicht.“

„Ein Zwerg hat dich niedergeschlagen, wenn ich mich recht erinnere.“ Sincha klingt immer noch ungewöhnlich sanft. „Was weißt du schon vom Kämpfen, Maulheld?“

„Das mit dem Zwerg war Pech, Mylady.“

„Ich halte es für Unvermögen, Prinz.“

„Nun denn.“ Er nimmt seinen Hut ab und verbeugt sich galant. „Mylady, ich glaube, es ist an der Zeit herauszufinden, wie gut wir wirklich kämpfen können.“

„Ich weiß, wie gut ich bin.“ Sincha versucht, ruhig zu bleiben. „Wenn wir kämpfen, kann man das Aufeinanderschlagen unserer Waffen meilenweit hören.“

„Du bist feig, Amazone. Und voller Ausflüchte.“

„Du vergreifst dich im Ton!“ Ihre Stimme klingt nicht mehr besonders sanft.

„Mylady, wenn du dich vor meinem Rapier fürchtest, dann sage es einfach.“ Er setzt seinen Hut wieder auf und tut so, als ob er sich abwenden will.

Die Amazonen hinter Sincha murren ungehalten. Clarina richtet sich trotz ihrer schmerzenden Rippen ein wenig auf. Empörung ist in ihrem Gesicht zu erkennen.

Sinchas Unterkiefer mahlen. Ihre Augen verengen sich zu schmalen Schlitzen.

Ich weiß, was sie denkt. Romaldo hat sich zu viel herausgenommen. Wenn sie jetzt einem Kampf aus dem Weg geht, ist ihre Position als Anführerin mehr als nur bedroht. Natürlich ist es Wahnsinn, hier auf der Waldlichtung zu kämpfen. Man wird die Waffen klirren hören, es wird Rufe geben, vielleicht sogar Schmerzensschreie. Aber Romaldo ist einfach zu weit gegangen. Jetzt gibt es kein Zurück mehr. Ich blicke mich um. Alle anderen scheinen dieselben Gedanken wie ich zu haben. Sogar Knut versucht nicht, seinen Bruder von der Auseinandersetzung abzuhalten. Kein „Grumpf“ ist zu hören.

„Also gut, eitler Prinz“, knurrt Sincha. „Kämpfen wir.“ Sie wirbelt ihre Krummsäbel einmal um ihre Handgelenke und geht in Kampfposition.

„Mylady, du bist mutiger, als ich dachte“, sagt Romaldo und grinst sein hämisches Lächeln. Er nimmt Hut und Mantel, legt beides mit Bedacht im Gras ab und zieht sein Rapier. „Mylady, wann ist der Kampf zu Ende?“

„Wenn einer verloren hat, du Großmaul.“ Sie greift übergangslos an. Ihre Krummsäbel sausen durch die Luft. Sie ist schnell. Sehr schnell. Doch Romaldo ist schneller. Mühelos weicht er ihren Angriffen aus.

Ich erinnere mich, während ich ebenso atemlos wie all die anderen den Kampf verfolge, dass der Prinz aus Harba einst zwei Armbrustbolzen, die ostalische Soldaten auf ihn abgeschossen haben, mit seinem Rapier abgewehrt hat. Welche Magie ist in ihm, die ihn so schnell macht? So gefährlich?

Sincha setzt ihre Angriffe fort. Täuscht, schlägt, sticht. Sie ist ausgesprochen gut. Eine wahrhaft große Kämpferin. Aber Romaldo ist sie nicht gewachsen. Er spielt mit ihr. Verhöhnt sie beinahe. Doch sie greift unbeirrt weiter an. Es gelingt ihr sogar, ihn ein Stück zurückzudrängen. Doch dann kontert Romaldo übergangslos. Sein Rapier saust pfeilschnell heran und trennt einen dünnen Zopf aus Sinchas Haar. Der Zopf fliegt durch die Luft. Sincha duckt sich gedankenschnell, bringt blitzartig zwei, drei Meter Distanz zwischen sich und den Prinzen und atmet schwer.

Romaldo pflückt den abgeschnittenen Zopf mit seiner linken Hand aus der Luft. Kurz hält er inne und verbeugt sich vor Sincha. Hohn und Spott umspielen seine Mundwinkel.

Sinchas Gesicht wird starr. Zorn funkelt in ihren Augen, doch die Amazone ist zu erfahren, um sich ihren Gefühlen hinzugeben. Stattdessen ändert sie ihre Taktik, nimmt eine defensive Position ein und wartet.

Romaldo goutiert ihre Reaktion mit einem Lächeln. Und greift an. Er ist schnell wie eine Sandviper. Sein Rapier schlägt in rascher Folge zu. Sincha wehrt sich verzweifelt, doch es reicht nicht. Die Krummsäbel werden ihr aus den Händen geprellt. Der Knauf des Rapiers trifft ihr Kinn. Sie blutet und taumelt zur Seite. Erneut trifft der Knauf und Sincha stürzt zu Boden. Es dauert eine Weile, bis ihre Benommenheit nachlässt und sie sich wieder ein Stück hochrappeln kann. Keuchend stützt sich auf Händen und Knien ab. Da saust Romaldos Rapier in einem rasenden Zickzack durch die Luft. Zwei weitere Zöpfe werden der geschlagenen Amazone abgeschnitten.

Romaldo tritt zurück, schiebt das Rapier in die Scheide seines Gürtels und hält drei Zöpfe von Sinchas Haar mit seiner linken Hand hoch. „Aller guten Dinge sind drei, nicht wahr?“, grinst er.

Die Amazonen Basola, Lusona und Emmensa eilen zu ihrer Heerführerin und helfen ihr auf die Beine. Sincha ist immer noch wackelig in den Knien. Scham überzieht ihr Gesicht. Und kalte Wut.

Clarina schnaubt neben mir mehr als nur erbost und will aufstehen. Sanft drücke ich sie zurück auf die Decke.

„Amazone, der Kampf ist vorbei. Du kannst nichts mehr tun“, sage ich.

Knut eilt zu Sincha, seine „Grumpfs“ klingen überaus besorgt. Die Amazone beachtet ihn aber nicht, sie hat genug Mühe damit, aufrecht stehenzubleiben.

Kathinka geht zu Romaldo und funkelt ihn wütend an. „Bist du jetzt zufrieden, Prinz aus Harba?“

„Durchaus, Lady. Durchaus.“ Er lässt Kathinka stehen und geht zu Sincha. „Mylady.“ Seine Stimme klingt mit einem Mal ungewohnt respektvoll. Kein Hohn ist herauszuhören. „Ich denke, dass nun einiges zwischen uns klar ist. Und ich stehe nicht an zu sagen, dass du eine hervorragende Kriegerin bist. Aber die Magie meines Gottes Ganthron ist stärker als die deiner Göttin Ama. Das solltest du stets bedenken.“

„Ama ist machtvoll.“ Sincha spricht undeutlich und spuckt Blut. Sie hat sich wohl auf die Zunge gebissen, als Romaldo ihr Kinn mit dem Knauf des Rapiers getroffen hat.

„Das will ich nicht bestreiten.“ Er deutet auf das Spinnenbrandmal an seinem linken Unterarm. „Ich habe bei unserem Kampf Amas Macht sehr wohl gespürt.“

Sincha sagt nichts und starrt ihn nur an. Ein Muskel zuckt an ihrer linken Wange und für einen kurzen Moment erscheint es mir so, als ob ihre zwei eintätowierten Spinnen lebendig wären.

„Mylady.“ Romaldo verbeugt sich. „Du leitest weiterhin unsere Gruppe. Und ich werde weiterhin mit Freuden deine Befehle entgegennehmen.“

Wir sind alle erstaunt ob seiner Worte. Romaldo klingt ehrlich. Meint er wirklich, was er sagt? Nun, vielleicht ist er doch wesentlich klüger, als ich gedacht habe.

Der Prinz von Harba verbeugt sich noch einmal vor Sincha, dann dreht er sich um und geht zu seinem Hut und Mantel.

Am nächsten Morgen scheint erneut die Sonne. Insekten summen durch die warme Luft. Clarina geht es deutlich besser. Ihr Fieber ist fast ganz verschwunden und ihre Beinwunde heilt. Sie wird mit uns weiterziehen können. Die gebrochenen Rippen sind dick einbandagiert. Clarina wird zwar in den nächsten

Wochen keinen ernsthaften Kampf führen können, aber sie kann selber gehen. Das sind gute Nachrichten. Dennoch ist die Stimmung in unserem Lager schlecht. Der Kampf zwischen Sincha und Romaldo sitzt allen noch in den Knochen und wir beäugen uns argwöhnisch. Niemand vermag derzeit abzuschätzen, wie sich Romaldos Sieg auf die Gruppe auswirken wird. Er selbst verhält sich beinahe vorbildlich und gibt keinen Anlass zur Klage. Mich macht das noch misstrauischer. Ein Teil von mir mag ja ein gutgläubiger Skriek sein, der wesentlich größere aber, so hoffe ich zumindest, ist der eines wachsamen Nordmannes.

Und auch Sincha wirkt sehr angespannt und wachsam. Und auch verbittert. Ihr Gesicht ist angeschwollen. Ganz hat sie die Niederlage noch nicht verdaut. Vor einer Weile hat sie uns mitgeteilt, dass wir erst zu Mittag aufbrechen werden. Das lässt uns allen ein wenig Zeit zum Verweilen, und so habe ich mich in den Schatten einer Esche zurückgezogen, froh darüber, ein wenig Abstand zu den anderen zu haben.

Kathinka kommt zu mir und setzt sich neben mich in das hohe Gras. „Was machst du da, Skriek?“, fragt sie.

„Ich baue eine Steinschleuder“, antworte ich.

„Eine Steinschleuder?“

„Ja.“

„Wieso?“, will sie wissen.

„Wegen der Raben“, erkläre ich. „Als Kind habe ich eine Schleuder gehabt. Eines Tages zielte ich auf eine Möwe. Ich traf sie mitten im Flug mit meinem Stein. Sie war auf der Stelle tot.“

„Du hast ein Talent zum Töten, Skriek.“ Ihre Stimme klingt belegt.

„Ich bin nicht stolz darauf“, entgegne ich.

„Das hoffe ich.“ Ihr Gesicht verdüstert sich. „Romaldo ist auch gut im Töten.“

„Ja.“ Ich blicke sie an. „Warum kommst du jetzt auf Romaldo?“

„Ich hatte letzte Nacht einen Traum.“ Sie berührt meinen Oberarm. „Ich träumte, dass du gegen Romaldo gekämpft hast. Voller Hass. Voller Zorn. Ohne Gnade.“

„Wer hat gewonnen?“

„Das weiß ich nicht. Ich erwachte, bevor der Traum zu Ende

war.“ Ihre veilchenblauen Augen sind voll Sorge und ich bin mir nicht sicher, ob sie mir die ganze Wahrheit sagt. „Glaubst du an Träume, mein treuer Paladin?“

Ich hebe den Kopf und zeige ihr meine vier spitzen Eckzähne. „Kathinka Ebensa“, sage ich. „Meine Mutter war eine Skriek.“

Sie versteht.

20

Zwei weitere Tage sind wir durch die Lungerische Ebene Richtung Tor von Santanien gezogen. Bald werden wir auf den Kontinent Euptonien zurückkehren. Wir sind vorsichtig, gehen durch Wälder und kleine Haine und meiden weiterhin die Handelsstraße und ihre ausgetretenen Nebenwege. Die Lungerische Ebene ist voller Gefahren. Niemand sorgt hier für Sicherheit.

Gestern habe ich aus der Ferne eine Handvoll Skriek gesehen. Sie sind ängstlich eine schmale Furt entlang gegangen. Zwei Kinder haben sie bei sich gehabt. Nur zwei. Das ist zu wenig. Viel zu wenig. Die Skriek sterben aus. Für einen kurzen Moment habe ich bei ihrem Anblick Wehmut verspürt. Und eine gewisse Sehnsucht. Doch dann habe ich mein Stieramulett berührt und meine Gefühle sind in Verachtung und Abscheu umgeschlagen. Wie schwach und ängstlich die Skriek mir doch erschienen sind! Sie folgen ohne Waffen und ohne einen Funken Kampfgeist jahrein, jahraus dem Ruf Bahlunas. Ständig sind sie in Sorge und fürchten Verfolgung und Knechtschaft. Das ist doch kein Leben! Zumindest nicht für mich. Ich bin stolz darauf, ein Krieger Thurantuhs zu sein!

Es wird Abend. Aus Rücksicht auf Clarina haben wir auch heute wieder nur wenige Meilen zurückgelegt. Sie hat sich einen Stock als Stütze geschnitten und humpelt mit schmerzverzerrtem Gesicht über Wurzeln und Steine. Sie hat Schmerzen, aber sie klagt nicht. Sie ist wie alle Amazonen: hart zu anderen und zu sich selbst.

Ich gehe hinter Sincha Ankonski. Die beiden Schwellungen in ihrem Gesicht haben sich blau und grün gefärbt. Anfangs habe ich gedacht, dass der Kampf mit Romaldo ihrem

Selbstbewusstsein schwer zusetzen und ihre Rolle als Anführerin in Frage stellen könnte. Aber das glaube ich mittlerweile nicht mehr. Sie hat zwar einige Momente gebraucht, um ihre Niederlage wegzustecken, aber sie hat sich schlussendlich nicht unterkriegen lassen. Nun zeigt sie wieder ihr ausdrucksloses, beherrschtes Gesicht, gibt kurze, knappe Befehle und klingt bestimmt und sicher wie eh und je.

Kathinka geht neben mir. Gelegentlich blickt sie sich nach den schwarzen Boten um. Seit unserem Kampf mit den Zwergen hat sie keinen einzigen Raben mehr gesehen. Das scheint sie ein wenig zu beruhigen. Trotzdem spricht sie kaum ein Wort. Wieder einmal fällt mir auf, wie wenig wir miteinander reden; aber das ist wohl nicht notwendig. Wir verstehen uns auch so, zumindest meistens. Und gewisse Dinge werden immer zwischen uns stehen: meine Kampfeslust, meine Bereitschaft zu töten, ihre Abscheu vor körperlicher Nähe, ihre schlimmen Erlebnisse in der Vergangenheit. Also, wozu viel reden?

Ich denke an meine Sippe. Dort ist alles besprochen worden. Jede Gefühlsregung, jeder Gedanke. Und was hat es ihnen genützt? Nichts. Wahrscheinlich sind alle Mitglieder meiner Sippe bereits tot.

Wir sehen vor uns einen kleinen Hügel, bewachsen mit Erlen und Kiefern. Daneben, eine drittel Meile entfernt, fließt ein kleiner Bach träge durch die grasbewachsene Landschaft. Sincha hält auf den Hügel zu und befiehlt uns, hier das Abendlager aufzuschlagen.

„Jawohl, Mylady“, sagt Romaldo, grinst sie an und zwirbelt selbstzufrieden seinen Schnurrbart.

Sincha ignoriert ihn. Da kommt Knut, stellt sich neben die Heerführerin und grumpft freundlich. Ein scheues Lächeln huscht über sein teigiges Vollmondgesicht, als er seine Decke unmittelbar neben Sincha ausbreiten will.

„Knut, du liegst da drüben bei deinem Bruder“, knurrt die Heerführerin und deutet nach rechts. Sie blickt den kleinen Mann grimmig an. „Ich sage es dir jetzt zum letzten Mal: Ebenso wenig, wie du gestern neben mir deine Decke ausgebreitet hast, wirst du es heute tun. Oder an irgendeinem anderen Tag.“

Knut wirkt mit einem Mal traurig und enttäuscht. Sein

hässliches Lächeln verschwindet langsam. Er neigt seinen Kugelkopf vor Sincha, schnappt seine Decke und trottet mit hängenden Schultern zu seinem Bruder.

Kathinka sitzt neben mir. Sie wirkt frisch. Dadurch, dass wir alle auf Clarina Rücksicht nehmen müssen, kommen wir nur langsam voran und Kathinka kann mühelos Schritt halten. Anfangs hat mir unser geringes Tempo Sorgen gemacht, aber Sincha hat mir erklärt, dass wir ausreichend Zeit haben. Niemand weiß noch genau, wann sich König Angrias und König Edwin mit ihren Beratern im Turm von Yestshire treffen werden. Es kann, wenn wir Pech haben, noch Monate dauern. Außerdem müssen wir, so hat Sincha gesagt, vorher noch den Zauberer Erik Anfohrrnus treffen. Er wird uns unsere letzten Instruktionen geben. Mir ist es ein Rätsel, wie uns der Zauberer finden will, aber Sincha macht sich diesbezüglich keine Sorgen. Wahrscheinlich weiß sie mehr als ich.

Clarina lehnt sich mit dem Rücken an den Stamm einer Erle, wischt Schweißtropfen von ihrer Stirn und schnauft. Sincha Ankonski reicht ihr Essen und Wasser. Emmensa Masuka untersucht die Wunde am Bein ihrer Gefährtin. Es bildet sich bereits Schorf.

Basola Mamatti und Lusona Tassifa verlassen unser Lager, um die nähere Gegend zu erkunden. Es ist immer gut zu wissen, ob irgendwo eine mögliche Gefahr lauert.

Ich ziehe meine Knochenflöte aus meiner Gürteltasche und betrachte sie. Lange habe ich sie nicht mehr gespielt.

„Tut mir leid“, sagt Kathinka neben mir.

„Was?“ Ich verstehe nicht.

„Es tut mir leid, dass ich damals eine von deinen Knochenflöten verbrannt habe.“

Ich blicke sie lange an. „Du hast Transformationsmagie angewandt. Wandelmagie“, sage ich schließlich. Tut es ihr wirklich leid?

„Ja.“ Sie nickt.

Ich schiebe meine Knochenflöte zurück in meine Gürteltasche. „Irgendwann werde ich wieder spielen. Aber nicht hier und heute. Meine Melodie wäre meilenweit zu hören.“ Ich richte meine Kapuze und vermeide dabei, Kathinka in die Augen zu sehen. „Auch damals war es unklug, die Flöte zu spielen. Insofern hattest du recht, meine Flöte zu verbrennen."

„Mein weiser Paladin." Sie lächelt. „Du gibst also deinen Fehler zu? Wie überaus edel und ritterlich du doch bist."

Ich bin verwirrt. Will Kathinka mit mir scherzen? Späßchen treiben? Ich kann sowas nicht. Ich bin nicht lustig. Daher weiß ich nicht, was ich sagen soll.

Kathinka bemerkt meine Unsicherheit und versucht, ihre Worte von vorhin zu erklären.

„Skriek, ich bin einfach nur froh, dass du mir wegen der Flöte nicht mehr böse bist. Darum habe ich gesagt, dass du edel und ritterlich bist." Sie berührt ganz kurz meinen schuppigen Unterarm. „Und jetzt hol bitte Wasser. Unsere Schläuche sind fast leer."

„Ja, mach ich." Ich stehe hastig auf, froh darüber, etwas zu tun zu haben. Es ist schwierig für mich, mich mit Menschen zu unterhalten. Vor allem, wenn sie mir vertrauter werden. So oft fehlen mir die Worte. Ich wünsche mir, dass ich sprachgewandter wäre und vielleicht sogar kleine Scherze und Späße machen könnte, und schicke ein Bittgebet zu Thurantuh. Er brummt äußerst missmutig durch meinen Kopf, wenn ich ihn richtig deute, dass ich mich wie ein Narr aufführen würde. Und natürlich hat mein Gott recht. Ich bin ein Krieger. Ein Kämpfer. Kein Gaukler oder Hofnarr, der Späße treibt und blumige Reden schwingt.

Ich hole Kathinkas und meinen Trinkschlauch, die bei unserem Reisegepäck unter einer dürren Tanne am Boden liegen. Beim Aufrichten sehe ich mich im Lager um. Romaldo sitzt neben Knut und putzt seine Stiefel. Sincha isst einen Bissen Hartkäse, Emmensa kümmert sich immer noch um Clarinas Beinverband. Kathinka schneidet eine Scheibe Brot ab. Niemand achtet auf mich. Soll ich für die anderen auch Wasser holen? Nach kurzem Nachdenken schüttle ich den Kopf. Nein! Ich bin nicht deren Packesel, auch wenn ich die Amazonen mag. Außerdem erkunden Basola und Lusona die Umgebung, sie werden sicher auch zum nahen Bach kommen und Wasser für sich und die anderen Amazonen schöpfen. Knut und der eitle Romaldo sollen selber sehen, wie sie zu Wasser kommen.

Ich halte mich leicht südlich, gehe gemächlich an hohen Bäumen mit dicken Stämmen vorbei und bin ganz froh, für eine Weile allein zu sein. Schließlich erreiche ich den kleinen Bach, nehme Kathinkas und meinen Wasserschlauch von meinem Gürtel, hocke mich hin und schöpfe Wasser. Da höre ich Schritte. Sie sind noch ein Stück entfernt, aber meinen feinen Skriekohren entgeht nicht so leicht etwas. Ich stehe auf und wittere. Es ist Sincha Ankonski. Die Amazone kommt zu mir. Hat sie mich gesucht?

„Skriek“, sagt sie und klingt ungehalten, „du verlässt das Lager nicht ohne meinen Befehl.“

„Ich hole nur Wasser.“

Sie hakt nun ebenfalls ihren Wasserschlauch aus ihrem Gürtel und kommt ein Stück näher. „Wir sind eine Gemeinschaft. Wir müssen uns gegenseitig beschützen und einander mitteilen, was wir tun und wo wir sind.“ Sie tritt noch näher. „Du holst nur für dich und Kathinka Wasser.“

„Bin ich jetzt der Wasserträger für alle?“, schnappe ich verärgert. Einige meiner Schuppen beginnen sich dunkel zu verfärben.

„Nein, du bist nicht unser Wasserträger.“ Sinchas grüne Augen suchen die meinen. „Wir müssen aber miteinander reden und zusammenhalten. Und wir sollten uns gegenseitig unterstützen.“

„Was willst du, Amazone?“

Sie seufzt. „Romaldo und Knut sind kaum lenkbar. Kathinka und du, ihr seid beide Einzelkämpfer und tut, was ihr wollt.“

„Ich bin Kathinkas Paladin.“

„Wie schön für dich.“ Sie wendet sich von mir ab, kniet sich hin und füllt ihren Wasserschlauch. „Es wird weitere Kämpfe geben. Zwei meiner Kriegerinnen sind bereits tot, eine verletzt.“ Sie holt den vollen Schlauch aus dem Bach. „Wir sind nur wenige. Da muss sich einer auf den anderen verlassen können.“

Ich beginne zu verstehen. „Ich gehorche deinen Befehlen, Amazone“, sage ich daher. „Zumindest wenn sie mir sinnvoll erscheinen.“

„Erkennst du überhaupt einen sinnvollen Befehl? Oder wirst du beim nächsten Kampf wieder nur Kathinka beschützen?“ Sie steht auf. „Skriek, wir brauchen deine Kampfkraft. Und glaube mir, es ist auch in meinem Interesse, dass Kathinka heil nach Yestshire kommt.“

„Ich werde Kathinka immer beschützen, Amazone.“ Ich

betrachte ihre sehnige Gestalt und frage mich, wie viel eiserner Wille wohl in ihr steckt. Sehr viel, scheint mir. Sie ist eine gute Anführerin. „Und, wie gesagt, ich werde deinen Befehlen gehorchen.“

„Das hoffe ich, Krieger Thurantuhs. Unser aller Leben kann davon abhängen.“

„Was ist mit Romaldo und Knut?“, will ich wissen. „Die beiden werden deinen Anordnungen nicht Folge leisten.“

„Wahrscheinlich.“ Sie berührt unwillkürlich eine jener Stellen an ihrem Kopf, wo ihr Romaldo einen Zopf mit seinem Rapier abgeschnitten hat. „Daher brauche ich deine Loyalität.“

„Die hast du“, sage ich und betrachte ihr Gesicht mit den blaugrünen Flecken. „Knut scheint dich zu mögen.“

„Er ist ein harbaischer Zwilling“, erwidert sie und vermittelt dabei den Eindruck, als würde das alles erklären.

Ich überlege, ob ich Sincha davon erzählen soll, dass Romaldo und Knut vorhaben, nicht nur König Angrias, sondern auch König Edwin zu töten, beschließe aber, nichts zu sagen. Höchstwahrscheinlich weiß Sincha schon davon. Es scheint ja auch kein großes Geheimnis zu sein. Romaldo hat nach kurzem Drängen von Knut recht offenherzig darüber gesprochen. Und wenn Sincha nichts davon weiß, spielt es wohl auch keine Rolle. Zumindest nicht für unseren Auftrag.

„Es ist nicht leicht, eine Anführerin zu sein“, murmle ich in das Schweigen zwischen uns. „Und schon gar nicht in unserer Gemeinschaft.“

Sincha berührt vorsichtig ihr angeschwollenes Kinn. „Die Macht von Gott Ganthron erfüllt die harbaischen Zwillinge. Sie sind von uralten Zaubern durchwirkt.“ Sie lässt ihre Hand langsam sinken. „Meine Göttin Ama muss tausenden Amazonen ihre Kraft schenken. Ganthron nur zwei Brüdern. Es war von Anfang an ein ungleicher Kampf zwischen Romaldo und mir.“

Kathinkas Traum fällt mir ein, in dem ich mit dem harbaischen Prinzen einen Kampf auf Leben und Tod ausfechte. Ist Ganthrons Macht auch zu stark für mich? Es könnte sein.

„Skriek, glaub mir, es ist nicht so schwer, einen Kampf zu verlieren. So etwas kann einem immer wieder einmal passieren. Niemand ist unbesiegbar. Aber ich weiß jetzt mehr über Romaldo. Noch einmal würde er mich nicht derart überraschen." Ihr Blick schweift in die Ferne. „Für eine Anführerin gibt es wesentlich schwierigere Dinge, als sich mit einem eitlen Narren zu prügeln."

„Was meinst du damit?"

„Meine Königin befahl mir, sechs Amazonen auszusuchen. Die fähigsten Kriegerinnen unseres Volkes."

„Ja?"

„Und das tat ich." Sie klingt bitter. „Sie werden König Angrias meucheln."

„Wenn wir sehr, sehr viel Glück haben", werfe ich ein.

Sie ignoriert den Einwand. „Skriek, kannst du dir vorstellen, dass meine Kriegerinnen den Turm von Yestshire heil verlassen werden, nachdem sie Angrias getötet haben?"

„Nein, das kann ich nicht. Aber sie sind Kriegerinnen. Sie wissen, dass der Tod ihr ständiger Begleiter ist."

„Ich bin auch eine Kriegerin." Ihre Stimme ist leise und müde geworden.

Da beginne ich zu verstehen. „Du hast deiner Königin angeboten, Angrias selbst zu meucheln."

Sincha nickt. „Meine Königin hat abgelehnt. Sie braucht mich als Heerführerin, als Strategin."

Ich berühre vorsichtig ihre Schulter und drücke sie kurz. „Wahrscheinlich werden wir alle sterben, Sincha."

„Wie beruhigend." Sie lächelt ganz kurz. „Skriek, du hast einen eigenartigen Humor."

„Oder gar keinen", ergänze ich und betrachte ihr hageres Gesicht mit dem spitzen Kinn. Da sie mir heute recht zugänglich erscheint und sie gerade eben so offen mit mir gesprochen hat, wage ich es, eine weitere Frage an sie zu stellen. „Was hältst du von unserer Mission? Von unserem Auftrag?"

Sincha zuckt mit den Schultern. „Spielt es eine Rolle, was ich davon halte?"

„Ich denke schon", brumme ich. „Deine Königin hat dich mit einer fast unlösbaren Aufgabe betraut. Da wirst du dir doch deine Gedanken machen."

„Natürlich mache ich mir Gedanken." Ihre grünen Augen blicken starr. „Aber ich bin vor allem eine amazonische Heerführerin."

„Und die denken nicht!", stichle ich, zeige dabei aber ein

leises Lächeln, um anzudeuten, dass ich sie mit meinen Worten nicht kränken will.

„Wir Amazonen haben die Jahrtausende überlebt, weil wir unserer Königin stets bedingungslos gehorcht haben", sagt sie. „Unsere Königin wird von unserer Göttin Ama aus hunderten Priesterinnen erwählt. Der grüne Smaragdkelch gibt ihr unendliche Weisheit. Und unsere Königin lebt die vier Wahrheiten. Nur sehr wenige Wesen leben die vier Wahrheiten, die alles Wissen dieser Welt beinhalten." Sincha richtet ihren Rückengurt. „Ich mache mir viele Gedanken, Skriek. Ich bin misstrauisch, was unseren Auftrag betrifft. Überall sehe ich Gefahr und Verrat. Aber davon darf ich mich nicht beirren lassen. Meine Königin gab mir einen Auftrag. Und den werde ich unbeirrt und bis zu meinem letzten Atemzug erfüllen. Möge auch kommen, was wolle, ich werde getreulich den Befehlen meiner Königin gehorchen. Meine Gedanken und Befürchtungen spielen nicht die geringste Rolle."

Ich bin von dem heiligen Ernst, der aus Sincha spricht, ziemlich beeindruckt, aber ich sehe auch, dass ihr absoluter Gehorsam gegenüber ihrer Königin sie für alle unsere Gegner zu einer sehr berechenbaren Größe macht. Sinchas amazonisches Denken erscheint mir übertrieben und auch recht dumm zu sein. Doch bevor ich noch diesbezüglich etwas zu Sincha sagen kann, höre ich nahende Schritte.

„Romaldo kommt", sage ich.

„Er wird auch Wasser holen", meint Sincha.

Der harbaische Prinz stolziert daher, herausgeputzt, selbstherrlich und eitel. Vor uns bleibt er stehen und deutet mit seinem Finger auf mich. „Hau ab, Schuppenkopf! Ich habe mit der Lady etwas zu besprechen."

Ich trete zu ihm und zeige meine vier spitzen Eckzähne. „Willst du sterben, Romaldo?"

Seine Hand gleitet zum Griff seines Rapiers. Soll sie doch! Ich weiß, wie schnell er ist. Doch er wird nie schnell genug seine Waffe ziehen können. Ich stehe so nahe vor ihm, dass mir die Dauer eines Wimpernschlages genügt, um seine Kehle mit meinen Krallen zu zerfetzen.

„Schuppiger Bastard ...", hebt Romaldo an.

„Prinz von Harba", unterbricht ihn Sincha. „Wenn du mit mir alleine sprechen willst, dann bitte Skriek höflich darum, uns zu verlassen."

Romaldo hält zögernd inne und ich kann beinahe sehen, wie seine Gedanken kreisen. Widerwillig löst er seine Hand vom Griff des Rapiers und tritt zwei Schritte zurück. „Wie du befiehlst, Mylady." Er verbeugt sich galant vor mir. „Werter schuppiger Kämpfer, hättest du wohl die Güte, mich mit der holden, grünäugigen Amazone alleine zu lassen? Ich bitte dich vielmals darum."

Ich blicke zu Sincha. Sie nickt.

„Von mir aus", brumme ich und gehe langsam und verwundert von dannen. Warum will Sincha mit Romaldo allein sein? Hat sie noch nicht genügend Prügel von ihm bezogen? Was geht da zwischen den beiden vor sich?

Ich komme zwar nicht in den Zustand des *mahamsanazu*, aber meine Neugierde reicht aus, um zu einer Finte zu greifen. Ich schreite gemächlich zwischen zwei dicken Eichen Richtung Lagerplatz zurück, doch schon nach wenigen Metern halte ich inne, schleiche leise zurück und spitze meine Ohren.

Sincha und Romaldo stehen sich abwartend und lauernd gegenüber.

„Was willst du, Prinz von Harba?", fragt die Amazone und klingt kalt.

„Ja, Mylady, was will ich?" Romaldo seufzt übertrieben. „Nun, es ist auch für mich eine eigenartige Bewandtnis, die mich zu dir geführt hat. Ich muss ehrlich sagen, dass ich nie damit gerechnet hätte, plötzlich solch überraschende Gefühle für dich zu hegen. Immerhin bist du, Mylady Sincha, nun wahrlich keine Schönheit. Du bist zu sehnig und zu muskulös. Dein Hinterteil könnte deutlich ausladender sein, ebenso dein Busen. Außerdem schminkst du dich nicht. Aber unser Kampf, die Anmut unserer Bewegungen, deine Kraft und Schnelligkeit, all das hat mir meine Augen geöffnet und meine Gefühle für dich völlig verändert."

„Wovon redest du?" Sinchas Tonfall schwankt zwischen Verwunderung und Empörung.

„Nun, Mylady, lange Rede, kurzer Sinn." Romaldo lächelt. „Ich werde dir von nun an den Hof machen, da ich mich während unseres Kampfes, Ganthron möge wissen warum, in dich verliebt habe."

„Du bist krank! Verrückt!"

„Sind das nicht alle Verliebten?“ Er geht ein, zwei Schritte auf sie zu und breitet seine Arme aus. „Lass dich küssen, Geliebte.“

Sincha greift zu einem Dolch in ihrem Gürtel. „Keinen Schritt weiter!“

„Aber was ist mit meinen Gefühlen, Mylady?“

„Ich werde dich wie ein Schwein abstechen, Romaldo.“

„Hast du vergessen, wie gut ich kämpfen kann?“

„Nein, das habe ich nicht.“ Sinchas Augen sind kalt wie Gletschereis. „Aber, Prinz, hast du vergessen, dass du irgendwann schlafen musst?“

„Mylady, du willst mich im Schlaf erdolchen?“

„Jederzeit.“

Romaldo gibt sich beleidigt. „Du verletzt meine Gefühle, Amazone.“

„Geh zurück zu deinem Bruder, Prinz.“

„Tja, mein Bruder.“ Ein Schatten legt sich über Romaldos Gesicht. „Leider liebt er dich auch.“ Er seufzt. „Welch grausames Schicksal! Zwei Brüder, verbunden durch ewige Bande, lieben dieselbe Frau.“ Er hebt seine Arme Richtung Himmel. „Was für ein hartes Los! Ganthron! Ganthron! Welch Spiel spielst du mit uns armen, verliebten Narren?“

„So, es reicht. Folge mir ins Lager!“ Sincha dreht sich ansatzlos um und läuft los.

Romaldo wirkt für einen Moment überrascht, doch dann fängt er sich schnell wieder. „Jawohl, Mylady! Wie du befiehlst!“, ruft er und sprintet der Amazone hinterher.

Hastig verstecke ich mich hinter einem Baumstamm, als die beiden an mir vorbeieilen, und folge ihnen heimlich.

Sincha stapft in das Lager auf dem Hügel, Romaldo ist ihr dicht auf den Fersen.

Ich trete so unauffällig wie möglich seitlich aus dem Unterholz und versuche, den Anschein zu erwecken, schon vor Romaldo und Sincha da gewesen zu sein. Doch die beiden beachten mich gar nicht. Sincha pflanzt sich vor Knut auf.

„Stimmt es, was dein Bruder sagt?“, fragt sie mit lauter Stimme, sodass jeder im Lager sie gut verstehen kann. „ Stimmt es, dass du mich liebst?“

Beschämt senkt Knut den Kopf und nickt. „Grumpf.“

„Kleiner Mann, hör zu.“ Sincha presst ihre Worte zwischen

den Zähnen hervor und stößt mit ihrem rechten Zeigefinger gegen seine breite Brust. „Niemand liebt mich hier. Niemand!" Sie tritt einen Schritt zurück und dreht sich blitzschnell zu Romaldo um. „Niemand! Auch du nicht!" Sie fixiert abwechselnd die beiden Brüder mit ihrem kalten fordernden Blick.

Für einen Moment herrscht Schweigen. Clarina, Emmensa und Kathinka sehen sich mehr als nur verwundert an. Schließlich blicken sie zu mir und wollen allem Anschein nach eine Antwort von mir, aber ich zucke nur mit den Schultern. Wie soll ich das auch erklären?

„Grumpf", sagt Knut plötzlich in die drückende Stille und deutet auf mich. „Grumpf, grumpf."

Ich bin völlig überrascht. Was soll das jetzt? Was will er von mir? Sucht er Streit?

Knut grumpft erneut und deutet jetzt auf Kathinka, anschließend auf sich und Sincha.

Kathinka versteht, was Knut meint, und in ihren veilchenblauen Augen funkelt es mutwillig. „Sincha", sagt sie, „Knut wäre gerne dein Paladin. Dein Beschützer. So wie es Skriek bei mir ist."

Clarina, Emmensa und auch Kathinka lachen auf. Ich schmunzle nur ein wenig verhalten, da es mir eigentlich gar nicht recht ist, dass jetzt meine Paladine ins Spiel gebracht werden, deren Geschichte eigentlich nur Kathinka und mir gehören sollte.

Knut jedoch nickt zu Kathinkas Übersetzung energisch. Sincha wird bleich im Gesicht und ihre Augen verengen sich zu gefährlich schmalen Schlitzen. „Ich brauche keinen Paladin! Keinen Beschützer! Keinen Verehrer!" Sie stampft wütend mit dem Fuß auf. „Ich bin eine Amazone, verdammt nochmal! Und niemand wirbt um mich! Niemand!" Ihre grünen Augen schleudern zornige Blitze in die Runde.

Kathinka, Emmensa und Clarina prusten lauthals los und auch ich muss jetzt lachen. Romaldo grinst süffisant und scheint sich königlich zu amüsieren. Nur Knut bleibt ernst, beinahe traurig.

Sincha Ankonski blickt erneut zornbebend in die Runde und ballt voll Ingrimm ihre schwieligen Hände zu Fäusten, als sie sieht, dass ihre Kriegerinnen und auch Kathinka herzhaft lachen. Für einen kurzen Moment zuckt es wild in ihrem Gesicht und ihre Kiefer mahlen. Sie kann es sich nicht erlauben, schon wieder als Heerführerin bloßgestellt zu werden. Ihre Hände gehen auf und zu und für eine kurze Weile steht sie beinahe unbeweglich da. Doch schließlich gleitet über ihre schmalen Lippen ein Lächeln. Es wirkt recht bösartig und irgendwie auch gemein.

„Knut“, sagt sie und ihre Stimme klingt berechnend, „wenn du mein Paladin bist, wirst du mich dann jederzeit beschützen?“

„Grumpf, grumpf!“ Knut nickt eifrig und tritt einen Schritt auf sie zu.

„Und du würdest meinen Befehlen bedingungslos gehorchen?“

„Grumpf, grumpf!“ Er zeigt sein abstoßendes Lächeln.

„Immer?“

„Grumpf!“

„Schwöre es bei deinem Gott Ganthron!“

„Grumpf.“ Knut hebt die Hand zum Schwur.

„Nun gut, Knut aus Harba, dann akzeptiere ich dich hiermit als meinen Paladin.“ Sie legt ihre rechte Hand auf seine mächtige linke Schulter. „Bei Ama und Ganthron, du bist jetzt mein Paladin.“

„Grumpf“, bestätigt Knut.

„Nun, mein Paladin, dann hör jetzt gut zu.“ Sincha deutet auf Romaldo. „Dein Bruder wollte mich vorhin beim Bach küssen. Und das gegen meinen Willen. Bestrafe ihn dafür, mein treuer Paladin.“

„Grumpf.“ Knut stampft los.

„Aber Bruder ...“ Aus Romaldos Gesicht verschwindet blitzschnell sein überhebliches Grinsen. Er hebt abwehrend seine Hände und tritt einen Schritt zurück. „Warte! Lass dir doch erklären!“

Aber Knut will keine Erklärungen, noch ist er in seinen Absichten zu bremsen. Seine riesige rechte Faust kracht mit Urgewalt gegen Romaldos Kinn. Der eitle Prinz von Harba dreht sich einmal um seine Achse, seine Augen werden glasig und er stürzt bewusstlos zu Boden.

„Grumpf.“ Knut blickt beifallheischend zu Sincha.

„Guter Schlag, Paladin.“ Die Amazone spuckt höhnisch aus. „Weißt du, Knut, ihr Männer seid einfach nur dumm. Dumm, vorhersehbar und viel zu leicht zu besiegen.“ Sie greift zu ihrem Wasserschlauch, öffnet den Verschluss und schüttet den nassen Inhalt über den harbaischen Prinzen. Prustend kommt Romaldo zu sich und berührt vorsichtig sein schmerzendes Kinn. Es schwillt bereits ordentlich an.

„Au weh, au weh“, jammert der Prinz und steht ächzend und mit wackeligen Knien auf. Unbeholfen klopft er den Staub aus seinen Kleidern und blickt nach einer Weile schließlich zu seinem Bruder. Erstaunlicherweise ist kein Ärger in seiner Miene zu erkennen. Er geht ein, zwei wackelige Schritte Richtung Sincha und bleibt knapp vor ihr stehen. „Mylady“, nuschelt er undeutlich. Die Schwellung an seinem Kinn färbt sich langsam grün und blau. „Ich denke, die Grenzen sind abgesteckt.“

Sincha sieht ihn nur ausdruckslos an, sagt aber kein Wort.

„Mein Bruder ist also jetzt dein Paladin. Und darüber freue ich mich sehr.“ Wasser tropft von seinen geölten Haaren. „Denn das bedeutet, dass er jetzt dein treuer Beschützer ist. Und das wiederum bedeutet, dass ich nun völlig unbesorgt und ohne weiter Rücksicht auf meinen Bruder nehmen zu müssen, um dich werben kann. Nichts steht mehr zwischen Knut und mir. Wir beide können nun einen Platz in deinem Herzen einnehmen. Knut als dein Paladin, und ich als dein geliebter Prinz.“ Er verbeugt sich leicht vor der Amazone. „Und glaub mir, Mylady, ich werde dein stolzes Herz erobern.“

„Eher lernen die Steine fliegen“, knurrt Sincha.

21

Eine weitere Woche ist ins Land gezogen. Es wird Sommer und deutlich wärmer. Wir haben endlich das Tor von Santanien durchquert. Niemand hat uns aufgehalten. Gelegentlich haben wir ostalische Truppen gesehen, aber es sind nur wenige gewesen. Kathinka hat mir erklärt, dass König Angrias keinen großen Wert darauf legt, die eroberten Gebiete zu befrieden oder seine Grenzen stärker zu sichern, vor allem da ihm dazu ausreichend Soldaten und die nötige Infrastruktur fehlen. Sein Streben gilt ganz dem Ausheben und Verlegen neuer Truppen und dem Okkupieren neuer Königreiche und Fürstentümer.

Immer weiter treibt Angrias seinen Krieg voran, der längst die meisten Teile Euptoniens erreicht hat. Lediglich die wilden Stämme hoch im Norden leben noch relativ unbedrängt. Widerstand leisten nur mehr die Amazonen und König Edwin mit seinen wenigen Verbündeten.

Wir wandern durch die dichten Wälder Burgiesiens Richtung Süden. Noch immer meiden wir die Handelsstraßen und Reisewege, auch wenn das bedeutet, dass wir nur langsam vorankommen. Aber Sincha will kein unnötiges Risiko eingehen und das ist auch gut so. Burgisien ist nicht sicher. Neben den ostalischen Truppen, die sich kaum um Recht und Ordnung scheren, gibt es auch hier in den Wäldern marodierende Soldaten, Freischärler und kleinere, bunt zusammengewürfelte Verbände, die Angrias ferne Feldzüge ausnützen, um sich im wenig gesicherten Hinterland bereichern zu können.

Kathinka geht neben mir. Sie ist die ganze Woche über unruhig und angespannt, auch wenn wir schon lange keine dunklen Boten mehr gesehen haben. Wir sprechen immer noch wenig miteinander, doch mir genügt es, in ihrer Nähe zu sein und ihr Wohlwollen zu spüren.

In den letzten Tagen hat sich in unserer kleinen Gemeinschaft einiges verändert, und das liegt, so meine ich, an den klugen Schachzügen von Sincha Ankonski. Es ist ihr gelungen, eine gewisse Einigkeit in unserer Gruppe herzustellen. Kathinka und die Amazonen haben sich ja von vornherein den Anordnungen der Heerführerin gefügt. Auch ich bin seit dem Gespräch mit Sincha am Bach durchaus bereit, ihre Befehle zu befolgen. Knut ist ihr als Paladin mittlerweile treu ergeben. Und mit Romaldo verhält es sich ähnlich. Er brüllt nicht mehr lauthals „Jawohl, Mylady!“, wenn Sincha Ankonski ihre Befehle äußert, sondern tut anstandslos das, was sie fordert.

Als ihn Knut niedergeschlagen hat, habe ich anfangs gedacht, dass sich die angespannte Situation innerhalb unserer Gruppe weiter verschlimmern würde, doch das ist nicht der Fall. Die beiden Brüder sind weiterhin ein Herz und eine Seele, kein Groll scheint zwischen ihnen zu stehen. Und auch wenn Romaldo angekündigt hat, dass er von nun an um Sincha werben wird, so ist davon nicht viel zu bemerken. Er gibt sich der Amazone gegenüber erstaunlich zurückhaltend und höflich.

Kein Spott ist aus seinen Worten und seinem Verhalten zu entnehmen, und er belästigt Sincha auch nicht unziemlich. Ganz im Gegenteil. Er ist voll wohlwollender Höflichkeit zu ihr. Sincha hat das anfangs ziemlich verwirrt, aber sie hat bald eingesehen, dass der eitle Prinz aus Harba in seiner Rolle als galanter Verehrer unserer Gruppe am wenigsten Scherereien bereitet. Zumindest dann, wenn sie weiterhin in der Lage ist, sein stilles Werben mit stoischer Gelassenheit zu ertragen. Bis jetzt schafft sie das recht gut.

Ich frage mich zum wiederholten Male, ob Romaldo tatsächlich in die Heerführerin verliebt ist. Meine skriekischen Instinkte sagen mir, dass er etwas für sie empfindet. Aber ist es wirklich Liebe? Ich weiß nicht sehr viel über Harba und seine Gesellschaft, doch mir ist, so wie den meisten, durchaus bekannt, dass in Harba die Männer eigene Harems unterhalten und ihnen allein die Gesetzgebung überlassen ist. Die Frauen haben nur sehr wenige Rechte. Sie müssen sich verschleiern und der Herrschaft ihres Ehemannes unterwerfen. Romaldo ist mir bisher wie ein sehr standesgemäßer Vertreter dieser harbaischen Struktur erschienen und es ist für mich durchaus nachvollziehbar gewesen, dass er mit der selbstbewussten, willensstarken Sincha auf keinen grünen Zweig kommt. Aber der Kampf zwischen den beiden scheint bei ihm etwas verändert zu haben. Wenn er auch als klarer Sieger aus der Auseinandersetzung hervorging, so ist ihm Sincha doch eine sehr starke Gegnerin gewesen. Vielleicht hat dies Romaldo, der ja aus Harba nur sanfte, rehäugige Frauen kennt, so sehr beeindruckt, dass er nun glaubt, seine Gefühle für Sincha würden nichts anderes als wahre Liebe sein.

Ich zucke mit den Schultern. Eigentlich ist es mir egal, ob Romaldo Sincha wahrhaftig liebt oder nur eine seltsame Schwärmerei für sie empfindet.

Es wird Abend und wir erreichen eine kleine Anhöhe. Sincha ordnet an, dass wir heute Nacht hier lagern werden. Wir breiten Decken aus und richten das Abendessen. Feuer wagen wir weiterhin keines zu entzünden; zu groß sind die Gefahren ringsum. Wir haben, Thurantuh sei Dank, genügend Reiseproviant. So schnell müssen wir nicht hungern, auch wenn es schön wäre, wieder einmal etwas Warmes in den Bauch zu bekommen. Vielleicht stoßen wir ja bald auf eine entlegene Siedlung, wo wir unsere Vorräte auffüllen und es riskieren können, ein Feuer zu entzünden.

Später am Abend untersucht Emmensa Clarinas Beinwunde. Sie schmerzt kaum noch. Die gebrochenen Rippen heilen von Tag zu Tag mehr, bald wird Clarina wieder ganz gesund sein. Die Heilkräfte der Amazonen sind erstaunlich. Emmensa hat mir gestern erklärt, dass dies an ihrem magischen Trank liegen würde.

Basola und Lusona werden von Sincha losgeschickt, um die Gegend zu erkunden.

Ich setze mich neben Kathinka und betrachte die untergehende Sonne. Ein Gefühl von Wehmut erfasst mich und mir wird klar, dass ich mir wünsche, unsere Reise würde niemals enden. Hier, in dieser bunt zusammengewürfelten, seltsamen Gemeinschaft, fühle ich mich wohl und ausgeglichen. Meine Wut und mein Zorn sind weit weg, auch wenn ich weiß, dass sie nicht endgültig verschwunden sind. Irgendwo, in den Tiefen meiner Seele, lauern sie wie blutrünstige Tiere, die niemals schlafen. Aber derzeit kann ich sie im Zaum halten.

Kathinka erscheint mir ebenfalls friedlicher als zu Beginn unserer Reise, auch wenn sie sich ständig Sorgen macht. Ein, zwei Mal wollte ich sie schon über die Raben, die dunklen Boten, befragen, aber dann habe ich es doch bleiben lassen. Irgendwie habe ich das Gefühl, dass sie noch nicht darüber reden will. Und ich will sie nicht drängen. Zumindest nicht zu sehr.

Kathinka und ich essen und trinken in stiller Übereinkunft. Nach einer Weile kommen Basola und Lusona zurück ins Lager. Irgendetwas scheint sie zu beschäftigen. Sie wirken ein wenig angespannt. Was haben sie bei ihrem Rundgang entdeckt? Die beiden Kriegerinnen setzen sich zu Sincha und berichten, dass sie eine Horde Gnome unweit unseres Lagers gesehen haben. Alle werden hellhörig und rücken näher zu den beiden Amazonen.

„Es sind knapp ein Dutzend Gnome“, sagt Basola. „Sie haben einen Planwagen überfallen. Der Händler, seine beiden Söhne und seine zwei Wächter sind tot. Ein Kleinkind haben die Gnome auch getötet.“

„Sie haben drei Frauen in ihrer Gewalt“, fährt Lusona fort. „Heute Abend werden sie die Frauen foltern und dann töten.“

Sincha nickt. „Gnome mögen sinnlose Grausamkeiten.“

Romaldo springt auf und berührt den Korb seines Rapiers. „Worauf warten wir dann noch?“ Er blickt in die Runde. „Wir werden die armen Frauen befreien und die Gnome töten!“

„Grumpf“, stimmt Knut zu.

„Ich bin auch dafür“, sage ich. Die Menschenfrauen sind mir zwar egal, aber ich habe meine Äxte schon längere Zeit nicht mehr geschwungen. Und Gnomenknochen zu zertrümmern, hat mir schon immer Freude bereitet.

Kathinka und Sincha sehen sich an und schütteln in stummer Übereinkunft ablehnend die Köpfe.

„Was ist los, Mylady?“, will Romaldo von Sincha wissen.

„Es wäre töricht, unser Leben für die gefangenen Frauen aufs Spiel zu setzen“, sagt die Heerführerin knapp.

Kathinka stimmt ihr mit gepresster Stimme zu. „Wir können einen Befreiungsversuch leider nicht riskieren.“

„Meine Ehre verbietet es mir, hier untätig in unserem Lager herumzusitzen“, schnappt Romaldo verärgert. Für einen kurzen Moment vergisst er seine Rolle als Liebeswerber. „Niemals wird ein edler Prinz aus Harba unschuldige Frauen im Stich lassen. Sie bedürfen meiner Hilfe und ich werde sie ihnen gewähren.“ Er starrt Sincha herausfordernd an. „Wenn es sein muss, ziehe ich allein mit meinem Bruder gegen die grausamen Gnome.“

„Du bleibst hier. Und Knut auch“, bestimmt Sincha mit schneidender Stimme.

„Mylady!“ Romaldos Gesicht verhärtet sich, bekommt einen gefährlichen Ausdruck.

„Es ehrt dich, Prinz von Harba“, Sincha klingt nun weniger streng, „dass du den Frauen helfen willst. Aber wir haben einen Auftrag zu erfüllen. Wir dürfen kein Risiko eingehen. Gnome sind gefährliche Gegner. Ihre Bolzen und Pfeile sind oft mit Gift getränkt.“

„Hah! Kein Gnomenpfeil wird mich treffen!“ Romaldo spuckt aus. „Die Frauen werden sterben, wenn wir nicht eingreifen.“

„Ich sage es gern noch einmal, Prinz aus Harba, du bist voll Ehre und deine Gesinnung ist edel und gut. Und du bist ein tapferer, wagemutiger Krieger." Sie blickt ihn durchdringend an. „Leider befinden wir uns in einem schmutzigen Krieg." Sie hebt einen Finger. „Nur wenn wir König Angrias töten, können wir diesen Krieg beenden und somit tausenden Frauen das Leben retten."

„Das sind lächerliche Milchmädchenrechnungen!", knurrt Romaldo.

„Ein letztes Mal, Prinz. Ich bewundere dein Ehrgefühl, aber ich befehle dir, hier zu bleiben."

Romaldo starrt die Amazone an. In ihm arbeitet es. Schließlich senkt er den Blick. „Na schön, Mylady, wie du wünschst. Aber ich bin mir nicht sicher, ob du wirklich die Frau bist, um die ich werben will." Er schiebt seinen großen Hut ein Stück zurück. „Heute bist du für mich eine große Enttäuschung."

„Deine Ehre bleibt unangetastet", sagt Sincha noch einmal und mit Nachdruck.

„Grumpf", murrt Knut.

„Und deine selbstverständlich auch, mein Paladin." Sincha seufzt, wirkt plötzlich müde. „Heute Nacht werden stets zwei von uns Wache halten. Morgen früh brechen wir zeitig auf. Ich will so schnell wie möglich weg von hier."

Wir fügen uns murrend.

Kathinka kommt zu mir. „Skriek, es ist klüger so."

„Ich weiß."

„Du wolltest kämpfen."

„Das wollte ich."

„Aber nicht wegen der Frauen", stellt Kathinka fest.

„Ich bin nur dein Beschützer", entgegne ich. „Das muss reichen. Außerdem wolltest du, dass wir hier im Lager bleiben."

„Aus Vernunftgründen." Ihre veilchenblauen Augen verschleiern sich. „Aber es muss mir ja nicht gefallen."

In der Nacht hören wir die Schreie der drei gefangenen Frauen. Die Gnome scheinen Meister im Quälen und Foltern zu sein. Über eine Stunde dauert es, bis die letzte Frau verstummt. Niemand von uns kann schlafen. Kathinka sitzt neben mir. Sie schluchzt. Schlimme Erinnerungen scheinen sie zu quälen. Ich halte ihre Hand und sie lässt mich gewähren.

Knut knurrt fortwährend seine missbilligenden »Grumpfs«.

Romaldos Gesicht zeigt eisige Ablehnung. Er würdigt Sincha keines Blickes.
Die Amazonen hocken schweigend da und starren zu Boden.

Am nächsten Morgen sind wir alle übermüdet. Es herrscht eine feindselige Stimmung. Eilig brechen wir auf und ziehen weiter. Sincha wirkt niedergeschlagen, sie versucht aber, es sich nicht anmerken zu lassen. Ich verstehe immer besser, was sie damit gemeint hat, als sie vor einigen Tagen zu mir gesagt hat, es gäbe schlimmere Dinge für eine Anführerin als eine Niederlage in einem Zweikampf.

Wir ziehen über Stunden dahin und erreichen eine grasbewachsene Steppe mit niedrigen Sträuchern und nur sehr wenigen Bäumen. Plötzlich wird Kathinka merklich unruhig. Sie blickt ständig über ihre Schultern. Schließlich bleibt sie stehen und betrachtet den Himmel. Sie keucht auf und deutet nach oben. „Da!“

Ich sehe es auch. Drei Raben. Groß, schwarz, hoch über uns.

„Die dunklen Boten“, stammelt Kathinka.

Auch die anderen halten an. Ich greife zu meiner Steinschleuder und warte. Die Raben kommen näher. Sie krächzen heiser und setzen sich auf den Ast einer Esche, die in unserer Nähe steht. Die Vögel beobachten uns eindeutig. Sind sie wahrhaftig dunkle Boten? Hat Kathinka recht? Wie auch immer. Die Raben bieten mir ein Ziel und ich habe so die Möglichkeit, bei Kathinka weitere Pluspunkte zu sammeln. Ich wirble die Schleuder, ziele und werfe. Der Stein saust durch die Luft. Mit raschen, fließenden Bewegungen erheben sich die Raben in die Luft. Mein Stein geht fehl. Ich lade nach, wirble erneut, ziele und werfe. Wieder nichts. Die Raben sind zu schnell. Sie keckern höhnisch über mein Unvermögen sie zu treffen und schweben noch höher.

Kathinka ist blass und atmet schwer. „Sincha“, fordert sie, „wir müssen die Raben töten. Sie sind dunkle Boten. Diener von König Angrias.“

Die Amazone blickt zum Himmel. „Für mich sehen sie einfach nur wie Raben aus.“

„Bitte, Sincha, bitte!“ Kathinka Fordern wird zum Flehen. „Wir müssen sie töten, sonst ist alles verloren.“

Romaldo zwirbelt seinen Schnurrbart. „ Das ist doch viel zu

gefährlich, nicht wahr?“, spottet er. „Diese Raben scheinen wahre Höllenmonster zu sein. Wenn wir nicht sehr vorsichtig sind, werden sie uns mit ihren spitzen Schnäbeln in Stücke hacken. Wir müssen uns schleunigst vor den Raben verstecken. Denkt immer daran, was Sincha zu uns gesagt hat. Wir dürfen auf keinen Fall unseren Auftrag gefährden.“

„Willst du mich verhöhnen, Prinz?“ Sincha tritt auf Romaldo zu.

„Ja, das will ich, Mylady.“

„Nun gut.“ Sinchas grüne Augen verengen sich. „Vielleicht habe ich ja deine Verachtung verdient. Die Schmerzensschreie der Frauen gestern Nacht mitanzuhören, war kaum zu ertragen.“ Sie senkt ihre Stimme. „Aber ich muss Entscheidungen treffen. Harte Entscheidungen. Aber eben auch Entscheidungen, die richtig sind. Meine Wünsche und Gefühle spielen dabei keine Rolle.“

„Wie du meinst, Mylady.“ Romaldo deutet zu den Raben, die schon fast aus unserem Blickfeld verschwunden sind. „Töten wir jetzt die schwarzen Boten oder nicht?“

„Wir töten sie“, sagt Sincha.

Am nächsten Morgen verbergen sich Emmensa Masuka und ich im hohen Gras, während die anderen aufbrechen und langsam durch die Steppe ziehen. Es ist bewölkt und ein leichter Wind weht. Die Grasspitzen bewegen sich sanft.

Emmensa und ich warten geduldig und lange, bevor wir unseren Gefährten in einem weiten Abstand hinterher schleichen. Ständig halten wir, gut versteckt im hohen Gras, nach den Raben Ausschau. Es dauert eine ganze Weile, bis wir sie endlich als kleine, schwarze Punkte am Himmel ausmachen. Drei Raben kommen aus südlicher Richtung, einer aus dem Westen. Sie steuern eine hohe Fichte an, die nicht weit entfernt von unserem Standort wächst, und verteilen sich auf den oberen Ästen. Leise krächzen sie miteinander und es hat für mich tatsächlich den Anschein, als ob sie untereinander Botschaften austauschen würden.

Emmensa und ich blicken uns an. Vier Raben. Einer mehr als erwartet.

Ich greife zu meiner Schleuder, Emmensa zu ihrem Wurfdolch. Vorsichtig schleichen wir durch das hüfthohe Gras näher heran. Die Raben scheinen uns nicht zu bemerken. Als wir nahe genug sind, greifen wir blitzschnell an. Ich drehe die Schleuder und werfe den Stein. Emmensas Dolch fliegt durch die Luft. Wir hören erschrockenes Krächzen und Flügelschlagen.

Mein Stein trifft einen Raben, der sich soeben in die Lüfte erhebt, seitlich über seinem linken Flügel. Er schreit und flattert. Für einen Moment glitzert es seltsam und ich meine zu sehen, dass sich seine Federn dort, wo ihn mein Stein getroffen hat, in eine menschliche Schulter verwandeln. Doch das währt nur einen ganz kurzen Moment. Haben mich meine Augen getäuscht? Der Rabe fängt sich, schlägt mit den Flügeln und steigt hoch zu den Wolken hinauf, bevor ich einen zweiten Stein auf ihn abschießen kann.

Emmensa hat besser gezielt. Ihr Dolch hat einen Raben zu Boden gestreckt. Wir eilen zu dem getroffenen Tier. Der Dolch steckt in seiner Seite. Dunkles Blut fließt. Wieder glitzert es. Die Luft vibriert. Wir stehen über dem Raben. Er windet sich, glitzert erneut und sein Aussehen verändert sich. Es knackt und zischt. Seine Federn fallen ab. Ein langer Schrei ertönt. Ein Lichtblitz blendet uns und vor uns liegt plötzlich ein nackter, junger Mann im Gras. Emmensas Dolch steckt noch in seiner Seite. Aus der Wunde fließt Blut, dunkel und stockend. Der Rabenmann wird sterben.

„Wer bist du?", frage ich überrascht über sein Aussehen und beuge mich zu ihm hinab.

Er hat langes schwarzes Haar und veilchenblaue Augen, ebenso wie Kathinka. Sein Blick ist voll Hass. „Die Verräterin wird sterben." Er keucht, krümmt sich vor Schmerzen und spuckt Blut.

„Ist Kathinka Ebensa die Verräterin?", frage ich, obwohl ich die Antwort bereits weiß.

„Nennt sie sich jetzt so?" Er zuckt, krümmt sich erneut. „Sie wird sterben. Qualvoll."

„Bist du ein Bote von König Angrias?", fragt Emmensa und betrachtet seine schlanke, wohlgeformte Gestalt.

Der Rabenmann gibt der Amazone keine Antwort. Ein Ruck geht durch seinen Körper, er blickt in den Himmel, stöhnt auf und stirbt.

Emmensa zieht den Wurfdolch aus seinem Leichnam und

wischt das Blut mit einem Büschel Gras von der scharfen Klinge.

„Guter Wurf, Amazone“, sage ich zu ihr.

„Das kann man von dir nicht behaupten, Skriek“, gibt sie zurück.

Ich zucke mit den Schultern und verstaue die Schleuder in meiner Gürteltasche. „Sollen wir die anderen Raben verfolgen?“

Emmensas Blick schweift suchend über den Himmel. „Sinnlos. Sie sind weg. Verschwunden.“

Wenig später holen wir unsere Gefährten ein und berichten, was vorgefallen ist. Kathinka streicht nervös eine Haarsträhne aus dem Gesicht und blickt zu Boden.

Sincha wendet sich direkt an sie. „Warum hat dich der Rabenmann als Verräterin bezeichnet, Kathinka Ebensa?“

„Weil ich einst zu den dunklen Boten gehörte.“ Ihre Lippen bilden schmale Striche.

„Und? Weiter!“, fordert die Amazone.

„Sie haben mich an König Angrias Schergen verraten.“

„Warum?“

„Weil ich anders bin als sie.“

„Bist du eine Rabenfrau?“, frage ich stockend.

Kathinka blickt mich an. „Nein, ich bin eine Formwandlerin.“ Ihre Stimme ist rau und brüchig. „Ich sagte es dir ja schon, Skriek: Ich bin ein Bastard. Ein Mischwesen.“

„Was bedeutet das?“

„Die dunklen Boten sind halb Mensch, halb Rabe.“ Kathinka blinzelt. Ist da eine Träne in ihren veilchenblauen Augen? „Meine Mutter war eine Rabenfrau, mein Vater ein Mensch. Ein Waffenschmied. Doch er trug Magie in sich. Zu wenig, um zu zaubern. Aber genug, um mich zu verändern.“

„Was heißt das?“, will ich wissen.

„Durch die Gaben meiner Eltern wurde aus mir eine Formwandlerin.“ Kathinka atmet durch. „Ich bin ein Mensch, der sich in einen Raben verwandeln kann. Und ich kann Dinge verändern. Transformieren. Aber das wisst ihr ja schon.“

Wir starren sie an und sind gleichermaßen überrascht wie fasziniert.

„Hm.“ Sincha zieht nachdenklich an einem Zopf. „Was ist

jetzt mit den Raben? Und warum waren es vier?“

„Der vierte Rabe war wahrscheinlich ein weiterer Bote. Die Raben tauschen untereinander Informationen und Botschaften aus. Aber dieser eine Bote ist jetzt tot. Das heißt, die anderen drei werden noch vorsichtiger sein. Und sie werden uns weiterhin verfolgen.“

„Wir müssen ihnen erneut auflauern“, meint Sincha.

Traurig schüttelt Kathinka den Kopf. „Sie sind jetzt gewarnt. Noch einmal können wir sie nicht überraschen.“

„Wir lassen uns etwas einfallen.“ Sincha gibt den Befehl zum Weitermarsch.

Kathinka geht links von mir, Clarina rechts. Die rothaarige Amazone mit den braunen Augen und den vielen Sommersprossen ist immer noch blass, aber ihre Wangen sind nicht mehr so eingefallen. Sie kann mittlerweile weitere Strecken gehen und braucht weniger Rastzeiten. Sie blickt zu mir. Ihre Augen blitzen ein wenig schalkhaft. „Du bist ein schlechter Schütze. Emmensa hat mir erzählt, dass dein Steinwurf den Raben nur gestreift hat.“

„Ich bin ein guter Axtkämpfer, Amazone.“

„Bis jetzt habe ich dich nur ein Mal eine Axt werfen gesehen. Gekämpft hast du, seit wir von Ontron aufgebrochen sind, noch nicht.“

„Meine Axt hat einem Zwerg das Gesicht zertrümmert.“

„Vielleicht war es ein Zufallstreffer?“

„Vielleicht“, sage ich und grinse.

Clarina grinst zurück. „Nicht nur vielleicht. Höchstwahrscheinlich.“

Kathinka scheint die Unterhaltung zwischen Clarina und mir gar nicht mitzubekommen, zu sehr ist sie mit ihren eigenen Gedanken beschäftigt. Sie wirkt seit dem Zwischenfall mit dem Rabenmann sehr bedrückt und voll Sorge. Ohne auf Clarina, die sich immer noch mit mir unterhält, zu achten, richtet Kathinka plötzlich das Wort an mich. „Was denkst du jetzt von mir, Skriek?“, will sie wissen.

„Du hättest mir schon früher erzählen können, dass du dich in einen Raben verwandeln kannst.“

„Wozu?“

„Damit ich Bescheid weiß“, brumme ich.

„Hätte das etwas verändert?“

Ich überlege kurz. „Nein, wohl nicht.“ Mit weitausholenden Schritten gehe ich weiter. Clarina und Kathinka haben Mühe, mir zu folgen. Auf den schmalen Lippen der rothaarigen Amazone liegt ein amüsiertes Schmunzeln. Kathinka hingegen hat ihren Kopf gesenkt und ist tief in Gedanken versunken. Ich spüre, dass sie mir immer noch nicht alles erzählt hat. Was verschweigt sie mir noch?

Clarina blickt mich nach einer Weile von der Seite an. „Und, Skriek, weißt du schon Bescheid?“, fragt sie und ihr Lächeln wird breiter.

„Was meinst du?“

„Meine Rippen heilen gut. Bald kann ich deine Schuppen berühren“, sagt Clarina. „Weißt du schon, ob du das willst?“

Da erwacht Kathinka aus ihrem Brüten, hebt den Kopf, baut sich vor mir auf und funkelt mich wütend an. „Wenn die hagere Amazone auch nur eine einzige Schuppe von dir berührt, Skriek, dann bist du die längste Zeit mein Paladin gewesen!“

„Nun, Kathinka Ebensa“, sage ich, „dann weiß ich jetzt ja Bescheid.“

„So ist es, Skriek“, faucht Kathinka.

„Deine Freundin“, sagt Clarina zu mir und wirkt überraschend gelassen, „hat mehr von einer Amazone an sich, als ich gedacht habe.“

22

Drei Tage später wandern wir immer noch durch Burgisien. Wir durchqueren die Felder von Allauen und folgen dem Lauf des Saafus, einem großen, breiten Fluss, der von Nordosten nach Südwesten fließt. Der Himmel ist bewölkt, doch es ist angenehm warm. Wir hören Insekten surren, sehen weidende Kühe und Schafe. Die Hirten verstecken sich vor uns. Es sind gefährliche Zeiten. Jeder ist auf der Hut, niemand vertraut Fremden, die durch die Lande ziehen.

In unserer Gemeinschaft ist beinahe wieder alles beim Alten. Manchmal kommt es mir so vor, als ob es den Zwischenfall mit den Gnomen, die drei Frauen nahe unseres Nachtlagers zu Tode gefoltert haben, nie gegeben hätte. Romaldo bemüht sich seit kurzem auch wieder mit wohlwollender Höflichkeit um Sinchas

Gunst und es ist nichts mehr von seinem Groll auf sie zu bemerken. Knut scharwenzelt weiterhin um die Amazone herum, reicht ihr Essen und Trinken und zeigt viel zu oft sein hässliches Lächeln. Kathinka ist still wie eh und je, sie spricht nur wenig. Clarina, Emmensa, Lusona und Basola sind hart und wachsam. Und Sincha thront über uns allen. Sie ist unsere Anführerin und bestimmt, wo es langgeht. Mir soll es recht sein. Solange ich mit Kathinka zusammen sein kann, scheren mich keine Ränke und Machtspiele.

Das Gelände wird steiler und fällt Richtung Süden hin ab. Der Saafus rauscht neben uns und spuckt seine weiße Gischt in die Luft. Ein Surren und Tosen ist rund um uns. Wir folgen gemächlich seinen großen mäandernden Kurven. Ich gehe neben Kathinka, vor uns sind Knut und Romaldo. Die Zwillinge unterhalten sich flüsternd. Sie glauben wohl, dass durch den tosenden Lärm des Flusses ihre Worte nicht gehört werden können. Doch da irren sie sich. Meine Skriekohren sind viel schärfer, als die beiden vermuten. Ich lausche neugierig.

„Grumpf", flüstert Knut soeben und klingt ungehalten.

„Das war nur ein kurzer Moment der Unaufmerksamkeit. Nicht mehr", gibt Romaldo ebenso leise zurück. „Und immerhin ging es um unsere Ehre. Das macht es nicht leichter."

„Grumpf?"

„Sei ganz beruhigt, Bruder. Die Amazone glaubt doch schon längst wieder, dass ich ihr vergeben habe." Er lächelt. „Mein höfliches Werben überzeugt sie. Du wirst schon sehen."

„Grumpf?"

„Nein, wir bleiben bei unserem Plan. Du gibst den treuergebenen Paladin und ich mime den verliebten Narren."

„Grumpf."

„Ja, der Wahnsinn dieses kranken Skriek hat uns sehr geholfen und auf eine gute Idee gebracht. Paladin! Beschützer einer edlen Dame! Wie erbärmlich! Aber hilfreich. Sehr hilfreich."

„Grumpf!"

„Natürlich wird die Amazone weiterhin misstrauisch bleiben. Aber deutlich weniger als bisher. Und sie ist davon überzeugt, dass du ihr treuer Paladin bist. Hah!" Romaldo spuckt verächtlich aus. „Das vergrößert unseren Spielraum deutlich. Nicht wahr, Bruder?"

„Grumpf."
„Wie?"
„Grumpf."
„Nun gut, ich gebe zu, dass mich die Amazone beeindruckt. Ein wenig. Aber sie ist meinem Herzen so fern wie eine Sumpfkröte."
„Grumpf. Grumpf, grumpf."
„Das ist nicht dein Ernst?" Romaldo spricht ein wenig lauter und ich kann ihn jetzt noch besser verstehen. „Ich werfe der Amazone keine heimlichen schmachtenden Blicke zu. Und ich bin auch ganz sicher nicht dabei, mich in sie zu verlieben." Romaldo schnaubt. „Ich glaube, Bruder, dir hat jemand mit deinem Streitkolben auf den Hinterkopf geschlagen."
„Grumpf!"
„Natürlich sind wir zwei verbunden und spüren die Gefühle des anderen. Aber ebenso wenig, wie du dieser hageren Kriegerin treu ergeben bist, liebe ich sie."
„Grumpf."
„Sei unbesorgt. Ich weiß schon, was ich tue." Er blickt zu Knut. „Wir müssen nur darauf achten, unser Ziel niemals aus den Augen zu verlieren. Und unsere Ehre."
„Grumpf."
„Eben. Das meine ich auch."
Ich lasse mich zurückfallen und bedeute Kathinka, dass auch sie langsamer gehen soll, damit ein größerer Abstand zwischen uns und den Zwillingen entsteht. „Ich habe Romaldo und Knut belauscht", raune ich Kathinka zu. „Sie spielen ein seltsames Spiel."
„Was meinst du, Skriek?" Kathinka wirkt nicht sehr interessiert.
„Knut ist Sincha nicht treu ergeben. Er tut nur so, als ob er ihr Paladin wäre. Und Romaldo wirbt nur zum Schein um sie. Er ist nicht verliebt."
„Ja, und?"
„Die Zwillinge manipulieren unsere Anführerin", sage ich.
„Skriek, du bist naiv. Sincha lässt sich nicht manipulieren. Nicht von den beiden Brüdern aus Harba." Kathinka bläst eine schwarze Haarsträhne aus ihrem Gesicht. „Wenn sie sich täuschen lassen würde, dann wäre sie es nicht wert, unsere Anführerin zu sein."

„Wir sollten es ihr sagen“, meine ich.

„Sie weiß es längst“, entgegnet Kathinka.

„Aber ...“

„Knut und Romaldo glauben, durch ihr Verhalten Sincha in Sicherheit zu wiegen und so ihr eigenes Süppchen kochen zu können. Sincha ist sich dessen aber bewusst und spielt mit. So hat sie die beiden besser im Griff.“

„Aber ...“

„Skriek, du hast von klein auf in einer Gemeinschaft gelebt, in der jeder ehrlich und freundlich war. Das beeinflusst dich und nimmt dir die klare Sicht auf die Welt, wie sie wirklich ist.“ Sie berührt kurz meine Schulter. „Du bist so einfach. So berechenbar. Für dich gibt es nur Treue oder Verrat. Kampf oder Unterwerfung.“

„Ich bin ein Krieger Thurantuhs“, entgegne ich gereizt.

„Es ist gut, wie du bist“, sagt Kathinka besänftigend. „Ich mag deine einfache Weltsicht. Sie gibt mir Ruhe und Sicherheit. Aber die meisten sind nicht so einfältig und berechenbar wie du. Sie überlegen, manipulieren. Täuschen und planen. Zu ihrem eigenen Vorteil. Oder aus Rache. Und manche sind einfach nur böse und haben eine diebische Freude daran, andere zu hintergehen und zu betrügen.“

„Kathinka, woher weißt du das alles?“

„Ich bin in so einer Gemeinschaft aufgewachsen.“ Kathinkas veilchenblaue Augen blicken mit einem Mal sehr traurig.

Ich mag es nicht, wenn sie traurig ist, daher wechsle ich schnell das Thema. „Du kannst Wandelmagie wirken“, sage ich. „Was weißt du sonst noch alles über Magie?“

Kathinka sieht mich an und errät mühelos meine Absichten. Sie weiß, dass ich sie von ihren trüben Gedanken ablenken will. Mit einem Schulterzucken steigt sie darauf ein. „In vielen Wesen ist Magie. Sie kann die unterschiedlichsten Formen annehmen. Riesen können Magie riechen, Trolle und Gnome verfügen über magische Tränke. Zwerge verwenden eine eigene Steinmagie.“ Sie blickt in den rauschenden Saafus. „Menschen können die stärkste Magie wirken. Nur sie haben die Macht, zu Zauberern zu werden.“

„Gibt es viele Zauberer?“, frage ich.

„Nein, nur sehr wenige“, antwortet sie. „Im Rat sitzen vielleicht hundertfünfzig Zauberer.“

„Mehr gibt es nicht?“, wundere ich mich.

Kathinka blickt zu den dichten Wolken. Sie hält ständig Ausschau nach den dunklen Boten, doch in letzter Zeit hat sie keine gesehen. Vielleicht sind sie verschwunden, vielleicht verstecken sie sich auch nur irgendwo. „Skriek, es gibt viele Menschen, die Magie wirken können. Tausende, wahrscheinlich sogar Zehntausende. Aber nur in wenigen ist die Magie stark genug, um ein Zauberer zu werden. Mein Vater hatte Magie in sich. Genug, um seine Schwerter vollendet schmieden zu können, zu wenig, um einen Zauber zu sprechen. Und dann gibt es eine große Anzahl an Menschen, die kraftvolle Magie in sich tragen, aber nicht in den Rat der Zauberer aufgenommen werden.“

„Warum nicht?“

„Weil ihre Seelen nicht rein genug sind. Oder weil sie die Prüfungen nicht bestehen.“ Kathinka blickt mich an. „Manche sind einfach nicht bereit, sich den Regeln und moralischen Anordnungen des Rates zu fügen. Diese Menschen leben im Verborgenen. Es sind die sogenannten Hexer und Hexen.“

„Erik Anfohrrnus erzählte mir, dass König Angrias viele Hexer und Hexen um sich geschart hat.“

„Ja, das hat er.“ Sie wendet abrupt den Kopf und blickt noch einmal nach oben zu den Wolken. Noch immer sind keine dunklen Boten zu sehen. Kathinka schreitet plötzlich rascher aus und verringert die Distanz zu den harbaischen Zwillingen. Ich folge ihr. Sie hat genug geredet, nun versinkt sie wieder in ihrer eigenen Gedankenwelt, von der ich ausgeschlossen bin. Und vielleicht ist das auch gut so? Ich schicke ein Gebet zu Thurantuh und bitte darum, dass er meinen Kopf frei macht. Ich denke zu viel. Grüble. Überlege. Mache mir Sorgen um unsere Gemeinschaft und meine Gefährten. Das ist eines Kriegers unwürdig. Zischend schlage ich meine Armbänder aneinander. Ich bin hier, um zu kämpfen und zu beschützen. Was schert es mich, welche Pläne die harbaischen Zwillinge schmieden? Was spielt es für eine Rolle, ob Sincha die beiden durchschaut oder nicht? Im Endeffekt geht es nur darum, König Angrias zu ermorden. Wenn dieser Auftrag erfüllt ist, werden wir sehen, wer von uns noch lebt. Und dann werden wir klären, wie es weitergeht. Entweder geht jeder friedlich seiner Wege, oder wir meucheln uns gegenseitig, um alle Zeugen des mörderischen

Anschlages für immer zum Verstummen zu bringen. Wahrscheinlich wird Letzteres eintreten. Nun, ich werde bereit sein. Meine Axtblätter sind scharf. Ich bin stark und schnell. Und mein Rundschild ist groß genug, um Kathinka und mich zu beschützen.

Es wird Abend und wir errichten auf einem bewaldeten Hügel ein Lager. Wir haben nur mehr wenige Vorräte. Das Brot ist hart, Wurst und Käse sind beinahe aufgebraucht. Bald werden wir eine Ortschaft aufsuchen oder auf die Jagd gehen müssen. Alle essen nur wenige Bissen und trinken Wasser. Sincha schickt Basola und Lusona aus, um die umliegende Gegend zu erkunden. Clarina wechselt ihren Verband am Unterschenkel. Sie ist beinahe wieder ganz gesund, auch wenn ihre Rippen noch schmerzen und sie in ihrer Bewegungsfreiheit behindern. Kathinka lehnt sich mit dem Rücken gegen einen Baumstamm und starrt zum Himmel. Bald wird es dunkel. Sincha und Emmensa holen Wetzsteine aus ihrem Reiserucksack und schärfen ihre Klingen. Knut sitzt neben Sincha und hält seinen großen Streitkolben in den klobigen Händen. Ich betrachte Emmensa, die mit ruhigen fließenden Bewegungen die Klingen ihrer Wurfdolche wetzt. Die blonde Amazone ist eine hervorragende Werferin. Ich denke an den Rabenmann, den sie mit einem Wurf erledigt hat. Sie ist präzise und schnell gewesen. Ihr Wurfdolch hat exakt getroffen. Emmensa ist eine gefährliche Frau.

Romaldo tritt zwischen zwei Eschen hervor. In seinen Händen hält er einen bunten Blumenstrauß. Er geht zu Sincha, die auf ihrer Decke hockt und soeben ihren zweiten Krummsäbel schärft.

„Mylady“, sagt der harbaische Prinz und verbeugt sich schwungvoll. „Diese Blumen, die ich soeben auf einer Waldlichtung gepflückt habe, sind ein Zeichen meiner niemals endenden Liebe zu dir.“

Mir wird beinahe schlecht, als ich Romaldos verlogenes Süßholzgeraspel höre. Ich knurre. Meine vier spitzen Eckzähne schlagen aufeinander. Sincha aber bleibt ruhig und gelassen. Sie bedankt sich mit knappen Worten bei dem harbaischen Prinzen und legt dann die Blumen achtlos neben sich auf die Decke. Er schenkt ihr noch einmal ein strahlendes Lächeln, dann setzt er sich neben seinen Bruder.

Basola und Lusona kommen von ihrem Rundgang zurück. Sie bewegen sich eilig und kommen geduckt näher. Wenig später hocken sie sich zu Sincha und berichten, was sie gesehen haben. Unweit von uns lagert eine marodierende Gruppe von über zwanzig Wesen. Zwei Trollinnen, vier Zwerge, sechs Kobolde und zahlreiche Gnome und burgisische Deserteure haben sich unter der Führung einer Riesin zusammengefunden. Die Gruppe ist gefährlich, gierig und auf der Jagd, sagen Basola und Lusona. Sie haben die Marodeure heimlich belauscht und einige Wörter aufgeschnappt. Es geht das Gerücht in Euptonien und Allunien um, dass die Amazonen gezielt Zwerge abschlachten. Zumindest haben sich das die Trollinnen und die Gnome vorhin erzählt.

Sincha schnaubt ungehalten. Ihr Gesicht ist angespannt, ihre grünen Augen dunkel. „Das wird unsere Königin erzürnen“, sagt sie. „Die Zwerge werden Genugtuung für ihre Toten verlangen.“ Die Amazone legt den Wetzstein zurück in ihren Reiserucksack und steht auf. Mit der Routine und Selbstverständlichkeit jahrelanger Übung lässt sie mit einer einzigen geschmeidigen Bewegung ihre Krummsäbel in die Rückenhalterung gleiten. „Wir ziehen weiter und suchen uns einen anderen Lagerplatz. Die Marodeure scheinen gefährlich zu sein. Ich will nichts riskieren.“

Wir nicken, packen unsere Bündel und marschieren los. Zwei Stunden später erreichen wir einen verfallenen Turm. Die Zinnen sind abgewittert und die Eingangstür fehlt. Teile einer niedrigen Mauer sind noch erhalten, aber mit Moos und Gras überwuchert. Wir wagen es nicht, den alten Turm zu betreten. Zu leicht könnten lose Steine herabfallen oder gar der ganze Turm einstürzen. Die Wendeltreppe ist morsch und faulig, einige Trittbretter fehlen ganz. Wir lagern hinter der Mauer und ich übernehme die erste Wache.

Es ist früher Morgen. Die Sonne ist noch nicht aufgegangen. Emmensa hat die dritte Wache übernommen. Sie ist müde und gähnt. Ihre Augen bilden schmale Schlitze. Da hört sie plötzlich etwas: Das Klirren von Waffen. Es kommt vom gegenüberliegenden Waldrand. Emmensa ruft eine Warnung und eilt zu uns anderen. Wir alle liegen fest eingewickelt in unseren Schlafdecken am Boden. Emmensa schüttelt uns an den Schultern und ruft erneut. Mit einem Mal sind wir alle hellwach. Hastig schälen wir uns aus den Decken und greifen zu unseren Waffen. Sincha tritt mit gezogenen Krummsäbeln nach vorne an die mannshohe Mauer und starrt zu den Marodeuren, die gut hundert Meter von uns entfernt nahe dem Waldesrand verharren. Sie haben uns gefunden.

„Wir werden verhandeln“, sagt Sincha. Sie formt ihre Hände zu einem Trichter und ruft zu der feindlichen Gruppe hinüber: „Was wollt ihr von uns? Wir suchen keinen Streit! Lasst uns reden!“

Eine Riesin und eine Trollin lösen sich von den anderen und kommen ein Stück heran. Die beiden wirken gefährlich und kampferprobt. Die Riesin ist über dreieinhalb Meter groß. Sie hat kräftige Muskeln und einen eisernen Kampfstab in der linken Hand. Ihre breiten Augenwülste senken sich über zwei kleine, listig dreinblickende Äuglein. Ihre Haut ist rissig und grau. Ihre Haare sind lang und strähnig. Unter ihrer ärmellosen Jacke kann man Tätowierungen an Hals und Schultern erkennen. Neben ihr geht die Trollin. Sie ist gut einen Meter kleiner als die Riesin und hat dicke, kräftige Muskeln. Sie ist mit Fellen bekleidet und trägt einen Speer.

„Was wollt ihr von uns?“, fragt Sincha erneut und geht den beiden einige Schritte entgegen.

„Was sollen wir schon wollen?“, höhnt die Riesin und bleibt stehen. „Amazone, gib uns all dein Geld und all deine Waffen! Dann lassen wir dich und deine Gefährten am Leben.“

„Unser Geld könnt ihr haben“, entgegnet Sincha ungerührt. „Aber unsere Waffen behalten wir.“

Die Trollin knurrt herausfordernd. Die Riesin spuckt einen gelben Pfropfen auf den Boden. „Ihr gebt uns augenblicklich eure Waffen und euer Geld“, fordert sie mit starrem Blick. „Oder wir werden euch hier und jetzt töten und häuten.“

„Unterschätze uns nicht, Riesin. Wir sind erfahrene Kämpfer“, warnt Sincha. „Es wird viel Blut fließen, wenn ihr uns herausfordert. Seid klug, nehmt das Geld und zieht von dannen.“

„Nein! Geld und Waffen! Darüber gibt es nichts zu verhandeln, Amazone. Wir sind mindestens dreimal so viele wie ihr. Gebt uns jetzt, was wir fordern, und ihr behaltet euer erbärmliches Leben."

„Wir behalten unsere Waffen", knurrt Sincha und zeigt ihre Zähne.

Die Riesin spuckt erneut aus und deutet mit ihrem riesigen dicken Zeigefinger auf Sincha. „Du hast es so gewollt, dumme Amazone. Nun werdet ihr alle sterben." Die Riesin und die Trollin wenden sich abrupt ab und gehen zurück zu ihrer Truppe.

Sincha starrt den beiden einen kurzen Moment hinterher, dann eilt sie zu uns. „Sie werden angreifen." Sincha wirkt entschlossen und kampfbereit. Ohne zu zögern gibt sie ihre Befehle. „Kathinka und Clarina, ihr bleibt hinter der Mauer. Basola und Lusona werden euch mit Schild und Krummsäbel beschützen." Clarina begehrt unwillig auf und sagt, dass ihre Wunden völlig verheilt sind und sie durchaus in der Lage ist, zu kämpfen. Sincha bringt sie mit einem einzigen scharfen Blick zum Schweigen.

Basola und Lusona lösen währenddessen die Rundschilde von ihren Hüften und schieben sie über ihre linken Unterarme.

„Gebt mir eure Wurfdolche", sagt Sincha zu den beiden. Die Kriegerinnen gehorchen ihrer Anführerin und überreichen die Dolche. Dann ziehen sie ihre Krummsäbel und gehen mit Kathinka und Clarina in Deckung.

Sincha gibt drei Wurfdolche an Emmensa weiter, die restlichen behält sie selbst. „Knut und Skriek, ihr zwei bildet unsere erste Angriffswelle." Sie zeigt zu den Marodeuren. „Wir dürfen ihnen nicht den Schwung des ersten Angriffs überlassen. Sie sind uns an Anzahl weit überlegen und würden uns einfach überrennen."

„Wir könnten versuchen zu fliehen", wirft Romaldo ein. „Auch wenn das gegen meine Ehre geht."

„Die Marodeure würden uns verfolgen", entgegnet Sincha. „Es ist besser, wir klären das hier und jetzt."

„Respekt, Mylady!" Romaldo lüpft seinen Hut und lächelt sie an. „Ich verliebe mich stets aufs Neue in dich."

Sincha geht nicht auf Romaldos Worte ein, sondern wendet sich direkt an Knut und mich. „Emmensa und ich werden euren Angriff mit unseren Wurfdolchen unterstützen." Sie zieht einen Dolch. „Unsere Gegner haben burgisische Armbrustschützen. Die Gnome werden mit ihren Blasrohren vergiftete Pfeile abschießen. Emmensa und ich werden als erstes versuchen, die burgisischen Armbrustschützen und Gnome zu töten.“ Sie dreht sich zu Romaldo und blickt ihn mit ihren grünen Augen durchdringend an. „Prinz von Harba, du läufst hinter Knut und Skriek. Die Marodeure werden versuchen, die beiden einzukreisen. Du hältst ihnen mit deinem Rapier den Rücken frei. Emmensa und ich folgen dir auf dem Fuß. Wir werden nur anhalten, um unsere Dolche zu werfen.“

„Deine Strategie, Sincha, gefällt mir“, grinst Romaldo.

Wir warten. Unsere Gegner verharren immer noch am Waldrand und beratschlagen. Schließlich gibt die Riesin ein Zeichen. Die Marodeure ziehen los. Voraus gehen burgisische Soldaten mit Schwertern, sechs Kobolde mit Säbeln und die vier Zwerge mit ihren Kampfäxten. Dahinter kommen die zwei Trollinnen mit ihren Speeren, die Armbrustschützen und die Gnome mit ihren Blasrohren. Als Letzte geht die Riesin. Sie will wohl das ganze Kampffeld überblicken, um ihren Leuten jederzeit neue Befehle geben zu können.

Die Marodeure kommen beharrlich näher. Ich schlage meine metallenen Armbänder aneinander. Thurantuh, Thurantuh, Thurantuh! Kampfeslust erfüllt mich. Ich will zuschlagen. Töten!

Unsere Gegner sind nur mehr knapp siebzig Meter entfernt. Die Armbrustschützen legen an. Zielen. Die Gnome blasen die Backen auf, ihre Blasrohre mit den vergifteten Pfeilen sind bereit.

Ich habe in jeder Hand eine Kampfaxt, mein Rundschild soll meinen Rücken schützen. Meine Kapuze habe ich tief ins Gesicht gezogen.

„Los! Jetzt!“, brüllt Sincha.

Knut und ich stürmen vorwärts. Wir brüllen, knurren und fauchen. Romaldo ist knapp hinter uns. Zischende Dolche fliegen über unsere Köpfe hinweg und bohren sich in Fleisch und Muskeln. Ein Gnom fällt, auch ein Armbrustschütze. Dann kommen die Pfeile und Bolzen. Wir sind zu schnell, zu gewandt. Die Gnome und die Armbrustschützen haben nicht mit unserem wahnwitzigen Frontalangriff gerechnet. Sie verfehlen uns um Längen. Hastig laden sie nach. Wieder sausen Wurfdolche, die von Sincha und Emmensa mit großer Wucht und Präzision geschleudert werden, über unsere Köpfe hinweg. Zwei weitere Gnome sterben. Und dann sind wir heran. Knut mäht sich mit seinem Streitkolben durch die ostalischen Soldaten. Ich treffe auf Kobolde und Zwerge. Thurantuh! Mein Herz jubiliert. Zu lange habe ich nicht mehr gekämpft und meine Äxte geschwungen. Glück erfüllt mich. Ekstase! Ich will Blut sehen. Knochen zertrümmern. Meine Feinde sollen vor Schmerzen wimmern, bevor sie sterben.

Meine Äxte fordern ihren Blutzoll. Ich kenne kein Innehalten, keine Gnade. Es gibt kein Zögern. Blutrausch erfüllt mich. Drei Kobolde fallen, dann zwei Zwerge. Meine Äxte sausen hin und her. Blocken. Schlagen. Töten. Die Kobolde weichen zurück, ebenso die zwei noch verbliebenen Zwerge. Ich sehe Angst in ihren Augen. Sie haben noch nie gegen ein Wesen wie mich gekämpft. Können mich nicht einschätzen. Erstarren beinahe. Thurantuh! Meine Äxte fressen Knochen und Sehnen.

Neben mir wird auch gekämpft. Ich bekomme es nicht wirklich mit. Meine Sinne sind auf meine Gegner fixiert. Ich halte nicht inne. Schlag auf Schlag. Ich bin zu schnell, zu stark. Die letzten Kobolde und Zwerge fallen. Sie schreien, röcheln und sterben. Blut trieft von meinen Axtblättern. Das stachelt mich noch mehr an. Thurantuh!!!, brülle ich, beseelt von dem Kampf. Ich fühle mich frei. Allmächtig. Ich bin ein wahrer Diener Thurantuhs. Ein ehrenvoller Krieger meines Gottes.

Eine Trollin stellt sich mir in den Weg. Ich prelle den Schaft ihres Speeres zur Seite, springe auf sie zu, schwinge die Axt. Die Trollin ist viel zu langsam. Ihr Todesschrei endet, als meine Axt ihre Kehle durchtrennt. Blut spritzt. Ich wirble herum und sehe aus den Augenwinkeln, wie Knut und Romaldo die zweite Trollin töten. Ich wende mich nach rechts und der Riesin zu. Links von mir durchbohrt Sinchas Krummsäbel einen burgisischen Soldaten. Neben ihm liegen zwei erschlagene Gnome. Wo ist eigentlich Emmensa?

Die Riesin brüllt etwas, deutet auf mich und senkt demonstrativ ihren Eisenstab. Sie will nicht mehr kämpfen, sie will reden.

Aber ich will nicht reden. Ich will töten! Entschlossen greife ich an und rufe meine Herausforderung.

Die Riesin begreift, dass sie keinen Verhandlungsspielraum

mehr hat. Sie geht einen Schritt rückwärts und hebt ihren Stab. Grimmiger Trotz ist nun in ihren plumpen Gesichtszügen zu erkennen. Sie ist bereit zurückzuschlagen und um ihr Leben zu kämpfen.

Ich habe aus meinem Kampf mit dem jungen Riesen gelernt und weiß, dass ich der Riesin an Kraft deutlich unterlegen bin. Es wäre daher töricht zu versuchen, ihre Schläge zu blocken. Ihre schiere Muskelkraft würde mich zu Boden drücken. Ich setze auf meine Schnelligkeit. Und auf meine scharfen Axtblätter. Thurantuh!

Ich wirble um die Riesin herum. Sie versucht mich am Kopf zu treffen, doch ihr Schlag geht fehl. Meiner jedoch nicht. Ich trenne mit einem raschen, kraftvollen Hieb ihre Hand von ihrem rechten Arm. Ihr Eisenstab fällt zu Boden. Die abgetrennte Hand umklammert ihn noch immer. Ein Blutschwall ergießt sich aus ihrem Armstumpf. Die Riesin brüllt und tobt vor Schmerz und Wut. Sie weiß, dass sie den Kampf verloren hat.Ein Blutschwall ergießt sich aus ihrem Armstumpf.

Thurantuh! Meine Äxte vollenden das Werk. Die Riesin stirbt. Zerschmettert. Mit gebrochenen Knochen und durchtrennten Sehnen.

„Thurantuh!“, brülle ich.

Um mich ist plötzlich Stille. Ich lasse meine Äxte sinken, drehe mich um und sehe meine Gefährten.

„Bei Ama!“, keucht Sincha und starrt mich entgeistert an. „Du bist ein Monster. Ein Schlächter.“

„Bei Ganthron“, knurrt Romaldo. „Der Skriek hat über ein Dutzend getötet. Zwerge, Kobolde, Menschen. Eine Trollin. Und eine Riesin.“

„Grumpf.“ Knut wischt den Schweiß von seiner Stirn. Ich kann den Blick, den er mir zuwirft, nicht deuten.

„Ich bin ein Krieger Thurantuhs“, sage ich zu den dreien. „Ich diene ihm mit meinen Äxten.“

Sincha tritt zu mir. Blutspritzer kleben auf ihrem Gesicht, ihren Haaren und ihrer Kleidung. Ihre Krummsäbel sind triefend rot. „Skriek, verzeih mir meine unbedachten Worte von vorhin“, sagt sie, „aber ich habe noch nie zuvor ein Wesen wie dich kämpfen gesehen.“

„Ich bin nicht bösartig, Sincha Ankonski.“

„Nein, Skriek, das bist du nicht.“

Da ertönen Rufe. Kathinka eilt heran. Kalkweiß. Verstört.

„Die Marodeure sind tot“, sage ich zu ihr, um sie zu beruhigen.

„Blut“, stammelt sie. „Soviel Blut. Und die Schreie. Die Schmerzen.“

„Kathinka, ich bin unverletzt.“

Sie betrachtet mich lange. Ihre veilchenblauen Augen sind wie leere Höhlen. „Wasch das Blut ab“, sagt sie schließlich und wendet sich von mir ab.

Lusona ruft und winkt uns hektisch zu sich. Sie kniet neben Emmensa im Gras und hält ihre Gefährtin im Arm. Ein Blasrohrpfeil steckt in Emmensas rechter Halsbeuge, knapp neben dem lederverstärkten Kragen ihres Wamses. Ihre Brust hebt und senkt sich ruckartig. Kalter Schweiß rinnt über ihr Gesicht. Sie keucht und bäumt sich in Lusonas Armen auf. Ihre Augen verdrehen sich nach oben. Man sieht nur mehr das Weiße darin. Noch einmal zuckt Emmensas Körper unkontrolliert. Dann ist sie tot. Sincha streicht sich mit einer müden Geste über ihr hageres Gesicht. Ihr Mund bildet einen schmalen Strich voll Ingrimm und Leid. Wieder ist eine ihrer Kriegerinnen im Kampf gefallen.

„Verdammtes Gnomengift“, knurrt Romaldo und legt tröstend seine Hand auf Sinchas Schulter.

Noch nie zuvor habe ich die grünäugige Amazone so schnell gesehen. Liegt es an ihrem Zorn, oder ihrer Trauer? Ich weiß es nicht. Aber bevor Romaldo auch nur blinzeln kann, hält ihm Sincha die rasiermesserscharfe Spitze ihres Krummsäbels an den Hals und ritzt ihn. Blut tröpfelt von der Klinge.

„Prinz aus Harba“, sagt Sincha mit eisigkalter Stimme, „wenn du mich noch einmal anfasst, bist du ein toter Mann.“

23

Fünf Tage sind seit dem Kampf gegen die Marodeure vergangen. Es ist endgültig Sommer geworden. Die Sonne brennt heiß vom wolkenlosen Himmel. Weizen und Dinkel wachsen auf den Feldern und die Kirschbäume stehen in voller Blüte. Wir haben Burgisien endlich hinter uns gelassen und durchqueren nun das Königreich Karnium. Wir marschieren weiter entlang der Saafus, deren breites und schlängelndes Blau noch immer unser Wegweiser ist. Unser nächstes Ziel sind die dicht bewaldeten Hügel von Espien. In ein, zwei Tagen sollen wir sie laut Sinchas Landkarten erreichen. Dann werden wir uns von der nach Süden fließenden Saafus verabschieden, unsere Schritte nach Westen lenken und versuchen, so unauffällig wie möglich in das ostalische Kernland vorzudringen. Es ist nicht mehr zu übersehen, dass wir uns langsam, aber beharrlich dem Zentrum des ostalischen Reiches nähern. Deutlich mehr Soldaten sind unterwegs und bewachen Handelswege, Straßen, Brücken und Wirtshäuser entlang der Wege. Seit Tagen haben wir keine Deserteure, Räuber oder anderen marodierenden Gruppen mehr ausgemacht. Hier in Karnium zeigt sich die Macht von König Angrias deutlicher als in den umliegenden Reichen. Und das ist nicht ungünstig für uns. Natürlich bleiben wir den gesicherten Straßen fern, um jedes Zusammentreffen mit ostalischen Soldaten zu vermeiden. Wir suchen uns unseren Weg durch das dichte Unterholz der Weiden und Haselnusssträucher, die entlang der Saafus wachsen. Es ist ein mühsames Vorwärtskommen, doch unsere Sicherheit steht eindeutig im Vordergrund. Wir wollen keine weiteren Konflikte riskieren. Der Kampf mit den Marodeuren hat nämlich in unserer kleinen Truppe deutlich seine Spuren hinterlassen. Die Stimmung ist schlecht. Alle sind gereizt und angespannt. Es wird nur mehr das Nötigste gesprochen. Bei einigen von uns scheinen die Masken endgültig gefallen zu sein.

Prinz Romaldo verhält sich nur mehr mürrisch und übellaunig, seit ihm Sincha Ankonski ihre rasiermesserscharfe Klingenspitze an seinen Hals gehalten hat. Er versucht nicht einmal mehr den Anschein von Galanterie und Höflichkeit zu wahren. Sincha ignoriert er, soweit es ihm möglich ist. Er fügt sich zwar ihren Anordnungen ohne Widerspruch, aber sein Blick ist kalt und abweisend. Kein Wort hat er für sie übrig. Keinen Morgengruß entbietet er der Heerführerin. Wenn wir abends lagern, sucht er sich einen Schlafplatz, der so weit entfernt von Sincha wie möglich ist. Er ist eingehüllt in eine Wolke des Grolls. Noch intensiver als zuvor kümmert er sich um seine Kleidung und seine langschäftigen Stiefel. Er putzt, wienert und bürstet bei jeder Rast. Jeder noch so kleinste Riss wird pedantisch genäht und geflickt. Neben ihm wirken wir anderen schmutzig und ungepflegt.

Auch Knut hat seine Rolle als Paladin für Sincha Ankonski aufgegeben. Er hält sich von ihr fern. Nur selten wirft er ihr ein „Grumpf“ zu. Meist starrt er sie böse an. Mir ist bis heute nicht ganz klar, was die beiden harbaischen Zwillinge mit ihrem seltsamen Verhalten gegenüber der Heerführerin haben erreichen wollen. Sind sie wirklich der Meinung gewesen, Sincha Ankonski täuschen zu können? Gut, ich gebe es zu, anfangs habe ich auch geglaubt, Knut und Romaldo würden um Sincha werben. Ich habe mich von den beiden narren lassen. Aber weder Kathinka noch Sincha selbst sind auch nur für einen kurzen Moment auf die Finten der Zwillinge hereingefallen. Und was haben Romaldo und Knut überhaupt damit bezweckt? Welchen Sinn hat es für die beiden gemacht, Sincha die Rollen als Paladin und Liebeswerber vorzuspielen? Wozu das Ganze? Dass sie nach König Angrias auch König Edwin von Salur ermorden wollen, scheint kein großes Geheimnis zu sein. Also kann es den Zwillingen nicht darum gehen, von ihrem zukünftigen Vorhaben ablenken zu wollen. Aber warum haben sie dann ihre seltsamen Ränke aufgeführt? Ich weiß es nicht. Aber meine Instinkte sagen mir unmissverständlich, dass es wichtig wäre, auf meine Fragen eine Antwort zu finden. Ich fluche leise und schicke ein kurzes Gebet zu Thurantuh. Schon wieder denke ich zu viel. Aber was soll ich auch anderes in dieser Einöde, umgeben von schweigenden, übellaunigen Gefährten machen?

Sincha Ankonski geht einige Schritte vor mir. Sie wirkt seit dem Kampf mit den Marodeuren noch härter und distanzierter. Der Tod von Emmensa ist nicht spurlos an ihr vorübergegangen. Sie hat sich zwar gleich nach dem Kampf umsichtig gezeigt und klare Befehle gegeben, aber die Blässe in ihrem Gesicht ist nicht zu übersehen gewesen. Wir haben auf Anordnung von Sincha an Nahrung, Waffen und Gegenständen von den erschlagenen Marodeuren mit uns genommen, was wir brauchen können. Sogar Kathinka hat sich von einem toten Kobold einen schmalen Säbel mit geflochtenem Korb und kurzer Parierstange geschnappt und trägt ihn nun mit einigem Stolz an ihrem Gürtelgehänge. Sincha hat die Bewaffnung von Kathinka mit einem zufriedenen Nicken zur Kenntnis genommen. Nachdem mittlerweile bereits drei Amazonen gestorben sind, brauchen wir jeden Arm, der eine Waffe führen kann. Sincha übt seither mit Kathinka jeden Abend den Säbelkampf. Kathinka stellt sich recht geschickt an. Sie ist schnell und hat ein gutes Auge für Schläge, Hiebe und Stiche. Auch ein, zwei Finten beherrscht sie schon. Sincha ist mit ihr zufrieden. Aber Kathinkas Säbelübungen scheinen auch schon das Einzige zu sein, das die Heerführerin zumindest einigermaßen zufriedenstellt. Ansonsten ist sie schnippisch und kurz angebunden. Die harbaischen Zwillinge würdigt sie meist keines Blickes und auch mir gegenüber gibt sie sich abweisend. Gelegentlich, wenn sie meint, dass ich es nicht mitbekomme, beobachtet sie mich aus den Augenwinkeln. Es ist ein Abtasten. Ein Abschätzen. Sie traut mir nicht mehr, seit sie mich im Kampf mit den Marodeuren wüten gesehen hat. Das spüre ich genau. Wie als Antwort auf das distanzierte Verhalten von Sincha gegenüber mir und den Zwillingen scharen sich die ihr noch verbliebenen Amazonen dafür umso enger um ihre Heerführerin. Sie sprechen flüsternd miteinander, ziehen sich abends am Lager in eine Ecke zurück und leben ihre Rituale, ohne auf uns andere zu achten. Vor zwei Tagen, es ist wieder Neumond gewesen, haben Basola, Lusona und Clarina zusammen mit ihrer Heerführerin in einer Höhle, die wir unterwegs zufällig gefunden haben, die magischen Tränke zu sich genommen, die ihnen diese übermenschliche Kraft und Schnelligkeit verleihen. Lange haben sie, abgeschieden von uns anderen, zu ihrer Göttin Ama gebetet und um ihre gefallenen Kameradinnen getrauert. Eine dunkle Wolke des Leides liegt über den Amazonen. Ich bin mir nicht sicher, ob die tapferen Kriegerinnen überhaupt noch daran glauben, dass es uns gelingen wird, König Angrias zu töten. Doch unbeirrt und trotzig marschieren sie weiter. Diese Beharrlichkeit nötigt mir Respekt ab.

Ich betrachte das eingebrannte Spinnenzeichen auf meinem Unterarm und bedaure, wie alles in letzter Zeit gekommen ist. Ich habe die Amazonen gemocht, und wahrscheinlich mag ich sie immer noch. Vor dem Kampf gegen die Marodeure habe ich den Respekt der kriegerischen Frauen gehabt, und sie haben mir, wie ich meine, auch eine gewisse Wertschätzung gezeigt. Wenn die Amazonen und ich uns auch nie wirklich sehr nahe gestanden sind, so habe ich doch gespürt, dass die Kriegerinnen mich als einen Gefährten ansehen, als einen, der dazu gehört. Seit dem Kampf ist das leider alles ganz anders. Sie sind mir gegenüber äußerst vorsichtig und zurückhaltend. Kaum ein Wort richten sie an mich. Gesprächen mit mir gehen sie aus dem Weg, und sie werfen mir scheele Blicke zu. Ich weiß, was sie denken. Sie überlegen, ob ich meine Wut im Zaum halten kann. Sie fragen sich, ob es mir möglich ist, das rasende Tier in meiner Seele zu kontrollieren. Die Amazonen verstehen mich nicht, begreifen nicht die Beschaffenheit meiner Seele. Ja, ich bin ein Krieger Thurantuhs und das Kind eines Nordmannes, aber ich bin auch der Sohn einer Skriekfrau. In meiner Seele gibt es Sanftmut und Barmherzigkeit. Und ich kann meine Gefühle beherrschen, meine Wut kontrollieren. Doch das sehen die Amazonen nicht. Sie halten mich für eine unberechenbare Bestie. Eine Tötungsmaschine. Einen Schlächter. Und das verletzt mein Ehrgefühl. Ich leide unter ihrer abschätzigen Sicht meines Wesens. Warum können sie nicht erkennen, dass ich ihnen ein treuer, verlässlicher Gefährte sein will? Niemandem aus unserer Gruppe habe ich je ein Leid zugefügt. Ich bin stets loyal und zuverlässig gewesen. Und ich habe meine Gefährten vor den Marodeuren beschützt, die uns an Zahl weit überlegen gewesen sind. Doch wie danken meine Gefährten es mir? Mit Abscheu und kaum verhohlener Angst. Glauben sie wirklich, dass ich auch sie abschlachten könnte? Anscheinend. Wut brodelt in mir hoch und Säure brennt in meinem Magen. Ich balle meine schuppigen Fäuste. Warum sind die anderen so ungerecht zu mir? Das habe ich nicht verdient!

Ich bete erneut zu Thurantuh und bitte ihn um Ruhe und Gelassenheit. Eiskalt und berechnend sollte ich sein. Einem Krieger Thurantuhs würdig. Doch das fällt mir jetzt, nach all den dunklen Tagen, zusehends schwerer.

Das liegt auch an Kathinka Ebensa. Seit der Schlacht mit den Marodeuren spricht sie noch weniger mit mir. Sie lacht nicht mehr und nennt mich nicht mehr ihren Paladin. Mir scheint es fast so, als ob meine Nähe sie abstößt und anekelt. Ihre veilchenblauen Augen blicken mich oft so kalt an. Und dann gibt es wieder Momente, in denen sich ihr Blick verschleiert und ich nicht weiß, ob sie mich überhaupt wahrnimmt. Es ist fast so, als ob ich für sie gar nicht mehr existieren würde.

Das alles belastet mich mehr, als ich sagen kann. Endlich, nach so vielen Jahren des Alleinseins, habe ich wieder eine Gruppe von anderen Wesen gefunden und zumindest so etwas ähnliches wie Gemeinschaft und Zusammenhalt erfahren, und nun ist das alles schon wieder vorbei. Es ist wieder genauso wie früher. Ich bin ein Außenseiter. Man fürchtet mich und hält mich für eine Bestie, für ein wildes Tier.

Es wird Abend. Immer noch ist es drückend schwül. Wir sehen in der Ferne einen Turm und ein steinernes Gemäuer ringsum. Vorsichtig kommen wir näher. Ich wittere in die Luft. Meine Nasenflügel vibrieren. Ich atme ein und aus. Meine Instinkte bleiben still. Vor uns liegt keine Gefahr. Beim Näherkommen stellt sich heraus, dass der Turm und die Gemäuer einst Teil einer kleinen Festung waren. Die Steine sind verwittert, die Zinnen teilweise eingefallen, aber das Eingangstor ist noch intakt. Knarrend und quietschend lässt es sich öffnen. Vor uns liegt ein gemauerter Innenhof, der von unzähligen Pflanzen überwuchert ist. Eine schmale, steile Steintreppe führt nach oben. Wir steigen sie hinauf und erreichen eine Balustrade mit hoher, umlaufender Wehrmauer. Ich blicke nach unten. Wir sind gut acht Meter über dem Erdboden. Ich schiebe meine Kapuze nach hinten, setze ich mich auf die Mauer und betrachte die untergehende Sonne und die hügelige Landschaft vor mir. Nördlich beginnt ein dichter Laubwald, südlich sind zwei Senken und eine kleine Wasserstelle zu erkennen. Bald werden die Tiere des Waldes kommen und äsen.

Die anderen kümmern sich nicht um mich und setzen ihren Rundgang fort. Mir ist das sehr recht. Ich ertrage die Anwesenheit der anderen im Augenblick kaum. Auch spüre ich, wie meine Wut zunimmt. Wenn wenigstens Kathinka weiterhin treu zu mir stehen würde, dann könnte ich besser mit all der Ablehnung umgehen. Aber sie fürchtet mich ebenso wie die anderen. Ich verfalle in ein dumpfes Brüten. Die Schönheit der Landschaft vor mir ist kein Trost für mich. Lange sitze ich schweigend da. Meine Gedanken irren ziellos herum.

Da höre ich ein Geräusch. Es ist Kathinka. Sie setzt sich zu mir auf die Brüstung und hält einen Beutel mit Brot und Käse in ihrer Hand. Der gestohlene Säbel des toten Kobolds hängt an ihrem Gürtel. Sie richtet ihn, damit er beim Sitzen nicht gegen ihre Hüften drückt.

„Skriek, wir bleiben heute Nacht hier“, sagt sie leise. Sie bricht ein Stück Brot ab und reicht es mir, ohne mich dabei anzublicken.

Ich nehme das Brot und nicke nur dankend, da ich nicht weiß, was ich zu ihr sagen soll.

Kathinka schweigt ebenfalls, während sie ihre Ration aufisst. Ihr Blick schweift am Waldrand entlang, gleitet nach oben und erforscht den Himmel. Ich weiß, wonach sie Ausschau hält. Sie sucht die Raben. Die dunklen Boten von König Angrias. Doch es sind keine zu sehen. Seit Emmensa und ich die dunklen Boten angegriffen haben, scheinen sie wie vom Erdboden verschluckt zu sein. Und von mir aus kann das auch so bleiben. Vielleicht haben wir sie ja endgültig vertrieben? Ich glaube es beinahe, aber Kathinka tut das ganz sicher nicht. Sie ist immer noch felsenfest davon überzeugt, dass uns die dunklen Boten beobachten.

Das Schweigen zwischen Kathinka und mir dehnt sich. Es wird für mich beinahe unerträglich. Daher räuspere ich mich. „Kathinka.“

„Ja?“ Sie blickt mich an.

Ich suche nach Worten. Nach einem Gesprächsthema. Das, was mir auf der Seele brennt, kann ich ihr nicht sagen. Aber ich will auch nicht länger schweigend neben ihr sitzen. „Kathinka, was wollten Romaldo und Knut mit ihrem Schauspiel gegenüber Sincha eigentlich bewirken?“, frage ich daher.

Sie zuckt mit den Schultern. „Ich habe keine Ahnung.“

„Die Zwillinge sagten, als ich sie damals belauscht habe, dass sie hoffen, dadurch mehr Freiraum zu bekommen.“ Ich bin froh, dass Kathinka mit mir spricht. Sie macht keine Anstalten, die Wehrmauer zu verlassen und zu den anderen zurückzukehren. Also rede ich weiter. „Aber wozu, Kathinka? Welchen Freiraum brauchen sie? Irgendetwas führen die beiden doch im Schilde.“

„Denkst du noch manchmal an meinen Traum?“, fragt Kathinka. „An den tödlichen Kampf zwischen dir und Romaldo?“

„Tödlich? Davon hast du nichts gesagt.“ Ich bin über ihre Worte anfangs recht verwundert, doch dann kommt mir ein neuer Gedanke. „Glaubst du, dass mein Kampf mit Romaldo irgendwie etwas mit dem Schauspiel zu tun hat, das die Zwillinge gegenüber Sincha aufgeführt haben?“

„Ja, Skriek, das glaube ich.“ Sincha streicht eine schwarze Haarsträhne zurück, die ihr ins Gesicht gefallen ist. „Alles hängt zusammen. Und es hat irgendwie mit Ehre zu tun.“

„Mit Ehre?“

„Ja, das glaube ich.“ Sie nagt mit ihren weißen, ebenmäßigen Zähnen nachdenklich an ihrer Unterlippe. „Mit Stolz. Mit Rache. Und mit Ehre.“

„Mir ist meine Ehre auch wichtig“, krächze ich.

Sie blickt mich an und lächelt kurz. Es ist das erste Lächeln seit über fünf Tagen. „Das weiß ich, Skriek.“ Ihr Lächeln erlischt und sie blickt forschend in meine Augen. „Du bist wie ein offenes Buch für mich.“

„Oh.“

„Du musstest gegen die Marodeure kämpfen, Skriek. Das ist mir klar.“

„Ja, das musste ich“, sage ich, da mir sonst nichts einfällt.

„Aber ich muss es nicht mögen, wenn du dich wie ein Schlächter aufführst und deine Krallen und Schuppen voll mit Blut sind. Und ich werde am nächsten Tag nicht so tun, als ob nichts vorgefallen wäre. Ich weiß, wie du bist, Skriek. Und ich vertraue dir. Aber ich brauche auch Zeit, um mich an deine Raserei im Kampf zu gewöhnen. Ich habe in meinem Leben schon zu viel sinnlose Gewalt gesehen und am eigenen Leib erfahren.“

„Du hast die letzten Tage fast kein Wort mit mir gesprochen.“

„Ist das ein Vorwurf, Skriek?“

„Ich mag es nicht, wenn du dich von mir abwendest“, murmle ich. Meine Kehle fühlt sich rau an, als ich die Worte sage. Ich räuspere mich. „Ich brauche dich.“

„Ja, das tust du wohl.“ Sie runzelt die Stirn. „Wenn du wie ein Berserker kämpfst und anschließend in brütendes Schweigen verfällst, kannst du nicht erwarten, dass ich deine krallige Hand halte und dich tröste.“

„Was meinst du?“

„Du musst mit mir sprechen. Mir von deinen Gefühlen erzählen.“

„Ich dachte, ich wäre für dich wie ein offenes Buch.“ Ich lächle, um meinen Worten die Schärfe zu nehmen. Kathinka erwidert mein Lächeln nicht.

„Skriek, es ist nicht dasselbe, ob ich deinen Seelenschmerz erkenne oder ob du ihn mir anvertraust.“

Ich verstehe nicht, was sie meint. So sage ich das Einzige, was mir im Moment einfällt. „Thurantuh hat mich als Krieger erschaffen.“

„Ja, das hat er.“ Sie seufzt und blickt mich lange nachdenklich an. Schließlich wechselt sie, wohl wegen meiner Begriffsstutzigkeit, das Thema. „Die Zwillinge fürchten dich nun. Und die Amazonen auch.“ Kathinka hebt ihren Kopf, löst den Blick von mir und betrachtet den dunkler werdenden Himmel. „Und vielleicht ist das auch gut so. Weder die Zwillinge noch die Amazonen sollen glauben, dass sie mit dir leichtes Spiel haben werden. So klar sind die Rollen dann doch nicht verteilt.“

„Was meinst du damit?“, frage ich nach, da ich nicht verstehe. Worauf spielt Kathinka an? Meine Rolle bei dem ganzen Unternehmen ist doch sonnenklar. Ich muss die steilen, glatten Wände des Turmes von Yestshire nach oben klettern und dann einen verborgenen Brunnenschacht öffnen, damit die Amazonen heimlich und ungesehen ins Innere gelangen können. Das ist es. Zu mehr werde ich nicht benötigt. Aber anscheinend sieht Kathinka das ganz anders.

„Was meinst du?“, frage ich noch einmal.

Sie schüttelt aber nur den Kopf und antwortet nicht auf meine Frage. Stumm bleibt sie neben mir sitzen. Für eine lange Weile. Ich akzeptiere ihr Schweigen. Plötzlich runzelt sie die Stirn. Ihre Augenlider gehen auf und nieder. Ein wenig hektisch zieht sie an ihrer Unterlippe. Mehrmals atmet sie ein und aus.

„Was ist los, Kathinka?“ Ich bin besorgt.

Sie lächelt. „Nichts, Skriek. Gar nichts.“ Behutsam legt sie die Innenseite ihrer rechten Hand an meine Wange. „Bist du noch mein Paladin?“, fragt sie.

„Ja, das bin ich.“

„Dann ist es gut.“ Sie klettert von der Mauer. „Komm, ich habe ein Zimmer für uns.“

Kathinka und ich haben eine Kemenate im zweiten Stock

bezogen. Die Wände sind aus stabilem Stein. Es gibt zwei Fenster, deren Scheiben zerbrochen sind. Das stört uns aber nicht, da so ein kühlender Wind ins Innere dringen kann. Die Zwillinge wohnen zwei Türen weiter. Die Amazonen befinden sich im ersten Stock. Clarina hat die erste Wache übernommen und sich oberhalb des Eingangstores in den Schatten des Turmes gekauert.

Ich empfinde es als angenehm, endlich einmal ein wenig abgeschottet von den anderen zu sein und meine eigenen vier Wände mit Kathinka teilen zu können. Den anderen geht es wohl ebenso. Die Zwillinge haben sich schon vor einiger Zeit stillschweigend in ihr Zimmer zurückgezogen. Auch die Amazonen zeigen unmissverständlich, dass sie unter sich bleiben wollen.

Kathinka und ich haben den Staub, der überall am Boden gelegen ist, mit Ästen hinausgefegt, Unmengen frischen Laubes auf den Steinfliesen aufgehäuft und uns ein gemütliches Schlaflager gerichtet. Ich bin selig, dass Kathinka wieder mit mir spricht und mich weiterhin als ihren Paladin ansieht. Vor dem Einschlafen haben wir noch ein wenig geplaudert. Belangloses Zeug. Es hat mir einfach nur gut getan, ihre rauchige Stimme zu hören. Dann hat sie sich neben mich gelegt und mir eine „Gute Nacht" gewünscht. Kathinka hat für einen kurzen Moment ein wenig nervös auf mich gewirkt, angespannt und unruhig, beinahe ängstlich. Ich habe anfangs schon befürchtet, dass sie jetzt, wo wir alleine und unbeobachtet von den anderen in diesem Zimmer liegen, vielleicht Sorge bekommt, dass ich sie bedrängen oder gar umarmen würde und dass sie deswegen so unruhig gewesen ist. Aber das würde ich nie tun! Ich weiß, dass es zwischen uns beiden keine körperliche Liebe geben kann. Das hat sie mir ja selbst klar und deutlich gesagt. Und ich würde auch niemals meine Pflichten als Paladin vernachlässigen. Ich bin hier, um sie vor Gefahren zu beschützen. Das ist mein selbstgewählter Auftrag.

Doch da ich schon wenige Augenblicke später Kathinkas ruhige, gleichmäßige Atemzüge gehört habe, bin auch ich gleich wieder beruhigt gewesen. Höchstwahrscheinlich habe ich mir auch nur eingebildet, dass sie angespannt und nervös gewesen ist. Dass sie so schnell eingeschlafen ist, beweist doch, wie sehr sie mir vertraut.

Noch eine Weile liege ich still neben ihr, starre durch eine zerbrochene Fensterscheibe nach draußen in die mondleere Nacht und lausche ihren Atemzügen. Dann gleite auch ich endlich in die Welt des Schlafes.

Ich träume. Von Kathinka. Ich sehe ihre schönen, ebenmäßigen Gesichtszüge. Ihre veilchenblauen Augen, ihre vollen Lippen. Das lange, schwarze Haar. Kathinka Ebensa ruft. Ich kann sie nicht verstehen. Aber sie ruft. Nach mir. Ihr Mund öffnet sich erneut. Doch da verschwindet mit einem Schlag das ebenmäßige, friedliche Gesicht und verwandelt sich in eine Grimasse des Schmerzes und der Qual. Kathinka leidet. Sie schreit und windet sich.

Ich erwache schweißgebadet und blicke mich um. Kathinka ist weg. Verschwunden. Der Platz neben mir ist leer. Meine Instinkte schlagen Alarm. Ich weiß, dass sie in tödlicher Gefahr ist.

Mein Herz rast vor Sorge. Hastig wickle ich mich aus den Decken und springe auf. Wo ist sie? Wo ist Kathinka?

24

Ich greife nach meinem Stieramulett und flehe zu Thurantuh, dass er mir helfen möge. Wo ist Kathinka? Ich muss sie finden. Meine Instinkte schlagen erneut an und sagen mir, dass Kathinka in Gefahr ist, und ich wittere mit vibrierenden Nasenflügeln. Ein schwacher Duft steigt in meine Nase. Es ist Kathinkas Geruch und er ist voller Angst und Wut. Was ist geschehen? Warum hat sich Kathinka heimlich davongeschlichen? Es kann eigentlich nur eine Antwort geben: Die dunklen Boten haben sie gerufen.

Ich befestige meine Äxte überkreuz am Rücken, greife nach meinem Kampfstab und wittere erneut. Alles in mir drängt zur Eile, da ich spüre, dass Kathinka nicht mehr viel Zeit bleibt. Doch ich darf nichts überstürzen. Wenn ich jetzt einen Fehler mache, ist Kathinkas Leben verwirkt. Da bin ich mir sicher. Mit schnellen Schritten folge ich Kathinkas Duftspur. Sie führt mich aus dem Zimmer und entlang des dunklen Ganges vor unserer Tür. Ich komme zu einem Treppenaufgang, über den man den Turm der Festung erreicht. Die Steinstufen sind abgetreten und verwittert. Einzelne, kleine Stücke sind herausgeschlagen oder abgebröckelt. Ich eile nach oben und gelange an eine hölzerne Tür. Sie führt ins Freie. Ich bin jetzt gut dreißig Meter über dem Erdboden. Der Turm ist rund und misst im Durchmesser an die zwanzig Schritte. Die Zinnen sind hoch und alt. Der Putz ist längst abgebröckelt. Erneut wittere ich. Kathinkas Duft ist nun stärker auszunehmen. Ich sehe mich um und wünsche mir, dass Vollmond wäre. Vom dunklen, aber wolkenlosen Nachthimmel dringt nur wenig Sternenlicht. Die Sichel des Mondes ist schmal und fahl. Dank meiner Skriekaugen kann ich aber dennoch einiges erkennen, auf jeden Fall mehr als jeder Mensch. Hinter einem Mauervorsprung finde ich Kathinkas Waldläuferkleidung, die achtlos übereinander geworfen am Boden liegt. Der Säbel des Kobolds lehnt an der Wand. Warum hat sich Kathinka entkleidet? Ich schnuppere. Ihr Duft ist hier sehr präsent und strömt aus jeder Faser ihrer Kleidung. Aber wo ist sie selbst?

Ich hebe den Kopf und blicke zu dem nicht weit entfernten Waldrand. Meine Instinkte sagen mir, dass sie dort drüben ist. Ich überlege und bete zu Thurantuh. Mein Gott gibt mir aber keine Antwort. Ich fasse daher meinen eigenen Entschluss und eile die Treppen des Turmes nach unten, den Gang entlang und noch ein Stockwerk abwärts. Ich stoße die untere Eingangstür auf und trete direkt über dem Vorbau des Haupttores ins Freie. Es ist dunkel. Hastig gehe ich einige Schritte und blicke mich um. Erneut wittere ich. Von Kathinka ist nichts wahrzunehmen. Diesen Weg ist sie also nicht entlanggegangen. Da spüre ich einen neuen Geruch, auch er ist mir vertraut.

„Clarina“, murmle ich und drehe mich zu der Amazone um, die immer noch Wache hält.

„Ist es nicht etwas spät für einen Spaziergang, Skriek?“ Clarinas braune Augen blicken mich misstrauisch an. Ihre rechte Hand liegt am Griff einer ihrer Dolche, die sie so zahlreich an ihrem Gürtel trägt. „Oder suchst du vielleicht mich?“ Auch wenn ihre Worte eine Anspielung beinhalten, liegt keine Freundlichkeit in ihnen.

„Hast du heute Nacht Raben gesehen?“ Ich versuche, meine Stimme ruhig und beiläufig klingen zu lassen.

„Die dunklen Boten suchst du also“, spottet Clarina. „Ist

Kathinka wieder nervös?“

„Hast du Raben gesehen oder nicht, Amazone?“

Sie bemerkt meine Ungeduld und wird noch misstrauischer. „Vielleicht habe ich einen Raben gesehen. Das wäre möglich.“

„Wo ist er hingeflogen?“, dränge ich.

„Nun, wenn ich so nachdenke, dann scheint es mir fast, als ob ich, kurz bevor der Rabe in die Nacht hinaus geflattert ist, einen hellen Schein oben am Turm ausgemacht hätte. Aber nur für einen Moment.“ Clarina runzelt die Stirn. „Was geht da vor sich, Skriek?“

„Ist der Rabe in den Wald dort drüben geflogen?“ Mein kralliger Zeigefinger deutet nach Norden.

„Ja.“ Langsam nickt Clarina. „Und jetzt, Skriek, sag mir sofort, was los ist!“ Ihre Stimme klingt eisern entschlossen, ihre Finger umklammern den Griff ihres Dolches noch fester.

„Kathinka ist verschwunden“, sage ich.

Ihre braunen Augen weiten sich überrascht. „Du meinst, dass der Rabe ...“

„Ja, das meine ich“, unterbreche ich sie. „Hol Sincha und die anderen. Wir müssen Kathinka suchen.“

Sie zögert, spürt irgendwie, dass ich sie loswerden will.

„Was ist, Amazone?“, knurre ich. „Soll ich deine Heerführerin aufwecken?“

„Nein.“ Sie fixiert mich mit ihrem Blick. „Du wartest hier, Skriek. Ich bin gleich zurück. Wage es nicht, dich von der Stelle zu rühren!“

„Ich warte“, verspreche ich.

Clarina sprintet los. Ihre roten Haarzöpfe wippen bei jedem Satz ihrer langen Beine auf und ab. Wenige Augenblicke später ist sie durch die Eingangstür verschwunden. Eilig trete ich zur Brüstung, hechte über die Brustwehr und springe gut acht Meter nach unten. Ich kann nicht auf die anderen warten. Kathinka hat die Zeit nicht. Und außerdem bin ich allein wesentlich schneller. Sincha Ankonski wird stinksauer auf mich sein, dass ich ohne ihren Schutz in den Wald gehe und womöglich mein Leben riskiere. Aber auf Sinchas Gefühle kann ich jetzt keine Rücksicht nehmen.

Ich laufe gebückt durch das hohe Gras und erreiche den Waldrand. Das Unterholz ist dicht. Büsche und Farne versperren mir den Weg, Ranken und Äste blockieren mein

Vorwärtskommen. Ich zerre wütend die Äxte aus ihren Halterungen und lege sie am Waldboden ab. Auch mein Kampfstab behindert mich zu sehr und verfängt sich immer wieder in Stauden und Zweigen. Schweren Herzens lasse ich auch ihn zurück. Jetzt habe ich nur mehr meine Krallen, meine Instinkte und meine Muskelkraft. Und ich habe Thurantuh. Noch einmal berühre ich mein Stieramulett und bete um Hilfe. Dann eile ich weiter. Zweige peitschen mein Gesicht und meine Schultern, doch ich achte kaum darauf. Immer wieder wittere ich, doch ich kann Kathinka nicht wahrnehmen. Wo ist sie? Das Unterholz wird noch dichter. Jeder Schritt ist mühsam und ich mache zu viel Lärm. Rundum ist es stockfinster. Wie soll ich da Kathinka nur finden? Verzweiflung macht sich in mir breit. Ich stolpere über eine Wurzel und nur mit Mühe kann ich einen Sturz verhindern. Mein Herz pocht. Schweiß rinnt aus all meinen Poren. Was soll ich tun?

Keuchend hocke ich mich hin und lausche. Mir wird bewusst, wie viel mir Kathinka bedeutet. Sie ist mir wichtig geworden. Wichtiger als alles andere auf dieser Welt. Der Skriek in meiner Seele erwacht und ich erkenne den brennenden Wunsch in mir, dass Kathinka meine Seelenpartnerin wird und für alle Zeiten mit mir verbunden ist.

Meine Ohren zucken. Die Geräusche des Waldes irritieren mich, lenken mich ab. Wo ist Kathinka? In welche Richtung muss ich mich wenden? Ich balle meine Fäuste, wittere, hoffe und lausche. Meine Gedanken kreisen. Mir wird klar, dass ich Kathinka eigentlich gar nicht richtig kenne. Ich weiß so wenig von ihr. Was macht ihr Freude? Was ärgert sie? Was denkt sie über dieses und jenes? In vielen Dingen ist sie mir fremd. Ein Rätsel. Doch einiges weiß ich sehr wohl über sie. Kathinka hat gelitten und verabscheut zutiefst rohe Gewalt. Sie ist mutig, stolz und stur. Sie hasst die dunklen Boten und König Angrias. Sie versucht, sich ihre Gefühle nicht anmerken zu lassen. Und sie ist überaus intelligent. Aber worüber lacht sie? Welche Lieder gefallen ihr? Was ist ihre Lieblingsfarbe? Wovon träumt sie in der Nacht? All das weiß ich nicht. Ich weiß nur mit jeder Faser meiner skriekischen Seelenhälfte, dass sie meine Liebe ist. Meine verbundene Seele. Und ich bin ihr Paladin.

Ein Paladin, der verzweifelt und verschwitzt am Waldboden hockt, von Dickicht umgeben ist und nicht weiß, wo seine

Liebste ist. Scham und Angst ringen in mir. Ich stehe auf, atme durch und bete erneut zu Thurantuh. Hilf mir! Ich bekomme noch immer keine Antwort von ihm. Wo ist er nur? Ich brauche ihn!

Beinahe ohne Hoffnung gehe ich weiter und wittere erneut. Ich schnuppere, rieche und lausche – nichts! Nur Dunkelheit und Dickicht. Meine vier spitzen Eckzähne schlagen voll Ingrimm aufeinander. Ich balle die Fäuste so fest, dass meine Krallen die Innenflächen meiner Hände blutig ritzen.

Und dann ist da auf einmal ein Geruch. Anfangs noch ganz schwach, kaum wahrnehmbar. Aber er ist da. Ich kann ihn riechen. Endlich habe ich Kathinkas Spur gefunden. Neue Hoffnung durchströmt mich und ich eile weiter, immer Kathinkas Duftspur hinterher. Und plötzlich wittere ich etwas Neues, das mir dennoch vertraut ist. Es ist der Geruch von Angst, Tod und Blut.

Ich bleibe stehen und versuche, meine Atmung zu beruhigen. Kathinka ist in der Nähe. Nun muss ich der eiskalte, berechnende Krieger sein, der Thurantuh stolz macht. Ohne Fehler, ohne Zögern muss ich sein. Schnell und tödlich. Ich haste weiter. Die Bäume, Sträucher und Farne wachsen nicht mehr so dicht nebeneinander. Zwei Dutzend Schritte vor mir ist eine kleine Waldlichtung. Und dort sind Gestalten. Menschen. Leise schleiche ich näher, nutze jede Deckung und vertraue meinen Instinkten als Jäger und Krieger. Endlich bin ich nahe genug an die Lichtung herangekommen. Sie ist von fahlem Sternenlicht erhellt, sodass ich genug sehen kann. Mein Herz setzt für einen Schlag aus.

Kathinka liegt nackt und blutend am Boden. Sie hat zahlreiche Kratzer im Gesicht und einen klaffenden Riss an ihrer linken Schulter. Ihre Hände sind gefesselt. Ihr langes, dunkles Haar ist verfilzt und bedeckt ihren bloßen Rücken. Ihr Körper zuckt, ihre Augen blitzen vor Wut. Sie lebt. Im Großen und Ganzen scheint sie nicht schwer verletzt zu sein. Und ich werde dafür sorgen, dass es so bleibt.

Neben Kathinka liegt ein schlanker, junger Mann im Gras. Auch er hat schwarzes, langes Haar. Seine Augen sind geschlossen, doch ich vermute, dass sie veilchenblau sind. Er ist ebenfalls nackt. Und tot. Links und rechts von Kathinka stehen ein Mann und eine Frau. Sie tragen weiße, fließende Kleider.

Ihre Haare sind schwarz und lang. In den Händen halten sie spitz zulaufende Dolche. Sie flüstern miteinander.

„Was machen wir jetzt mit der Verräterin?“, fragt der Mann. „Ihr Auftauchen verkompliziert alles.“

„Wir binden die törichte Närrin an einen Baum“, antwortet die Frau.

„Wir könnten sie kopfüber mit den Füßen an einen dicken Ast knüpfen“, meint der Mann.

„Und sie auspeitschen“, fügt die Frau hämisch hinzu.

Ich habe genug gehört. Knurrend trete ich auf die Lichtung. Meine Krallen sind scharf. Meine Sinne hellwach.

Der Mann und die Frau drehen, gewarnt durch die Geräusche, die ich gemacht habe, abrupt ihre Köpfe in meine Richtung. Überrascht blicken die beiden zu mir. Sie sind nur zwei, drei Schritte von mir entfernt. Angst und Verstehen blitzen in ihren Augen auf. Jetzt geht es um ihr nacktes Überleben. Hastig umfassen sie die Griffe ihrer Dolche noch fester und greifen nach Kathinka. Ich weiß, was sie vorhaben. Sie wollen Kathinka als lebenden Schutzschild nehmen, als Geisel, als Unterpfand für ihr Leben. Doch ich bin zu schnell. Und zu entschlossen. Ich springe vorwärts. Meine Krallenhände durchschneiden zischend die Luft. Und sie treffen. Tödlich. Effizient. Bevor der Rabenmann und die Rabenfrau reagieren können, sind ihre Kehlen zerfetzt. Sie sind schon tot, als ihre Körper auf dem Waldboden aufschlagen.

„Kathinka!“, rufe ich.

Sie blickt hoch und versucht ein Lächeln. „Skriek, warum hast du so lange gebraucht, um mich zu finden?“

Ich gehe neben ihr in die Hocke. „Warum hast du dich klammheimlich davongeschlichen?“, frage ich zurück, löse ihre Fesseln und erstarre. Ihr Rücken, ihr Gesäß und ihre Oberschenkel sind mit unzähligen länglichen, weißen Narben übersät. Sie muss über lange Zeit und viele Male ausgepeitscht worden sein.

Kathinka bemerkt meine Reaktion. „Gib mir deinen Kapuzenmantel.“ Ihre Stimme zittert. Sie versucht ihre Blöße mit den Händen zu bedecken.

Hastig knüpfe ich meinen Mantel auf und reiche ihn ihr. Sie wickelt sich hinein. Tränen glitzern in ihren Augen. Fahrig streicht sie eine Haarsträhne aus ihrem Gesicht. Erst jetzt bemerke ich die Beule an ihrer Stirn.

„Haben dich die Rabenmenschen schwer verletzt?“, will ich wissen.

Unwillig und langsam schüttelt sie den Kopf und knüpft meinen Mantel zu.

Ich stehe auf und reiche ihr meine Hand. „Wir sollten gehen.“

Kathinka stemmt sich hoch. „Ja, das sollten wir.“

Ich deute auf den nackten, toten Rabenmann. „Hast du ihn getötet?“

Sie nickt. „Ja, aber die anderen beiden waren zu viele für mich.“ Sie wendet den Blick von dem toten Rabenmann ab, betrachtet kurz die beiden anderen, deren Kehlen ich zerfetzt habe, und schaudert. „Komm, Skriek.“

„Warum?“, frage ich, als wir losgehen. Und sie weiß, was ich damit meine.

„Ich habe in der Nacht ihre Nähe gespürt. Und ich war es leid, mich noch länger zu ängstigen. Ich wollte nicht mehr fliehen, ständig in Sorge, wann und wo mich die dunklen Boten stellen werden.“

„Warum hast du mich nicht geweckt und um Hilfe gebeten?“ Meine Stimme klingt bitter.

„Du hattest deine Chance, Skriek.“ Sie stolpert über eine Wurzel und ich halte sie rasch an den Schultern fest, um einen Sturz zu vermeiden. „Wir Rabenmenschen kämpfen in der Luft. Und das ist nicht ganz dein Element, oder?“

„Ich hätte dir helfen können“, beharre ich und merke, wie meine Erleichterung darüber, dass Kathinka noch lebt, langsam in Ärger umschlägt. Wie konnte sie mir nur solche Sorgen und Ängste bereiten?

„Du hättest mich nicht gehen lassen“, sagt Kathinka. „Niemals.“ Ihre Stimme wird noch rauer. „Als treuer Paladin musst du ja für meine Sicherheit sorgen, nicht wahr? Aber ich wollte keine Sicherheit mehr. Ich wollte endlich einen Schlussstrich ziehen. So oder so. Verstehst du das?“

Ich glaube, ich verstehe sie sogar besser, als sie denkt. Aber das kann ich ihr nicht sagen. Ich merke nur, dass mein Ärger über sie immer noch da ist. „Du wärst beinahe gestorben, Kathinka Ebensa!“

„Ich war mir sicher, dass du mich errettest, mein Paladin“,

sagt sie und blickt mir lange und direkt in die Augen.

Ich räuspere mich und weiß nicht, was ich sagen soll. Meine Kehle fühlt sich plötzlich staubtrocken an, und in meiner Seele ist so ein eigenartiges Ziehen. Ich spüre, wie mein Ärger sich in nichts auflöst und nur das Gefühl zurückbleibt, dass Kathinka ohne zu zögern bereit war, darauf zu setzen, dass ich ihr Leben beschützen werde und dafür Sorge trage, dass sie überlebt. Das bedeutet mir viel. Mehr, als ich ihr sagen kann.

Kathinka drückt meine Hand. „Danke", sagt sie und haucht einen Kuss auf meine Wange. „Komm, gehen wir weiter."

Äste streifen mein Gesicht und kratzen über meine Schuppen, als wir unseren Weg fortsetzen. Es ist dunkel und kalt. Der Weg zurück zur Festung und den anderen ist mühsam und lange. Dennoch glaube ich im Moment, dass ich einfach nur glücklich bin. Kathinka hat meine Wange geküsst. Und nicht nur das. Ich habe gespürt, dass sie mir nahe ist und dass sie mir einfach vertraut. Ja, ich bin glücklich.

„Du hast meine Narben gesehen", sagt Kathinka nach einer Weile.

„Ja, das habe ich."

Sie hält an und atmet durch. „Ich werde dir die Geschichte meiner Narben erzählen, Skriek."

„Jetzt? Hier? Mitten im Wald?"

„Ja. Jetzt." Sie hockt sich hin. Ich setze mich zu ihr und bin bereit, zuzuhören. Sie ergreift meine Hand und drückt sie kurz. „Mein Vater war Schmied und trug Magie in sich. Meine Mutter war eine Rabenfrau, eine dunkle Botin. Ich trage beide Anlagen in mir, daher kann ich mich nicht nur in einen Raben verwandeln, sondern auch das Aussehen von Gegenständen, Wesen und Dingen verändern."

Ich nicke. „Ja, das hast du mir schon erzählt."

„Heute Nacht verwandelte ich mich in einen Raben und machte Jagd auf die dunklen Boten. Einen konnte ich im Kampf töten. Mein Schnabel durchbohrte sein Herz. Den beiden anderen gelang es, mich zu Boden zu stoßen." Sie zeigt auf die Beule an ihrer Stirn. „Ich wurde bewusstlos und verwandelte mich in eine Menschenfrau zurück. Die beiden anderen nützen die Zeit, um mich zu fesseln. Dann zogen sie ihre Kleider an und griffen zu ihren Dolchen, während ich hilflos am Boden lag."

„Was hat das mit deinen Narben zu tun?“

„Nur Geduld, Skriek.“ Ihre Augenlider sind gesenkt, als sie weiterspricht. „Du hast gehört, dass die beiden mich auspeitschen wollten?“

„Ja.“

„Nun, es wäre nicht das erste Mal gewesen.“ Kathinka drückt meine krallige Hand noch fester. „Wir Rabenmenschen leben in kleinen Sippen und halten uns meist von den anderen Wesen fern. Viele wissen gar nicht, dass es uns gibt. Wir sind alle wie Brüder und Schwestern zueinander und teilen alles unter uns auf: unseren Besitz, unser Essen, unsere Seelen. Nur durch unseren starken, unauflöslichen Zusammenhalt können wir überleben.“ Sie blickt hoch und betrachtet mich skeptisch, ganz so, als ob sie sich versichern möchte, ob ich verstehe, wie eng ihre Sippe zueinander gestanden ist und wohl immer noch steht.

„Ich bin ein Skriek, zumindest zur Hälfte“, sage ich daher.

Meine Antwort scheint sie zufriedenzustellen und sie fährt fort. „Wir Rabenmenschen haben einen Instinkt für Macht. Man könnte sogar sagen, Macht zieht uns beinahe magisch an. Daher bieten wir unsere Dienste als Boten vor allem Herrschern und Königen an. Einerseits, wie gesagt, weil wir gerne in der Nähe der Mächtigen sind, andererseits natürlich auch, weil uns die Mächtigen Schutz und Sicherheit geben können.

Als nun König Angrias die Herrschaft in Ostalien an sich riss, wurden alle Rabenmenschen von einer unglaublichen Faszination ergriffen. Wir spürten schon damals, lange bevor er mit seinen Eroberungszügen begann, dass König Angrias bald der mächtigste Herrscher von ganz Euptonien sein würde. Wir verließen in Scharen all die anderen Herrscher, Könige und Fürsten, denen wir als Boten gedient hatten, und flogen, aus allen Himmelsrichtungen kommend, nach Ostalien, um König Angrias unsere Dienste anzubieten. Auch meine Sippe machte sich auf den Weg. Wir beendeten unsere Botendienste bei König Emmerich von Styranien und reisten mit drei Ochsenkarren nach Ostalien. Da mein Vater kein Rabenmann war, konnte er natürlich nicht fliegen und so dauerte es eine Weile, bis auch meine Sippe in Vinbon, der Hauptstadt Ostaliens, ankam. Mein Vater hoffte, als Waffenschmied in der kriegerischen Stadt gute Geschäfte zu machen. Meine Sippe und ich waren davon überzeugt, in König Angrias einen so mächtigen Schutzpatron gefunden zu haben, dass wir endlich einmal ohne Sorgen in die Zukunft blicken konnten.

Doch leider kam alles ganz anders. Vielleicht lag es am Erbe meines Vaters, vielleicht auch nur an mir und meiner Sturheit. Ich weiß es nicht. Aber es ging einfach alles schief. Verstehe mich richtig, Skriek, ich mochte meine Arbeit als Botin. Gerne habe ich König Emmerich gedient und seine Botschaften überbracht. Er war ein weiser und gütiger Herrscher und liebte sein Volk. König Angrias war und ist da ganz anders. Seine Grausamkeit kennt keine Grenzen. Er ist ein herzloser Despot.

Ich war damals noch recht jung, als ich in seine Dienste trat, aber ich spürte bald, dass ich ihm nicht länger dienen wollte. Natürlich faszinierte mich seine Macht, aber sie stieß mich auch ab. Und ich wusste, dass er kein guter Mensch war und Böses im Schilde führte. So vertraute ich mich eines Tages meinem Vater an, den ich über alles liebte. Auch mein Vater war unglücklich. Er wollte immer frei und selbstbestimmt leben, doch das konnte er in Vinbon nicht. Überall sah man Spitzel und Soldaten. Ostalien verkam zu einer Tyrannei. Daher beschlossen mein Vater und ich, unsere Absichten meiner Mutter mitzuteilen. Wir wollten Ostalien verlassen und uns wieder König Emmerich andienen.

Meine Mutter fiel aus allen Wolken, nachdem sie uns angehört hatte. Sie glaubte, dass wir verrückt geworden waren. Wir baten sie inständigst, den Dienst bei König Angrias aufzugeben und mit uns nach Styranien zu kommen. Doch sie wollte davon nichts wissen. Sie war wie alle Rabenmenschen unglaublich fasziniert von Angrias Macht, und um nichts auf der Welt hätte sie sich von ihm losgesagt. Mein Vater und ich begriffen mit der Zeit, dass wir, wenn wir Ostalien wirklich verlassen wollten, ohne meine Mutter gehen mussten. Monatelang überlegten wir hin und her. Ich wurde immer unglücklicher. Jeden Tag stieß mich König Angrias mehr und mehr ab. Irgendwann begann ich ihn für seine Grausamkeit und Unmenschlichkeit zu hassen. Auch mein Vater hielt es nicht länger in Vinbon aus. So sprachen wir erneut mit meiner Mutter und teilten ihr unseren Entschluss mit. Wir wollten zurück zu König Emmerich von Styranien. Meine Mutter brach in Tränen aus. Sie klagte, weinte, drohte und schrie. Irgendwann verließ sie unser Haus und eilte zu den anderen Sippenmitgliedern, die ringsum wohnten. Am Abend kamen sie dann, bewaffnet und voller Wut. Sie hießen uns Verräter und Lügner. Und sie ergriffen uns, legten uns Fesseln an und führten uns zu König Angrias Stadtwache.“

Kathinka hält kurz inne. Tränen liegen in ihren veilchenblauen Augen. „Ein Soldat der Stadtwache tötete meinen Vater. Er rammte sein Schwert in das Herz meines Vaters. Ohne Vorwarnung, ohne Grund. Nur aus Jux und Tollerei. Es gab keine Gerichtsverhandlung, keine Anhörung, keine Befragung.“ Sie schnieft. „Die Leiche meines Vaters wurde auf einen Misthaufen geworfen. Ich selbst kam in eine Gefängniszelle. Die ostalischen Stadtwachen vergingen sich jeden Tag an mir. Und in der Nacht kamen meine Sippenmitglieder und peitschten mich aus. Auch meine Mutter war unter ihnen. Sie sagte, dass sie keine Tochter mehr hätte, und schlug fester zu als all die anderen Rabenmenschen.“

Kathinka weint. Tränen laufen über ihre Wangen. Ich umarme sie, drücke ihr Gesicht an meine Schulter, streiche behutsam über ihren Rücken und flüstere unsinnige Worte. Nach einer Weile beruhigt sie sich wieder. Mit den Ärmeln meines Kapuzenmantels wischt sie ihre Tränen fort.

„Wie bist du entkommen?“, frage ich.

„Eines Tages kam Erik Anfohrrnus in meine Zelle. Er hatte die Wachen überwältigt und die Gefängnistüren mit seiner Magie geöffnet.“ Sie blickt mich an. „Erik verhalf mir zur Flucht. Er sagte, dass er von mir geträumt habe und dass eine große Aufgabe auf mich warte. Und er versprach mir, dass ich meine Rache an König Angrias bekommen würde. Über geheime Wege gelangten wir zu einem unterirdischen Tunnel. Geschützt durch Eriks Magie verließen wir Vinbon. Dann bestiegen wir zwei Pferde, die er außerhalb der Stadtmauern zurückgelassen hatte, und ritten los. Nachdem wir die ostalische Grenze überquert hatten, erreichten wir einen verlassenen Bauernhof. Dort lebte ich das letzte Jahr über, immer in Sorge, dass mich meine Sippe oder ostalische Soldaten aufspüren könnten. Gelegentlich kam Erik Anfohrrnus, sprach mit mir, gab mir magische Übungen auf und bereitete mich auf meinen Auftrag vor.“ Sie blinzelt. „Eigentlich heiße ich Rinnalka Kathinka Heggemo. Wir Rabenmenschen nehmen den

Nachnamen unserer Mutter an. Aber nach allem, was vorgefallen war, wollte ich nie wieder Rinnalka Heggemo gerufen werden. So nahm ich meinen zweiten Vornamen, Kathinka, und den Nachnamen meines Vaters, Ebensa, an."

„Kathinka Ebensa, neugeboren und bereit, Rache zu üben", sage ich.

Sie schüttelt den Kopf. „Ich bin nicht neugeboren. Es gibt nur Zeiten, in denen das Leid noch gerade erträglich ist. Und es gibt Zeiten, in denen das Leid mein Herz zerreißt."

Ihre Trauer macht mich unglücklich. Ich ziehe meine Mundwinkel nach oben. „Ich wünschte, Kathinka Ebensa, ich würde dich öfters zum Lachen bringen."

„Du hast keinen Humor, Skriek, und du bist nicht witzig. Kein bisschen." Sie streicht über meinen schuppigen Unterarm. „Es genügt mir, wenn du bei mir bist und mich beschützt. Mehr brauchst du nicht tun."

„Mir genügt es aber nicht", entgegne ich sehr leise.

„Ich weiß." Sie drückt mich kurz an sich. „Wir sollten aufstehen und weitergehen."

25

Die Morgendämmerung setzt soeben ein, als Kathinka und ich die Festung mit dem hohen Turm erreichen. Über der Brüstung des Eingangstores warten unsere Gefährten. Sie stehen bewegungslos da und starren mit grimmigen Gesichtern zu uns herab. Kein Wort der Begrüßung kommt über ihre Lippen. Kathinka blickt beunruhigt nach oben und seufzt. Ich öffne das Tor und lächle sie aufmunternd an.

„Sincha wird dir schon nicht den Kopf abreißen", flüstere ich. Kathinka entgegnet nichts. Mit unbewegter Miene steigt sie die hohen Stufen nach oben und geht langsam Richtung Brüstung. Sie wickelt sich noch fester in meinen Kapuzenmantel, um ganz sicher zu sein, dass sie jegliche Blöße bedeckt. Mit einer fahrigen Geste versucht sie, ihre verfilzten Haare zu ordnen.

Sincha hat die Arme vor ihrer Brust überkreuzt. Ihre grünen Augen fixieren Kathinka beim Näherkommen. Neben der Heerführerin warten Lusona, Basola und Clarina. Vor den

Füßen der vier Amazonen liegen Kathinkas Kleider. Eine von ihnen hat sie heute Nacht wohl von der Spitze des Turmes geholt und danach achtlos auf den Steinboden der Brüstung geworfen. Etwas abseits von den Amazonen stehen die harbaischen Zwillinge. Knut stützt sich auf seinen großen Kriegskolben, während Romaldo versucht, einen unbeteiligten Eindruck zu vermitteln, aber das gelingt ihm nicht ganz. Immer wieder zeigt sich ein kleines, hämisches Grinsen in seinen Mundwinkeln.

Kathinka und ich halten vor Sincha an. Die Heerführerin sagt noch immer kein Wort, doch es ist nicht zu übersehen, dass sie zutiefst verärgert ist. Eine Woge kalten Zornes umhüllt sie. Mir tut Kathinka beim Anblick der hageren Amazone leid. Natürlich war es dumm und unvernünftig von ihr, ganz allein und noch dazu mitten in der Nacht den Kampf mit den dunklen Boten zu suchen. Das ist unbestreitbar. Aber Kathinka hat überlebt und die dunklen Boten sind tot, auch dank mir. Das heißt, Kathinkas unvernünftiges Verhalten hat unsere Situation deutlich verbessert. Ich bezweifle aber, dass die anderen das auch so sehen werden. Nun, wie auch immer. Als Paladin ist es nicht nur meine Aufgabe, Kathinka vor drohenden Gefahren von außen zu beschützen, ich muss sie, wenn es nötig ist, auch gegenüber unseren Gefährten verteidigen, mag deren Ärger noch so verständlich und berechtigt sein.

„Die drei dunklen Boten sind tot“, sage ich daher zu Sincha in das belastende Schweigen hinein, das wie eine Drohung über Kathinka und mir schwebt.

Sincha wendet ihren Kopf ein winziges Stück nach links und fixiert mich mit ihren grünen Augen. „Skriek, zu dir komme ich später.“ Sie löst die überkreuzten Arme vor ihrer Brust und deutet mit ihrem rechten Zeigefinger auf Kathinka. „Sprich, Formwandlerin!“

Kathinkas Lippen werden noch schmaler. „Skriek hat schon alles gesagt, was es zu sagen gibt, Amazone“, knurrt sie trotzig und unwillig.

„Es ist noch längst nicht alles gesagt.“ Sincha tritt Kathinka einen Schritt entgegen und baut sich vor ihr auf. „Ich bin für unsere Gruppe verantwortlich. Und wir haben einen überaus schwierigen Auftrag zu erfüllen. Erik Anfohrrnus hat dich ausgesucht, um mitzuhelfen, König Angrias zu töten. Meine

Königin hat mir befohlen, euch alle sicher nach Yestshire zu bringen." Sinchas Worte prasseln wie Pfeile auf Kathinka nieder. „Nur gemeinsam haben wir den Funken einer Chance, unseren Auftrag zu erfüllen. Wir haben bereits drei Gefährtinnen verloren, die uns meine Königin als Schutz mitgegeben hat." Ihre Augen verengen sich zu schmalen Schlitzen. „Kathinka Ebensa, wie sollen wir Yestshire je erreichen, wenn wir uns nicht aufeinander verlassen können? Wie sollen wir unseren Auftrag erfüllen, wenn du geheime Ränke hinter meinem Rücken schmiedest und dich sinnlos in Gefahr begibst?" Sinchas Stimme wird lauter. „Wie soll ich dich beschützen, wenn du verlogen und verantwortungslos handelst?" Sincha spuckt aus. „Kathinka Ebensa, ich bin sehr enttäuscht von dir." Sie deutet auf das Bündel Kleider vor ihr am Boden. „Pack deine Sachen und verschwinde auf dein Zimmer! Ich kann deinen Anblick nicht länger ertragen."

Kathinkas Mund wird noch verkniffener. Eine kleine Ader pocht an ihrem Hals. Nur mit Mühe kann sie die Tränen zurückhalten, aber sie kämpft darum, die Fassung zu bewahren. Sie will vor den anderen nicht schwach und weinerlich erscheinen. Langsam tritt sie nach vorne und geht in die Hocke. Mit einer Hand hält sie meinen Kapuzenmantel über ihren Brüsten zusammen, mit der anderen greift sie zu ihren Kleidern. Ich trete zu ihr und helfe ihr. Dabei funkle ich Sincha wütend an. Die Amazone erwidert meinen Blick ungerührt. Kalte Wut liegt noch immer in ihren Augen. Schließlich hat Kathinka all ihre Kleidungsstücke zusammengerafft und erhebt sich. Sie verengt ihre veilchenblauen Augen zu schmalen Schlitzen und tritt mit einem trotzigen Gesichtsausdruck vor Sincha Ankonski hin. „Ich würde wieder so handeln, Amazone."

Ich sehe Sinchas Hand gar nicht kommen, so schnell ist die Heerführerin. Mit einem satten Knall klatscht ihre flache Hand auf Kathinkas Wange.

Kathinka kippt seitwärts zu Boden. Die Kleidungsstücke gleiten aus ihren Händen und mein Kapuzenmantel öffnet sich. Jeder kann jetzt ihren nackten, misshandelten Körper sehen. Kathinka schreit auf und versucht mit schnellen, fahrigen Bewegungen, ihre Blöße zu verdecken. Ihre linke Wange färbt sich rot, wo Sinchas Hand sie getroffen hat. In mir kocht das Blut hoch und mein Denken setzt aus. Ehe sich Sincha noch vorsehen kann, habe ich sie bereits am Hals gepackt. Meine Krallen drücken gegen ihre Kehle. Ich knurre tief und mordlüstern. Da spüre ich die Spitze eines Krummsäbels an meiner rechten Ohrmuschel. Es ist Clarina, die ihre Waffe an meinen Kopf hält. Ihre Stimme klingt wie kalter Stahl, als sie spricht. „Eine falsche Bewegung, Skriek, und du bist tot."

Ich drehe meinen Kopf vorsichtig in Clarinas Richtung, ohne dabei den Griff um Sinchas Hals zu lockern. Sie hat mittlerweile Mühe, ausreichend Luft zu bekommen. „Ich kann deine Heerführerin innerhalb eines Wimpernschlages töten", fauche ich.

Clarina verzieht angewidert das Gesicht. „Vor ein paar Tagen konnte ich mir noch sehr gut vorstellen, deine Schuppen zu berühren, Echsenmann. Aber jetzt widert mich alles an dir nur noch an." Sie verstärkt den Druck ihrer Waffe. „Du hast mich heute Nacht belogen und hintergangen. Ich würde daher nicht einen Augenblick zögern, dir meinen Krummsäbel in dein hässliches Ohr zu stoßen." Sie deutet mit ihrem Kinn zu Kathinka, die immer noch am Boden kniet, die Arme eng um ihren Oberkörper geschlungen. Basola und Lusona stehen direkt neben ihr und bedrohen sie mit ihren gezogenen Krummsäbeln. „Meine Kameradinnen werden Kathinka Ebensa töten, wenn du Sincha auch nur ein Haar krümmst."

„Lass die Amazone los", bittet Kathinka mit heiserer Stimme. Sie wirkt immer noch zutiefst beschämt, aber sie scheint sich trotz der scharfen Waffen, die auf sie zeigen, kaum zu ängstigen. Die beiden Amazonen neben ihr registriert sie gar nicht als ernsthafte Gefahr.

„Nein." Meine vier spitzen Eckzähne schlagen aufeinander. „Zuerst gibt Clarina ihren Krummsäbel zur Seite."

„Du bist ein selten dummes Wesen, Skriek", feixt Romaldo, der immer noch an seinem Platz steht und das ganze Geschehen offensichtlich sehr genießt. „Aber zu deiner Verteidigung muss ich sagen, dass die Liebe wohl die meisten Männer zu Narren macht." Er grinst anzüglich. „Wenn du Sincha tötest, wird die wunderschöne Formwandlerin nicht länger deine grünen Schuppen kraulen können, weil Basola und Lusona den Tod ihrer Anführerin augenblicklich rächen werden. Wenn du jedoch Sincha laufen lässt, zeigt das wiederum uns allen, wie schwach du doch in Wirklichkeit bist. Und ich glaube nicht, dass sich Lady Kathinka weiterhin zu einem Schwächling legen wird. Ist das nicht ein Dilemma?“

Ich knurre und blicke von Romaldo zu Sincha. Schließlich heftet sich mein Blick auf Clarina. Ihre Hand ist völlig ruhig. Ohne dass ihr eine Gemütsbewegung anzumerken ist, ritzt sie die Haut unter meinem Ohr mit der Spitze ihres Krummsäbels. Ein dünner Blutfaden fließt.

„Was ist jetzt, Skriek. Willst du sterben?“, fragt Clarina.

„Bitte, lass Sincha los“, fleht Kathinka.

„Wie du willst.“ Ich löse meine kralligen Finger von Sinchas Hals und trete langsam einen Schritt zurück. Die Heerführerin sackt zu Boden und ringt nach Luft. Clarina senkt ihren Krummsäbel. Basola und Lusona gehen zu Sincha Ankonski, ohne mich dabei aus den Augen zu lassen.

„Ich hätte mir etwas mehr Dramatik erwartet“, sagt Romaldo zu Knut.

„Grumpf“, erwidert Knut.

„Ja, Bruder, du hast recht. Es wäre natürlich schade, wenn eine der hübschen Damen ernsthaft verletzt würde. Also wollen wir uns über mangelnde Dramatik lieber nicht beschweren“

„Grumpf. Grumpf.“

„Da muss ich dir jetzt aber widersprechen. Der grüne Schuppenkopf ist völlig unwichtig. Ihn hätte man ruhig abstechen können.“

Ich ignoriere die harbaischen Zwillinge und eile zu Kathinka. Eine rote Schwellung ist auf ihrer linken Wange zu sehen, ebenso die Abdrücke von Sinchas Fingern. Das anfangs noch helle Rot verfärbt sich mittlerweile deutlich dunkler. Sincha hat sehr heftig zugeschlagen. Kathinka muss der Kopf ordentlich brummen. Ich hebe ihre verstreuten Kleidungsstücke auf und helfe ihr dann auf die Beine.

„Geht es dir gut?“, frage ich besorgt.

Kathinka nickt stumm. In ihren Augen kann ich erkennen, dass Scham und Zorn miteinander ringen. Ihre Hände zittern. Das alles ist zu viel für sie gewesen. Die lange, harte Nacht fordert ihren Tribut. Sie kann sich kaum mehr auf den Beinen halten.

Sincha hat sich wieder etwas gefangen und richtet sich auf. Die Abdrücke meiner Krallen an ihrem Hals heben sich deutlich von ihrer sonnengebräunten Haut ab. Immer noch hat sie Mühe, ausreichend Luft zu bekommen. Ihre Atemzüge kommen keuchend. Sie muss ziemliche Schmerzen haben, doch das hindert sie nicht daran, vor mir hinzutreten und mich ihre ganze Verachtung spüren zu lassen.

„Du bist ein Tier, Skriek. Plump, primitiv und mörderisch."

„Niemand schlägt Kathinka", sage ich.

„Sie hat die Ohrfeige mehr als verdient", entgegnet Sincha.

Ich spucke verärgert aus. „Heerführerin, du weißt nichts über Kathinka. Du hast keine Ahnung von ihrem Leben und davon, was sie alles durchgemacht hat. Wage es ja nicht, dir über sie eine Meinung anzumaßen."

„Die Spuren der Misshandlungen auf Kathinkas Körper sind mir nicht entgangen", sagt Sincha.

„Mir auch nicht", mischt sich Romaldo ein. „Und ich muss ehrlich sagen, die verwachsenen Narben sehen sehr hässlich aus. Die arme Kathinka muss ja über Wochen hinweg ausgepeitscht worden sein." Ich fauche den Prinzen aus Harba warnend an, doch er spricht einfach weiter. „Kein Wunder, dass sich die Formwandlerin zu dem Schuppenkopf hingezogen fühlt. Gleich zu gleich gesellt sich eben gern. Und beide haben ja wirklich eine äußerst unattraktive Haut. Er hat Schuppen und sie Narben. Wie unansehnlich die beiden doch sind."

Kathinka schluchzt auf. Ich balle meine Hände zu Fäusten und mache einen Schritt an Sincha vorbei. Es ist an der Zeit, Romaldo sein schäbiges Grinsen aus dem Gesicht zu prügeln.

„Halt!", brüllt Sincha Ankonski. „Bleib stehen, Skriek!" Sie zieht ihren Krummsäbel.

Auch die anderen Amazonen greifen zu ihren Waffen. Ich zögere für einen Moment. Romaldo grinst verächtlich. Kathinka eilt zu mir, das Kleiderbündel mit beiden Armen vor ihrem Oberkörper haltend. „Skriek, lass Romaldo. Es ist nicht wichtig, was er sagt."

Ich halte inne. „Er hat dich beleidigt."

„Er kann mich gar nicht beleidigen." Kathinka zeigt ein müdes, trauriges Lächeln. „Für heute ist es genug. Mehr als genug. Bitte, Skriek, komm einfach nur mit mir mit."

Ich senke meine Arme und öffne meine Fäuste. „Ja, es ist genug."

„Du bist ein Feigling, Echsenkopf", spottet Romaldo. „Du versteckst dich hinter den Schürzenzipfeln einer schwachen

Frau."

„Genug, Prinz aus Harba." Sinchas Stimme bebt. Ihre vormals so eisige Beherrschung ist verschwunden. Die ganze Situation droht zu eskalieren und die Heerführerin hat die Zügel längst aus der Hand gegeben. „Oder willst du, dass wir uns alle gegenseitig abschlachten?"

„Natürlich nicht! Welch infame Unterstellung!" Romaldo zieht ein beleidigtes Gesicht. „Mein ganzes Trachten zielt auf Frieden und Harmonie ab. Aber das, Mylady, scheinst du ja in deiner Verbohrtheit nicht erkennen zu können." Er neigt knapp den Kopf vor der Heerführerin. „Gute Nacht. Ich werde mich jetzt zurückziehen." Er wendet sich übergangslos ab und verlässt die Brüstung. „Komm, Brüderlein."

„Grumpf", sagt Knut und geht ebenfalls.

Sincha atmet durch und lässt ihren Krummsäbel hinter ihrem Rücken in die Halterung gleiten. Die anderen drei Amazonen machen es ihr nach.

„Kathinka ist müde", sage ich zu der Heerführerin. „Wir gehen auf unser Zimmer."

„Skriek, du bleibst noch kurz hier." Sincha nickt Kathinka zu. „Du kannst auf dein Zimmer gehen. Aber eines sei dir gesagt, Formwandlerin: Ich werde mich für die Ohrfeige nicht bei dir entschuldigen."

„Das brauchst du auch nicht", sagt Kathinka mit flacher Stimme. „Schläge können mir nichts mehr anhaben." Sie zeigt ein sehr zögerliches Lächeln. „Und vielleicht habe ich die Ohrfeige ja wirklich verdient."

„Das hast du." Sincha klingt plötzlich wieder sehr bestimmt und selbstbewusst. Sie hat sich und die Situation wieder im Griff.

Kathinka schenkt auch mir ein kurzes Lächeln, dann dreht sie sich um und macht sich auf, um in unser Zimmer zu gelangen. Mit müden Bewegungen schlurft sie durch die verwitterten Türpfosten ins Innere des Turmes und steigt die Stufen empor.

Ich warte bei den Amazonen. „Was gibt es noch, Heerführerin?"

„Skriek, vergessen wir für heute unsere kleine Auseinandersetzung. Wir hatten wohl alle nicht unseren besten Tag."

„Einverstanden.“ Mir ist es nur recht, wenn wieder Waffenstillstand herrscht. Ich habe genug damit zu tun, Kathinka zu beschützen, da kann ich Streit und Zank innerhalb unserer Gruppe nicht brauchen.

„Ich weiß“, sagt Sincha, „dass du dir viel darauf einbildest, Kathinkas Paladin zu sein. Und zu einem Teil verstehe ich dich auch. Du warst immer ein Außenseiter.“

„Was hat das damit zu tun?“, brumme ich.

„Alles“, entgegnet Sincha. „Du bist so einsam, dass du bereit bist, alles zu tun, um nicht mehr allein zu sein.“

„Ich verstehe nicht.“

„Du brauchst Kathinka mehr, als sie dich.“

„Ich habe eben vorhin im Wald Kathinkas Leben gerettet, Heerführerin.“

„Und sie deine Seele.“ Sie senkt ihre Stimme. „Zumindest hoffst du das.“

Ihre Worte machen mich betroffen. „Kathinka ist mir wichtig. Sehr wichtig.“

„Dein Denken ist blockiert“, sagt Sincha. „Überlege dir gut, wem du wirklich vertrauen kannst.“

„Erik Anfohrrnus vertraut Kathinka“, halte ich ihr entgegen.

Die Amazone macht mich wütend. Was will sie überhaupt von mir? Glaubt sie wirklich, dass sie Kathinka mir gegenüber schlecht machen kann? Nein, das kann ich mir nicht vorstellen. Sincha ist alles andere als naiv. Also, was will sie?

Sie schweigt einen Moment und blickt mich durchdringend an. Schließlich spricht sie mit gepresster Stimme. „Bist du dir wirklich sicher, dass der Zauberer Kathinka vertraut?“

Spontan will ich „ja“ sagen, doch dann zögere ich. Mir fällt ein, dass Erik Anfohrrnus mich in Ontron gebeten hat, Kathinka zu beschützen. Er ist frühmorgens auf dem Bett in meinem Zimmer gesessen und hat gemeint, dass Kathinka meines Schutzes bedarf. Sie hat mich damals noch als sehr verabscheuungswürdig und grausam empfunden und kaum ein Wort mit mir gewechselt, dennoch habe ich an jenem Morgen dem Zauberer versprochen, auf sie aufzupassen. Meine Gedanken kreisen. Ist es wirklich der Wunsch des Zauberers gewesen, dass ich Kathinka beschütze? Oder hat er nicht vielmehr von mir gewollt, dass ich sie im Auge behalte und nur vom Beschützen gesprochen, um mich nicht unnötig misstrauisch zu machen? Ich bin für einen Augenblick unsicher.

„Ich will nur, dass du die Augen offen hältst“, sagt Sincha in meine Gedanken hinein. „Und dass du gelegentlich dein Gehirn verwendest.“

„Ich bin nicht so dumm, wie du denkst, Heerführerin.“

„Da bin ich mir nicht so sicher.“ Sie nickt mir zu. „Und jetzt geh schlafen, Skriek.“

Wenig später betrete ich leise unser Zimmer, da ich Kathinka nicht aufwecken will. Sie ist aber noch wach.

„Ich konnte nicht einschlafen“, murmelt sie müde. „Was wollte eigentlich die Amazone von dir?“

„Sincha ist sich nicht sicher, ob sie dir vertrauen kann.“ Ich setze mich zu Kathinka auf das Schlaflager. Vielleicht ist es unklug, dass ich so offen zu ihr spreche. Aber ich bin ihr Paladin, das habe ich bei meinem Gott Thurantuh geschworen. Ich möchte keine Geheimnisse vor ihr haben. Und außerdem kann ich mir, trotz meines kurzen Zögerns vorhin, nicht ernsthaft vorstellen, dass Kathinka ein falsches Spiel mit mir treibt.

„In unserer Gemeinschaft herrscht nur Misstrauen“, seufzt sie.

„Ich vertraue dir.“

„Ja, das tust du.“ Sie streicht eine Strähne zurück. Mir fällt auf, dass sie, während ich mit Sincha gesprochen habe, ihre Haare gewaschen und gebürstet hat. Nun sind sie wieder sauber und glänzen. „Ich glaube, du bist eines der wenigen Wesen, das mir vertraut.“ Trauer gleitet über ihr Gesicht. „Eigentlich hat mir außer dir nur mein Vater vertraut. Und der ist tot. Ermordet von König Angrias Schergen.“

„Erzähl mir vom Herrscher mit der dunklen Maske, Kathinka Ebensa.“

„Von König Angrias soll ich dir erzählen?“, wundert sie sich.

„Ja.“

„Warum, Skriek?“

Ich zucke mit den Schultern. „Nun ja, wir wollen ihn töten. Da wäre es doch interessant, mehr über ihn zu wissen.“

„Wenn du meinst.“ Kathinka runzelt die Stirn. „Angrias ist ein Despot. Ein eiskalter Mörder. Ein bösartiger Sadist. Aber das weißt du ja alles schon."

„Hast du ihn oft getroffen? Damals, als du in Vinbon für ihn gearbeitet hast?"

„Getroffen? Nein, so kann man das nicht sagen." Sie lehnt sich etwas auf dem Lager zurück und richtet ihre Decke. „Angrias residiert täglich im goldenen Saal in Vinbon, der Hauptstadt Ostaliens. Er ist groß und schlank. Fast hager. Er trägt stets dunkle Kleidung, schwarze Handschuhe und ein Rapier an seiner Seite. Sein Gesicht verbirgt eine Maske mit schmalen Augenschlitzen. Hunderte kleine Diamanten sind auf den Stoff der Maske genäht." Sie schluckt. „König Angrias spricht fast nie. Niemand darf sich ihm mehr als ein Dutzend Schritte nähern. Ringsum ist eine Leibwache aus Soldaten und Hexern. Ich kam nie näher als fünfzig Meter an ihn heran. Aber auch auf diese Entfernung spürte ich seine Macht. Und seine Grausamkeit." Sie erschauert. „Ich erinnere mich noch ganz genau an eine Begebenheit. Es war im Sommer vor vier Jahren. Ein ostalischer Schreiber hatte mich nach Bandonis geschickt, um eine Nachricht zu überbringen. Da es eilte, flog ich, so schnell ich konnte. Stunden später trat ich den Rückflug an und meine Flügel waren mir schwer geworden. Ich landete erschöpft auf einem Giebeldach des herrschaftlichen Palastes, um mich etwas auszuruhen. Da sah ich im Innenhof, wie König Angrias von seinen Wachen eine junge Mutter und ihr Kind gebracht wurden. Er zog ohne ein Wort zu sagen sein Rapier und quälte die beiden eine Weile. Ihre Schreie werde ich nie vergessen. Starr vor Schreck und Abscheu verharrte ich auf dem Giebeldach. Blut floss ohne Unterlass und König Angrias schien das alles sehr zu genießen. Als er schließlich von seinem Tun genug hatte, tötete er die beiden mit zwei schnellen Schlägen seines Rapiers. Einfach so, weil ihm gerade danach war. Er ist ein Monster und tut, was ihm gefällt." Sie blinzelt eine Träne fort.

„Du hasst ihn wirklich", sage ich.

„Meine Leute hasse ich. Und meine Mutter." Sie beißt nachdenklich auf ihre Unterlippe und wischt über ihre Augen. „Ja, und Angrias hasse ich auch. Er hat die Rabenmenschen verdorben. Durch ihn wurden sie zu Verrätern."

Ich blicke aus dem Fenster. Es wird deutlich heller. „Wir sollten versuchen, noch ein wenig zu schlafen, bevor wir aufbrechen."

„Ich werde erst wieder gut schlafen, wenn Angrias tot ist", behauptet Kathinka. Sie kuschelt sich nah an mich und küsst meine Wange. „Noch einmal danke für alles, Skriek. Gute Nacht, mein Paladin."

Sie hat mich schon wieder auf die Wange geküsst! Jetzt kann ich unmöglich einschlafen. Mehrere Stunden liege ich wach und lausche Kathinkas ruhigen und gleichmäßigen Atemzügen.

26

Gestern sind wir erst gegen Mittag weitergezogen und haben nur mehr wenige Meilen zurückgelegt, da jeder von uns müde und übernächtig gewesen ist. Heute haben wir endlich Karnium hinter uns gelassen und die dicht bewaldeten Hügel Espiens erreicht, die sich laut Sinchas Landkarten von den Mentrischen Almen bis tief in den Süden Richtung Timion und Salur erstrecken. Es gibt eine gepflasterte Handelsstraße, die schlängelnd durch den grünen Wald führt und von vielen Menschen frequentiert ist. Neben den mittlerweile allgegenwärtigen Soldaten und Söldnern, die das ostalische Adlerzeichen mit dem Schwert in den Krallen stolz mit sich tragen, sieht man auch fahrendes Volk und Händler. Hinzu kommen noch Mägde, Knechte, Tagelöhner und Handwerker, die emsig und geschäftig nach Norden, Richtung Karnium, oder nach Süden, Richtung Timion und Salur, strömen. Gut hundert Meilen westlich von Barius, jenem Königreich, das wir als nächstes erreichen wollen, liegt Yestshire. Laut Sincha haben wir noch knapp vier Wochen Fußmarsch vor uns. Wir kommen unserem Ziel langsam, aber beständig näher. Auch wenn sich das für mich im Moment nicht so anfühlt. Wieder einmal schlagen wir uns durch das Unterholz neben den Handelsstraßen, um uns vor unliebsamen Blicken fernzuhalten. Jeden Schritt müssen wir dem Wald abtrotzen. Oft bleiben die Schneideblätter meiner Äxte im Geäst hängen und ich habe Mühe, sie wieder freizukommen. Abwechselnd fluche und bete ich. Viel anderes gibt es auch nicht zu tun. Zweige und Dornen fassen nach uns und erschweren unser ohnehin schon äußerst behäbiges Vorwärtskommen. Unsere Kleidung ist mittlerweile arg ramponiert. Selbst Romaldo wirkt nicht mehr sonderlich geschniegelt und herausgeputzt, selbst wenn sein Mantel, seine Hose und sein Rüschenhemd deutlich sauberer sind als beim Rest von uns. Mehrmals habe ich in den letzten Tagen schon zu Nadel und Zwirn gegriffen, aber die Risse in meinem Kapuzenmantel sind kaum mehr zu flicken. Meine Hose ist zerschlissen und schmutzig. Allein mein Hemd ist noch einigermaßen ansehnlich, auch wenn auf der Vorderseite mehrere dunkle Flecken sind. Den anderen geht es, vom eitlen Prinzen Romaldo einmal abgesehen, auch nicht viel besser. Wir sind ein abgerissener, ramponierter Haufen. Und das zeigt sich nicht nur an unserem Äußeren. Auch innerlich wird die Gemeinschaft der Gruppe nur mehr durch wenige lose Fäden zusammengehalten. Die Ereignisse von vorletzter Nacht haben endgültig alle Gräben aufgerissen. Romaldo gibt sich nur noch als zynischer Spötter und zeigt Sincha und allen anderen deutlich seine Verachtung. Knut macht ein Gesicht wie sieben Tage Regenwetter und knurrt unverständliches Zeug. Die Amazonen, allen voran Clarina, sind mir immer noch böse und halten mich für ein gefährliches Tier, das nur darauf achtet, Kathinka Ebensa zu beschützen.

Kathinka ist, seit sie von Sincha Ankonski geohrfeigt worden ist, deutlich reservierter zu der drahtigen Heerführerin und ihren Kriegerinnen. Sie hat sich gestern Abend auch geweigert, mit Sincha ihre Säbelkampfübungen zu absolvieren. Sincha hat es mit einem kurzen Achselzucken akzeptiert. Sie legt wohl selbst keinen Wert mehr darauf, Zeit mit Kathinka zu verbringen. Ich habe kurz überlegt, ob ich mit Kathinka den Säbelkampf üben sollte, aber mir ist schnell klar geworden, dass das keinen Sinn hätte. Mit Stich- und Fechtwaffen kann ich nicht umgehen. Sie sind viel zu filigran für meine kralligen Hände. Ich wäre Kathinka alles andere als ein guter Lehrmeister.

Wir kommen zu einem Wasserlauf und füllen unsere Schläuche. Es ist recht schwül im Wald. Alle schwitzen und trinken gierig das kühle Nass. Nach einer Weile stellt sich Sincha etwas abseits und beginnt, ihre Landkarten zu studieren. Ich bin ihr immer noch gram, weil sie Kathinka geohrfeigt hat. Doch da macht sich plötzlich und zu meiner nicht geringen

Verwunderung das Erbe meiner Mutter in mir bemerkbar. Trotz aller Irritationen möchte ich mich wieder mit der hageren Heerführerin vertragen. Ihr Schweigen und ihre ablehnende Distanz halte ich nur schwer aus. Ich möchte mit ihr reden, mich mit ihr unterhalten. Daher gehe ich zu ihr. Ich bin manchmal doch noch viel mehr Skriek, als ich wahrhaben will.

„Sincha", sage ich, „ich werde mich nicht dafür entschuldigen, dass ich dich gewürgt habe."

Sie blickt mich an und ihre grünen Augen verengen sich. „Habe ich eine Entschuldigung von dir erwartet?"

Ich zucke mit den Schultern. „Vielleicht, Heerführerin."

„Skriek, glaube mir, von dir erwarte ich nichts mehr."

Ihre Stimme klingt so kalt und ablehnend, dass ich überrascht einen Schritt zurücktrete. Ihr Verhalten verletzt mich. Ich habe meinen skriekischen Instinkten nachgegeben und versucht, die Distanz zwischen der Amazone und mir zu überbrücken, aber wenn sie nicht will, kann ich auch anders. Mein Gott Thurantuh lacht in meinem Hinterkopf. Er mag es nicht besonders, wenn ich mein skriekisches Erbe lebe. Lieber sieht er mich als nordischen Krieger, der kalt und überlegt tötet. Warum Thurantuh immer noch der, wenn auch verpönte, Kriegsgott der Skriek ist und seine Anhänger nicht längst unter den wilden Stämmen der Nordmänner gesucht hat, ist mir ein Rätsel.

„Heerführerin, nach der Schlacht mit der Riesin und den Marodeuren hast du mich als blutrünstiges Tier bezeichnet", knurre ich. „Anschließend hast du dich entschuldigt. Doch nachdem ich Kathinka vor den dunklen Boten errettet und meine Krallen um deine Gurgel gelegt habe, hast du mich wieder als Tier beschimpft." Ich balle meine Fäuste. „Du bist sehr schnell mit deinen Verurteilungen, Amazone."

Zu meiner Überraschung zeigt sich ein winziges Lächeln in ihrem rechten Mundwinkel. „Ist deine zarte Seele gekränkt, Skriek?"

„Willst du mich verhöhnen?"

Sie schüttelt kaum merklich den Kopf. „Du begreifst so wenig."

„Dann sage mir, was ich nicht verstehe", fordere ich.

„Unser Auftrag ist enorm wichtig. Wenn es uns gelingt, König Angrias zu töten, retten wir tausenden, vielleicht sogar zehntausenden Menschen das Leben." Sie deutet mit ihrem rechten Zeigefinger auf meine Brust. „Aber dir ist das egal, Skriek. Ich weiß, warum du uns begleitest. Du hast vor Erik Anfohrrnus auf deinen Gott geschworen und bist daher eidverbunden. Aber dein Sinnen und Trachten geht allein dahin, dich Tag für Tag mit deinen Befindlichkeiten zu beschäftigen. Du siehst den großen, bedeutungsvollen Zusammenhang nicht. Nur deine Gefühle sind dir wichtig. Und da du allein und ein Ausgestoßener bist, biederst du dich bei Kathinka an und hoffst so, dich nicht mehr so verlassen zu fühlen."

„Amazone, du hast keine …"

Sincha unterbricht mich ungehalten. „Skriek, hier geht es um etwas Großes, Wichtiges. Deine kleinen Befindlichkeiten spielen keine Rolle."

„Aber ..."

„Glaubst du, ich fühle mich wohl in unserer Gruppe?"

„Nein, aber ..."

„Ich gebe mich nicht meinen Gefühlen hin. Ich sinniere nicht stundenlang über meine Seele. Ich weiß, was zu tun ist. Und ich tue es. Weil meine Königin es mir befohlen hat, zum Wohle der Menschen in Euptonien."

Ich spucke aus. „Die Menschen jagen und töten Skriek."

„Und du jagst und tötest Menschen", kontert Sincha.

„Das ist dann ja wohl ausgleichende Gerechtigkeit, Heerführerin."

„Ich sehe, dass du dich nicht überzeugen lässt." Verächtlich verzieht sie den Mund. „Ich hatte gehofft, in dir einen Helfer zu finden. Jemanden, auf den man sich verlassen kann. Jemanden, der versteht, worum es hier geht."

„Ich verstehe sehr gut", entgegne ich. „Ein Zauberer hat mich zu einem Schwur gezwungen. Nun muss ich einen König töten, den ich nicht kenne. Wahrscheinlich werde ich bei dem Versuch sterben." Nun zeigt mein kralliger Zeigefinger auf Sincha. „Und du erwartest allen Ernstes, dass ich darin einen großen Sinn sehen soll? Wie kommst du darauf?" Ich schlage meine vier spitzen Eckzähne aufeinander. „Für mich spielt es keine Rolle, welcher Mensch in Euptonien herrscht. Ich werde immer verfolgt und gejagt werden. Niemals werde ich in Ruhe leben können. Was willst du also von mir?"

Sie schweigt auf meine Frage.

„Sei versichert, Heerführerin, ich werde euch helfen, Angrias zu töten, weil ich es geschworen habe. Das ist es. Und nicht mehr." Ich trete einen Schritt auf sie zu. „Ansonsten werde ich mich um jenen Menschen kümmern, der mir wichtig ist und mir gut tut."

„Du glaubst immer noch, dass Kathinka dir gut tut?" Ihre Stimme klingt verächtlich. „Du bist ein Narr, Skriek!"

„Ja, vielleicht bin ich das."

„Meine Königin und König Edwin aus Salur riskieren ihr Leben, um diesem Kontinent Frieden zu bringen, und du denkst nur an deine unerfüllbare Liebe. Wie klein du doch bist, Skriek!"

„Deine Königin und König Edwin wollen doch nur ihre Macht sichern", behaupte ich.

„Nein, Skriek! Sie wollen Frieden! Gerechtigkeit! Freiheit!"

Sincha klingt so überzeugt, dass ich für einen Moment zögere. „Du glaubst wirklich, was du sagst, Amazone?"

„Ja, ich glaube an meine Königin." Sie streicht über ihr spitzes Kinn. „Und an König Edwin glaube ich auch."

„Hm." Ich will nicht länger mit ihr streiten. Außerdem merke ich, dass ich neugierig werde. „Wie ist denn König Edwin so?", frage ich daher nicht unfreundlich.

„Nun, ehrlich gesagt kenne ich ihn persönlich gar nicht", murmelt Sincha.

„Was? Du kennst ihn nicht? Du bist doch eine Heerführerin der Amazonen!"

„Du sagst es, Skriek. Ich bin eine Heerführerin der Amazonen. Eine von vielen. Ich befasse mich ausschließlich mit dem Kriegswesen. Für Staatsbesuche und Politik sind unsere Königin und ihre Priesterinnen zuständig."

„Du glaubst also, dass König Edwin Frieden und Gerechtigkeit will, aber du kennst ihn gar nicht persönlich. Sehe ich das richtig?" Ich versuche, den Spott aus meiner Stimme fernzuhalten, aber ganz gelingt mir das nicht.

„Meine Königin hat mir alles mitgeteilt, was ich über König Edwin wissen muss." Sincha klingt trotzig. Es gefällt ihr nicht, wenn sie in der Defensive ist. „Und meine Königin würde sich nie mit einem Tyrannen verbinden. Niemals!"

„Na schön." Ich lenke ein, da ich nicht schon wieder mit Sincha Ankonski streiten will. „Und was weißt du über seine

Söhne? Sie heißen doch Baldwin und Logwin, wenn ich mich recht erinnere?"

„Baldwin ist der Ältere, Logwin der Jüngere." Sincha zieht an einem dünnen Haarzopf. „König Edwin soll seine beiden Söhne über alles lieben. Und Baldwin und Logwin sollen ihrem Vater auch sehr zugetan sein. Ihre Mutter ist früh gestorben. Das hat das Band zwischen König Edwin und seinen Söhnen wohl noch stärker werden lassen."

„Aber wie die beiden Königssöhne aussehen, weißt du nicht?"

„Nein, das weiß ich nicht." Sie verstaut ihre Landkarten. „Aber dem Vernehmen nach sollen sie groß und schlank sein. Baldwin hat braune Haare, Logwin blonde. Mehr weiß ich nicht."

„Du weißt ja wirklich viel über unsere Verbündeten", brumme ich.

„Ich weiß genug", behauptet Sincha.

„Na gut." Ich wende mich ab und gehe zu Kathinka und den anderen. Irgendwie habe ich das Gefühl, dass zwischen Sincha und mir wieder ein besseres Einvernehmen herrscht.

Am Abend stoßen wir auf einen schmalen, ausgetretenen Waldpfad. Wir beschließen, ihm zu folgen, was unser Vorankommen deutlich erleichtert. Der Pfad führt Richtung Südwesten und ist voller Kurven und spitzer Steine, aber es ist allemal besser, auf ihm entlangzugehen, als sich weiterhin durch das Unterholz zu kämpfen. Nach zwei knappen Stunden entdecken wir vor uns eine kleine Ansiedlung. Sie besteht aus drei großen Scheunen, zwei Häusern, einer Schmiede und einem Stall. Die Häuser sind leer und es sieht so aus, als ob seit Jahren kein Mensch mehr hier gewesen wäre. Die Gebäude sind von Pflanzen überwuchert, Spinnweben spannen sich über Türstöcke und Fensterrahmen. Hinter dem Stall ist eine gefasste Quelle. Wir haben unseren Lagerplatz für die Nacht gefunden.

Romaldo und Knut holen Feuerholz, Basola und Lusona sichern die Umgebung, Sincha und Clarina durchstöbern die Häuser und Scheunen. Kathinka gesellt sich zu mir und betrachtet sinnend jenes grüne Tuch an meinem Kampfstab, das sie mir vor einigen Wochen gegeben und mit dem sie damals meine Rolle als Paladin sozusagen besiegelt hat. „Du hast vorhin lange mit Sincha gesprochen. Worum ging es denn?“

„Na ja, die Amazone hält mich für einen Narren.“

„Tut sie das?“

„Sie meint, dass ich das große Ganze nicht sehe.“

„Und was wäre das?“

„Die Befreiung Euptoniens von einem Tyrannen.“

Kathinka runzelt die Stirn. „Da hat sie doch recht.“

„Möglich“, stimme ich ihr zu.

Kathinka berührt meinen schuppigen Unterarm. „Die Amazone möchte, dass du voll Begeisterung und aus innerer Überzeugung für die gute Sache kämpfst, nicht wahr?“

„Scheint so.“ Ich streiche vorsichtig eine dunkle Haarsträhne aus ihrem Gesicht und blicke in ihre veilchenblauen Augen. „Sie glaubt, dass König Edwin ein gerechter Herrscher wäre.“

„Das glaube ich auch“, sagt Kathinka. „Trotzdem ist Sincha eine Närrin.“

„Wieso?“

„Sie glaubt, dass du wie ein Mensch denkst und will ihre Moralvorstellungen auf dich übertragen. Dabei übersieht sie aber, dass du ein eigenständiges Wesen bist. Deine Überzeugungen liegen ganz woanders. Menschliche Geschicke kümmern dich nicht. Du möchtest frei leben, mit einer Frau an deiner Seite, die deine Seele berührt. Du bist kein Kind Euptoniens, deine Wurzeln liegen in Allunien. Dort bist du zuhause. Und dort solltest du eines Tages auch wieder leben.“

„Zusammen mit dir?“, wage ich zu fragen.

„Vielleicht.“ Ihr Gesicht verdunkelt sich, wird schwermütig und düster. „Ich habe kein Zuhause.“

„Du gehörst zu mir, Kathinka Ebensa.“

„Ja, das tue ich.“

„Du verstehst mich. Und ich verstehe dich.“

Ihre vollen Lippen umspielt ein Lächeln. „Nun, Skriek, ich denke, zwei Bastarde müssen sich einfach verstehen.“

Ich nicke und werde nachdenklich. Mir fällt soeben wieder ein, dass mir vorgestern Nacht, als ich Kathinka gesucht habe, bewusst geworden ist, dass ich viel zu wenig über sie weiß. Was sind ihre Lieblingsspeisen? Worüber lacht sie? Welche Kleider trägt sie gerne? Mag sie Schmuck? Was alles gefällt ihr?

„Woran denkst du, Skriek?“, will Kathinka wissen. „Du

machst schon wieder so ein grüblerisches Gesicht."

„Sag mir deine Lieblingsfarbe."

„Sie ist Grün. Wieso?"

„Nur so. Und dein Lieblingslied? Wie lautet das?"

„*Die fünf Brunnen* höre ich gerne. Hast du sonst noch Fragen?" Sie klingt ironisch.

„Ja, habe ich." Das Lied *Die fünf Brunnen* kenne ich. Meine Mutter hat es manchmal gespielt. Es hat eine traurige Melodie. „Was ist deine Lieblingsspeise? Magst du Schmuck? Und wenn ja, welchen?"

„Ich mag Rehbraten. Und Erdbeerkuchen." Sie klimpert mit ihren langen, dunklen Wimpern. „Und stell dir vor, Skriek, ich bin eine Frau. Das heißt, ja, ich mag Schmuck. Sehr sogar. Goldene Halsketten, silberne Ringe, kupferne Reifen, diamantene Diademe. Alles mag ich."

„Aha. Und was ist ...?"

„Genug, Skriek. Eine Frau sollte das eine oder andere Geheimnis für sich behalten." Sie legt ihre Hand auf meinen Oberarm. „Ich denke, für heute hast du genug über mich erfahren."

„Eine Frage habe ich noch", sage ich mit rauer Stimme.

„Ja?"

„Du streichst über meine Schuppen, kuschelst dich in der Nacht in meinen Arm und küsst meine Wangen." Ich räuspere mich. „Und du hast ja soeben auch meinen Oberarm berührt."

„Und was ist jetzt deine Frage?"

„Äh ..."

„Skriek, ich wünsche mir aus ganzem Herzen, dir das geben zu können, was du von mir erwartest." Sie blickt mir fest in die Augen. „Glaub mir, mein Paladin, ich arbeite jeden Tag daran, dir nahe zu sein. So nahe, wie du es dir wünschst."

„Oh."

„Ich weiß aber nicht, ob es mir gelingen wird." Sie blinzelt. „Und ganz ehrlich, die Chancen stehen schlecht. Nicht nur mein Körper, auch meine Seele hat zu viele Schläge abbekommen."

„Ich sagte es schon: Es genügt mir, dir als treuer Paladin zu dienen."

Sie schnieft. „Machen wir uns nichts vor, Skriek. Es genügt uns beiden nicht."

„Für den Moment genügt es", behaupte ich.

„Ja, für den Moment."

Eine knappe halbe Stunde später eilen Lusona und Basola zu uns in die verlassene Siedlung. Sie halten vor Sincha an und sind ein wenig außer Atem.

„Wir haben einen Händler gesehen", sagt Basola.

„Er zieht einen Handkarren den Weg entlang, den wir gekommen sind", ergänzt Lusona.

„Wann ist er hier?", fragt Sincha.

„In etwa fünfzehn Minuten." Basola richtet mit einer schnellen Bewegung den Rundschild an ihrer Hüfte. „Er ist alt und spindeldürr. Und sein Karren ist voller Waren."

„Wir sollten ihn töten", sage ich, „und seine Sachen an uns nehmen. Wir alle brauchen dringend neue Kleider."

„Endlich einmal eine gute Idee von dem Schuppenkopf", brummt Romaldo und greift nach seinem Rapier.

„Ist es für einen Prinzen aus Harba nicht unehrenhaft, einen alten Mann zu töten und auszurauben?", fährt Sincha Romaldo an.

„Händler sind nichts weiter als Abschaum", behauptet der Prinz von Harba. „Es würde meine Ehre in keinster Weise beeinträchtigen, wenn ich ihm die Kehle durchschneide."

„Grumpf", stimmt Knut seinem Bruder zu.

„Wir töten keine wehrlosen Menschen", sagt Sincha und ihr stechender Blick wandert finster zwischen Knut, Romaldo und mir hin und her. „Wir sind keine Mörder."

„Der Händler muss zu dieser Siedlung kommen, wenn er dem Waldpfad weiter folgt", meint Basola. „ Er wird unweigerlich auf uns treffen."

„Wir müssen ihn ja nicht töten", lenke ich ein. „Es reicht ja, wenn wir ihn lediglich ausrauben."

„Hier wird niemand ausgeraubt!" Sincha klingt wütend.

„Ich brauche aber dringendst neue Kleidung", mault Romaldo.

„Dann kauf dir welche, harbaischer Schönling", knurrt Sincha.

„Vielleicht bei dem Händler mit dem Handkarren", knurrt Romaldo zurück.

„Händler sind Schwätzer", gibt Kathinka zu bedenken. „Er wird jedem, den er trifft, von uns erzählen." Sie deutet in die

Runde. „Wir sind ja nicht gerade unauffällig."

„Nun gut, wir verstecken uns", entscheidet Sincha. „Packt schnell all eure Sachen zusammen! Und beeilt euch!"

Doch da ist es bereist zu spät. Ein alter, spindeldürrer Mann mit graumeliertem langem Haar, einem geflochtenen Zopf am Kinn und einem imposanten Oberlippenbart tritt ein wenig verunsichert aus dem Wald. Ich bin verwundert, wie schnell er unsere Ansiedlung erreicht hat. Sein großer Adamsapfel hüpft auf und ab, als er sich räuspert und zu sprechen beginnt. Überraschenderweise klingt seine Stimme sehr weich und wohltönend. „Seid gegrüßt. Ich dachte mir doch, dass ich jemanden gehört habe." Er zieht seinen riesigen speckigen Hut, wedelt mit ihm durch die Luft und verbeugt sich tief. „Gestattet, dass ich mich vorstelle: Ich bin Zambrynus, der Händler. Mein Handkarren liegt da hinten. Er ist leider umgekippt, als ich ihn unbedachterweise über eine große Wurzel gezogen habe. Vielleicht könnte mir jemand helfen? Das wäre überaus freundlich."

Sincha nickt Clarina und Basola zu. „Holt den Handkarren."

„Vielen Dank, werte Dame." Zambrynus verbeugt sich erneut, dieses Mal genau in Sinchas Richtung. Der alte Mann hat sie augenblicklich als unsere Anführerin ausgemacht „Ich habe viele schöne Waren bei mir, tapfere Amazone. Vielleicht willst du ja etwas kaufen? Ich werde dir einen überaus günstigen Preis machen."

„Vielleicht." Sincha winkt ihn zu uns. „Komm ans Feuer, Zambrynus."

„Zu gütig, Gnädigste. Aber ich will doch zuerst noch nach meinem Handkarren sehen. Ich kann euren Kriegerinnen ja nicht die ganze Arbeit alleine überlassen." Mit eiligen Schritten folgt er Clarina und Basola.

Romaldo beugt seinen Kopf zu Sincha. „Sollen wir den Händler jetzt gleich töten, Mylady?"

„Nein!", schnappt die Amazone. „Und vielleicht weiß er ja etwas, das für uns nützlich ist." Sie senkt ihre Stimme. „Wenn es wirklich nötig ist, können wir ihn später immer noch unschädlich machen."

Ich kratze eine Schuppe an meinem Hals. „Ich weiß nicht, Sincha, ich habe ein ungutes Gefühl bei dem Kerl. Und was soll er schon groß wissen? Wir sollten ihn jetzt gleich erledigen."

Ich greife zu meinen Äxten. „Wenn du willst, übernehme ich das.“

„Nein!“, faucht Sincha. „Zuerst hören wir uns an, was er weiß.“

Ich knurre enttäuscht.

27

Es dämmert schon, als Basola und Lusona mit Zambrynus, dem Händler, die kleine Ansiedlung erreichen. Sie mühen sich mit einem bis oben hin beladenen Handkarren, dessen linkes Rad bei der Deichsel abgebrochen ist. Ächzend und schwitzend zerren sie das Gefährt in die Nähe unseres Lagerfeuers, das wir hinter der Schmiede errichtet haben. Über den Flammen hängt ein gusseiserner Topf, voll gefüllt mit einer vor sich hin köchelnden Suppe. Kathinka hat im Wald wildes Gemüse und essbare Knollen gefunden, ich habe einen Waldhasen mit meinen Krallen erlegt und die Amazonen haben einen Teil ihres Dörrfleisches beigesteuert. Ein aromatischer Duft erfüllt die Siedlung und mir läuft bereits das Wasser im Mund zusammen.

Romaldo scheint sich weniger um seinen Magen zu kümmern, dafür umso mehr um sein Äußeres. Sichtlich aufgeregt eilt der den beiden Amazonen und Zambrynus entgegen. Vor dem spindeldürren Händler hält er an und stiert begierig auf den prallvollen Handkarren. „Hast du Stoffe?“, fragt er. „Und Hosen? Hemden? Stiefelwichse? Putztücher?“

„Das alles habe ich“, lächelt Zambrynus. „Und noch vieles mehr. Aber für heute ist es bereits zu dunkel, um den Wert meiner Waren gebührend beurteilen zu können. Leider müssen wir wohl warten, bis uns die liebliche Sonne morgen früh wieder ihr strahlendes Licht schenkt.“

Romaldo ist mit der Aussage des Händlers nicht einverstanden. „Wir können Pechfackeln anfertigen. Die würden mehr als genug Helligkeit abgeben.“ Er tippt gegen Zambrynus hagere Brust. „Und ich mag es nicht, wenn du so geschwollen daherredest. Du bist ein einfältiger Händler und kein erlauchter Edelmann.“

„Verzeih mir, mein Herr“, murmelt Zambrynus. „Aber ich bin nicht nur Händler, sondern auch Spielmann. Von daher kommt meine blumige Sprache." Er deutet zu seinem Handkarren. „Unter diesen Sachen befindet sich auch eine Laute. Bei aller Bescheidenheit wage ich zu behaupten, dass ich dieses Instrument gar vortrefflich zu spielen vermag. Und ich kenne viele Lieder voll Poesie und Liebreiz. Gestatte mir, edler Herr, meine Musik heute Nacht dir und deinen Freunden vorzutragen. Das wird dich die Trauer darüber vergessen lassen, dass du erst morgen meine Waren begutachten kannst."

„Ein Spielmann? So, so." Romaldo zeigt ein knappes Lächeln. „Nun, ich vermisse durchaus ein wenig Unterhaltung und Kultur. Wie du unschwer erkennen kannst, bin ich mit einer Horde unzivilisierter Kriegerinnen unterwegs, die keinen Verstand für Kunst und Schönheit haben."

Zambrynus verneigt sich. „Ich hoffe doch, dass meine Lieder auch die Herzen deiner Gefährten berühren werden."

„Das ist sehr unwahrscheinlich", brummt Romaldo. „Nun denn, Spielmann, geselle dich zu uns ans Feuer. Das Essen wird bald fertig sein."

„Vielen Dank, edler Herr." Erneut verbeugt sich Zambrynus ehrerbietig, um sich anschließend zu seinem Handkarren zu wenden. „Ich habe einige edle Tropfen dabei, darunter auch einen roten Wein aus Telberien. Erlaubt mir, euch alle auf ein Glas einzuladen."

„Es sei dir erlaubt", erklärt Romaldo mit huldvoller Stimme.

Als die beiden zu uns anderen ans Lagerfeuer kommen, betrachte ich Zambrynus skeptisch. Irgendetwas gefällt mir nicht an dem alten, hageren Mann mit dem geflochtenen Kinnzopf und dem ausladenden Oberlippenbart. Was es genau ist, kann ich nicht sagen. Aber ich bin seltsam angespannt und fühle eine gewisse Nervosität in mir. Knurrend rühre ich mit einem Kochlöffel im gusseisernen Topf und schicke ein Stoßgebet zu Thurantuh. Wenn ich in unserer Gruppe das Sagen hätte, wäre Zambrynus schon längst im Reich der Toten. Leider zählt meine Meinung nicht. Und Sincha, unsere edle Heerführerin, scheint es wohl unter ihrer Würde zu finden, einen wehrlosen alten Mann zu töten. Es ist ja nicht so, dass ich Sincha nicht zum Teil verstehen würde. Natürlich bringt es keine Ehre, Wehrlose und Schwache zu ermorden. Aber andererseits ist mir nicht ganz klar, wo sie ihre moralischen Grenzen zieht. Sie hat uns damals vor einigen Wochen daran gehindert, die von Gnomen gefangen genommenen Frauen zu befreien. Stundenlang haben wir deren Schmerzensschreie anhören müssen. Wir sind mehr als nur begierig darauf gewesen, endlich loszustürmen und den Gnomen den Garaus zu machen, aber Sincha hat uns allen ja strikt verboten anzugreifen. Angeblich ist es für uns zu gefährlich gewesen, eine Auseinandersetzung mit den Gnomen zu wagen, da wir zu leicht einen Gefährten hätten verlieren können. Das hat Sincha damals auf keinen Fall riskieren wollen. Aber heute lässt sie Zambrynus unbehelligt, obwohl jeder weiß, wie geschwätzig Händler doch sind. Eine Gruppe wie die unsere ist so auffällig, dass Zambrynus mit Sicherheit überall lauthals von uns erzählen wird. Meine Meinung nach kann es daher nur eine Lösung geben: Der Händler muss mundtot gemacht werden. Aber, ich habe es ja schon erwähnt, meine Meinung zählt in unserer Gruppe nicht. Alles wird von Sincha Ankonski bestimmt.

Ich knurre erneut, während die Heerführerin Zambrynus dazu auffordert, sich neben ihn zu setzen. Gehorsam tut der Händler, wie ihm geheißen worden ist. Seine Gelenke knacken, als er sich mit untergeschlagenen Beinen auf der Decke niederlässt. Vorsichtig legt er seine Laute und die große, gut fünf Liter fassende Flasche Wein neben sich ins Gras.

Sincha betrachtet ihn eine Weile schweigend mit ihrem stechenden, eisenharten Blick. Zambrynus wird unruhig und zupft an seinen weiten Hemdsärmeln herum. Er wagt es aber nicht, als erster das Wort zu ergreifen. Schließlich nickt Sincha ihm knapp zu. „Nun gut, alter Mann. Ich hoffe, du weißt, dass es in diesen Zeiten nicht selbstverständlich ist, mit jemandem sein Lagerfeuer und sein Essen zu teilen?“

„Dessen bin ich mir voll und ganz bewusst, edle Dame.“

„Ich bin keine edle Dame, sondern eine Amazone. Eine Kriegerin, wie du unschwer an meinen Tätowierungen erkennen kannst.“

„Das ist mir nicht entgangen.“

„Ich habe einige Fragen an dich, Zambrynus.“

Er breitet seine Hände aus. „Frag, was immer du fragen willst. Ich werde dir antworten.“

„Das ist gut, Zambrynus.“ Sincha zieht ihre Brauen zusammen. „Sag mir, was führt einen Händler in diese Einöde?

Noch dazu mit einem gut gefüllten Handkarren.“

„Ich bin auf dem Weg in mein Heimatdorf. Meine Schwester lebt dort und ich will sie besuchen. All die Waren im Handkarren sind für die Dorfbewohner bestimmt.“ Er leckt ein wenig unsicher über seine Lippen. „Aber du und deine Gefährten können bei mir natürlich kaufen, was immer ihr wollt.“

Sincha greift nach ihrem Reisebeutel, kramt ein wenig und zieht schließlich eine abgegriffene Landkarte heraus. „Wie heißt dein Dorf?“

„Lansingen, Amazone.“

„Hm.“ Sincha Ankonski kneift ihre Augen zusammen und hält die Landkarte näher ans Feuer. „Ja, Lansingen ist nicht weit von hier. Vielleicht zwei Tagesmärsche. Aber wenn die Karte nicht trügt, dann würdest du über die große Handelsstraße wesentlich schneller zu deinem Heimatdorf kommen. Warum ziehst du also mit deinem Karren diesen schmalen Waldpfad entlang?“

Zambrynus räuspert sich ausführlich. Die Frage ist ihm eindeutig unangenehm. Er kratzt sein bezopftes Kinn und räuspert sich erneut. All unsere Blicke sind jetzt auf ihn gerichtet. Knut lässt ein forderndes „Grumpf“ ertönen.

„Nun, es ist so“, setzt Zambrynus an, nur um wieder innezuhalten. Er beißt auf seine schmale Unterlippe. „Also, ehrlich gesagt, ich habe da ein kleines Problem mit König Angrias.“ Mit einem leicht gehetzten Gesichtsausdruck blickt er in unsere Runde. „Da erschien es mir klüger, die Handelsstraße mit all den ostalischen Söldnern zu meiden.“

„Welches Problem hast du mit Angrias?“, will Sincha wissen.

„Nun, der Herrscher mit der dunklen Maske hebt überall neue Steuern ein. Er braucht Unmengen von Geld für seine Kriege. Seit ein paar Monaten müssen auch alle Händler einen Teil ihres Gewinnes bei den ostalischen Schatzmeistern abgeben.“

„Und diese Abgabe wolltest du dir ersparen?“

„Ich wollte es nicht nur, Amazone, ich habe es auch getan.“ Er zwirbelt seinen Oberlippenbart. „Leider haben die Schatzmeister davon erfahren. Und nun suchen sie mich.“

„Ein Händler, der König Angrias betrügt“, grinst Romaldo.

„Du bist entweder sehr mutig, oder sehr dumm."

„Ich denke, ich bin wohl beides. So wie ich einerseits Händler und andererseits Spielmann bin." Er greift nach seiner Laute und streicht verheißungsvoll über die Saiten. Insgeheim hofft er wohl, mit seiner Musik von einer weiteren Befragung ablenken zu können.

„Spielen kannst du später", sagt Sincha und schiebt einen dünnen Zopf nach hinten, der ihr ins Gesicht gefallen ist. „Wir haben in letzter Zeit wenige andere Menschen getroffen. Sag mir daher, was es für Neuigkeiten in Euptonien gibt."

„Nun, König Angrias herrscht weiter mit eiserner Hand. Er hat neue Truppen vor die Tore Amazoniens verlegt. Auch König Edwin hat seine Legionen verstärkt. Einige Freischärler haben sich ihm und seinem Königreich Salur angeschlossen. Ein Heer Aufständischer ist ebenfalls unterwegs, um König Edwin zu unterstützen." Zambrynus zieht an seinem Kinnbart. „Einige hoffen immer noch, dass es zu Verhandlungen zwischen König Angrias und König Edwin kommt. Aber ich persönlich glaube das nicht mehr. Es riecht für mich nach Krieg. Früher oder später wird er kommen. Und ich befürchte stark, dass König Edwin und seine tapferen salurischen Soldaten verlieren werden. Da mögen ihn noch so viele Aufständische und Freischärler unterstützen."

„Und was ist mit Amazonien?"

„Es wird weiter belagert." Zambrynus senkt seinen Kopf und starrt auf den Erdboden vor ihm. „Ich weiß nicht, ob du es schon gehört hast, aber es gibt einige Schwierigkeiten."

„Welche?"

„König Sinnly, der Zwergenkönig, ist zutiefst erzürnt. Er behauptet, dass Amazonen seine Zwerge abschlachten. Angeblich hat er im Bastolischen Schloss vor dem Rat der Zauberer den Antrag gestellt, Amazonien angreifen zu dürfen, um dem Morden an seinen Leuten ein Ende zu setzen."

„Was?" Sinchas Gedanken fliegen. „Der Rat der Zauberer wird einen Angriff auf Amazonien niemals erlauben."

„Da hast du wahrscheinlich recht. Aber man munkelt, dass König Sinnly so erzürnt ist, dass er bei einer ablehnenden Antwort der Zauberer trotzdem angreifen wird."

„Wie viele Zwerge sollen wir Amazonen denn getötet haben?", fragt Sincha.

„Dutzende sollen es sein. Und König Sinnly hat die Leichen zweier Amazonen, die er auf seinem Hoheitsgebiet aufgegriffen hat, dem Rat als Beweis für die kriegerischen Absichten der Amazonen vorgeführt."

Wir sehen uns an. Das, was wir alle insgeheim befürchtet haben, ist eingetreten. Die Zwerge haben die Leichen von Zebuna Godana und Fasinga Lefa gefunden und verwenden sie nun als Druckmittel, um gegen die Amazonen Krieg führen zu können.

Sincha ist blass geworden, doch sie versucht, sich nichts anmerken zu lassen. „Zambrynus, ich habe dir jetzt genug Fragen gestellt. Wie steht es mit dir? Hast du keine Fragen?"

„Nein." Er schüttelt den Kopf.

„Händler gelten allgemein als sehr neugierig", sagt Sincha.

„Ja, im Allgemeinen mag das zutreffen", gibt ihr Zambrynus recht. „Aber ich bin alt genug, um zu wissen, wann ich still sein muss." Er lächelt ein wenig. „Und ich möchte den morgigen Tag noch erleben."

„Das ist klug von dir." Sincha zeigt auf die große Flasche Rotwein neben dem Händler. „Schenk uns ein."

„Gerne." Er erhebt sich mit steifen, ungelenken Gliedern und entkorkt ein wenig umständlich die unhandliche Flasche. „Ganz schön schwer", schnauft er. „Kommt und reicht mir eure Trinkbecher."

Ich zögere, da ich dem alten Mann noch immer nicht traue. Seine Geschichte mit der Reise zu seiner Schwester in sein Heimatdorf mag ja stimmen und er hat bereitwillig alle Fragen von Sincha beantwortet, trotzdem sind meine Sinne immer noch angespannt. Auch wenn Zambrynus alt und freundlich wirkt, bin ich mir nicht sicher, ob er wirklich so harmlos ist, wie er erscheint. Ich überlege, ob ich meine Befürchtungen den anderen mitteilen soll, lasse es aber nach kurzem Nachdenken bleiben. Sie würden mich nur einen misstrauischen Narren schimpfen. Oder vielleicht sogar glauben, dass ich Zambrynus nur deshalb schlecht mache, weil ich ihn töten will und meine Blutgier nicht im Griff habe. Nein, wegen dem alten Händler gebe ich mir vor den anderen sicherlich keine Blöße.

Als er schließlich mit seiner Weinflasche auch vor mir steht, dem Letzten aus der Runde, halte ich meine flache Hand über meinen Trinkbecher. „Ich mag keinen Wein", knurre ich. Viel zu leicht kann sich Gift in der Flasche befinden, oder zumindest ein Schlafmittel. Die anderen mögen ruhig trinken, aber ich bleibe wachsam.

„Der Wein ist wirklich gut", sagt Zambrynus.

„Ich trinke Wasser, alter Mann."

„Ganz wie du willst." Er setzt sich wieder neben Sincha auf die Decke. „Dann Prost! Auf Euptonien, die Freiheit und das Leben."

Die anderen erwidern den Trinkspruch. Zambrynus kippt seinen halbvollen Becher in einem Zug hinunter. Anerkennend schnalzt er mit der Zunge. „Ja, das ist fürwahr ein liebliches Tröpfchen", lobt er und schenkt sich nach.

Es beruhigt mich ein wenig, dass der Händler den Wein trinkt. Er wird sich ja wohl nicht selbst vergiften, denke ich und stehe mit meinem Becher voll Wasser ein wenig unschlüssig in der Gegend herum. Ich bin zwar kein großer Weinliebhaber, aber nach der schweren Zeit, die hinter uns allen liegt, käme mir Alkohol nicht ungelegen. Er würde angenehm die Sinne benebeln und so manches ein wenig leichter erscheinen lassen. Ich blicke in die Runde. Alle nippen an ihren Bechern und genießen offensichtlich den roten Wein. Auch Kathinka trinkt mit. Sie erscheint mir heute Abend ungewöhnlich entspannt und gelöst. So zufrieden habe ich sie noch nie gesehen. Ihre Finger spielen mit dem Becher. Sie nimmt einen weiteren Schluck und lächelt mir zu. Ich kann im Schein des Lagerfeuers erkennen, wie ihre veilchenblauen Augen vergnügt funkeln. Für einen kurzen Moment bekomme ich einen Eindruck, wie Kathinka wohl jetzt sein würde, wenn sie nicht all das Leid hätte ertragen müssen. Sie strahlt eine Lebensfreude und Lebendigkeit aus, die alle zu berühren scheint. Kathinkas Seele ist früher wohl mehr als nur bereit gewesen, zu leben und zu lieben. Sie hätte eine große Anzahl an Freude und Glück verschenken können, aber König Angrias und seine Schergen haben all das zerstört. Umso mehr schmerzt es mich daher für Kathinka, wenn ich nun ihr fröhliches, ausgelassenes Lächeln sehe. Hass, Zorn und Trauer haben in ihrer einst so reinen Seele Einzug gehalten und sie verbittert und gebrochen zurückgelassen. Und ihr Lächeln besagt leider nicht, dass sie auf dem Weg der Heilung ist, sondern es zeugt nur von alldem, was sie verloren hat.

Ein wenig irritiert halte ich in meinen Gedanken inne.

Woher nehme ich eigentlich die Gewissheit, dass das, was ich über Kathinka denke, auch der Realität entspricht? Es könnte doch genauso gut sein, dass Kathinkas Wunden verheilen und ihre Narben verschwinden. Jetzt, wo ich ihr Paladin bin und sie genügend Zeit gehabt hat, über all das Schlimme hinwegzukommen, wäre es doch möglich, dass sie wieder glücklich wird. Aber nein! So ist es nicht! Ich schüttle traurig den Kopf. Der Skriek in mir spürt genau, was mit Kathinka los ist. Es ist so, wie ich es mir eben vorhin gedacht habe. Kathinka hat zu viel gelitten. Ihr fröhliches, unbeschwertes Lachen ist nur mehr eine Erinnerung an ein früheres Leben und leider nichts, das beständig in ihr zu Tage tritt. Ich schnaufe.

„Skriek", ruft Kathinka mit heller Stimme zu mir, „hör auf zu schnaufen und lass das Kopfschütteln. Rühre um, damit das Essen fertig wird."

„Jawohl, Lady Kathinka! Wie die Gnädigste befehlen."

Sie lacht erneut. „Ja, du bist schon fast lustig."

Ich sage nichts und wende mich wieder dem Kochtopf zu. Langsam rühre ich um. „Es ist fertig", sage ich schließlich.

Dienstbeflissen eilt Zambrynus zu mir. „Gebt mir eure Teller", sage er. „Ich serviere euch die Suppe."

Er will sich, denke ich, wohl so behilflich zeigen wie nur irgendwie möglich, damit es uns umso schwerer fällt, ihn zu töten.

Kathinka nimmt von Zambrynus einen vollen Teller entgegen, bedankt sich und tritt dann zu mir. „Du bist heute so übellaunig, Skriek", sagt sie ganz leise, damit es die anderen nicht hören können. „Was ist los?"

„Ich traue dem Händler nicht", flüstere ich zurück.

„Du traust sowieso niemandem."

„Dir traue ..."

„Ja, ja schon gut. Das hast du jetzt oft genug gesagt." Sie blickt mich an. „Wäre es nicht schön, einmal für kurze Zeit ohne Sorgen zu sein? Einfach nur Wein zu trinken, die Sterne zu betrachten und vielleicht noch einem Lied zu lauschen?"

„Man könnte die Melodie aber ziemlich weit hören", gebe ich zu bedenken.

„Du bist ein Griesgram, Skriek." Kathinka gibt mir einen Klaps auf den Oberarm. „Basola und Lusona haben die ganze Gegend abgesucht. Weit und breit ist niemand, der uns gefährlich werden könnte.“ Sie klopft noch einmal auf meinen Arm. „Gib doch zu, dass du ein übellauniger Miesepeter bist.“

„Das bin ich nicht“, knurre ich. „Aber vielleicht hast du ja recht. Manchmal muss man das Leben einfach genießen.“ Ich setze mich mit meiner Suppenschüssel auf Kathinkas Decke. Sie hockt sich neben mich. „Bist du sehr hungrig?“, fragt sie.

„Ja, das bin ich. Deshalb esse ich zuerst einmal meine Suppe. Und dann frage ich Zambrynus, ob er ein Fässchen Bier in seinem Handkarren hat.“

„Und wenn er keines mit hat?“

„Dann, werte Kathinka, werde ich mit dir Wein trinken.“

„Und die Sterne betrachten?“

„Das auch.“

Sie lacht. Schon wieder. Das freut mich. Mit einem Grinsen widme ich mich meiner Suppe und nehme den ersten Löffel. Sie schmeckt wirklich gut. Würzig und kräftigend. Und da ist noch ein anderer Geschmack. Er ist schwer zu definieren. Hungrig löffle ich weiter, schlürfe die Suppe und genieße. Mit der Zeit werde ich angenehm müde. Ich blinzle gegen den Schlaf und gähne.

Stunden später erwache ich mit pochenden Kopfschmerzen. Meine Zunge fühlt sich pelzig an und mein ganzer Körper schreit nach Wasser. Langsam öffne ich meine Augen und blinzle gegen den sternenklaren Himmel. Die Kopfschmerzen werden noch schlimmer. Ich registriere ganz nebenbei, dass ich auf dem steinernen Boden der Schmiede sitze und mich mit meinem Rücken gegen einen Stützpfosten lehne. Als ich mich ein wenig bewege, höre ich ein metallenes Klirren. Was ist mit meinen Handgelenken? Warum sind sie hinter meinen Rücken zusammengebunden? Ich will meine Arme bewegen, aber es geht nicht. Ich ziehe kräftiger. Was ist hier los? Vorsichtig versuche ich, meinen Kopf nach rechts zu drehen. Ein Feuerwerk explodiert in meinem Kopf. Ich beiße knirschend die Zähne zusammen. Ganz langsam lässt der Schmerz nach und ich kann die Augen wieder öffnen.

Neben mir liegen Sincha und Romaldo bewusstlos auf der Seite. Ihre Gesichter sind ungewöhnlich bleich, die Augen geschlossen. Ich vermute, dass sie ebenso wie ich gefesselt sind. Doch was ist mit den anderen? Und vor allem: Wo ist

Kathinka? Mit rasendem Herzen blicke ich mich um. Doch meine Sinne sind benebelt und mein Blick noch unklar. Ich kann Kathinka nirgends entdecken. Ein Knurren löst sich aus meiner Brust. Ich muss aufstehen und sie suchen. Mit einiger Willensanstrengung gelingt es mir, meine Beine, die sich immer noch seltsam kraftlos anfühlen, so weit anzuziehen, dass ich eigentlich in der Lage sein müsste, mich aus meiner halb liegenden Position hochzustemmen. Ich drücke meine Sohlen gegen den Boden der Schmiede und belaste meine Oberschenkel, doch ich komme nicht hoch. Meine Arme sind an den Handgelenken mit metallenen Ketten hinter dem Stützpfosten festgebunden und fixieren mich unerbittlich auf meinem Platz. Panik macht sich in mir breit. Ich drücke mit meinem Rücken gegen den Pfosten und zerre hilflos an den Ketten. Da ertönt eine Stimme.

„Bemühe dich nicht, schuppiges Wesen“, sagt Zambrynus. „Du bist ebenso sicher verschnürt wie deine Gefährten.“

Ich drehe meinen Kopf zu ihm und versuche, die Schmerzen zu ignorieren. Er ist nun nicht mehr der gebrechliche, freundliche Händler von vorhin. Selbstsicher steht er da. Hohn liegt in seinen Augen und eine diebische Freude um seine Mundwinkel.

„Was ist mit Kathinka?“, frage ich, nachdem ich meine erste Überraschung überwunden habe.

„Sie lebt, so wie all die anderen.“

„Wer bist du, alter Mann?“

„Mein Name ist Zambrynus. Das sagte ich doch schon.“ Er kommt einen Schritt näher. „Aber ich bin weder Händler noch Spielmann.“

„Was bist du dann?“

„Ich bin ein Hexer.“ Er kommt noch näher und ergreift mit seinen spindeldürren Fingern mein Kinn. „Aber ich bin auch ein Kopfgeldjäger. Und dein sicherer Tod.“

28

Zambrynus dreht meinen Kopf nach links. So kann ich sehen, dass Clarina direkt neben mir liegt. Sie ist ebenso wie Romaldo und Sincha mit ledernen Schnüren an Händen und

Füßen gefesselt. Ihre Augen sind geschlossen, aber sie lebt. Das kann ich erkennen, da sich ihr Brustkorb ein wenig hebt und senkt. Ein Stück hinter Clarina sitzt Kathinka am Boden der Schmiede. Sie ist, Thurantuh sei Dank, bei Bewusstsein, aber anscheinend benötigt sie noch ein wenig Zeit, um ihre Gedanken zu klären. Verwundert blinzelt sie auf ihre gefesselten Hände. Ich bemerke an ihr ein silbernes Metallband, das eng ihren Hals umschließt und seltsam funkelt. Wozu soll das gut sein? Mein Blick wandert weiter. Links von Kathinka befinden sich Lusona und Basola. Auch sie sind gefesselt und immer noch ohne Bewusstsein. Zambrynus dreht mit seinen spitzen Fingern meinen Kopf wieder zu sich. Wo ist eigentlich Knut?, frage ich mich, während ich ihn hasserfüllt anstarre.

„Wie hast du uns überwältigt?“, knurre ich.

„Ich habe dein Misstrauen sehr wohl bemerkt, als ich allen den Wein eingeschenkt habe.“ Zambrynus lässt mein Kinn los und tritt einen Schritt zurück. „Der Wein war harmlos. Aber ich hatte ein schnell wirkendes Schlafpulver in meinem rechten Ärmel versteckt. Das gab ich euch in die Suppe.“

„Warum, Kopfgeldjäger?“

„Warum?“ Er tritt einen weiteren Schritt zurück. Mein Sichtfeld verbreitert sich und ich stutze verwundert. Neben der Esse, in der ein seltsames grünes Feuer brennt, liegt Knut mit dem Rücken auf dem Boden der Schmiede, nur mit seiner Unterhose bekleidet. Seine Arme sind wie Flügel ausgebreitet. Er ist nicht gefesselt, aber auf seiner Brust liegt ein violetter, fünfzackiger Stern. Ich kneife die Augen zusammen und betrachte den kleinen, klobigen Mann genauer. Unglaublich dicke Muskelstränge und große blaue Adern durchziehen seinen kastenförmigen Körper und wölben sich deutlich unter seiner Fettschicht hervor. So etwas habe ich noch nie zuvor gesehen.

„Nun, mein schuppiger Freund, warum wohl?“ Zambrynus tritt zu der Esse, wo Knuts Streitkolben neben den grünen Flammen auf unverputzten Ziegeln liegt. „Wegen der guten, harten Goldtaler natürlich.“

„Du wirst bezahlt? Von wem?“

„Von HamSamKoLo.“

Eine vage Erinnerung taucht in meinen Gedanken auf. Der Name sagt mir etwas, Ich habe ihn schon einmal gehört. Aber wo? In meinen Ohren klingt er eigenartig. Gnomisch vielleicht?

Oder zwergisch? Nein, nun dämmert es mir: Es ist der Name eines Riesen.

„Vielleicht erinnerst du dich ja noch, dass du im Zhokanischen Gebirge seinen Sohn PamTam erschlagen hast. So etwas verzeiht ein Stammeshäuptling nicht.“ Er legt Kohlen in die grünen Flammen. „Er hat dich mit seinen Leuten bis zu den Grenzen Amazoniens verfolgt. Aber ihr seid zu schnell gewesen. Und so kam HamSamKoLo auf die Idee, mich anzuheuern.“ Er beugt seinen spindeldürren Körper spöttisch nach vorne. „Ich bin der beste Kopfgeldjäger Alluniens. Und jetzt habe ich dich und deine Gefährten gefangen.“ Ein Schatten gleitet über sein Gesicht. „Du hast es mir nicht leicht gemacht. In Ontron glaubte ich schon, dich zu haben.“

„In Ontron?“

„Erinnerst du dich noch an die amazonische Schankmaid, mit der du eine leidenschaftliche Nacht verbracht hast?“

„Anninka!“

„Ja, so war wohl ihr Name.“ Zambrynus nickt. „Ich habe ihr einen Beutel Silberstücke gegeben. Und einen kleinen Dolch, dessen Spitze mit einem Betäubungsmittel getränkt war.“

„Anninka wollte mich nicht töten?“

„Nein, auf keinen Fall. HamSamKoLo will dich lebend, um an dir genüsslich Rache nehmen zu können. Anninka sollte mit dem Dolch nur deine Haut ritzen und dich betäuben.“ Er verzieht den Mund. „Nun, das ist leider schiefgegangen und ich musste handeln.“

Ich beginne zu begreifen. „Du hast sie erstochen.“

„Ich wartete in der Wohnung nebenan. Als ich dich davonstürmen hörte, eilte ich zu Anninka. Sie war ohne Bewusstsein. Ich erstach sie und reinigte den Dolch von dem Betäubungsgift. Dann nahm ich den Beutel mit den Silberstücken wieder an mich.“ Er zeigt seine gelblichen Zähne. „Anninka hatte das Silber wahrlich nicht verdient, meinst du nicht auch?“

„Verdammter Mörder!“

„Wie auch immer.“ Er dreht sich wieder zur Esse und betrachtet sinnend Knuts Streitkolben. „Bevor die amazonischen Wachen Anninkas Wohnung betreten konnten, war ich längst verschwunden.“ Er spuckt in die Flammen. „Leider war durch Anninkas Versagen mein schöner Plan zunichte gemacht. Ich wollte euch einen nach dem anderen erwischen. Zuerst dich, dann die Zauberin und zum Schluss die harbaischen Zwillinge. Seit Wochen verfolge ich euch."

„HamSamKoLo will uns alle vier?", frage ich verwundert. „Aber ich habe seinen Sohn PamTam getötet. Die anderen sind unschuldig."

„Niemand ist unschuldig. Niemand", schnarrt er. „Deine Gefährten haben nichts unternommen, um PamTams Tod zu verhindern. Das macht sie zu Mittätern." Ein gieriges Lächeln spielt um seinen runzligen Mund. „Und es erhöht meinen Verdienst. HamSamKoLo beauftragte mich, nicht nur dich schuppiges Monster zu schnappen, sondern eben auch die Brüder aus Harba und die wunderschöne Zauberin."

„Kathinka ist ..." Ich halte abrupt inne. Zambrynus hält Kathinka für eine Zauberin. Und das ist auch irgendwie verständlich. Schließlich ist sie damals mit ihrem verwandelten Haselnusszweig durch das Zhokanische Gebirge gelaufen. Kein Wunder, dass die Riesen, die ja ihre Magie gespürt haben, sie für eine Zauberin halten.

„Was ist Kathinka?", fragt Zambrynus gefährlich leise.

„Sie ist vom Rat der Zauberer", lüge ich. „Die anderen Zauberer werden dich jagen und töten. Lass uns frei, wenn du leben willst."

Er lacht höhnisch. „Mein schuppiger Freund, die Zauberer fürchte ich schon lange nicht mehr." Er deutet auf Kathinka, die mittlerweile ganz zu sich gekommen ist und mit schief gelegtem Kopf interessiert dem Kopfgeldjäger lauscht. „Die Magie dieser Frau ist sehr schwach. Es ist daher sehr unwahrscheinlich, dass sie dem Rat der Zauberer angehört. Sie wird wohl eine untergeordnete Adeptin sein." Er schnalzt mit der Zunge. „Ich habe sie mit einem grintischem Silberband gebunden. Das macht es ihr unmöglich, ihre Zauberkräfte zu nutzen."

Kathinka starrt ihn ausdruckslos an und sagt kein Wort.

„Es ist immer schön, wenn es den überheblichen Zauberern die Sprache verschlägt", grient Zambrynus.

Ich höre, wie nach Kathinka nun auch meine anderen Gefährten zu sich kommen. Es gibt ein Rumoren, Seufzen und Knurren. Plötzlich schreit Romaldo auf. Er hat seinen Bruder entdeckt. Wütend zerrt er an seinen Hand- und Fußfesseln, aber die Lederriemen sitzen zu straff. Sincha, die aus ihrer Position rechts neben mir ihre Kriegerinnen nicht sehen kann, die links von mir nahe bei Kathinka sitzen, ruft nach ihnen. Die drei Amazonen antworten mit schwacher Stimme. Offensichtlich sind sie von dem Schlafpulver immer noch benommen.

Zambrynus räuspert sich. „Wie schön. Endlich sind alle erwacht und wohlauf." Er blickt in die Runde. „Dem Schuppenkopf habe ich mich schon vorgestellt. Ich bin ein Hexer und Kopfgeldjäger. Und ich werde euch zurück in das Zhokanische Gebirge bringen. Zumindest vier von euch. Was ich mit euch Amazonen anstelle, ist mir noch nicht ganz klar." Er zieht an seinem Kinnzopf. „König Angrias würde mir für euch sicherlich gutes Gold bezahlen. Schließlich liegt er mit den Amazonen im Krieg. Aber ich mag den Herrscher mit der dunklen Maske nicht. Vielleicht verkaufe ich euch an einen Sklavenhändler. Amazonenkriegerinnen sind auf den Sklavenmärkten heißt begehrt."

„Wage es ja nicht, alter Mann, uns zu verkaufen!", zischt Sincha.

„Und ob ich es wage, Heerführerin." Er greift in die linke Tasche seines Hemdes und holt einen zerschlissenen Beutel hervor. Mit seinen spindeldürren Fingern knotet er ihn auf und greift sich zwei getrocknete Blätter. Diese zerbröselt er über dem eigenartigen grünen Feuer. Zischend wachsen die Flammen an und schlängeln sich begierig in die Höhe. „So, das Hexenfeuer dürfte bald heiß genug sein."

Romaldo zerrt an seinen Fesseln. „Was hast du mit meinem Bruder vor?" Schweiß tropft von seiner Stirn und in seinen Augen sind Angst und Sorge zu erkennen.

„Beruhige dich, Prinz aus Harba." Zambrynus greift nach Knuts Streitkolben und hebt ihn mühelos hoch. Ich bin erstaunt. Der Streitkolben ist unglaublich schwer, aber der alte Mann hält ihn so locker in seiner dürren Hand, als ob er nicht mehr wiegen würde als ein schlankes Florett. „Ich brauche euch alle lebend. HamSamKoLo will das so. Also werde ich deinen Bruder nicht töten. Aber ein wenig die Zeit darf ich mir mit ihm schon vertreiben." Er kneift die Augen zusammen und hält den Streitkolben vor sein Gesicht. „Meine beiden Gefährtinnen, zwei überaus begabte Hexen, werden erst in den Morgenstunden mit ihren Ochsenkarren hier eintreffen. Und die

Nacht ist noch jung. Da wäre es doch töricht, die Gunst der Stunde nicht zu nutzen."

Ich zerre erneut an meinen Fesseln, doch es ist sinnlos. Die eisernen Ketten sind zu stark geschmiedet. Ich kann sie nicht zerreißen. Wütend starre ich zu Zambrynus, der über meine fruchtlosen Versuche nur mitleidig den Kopf schüttelt. Der alte Mann ist raffiniert und gut vorbereitet.

Zambrynus deutet auf eine Werkbank in der Ecke. Wir alle stöhnen auf. Fein säuberlich hat er all unsere Waffen nebeneinander und in Reih und Glied auf der Werkbank abgelegt. Sehnsüchtig starre ich zu meinen beiden Äxten. Erneut zerre ich an den Fesseln, aber es ist zwecklos. Ich komme nicht frei.

„Meine lieben Freunde, fügt euch in euer Schicksal", schnarrt der Hexenjäger. „Ich habe an alles gedacht. Ihr könnt mir nicht entkommen. Die Zauberin ist mit einem magischen Halsband gebunden. Der Schuppenkopf liegt in eisernen Fesseln, die seine Krallen, mögen sie auch noch so scharf sein, niemals durchschneiden können. Euch Menschlein, ob Prinz oder Amazone, habe ich mit ledernen Schnüren an Händen und Füßen gebunden. Glaubt mir, die Knoten werden halten. Ich mache keine Fehler." Er tritt mit dem Streitkolben in der Hand näher an die Esse mit dem grünen Hexenfeuer heran. „Und diesen dicken Kerl hier habe ich mit einem hexischen Artefakt am Boden fixiert. Er kann nicht einmal blinzeln, wenn ich es nicht will." Er deutet mit seinem linken Zeigefinger auf den violetten, fünfzackigen Stern, der auf Knuts Brustkorb liegt. „Es ist ja so selten, dass man heutzutage noch harbaische Zwillinge trifft. Und wenn ich recht informiert bin, sind diese beiden sogar von königlichem Blut." Er leckt über seine schmalen Lippen. „Ja, die harbaische Magie wird kaum noch angewendet. Vielleicht, weil sie so grausam und schmerzhaft ist. Aber sie erschafft vorzügliche Kämpfer, das muss man ihr lassen." Sein Blick sucht den von Romaldo. „Nun, mein hübscher Prinz, dann werde ich mich jetzt wohl ein bisschen mit deinem Bruder vergnügen."

„Nein, du Teufel! Nein! Lass Knut augenblicklich frei!" Romaldo spuckt Gift und Galle und windet sich in seinen Fesseln.

„Ja, das magische Band zwischen harbaischen Zwillingen ist

stark und es geht so unendlich tief." Zambrynus dreht sich von Romaldo weg und hält Knuts Streitkolben in die grünen Flammen des Hexenfeuers. Es zischt. Durch Knuts klobigen Körper geht ein Ruck.

„Die harbaischen Waffen", Zambrynus dreht den Streitkolben in den Flammen, „sind praktisch unzerstörbar. Keine Flamme, kein noch so scharfer Stahl kann ihnen etwas anhaben."

Knut zuckt erneut. Er schlägt seine Augen auf. Und schreit. Die ersten Brandblasen bilden sich auf seiner Haut. Zambrynus senkt den Kolben noch weiter in die Flammen. „Auch Hexenfeuer kann eine harbaische Waffe nicht zerstören. Aber es kann doch einigen Schaden anrichten."

Knut schreit erneut. Weitere Brandblasen erscheinen auf seiner Haut. Seine dicken Muskelstränge vibrieren. Tränen laufen über seine Wangen. Er krümmt sich. Die Blasen platzen auf. Rauch steigt von seinem Körper auf und er schreit weiter und weiter, ohne auch nur einen Moment innezuhalten.

„Du Schwein! Hör auf! Bitte, hör sofort auf!" Romaldo ist außer sich. Seine Haare sind klatschnass, der Schweiß rinnt in Bächen über sein Gesicht.

„Ja, es ist schon erstaunlich, wie sehr die harbaischen Waffen mit ihrem Besitzer verbunden sind."

Zambrynus nimmt den Kolben aus dem Feuer. Knut stöhnt auf. Sein Brustkorb hebt und senkt sich bedrohlich. Er verdreht die Augen und sein Kopf sackt zur Seite. Ohne Besinnung liegt er da.

„Und natürlich sind die Zwillinge selbst einander auch sehr nahe, nicht wahr?" Er zwinkert Romaldo zu, der langsam den Kopf schüttelt. Es scheint fast so, als ob ihm schwindlig wäre. Zambrynus tritt vor ihn hin. „Soll ich mit der zweiten Runde beginnen, mein Prinz?"

„Du Bestie!" Romaldo zieht die Beine unter seinen Körper und drückt sich keuchend hoch. Mit einiger Anstrengung kommt er tatsächlich auf die Füße. Wackelig steht er da, die Knöchel eng aneinander gebunden, die Arme an den Handgelenken hinter seinen Rücken gefesselt.

Zambrynus tritt ihm gelassen entgegen. „Ich gratuliere dir zu dieser artistischen Leistung, mein Prinz." Er spuckt aus. „Aber was willst du jetzt tun? Mich angreifen?"

In Romaldos Gesicht zuckt es. „Lass meinen Bruder in Ruhe. Bitte!"

„Du flehst so schön." Zambrynus betrachtet den Streitkolben. „Aber nicht schön genug. Das geht doch besser."

Romaldo blickt den Hexer an und begreift, was er von ihm will. Für einen kurzen Moment erschauert Romaldo in ohnmächtiger Wut. Schaum tropft von seinen Lippen. Doch schließlich nickt er langsam und mit großer Willensanstrengung und seine Zähne knirschen vor Ingrimm, als er mit seinem Flehen erneut beginnt. „Großer, einzigartiger, wunderbarer Hexenmeister ..."

„Halt!" Zambrynus unterbricht ihn unwirsch und dreht sich zu Kathinka. „Du webst Magie, dummes Weib. Das spüre ich genau."

Kathinka verzieht keine Miene, sondern starrt ihn nur ausdruckslos an.

Er lächelt bösartig. „Wirke Magie, soviel du willst, Zauberin. Mein Halsring bindet dich." Zambrynus wendet sich wieder Romaldo zu. „Nun, Prinz, fahre fort mit deiner Bettelei."

„Großer Hexenmeister ...", beginnt Romaldo nach Atem ringend und mit kaum noch zügelbarer Wut in den Augen.

Ich höre gar nicht hin. Meine Aufmerksamkeit wird von etwas ganz anderem abgelenkt. Ich sehe aus den Augenwinkeln, wie Kathinka Transformationsmagie webt. Der silberne Halsring mag ja gut sein gegen Zauberei, bei magischen Wandlungen scheint er jedoch kläglich zu versagen. Ich versuche, ruhig zu atmen, während Kathinka langsam ihre Lederschnüre in Grashalme transformiert. Mit einem kurzen Ruck sind ihre Hände frei.

Während Romaldo weiter um das Leben seines Bruders fleht, beugt sich Kathinka ganz vorsichtig ein wenig nach rechts, um die Fesseln von Clarina, die zwischen uns am Boden sitzt, heimlich mit ihrer freien Hand berühren zu können. Wieder wirkt sie ihre ungewöhnliche Magie. Sie macht es so geschickt, dass der Hexenmeister nicht bemerkt, dass sie sich ihrer Handfesseln längst entledigt hat. Ich könnte sie vor Freude umarmen. Mag Kathinka auch keine große Kämpferin sein, hier und jetzt ist sie die einzige, die uns helfen kann. Clarinas Lederschnüre werden ebenfalls zu grünen Grashalmen.

Zambrynus lacht auf. „Ah, du greifst schon wieder zu deiner Magie, Zauberin. Gib es endlich auf. Du kommst niemals frei.“ Er deutet Kathinkas schiefe Körperhaltung, mit der sie ihre freie Hand verbirgt, völlig falsch. „Winde dich nur in deinen magischen Fesseln. Das ist ein sinnloses Mühen. Du bist und bleibst eine schwache, gebundene Frau.“ Er wendet sich wieder Romaldo zu. „Prinz, deine Lobhudeleien beginnen mich zu langweilen. Ich denke, ich werde deinen geliebten Bruder wieder ein wenig rösten.“

„Bitte nicht, großer Hexenmeister! Bitte nicht!“, stammelt Romaldo, der mit gekrümmter Haltung vor Zambrynus steht und nur deswegen nicht umkippt, weil ihn der alte Mann am Plüschkragen seines Hemdes festhält.

Clarina hat währenddessen blitzschnell gehandelt. Mit fliegenden Fingern hat sie die Lederschnüre von ihren Fußknöcheln gelöst und ist hochgesprungen. Ein flinker Satz und sie ist bei der Werkbank. Ohne einen Moment des Innehaltens schnappt sie sich einen Krummsäbel, wirbelt herum und hebt die scharf geschliffene Waffe. Doch Zambrynus hat sie längst bemerkt und ist bereit. Er stößt Romaldo mit der flachen Hand zur Seite. Der Prinz aus Harba kämpft mit unmenschlichem Willen gegen das Umfallen an. Mit bis zum Zerreißen angespannten Muskeln taumelt er nach Atem ringend rückwärts. Er prallt mit seiner Schulter gegen die hintere Wand der Schmiede und stöhnt auf. Seine Oberschenkel zittern vor Anstrengung, doch er schafft es, aufrecht stehen zu bleiben.

Von den Bemühungen des Prinzen unbeeindruckt, ist Clarina zu einem rasenden Angriff übergegangen. Sie feuert einen Trommelwirbel an Schlägen ab, doch sie ist nicht schnell genug. Der Hexenmeister blockt die Hiebe mit Knuts Streitkolben lässig ab und stößt die Amazone mit seiner knochigen Schulter zurück. Sie stolpert drei Schritte rückwärts und hat große Mühe, einen Sturz zu vermeiden. Im letzten Moment kann sie sich abfangen und den Krummsäbel wieder gegen Zambrynus richten. Noch hat Clarina nicht verloren. Der Hexenmeister lässt den Streitkolben achtlos fallen und zeigt seine Zähne. Clarina geht erneut in die Angriffsposition über und tänzelt ein, zwei flinke Schritt vorwärts. Da verwandelt sich innerhalb eines Wimpernschlages der rechte Arm des Hexenmeisters in einen stählernen, spitzzulaufenden Stab.

Clarinas Augen weiten sich vor Überraschung. Zambrynus schlägt unglaublich schnell und hart zu. Sein verwandelter Armstumpf prellt den Krummsäbel der Amazone zur Seite. Clarina wankt. Sie versucht, Distanz zwischen sich und Zambrynus zu bringen.

Kathinka keucht neben mir auf. „Er wirkt Metallmagie."

„Beeil dich", flüstere ich, da ich spüre, dass sich meine eisernen Fesseln nur langsam verwandeln.

„Meine Magie ist fast aufgebracht", wispert Kathinka mit tonloser Stimme. „Das Schlafpulver in meinem Körper hemmt mich immer noch. Und der Halsring schirmt einen Teil meiner Transformationsmagie ab."

„Gib nicht auf!"

„Niemals, mein Paladin." Ihre Hände zittern, während sie sich verzweifelt müht.

„Vorsicht, Clarina!", schreit Sincha rechts neben mir. Hastig wende ich den Kopf.

Clarina versucht sich zu ducken, aber sie hat keine Chance. Zambrynus hämmert seine linke, unverwandelte Faust gegen ihre Stirn. Sie stöhnt einmal kurz auf und kracht bewusstlos zu Boden.

Zambrynus knurrt. „Verdammtes Miststück! Wie hast du es geschafft, deine Fesseln zu lösen?"

Er packt sie mit der linken Hand am Hals und hebt sie mühelos hoch. Clarina rührt sich nicht mehr. Ihr Körper ist völlig erschlafft, ihre Fußsohlen befinden sich gut zwei Handbreit über dem Fußboden der Schmiede.

„Eigentlich wollte ich dich verkaufen, Amazone. Aber für deine Anmaßung werde ich dich töten." Er hebt seinen metallenen rechten Arm und will zustoßen. Doch da ist Romaldo heran und wuchtet seinen Körper gegen den Hexenmeister. Dieser stolpert ein wenig. Clarina entgleitet seiner linken Hand und kracht erneut auf den Boden. Zambrynus faucht erbost. Und stößt zu. Die Spitze seines Metallstabarmes dringt in Romaldos Schulter. Es zischt eigenartig. Rauch quillt auf. Romaldo schreit unmenschlich auf, verdreht die Augen und kippt ächzend um.

„Ja, ja, metallisches Gift ist sehr effektiv", brummt Zambrynus zufrieden und dreht sich zu der bewusstlos daliegenden Clarina. „Das mutige, aber völlig törichte

Dazwischengehen des Prinzen wird deinen Tod nicht verhindern, rothaarige Kriegerin.“

„Warum kämpfst du nicht mit mir, alter Mann?“, schnarre ich und hebe meine Kampfaxt.

Kathinkas Magie hat endlich gewirkt und meine eisernen Fesseln in Grashalme verwandelt. Mit einem Ruck bin ich frei gewesen. Aufspringen und mir meine Axt greifen sind eins gewesen. Mittlerweile hat aber Kathinkas Magie zu wirken aufgehört und die Grashalme an meinen Händen haben sich wieder in eiserne, nun zerrissene Ketten zurückverwandelt. Für Zambrynus hat es dadurch den Anschein, als ob ich meine Ketten mit schierer Muskelkraft gesprengt hätte.

„Respekt, Schuppenkopf“, raunt er. „Du bist deutlich stärker, als ich gedacht habe.“ Er neigt leicht den Kopf in meine Richtung. „Natürlich werde ich dich mühelos besiegen. Aber endlich, nach so langer Zeit, trete ich wieder gegen ein Wesen an, das über eine Stärke verfügt, die der meinen beinahe ebenbürtig ist.“

„Ich werde dich in Stücke hacken, verdammter Hexer!“, schreie ich und bin voll Wut.

Sei kalt und berechnend, flüstert Thurantuh in meinem Hinterkopf. Ich kann mich des Eindrucks nicht erwehren, dass mein Gott angespannt ist. Unwillig schüttle ich den Kopf und greife an. All meine Kraft lege ich in meinen Schlag.

Zambrynus kontert mit seinem verwandelten rechten Metallarm. Eine so starke Erschütterung geht durch meine Axt, dass ich große Mühe habe, sie festzuhalten. Hastig weiche ich nach rechts aus, ducke mich weg, täusche einen Gegenangriff an, drehe mich um meine Achse und hebe meine Axt zur Abwehr. Doch Zambrynus ist nicht dort, wo ich ihn erwarte. Mit einem bösartigen Funkeln in den Augen taucht er direkt hinter mir auf und hämmert seine linke Faust auf meinen Nacken. Keuchend schlage ich der Länge nach hin. Er meckert erfreut. Ich balle meine schuppigen Finger noch fester um meinen Axtstiel, atme durch und stemme mich auf meine Knie. Zambrynus wartet. Selbstsicher steht er da, die Spitze seines Metallstabarmes zeigt auf mein Herz.

„Du bist zu langsam für mich“, sagt er.

Ich stehe wankend auf. Mein Kopf dröhnt, mein Nacken schmerzt. Zambrynus ist stark. Deutlich stärker als ich. „Du darfst mich nicht töten, Hexer. Hast du das schon vergessen?"

„HamSamKoLo will dich lebend", schnarrt Zambrynus. „Von gesund und unversehrt hat er nichts gesagt."

Thurantuh, Thurantuh, Thurantuh, flüstere ich und schlage meine Armbänder gegeneinander.

Sei vorsichtig!, mahnt mein Gott. *Sei sehr, sehr vorsichtig!*

Ich schlucke. Der beißende Geschmack von Angst ist plötzlich in meinem Mund und ich weiß, dass ich gegen Zambrynus verlieren werde. Er ist zu schnell, zu stark, zu erfahren. Ich kann ihn nicht besiegen. Thurantuh, flehe ich, hilf mir!

Sei meiner würdig!, knurrt es in meinem Kopf.

Würdig! Ja, ich will für Thurantuh würdig kämpfen. Und ehrenvoll sterben. Mit einem Schrei werfe ich mich gegen Zambrynus. Er taucht unter meinem Schlag hindurch und schlägt mit seinem metallenen Armstumpf zu. Ich sehe den Schlag nicht einmal kommen, sondern spüre nur einen massiven dumpfen Schmerz hinter meinem linken Ohr. Meine Knie geben nach. Ich kämpfe. Gegen die Dunkelheit. Gegen meine Bewusstlosigkeit. Gegen den Sturz. Und gegen das Gefühl, dass mein Schädel zerplatzt. Ein Stöhnen entringt sich meiner Brust. Ich höre Kathinka schreien. Bunte Kreise wirbeln vor meinen Augen. Mein Blick wird nicht klar. Kathinka schreit erneut. Ich begreife, dass ich verloren habe. Ächzend senke ich den Kopf und warte auf den nächsten Schlag, der mich endgültig zu Boden werfen wird.

Da dringt ein wütendes Zischen an mein Ohr. Es hört sich nach Sincha Ankonski an. Mit aller Willenskraft, die ich noch aufbringen kann, hebe ich meinen Kopf und öffne meine Augen einen Spalt. Die bunten Kreise sind immer noch da, aber ich kann Sincha verschwommen erkennen. Sie hat Romaldos Rapier zwischen Zambrynus Rippen gerammt. Der Hexer schwankt und stöhnt. Dunkles Blut fließt. Sincha stößt erneut zu. Der Hexer scheint Heilmagie zu wirken, denn die Wunde zwischen seinen Rippen beginnt sich zu schließen. Doch davon lässt sich Sincha nicht beeindrucken. Noch nie habe ich sie so erbarmungslos wüten gesehen. Sie sticht mit aller Kraft zu. Zweimal, dreimal. Rippen brechen. Der Hexer geht in die Knie. Sein Metallstumpf verwandelt sich zurück. Er schreit. Stöhnt. Webt Heilmagie. Sincha rammt das Rapier in sein ungeschütztes Herz und lässt es dort stecken.

„Der Prinz von Harba hat eine verdammt scharfe Waffe“, keucht sie. „Aber jetzt brauche ich etwas Solideres.“ Sie reißt die Kampfaxt aus meinen kraftlosen Fingern, wuchtet sie hoch und schlägt erbarmungslos zu. Es gibt ein schmatzendes Geräusch, als das Axtblatt in den Hals des alten Mannes fährt. Unmengen von Blut spritzen.

„Pass gut auf, Skriek, so tötet man einen Hexer“, schnauft Sincha.

Sie schlägt erneut zu und köpft Zambrynus.

29

Ich eile zu Kathinka. Sie liegt mit geschlossenen Augen auf der Seite. Ihr Gesicht ist kreidebleich und voller Schweißperlen. Neben ihr gehe ich in die Knie und hebe sie an den Schultern ein wenig an. Sie stöhnt leise und ich atme auf. Kathinka lebt. Vorsichtig bette ich ihren Kopf in meiner linken Armbeuge und halte sie fest. Die letzte Anwendung ihrer Transformationsmagie, mit der sie Sinchas Lederfesseln verwandelt hat, ist für Kathinka eindeutig zu viel gewesen. Sie hat ihr letztes Quäntchen Kraft verbraucht. Mein Blick fällt auf ihren silbernen Halsring und ich erinnere mich, dass Kathinka mir vorhin, als sie meine Eisenketten transformiert hat, zugeflüstert hat, dass der magische Ring ihre Kräfte blockiert. Schnell harke ich die Kralle meines rechten Zeigefingers in den Verschluss des Halsringes und breche ihn mit einer Drehung auf. Kathinka keucht und hustet. Ihre veilchenblauen Augen öffnen sich und sie starrt mich überrascht an.

„Skriek, du lebst“, stammelt sie erleichtert und hustet erneut.

„Du hast uns alle gerettet“, sage ich zu ihr und streiche über ihr Haar. „Dank dir konnte Sincha den Hexer erledigen.“

Kathinka richtet sich in meinen Armen auf und blickt sich neugierig um. Erst jetzt registriere ich das hektische Treiben und das laute Stimmengewirr rund um mich.

Sincha ist neben dem kopflosen Körper von Zambrynus in die Hocke gegangen und starrt den abgeschlagenen Schädel des Hexers böse an. Lusona kümmert sich um Clarina, die langsam wieder zu sich kommt. Zebuna hat Romaldos Fesseln durchgeschnitten und fühlt seinen Pulsschlag. Der harbaische Prinz ist immer noch bewusstlos, dunkles Blut tropft aus seiner Schulterwunde.

Kathinka löst sich aus meinen Armen und steht mit wackeligen Beinen auf. „Skriek, nimm das magische Artefakt von Knuts Brust“, befiehlt sie.

Knut! Ihn haben wir alle in der ganzen Aufregung völlig vergessen. Dunkelrote Brandblasen bedecken seine wulstige Haut. Er liegt immer noch mit zur Seite ausgebreiteten Armen regungslos auf dem Rücken. Schnell trete ich zu ihm und schnippe den fünfzackigen Stern von seiner Brust. Ein Schauder geht durch seinen geschundenen Körper und er schlägt die Augen auf.

„Grumpf“, schnarrt er und Speichel tropft von seinen Lippen. Sein Blick irrt hektisch durch die Schmiede und bleibt schließlich auf dem bewusstlosen Romaldo hängen. Er grumpft erneut, dieses Mal angstvoll und der Panik nahe, und will aufstehen, doch seine Beine sind noch zu schwach. Grumpfend sinkt er zurück.

„Dein Bruder lebt“, sage ich. „Aber Zambrynus hat ihn an der Schulter schwer verletzt.“

„Grumpf“, stöhnt Knut.

Ich verstehe ihn nicht und sehe Kathinka, die mittlerweile zu mir getreten ist, fragend an.

„Er will zu seinem Bruder“, erklärt sie mir.

„Er ist noch zu geschwächt und kann nicht gehen.“

„Dann trage ihn, starker Paladin.“

Ich sehe sie skeptisch an. Ihre Stimme klingt so seltsam, fast ein wenig herausfordernd. Und irgendwie belustigt. Das scheint mir in der momentanen Situation doch recht unangemessen zu sein. Aber vielleicht ist sie ja auch nur froh, dass wir alle überlebt haben? Oder ich interpretiere den Ton ihrer Stimme einfach falsch? Ich weiß es nicht genau und das verwirrt mich. Thurantuh, bete ich, hilf mir, ich denke schon wieder zu viel. Doch ich bekomme keine Antwort. Mein Gott ignoriert mich.

Schnell, um mich nicht weiter mit Kathinkas Gefühlslage beschäftigen zu müssen, versuche ich, Knut hochzuheben. Er ist unglaublich schwer. Ich ächze, stöhne und mühe mich ab. Seine massiven, dicken Muskeln scheinen eine Tonne zu wiegen. Schließlich gebe ich meine Anstrengungen ihn hochzuheben auf, packe ihn bei den Handgelenken und schleife ihn die wenigen Meter zu seinem Bruder über den Steinboden der Schmiede. Er knurrt und grumpft dabei, kurz wirft er mir sogar einen giftigen Blick zu. Mir ist das egal. Wenn er unbedingt zu Romaldo will, muss er eben ein paar Schmerzen ertragen können.

Kathinka beobachtet mich mit schmalen Lippen, sagt aber kein Wort.

„Er ist so schwer“, sage ich zu ihr, um mein eher grobes Verhalten zu rechtfertigen. Sie nickt mir nur wortlos zu. Endlich kann ich Knut neben Romaldo ablegen.

„Grumpf“, stammelt er und streicht behutsam über die eingefallenen Wangen seines Bruders. Tränen glitzern in seinen Augen. „Grumpf.“ Er deutet auf seine Schulter und dann auf Romaldos. Große Sorge ist in seinem Gesicht zu erkennen. Ich weiß nicht, wie stark die harbaischen Zwillinge miteinander verbunden sind, aber Knut scheint deutlich zu spüren, dass es Romaldo sehr schlecht geht.

„Grumpf.“ Knut deutet zur Esse.

„Hol ihm seinen Streitkolben“, übersetzt Kathinka schon wieder, während sie neben dem kleinen Mann niederkniet und ihm einen Wasserbeutel reicht.

„Kannst du jetzt Grumpfisch? Hast du das in der Grumpfenschule gelernt?“, frage ich Kathinka und lache ein wenig.

„Skriek“, seufzt sie, „tu mir einen Gefallen und versuche nie mehr wieder witzig zu sein.“

„Sehr wohl, Lady“, knurre ich und gehe gehorsam zur Esse. Mit einiger Mühe hebe ich den Streitkolben hoch und lege ihn neben Knut auf den Boden. Mit einem zufriedenen Ächzen schließt der kleine Mann seine wurstartigen Finger um den Griff des Kolbens. „Grumpf.“

„Knut wird wieder gesund“, übersetzt Kathinka.

„Das habe ich auch ohne deine Hilfe verstanden“, behaupte ich.

„Du bist ein Angeber, treuer Paladin.“ Da ist schon wieder dieser seltsame Unterton in Kathinkas Stimme, der mich so verwirrt. Da ich nicht weiß, wie ich darauf reagieren soll, bleibe ich einfach sitzen und halte meinen Mund, während Kathinka Knut zu trinken gibt.

Sincha hockt sich zu uns und hält mir meine Streitaxt entgegen. Zambrynus Blut ist auf dem Schneideblatt noch deutlich zu erkennen. Sincha hat es wohl nicht für nötig erachtet, meine Waffe zu reinigen.

„Ein scharfe Schneide hat deine Axt", meint sie. „Aber sie ist etwas schwer für zarte Frauenhände."

Kathinka gluckst neben mir auf und auch um Sinchas Mundwinkel spielt ein Lächeln.

Was ist denn momentan nur los? Alle sind so seltsam fröhlich und machen dümmliche Scherzchen. Nur ich bin wohl als Einziger nicht einmal im Ansatz lustig. Das behauptet zumindest Kathinka.

„Du hast keine zarten Frauenhände", knurre ich Sincha an.

Sie ignoriert mich und wendet sich direkt an Kathinka. „Was ist mit den harbaischen Zwillingen los?", will sie wissen.

„Knut wird es bald besser gehen, Heerführerin. Aber um Romaldo mache ich mir Sorgen."

„Warum?"

Kathinka deutet auf Romaldos Schulterwunde. „Es hat ein magisches Gift im Körper."

Sincha runzelt ungehalten die Stirn. „Bist du dir sicher?"

„Ziemlich sicher." Kathinka blickt der Heerführerin direkt ins Gesicht. „Ich bin ein magisches Wesen und verstehe einiges von Magie."

„Und weiter?"

„Der Hexer war ein Meister des Metallelementes. Und er hat selbst gesagt, dass er metallisches Gift angewandt hat." Kathinka schluckt. „Das bedeutet, dass über Romaldos Schulterwunde giftige Metalle in seinen Körper eingedrungen sind. Er wird sterben, wenn er nicht bald Hilfe erhält."

„Wer kann ihm helfen?", will Sincha wissen.

„Ein Zauberer könnte ihn jederzeit retten, da er über die Magie aller sechs Elemente verfügt."

„Ich stelle es mir etwas schwierig vor, hier in dieser Einöde einen Zauberer aufzutreiben", schnaubt Sincha.

„Erik Anfohrrnus könnte uns helfen", entgegnet Kathinka. „Weißt du, wo er ist?"

„Leider nein." Die Amazone schüttelt den Kopf. „Meine Königin hat mir nur gesagt, dass er sich mit uns im ostalischen Kernland treffen will."

„Ist das weit entfernt?“

„Gut siebzig Meilen, Formwandlerin.“

„Nun, ohne magische Hilfe wird Romaldo sterben.“ Kathinka wirkt nachdenklich. „Aber es gibt natürlich noch eine andere Möglichkeit.“

„Ach ja? Und welche?“, will Sincha wissen.

„Zambrynus hat vorhin kurz erwähnt, dass er nicht alleine unterwegs ist.“

„Er sprach von seinen Gefährtinnen“, schnaubt Sincha. „Die hätte ich fast vergessen.“

„Es sind Hexen“, ergänzt Kathinka. „Zumindest hat Zambrynus das behauptet.“

„Sie sind mit Ochsenkarren unterwegs“, werfe ich ein. „Damit wollte uns der Hexer zurück zu dem Riesen HamSamKoLo bringen.“

„Ochsenkarren? Hm.“ Sincha zieht an einem dünnen Haarzopf. „Die beiden Hexen müssen den gleichen Weg wie wir nehmen, wenn sie hierher zu uns gelangen wollen. Aber sie kommen mit den Karren nur sehr langsam vorwärts. Und in der Nacht ist es viel zu gefährlich, den holprigen Weg mit Ochsenkarren zu befahren. Jederzeit kann ein Rad an einer Wurzel abbrechen. Sie können erst weiterziehen, wenn sie Morgenlicht haben. Das heißt, wir haben noch etwas Zeit, bis sie hier eintreffen.“

„Wir müssen die Hexen fangen“, führt Kathinka Sinchas Gedanken weiter, „und dazu bringen, Romaldo von den metallischen Giften zu heilen.“

„Der Hexer war ein tödlich gefährlicher Gegner“, murmelt Sincha. „Es wird nicht leicht werden, die Hexen zu besiegen.“

„Nun, vielleicht gibt es eine Möglichkeit“, lächelt Kathinka und deutet auf mich. „Wenn ich mich noch ein wenig erholen kann, ist es mir sicher möglich, Skriek das Aussehen von Zambrynus zu geben.“

„Was?“ Ich glaube, meinen Ohren nicht zu trauen.

Eine gute Stunde später schleiche ich mit Sincha, Basola und Lusona den holprigen Waldweg entlang. Kathinka und Clarina, der es wieder besser geht, sind bei den harbaischen Zwillingen geblieben. Knut trinkt Unmengen von Wasser und scheint sich langsam zu erholen, auch wenn seine Brandblasen weiterhin einen schrecklichen Anblick bieten. Romaldo schwitzt und stöhnt die ganze Zeit über. Die Blutung hat mittlerweile aufgehört, aber er ist immer noch ohne Besinnung.

Ich habe nun, wie von Kathinka angekündigt, das Aussehen von Zambrynus. Als wir noch in der Schmiede gewesen sind, hat mir Kathinka befohlen, dass ich mich bis auf meine Unterhose ausziehen soll, damit sie ihre Transformationsmagie wirken kann. Also habe ich wohl oder übel meine Kleider abgelegt. Halb nackt und mit einem Gefühl tiefen Unbehagens bin ich vor Kathinka und den vier Amazonen gestanden und mein Gesicht hat vor Scham rot geglüht. Ich meine immer noch, dass ich in den Gesichtern der Frauen ein hämisches Grinsen gesehen habe. Kathinka ist vor mich hingetreten und hat gesagt, dass ich meine Augen schließen soll. Dann hat sie ihre Arme ausgestreckt und ihre Handflächen auf meinen Brustkorb gelegt. Anfangs habe ich nur eine leichte Wärme gespürt, doch nach einer Weile hat es einen kurzen, hellen Blitz gegeben, der mich eingehüllt und meine ganze Haut zum Kribbeln gebracht hat. Als ich die Augen wieder geöffnet habe, bin ich völlig verändert gewesen.

Ich sehe nun dem Hexer verblüffend ähnlich und habe unzweifelhaft seine Gestalt. Das fühlt sich für mich mehr als nur eigenartig an. Meine Körpergröße unterscheidet sich ja nur unwesentlich von der des Hexers, aber jetzt erscheine ich, dank Kathinkas Magie, hager und alt. Ich habe nicht nur Zambrynus Kinnzopf, sondern auch seine langen grauen Haare und seinen imposant ausladenden Schnurrbart und sehe wie ein Menschenmann aus. Mit einigem Widerwillen habe ich Zambrynus Kleidung angezogen. Lusona hat, so gut es eben ging, das Blut des Hexers entfernt. Ein paar dunkle Flecken sind immer noch zu sehen. Sincha hat mir den Wanderstab des Hexers in die Hand gedrückt und gemeint, dass sich mein Aussehen deutlich verbessert hat. Kathinka hat natürlich wieder belustigt gegluckst und mir anschließend erklärt, dass ich jetzt zwar das Aussehen von Zambrynus angenommen habe, aber weiterhin meine eigene Stimme und meine körperliche Stärke und Wendigkeit besitze. Nur meine Krallen kann ich nicht länger einsetzen, da sie sich in normale Finger verwandelt haben.

Es ist für mich ein wenig ungewohnt, mit menschlichen

Stiefeln zu laufen, aber bald habe ich herausgefunden, wie es geht. Nun marschiere ich durch den Wald, die drei Amazonen im Schlepptau. Die Kriegerinnen sind scheinbar an den Händen gefesselt, aber die Knoten der Lederschnüre sitzen nicht fest und können jederzeit gelöst werden. Unter ihren Wamsen haben die Amazonen zahlreiche scharfe Dolche verborgen. Ich habe als Waffe nur den Wanderstab des Hexers. Meine Instinkte sagen mir die ganze Zeit über, dass der Stab nicht ausreichen wird, um gegen die Hexen zu bestehen. Thurantuh verspottet mich gelegentlich ein wenig und meint, dass ich ohne meine Streitäxte kein richtiger Krieger wäre. Ich versuche, so gut es geht, seine Stimme in meinem Kopf zu ignorieren.

Da hören wir Geräusche. Ruckartig halte ich an und linse den Waldweg entlang. Noch ist nichts zu sehen. Ich lausche und meine, ein Muhen zu vernehmen. Auch eine Raddeichsel scheint laut zu knarren.

„Die Hexen kommen“, flüstere ich und packe meinen Wanderstab fester.

„Denkt immer daran, wir dürfen sie nicht töten. Wir brauchen die Hexen unbedingt lebendig“, schärft uns Sincha ein. Sie klopft auf meine Schulter. „Und, du Skriek, verhältst dich ganz so, wie wir es besprochen haben.“

„Ich bin aber kein guter Schauspieler“, murre ich.

„Bei meiner Göttin Ama, du bist der schlechteste Schauspieler, den ich kenne“, schnauft Sincha. „Aber das darf jetzt keine Rolle spielen. Tu, was getan werden muss.“

„Wie du meinst, Amazone.“

Sincha, Basola und Lusona legen sich die geknüpften Schlingen, die sie vorher in ihren Händen gehalten haben, um ihre Hälse und geben mir das Ende des Seiles. Ich kann nicht leugnen, dass mir den Anblick ganz gut gefällt. Für jeden zufälligen Beobachter würde es jetzt so aussehen, als ob ich drei Amazonen an einem langen Seil, wie Hühner an einer Schnur, durch den Wald zerre.

Endlich kommen die beiden Ochsenkarren, die knapp hintereinander fahren, in Sicht. Zwei junge Frauen sitzen auf den Kutschböcken. Aus der Entfernung sehen sie völlig harmlos aus. Eine ist blond, die andere brünett. Sie haben hübsche Gesichter und schlanke Figuren. Bekleidet sind sie mit braunen Röcken und grünen Blusen. Ihre Beine stecken in

Lederstiefeln. Augenscheinlich haben sie keine Waffen bei sich, aber das besagt bei Hexen natürlich wenig.

Als sie mich entdecken, halten sie überrascht ihre Ochsenkarren an und klettern vom Kutschbock. „Meister!“, rufen sie und eilen mir entgegen. „Was ist geschehen?“

Ich bleibe stehen und sage kein Wort. Nur meinen Wanderstab hebe ich zur Begrüßung, so wie es Sincha mir aufgetragen hat. Ich soll so wenig wie möglich reden, um mich nicht frühzeitig zu verraten.

„Meister!“ Die beiden Hexen sind nur mehr zehn Meter entfernt. Ich kann ihre Gesichter jetzt deutlich erkennen. Sie sehen so harmlos aus. Einfach nur wie zwei ganz normale junge Menschenfrauen, die nichts Böses im Schilde führen.

„Warum hast du die Amazonen bei dir? Was ist los?“

Ich räuspere mich, sage aber weiterhin kein Wort. Ein wenig irritiert bleiben die beiden knapp fünf Meter vor mir stehen. Noch kann ich keinen größeren Argwohn bei ihnen ausmachen, doch wenn ich nicht bald etwas sage, werden sie misstrauisch werden. Das muss ich auf jeden Fall verhindern.

„Es gibt einige Probleme“, krächze ich und hoffe, so gut es geht, nach dem alten Hexer zu klingen. „Ich brauche dringend eure Hilfe.“

„Das ist nicht Zambrynus!“, ruft die eine und weicht einen Schritt zurück. „Die Zauberin muss ihre Finger im Spiel haben.“

Die andere ballt ihre Hände zu Fäusten und augenblicklich zucken Flammen entlang ihrer Finger. „Wer bist du?“, will sie wissen. Ihre Zähne schlagen wütend aufeinander. „Und wo ist Zambrynus?“

Unser Plan, wird mir schlagartig klar, ist von Anfang an eine einzige Katastrophe gewesen und hiermit gescheitert. Thurantuh lacht schadenfroh in meinem Kopf. Kurz schlucke ich. Mein Gott hat ja recht. Ich bin ein Krieger und kein Ränkeschmied. Ich lasse das Seilende los und mache das, was ich am besten kann: Ich greife an! Mit einem Satz bin ich bei der Hexe mit den Flammenhänden und schmetterte meine Faust in die Richtung ihres Kinnes. Doch zu meiner größten Verblüffung treffe ich nicht. Die Hexe ist unglaublich schnell. Ich schlage ins Leere und spüre augenblicklich einen brennenden Schmerz an meiner Hüfte. Ihre Feuerfaust hat mich voll getroffen. Benommen und ächzend wanke ich zur Seite. Von einem brennenden Schmerz erfüllt, krümme ich mich und versuche, Distanz zwischen mich und die Feuerhexe zu bekommen. Meine Kleidung qualmt, wo die Hexe mich getroffen hat. Aus den Augenwinkeln sehe ich, wie ein Dolch äußerst knapp an meiner Hüfte vorbei saust und sich in den Bauch meiner Gegnerin bohrt. Ich weiß noch von dem Kampf mit Zambrynus, dass Hexer und Hexen Heilmagie wirken können und von ein bisschen Stahl im Bauch nicht wirklich gebremst werden. Daher will ich eiligst nach dem Griff des Dolches greifen, um ihn ihr noch tiefer in den Leib zu stoßen, doch die Feuerhexe ist schon wieder schneller als ich. Ihre feurigen Finger legen sich auf ihre Bauchwunde, glühen in einem dunklen Rot und verströmen Heilmagie. Die Hitze, die sie ausstrahlt, ist dermaßen groß, dass ich mit meiner Hand nicht einmal in die Nähe des Dolches komme. Ich knurre vor Enttäuschung und spüre, wie die Wut in mir bedrohlich anwächst. Mein Denken setzt aus und Thurantuh ist plötzlich kraftvoll in mir. Ich gebe mich ganz meiner rasenden Kampfeslust hin. Mag ich im Augenblick auch weder meine Äxte noch meine Krallen und Fangzähne haben, so besitze ich doch noch immer meine Stärke und Wendigkeit. Mit einem Schrei voll Hass und Zorn schlage ich rasend schnell zu. Meine Faust kracht in das Gesicht der Feuerhexe und ich höre deutlich, wie ihre Nase bricht. Für einen winzigen Augenblick ist sie benommen und unerbittlich nutze ich diese Chance. Meine Hände erfassen ihren Kopf an beiden Seiten und ich reiße ihn mit aller Kraft und Schnelligkeit, die in mir sind, nach links. Es knackt in ihrem Genick. Ihre Augen werden glasig, ihre Hände sinken an ihrem Körper nach unten. Ich vermute, dass sie tot und ihr Genick gebrochen ist, aber ich bin mir nicht sicher. Daher reiße ich ihren Kopf noch drei, vier Mal hin und her. Weitere Wirbel brechen. Als ich sie endlich loslasse, sackt ihr Körper tot zu Boden. Die Feuerhexe ist erledigt und wird uns trotz all ihrer Magie nie mehr bedrohen können.

Mein Pulsschlag beruhigt sich und ich erwache aus meinem Zornestaumel. Neben mir höre ich Rufe. Es sind die Amazonen. Hastig drehe ich mich zu ihnen um. Sie sind in großer Gefahr. Aus den Fingerspitzen der zweiten Hexe schießen dunkelblaue Strahlen gebündelten Wassers und treiben die Amazonen immer weiter zurück. Vor der Hexe liegen mehrere Dolche, die sie offensichtlich mit ihrer Wassermagie abgewehrt hat. Sie ist so auf ihren Kampf gegen die Amazonen konzentriert, dass sie nicht einen einzigen Blick zur Seite wirft. Wahrscheinlich ist sie zutiefst davon überzeugt, dass ich für ihre Gefährtin keine Gefahr darstelle. Nun, da hat sie sich, Thurantuh sei Dank, geirrt. Die Feuerhexe ist tot und ich bin noch im Spiel. Und ich denke nicht daran, tatenlos zuzusehen.

Blitzschnell packe ich die tote Feuerhexe bei den Knöcheln, hole Schwung und schleudere sie mit Wucht gegen die Wasserhexe. Ich treffe besser, als ich erwartet habe. Der leblose Körper kracht in die Seite der Wasserhexe und bringt sie zum Stolpern. Bevor sie ihren Halt wiederfinden kann, sind die Amazonen heran. Blitzschnell zücken sie die noch verbliebenen rasiermesserscharfen Dolche und stechen rücksichtslos zu. Es ist ein einziges Gemetzel. Blut spritzt und schon nach wenigen Augenblicken liegt die Wasserhexe tot am Boden. Ihr Brustkorb ist übersät mit klaffenden Wunden. Zu guter Letzt trennen die Kriegerinnen mit wuchtigen Dolchschlägen den Kopf der Wasserhexe von ihrem Körper.

Ich gehe zu den schwer atmenden Amazonen und wende mich an Sincha. „Sollten wir nicht eine Hexe lebend fangen?“, frage ich ein wenig hämisch. Ich finde es ganz angenehm, dass auch meine Gefährtinnen in einen Blutrausch verfallen können. Das macht es für sie deutlich schwerer, mich weiterhin als wildes Tier zu verunglimpfen.

„Das ist alles deine Schuld, dummer Skriek!“, faucht Sincha mich an.

„Ich habe die Wasserhexe nicht getötet“, kontere ich.

„Du hast aber geknarrt wie ein altes, rostiges Scharnier, als du mit den beiden Hexen gesprochen hast.“

„Und?“

„Anscheinend ist dir entgangen, dass Zambrynus Stimme sanft und salbungsvoll geklungen hat. Es ist kein Wunder, dass die Hexen sofort erkannt haben, dass mit dir etwas nicht stimmt, als sie dich sprechen gehört haben.“

Ein wenig beschämt drehe ich den Amazonen den Rücken zu, da mir klar wird, dass Sincha recht hat. Thurantuh lacht in meinem Hinterkopf und fügt schadenfroh hinzu, dass er ja schon immer gesagt hat, dass ich ein Krieger und kein Gaukler oder gar Schauspieler bin.

30

Der Rückweg ist beschwerlich. Wir treiben die zwei Ochsen mit ihren Karren über den holprigen Waldweg. Die Leichen der beiden toten Hexen liegen auf den Ladeflächen. Wir wollen so wenig Spuren wie möglich hinterlassen, aber ich bin mir sicher, dass jeder einigermaßen fähige Waldläufer sofort erkennen muss, dass hier ein Kampf stattgefunden hat.

Die Amazonen sind immer noch mürrisch und auch mit meiner Laune steht es nicht zum Besten. Sincha hat sicherlich recht, wenn sie meint, dass ich ein erbärmlicher Schauspieler bin. Aber das weiß ich selbst. Und die hagere Heerführerin übersieht eindeutig, wie viel ich für die Gemeinschaft schon geleistet habe. Nur dank meiner Kampfkraft sind wir, trotz aller Verluste, so weit gekommen. Es gibt daher keinen ernsthaften Grund, warum mich Sincha vorhin so angeschnauzt hat. Doch zu meiner Verwunderung bin ich ihr nicht wirklich böse. Ja, ich grolle ihr ein wenig, aber mehr ist es nicht. Eigentlich müsste ich deutlich wütender auf sie sein. Ich überlege, ob schon wieder meine skriekischen Seelenanteile damit zu tun haben, dass ich so geduldig auf die Ausbrüche der Amazone reagiere. Nachdenklich kratze ich das eingebrannte Spinnensiegel auf meinem Unterarm und da wird es mir schlagartig klar: Die Magie der Amazonengöttin Ama, die für immer in meinen Unterarm eingebrannt ist, beeinflusst meine Gefühle. Es ist mir offensichtlich nur sehr schwer möglich, den Amazonen lange böse zu sein. Stets stellen sich bei mir versöhnliche Gefühle gegenüber den Kriegerinnen ein, mögen sie mich auch noch so schroff behandeln. Verärgert grolle ich. Es gefällt mir überhaupt nicht, so manipuliert zu werden. Thurantuh, flehe ich daher mit Inbrunst und mehrmals, befreie mich von Amas Einfluss. Bitte, befreie mich! Er sagt dazu aber kein Wort, sondern lacht nur hämisch in einem der hintersten Winkel meines Gehirns. Ich habe in letzter Zeit öfters das Gefühl, dass sich mein Gott köstlich über all meine Unzulänglichkeiten amüsiert. Das passt mir nicht wirklich; ich denke, dass er mir deutlich mehr Anerkennung entgegenbringen könnte, da ich ein durchaus fähiger Krieger bin. Andererseits bin ich aber auch nur eine unwichtige sterbliche Seele voller Mängel und Schwächen. Es steht mir daher wohl nicht an, den göttlichen Thurantuh zu kritisieren. Beschämt senke ich meinen Kopf und bitte ihn inständig um Verzeihung. Er lässt mich eine Weile in meiner Selbstzerknirschung schmoren, schließlich nickt er aber doch gnädig in meinem Hinterkopf. *Du denkst wie üblich zu viel*, sagt er abschließend noch ein wenig säuerlich und zieht sich aus meinen Gedanken zurück.

Da spüre ich plötzlich ein seltsames Kribbeln in meinen Händen und Füßen. Schwarze Kreise drehen sich wie aus dem Nichts vor meinen Augen. Ich blinzle überrascht. Und dann kommt der Lichtblitz. Krachend lande ich auf meinem Hosenboden und stöhne auf. Was war das?

„Ah“, grinst Lusona, „Kathinkas Magie hat sich wohl erschöpft.“

„Ja“, bestätigt Basola, „der Skriek ist so hässlich wie eh und je.“

Ich blicke verdutzt auf meine Hände. Meine Krallen und Schuppen sind wieder zurück. An den Innenseiten der Wangen spüre ich meine vier spitzen Eckzähne und meine Haut trägt wieder das vertraute Grün. „Endlich“, seufze ich und rapple mich hoch.

Sincha betrachtet mich vom Kutschbock des Ochsenkarrens herab skeptisch. „Hast du wieder all deine Kräfte und Fertigkeiten?“

Kurz balle ich meine Fäuste und dehne meinen Körper. „Ja, ich bin wieder ich selbst“, brumme ich.

„Das habe ich befürchtet“, knurrt Sincha und schnalzt mit der Zunge. Unwillig setzt sich der Ochse in Bewegung. Hinter ihm treiben Basola und Lusona den zweiten Ochsen an.

Ich gehe schweigend neben der Heerführerin einher. Da sie auf dem Kutschbock sitzt, sind wir miteinander auf Augenhöhe. Nach einer Weile richte ich das Wort an sie. „Amazone, erklär mir eines: Warum soll sich König Edwin mit König Angrias überhaupt in Yestshire treffen? Die beiden befinden sich doch miteinander im Krieg.“

„Skriek, du hast keine Ahnung von Politik. Das sagte ich dir doch schon. Außerdem brauchst du dir über all das nicht deinen schuppigen Kopf zu zerbrechen.“

„Ich bin einfach in Zweifel, ob Angrias und Edwin wirklich nach Yestshire kommen."

„Die beiden Könige werden kommen", behauptet Sincha mit Überzeugung.

„Was macht dich so sicher, Heerführerin?"

Sie streicht über ihr spitzes Kinn. „Meine Königin hat mir gesagt, dass sich Edwin und Angrias in Yestshire treffen werden. Erik Anfohrrnus ist auch dieser Meinung. Also wird es wohl so sein."

„Aber wozu treffen sich die Könige?"

„Sie werden ihre Gründe haben." Sincha spuckt erst geräuschvoll aus, bequemt sich dann aber doch zu einer Antwort. „König Angrias kann Amazonien unmöglich alleine erobern, da mag er noch so viele Truppen ausheben und Kriegsgerät heranschaffen. Da auch noch König Edwins salurische Armee mit all den Rebellen und Freiwilligen an seiner Flanke lauert, könnte es sein, dass Angrias in einen Zweifrontenkrieg hineingezogen wird. Das kann er unmöglich wollen. Also wird er König Edwin wohl so eine Art Waffenstillstand anbieten."

„Und warum sollte König Edwin darauf eingehen?"

„Nun, König Angrias könnte den Angriff auf uns Amazonen ja bleiben lassen und sich direkt gegen Salur wenden."

„Warum tut er das nicht?"

„Weil", Sincha kneift die Augen zusammen, „ein Kampf gegen Edwin seine Truppen stark dezimieren würde und er dann keine Aussicht mehr hätte, auch nur unser erstes Wehrtor zu erobern."

„Hm." Ich streiche über eine Schuppe meines linken Unterarms. „König Angrias setzt wohl alle Hebel in Bewegung, um Amazonien zu erobern."

„Er will unseren smaragdenen Kelch, das Heiligtum von Amazonien."

„Warum stiehlt er ihn nicht einfach?", will ich wissen.

Sincha zeigt ein freudloses Grinsen. „Er hat es mehrmals probiert, aber er ist kläglich gescheitert."

„Und jetzt will er sich den Kelch mit Gewalt holen."

„So ist es, Skriek."

„Aber du sagst, dass Angrias Armeen zu schwach sind, um Amazonien zu erobern."

„Ja, das sage ich.“

„Hast du dann nicht Sorge, dass Angrias König Edwin ein Bündnis anbietet, um die Reliquie zu erobern?“

„König Edwin kämpft für die Freiheit und die Selbstbestimmung der Völker. Aber das, Skriek, habe ich dir ja schon einmal erklärt.“ Sincha treibt den Ochsen vor ihrem Karren etwas forscher an. „Außerdem ist König Edwin überaus machtbewusst. Er würde sich niemals König Angrias unterwerfen.“

„Warum hilft Edwin eigentlich euch Amazonen?“, frage ich. „Harba hat er gegen Angrias Angriff nicht verteidigt.“

„Und viele andere Königreiche und Fürstentümer auch nicht“, ergänzt Sincha. „Edwin ist ein schlauer Regent. Er schlägt keine Schlachten, bei denen er keine Möglichkeit sieht, zu gewinnen.“ Sie blickt mich direkt an. „Harba war, wie viele andere Reiche auch, sehr klein. Es hatte kein eigenes schlagkräftiges Heer und war daher kaum zu verteidigen. Edwin hätte bei einer Schlacht nur unnötig Soldaten und Gold verloren. Anstatt sich in sinnlosen Scharmützeln zu verlieren, hat er heimlich Verbündete um sich geschart und eine schlagkräftige Armee aufgestellt.“

„Die aber immer noch zu schwach ist, um Angrias zu besiegen.“

„Daher, Skriek, ist Edwin ein Bündnis mit unserer Königin eingegangen.“

„Das Bündnis allein wird nicht genügen, um den Herrscher mit der dunklen Maske zu besiegen.“

„Ich weiß.“ Sincha nickt langsam. „Daher hat auch meine Königin Erik Anfohrrnus Vorschlag zugestimmt, Angrias zu ermorden.“

„Ich verstehe.“ Nachdenklich nicke ich. „Und wie passen die Zwerge ins Spiel?“

Sincha schluckt. „Die Zwerge sind gierig nach Gold. Noch ist nichts geschehen, das meine Königin nicht mit glänzenden Talern wiedergutmachen kann.“

Ich habe in Ontron Sincha und ihre Königin heimlich belauscht und weiß daher, dass sich die Amazonen Sorgen machen, dass sich Angrias mit Edwin und den Zwergen verbinden könnte. Das belauschte Gespräch habe ich anschließend Erik Anfohrrnus erzählt; er ist aber der Meinung gewesen, dass so ein Bündnis niemals zustande kommen würde. Ich bin mir da nicht so sicher. „Was ist, wenn sich Angrias mit Edwin und dem Zwergenkönig Sinnly verbündet?“

„Dann könnte Amazonien fallen“, schnarrt Sincha gereizt. „Aber König Edwin ist bis jetzt stets treu zu seinen Verbündeten gestanden. Er würde uns Amazonen niemals verraten.“

„Ich glaube dir ja, Heerführerin.“ Beschwichtigend hebe ich meine Arme. „Sag, meinst du wirklich, dass es Angrias eigentlich nur um die Reliquie geht? Das ist doch verrückt!“

„Das ist es ganz und gar nicht“, entgegnet Sincha. „Diese Reliquie ist unendlich machtvoll und unsere direkte Verbindung zur Göttin Ama. Ohne Reliquie würde es keine Amazonen geben.“

„Meine Mutter hat einst von drei Reliquien geträumt“, sage ich.

„Erzähle mir davon.“ Die Heerführerin blickt mich mit sichtlichem Interesse an.

„Meine Mutter sah einen bärtigen Zauberer, eine dunkelhäutige wunderschöne Hohepriesterin und einen hageren Herrscher mit dunkler Maske in ihrem Traum.“

„Oh.“ Sincha ist für einen Moment verblüfft.

„Jedes der drei Wesen hat eine Reliquie in seinem Besitz“, fahre ich fort. „Dem Zauberer gehört ein blauer Siegelring, der Hohepriesterin eine silberne Halskette und dem Herrscher ein bronzener Armreif.“

„Es gibt sechs Elemente“, sagt Sincha in meine Erzählung hinein, „fünf Reliquien und vier Wahrheiten.“

„Was?“

„So lernen wir Amazonen es von den Priesterinnen: sechs Elemente, fünf Reliquien, vier Wahrheiten.“

Bei den Worten der Heerführerin spüre ich, wie mein *mahamsanazu* erwacht. „Welche vier Wahrheiten gibt es?“, frage ich daher neugierig.

„Das werde ich dir sicher nicht verraten. Es reicht, wenn du weißt, dass unsere Königin die Verwalterin der vier Wahrheiten ist.“

„Hat eure Königin eigentlich einen Namen?“

„Nein, Skriek, sie verliert ihren Namen, wenn sie unsere Königin wird.“

„Wieso?“ Mein *mahamsanazu* ist immer noch da. Ich spüre, dass wir über etwas Wichtiges reden, über etwas, das mir in ferner Zukunft vielleicht sogar einmal das Leben retten kann.

„Jede Amazonenkönigin war vor ihrer Krönung eine Priesterin“, sagt Sincha. „Wenn die alte Königin stirbt, sucht der Smaragdkelch unter den Priesterinnen eine neue Königin.“ Sie schmunzelt plötzlich. „Wir Amazonen sind den Bienen nicht unähnlich. Ich weiß nicht, ob du es weißt, Skriek, aber eine einzige, ganz bestimmte Biene aus dem Volk der Honig sammelnden Arbeiterinnen bekommt eine besondere Speise und wird dadurch zu einer Bienenkönigin. Bei uns Amazonen wird eine Priesterin so sehr mit Amas Magie erfüllt, dass sie unser aller Königin wird. Sie legt ihren Namen ab, als Symbol dafür, dass sie nun keine einzelne Frau mehr ist, sondern ein von Ama erwähltes Geschöpf, das allen Amazonen als Königin dienen muss.“

Ich denke an die Königin, die ich in Ontron gesehen habe. Sie ist unglaublich groß und hager, ihr Körper zeigt überall Spinnentätowierungen und sie hat viele spitze Zähne im Mund. „Warum ist eure Göttin eigentlich eine Spinnengöttin, wenn ihr doch eher wie die Bienen lebt?“

„Täusche dich nicht, Skriek. Wir Amazonen haben mehr mit Spinnen gemein, als du vielleicht glaubst.“ Sie blickt mich an. „Kennst du die Schwarze Witwe?“

„Der Name sagt mir etwas. Sie ist eine sehr giftige Spinne.“

„Das ist sie“, stimmt mir Sincha zu. „Außerdem tötet die Schwarze Witwe das Männchen nach der Paarung und verfüttert es an ihre Jungen.“

„Oh.“ Ein wenig verwirrt kratze ich an meinem Spinnensiegel am Unterarm und merke, wie mein *mahamsanazu* deutlich nachlässt. „Du sagtest, dass es fünf Reliquien gibt“, murmle ich. „Wo ist die fünfte?“

„Das weiß niemand. Aber die Legende besagt, dass sich die fünfte und mächtigste Reliquie offenbaren wird, wenn die vier anderen Reliquien wieder vereint sind.“

Ich schnaufe. „Zumindest wird mir immer klarer, was Angrias vorhat.“

Sincha betrachtet mich eine Weile. „Skriek, was hat deine Mutter noch geträumt?“

„Nun“, ich räuspere mich, „es ist ein wenig seltsam, aber im

Traum meiner Mutter hatten die drei Wesen edle Motive für ihr Tun."

„Welche?"

„Die Hohepriesterin strebte nach Glaube und Gehorsam, der Zauberer nach Frieden und Harmonie und der Herrscher nach Macht und Ordnung."

„Wenn der Traum deiner Mutter stimmt, Skriek, dann stehen wir wohl auf der falschen Seite", brummt Sincha und schnalzt mit den Zügeln.

Ich zucke mit den Schultern. Es kümmert mich kaum, ob ich auf der falschen oder richtigen Seite stehe. Mein Schwur bindet mich, und nur das ist es, was für mich zählt.

Sincha wirkt ein wenig mürrisch. „Skriek", knurrt sie, „von all dem Gerede über Reliquien, Zwerge und Bündnisse schwirrt mir der Kopf." Sie deutet mit dem Daumen ihrer rechten Hand auf die beiden überkreuzten Krummsäbel auf ihrem Rücken. „Ich bin froh, wenn Angrias endlich tot ist. Dann lösen sich alle Probleme wie von selbst."

Ich stimme ihr zu und weiß jetzt wieder, warum mir die Amazonen grundsätzlich sympathisch sind: Sie bevorzugen ebenso wie ich einfache Lösungen.

Die Sonne steht schon hoch am Himmel, als wir endlich bei der alten Schmiede ankommen. Kathinka eilt uns entgegen und ist sichtlich froh, dass wir alle wohlauf sind. Mir schenkt sie ein Lächeln und eine kurze Umarmung. Dann betrachtet sie mit einigem Widerwillen die beiden toten Hexen und spuckt schließlich verächtlich aus. Sincha tritt zu ihr.

„Wie geht es Romaldo?", will sie von Kathinka wissen.

„Unverändert. Das metallische Gift des Hexers wütet in seinem Körper. Jeder normale Mensch wäre längst an dieser Schulterwunde gestorben. Aber die harbaische Magie in Romaldo kämpft gegen die Hexenmagie an und erhält ihn am Leben."

„Für wie lange?"

Kathinka zuckt mit den Achseln. „Die beiden Magien sind annähernd gleich stark. Der Kampf kann noch viele Wochen andauern."

„Kannst du ihn wirklich nicht heilen, Formwandlerin?", fragt Sincha.

„Nein, Heerführerin. Ich sagte es schon, dafür reichen meine Kräfte nicht aus."

Sincha presst ihre Zähne auf die Unterlippe. „Hier können wir nicht bleiben. Wir müssen schnellstmöglich weiter."

„Wir können Romaldo auf die Ladefläche eines Ochsenkarrens legen", schlägt Kathinka vor.

„Wird er das Holpern des klobigen Ochsenkarrens überleben, Formwandlerin?"

„Es spielt keine Rolle, ob Romaldo in einem weichen Bett liegt oder auf einem Karren. Allein die Magie entscheidet über sein Leben."

„Nun gut." Sincha erteilt ihre Befehle.

Basola, Lusona und Clarina verscharren die Leichen der zwei Hexen und des hageren Hexers hinter dem Haupthaus. Ich schlachte einen der beiden Ochsen und zerlege ihn in kleine Teile. Kathinka kocht das Ochsenfleisch ein, anschließend salzt sie es ausgiebig und wickelt es zusammen mit frischen Kräutern in große rundliche Blätter, die sie aus dem nahen Wald geholt hat. Das Fleisch wird einige Tage halten. Bevor wir aufbrechen, durchstöbern wir den Handkarren des Hexers und suchen uns Stoffe und neue Bekleidungen heraus. Romaldo hätte seine helle Freude an den Röcken, Hosen, Hemden, Strümpfen, Schuhen und Stiefeln gehabt. Zu meiner Überraschung ist auch ein neuwertiger Kapuzenmantel im Karren. Er ist zwar nicht schwarz wie mein alter, sondern von einem dunklen Grau, aber ich freue mich trotzdem sehr. Hier in dieser abgeschiedenen Einöde sollte man, was die Bekleidung angeht, nicht allzu wählerisch sein. Kathinka greift sich eine braune Jacke mit langen Fransen, zwei Lederhosen, ein Paar neue Stiefel und ein blaues, luftiges, knielanges Kleid, das ihr, da bin ich mir sicher, ganz ausgezeichnet stehen wird. Die Amazonen decken sich ebenfalls mit Jacken, Hosen, Stiefeln und Stoffen ein. Sincha findet einen breiten Gürtel mit bronzener Schnalle. Lusona sucht sich ein grünes, ärmelloses Gilet heraus. Clarina und Basola probieren zwei dunkelblaue, dünne Wamse an und nicken zufrieden. Bei dieser Hitze sind sie sicher wesentlich angenehmer zu tragen als die dicken, knarzenden Lederwamse, die die Amazonen stets anhaben. Selbst Knut kann den Verlockungen des Handkarrens nicht widerstehen und sucht sich eine Hose und ein Hemd heraus. Er wird die beiden Kleidungsstücke wohl umnähen müssen, damit sie seinem klobigen Körper passen. Was wir an Kleidung und Stoffen momentan nicht benötigen, legen wir auf die Ladefläche eines Ochsenkarrens. Es wäre schade, etwas zurückzulassen, das wir später vielleicht noch dringen brauchen können. Alle Lebensmittel jedoch, die wir finden, fassen wir nicht an, da wir nicht wissen, wie viele Speisen und Getränke der Hexer mit seinen Giften versetzt hat. Die prall gefüllten Kräutersäcke rühren wir ebenso wenig an, auch wenn sie ein verführerisches Aroma verströmen.

Bevor wir aufbrechen, legt Knut seinen Bruder behutsam auf der Ladefläche des Ochsenkarrens ab und streicht über sein Gesicht. Mit einem mitleiderregenden „Grumpf" drückt er Romaldo den Griff seines Rapiers in die kraftlosen Finger, wohl in der Hoffnung, dass die Waffe Romaldos Magie verstärken wird.

Sincha tritt zu Knut und blickt ihm direkt in die Augen. „Hör mir zu, kleiner Mann. Ich schätze deinen Bruder dafür, dass er bei dem Kampf mit dem Hexer durch sein mutiges Eingreifen Clarina das Leben gerettet hat. Außerdem habe ich von meiner Königin den Befehl erhalten, euch alle unbeschadet nach Yestshire zu bringen." Sincha hebt ihren rechten Zeigefinger. „Ich werde daher tun, was in meiner Macht steht, um Romaldo zu beschützen. Aber wenn es hart auf hart kommt oder unsere Mission gar zu scheitern droht, werde ich mich nicht unnötig mit deinem Bruder belasten. Ohne einen Moment zu zögern, werde ich Romaldo dann seinem Schicksal überlassen. Ist das klar?"

„Grumpf." Knut nickt unglücklich und umklammert so fest den Griff seines Streitkolbens, dass seine Fingerknöchel weiß hervortreten.

31

Drei Tage sind vergangen. Wir kommen nur quälend langsam vorwärts und die Sonne brennt sengend heiß vom Himmel. Es ist endgültig Sommer geworden. Die Luft flirrt in der Hitze und wir schwitzen alle. Der Ochsenkarren schafft nur wenige Meilen am Tag. Oft müssen wir anhalten und Äste und Steine aus dem Weg räumen. In der Ferne sehen wir die breite Handelsstraße, die bis in das ostalische Kernland führt und sich dann weiter nach Süden zieht, Richtung Yestshire, Telberien und Salur.

Als es Abend wird, erreichen wir eine Gabelung. Sincha studiert lange ihre Landkarten, schließlich entscheidet sie sich für den linken Weg. Es geht ein kleines Stück bergauf. Farne und Schlehdorne verströmen ihren Duft. Es gibt unzählige Blumen. Aus dem nahen Wald hören wir die Geräusche der Tiere. Die Gegend erscheint sehr friedlich, fast idyllisch, doch wir alle wissen, dass der Schein trügt. Auch in dieser abgelegenen Gegend kann jederzeit Gefahr drohen. Wir sind wachsam, achten auf jedes Geräusch und sehen uns stets sorgenvoll um. Schritt für Schritt folgen wir dem schmalen Pfad. Der Ochse müht sich mit seinem Karren und Sincha schnalzt wiederholt mit den Zügeln, um ihn anzutreiben.

Nach einer Weile halten wir alle überrascht inne. Hinter einer langgezogenen Kurve, etwas abseits des Weges, liegt zwischen alten Buchen und großen Felsen ein verlassener Bauernhof. Das Dach des klobigen, viereckigen Hauses ist an mehreren Stellen eingefallen, das Mauerwerk bröckelt ab und überall wuchern hohe Waldgräser und zahlreiche Sträucher. Die Eingangstür des Bauernhauses hängt in ihren Angeln, alle Fensterscheiben sind zerbrochen. Die Scheune links daneben ist eingestürzt. Hier hat schon lange niemand mehr gewohnt.

„Das ist unser Nachtquartier“, sagt Sincha und springt geschmeidig vom Kutschbock des Ochsenkarrens.

„Grumpf“, brummt Knut.

Vorsichtig hebt er seinen kranken Bruder von der Ladefläche und geht zum Bauernhaus. Wir anderen folgen ihm. Im Innern des Hauses ist es ziemlich dunkel, es dringt kaum Sonnenlicht durch die kleinen Fenster. Es gibt nur einen Raum. In der rechten Ecke ist ein gemauerter Ofen, an der hinteren Wand steht ein wurmstichiger, wackeliger Tisch. Überall sind Spinnweben, der Staub liegt fingerdick am Boden.

„Grumpf“, fordert Knut.

„Nein“, sagt Sincha. „Es lohnt die Mühe nicht, hier sauber zu machen. Heute Nacht kommt kein Regen. Wir schlafen im

Freien. Romaldo kann wieder auf der Ladefläche liegen."

Knut zögert einen Moment, schließlich grumpft er aber und macht auf dem Absatz kehrt. Das Gewicht seines Bruders scheint er gar nicht zu spüren.

Es ist Nacht geworden. Wir haben ein kleines Feuer nahe dem Bauernhaus entzündet. Sincha hat gemeint, dass wir es riskieren können, da die Wand des Hauses die Flammen wohl verbergen wird. Ich hoffe, dass die Amazone recht hat. Insgeheim vermute ich aber, dass sie, genau wie wir alle, Lust auf gegrilltes Ochsenfleisch hat und es einfach leid ist, eine weitere Nacht ohne Feuer zu verbringen.

Knut sitzt neben Romaldo auf der Ladefläche, macht ein bekümmertes Gesicht und füttert seinen Bruder mit einer Brühe aus Waldkräutern und zerkochtem Fleisch. Romaldo ist bei Bewusstsein, aber er scheint seine Umgebung nicht wirklich wahrzunehmen. Ziellos irrt sein Blick umher. Seine Wangen sind bleich und eingefallen. Schweiß perlt von seiner Stirn. Seine dunklen Haare kleben an Kopf und Stirn. Ein strenger Geruch geht von dem einst so wohlduftenden Prinzen aus. Er atmet schwer und hat große Mühe, die Brühe, die sein Bruder in ihn hinein löffelt, zu schlucken. Ständig rinnt Flüssigkeit über Romaldos Kinn, die Knut jedes Mal behutsam wegwischt.

Vorher hat Knut seinem Bruder zum wiederholten Male den Griff des Rapiers in die schlaffen Finger gedrückt. Er hofft wohl, dass dadurch Romaldos Magie gestärkt wird und er so dem Metallgift des Hexers widerstehen kann. Ich mache mir diesbezüglich keine Illusionen. Romaldo wird über kurz oder lang sterben. Das ist offensichtlich.

Ich hebe meinen Kopf, starre zu dem klaren, wolkenlosen Sternenhimmel und frage mich, wie schon die ganzen letzten Tage über, ob ich nicht mehr Bedauern für Romaldo empfinden sollte. Immerhin ist es meine Schuld gewesen, dass der Riese HamSamKoLo den Hexer und seine beiden Gefährtinnen auf uns angesetzt hat. Wenn ich damals in den Zhakonischen Bergen bei meinem Kampf mit dem jungen, unerfahrenen Riesen nicht so dumm gewesen wäre, würde Romaldo jetzt nicht mit dem Tod ringen. Er bezahlt also quasi für meinen Fehler. Das müsste mir doch zumindest ein wenig ein schlechtes Gewissen verursachen, denke ich. Doch das tut es nicht.

Thurantuh grinst zynisch in meinem Hinterkopf. *Romaldo ist ein Schnösel*, flüstert er. *Und denk an Kathinkas Traum!*

Ich nicke insgeheim. Mein Gott hat recht. Romaldo hat sich mir gegenüber nie als guter Gefährte erwiesen. Stets hat er mich mit seinen spöttischen Bemerkungen gekränkt. Und in Kathinkas Traum kämpfe ich mit Romaldo auf Leben und Tod. Ich weiß, wie schnell und giftig der Prinz aus Harba sein kann. Selbst so eine erfahrene Kämpferin wie Sincha Ankonski hat nicht den Funken einer Chance gegen ihn gehabt. Insofern kann es mir nur recht sein, wenn Romaldo stirbt, weil das bedeutet, dass es für mich einen Gegner weniger gibt. Mitleid mit dem Prinzen ist also nicht angesagt und es ist daher in Ordnung, wenn ich sein Leiden nicht bedauere.

Dummkopf!, knurrt Thurantuh. *Denk an den Zauberer!*

Ja, ich weiß, knurre ich innerlich zurück. Erik Anfohrrnus wird sich schon etwas dabei gedacht haben, als er Romaldo mit uns anderen auf diese Reise geschickt hat. Zweifelsfrei ist der Zauberer viel gewitzter und raffinierter als ich, aber mir leuchtet immer noch nicht ein, wozu wir Romaldo wirklich brauchen. Ja, er ist ein herausragender Kämpfer, das gebe ich ohne weiteres zu. Doch ich meine, dass eine Handvoll Amazonen dem Prinzen aus Harba an Kampfkraft nicht nachstehen würden und uns ebenso gut beschützen könnten.

Warum?, frage ich daher meinen Gott.

Thurantuh zuckt mit den Schultern. *Das weiß nur der Zauberer.*

Soll ich Romaldo töten? Er ist jetzt absolut wehrlos. Wenn Knut schläft, könnte ich den Prinzen mühelos ersticken.

Nein. Thurantuh klingt ungehalten. *Warte noch zu. Ich sage dir, wann es soweit ist.*

Na schön. Ich nicke.

Kathinka, die ihren Kopf auf meine Schulter gelegt hat, blickt mich neugierig an. „Warum nickst du mit dem Kopf, Skriek? Hast du wieder mit deinem Gott Zwiesprache gehalten?“

„Ja, das habe ich.“ Da ich ihr aber nichts von meinem Gespräch mit Thurantuh erzählen will, stelle ich ihr lieber eine Gegenfrage. „Warst du schon einmal in Yestshire, Kathinka?“

„Mehrmals schon. Es ist die beeindruckendste Stadt der

Welt."

„Ist Yestshire groß?"

Kathinka lächelt über meine Unwissenheit. „Es gibt keine größere Stadt in ganz Euptonien. Yestshire erstreckt sich über fünf Hügel. Hunderttausende leben dort. Es gibt ein Gewirr an Straßen, Gassen und Kanälen. Es ist unbeschreiblich. Man muss diese Stadt selbst sehen, um zu begreifen, wie einzigartig und gewaltig sie ist."

„Warum warst du in Yestshire?"

Kathinka wendet ihren Blick dem Lagerfeuer zu, wo Basola soeben ein weiteres Stück Ochsenfleisch zum Grillen bereitmacht. „König Angrias hat mich ein paar Mal nach Yestshire geschickt. Es ist die reichste Handelsstadt Euptoniens und es gab ständig Botschaften und Aufträge, die ich erledigen musste."

„Warum hat Angrias eigentlich Yestshire noch nicht erobert, wenn es doch so reich ist?"

„Nun, Skriek, ich vermute, dass es selbst für Angrias kaum möglich ist, Yestshire zu erobern."

„Wieso? Auch wenn Yestshire eine riesige Stadt ist, so ist sie eben doch nur eine Stadt. Angrias hat ganze Königreiche erobert."

„Yestshire ist die Stadt der Gilden." Kathinka wendet den Blick vom Feuer ab und wieder mir zu. „Es gibt die Gilden der Händler und Kaufleute, der Schmiede und Tischler, der Maurer und Ofensetzer. Ganz Yestshire wird von unzähligen Gilden regiert."

„Ja, und?"

„Es gibt aber nicht nur die ehrenwerten Gilden der Handwerker und Verkäufer." Sie streicht eine dunkle Haarsträhne zurück. „In Yestshire leben auch die Gilden der Diebe und Meuchelmörder, ebenso die Gilden der Giftmischer und Magier. Was glaubst du, wie lange Angrias überleben würde, wenn bekannt wird, dass er einen Angriff auf Yestshire plant? Er wäre seines Lebens nicht mehr sicher."

„Angrias hat, das hast du mir selbst erzählt, stets einen Schutzwall aus Hexern und Gardesoldaten um sich herum. Ich denke also, er ist ganz gut beschützt."

„Du solltest die Gilde der Giftmischer und Meuchelmörder nicht unterschätzen."

„Hm.“ Ich kratze mit der spitzen Kralle meines Zeigefingers eine Schuppe in meinem Gesicht. „Warum bezahlen denn nicht Erik Anfohrrnus und die Amazonenkönigin diese Gilden? Das würde uns allen viel Arbeit ersparen.“

Sincha, die mein Gespräch mit Kathinka mitgehört hat, verzieht ihr Gesicht zu einem spöttischen Grinsen. „Skriek, du hast wie üblich keine Ahnung.“

„Dann kläre mich auf, Heerführerin.“

„Erik Anfohrrnus mag ja ein mächtiger Zauberer sein, aber er ist ganz sicher alles andere als ein reicher Mann“, schnarrt Sincha. „Amazonien ist ein wunderschönes Land, meiner Meinung nach sogar das schönste der Welt, aber es verfügt leider nicht über die Gelder, die benötigt werden, damit die Gilden der Meuchelmörder und Giftmischer bereit wären, sich ausgerechnet gegen Angrias zu stellen.“

„Wenn sich aber Angrias gegen Yestshire erheben würde“, ergänzt Kathinka, „dann würde kein Giftmischer oder Meuchelmörder auch nur einen Augenblick zögern, Angrias zu ermorden. Du musst wissen, Skriek, es gibt hunderte von Meuchelmördern und Giftmischern in Yestshire. Angrias wird sich hüten, sie alle gegen sich aufzubringen.“

Ich werfe einen kleinen Zweig in das Feuer. „Das heißt dann wohl, dass wir die einzigen sind, die dumm genug sind, Angrias töten zu wollen.“

„So ist es“, bestätigt Sincha.

Mehrere Stunden später sitzen wir immer noch am Lagerfeuer. Kathinka lehnt weiterhin ihren Kopf an meine Schulter und ich kann im tanzenden Licht der Flammen ihr Gesicht sehen. Es wirkt entspannt und friedlich, aber ich weiß, dass der Anblick täuscht. Kathinka macht sich Sorgen, nicht nur wegen Romaldo allein. Sie befürchtet auch, dass uns bald wieder irgendwelche dunklen Boten entdecken könnten, jetzt, wo wir derart langsam durch die Lande ziehen. Sie hat das zwar nicht ausdrücklich gesagt, aber ich kenne sie mittlerweile zu gut, um nicht zu wissen, was in ihrem hübschen Kopf vor sich geht. Sanft lege ich meinen linken Arm um ihre Schulter und werfe ihr ein Lächeln zu. Seit gestern Nacht, da bin ich mir sicher, verstehe ich sie noch besser. Wir haben uns zum ersten Mal richtig geküsst. Ihre weichen, vollen Lippen sind für einen wunderschönen, wenn auch nur kurzen Moment auf den meinen gelegen. Mein Herz hat bis zum Hals geschlagen und ich habe innerlich jubiliert. So zärtlich ist ihr Kuss gewesen, dass er meine Seele berührt hat. Ich bin völlig überrascht gewesen. Kathinka hat nach dem Kuss gelächelt, meine Wange gestreichelt und mir einen Schmatz auf die Nasenspitze gedrückt. „Das, mein Paladin“, hat sie gesagt, „ist immerhin ein Anfang.“

„Es ist mehr“, habe ich gekrächzt. Am liebsten hätte ich sie stürmisch umarmt, an mich gedrückt und ihr noch tausende Küsse gegeben, aber ich habe instinktiv gespürt, wie viel Kraft es sie gekostet hat, mir nur diesen einen, kurzen Kuss zu schenken. Daher habe ich ihr bloß zart über den Kopf gestreichelt und eine „Gute Nacht“ gewünscht.

„Ich denke nicht an die dunklen Boten“, sagt Kathinka in meine Gedanken hinein.

„Was?“

„Du glaubst, dass ich an die dunklen Boten denke.“

„Äh ... ja“, gebe ich verwundert zu.

„Das tue ich im Moment aber nicht“, behauptet Kathinka.

„Woran hast du dann gedacht?“

„An König Angrias dunkle Maske.“

„Wieso?“, frage ich überrascht.

Die anderen rund um das Lagerfeuer, die bisher schweigend dagesessen sind, heben ihre Köpfe, wenden ihre Blicke von den Flammen ab und betrachten Kathinka neugierig.

Kathinka setzt sich ein wenig aufrechter hin, als sie das Interesse der anderen bemerkt. „Ich habe einfach nur darüber nachgedacht, warum Angrias eine dunkle Maske trägt.“

„Erik Anfohrrnus“, sage ich, „hat mir einmal erzählt, dass Angrias die dunkle Maske als Zeichen der Trauer über den frühen Tod seiner Ehefrau trägt.“

Lusona nickt. „Davon habe ich auch schon gehört.“

„Das ist doch nur ein Märchen“, mischt sich Clarina ein. „Angrias ist ein herzloses Monster und trauert um niemanden. Ich glaube vielmehr, dass seine dunkle Magie ihn so hässlich gemacht hat, dass er seine Gesichtszüge verbergen muss.“

„Ich habe mir überlegt“, wirft Kathinka ein, „dass so eine dunkle Maske eigentlich recht nützlich für Angrias sein könnte.“

„Wieso?“, fragt Basola.

„Angrias sitzt jeden Tag beinahe unbeweglich in Vinbon auf seinem Thron, umgeben von Hexern und Gardesoldaten, und spricht kaum ein Wort. Wer sagt uns aber, dass tatsächlich Angrias auf dem Thron sitzt? Es könnte doch ebenso gut ein unbedeutender Vasall sein und König Angrias weilt in der Zwischenzeit ganz woanders.“

„Das wäre möglich“, stimmt Clarina zu.

„Ich hoffe nur“, flachse ich und zeige mein Grinsen, „dass wir in Yestshire den echten Angrias meucheln. Alles andere wäre ganz schön peinlich.“

Es wird plötzlich still in der Runde und alle starren mich an. Kathinka räuspert sich. „Habe ich eigentlich schon einmal erwähnt, dass du nicht lustig bist, Skriek?“

„Gelegentlich“, gebe ich zerknirscht zu.

„Grumpf“, brummt Knut plötzlich. „Grumpf, grumpf, grumpf.“

„Was sagt er?“, will ich von Kathinka wissen. Auch die Amazonen sehen sie fragend an, da sie, ebenso wie ich, kein Wort verstanden haben. Kathinka jedoch versteht als einzige aus unserer Runde Knut sehr gut. Ich vermute, es hat damit zu tun, dass Kathinka ebenso wie Knut ein magisches Wesen ist. Die Amazonen hingegen sind ganz normale Menschenfrauen, die ihre Kraft, Ausdauer und Schnelligkeit zwar durch magische Tränke stärken, aber im Grunde keine eigene Magie in sich tragen. Und ich bin sowieso frei von jeglicher Magie. Das haben die schnüffelnden Riesen im Zhakonischen Gebirge mir klar gemacht.

„Er sagt“, übersetzt Kathinka den Amazonen und mir, „dass Angrias die dunkle Maske trägt, um zu verbergen, dass er kaum altert. Er ist als Jüngling von knapp zwanzig Jahren auf den ostalischen Thron gekommen und herrscht seit über fünfzehn Jahren. Angrias müsste mittlerweile ein Mann von fünfunddreißig Jahren sein. Aber das ist er nicht. Durch seine Magie ist sein Alterungsprozess stark verlangsamt. Er sieht immer noch wie ein Jüngling aus. Und das versucht er zu verheimlichen.“

„Wieso?“, will ich wissen.

„Grumpf, grumpf.“

„Knut meint, dass alle Menschen aus Euptonien der Magie

sehr skeptisch gegenüberstehen und Angrias daher gut beraten ist, seine wahre Macht zu verbergen. Die Menschen sind nicht wie die Wesen Alluniens. Sie wissen zwar, dass es Magie gibt, aber sie fürchten sie auch. Es wäre daher sehr unklug, wenn man als Menschenherrscher seine magischen Kräfte zu erkennen gibt."

„Und Magie lässt einen wirklich langsamer alt werden?", frage ich.

„Manchmal hat Magie diese Wirkung", erklärt Sincha. „Unsere Königin herrscht seit gut siebzig Jahren."

Das erstaunt mich. Ich hätte die Amazonenkönigin auf knapp vierzig Jahre geschätzt.

„Erik Anfohrrnus", fügt Kathinka hinzu, „hat mir einmal erzählt, dass er vor über zweihundert Jahren geboren wurde. Magie kann also tatsächlich den Alterungsprozess stark verzögern."

„Und wie alt bist du, Kathinka? Fünfundfünfzig?", grinse ich.

„Ich bin zweiundzwanzig", knurrt Kathinka. „Und ich sagte es schon: Du bist nicht witzig!"

Neben mir schmunzeln die Amazonen und selbst Knut lässt ein belustigtes „Grumpf" hören. Ich deute in die Runde. „Die anderen halten mich aber für lustig."

Kathinka schnauft unwillig, sagt aber nichts darauf.

Sincha wendet sich nach einer Weile erneut an Knut, der links neben ihr am Lagerfeuer sitzt. „Bist du dir sicher, was Angrias Maske betrifft?"

„Grumpf. Grumpf."

„Sein Vater hat es ihm so erzählt", übersetzt Kathinka der Heerführerin. „Er war sehr klug und wusste über fast alles Bescheid."

„Das ist für mich kein Beweis, dass Knut recht hat."

„Grumpf." Knut klingt mehr als nur ungehalten.

„Das brauchst du nicht zu übersetzen", sagt Sincha zu Kathinka.

Knut brummt noch etwas Unverständliches, dann wendet er seinen Kopf und starrt in die Flammen. Mir fällt auf, dass sich neue, tiefe Falten in sein Gesicht eingegraben haben. Die Sorge um seinen kranken Bruder scheinen ihm Tag für Tag mehr zuzusetzen.

Kathinka schmollt noch ein wenig und weigert sich, ihren Kopf wieder an meine Schulter zu lehnen. Ich sage nichts, da mir nicht ganz klar ist, wie ich ihr Schmollen beenden kann.

Alle werden still und jeder hängt seinen eigenen Gedanken nach. Nur das Knistern der Zweige in den tänzelnden Flammen ist zu hören. Gelegentlich ruft eine Eule aus dem nahen Wald.

Nach einer Weile lehnt Kathinka ihren Kopf doch wieder an meine Schulter und ich atme erleichtert auf. Ich mag es nicht, wenn sie mir gram ist. Behutsam streiche ich mit meiner kralligen Hand durch ihr Haar. Da schlagen plötzlich meine Instinkte an. Ich wittere in die Nachtluft. Ein fremder Geruch ist in der Nähe. Und ich höre das leise Schnauben eines Pferdes. Jemand nähert sich unserem Lager.

„Skriek, was ist los?“ Kathinka hat meine Unruhe bemerkt und blickt mich besorgt an.

„Jemand kommt“, flüstere ich und greife nach Rundschild und Kampfaxt.

Die anderen reagieren ebenfalls. Knut packt seinen Streitkolben und eilt zu Romaldo, der keuchend und verschwitzt auf der Ladefläche des Ochsenkarrens liegt. Seine kraftlosen Finger ruhen immer noch auf dem Griff seines Rapiers. Knut stellt sich schützend vor seinen Bruder und knurrt drohend in die Dunkelheit. Die Amazonen treten mit gezogenen Krummsäbeln zu ihm. Ich bleibe in der Nähe des Lagerfeuers, gehe aber ein paar Schritte zurück, um einem Angreifer kein von den Flammen beleuchtetes Ziel zu bieten. Kathinka ist an meiner Seite. Mit entschlossener, kampfbereiter Miene steht sie da, die Spitze ihres Säbels zeigt zum nahen Waldrand.

Erneut ertönt ein Schnauben. Jetzt hören es auch die anderen. Schritte kommen näher. Ein Zweig knirscht unter einem Stiefel. Angespannt spitze ich meine Ohren. Wie viele Angreifer sind da draußen? Ein sanfter Wind kommt auf und ich schnuppere. Der Geruch, der in meine Nase steigt, kommt mir plötzlich irgendwie bekannt vor. Ich weiß, dass ich ihn kenne. Angestrengt versuche ich, mich zu entsinnen, doch bevor mir noch klar wird, um wen es sich da draußen handelt, höre ich ein langgezogenes Seufzen.

„Beruhigt euch, Kinder!“, ruft Erik Anfohrrnus im Näherkommen. Er zieht einen großen Rappen am Zügel hinter sich her. „Ich bin es. Der wunderbarste Zauberer von ganz

Allunien."

Kathinka jauchzt neben mir auf. Hastig schiebt sie ihren Säbel in die Scheide zurück und läuft los. Sie wirft sich in Eriks Arme. „Endlich bist du da", stammelt sie und zerdrückt eine Freudenträne. „Endlich."

„Ist schon gut, mein Kind. Alles ist gut." Ein wenig unbeholfen erwidert der Zauberer die Umarmung. „Jetzt bin ich ja da." Er seufzt. „Aber ich muss ehrlich sagen: Es war verdammt schwer, euch zu finden."

32

Als sich die Aufregung über Eriks überraschendes Auftauchen endlich gelegt hat, ergreift Sincha Ankonski das Wort und erklärt Punkt für Punkt, was in den letzten Wochen alles geschehen ist. Es dauert eine Weile, bis sie alles erzählt hat. Aber schließlich ist sie mit ihrem Bericht fertig und deutet mit einer vagen Geste auf Romaldo, der immer noch auf der Ladefläche des Ochsenkarrens liegt. Wie nicht anders zu erwarten, seufzt Erik angesichts all der Informationen zuerst einmal ausgiebig. Schließlich greift er seinen Zauberstab ein wenig fester und tritt mit besorgter Miene vor Romaldo hin. Sorgfältig untersucht er die Wunde und tastet die Schulter des Prinzen ab. Eriks Augen verengen sich zu schmalen Schlitzen. Mit nachdenklicher Miene lehnt er seinen Zauberstab an die linke Seitenwand des Ochsenkarrens.

„Metallenergie", erklärt er mit leiser Stimme, „ist eine machtvolle Magie." Er seufzt. „Ich kenne Zambrynus vom Hörensagen. Er ist ein überaus starker Hexer, aber er ist eben nur ein Hexer, der lediglich über ein einziges Element herrscht. Wir Zauberer hingegen sind die Bewahrer und Hüter aller sechs Elemente." Er blickt in die Runde. „Wer von euch weiß, wie man Metall besiegen kann? Eisen, zum Beispiel?"

„Mit Feuer", schlage ich vor.

Erik Anfohrrnus nickt. „Das wäre eine Möglichkeit. Aber Feuer würde den edlen Prinzen aus Harba unweigerlich töten."

„Luft und Wasser", sagt Kathinka mit ihrer dunklen Stimme.

„Hervorragend." Erik schenkt ihr ein knappes Lächeln. „Wasser und Luft bringen Eisen und viele andere Metalle zum

Oxydieren.“ Er hebt seine Hände. „Tretet zur Seite, meine Freunde.“

Wir folgen seiner Aufforderung, während Erik die Ärmel seines Mantels nach oben schiebt und sich konzentriert. Bedächtig senkt sich seine rechte Hand knapp über Romaldos Wunde. Ein seltsames blaues Glühen umspielt für einen kurzen Moment seine Finger. Vorsichtig, beinahe zärtlich, berührt er die entzündeten Wundränder. Erneut erstrahlt das Licht. Romaldo stöhnt und ganz langsam schließt sich die Wunde.

Erik Anfohrrnus schnauft zufrieden. „So, das wäre geschafft.“

„Das ist alles, Zauberer?“, wundere ich mich.

„Was hast du erwartet, Skriek?“

„Na ja, irgendetwas Spektakuläres.“

„Wenn es dich glücklich macht, könnte ich noch einen wilden Tanz rund um den Ochsenkarren aufführen und mit Feuerblitzen um mich werfen.“

„Das ist nicht nötig“, brumme ich ein wenig beschämt und senke den Kopf.

Romaldo stöhnt leise. Seine Augenlider flattern schnell. Schließlich öffnet er seine Augen zur Gänze und setzt sich mit einem, für uns alle überraschenden, Ruck auf. Sein Blick irrt durch die Runde.

„Grumpf!“, brüllt Knut erleichtert, und bevor sich Romaldo versehen kann, wird er von seinem Bruder heftig umarmt.

Eilig klopft Erik auf Knuts breite Schulter. „Wenn du deinem Bruder jetzt alle Knochen brichst, macht meine Heilung nicht viel Sinn.“

Blitzartig lässt Knut Romaldo los, sabbert mit Tränen in den Augen erneut sein „Grumpf“ und schließt mit einem heftigen Schluchzen seine kolbenartigen Arme um Erik Anfohrrnus. Der Zauberer ächzt. Sein Mund verzieht sich schmerzvoll.

„Lass mich sofort los, du harbaischer Schwachkopf!“, knurrt er.

Mit einem entschuldigendem „Grumpf“ löst Knut seine Umarmung.

Erik blickt ihn skeptisch an, während er noch etwas nach Luft ringt. „Ich weiß, dass du große körperliche Stärke besitzt, aber deine Kraft überrascht selbst mich.“

Romaldo hat sich noch ein Stück weiter aufgerichtet und

sitzt nun auf seinen untergeschlagenen Beinen. Sein Blick ist mittlerweile klar, doch er macht noch immer einen kranken und schwächlichen Eindruck. Seine Augen liegen in tiefen, dunklen Höhlen, in seinem abgemagerten Gesicht stehen die Wangenknochen spitz hervor. Er riecht an seiner Kleidung und verzieht angewidert den Mund.

„Ich benötige dringendst ein Bad. Und ein neues Hemd. Wo sind meine Kämme? Und mein Haaröl?“ Fordernd blickt er in die Runde.

„Romaldo, willst du nicht wissen, was in den letzten Tagen geschehen ist, bevor du dich wäschst und neu einkleidest?“ Sincha Ankonski blickt ihn irritiert an.

„Nein, das will ich nicht, Amazone.“ Mit wackeligen Knien und einiger Anstrengung klettert Romaldo von der Ladefläche des Ochsenkarrens. „Außerdem kann ich mir ohne Mühe selbst zusammenreimen, was geschehen ist. Schließlich seid ihr noch alle wohlauf.“ Für einen kurzen Moment muss er sich an der Seitenwand des Karrens festhalten, doch der Augenblick der Schwäche geht rasch vorbei. „Ich weiß, dass ich euch allen durch mein überaus mutiges und heldenhaftes Eingreifen die nötige Zeit verschafft habe, um den Hexer zu besiegen.“ Er zeigt sein schmales, überhebliches Lächeln, das ich mittlerweile nur zu gut an ihm kenne. „Der Hexer konnte mich, obwohl er angesichts meiner gefesselten Arme und Beine deutlich im Vorteil war, nicht töten, sondern lediglich verletzten. Meinem Gott Ganthron sei Dank, dass ich über eine derart hervorragende Konstitution verfüge, die es mir ermöglicht, die denkbar schwersten Verletzungen zu überleben. Tapfer und unbeirrt hielt ich mit bewundernswert eisernem Willen durch, bis mit Erik Anfohrrnus endlich jene Hilfe kam, die ich benötigte.“ Er blickt herausfordernd in die Runde. „Ihr alle wart ja anscheinend nicht in der Lage, meine Wunde zu heilen.“ Er dreht sich direkt zu Erik Anfohrrnus und verbeugt sich knapp. „Zauberer, ich danke dir für deine Hilfe. Sei gewiss, dass ich deine große Tat nicht vergessen werde. Von nun an kannst du stets mit meinem Wohlwollen rechnen. Und du weißt ja, Romaldos Wohlwollen ist von beinahe unermesslichem Wert.“

Sprachlos starren wir alle den harbaischen Prinzen an. Schließlich löst sich Knut aus unserer Runde, tritt zu seinem Bruder und legt fürsorglich seinen Arm um Romaldos Hüften

„Grumpf, grumpf", sagt Knut.

„So ist es recht, mein Bruder. Besorge mir saubere, wohlriechende Kleidern und richte mir ein belebendes Bad. Hier wird doch wohl irgendwo ein Zuber aufzutreiben sein."

„Grumpf."

„Ja, du hast recht, Knut. Ich bin wieder ganz der Alte."

Eine knappe Stunde später sitzt Romaldo mit frischen Kleidern und geölten Haupt- und Barthaaren mit uns anderen am Lagerfeuer. Einen Zuber hat er zwar nicht auftreiben können, aber dennoch ist es ihm beinahe gelungen, sein gewohnt adrettes Aussehen wieder völlig herzustellen. Nur die dunklen Schatten unter seinen Augen und die schmalen Kerben in seinen Mundwinkeln zeugen noch von der schweren Verletzung, die ihn fast getötet hätte.

Sincha blickt ihn von der Seite an und scheint mit einem Entschluss zu ringen. Schließlich räuspert sie sich. „Romaldo, ich möchte dir für dein mutiges Eingreifen danken. Es hat Clarina das Leben gerettet."

Clarina räuspert sich ebenfalls. „Auch ich möchte dir danken, Prinz aus Harba."

„Meine Damen, ich nehme euren Dank huldvoll entgegen. Seid versichert, dass es mir eine Ehre war, euch aus eurer schier unüberwindlichen Notlage zu erretten. Ihr wisst ja, wo immer schwache Frauen meiner Hilfe bedürfen, bin ich zur Stelle, um mit unverlöschlichem Mut gegen das Böse zu kämpfen."

Die Amazonen murren über Romaldos Worte ungehalten und auch Kathinka wirft ihm einen bösen Blick zu. Ich versuche, ihn zu ignorieren. Der Prinz aus Harba ist einfach ein arroganter Trottel, finde ich. Thurantuh stimmt mir mit einem Nicken zu.

Erik Anfohrrnus wirft einen dicken, verästelten Zweig ins Feuer und lenkt so unsere Aufmerksamkeit auf sich. „Die Zeit drängt", sagt er. „Mir sind Informationen zu Ohren gekommen, dass sich Angrias und Edwin in weniger als zwei Wochen im Turm von Yestshire treffen wollen. Das bedeutet, dass wir uns sputen müssen."

„Jetzt, da Romaldo geheilt ist, werden wir deutlich schneller vorankommen", meint Sincha, „Und der Ochsenkarren hat uns auch sehr viel Zeit gekostet."

„Wir müssten“, sagt Kathinka, „wenn alles gut geht, in knapp zwölf Tagen Yestshire erreichen.“

Erik seufzt. „Leider, meine Schülerin, geht nur sehr selten alles gut.“

„Wie kommen wir durch das ostalische Kernland?“, will Sincha wissen. „Hast du einen Plan, Zauberer?“

„Den habe ich.“ Er schiebt seinen großen Schlapphut nach hinten. „Wir werden morgen sehr zeitig in der Früh aufbrechen.“ Sein Blick wandert zu den Sternen. „Ich wünschte, wir könnten das ostalische Kernland umgehen, aber das ist leider unmöglich. Wenn wir uns durch das dicht bewaldete Hinterland schlagen, kommen wir nie rechtzeitig in Yestshire an.“

„Wie lautet jetzt dein Plan?“, fragt Sincha erneut, da sie mit den Aussagen des Zauberers nicht zufrieden ist.

„Das wirst du alles morgen erfahren.“

Sincha verzieht den Mund, fügt sich aber den Wünschen von Erik Anfohrrnus. „Kannst du mir dann zumindest sagen, wie es mit den Zwergen steht?“

Der Zauberer nickt. Er weiß, was Sincha Ankonski so große Sorgen bereitet. „König Sinnly hat beim Rat der Zauberer den Antrag gestellt, Amazonien angreifen zu dürfen. Natürlich hat ihm der Rat die Zustimmung verweigert. Aber das weißt du ja wahrscheinlich schon von Zambrynus.“ Er hebt einen Finger. „Sei unbesorgt, Sincha. König Sinnly wird dein geliebtes Land nicht angreifen. Er ist zwar ein sturer Steinschädel von einem Zwerg, aber er ist nicht dumm. Ohne die Zustimmung des Rates riskiert er unzählige Repressalien gegen sein Land. Und ein Krieg gegen Amazonien ist ja auch kein Honiglecken. Tausende Zwerge könnten bei so einer Auseinandersetzung sterben.“

„Was will König Sinnly also?“, knurrt Sincha.

„Er will das, was alle Zwerge wollen: Gold.“ Erik seufzt. „Durch sein Ansuchen beim Rat der Zauberer und seine Drohung, nötigenfalls Amazonien auch ohne Erlaubnis anzugreifen, treibt er seinen Preis empfindlich in die Höhe.“

„Meine Königin wird bezahlen, um jedes unnötige Blutvergießen zu vermeiden“, behauptet Sincha.

„Ja, sie wird bezahlen“, stimmt ihr Erik zu. „Aber derzeit benötigt sie leider selber jeden Silbertaler. Ein Krieg kommt unendlich teuer.“

„Wenn wir Angrias töten“, sagt Sincha mit wildem Blick, „dann wird es keinen Krieg geben.“

Der Morgen dämmert noch nicht, als wir uns für die Weiterreise bereitmachen. Alle haben letzte Nacht nur sehr wenig Schlaf bekommen, daher sind wir dementsprechend müde und wortkarg. Den Ochsen lassen wir frei, da wir mehr als genug Fleisch haben. Den Karren verstecken wir hinter dem verfallenen Bauernhaus. Erik Anfohrrnus, seinen Rappen an den Zügeln führend, deutet Richtung Westen und wir marschieren los.

Romaldo wirkt erstaunlich erholt. Ich wundere mich darüber nicht. In den letzten Wochen habe ich genug Magie gesehen und weiß daher, wie stark sie wirken kann. Clarina hat sich dank der magischen amazonischen Getränke erstaunlich schnell von ihren Verletzungen erholt, die sie im Kampf mit den Zwergen davongetragen hat. Und mit Romaldo ist es jetzt wohl ähnlich. Seine harbaische Magie gibt ihm schnell seine alte Stärke und Wendigkeit zurück.

Zwei Stunden später hält Erik an, wischt sich über die schweißnasse Stirn und blinzelt gegen die Sonne, die heiß vom wolkenleeren Himmel brennt. „Da vorne ist ein alter Gutshof“, sagt er. „Er ist nur eine knappe Meile von der Handelsstraße entfernt und unser nächstes Ziel.“

Wir folgen ihm einen flachen Abhang hinunter. Als sich das Buschwerk lichtet, sehen wir in einer Senke mehrere langgezogene Gebäude. Kühe und Schafe stehen auf den Weiden, Schweine suhlen sich in Schlammlöchern. Über zwei Dutzend Hühner scharren im Boden nach Würmern und Schnecken. Ein großer, schwarzer Hund schlägt an und meldet unser Näherkommen.

„Seid unbesorgt“, beruhigt uns Erik. „Da unten wohnen Freunde von mir.“

Nach wenigen Schritten erreichen wir die äußeren Gatterzäune und sehen, wie ein Mann und eine Frau aus der Tür des Haupthauses treten. Sie winken uns freundlich zu und fordern uns auf, näherzukommen.

Wir kommen der Aufforderung nach und durchqueren eine grasbewachsene Weide. Der große, schwarze Hund läuft uns knurrend entgegen. Speichel tropft von seinen Lefzen. Erik hebt seinen rechten Arm und sofort stoppt der Hund. Er wittert kurz und bellt erfreut auf. Sein Schwanz wedelt hin und her. Schließlich setzt sich der Hund gemächlich wieder in Bewegung und kommt uns ein paar weitere Schritte entgegen. Als er nahe genug heran ist, beschnuppert er uns alle ausgiebig und zeigt nicht das kleinste Zeichen von Aggression. Erik tätschelt seinen kantigen Schädel und krault ihn zwischen den Ohren. Auch Kathinka und Knut streicheln den Hund. Alle drei zeigen eine gewisse Hingabe und genießen es sichtlich, sein Fell zu berühren. Ich ignoriere, ebenso wie Romaldo und die Amazonen, das Tier und verstehe nicht ganz, was Erik, Kathinka und Knut an dem flohverseuchten Hund finden.

Nach einer Weile drängt Sincha zum Weitergehen. Der Hund folgt uns mit heraushängender Zunge artig zu den Gutsgebäuden. Nach wenigen hundert Metern erreichen wir das Haupthaus und werden von dem Mann und der Frau, die uns ein Stück entgegen gekommen sind, höflich begrüßt. Erik stellt die beiden als Hanson und Greta vor. Sie sind ein älteres Ehepaar mit schwieligen Händen und ehrlichen Augen. Erik sagt, dass Hanson und Greta uns bewirten und helfen werden.

Greta bittet uns ins Innere des Hauses. Es ist hell, groß und sehr ordentlich. Wir werden an einen ausladenden Tisch gebeten und nehmen Platz. Es dauert nicht lange und Wein und Fleisch stehen am Tisch. Auf mein Bitten bringt mir Hanson einen großen Krug kühlen Bieres und ich trinke mit Genuss. Hungrig mache ich mich anschließend über das Fleisch her und stopfe Unmengen von frischgebackenem Brot in mich hinein. Nur mit halbem Ohr höre ich den Tischgesprächen zu. Sie drehen sich um das Wetter, die bevorstehende Ernte und andere alltägliche Sachen. Während ich einen weiteren Krug Bier entgegennehme, denke ich bei mir, wie einfach die Dinge doch auf einmal sind, wenn Erik Anfohrrnus bei uns ist. Wir sind Meuchelmörder, befinden uns in der Nähe des ostalischen Kernlandes und essen und trinken genüsslich mit Hanson und Greta, die ganz eindeutig Erik bei seinem Vorhaben, Angrias zu ermorden, unterstützen. Jeder einzelne Punkt für sich allein gibt schon mehr als genug Anlass zur Sorge, aber hier an diesem Tisch scheint das niemanden groß zu kümmern. Und das liegt allein an dem Zauberer.

Leise wende ich mich an Kathinka. „Ich mag Erik“, sage ich, ohne ihr weiter zu erklären, warum das so ist. Ich vermute, dass sie mich auch so versteht.

„Du magst jeden, der dir zu essen und trinken gibt“, stichelt sie leise.

Ich schnaube.

Sie lächelt. „Du hast ja recht, Skriek. Ich mag Erik auch. Sehr sogar. Er ist mir ungemein wichtig. Mehr als ich jemals sagen kann.“ Ihr Lächeln verschwindet. „Eigentlich verdanke ich ihm alles.“

Für einen kurzen Moment spüre ich einen brennenden Stich der Eifersucht, als ich Kathinka derart über Erik reden höre. Doch schnell fasse ich mich wieder. Ich weiß ja im Grunde ganz genau, wie sie es meint. Erik hat sie nicht nur aus unsäglicher Qual befreit und ihr Leben gerettet, sondern er hat ihrem Leben auch einen neuen Sinn gegeben. Wahrscheinlich ist Erik Anfohrrnus für sehr lange Zeit der Einzige gewesen, der Kathinka nach dem Tod ihres Vaters Zuneigung und Wertschätzung entgegengebracht hat. Ich betrachte den Zauberer. Meine Eifersucht verschwindet ebenso schnell, wie sie gekommen ist, und ich danke ihm insgeheim für alles, was er Kathinka Gutes getan hat. Erik ist wirklich außergewöhnlich. Er strahlt so viel Gelassenheit und Souveränität aus, wie ich es noch nie zuvor bei einem Wesen erlebt habe. Er wirkt gleichzeitig gütig und überaus mächtig. Ich bin froh, dass er so etwas Ähnliches wie ein Freund für mich ist. Als Feind wäre er ein Gegner, gegen den ich nie im Leben antreten möchte. Ich hätte nicht den Funken einer Chance gegen ihn.

„Skriek, warum ballst du deine Fäuste?“, will Kathinka wissen.

„Ich war wohl wieder in Gedanken“, murmle ich.

„Du hast mir doch erzählt, dass dein Gott Thurantuh es gar nicht schätzt, wenn du zu viel nachdenkst.“

„Er mag es nicht, wenn ich zu viel grüble.“

„Und ich mag keine dummen Paladine. Mir gefällt es, wenn du zumindest gelegentlich nachdenkst. Ich glaube, dass nur ein Krieger, der auch seinen Verstand benutzt, ein wahrhaft großer Krieger ist.“

Das ist dummes Weibergeschwätz!, knurrt Thurantuh in meinem Hinterkopf. *Es reicht, wenn man kalt und berechnend ist. Zu viel Denken schwächt den Kampfarm eines wahren Kriegers.*

Da ich überhaupt keine Lust habe, in eine Diskussion zwischen Kathinka und meinem Gott zu geraten, greife ich entschlossen zum Bierkrug und nehme einen großen Schluck.

Eine knappe Stunde später bittet uns Erik Anfohrrnus nach draußen und führt uns, begleitet von Hanson und Greta, auf einen geräumigen Hinterhof. Linker Hand sind Stallungen, rechts befinden sich zwei Scheunen mit grauen Schindeldächern. Erik steuert zielstrebig auf die erste Scheune zu und schiebt das Eingangstor mit Schwung zur Seite. Vor uns steht ein großer, geräumiger Planwagen. Die Hälfte der Ladefläche ist mit übereinandergestapelten Teppichen gefüllt, die andere Hälfte ist bis auf einen großen Leinensack leer.

„Das ist unsere Tarnung", sagt Erik. „Greta und Hanson haben sie für uns besorgt."

Wir sehen uns verwundert an. Keiner von uns versteht, worauf der Zauberer hinauswill.

Er seufzt. „Liebe Freunde, seid doch nicht so begriffsstutzig. Mit diesem Planwagen werdet ihr zügig auf der Handelsstraße nach Süden reisen und rechtzeitig Yestshire erreichen."

„Ist so ein großer Planwagen nicht ein wenig auffällig?", wage ich zu fragen.

„Nicht, wenn es der Wagen eines harbaischen Teppichhändlers ist", entgegnet Erik. Er zeigt auf Romaldo. „Du, edler Prinz, wirst einen Teppichhändler aus Sumanda spielen, der mit zwei Dienern und seinem Harem nach Yestshire reist, um seine teuren Teppiche dort an den Mann und die Frau zu bringen."

„Sehr wohl." Romaldo nickt und grinst äußerst selbstzufrieden. Wie ein stolzer Pfau drückt er seinen Brustkorb durch und zwirbelt wichtigtuerisch seinen geölten Schnurrbart. Ihm scheint mit einem Schlag etwas klargeworden zu sein, das uns anderen noch nicht so recht bewusst ist. Da mich seine selbstherrliche Art schon seit Ewigkeiten stört und er jetzt, seit er geheilt ist, anscheinend noch überheblicher geworden ist, kann ich meinen Mund nicht mehr länger halten.

„Romaldo", knurre ich ihn böse an, „wenn ich mich recht erinnere, hast du zu Zambrynus gesagt, dass fahrende Händler nichts weiter als Abschaum sind? Wie kannst du eitler Angeber es denn jetzt ertragen, als Abschaum auf einem Kutschbock sitzen zu müssen, um nach Yestshire zu gelangen?“

Romaldo blickt mich herablassend an. Meine herausfordernden Worte scheinen ihn nicht zu kratzen. „Skriek, du bist wahrhaftig so dumm wie Bohnenstroh. Niemals würde sich ein harbaischer Edelmann als fahrender Händler ausgeben. Das wäre völlig unter seiner Würde.“ Er hebt belehrend seinen rechten Zeigefinger. „Die harbaischen Teppichhändler hingegen sind Künstler von edlem Blut. Sie stehen nur wenig unter den Edelmännern und befinden sich auf einer Stufe mit den harbaischen Feldmarschällen.“ Romaldo tritt zu dem großen Planwagen und deutet auf jenen Teppich, der ganz oben auf dem Stapel liegt. „Du, Skriek, mit deinen dumpfen Sinnen, wirst die Schönheit dieser Arbeit niemals erkennen können. Aber jeder kunstsinnige Mensch sieht sofort, dass er hier ein harbaisches Kunstwerk vor sich hat. Die feinen Muster wurden von harbaischen Teppichhändlern aus Sumanda, deren Ehrenbezeichnung übrigens Munchano ist, in einer Phase der kreativen Schöpfung ersonnen. Zarte Frauenhände haben dann in monatelanger, mühsamer Arbeit die Teppiche zu diesen Meisterwerken geknüpft.“

Ich knurre. Meine kralligen Finger zucken. Besänftigend legt Kathinka ihre Hand auf meine Schulter.

„Lass dich nicht unnötig provozieren“, flüstert sie nahe an meinem rechten Ohr.

Ich nicke ihr zu und versuche, meinen Groll hinunterzuschlucken. Mittlerweile müsste ich eigentlich wissen, dass es keinen Sinn macht, sich mit Romaldo auf ein Wortgefecht einzulassen. Gegen den scharfzüngigen Prinzen werde ich bei einer verbalen Auseinandersetzung stets ins Hintertreffen geraten.

Ich will mich schon abwenden, da höre ich Sinchas Stimme neben mir. Sie klingt ziemlich gereizt, als sie sich an Romaldo wendet. „Du willst also tatsächlich als Munchano, als harbaischer Teppichhändler, nach Yestshire reisen?“

„So ist es, Amazone.“ Er grinst schon wieder auf diese herablassende, selbstherrliche Art. Irgendetwas weiß er, das wir nicht wissen.

Sincha scheint sich über sein höhnisches Grinsen immer

mehr zu ärgern. „Du hast ja vorhin gesagt, dass die harbaischen Teppichhändler auf einer Stufe mit den harbaischen Feldmarschällen stehen, nicht wahr?“

„Das habe ich.“ Er zwirbelt erneut seinen imposanten Schnurrbart.

„Die harbaischen Feldmarschälle und ihre lächerliche Armee wurde innerhalb weniger Tage von Angrias überrannt“, sagt Sincha, und die Genugtuung in ihrer Stimme ist für meine feinen Ohren nicht zu überhören. „Angrias Sieg war dermaßen überwältigend, dass es noch immer mehr als ausreichend ist, nur eine einzige Garnison an ostalischen Soldaten in Harba zu stationieren. Außerdem hat Angrias lediglich zwei königliche Verwalter aus Vinbon eingesetzt. Das ist beinahe schon lächerlich wenig. Harbas Armee wurde aufgrund der Unfähigkeit seiner überheblichen Feldmarschälle dermaßen in den Boden gestampft, dass sich nicht mehr der geringste Widerstand erheben kann.“

„Hüte deine Zunge, hässliche Amazone!“, knurrt Romaldo. Sein hämisches Grinsen hat sich in kalten, kaum bezähmbaren Zorn verwandelt.

„Aber, Kinder“, geht Erik Anfohrrnus dazwischen, „wer wird denn streiten? Wir haben noch so viel zu tun!“

Kathinka nimmt ihre Hand von meiner Schulter, da ich mich mittlerweile beruhigt und mit einiger Schadenfreude mitverfolgt habe, wie Sincha Romaldo sein großes Maul gestopft hat. Nachdenklich zieht Sincha an einem ihrer vielen dünnen Haarzöpfe und wendet sich an den Zauberer. „Erik, die Handelsstraße wird von zahlreichen ostalischen Soldatentrupps kontrolliert. Sie werden uns niemals passieren lassen.“

„Keine Sorge, Kathinka, dieses Problem dürfte ich gelöst haben.“ Er schnippt mit den Fingern. „Greta, gib mir das Dokument, um das ich dich gebeten habe.“

Greta greift in die Innentasche ihrer blauen Schürze, holt einen ledernen Umschlag hervor und überreicht ihn Erik.

„Darin“, sagt der Zauberer und hält den ledernen Umschlag in die Höhe, „befindet sich ein Passierschein, der von Angrias Handelsministern höchstpersönlich unterzeichnet worden ist und eine freie Durchfahrt durch Ostalien gewährt.“ Er klappt den Umschlag auf und entfaltet ein gelbliches Pergamentpapier voller Stempel und Siegel. „Kein ostalischer Truppenführer wird es wagen, euch aufzuhalten."

Sincha nimmt Erik mit dessen Zustimmung das Pergament aus der Hand und beäugt es längere Zeit sehr skeptisch. „Der Passagierschein wirkt unglaublich echt", sagt sie schließlich.

„Nun, meine Liebe", schmunzelt Erik, „das könnte daran liegen, dass der Passierschein echt ist."

„Oh." Sincha ist sichtlich erstaunt. „Wie ist das möglich?"

„Hast du schon vergessen, dass ich ein Zauberer bin?"

„Nein, Erik, wie könnte ich." Sie gibt ihm das Pergament zurück. Er faltet es wieder sorgfältig zusammen und schiebt es in den Lederumschlag zurück. „Ich habe es euch noch nicht gesagt, aber der Rat der Zauberer erteilte mir einen Auftrag, der mich direkt nach Yestshire führt. Ich werde also in einigem Abstand hinter euch herreiten und euch im Auge behalten."

„Ich habe nicht vergessen, dass du ein Zauberer bist", sagt Kathinka auf seine Worte von vorhin anspielend. „Aber wie hast du es geschafft, einen Auftrag für Yestshire zu bekommen? Der Rat der Zauberer gilt doch als unbestechlich."

„Und das ist er leider auch." Erik seufzt. „Es ist reiner Zufall, dass ich nach Yestshire geschickt werde. Ich muss einen Streit zwischen der Gilde der Kesselflicker und einer Horde Kobolde regeln. Die Kesselflicker behaupten gegenüber dem hohen Rat der Zauberer, dass die Kobolde ihnen minderwertiges Eisen angedreht hätten. Die Kobolde bestreiten dies natürlich vehement." Er seufzt erneut und ziemlich tief. „Das bedeutet, dass ich hunderte Pfannen, Töpfe und Kessel vor Ort inspizieren muss."

„Man kann eben nicht alles haben, alter Mann." Sincha zeigt ihre Zähne.

„Du sagt es, Amazone." Erik tritt zum Planwagen und ergreift den prallgefüllten Leinensack, der neben dem Teppichstapel liegt. Mit Schwung wirft er den Sack zu Sincha, die ihn auffängt. „Was ist da drinnen?", fragt sie neugierig.

„Die Haremskleidung für dich und all die anderen Damen", erklärt Erik Anfohrrnus ungerührt.

„Was?", keucht Sincha.

„Amazone, du wirst zusammen mit deinen Kriegerinnen und Kathinka Romaldos Harem bilden." Er schiebt seinen Schlapphut aus seiner furchigen Stirn und blickt Sincha direkt in die Augen. „Das bedeutet, dass du von nun an einen Schleier tragen wirst und deinen Kopf stets demütig gesenkt hältst, wenn Männer in deiner Nähe sind. Du sprichst nur, wenn du ausdrücklich von deinem Meister“, er deutet auf Romaldo, „dazu aufgefordert wirst.“

„Ich hoffe, du hast dem Zauberer gut zugehört, Amazone“, sagt Romaldo. „Ich bin jetzt dein Munchano, dein Herr und Meister.“ Er zieht jede Silbe provozierend langsam und genüsslich in die Länge. Dann zeigt er erneut sein höhnisches, selbstgefälliges Grinsen.

33

Sincha Ankonski blickt zu Erik Anfohrrnus. „Das ist nicht dein Ernst, Zauberer?“

„Leider doch, meine Teuerste. Ich sehe keine andere Möglichkeit, wie ihr ansonsten unbemerkt durch das ostalische Kernland reisen könnt.“ Er seufzt. „Glaub mir, Sincha. Ich habe mir monatelang das Hirn zermartert und nach anderen Lösungen gesucht.“

„Und da ist dir nichts Besseres eingefallen?“ Sincha tritt so nahe vor Erik hin, dass sich die Nasenspitzen der beiden beinahe berühren. „Ich werde mich nicht als Haremsfrau verkleiden! Niemals!“

„Doch, das wirst du.“ Der Zauberer klingt nicht mehr ganz so verständnisvoll. „Deine Königin hat dir einen klaren Auftrag erteilt: Du musst nach Yestshire.“ Er zeigt mit dem Finger auf Sincha. „Also, zieh die Haremskleider an, verstecke dich mit deinen Kriegerinnen im Inneren des Planwagens und warte geduldig ab, bis Yestshire erreicht ist.“

„Romaldo wird uns jeden Tag verhöhnen!“, begehrt Sincha auf.

„Du kannst den eitlen Prinzen ja töten, wenn alles erledigt ist“, brummt Erik ungehalten.

Romaldo plustert sich auf. „Das ist nicht dein Ernst, Zauberer! Wie kannst du es wagen, die überaus rohe Amazone noch zusätzlich zu ermutigen? Willst du mich tot sehen? Mich, den edlen und großmütigen Prinzen aus Harba?“

„Nun, du Prinz aus Harba“, Erik scheint sich von Romaldos Empörung in keinster Weise beeindrucken zu lassen, „deine arrogante Art ist nicht sehr hilfreich. Du bist unnötig anmaßend und machst es dadurch den Frauen umso schwerer, sich als deine Haremsdamen auszugeben."

Romaldo und Sincha beginnen gleichzeitig zu reden.

„Ich bin ein Prinz von edlem Geblüt ..."

„Als Heerführerin verwehre ich mich ..."

„Ich bin nicht hier, um mit euch zu diskutieren! Euer mühsames Geschwätz ist völlig überflüssig!" Erik hebt in einer herrischen Geste die Hand. Seine Augen sind mit einem Schlag hart wie Stahl und seine Stimme knarrt bedrohlich, als er das Wort an Romaldo und Sincha richtet. „König Angrias ist ein Tyrann und Despot. Er muss aufgehalten werden. Und dafür sind mir alle Mittel recht. Es spielt dabei keine Rolle, wenn eine kampferprobte Amazone plötzlich Angst davor hat, verspottet zu werden. Oder ein Prinz aus Harba meint, sich wie ein selbstverliebter Schnösel aufführen zu müssen. Es zählt allein, dass Angrias stirbt." Er deutet auf den Leinensack mit den Haremskleidern. „Und jetzt tut, was zu tun ist."

Sincha und Romaldo murren leise, wagen es aber nicht, offen gegen den Zauberer aufzubegehren.

Kathinka schnauft neben mir durch die Nase. Schließlich strafft sie ihre Schultern und geht gemessenen Schrittes zu dem Leinensack. Einmal noch zögert sie kurz, bevor sie den Sack mit grimmig entschlossener Miene öffnet. „Ich tue alles, was nötig ist, um Angrias endlich tot zu sehen. Schlimmstenfalls würde ich sogar nackt nach Yestshire reisen."

„Das ist die rechte Einstellung, meine Schülerin", lobt Erik Anfohrrnus.

Widerwillig nickt Sincha ihren Kriegerinnen zu. „Also gut, suchen wir uns ein paar hübsche Kleider aus."

Wir Männer warten vor der verschlossenen Scheune, während die Frauen sich drinnen umziehen. Romaldo und Knut sind ein Stück zur Seite gegangen und tuscheln leise miteinander. Greta und Hanson holen aus dem großen, nebenan liegenden Stall vier Pferde und legen ihnen Zügel und Halfter an. Ich stelle mich mit Erik in den Schatten, den die Scheunenwand wirft, um vor den sengenden Sonnenstrahlen ein wenig geschützt zu sein.

„In wenigen Tagen ist alles vorbei", sagt Erik zu mir. „So

oder so.“

„Ich hoffe nur, dass sich Edwin und Angrias tatsächlich in Yestshire treffen. Sonst war alles umsonst.“

„Die beiden Könige werden sich treffen, Skriek. Da sei ganz unbesorgt.“

„Wie ist denn so ein königliches Treffen?“, will ich wissen.

„Langweilig. Sehr langweilig.“ Erik seufzt. „Es gibt im Turm von Yestshire einen großen Ratssaal. Dort werden sich Angrias und Edwin mit ihren Beratern treffen und endlos lange debattieren und diskutieren. Auch zwei Gildenleute mit ihren Wachen werden den Verhandlungen beiwohnen. Sie sind sozusagen für die Sicherheit der beiden Könige verantwortlich.“

„Warum sind denn die Gildenleute für die Sicherheit von Edwin und Angrias zuständig?“

„Wenn es einen Ort gibt, an dem sich die beiden Könige treffen können, dann ist das der Turm von Yestshire. Seit jeher sichern die Gilden von Yestshire, gegen entsprechendes Geld natürlich, freie und sichere Besprechungen all jenen zu, die so eine Besprechung wollen und bezahlen können. Die Gilden verpflichten sich quasi, über das Leben jener zu wachen, die sich zu Verhandlungen treffen. Das ist nicht nur ein sehr einträgliches Geschäft, es festigt auch die einmalige Stellung von Yestshire in Euptonien.“

„Warum?“

„Weil es kaum ein König wagen kann, sich gegen ein Yestshire zu erheben, das weit über seine Grenzen hinaus bekannt für seine Diplomatie und Friedensbemühungen ist.“

„Wenn Angrias die Amazonen besiegt und deren Reliquie gestohlen hat, wird ihn das kaum kümmern.“

„So ist es, mein schuppiger Freund.“

„Ich hoffe, dass alles gut geht.“

„Das hoffe ich auch. Aber leider tut es das meist nicht.“ Erik macht ein trauriges Gesicht.

Als halber Skriek spüre ich es, wenn einem anderen etwas auf dem Herzen liegt. „Machst du dir wegen irgendetwas besondere Sorgen?“, frage ich ihn daher.

„Es sind nicht gerade Sorgen. Es ist eher so, dass ich ein Bedauern fühle“, seufzt Erik. „Der Rat der Zauberer hat ebenfalls eine Vertretung nach Yestshire geschickt.“

„Und diese Vertretung bist nicht du?“

Er zeigt ein humorloses Lächeln. „Ich sagte es vorhin schon. Ich bin lediglich hier, um einen Streit zwischen Kobolden und Kesselflickern zu schlichten. Die wirklich wichtigen Aufträge würde mir der Rat niemals zuteilen."

„Weißt du, wen der Rat zu den Verhandlungen schickt?"

„Natürlich weiß ich das. Die Ratsgesandte heißt Erina Jastantino und ist eine mächtige Zauberin." Er seufzt. „Ich mag Erina sehr gern. Ja, man könnte sogar sagen, dass sie eine der wenigen im Rat der Zauberer ist, die ich wirklich respektiere." Er seufzt erneut. „Sie ist zwar meist nicht meiner Meinung, aber sie ist gerecht und von edler Gesinnung. Einen Meuchelmord an Angrias, nur so zum Beispiel, würde sie auf das Schärfste verurteilen." Er seufzt ein drittes Mal. „Ich befürchte, dass Erina ohne einen Augenblick zu zögern eingreifen wird."

Ich brumme etwas Unverständliches, da mir nicht ganz klar ist, wo Erik das Problem sieht.

„Weißt du, Skriek, ich hätte mir gewünscht, dass es nicht ausgerechnet Erina ist, die die Amazonen tötet."

Ich bin verwirrt. „Du glaubst, dass Erina den Anschlag auf Angrias verhindern wird?"

„Den Anschlag kann sie wohl nicht verhindern. Zumindest hoffe ich das. Aber sie wird versuchen, die Amazonen aufzuhalten, nachdem sie Angrias ermordet haben. Und das hätte ich ihr gerne erspart. Wie gesagt, sie ist eine der wenigen aus dem Rat, deren Herz und Verstand noch nicht völlig verknöchert sind."

„Die Amazonen werden also unweigerlich sterben."

„Zumindest die beiden, die im Ratssaal den Anschlag verüben werden. Aber das war von Anfang an klar, nicht wahr?"

Ich nicke. Erik hat recht: Das war immer klar. Ich habe es nur verdrängt. Plötzlich spüre ich einen Knoten im Hals. Es ist seltsam, mit jemandem zu reisen, von dem man weiß, dass er in wenigen Tagen tot sein wird.

„Was meinst du, Zauberer? Welche zwei Kriegerinnen wird Sincha bestimmen?"

„Es werden wohl Basola und Lusona sein."

„Ja, das glaube ich auch." Ich weiß nicht warum, aber ein Teil von mir ist plötzlich erleichtert. Um Clarina, der sturen, rothaarigen Amazone, die mir immer noch ein wenig grollt, tut es mir mehr leid als um Basola und Lusona. Die beiden sind sehr verschlossen und distanziert. Ich mag sie zwar auch, aber ich habe auf unserer Reise meist recht wenig mit ihnen zu tun gehabt.

„Noch eines, Skriek." Erik tritt einen Schritt näher zu mir. „Wenn du den alten Brunnenschacht für die anderen wieder geschlossen hast, beeile dich. Du solltest so schnell wie möglich den Turm verlassen, wenn du überleben willst." Seine Stimme wird eindringlicher. „Klettere über die Nordseite des Turmes ins Freie." Er blickt mir direkt in die Augen. „Merke es dir gut. Wenn du leben willst, dann klettere über die Nordseite zurück."

„Die Nordseite. Ich werde es mir merken, Zauberer."

Bevor ich noch ein weiteres Wort sagen kann, wird das Scheunentor zur Seite geschoben. Die vier Amazonen und Kathinka treten mit wackeligen Beinen und wenig anmutig ins Freie. Sie haben schmale, spitz zulaufende Schuhe mit sehr hohen Absätzen angezogen. Das ungewohnte Schuhwerk bereitet ihnen sichtlich Probleme und verleiht ihnen diesen unsicher watschelnden Gang. Über den Schuhen tragen sie seidig blaue Pluderhosen, die bis knapp unter den Nabel reichen. Ihre Oberkörper sind äußerst spärlich bekleidet, lediglich ihre Brüste bedecken knappe, goldbestickte Büstenhalter. Um ihre Köpfe haben sie bunte Stofftücher geschlungen, ihre Gesichter werden durch einen Schleier verborgen, nur die Augen sind zu sehen.

Ich denke bei mir, wie klug Erik Anfohrrnus doch alles bedacht hat. Durch die Schleier, die die Gesichter beinahe völlig verhüllen, kann niemand die Tätowierungen der amazonischen Kriegerinnen erkennen.

Neben mir grumpft Knut und ein breites Grinsen stiehlt sich in sein Gesicht, während sein Blick begierig über die kaum verhüllten Frauen gleitet. Auch der Zauberer ist von dem, was er sieht, recht beeindruckt und seufzt anerkennend. Ich kann meine Verblüffung ebenfalls kaum verbergen. So lange Zeit habe ich die Amazonen nur in ledernen Hosen, Stiefeln und Wamsen und bis an die Zähne bewaffnet gesehen, dass ich ganz vergessen habe, dass sie nicht nur eisenharte Kriegerinnen, sondern auch Frauen sind. Ihr Anblick als Haremsdamen ist für mich daher völlig ungewohnt und ich weiß gar nicht, wie ich reagieren soll. Kurz senke ich den Kopf. Schließlich wende ich ihn nach rechts und blicke zu Kathinka, die mir unsicher und recht langsam entgegen stöckelt.

„Ich hasse das alles“, knurrt sie. Man kann deutlich die Narben von all den Misshandlungen, die sie hat ertragen müssen, an ihren schlanken Hüften und auf ihrem Rücken erkennen, da sie nur einen schmalen Büstenhalter trägt, der sehr wenig von der bloßen Haut ihres Oberkörpers verhüllt.

Ich gehe ihr ein paar Schritte entgegen.

„Ich hasse meine Narben“, raunt sie leise mit belegter Stimme, sodass nur ich sie hören kann. „Niemand sollte sie zu sehen bekommen. Sie sind ein Zeichen meiner Schande.“

„Die Narben machen dich stark und helfen dir, zu überleben.“

Sie betrachtet mich skeptisch mit ihren veilchenblauen Augen. „Glaubst du, was du da sagst?“

Ich nicke.

Da dringt Romaldos Stimme über den Hof. „Meine Damen, ich bin sehr enttäuscht. Ihr bewegt euch ganz eindeutig nicht mit der Anmut und der Grazie wahrer Haremsdamen. Möge Ganthron uns alle davor behüten, dass ihr eine größere Strecke zu Fuß gehen müsst. Das wäre ein Anblick, der jeden Gott erzürnen würde.“

Knurrend will Sincha Richtung Romaldo losmarschieren, kommt aber schon beim ersten energischen Schritt ins Stolpern und hat große Mühe, einen Sturz zu vermeiden.

„Heerführerin, du bewegst dich wie ein schwangeres Kamel“, höhnt Romaldo.

Mit einem grimmigen Zischen greift Sincha kreuzüber mit ihren Händen hinter ihre Schultern. Einen Wimpernschlag später erstarrt sie in ihrer Bewegung. Sie trägt keine Krummsäbel mehr am Rücken. Die Waffen sind ihr so vertraut und ein Teil von dir, dass sie gar nicht daran gedacht hat, dass sie sie vorhin abgelegt hat. Sincha ballt in einer Geste der hilflosen Wut ihre Fäuste.

„So, Kinder, wir haben jetzt genug Zeit vertrödelt“, sagt Erik und tut so, als ob er den schwelenden Konflikt zwischen Sincha und Romaldo gar nicht bemerken würde. „Greta und Hanson werden noch schnell die vier Pferde vor den Planwagen spannen. Das ermöglicht euch ein rasches Vorankommen. Für ausreichend Proviant und Gold ist auch gesorgt.“ Er deutet auf

Knut und mich. „Ihr beide spielt Romaldos Diener. Und Diener tragen keine Waffen. Also, legt Streitkolben und Kriegsäxte in den Planwagen. Und du, Skriek, solltest stets dein Gesicht hinter deiner Kapuze verborgen halten.“

„Ich gebe meine Waffen nicht her.“

„Natürlich tust du das“, brummt Erik und sieht interessiert zu, wie Greta und Hanson mit geschickten Handgriffen die stämmigen, braunen Wallache einspannen.

Die vier Amazonen und Kathinka klettern mit einigem Widerwillen in das Innere des Planwagens. Knut legt mit einem übellaunigen „Grumpf“ seinen Streitkolben zu den Waffen der Amazonen und Kathinkas Säbel.

„Schaff endlich deine Äxte und deinen Schild in den Wagen“, fordert Erik mich ungeduldig auf. „Deinen Stab kannst du meinetwegen behalten.“

„Ich mache ja schon.“ Da ich es für äußerst unklug halte, mich mit einem Zauberer ernsthaft anzulegen, nehme ich die Äxte und den Schild von meinem Rücken und reiche alles Kathinka, die sich im linken Teil des Wagens niedergelassen hat. Unter der Plane ist es trotz der Hitze noch recht kühl.

„Du hast immer noch deine Krallen, Skriek“, versucht mich Kathinka zu trösten, als sie sieht, mit wie viel Bedauern ich meine Waffen hergebe.

Ich nicke ihr zu. „Ich werde meine Krallen auch einsetzen, wenn es nötig ist.“

Hanson bringt Erik seinen großen Rappen. Mit einem Seufzer steigt der Zauberer in den Sattel. „Unsere Wege trennen sich jetzt für eine kurze Weile. Folgt stets dem Weg Richtung Süden, dann erreicht ihr nach wenigen Meilen die Handelsstraße. Verhaltet euch so unauffällig wie möglich. Das Reden überlasst ihr Romaldo. Der Passierschein müsste euch eine ungehinderte Reise durch Ostalien ermöglichen. Geht auf keinen Fall unnötige Risiken ein. Zu viel steht auf dem Spiel.“ Er richtet seinen Schlapphut und zieht ihn sich als Schutz gegen die Sonne tiefer ins Gesicht. „In Yestshire sehen wir uns wieder. Hinter dem Gasthof *Die drei Birken* ist ein geräumiger Wagenunterstand. Dort treffen wir uns.“

„Wie finden wir *Die drei Birken*?“, will Sincha von Erik wissen.

Der Zauberer beschreibt ihr ausführlich den Weg und mir

wird schon vom Zuhören schwindelig. Yestshire muss ein einziger Wirrwarr an Gassen, Straßen, Brücken, Kreuzungen und Plätzen sein.

Erik hebt zum Abschied den Arm. „Richtet es, wenn es geht, so ein, dass ihr spätestens in zehn, zwölf Tagen in Yestshire seid. Ich werde euch dort erwarten.“ Er schnalzt mit der Zunge, um sein Pferd anzutreiben. Das edle Tier tänzelt erst ein paar Schritte, bis es schließlich los trabt. Eriks langer Mantel bauscht sich im Wind.

„Nun denn, meine Damen“, sagt Romaldo und klettert auf den Kutschbock, „seid unbesorgt. Euer wunderbarer Munchano wird euch sicher nach Yestshire führen.“

Die große Handelsstraße, von der zahlreiche Nebenstraßen abzweigen, verläuft in vielen langgezogenen Kurven und schlängelt sich durch die baumbewachsenen Ebenen Ostaliens. Unzählige Wesen reisen neben, vor oder hinter uns. Die Straße erscheint mir wie ein nie enden wollender Zug an Pferden, Karren und Wägen. Neben den allgegenwärtigen Händlern gibt es Handwerker, Spielleute, Bauern, Mägde, Knechte und Tagelöhner. Alle sind geschäftig unterwegs. Vielerorts sieht man wachsame ostalische Soldaten. Edelleute reiten mit ihren Gefolgen an uns vorbei. Einmal nur sehe ich zwei Riesen, deren mächtige Körper hinter uns aus der Menge ragen. Kobolde, Gnome und Zwerge sind häufiger anzutreffen. Gegen Abend meine ich in der Ferne, den bunten Planwagen eines Zirkus auszumachen. Ich muss unwillkürlich an jene dunkle Zeit denken, als ich selbst zusammen mit meiner Mutter in einem Zirkus Richtung Thuma gereist bin. Damals haben meine Mutter und ich fast ein halbes Jahr lang in der Manege als wilde Tiere auftreten müssen, um so unsere Mitfahrt bezahlen zu können. Für einen Moment blinzle ich gegen die helle Sonne. Ich habe lange nicht mehr an meine Mutter gedacht, aber ich habe sie nicht vergessen. Und ich habe auch all das Leid nicht vergessen, das ihr von Menschen angetan wurde.

Nach einiger Zeit habe ich mich an den steten Trott der Handelsstraße gewöhnt. Es geht nur im Schritttempo vorwärts, aber wir sind deutlich schneller unterwegs als in den letzten Tagen. Romaldo thront auf dem Kutschbock und mir scheint es so, als ob sein selbstgefälliges Grinsen nie mehr aus seinem

Gesicht verschwinden wird.

Ich gehe die meiste Zeit über links hinter dem Planwagen, so habe ich die Amazonen und Kathinka stets gut im Blick. Die Frauen sitzen auf den Teppichen und sagen kein Wort. Ich kann ihre Gesichter zwar nicht erkennen, aber allein ihre Augen sagen schon mehr als genug. Die Situation behagt ihnen überhaupt nicht.

Als es dunkel wird, lenkt Romaldo den Planwagen von der Handelsstraße und hält unter zwei alten Eichen an. Er klettert vom Kutschbock und befiehlt seinen Haremsdamen mit lauter Stimme, dass sie das Lager bereiten und das Abendessen kochen sollen. Knut und mich schickt er los, um Feuerholz zu holen. Murrend folgen wir seinen Befehlen.

Links von uns lagert ein kleiner Trupp Kobolde. Sie haben zwei voll bepackte Esel bei sich. Dem Geruch nach zu schließen handeln die Kobolde mit Schimmelkäse. Rechts von unserem Lagerplatz hat sich eine ostalische Handwerkerfamilie zur Rast niedergelassen. Ihre Kinder tollen lärmend herum. Noch ein Stück weiter rechts ist ein fahrender Händler mit seinen beiden Knechten. Dem Dialekt nach zu schließen kommen sie aus Barius.

Bei all den Leuten, denke ich, ist er wirklich am vernünftigsten, wenn wir uns so verhalten, wie es Erik Anfohrrnus uns aufgetragen hat. Es könnte leicht zu einigen Unannehmlichkeiten führen, wenn wir unsere Rollen nicht überzeugend spielen.

Als ich mit zwei Armen voll Feuerholz in unser Lager zurückkomme, sehe ich, wie eine Zauberin auf der Handelsstraße Richtung Süden reiten. Sie wirkt edel und erhaben und ich frage mich, ob es sich bei der Frau vielleicht um Erina Jastantino handelt.

Es ist eine sternenklare Nacht. Romaldo schläft mit den Amazonen und Kathinka im Inneren des Wagens. Mir ist es gar nicht recht, dass der eitle Prinz so nahe bei Kathinka liegt, aber ich kann nur schwer etwas dagegen sagen. Schließlich müssen wir unsere Tarnung aufrechterhalten und es würde zufälligen Beobachtern wohl sehr seltsam anmuten, wenn eine Haremsdame statt bei ihrem Munchano bei mir, dem niederen Diener, im Freien liegen würde. Also halte ich meinen Mund.

Ich habe mein Nachtlager neben Knut hinter dem Planwagen aufgeschlagen. Der kleine Harbaner schnarcht laut und deutlich vernehmlich.

Ich weiß nicht, ob es an Knuts Schnarchen liegt oder daran, dass Kathinka im Planwagen liegt, aber ich kann nicht einschlafen. Nach einer Weile wickle ich mich aus meiner Decke und stehe auf. Da ich nicht genau weiß, wohin ich jetzt mitten in der Nacht gehen soll und ich mich von den anderen auch nicht allzu weit entfernen will, mache ich lediglich ein paar Schritte zur Seite und lehne mich mit dem Rücken an eine der beiden uralten Eichen, die uns für heute Nacht mit ihrem dichten Laubdach Schutz und Unterstand bieten.

Plötzlich höre ich ein Rascheln aus dem Planwagen. Neugierig spitze ich meine Ohren. Schon nach wenigen Augenblicken kann ich die Geräusche zuordnen. Kathinka klettert aus dem Planwagen und ist auf dem Weg zu mir. Nach wenigen Schritten hat sie mich erreicht.

„Du solltest in der Nacht nicht im Freien herumlaufen“, sage ich.

„Ich habe Sehnsucht nach meinem Paladin.“ Sie tritt ganz dicht vor mich hin und ich kann ihren wohlschmeckenden Atem riechen. Mit einem Lächeln legt sie ihre Arme um meinen Hals. „Küss mich.“

Ich denke für einen Moment daran, dass es für unsere Tarnung nicht sehr zuträglich ist, wenn ich Kathinka jetzt hier unter den Eichen küsse. Der Platz ist alles andere als abgeschieden. Wir gehen ein ziemliches Risiko ein, dass wir von einem zufällig vorbeikommenden Nachtschwärmer entdeckt werden. Aber mein Zweifel schwindet schnell. Ich neige meinen Kopf zu ihr. Sie ist wunderschön. Und jetzt, im weichen Sternenlicht, erscheint sie mir noch begehrenswert, als sie es ohnehin schon die ganze Zeit über für mich ist. Wir küssen uns lange und zärtlich, und es ist ganz anders als damals, als sie mir einen flüchtigen Kuss auf die Lippen gedrückt hat. Ich wünsche mir mit pochendem Herzen, dass die Zeit für immer stillstehen würde.

34

Sechs Tage sind vergangen. Wir reisen weiter Richtung Südwesten. Vinbon, die ostalische Hauptstadt, haben wir rechter Hand hinter uns gelassen. Als wir an Vinbon in einiger Entfernung vorbeigezogen sind, habe ich vermeint, ein paar Turmspitzen auszumachen. Mehr habe ich von der großen Stadt nicht sehen können, zu viele Meilen liegen zwischen ihr und unserem Weg, den wir auf der Handelsstraße gewählt haben. Meine Gefährten haben nicht einmal die Turmspitzen gesehen, zu schwach sind ihre menschlichen Augen im Vergleich zu meinen skriekischen.

Sincha hat heute Morgen nach dem Studium ihrer Landkarten gemeint, dass wir rechtzeitig zu dem Treffen zwischen König Edwin und König Angrias in Yestshire sein werden. Wir glauben ihr das ohne Widerrede. Die Handelsstraße erlaubt zwar kein schnelles Vorwärtskommen, dazu ist sie zu dicht bevölkert, aber sie ermöglicht es uns doch stetig und ohne große Unterbrechungen unserem Ziel entgegenzuziehen. Seit gestern regnet es unaufhörlich, doch das bremst uns kaum. Die breite, gepflasterte Straße bewahrt uns vor Schlamm und rutschigen Erdrinnen.

Ich habe meine Kapuze tief ins Gesicht gezogen und trabe hinter dem großen Planwagen einher. Immer wieder sind ostalische Wachtrupps und Soldaten zu sehen. Gelegentlich weht entlang der Straße auch eine ostalische Fahne, die den Adler mit dem Schwert in seinen Krallen zeigt. Zweimal sind wir in den letzten Tagen von ostalischen Wachtrupps kontrolliert worden. Romaldo hat den Soldaten mit der selbstherrlichen Miene eines harbaischen Teppichhändlers aus Sumanda seinen Passierschein unter die Nase gehalten und wir konnten augenblicklich unsere Reise wieder fortsetzen. Gelegentlich verwundert es mich ein wenig, wie leicht plötzlich so vieles fällt. Wir bleiben beinahe völlig unbehelligt, von den gelegentlichen Kontrollen der ostalischen Wachtrupps einmal abgesehen. Wir durchqueren, ohne dass wir groß befürchten müssen, entdeckt zu werden, das Land Ostalien, dessen Herrscher wir ermorden wollen. Natürlich wissen die Soldaten nicht, was wir vorhaben. Aber nach all den Kämpfen und bösen Überraschungen, die die Reise bis jetzt für uns parat hatte, kommt es mir seltsam vor, dass wir auf keinerlei ernsthafte Probleme stoßen. Nun, mir soll es recht sein! Außerdem habe ich sowieso Mühe, mich auf die Gefahren unserer Reise zu besinnen. Viel zu oft bin ich in Gedanken mit Kathinka beschäftigt. Sechs Tage ist es nun her, dass wir uns unter den uralten Eichen lange und zärtlich geküsst haben. Seither ist Kathinka in keiner Nacht mehr zu mir gekommen. Stundenlang habe ich bangen Herzens und mit großer Sehnsucht auf sie gewartet, aber sie ist bei den Amazonen und dem eitlen Prinzen im Planwagen geblieben. Mehrmals hat es in den letzten Tagen für einen kurzen Moment die Möglichkeit gegeben, ungestört von den anderen miteinander zu reden, aber Kathinka hat mich stets mit so einem seltsam traurigen Blick betrachtet, dass kein Wort über meine Lippen gekommen ist. Einmal hat sie sogar demonstrativ ihren Zeigefinger auf ihren Mund gelegt, um mir so zu bedeuten, dass sie nicht mit mir darüber sprechen will. Das verwirrt mich. Ich habe in jener Nacht vor sechs Tagen deutlich gespürt, wie wichtig ich Kathinka bin und dass sie sehr viel für mich empfindet. Ihre Küsse sind voll süßer Versprechungen gewesen. Auch bin ich zu sehr ein Skriek, um nicht zu spüren, dass ich Kathinka wirklich am Herzen liege. Da sie aber jetzt nächtens nicht mehr zu mir kommt, mache ich mir eben meine Gedanken. Ich weiß, dass es weder an Romaldo noch an Sincha und ihren Kriegerinnen liegt, dass Kathinka im Planwagen bleibt. Die Meinung der Amazonen und des Prinzen sind ihr in dieser Hinsicht völlig gleichgültig. Nein, ich vermute viel mehr, dass mir Kathinka in jener Nacht unter den uralten Eichen ihr Abschiedsgeschenk überreicht hat. Ihre Küsse sind ein Dankeschön und ein Adieu gewesen. Kathinka glaubt nicht – wahrscheinlich hat sie es auch nie geglaubt –, dass wir unseren Auftrag überleben werden. In jener Nacht hat sie nur verzweifelt versucht, all jenes noch ein letztes Mal zu spüren, das ihr seit so langer Zeit schon verwehrt ist. Sie hat mit jemandem beisammen sein wollen, der ihrem Herzen nahe steht und ihre Sehnsucht nach Liebe und Zärtlichkeit zumindest ein klein wenig erfüllen mag. Und sie hat in jener Nacht die Narben in ihrer Seele und all das, was sie in den ostalischen Kerkern verloren hat, für einen kurzen, kostbaren Moment vergessen wollen. Ich bin mir fast sicher, dass mich Kathinka nun nicht mehr küssen wird. Zu schwer lastet der Auftrag auf uns. Und vielleicht hat sie ja auch recht. Ich verspüre selbst, dass die langen, zärtlichen Küsse mich verändert haben.

Selbstverständlich ist mir Kathinka auch schon vor jener Nacht sehr wichtig gewesen, wichtiger als jedes andere Wesen auf dieser Welt. Doch seit wir uns geküsst haben, empfinde ich sie als Teil von mir. Der Gedanke daran, dass sie in Yestshire oder später auf der Flucht höchstwahrscheinlich sterben wird, zerreißt mir das Herz. Ich wünsche, ich könnte sie bei der Hand ergreifen und mich heimlich in der Dunkelheit der Nacht mit ihr davonstehlen. Aber das geht nicht. Mein Schwur bindet mich. Und selbst wenn ich meinen Schwur nicht erfüllen würde, dann ist da immer noch Kathinka, die niemals von unserem Vorhaben, Angrias zu töten, ablassen würde.

So ist es also bestellt, als ich im dichten Regen hinter dem Planwagen einher trabe und meine dunklen Gedanken wälze. Mein Gott spricht, seit Kathinka und ich uns geküsst haben, auch kein Wort mehr mit mir. Nur sehr gelegentlich höre ich sein erbostes Schnauben in meinem Hinterkopf. Ich weiß, was er meint. Wenn ich mich weiterhin wie ein unglücklich verliebter Narr aufführe, dann werde ich nicht in der Lage sein, hart, kühl und überlegt zu kämpfen. Das bedeutet, dass ich Kathinka, wenn es zur entscheidenden Konfrontation kommt, nicht mit all meinen kriegerischen Fähigkeiten beistehen kann. Sie braucht aber jeden Schutz, den sie bekommen kann. Ich will nicht mit leidendem Herzen meine Schlachten schlagen. Ich will als starker Krieger Kathinka beschützen, um ihr so zumindest die kleine Chance zu ermöglichen, dass sie fliehen und überleben kann.

Thurantuh, flehe ich daher zu meinem Gott, kläre meinen Geist. Lass mich wieder ein wahrer Krieger sein. Bitte, hilf mir!

Hör auf, wie ein Waschweib zu flennen, knurrt Thurantuh gereizt.

In der Nacht hat es endlich zu regnen aufgehört. Es ist noch sehr früh, als wir uns aus unseren Decken schälen. Die Sonne kommt nur sehr zögerlich hinter den Wolken hervor und zeigt ihre ersten morgendlichen Strahlen. Tropfen glitzern an den Blättern der Bäume und den Halmen des hohen Grases.

Ich strecke mich ordentlich, während ich schon Romaldos Befehle höre. Er scheucht seine Haremsdamen wie eine Schar Hühner dahin und dorthin. Die Amazonen und Kathinka folgen, ohne groß zu murren. Ich bin immer noch ein wenig überrascht, wie gut im Großen und Ganzen unsere Maskerade funktioniert. Anfangs habe ich ja gedacht, dass sich Sincha und Romaldo permanent in den Haaren liegen werden, aber das ist erstaunlicherweise nicht der Fall. Romaldo zeigt zwar sein höhnisches Grinsen Tag und Nacht und ich habe schon den Verdacht, dass es mittlerweile in seinem Gesicht festgewachsen ist, aber mit seinen Worten und Gesten ist er für seine Verhältnisse und angesichts der bizarren Situation beinahe zurückhaltend. Anscheinend genügt es ihm zu wissen, dass er der Munchano, der Herrscher über seine Haremsdamen ist, und sieht keine Notwendigkeit, in der angespannten Lage noch zusätzlich Öl ins Feuer zu gießen. Dies wiederum ermöglicht es Kathinka und den Amazonen, einigermaßen gute Miene zum bösen Spiel zu machen.

Wir haben etwas abseits von der Handelsstraße die Nacht verbracht. Hinter uns ist ein kleines Wäldchen mit zahlreichen Sträuchern, an deren Blättern sich unsere Pferde gerade gütlich tun. Eine gefasste Quelle, an der die Reisenden ihre Wasserschläuche auffüllen können, ist ebenfalls ganz in der Nähe.

Soeben teilt Romaldo, um den anderen Reisenden links und rechts von unserem Planwagen überzeugend die Rolle als Munchano vorzuspielen, lautstark seine Haremsdamen ein. Kathinka und Sincha müssen Wasser aus der nahen Quelle holen. Basola und Lusona sind für das Frühstück abgestellt, während Clarina die Kissen und das Bettzeug gut aufzuschütteln hat. Knut befiehlt er, die Pferde, sobald sie sich satt gefressen haben, einzuspannen. Ich erhalte den Auftrag, zusätzliches Feuerholz aus dem Wäldchen zu holen.

Alle sind wir beschäftigt, als ein Wachtrupp ostalischer Soldaten sich unserem provisorischen Lager nähert. Sie tragen das Zeichen des ostalischen Adlers mit dem Schwert in seinen Krallen auf ihren Wamsen und sind mit Säbeln und Piken bewaffnet. Vor dem Planwagen zügeln sie ihre großen Kriegsrosse, und ihr Anführer, ein bulliger Leutnant mittleren Alters, rutscht aus dem Sattel.

Wir lassen die uns aufgetragenen Arbeiten sein und eilen untertänig zu Romaldo, unserem Munchano. Die Haremsdamen senken ihre Köpfe und drücken sich mit den Rücken gegen die Seitenwand des Planwagens. Knut und ich beziehen, so wie es sich für wohlerzogene Diener gehört, links und rechts von Romaldo Aufstellung. Keiner von uns zeigt Zeichen von Nervosität. Wir sind in letzter Zeit wiederholt kontrolliert worden, sodass sich bereits so etwas wie Routine bei uns eingestellt hat.

Der Leutnant tritt vor Romaldo hin. „Wer bist du?"

„Ich bin Gustavo, ein Munchano. Ein Teppichhändler aus Harba." Mit einer eleganten Bewegung zieht Romaldo den zusammengerollten Passierschein aus dem weiten Ärmel seines Rüschenhemdes. „Schau nur, werter Leutnant. Der Handelsminister von Vinbon hat mir höchstpersönlich die Erlaubnis gegeben, diese Handelsstraße zu benutzen."

„Und wo führt dich deine Reise hin, Gustavo aus Harba?", fragt der Leutnant. Seine Augen gleiten über die nur sehr spärlich bekleideten Amazonen und Kathinka. Ein gefährliches Funkeln tritt in seine Augen.

„Ich reise nach Yestshire", sagt Romaldo.

„Nach Yestshire also." Der Leutnant blickt erneut zu den Frauen. „Zeig mir deine Ladung."

„Wie du wünschst." Romaldo neigt höflich seinen Kopf und bittet den Leutnant, ihm zu folgen. Mit einer weit ausholenden Geste zeigt er auf die übereinandergestapelten Teppiche, die auf der Ladefläche des großen Planwagens liegen. „Bitte schön, mein Herr. Hier siehst du wahre Meisterwerke aus Harba. Teppiche von feinster Qualität. Erschaffen mit Inspiration und vollendeter Handwerkskunst."

„Hm. Das mag schon sein." Der Leutnant ist von der harbaischen Teppichknüpfkunst offensichtlich nur wenig beeindruckt. „Warum sind nur so wenige Teppiche in deinem Planwagen?"

„Ich komme aus dem Norden. Aus Burgisien. Dort habe ich schon fast die Hälfte meiner Ware verkauft", erklärt Romaldo.

Der Blick des Leutnants löst sich von den Teppichen und schweift schon wieder, dieses Mal deutlich begieriger als noch kurz zuvor, über Kathinka und die Amazonen. „Dann bist du also ein reicher Mann, Gustavo aus Harba?"

„Reich?" Romaldo spreizt in einer anmutigen Geste die Finger seiner rechten Hand. „Nun, werter Leutnant, wer ist heutzutage schon wahrhaftig reich? Ich würde sagen, ich bin nicht arm und leide weder Hunger noch Durst. Doch ich habe ein recht großes Gefolge, das viele Taler kostet."

Der Leutnant kratzt sein Kinn und tut so, als ob er sich etwas überlegen müsste. „Überall, Gustavo aus Harba, erzählt man sich von der unübertrefflichen Schönheit harbaischer Haremsdamen. Aber bis auf diese eine mit den zahlreichen Narben", er deutet mit seinem Finger auf Kathinka, „scheinen mir die anderen doch höchst unansehnliche Frauen zu sein. Sie haben keine rechten Rundungen, so wie es sich für hübsche Frauen gehört. Sie sind zu mager. Und für meinen Geschmack haben sie auch zu viele Sehnen und Muskeln."

„Nun, Geschmäcker sind eben verschieden", murmelt Romaldo und hält plötzlich einen kleinen, ledernen Beutel voller Goldtaler in der Hand. Es klimpert vernehmlich, als er dem Leutnant den Beutel überreicht. „Darf ich dir ein kleines Präsent mit auf den Weg geben?"

„Das darfst du." Ebenso schnell, wie der Geldbeutel in Romaldos Hand aufgetaucht ist, verschwindet er in der Rocktasche des Leutnants. „Weißt du, Gustavo, mir scheint jetzt ein recht günstiger Augenblick zu sein, um meine Neugierde zu stillen und meinen Wissenshorizont zu erweitern." Er grinst anzüglich. „Deine Haremsdamen sollen ihre Schleier abnehmen. Ich möchte ihre Gesichter sehen, um herausfinden zu können, ob die harbaischen Damen tatsächlich so wunderschön sind."

Die Stimmung kippt schlagartig. Bisher ist alles so wie sonst auch immer abgelaufen. Die meist schlecht bezahlten Leutnants kontrollieren den Passierschein, bekommen ihr Bestechungsgeld und ziehen friedlich und deutlich wohlhabender von dannen. Doch diesen Leutnant hier scheint der Hafer zu stechen.

„Ich habe einen gültigen Passierschein vom Handelsminister aus Vinbon", sagt Romaldo und in seiner Stimme ist plötzlich ein Drohen. Dem Prinzen ist sonnenklar, dass Sincha und ihre Kriegerinnen die Schleier nicht abnehmen dürfen. Der Leutnant und seine Soldaten würden ihre amazonischen Tätowierungen erkennen und sofort wissen, dass keine harbaischen Haremsdamen vor ihnen stehen. Unsere ganze Maskerade würde augenblicklich auffliegen und unsere Mission wäre endgültig gescheitert. Das muss um jeden Preis verhindert werden.

„Gustavo, ich verwehre dir doch nicht deine Weiterfahrt. Was denkst du nur von mir? Ich möchte lediglich die Gesichter deiner Frauen sehen. Das ist doch nicht zu viel verlangt.“ Der Leutnant scheint die Drohung in Romaldos Stimme gar nicht bemerkt zu haben, so sehr ist er auf die Befriedigung seiner Neugierde fixiert.

„Du verlangst sehr viel“, knurrt Romaldo und legt wie zufällig seine rechte Hand auf den Griff seines Rapiers. Er weiß, ebenso wie wir anderen, dass der bullige Leutnant und seine Soldaten keine ernsthaften Gegner für uns darstellen, auch wenn die Amazonen und Kathinka unbewaffnet sind und Knut und ich nur Stäbe in unseren Händen halten. Romaldo würde die ostalischen Soldaten höchstwahrscheinlich innerhalb weniger Augenblicke ganz alleine töten können. Aber so schnell er auch sein mag, er würde nicht verhindern können, dass die Soldaten bei einem Angriff laut um Hilfe rufen und mit ihrem Geschrei in Windeseile neugierige Blicke auf sich ziehen würden. Wir sind von zu vielen anderen Reisenden umgeben. Das macht es uns beinahe unmöglich, die ostalischen Soldaten hier und jetzt anzugreifen.

„Weißt du, Gustavo, das Gesicht einer schönen Frau zu betrachten, versüßt den Tag eines jeden Soldaten“, sagt der Leutnant. „Willst du mir wirklich dieses kleine Glück verwehren?“

„Natürlich nicht, werter Herr.“ Romaldo leckt über seine Lippen. „Es ist nur so, dass mein harbaischer Glaube mir strengstens verbietet, das Antlitz einer meiner Frauen einem anderen Mann zu zeigen.“

„Du willst mir meinen harmlosen Wunsch also nicht erfüllen?“, fragt der Leutnant herausfordernd.

„Nun, es gäbe da vielleicht eine Möglichkeit.“ Romaldo zaubert einen weiteren Beutel Gold hervor und wirft ihn dem Leutnant zu.

Der Leutnant fängt den Beutel geschickt auf. „Du scheinst ein kluger Mann zu sein, Gustavo aus Harba.“ Er grinst. „Dennoch möchten meine Männer und ich die Gesichter deiner Haremsdamen sehen.“

Für einen kurzen Moment blitzt unkontrollierte Wut in Romaldos Augen auf, als ihm klar wird, dass alles Geld dieser Welt den Leutnant nicht von seinem Vorhaben abbringen kann.

Seine Knöchel treten weiß hervor, als sich seine Finger um den Griff des Rapiers pressen.

„Grumpf", flüstert Knut warnend.

Romaldo atmet durch. „Werter Leutnant, ich bin ein harbaischer Teppichhändler von gewissem Ruf. Fünf Frauen nenne ich mein Eigen. Jede hat mich ein kleines Vermögen gekostet." Er deutet mit dem Zeigefinger der Reihe nach auf die verkleideten Amazonen, die immer noch mit gesenkten Köpfen still und regungslos vor dem Planwagen verharren, um schließlich zuletzt auf Kathinka zu zeigen. „Diese dort ist meine Grande Dame. Sie steht an Ansehen weit über den anderen Frauen meines Harems. Ihr könnte ich die Erlaubnis geben, für einen kurzen Moment ihren Schleier zu heben und ihr Gesicht zu enthüllen." Romaldos rechte Hand umfasst immer noch sein Rapier, als er weiterspricht. „Wenn du die anderen Frauen betrachten willst, musst du mit mir und meinen Dienern darum kämpfen. Ich weiß, dass wir gegen die Übermacht deiner Soldaten keine Chance haben. Aber mein Glaube macht es mir unmöglich, die Gesichter niederer Haremsdamen vor einem anderen Mann zu enthüllen. Da würde ich dann eher im Kampfe sterben, so wie es mein Glaube und meine Ehre von mir verlangen."

„Nun, nun, Gustavo! Was soll denn dieser Eifer?" Der Leutnant spuckt aus. „Ehrlich gesagt", er blickt zu Kathinka, „scheint mir dieses dunkelhaarige Geschöpf sowieso das einzig hübsche unter all deinen Frauen zu sein. Auch wenn die Narben ihren Körper ein wenig entstellen. Offensichtlich, Gustavo, hast du sie ja das eine oder andere Mal züchtigen müssen." Erneut spuckt er aus. „Sie möge ihr Antlitz enthüllen! Die anderen interessieren mich nicht."

Romaldo nickt Kathinka zu. Mit einer unwilligen Bewegung nimmt sie den Schleier ab. Ihre veilchenblauen Augen blitzen erbost und ihre vollen Lippen bilden einen schmalen, grimmigen Strich. Sie fühlt sich zur Schau gestellt. Alles in ihr wehrt sich, von den verhassten ostalischen Soldaten begafft zu werden.

Gönnerhaft klopft der Leutnant Romaldo auf die linke Schulter. „Deine anderen Frauen, Gustavo, mögen ja hässlich wie die Nacht sein. Aber diese eine ist wahrlich eine Augenweide." Sein Blick ist starr, sein Körper seltsam angespannt. „Sie soll sich einmal um ihre Achse drehen. Und das ganz langsam.“

Erneut nickt Romaldo Kathinka zu. Mit einem erbosten Schnauben bewegt sich Kathinka aufreizend langsam einmal um sich selbst. Zwei Soldaten seufzen sehnsuchtsvoll.

Romaldo drückt dem Leutnant einen dritten Beutel Goldtaler in die Hand. „Ich denke, du hast genug gesehen.“

„Für den Augenblick.“ Ungerührt nimmt der Leutnant auch den dritten Beutel an sich. Er ist heute zu einem sehr reichen Soldaten geworden. „Vielleicht sehen wir uns ja bald wieder.“ Gemächlich geht er zu seinem Pferd und steigt in den Sattel. „Ich wünsche dir einen schönen Tag, Gustavo aus Harba.“ Er drückt seinem Tier die Sporen in die Seiten und reitet an. Seine Männer folgen ihm.

Kathinka verhüllt wieder ihr Gesicht hinter dem Schleier, während Sincha zu Romaldo tritt. „Der Leutnant wird zurückkommen. Hast du die Lust und die Gier in seinem Gesicht gesehen?“

„Das habe ich, Amazone“, gibt Romaldo zur Antwort.

„Er kommt nicht wieder zurück“, sage ich und lehne meinen Stab an den Planwagen.

„Was hast du vor, Skriek?“ In Kathinkas Augen sind immer noch Ingrimm und Zorn zu erkennen.

„Das, was nötig ist“, antworte ich.

Sincha berührt Kathinkas Oberarm. „Der Leutnant muss getötet werden. Er hat dich im Blut und wird nicht ruhen, bis er dich besessen hat.“

Clarina und Basola stimmen ihrer Heerführerin lautstark zu. Lusona nickt bekräftigend.

Nach einem kurzen Moment des Nachdenkens konzentriert Kathinka ihren Blick auf mich. „Folge dem Leutnant. Er wird irgendwann anhalten und Rast machen. Wenn ihn seine Blase drückt, wird er sich ins Gebüsch schlagen. Warte diesen Moment ab und töte ihn rasch und leise. Achte darauf, dass er keinen Laut von sich gibt und dass seine Männer dich nicht sehen können. Dann nimm die Geldbeutel an dich, damit es für seine Soldaten wie ein Raubmord aussieht. Jeder wird glauben, dass Straßenräuber den Leutnant ermordet haben und niemand wird einen reichen Munchano verdächtigen.“

„Guter Plan.“ Ich ziehe meine Kapuze noch tiefer ins

Gesicht und laufe los.

Die Sonne steht schon hoch am Himmel und Mittag ist längst vorbei, als ich zu meinen Gefährten zurückkehre. Als Romaldo mich sieht, lenkt er den Planwagen zur Seite und springt vom Kutschbock. Knut, Kathinka und die Amazonen gesellen sich zu ihm.

„Wie ist es gelaufen, Schuppenkopf?“, flüstert er.

„Genauso, wie Kathinka es geplant hat.“ Ich reiche ihm die drei Geldbeutel. „Ich war leise, unsichtbar und schnell.“

„Auf deinen Krallen befindet sich ja gar kein Blut“, meint Sincha.

„Ich habe den Leutnant erwürgt“, erkläre ich.

Die Amazone nickt mir zu. „Nun, das ist natürlich auch eine Möglichkeit.“

35

Fünf Tage später ist es endlich soweit: In wenigen Stunden werden wir Yestshire erreichen. Es hat keine weiteren nennenswerten Zwischenfälle gegeben. Dreimal sind wir noch von ostalischen Soldaten kontrolliert worden, aber der Passierschein und ein paar Beutel Gold haben ausgereicht, um schon nach wenigen Augenblicken unsere Reise wieder fortsetzen zu können.

Mir geht das alles viel zu einfach. Immer wieder beschleicht mich Unbehagen. Ich bin angespannt und meine Instinkte sagen mir, dass hier irgendetwas nicht stimmt. Mehrmals habe ich das Gespräch mit Thurantuh gesucht, er ist aber seltsam unwirsch gewesen, hat ungehalten in meinem Hinterkopf herumgebrummt und nur gemeint, dass ich äußerst vorsichtig sein soll. Auch er, da bin ich mir sicher, ist misstrauisch. Aber er erzählt mir nicht, was er befürchtet. Vielleicht weiß er ja selbst nicht so genau, was ihn beunruhigt und ist nur, ebenso wie ich, der Meinung, dass sich uns eigentlich deutlich mehr Hindernisse in den Weg stellen müssten.

Gestern, als ich hinter dem Planwagen her getrabt bin, hat sich Kathinka ganz nach hinten gesetzt, sodass wir ein wenig plaudern konnten. Ich habe ihr meine Befürchtungen gesagt, aber sie hat nur mit den Schultern gezuckt und gemeint, dass ich doch zufrieden sein sollte, wenn einmal die Dinge ein wenig besser laufen. Sincha hat unser Gespräch mitgehört und mit ziemlicher Überzeugung verlauten lassen, dass ich Erik Anfohrrnus sehr unterschätzen würde und keine Ahnung davon hätte, wie präzise und wohlüberlegt er alles geplant hat.

Ich teile die Zuversicht der beiden Frauen nicht. Niemals laufen die Dinge so rund und einfach. Das hat mich mein Leben gelehrt. Und meine Instinkte bestätigen mir, dass hier irgendetwas faul ist, aber nachdem die anderen meine Befürchtungen nicht teilen wollen, ist es sinnlos, weiterhin mit ihnen darüber zu reden. Aber ich nehme mir vor, noch wachsamer zu sein. Thurantuh nickt zustimmend in meinem Kopf.

Es ist später Nachmittag. Die Landschaft hat sich in den letzten Stunden langsam verändert. Die Hügel sind größer geworden, die Waldbestände dichter. In knapp einer Meile Entfernung rauscht die Vin, jener breite Fluss, der aus dem Norden Euptoniens kommend westlich an Vinbon vorbei Richtung Süden bis nach Salur fließt, um schließlich ins Große Meer zu münden, das Allunien und Euptonien vom Kontinent Hestard trennt.

Die Sonne brennt weiterhin unbarmherzig vom wolkenlosen Himmel und immer mehr Wesen sind auf der Handelsstraße anzutreffen. Vor uns liegt eine kleine Steigung, die unsere vier Rösser ohne große Mühe in Angriff nehmen. Als wir die Kuppe erreichen, weiten sich meine Augen und mir verschlägt es für einen Moment den Atem. Direkt vor uns liegt Yestshire in einer weitläufigen Senke, die von zahlreichen Hügeln gesäumt wird. Yestshire ist riesig, pompös, gewaltig und einzigartig. So eine Stadt habe ich noch nie zuvor gesehen. Türme, Tempel, Schlösser, Brücken, Villen und Häuser bilden ein buntes farbenprächtiges Mosaik. Der Rauch von zahlreichen Schmieden, Backstuben, Wirtshäusern und Köhlern liegt in der Luft. Die Vin durchschneidet die gewaltige Stadt an ihren westlichen Ausläufern. Unzählige Straßen und Gassen führen nach Yestshire hinein und wieder hinaus.

Blinzelnd bleibe ich stehen und kann mich an alldem, was sich da vor meinen Augen zeigt, gar nicht sattsehen. Kathinka beugt sich aus dem Planwagen und reckt ihren schlanken Hals. Sie lächelt über meine kindliche Verblüffung. „Nicht wahr, Skriek, Yestshire ist überwältigend!“

„Das ist es“, stimme ich ihr zu und verenge meine Augen. Ganz im Süden sehe ich ein gewaltig hohes Bauwerk, das alle anderen um Längen überragt.

Kathinka folgt meinem Blick. „Der Turm von Yestshire“, sagt sie. „Er hat eine Höhe von über dreihundert Metern.“

„So etwas habe ich noch nie gesehen.“

Kathinka schmunzelt erneut. „Ach, mein treuer Paladin, ich vermute, dass du so manches noch nicht gesehen hast. Du bist ja kaum aus deiner Höhle hinausgekommen.“

Ich blicke zu ihr. Diesen Unterton kenne ich mittlerweile an ihr, mir ist nur nicht klar, was er bedeuten soll. Will mich Kathinka aufziehen? Mit mir scherzen? Oder macht sie sich über mich lustig?

„Du weißt natürlich, wie die weite Welt aussieht“, knurre ich ein wenig ungehalten.

„Nun, zumindest bin ich schon mehrmals in Yestshire gewesen.“ Sie streicht mit ihrem Zeigefinger über meine Wange. „Wenn sich zwei Wesen geküsst haben, ist es durchaus üblich, dass sie miteinander kleine Scherzchen treiben und sich liebevoll necken.“

„Ich bin aber nicht lustig“, maule ich. „Das hast du selbst gesagt.“

„Es ist aber recht lustig, dich zu necken“, säuselt Kathinka. „Zumindest gelegentlich.“ Sie seufzt übertrieben. „Aber natürlich nicht für lange Zeit. Du bist leider überhaupt nicht schlagfertig.“

„Dafür kann ich mit meinen Fäusten ordentlich dreinschlagen.“

„Wie romantisch.“ Kathinka verdreht ihre Augen Richtung Himmel. „Nun, zumindest kannst du recht gut küssen. Auch wenn dir noch die Übung fehlt.“

„Also doch!“, ruft Clarina aus dem Inneren des Wagens, die unserem Wortgeplänkel wohl gelauscht hat. „Ich habe es ja gewusst, dass sich die beiden bereits geküsst haben. Ich bekomme noch zwei Silberdinare.“

„Meinetwegen“, murrt Basola. „Ich konnte ja nicht ahnen, dass Kathinka völlig blind und verzweifelt ist.“

„Ich hätte mitwetten sollen“, gibt auch noch Lusona ihren Senf dazu. „Es war ja eigentlich klar, dass die zwei sich irgendwann küssen.“

„Ihr habt darauf gewettet! Wie könnt ihr nur ...?“, brause ich auf und spüre, wie ich rot werde.

Kathinka beugt sich noch weiter aus dem Planwagen, hebt ihren Schleier an und küsst mich mitten auf den Mund. Clarina, Basola und Lusona johlen. Selbst Sincha kann sich eines kurzen trockenen Lachens nicht erwehren.

„Wir werden uns wohl nie mehr küssen“, flüstert Kathinka in mein Ohr und ist mit einem Schlag sehr ernst.

„Wir werden überleben“, krächze ich heiser und leise zurück.

„Vielleicht.“ Sie gibt mir noch einen letzten, kurzen Kuss.

Romaldo lenkt geschickt den Planwagen entlang der breiten Straße, die er nach Sinchas Anweisungen gewählt hat. Die Amazone sucht nach den Richtzeichen, die ihr Erik Anfohrrnus gesagt hat, um zu dem Gasthof *Die drei Birken* zu gelangen. Rund um uns ist ein Gewühl und Gewusel. Ich sehe Läden, Buden und Schenken ohne Ende. Handwerksbetrieb liegt an Handwerksbetrieb. Haus an Haus. Stall an Stall. Ein unglaublicher Lärm erfüllt die Luft. Es ist ein einziges Geschnatter und Geraune. Die unterschiedlichsten Wesen sind auf den Straßen und Gassen anzutreffen: Kobolde, Gnome, Riesen, Zwerge und Menschen aller Hautfarben sind in geschäftigen Gruppen oder einzeln unterwegs. Einmal entdecke ich in einer Seitengasse fünf Amazonen. Ihre Gesichtstätowierungen und ihre schwarze Lederbekleidungen weisen sie eindeutig als Kriegerinnen aus.

Ich kann mich an all dem Trubel kaum sattsehen, auch wenn mir langsam der Kopf schwirrt und ich merke, wie ich müde werde. Gasse folgt auf Gasse. Wir überqueren steinerne Brücken und kommen an unübersichtlichen Kreuzungen und Seitenstraßen vorbei. Ich wundere mich, wie wenig Beachtung uns geschenkt wird. Einem so großer Planwagen mit vier Rössern sowie einem Munchano mit seinem Harem und zwei doch eher ungewöhnlich anzusehenden Dienern sollte doch eigentlich mehr Aufmerksamkeit gezollt werden, aber in dem bunten Treiben ringsum fallen wir niemandem besonders auf.

Zu viele unterschiedliche Wesen sind in Yestshire unterwegs, sodass ein Einzelner oder eine kleine Gruppe fast völlig in der wogenden Masse untergehen. Uns soll es recht sein. Die Anonymität dieser riesigen Stadt kann für unser Vorhaben nur hilfreich sein.

Endlich, nach langem Suchen, deutet Romaldo nach vorne. „*Die drei Birken*! Wir haben es geschafft!“, ruft er und schnalzt mit den Zügeln.

„Wir müssen zu den Stallungen hinter dem Gasthof“, sagt Sincha.

Der Innenhof ist mit Steinplatten ausgelegt. Langsam lenkt Romaldo den Planwagen zu den Stallungen. Ein breites Scheunentor wird zur Seite geschoben und Erik Anfohrrnus tritt ins Freie. Anfangs erkenne ich ihn fast nicht, er hat sein Äußeres stark verändert. Er will hier in Yestshire wohl von niemandem erkannt werden. Seinen kurzen Bart hat er abrasiert und das lässt ihn deutlich jünger erscheinen. Er hat die traditionelle Kleidung eines Händlers angezogen. Mit den schwarzen Schnallenschuhen, den Kniebundhosen und dem puffärmeligen Hemd mit der schmalen blauen Halsbinde wirkt er tatsächlich wie ein recht erfolgreicher Geschäftsmann. Auf den ersten Blick würde niemand in ihm einen Zauberer vermuten. Seinen geliebten Zauberstab hat er nicht in der Hand, er wird ihn wohl in der Scheune vor neugierigen Augen verborgen halten, aber sein großer Schlapphut sitzt noch auf seinem Kopf. Von dem alten Hut hat er sich anscheinend bei aller Vorsicht nicht trennen mögen.

Er wirkt seltsam angespannt, als er uns mit langen Schritten entgegeneilt. „Gut, dass ihr da seid“, raunt er uns zu. „Die Zeit drängt. Beeilt euch. Es gibt noch einiges zu besprechen.“

Mit raschen Gesten teilt er uns ein. Romaldo lenkt den Planwagen in die freie Scheune. Knut spannt die vier Rösser aus und führt sie an den Zügeln in den anliegenden Stall. Die Amazonen und Kathinka werden angehalten, sich in einer dunklen Ecke der Scheune ihrer Haremskleidung zu entledigen und ihre übliche Kleidung anzuziehen.

Ich bekomme meinen Rundschild und die beiden Äxte zurück. Romaldo holt Knuts Streitkolben aus dem Planwagen und lehnt ihn an eine Stützstrebe. Als Knut nach einer Weile vom Pferdestall zurückkommt, wo er die vier Rösser untergebracht hat, beginnt Erik damit, gebratene Hühnerstücke, Brot und Wasserschläuche aus einem mitgebrachten Korb zu verteilen. Wir greifen alle hungrig zu und lassen uns im Halbkreis vor Erik auf den kniehohen Strohballen nieder.

Der Zauberer blickt in die Runde. „Morgen früh beginnen die Verhandlungen zwischen Edwin und Angrias. Die beiden Könige sind heute Mittag mit ihrem Gefolge in Yestshire eingetroffen.“ Er seufzt. „Es tut mir leid, aber es bleibt euch kaum mehr Zeit, um euch von der langen Anreise auszurasten. In weniger als einer Stunde wird die Sonne untergehen. Sobald es draußen dunkel ist, müssen wir eiligst aufbrechen, um unser Vorhaben in die Tat umsetzen zu können. Und wir werden genauso vorgehen, wie wir es besprochen haben.“ Er greift in seinen Mantel und reicht Sincha ein Bündel Papiere. „Das sind Pläne über das weit verzweigte Kanalisationssystem, das unter Yestshire liegt und die ganze Stadt durchzieht. Ihr werdet hier ganz in der Nähe in einen Abflussschacht hinabsteigen und euch entlang der Abwasserkanäle dem Turm nähern. Seid sehr vorsichtig! In den Kanälen und Abwasserrinnen treiben allerlei dunkle Gesellen ihr Unwesen.“ Er blickt zu mir. „Du, Skriek, wirst heute Nacht klettern wie noch nie zuvor in deinem Leben. Der Turm von Yestshire ist über dreihundert Meter hoch und aus glattem hartem Stein erbaut. Es wird nicht leicht werden, ihn zu besteigen. Aber wenn es einer schaffen kann, dann du. Wähle die Nordseite für deinen Aufstieg. Wenn du oben bist, ist der gefährlichste Teil bereits geschafft. Im Turm selbst gibt es kaum Wachen. Niemand kann sich vorstellen, dass es einen anderen Weg ins Innere des Turmes gibt als jenen durch die schmale, äußerst gut bewachte Tür auf der Südseite. Daher gibt es im Turm selbst kaum Sicherheitsvorkehrungen. Doch dank deiner Krallen und Muskeln werden wir allen eine schöne Überraschung bescheren.“ Erik kratzt aus alter Gewohnheit sein glatt geschabtes Kinn. „Wenn du einmal im Turm drinnen bist, musst du trotzdem sehr vorsichtig sein. Es gibt eine Handvoll Bedienstete: Mägde, Knechte, Zofen und Laufburschen, die im Turm ihren Dienst versehen. Also versuche, jedes Aufsehen zu vermeiden.“ Nun zieht er an seiner ungewöhnlich langen Nase. Er wirkt heute ungewöhnlich angespannt. „Du kletterst, wie gesagt, über die Nordwand in den Turm. Direkt unter der dritten

Zinne befindet sich tief unten am Grunde des Turmes in einer schmalen Gasse ein alter Brunnen. Er ist mit einer steinernen Platte verschlossen. Sie ist so schwer, dass drei kräftige Männer Mühe haben, sie auch nur ein Stück weit zu bewegen. Du wirst also all deine Kraft benötigen, um die Steinplatte vom Brunnenrand zu schieben. Sei schnell und leise!“ Er deutet in die Runde. „Deine Gefährten werden anhand meiner Pläne durch die Abwasserkanäle zu diesem Brunnenschacht gelangen. Hilf ihnen rasch nach oben, damit sie sich gleich an ihre Aufgabe machen können.“ Er seufzt. „Und nun kommen wir zum unerfreulichen Teil des Ganzen. Sincha und ihre Kriegerinnen dringen in jenes Gebäude ein, das direkt gegenüber dem Brunnen liegt. Im ersten Stock sind die Zimmer der Schankzofen.“

„Schankzofen?“, frage ich. „Was sind Schankzofen?“

„Schankzofen, mein unwissender schuppiger Freund, sind wunderschöne junge Frauen, die bei Verhandlungen im Turm die hochnoblen Gäste mit Speis und Trank bewirten. Sie sind darauf geschult, Könige und Prinzen zu bedienen.“ Erik dreht sich zu Sincha. „Welche zwei Kriegerinnen werden die Rolle der Schankzofen übernehmen?“

Die Heerführerin schluckt. „Basola und Lusona.“ Ihre Stimme ist so kratzig, wie ich es noch nie zuvor gehört habe.

„Gut.“ Erik Anfohrrnus nickt. „Ihr werdet zwei Schankzofen aus ihren Zimmern entführen und mundtot machen. Kathinka wird anschließend Basola und Lusona mit ihrer einzigartigen Wandelmagie für einige Stunden das Aussehen der Schankzofen verleihen. So ist gewährleistet, dass Basola und Lusona unbehelligt in den Verhandlungssaal kommen, wo sie Angrias töten werden.“ Er richtet seinen Schlapphut. „Romaldo und Knut werden die beiden toten Schankzofen mit in den Brunnenschacht nehmen. Legt sie irgendwo in einem Seitenstrang der Kanäle ab, damit ihre Leichen nicht zu schnell gefunden werden.“ Erik wendet sich wieder an mich. „Wenn Sincha, Kathinka und die harbaischen Zwillinge wieder im Brunnenschacht verschwunden sind, verschließe sofort den Einstieg mit der steinernen Platte. Niemand darf wissen, wie ihr ins Innere des Turmes gelangt seid. Anschließend kletterst du, so schnell es dir möglich ist, wieder ins Freie. Wähle erneut die Nordwand. Sie ist kaum einzusehen und bietet dir den meisten

Schutz.“

„Das klingt ja alles recht einfach“, brumme ich, obwohl ich weiterhin ein mulmiges Gefühl habe. Ich befürchte, dass wir irgendetwas Wesentliches übersehen.

„Nichts, mein schuppiger Freund, ist jemals einfach.“ Erik seufzt lange. Schließlich greift er erneut in seinen Mantel und fördert ein kleines Kästchen zutage. „Ihr wisst ja mittlerweile alle, dass der Herrscher mit der dunklen Maske Magie weben kann, da er im Besitz einer Reliquie ist. Das heißt, es wird alles andere als leicht, ihn zu töten, da er über große Macht verfügt.“ Erik klappt den Deckel des Kästchens auf. Im Inneren liegen zwei schmale, spitzzulaufende Haarnadeln aus dunklem Holz. „Den Schankzofen ist es selbstverständlich verboten, Waffen zu tragen. Daher müssen Basola und Lusona diese Haarnadeln anstatt ihrer Krummsäbel verwenden. Die Nadeln werden nicht weiter auffallen, wenn ihr sie als Zierde in euren Haaren tragt.“

„Diese kleinen Haarnadeln werden Angrias nicht gefährlich werden“, knurrt Sincha.

„Da täuschst du dich, Heerführerin. Diese Haarnadeln habe ich mit einer ganz speziellen Magie versetzt. Es reicht, wenn ihre Spitzen die Haut von Angrias auch nur ritzen. Das magische Gift, das ich in die Haarnadeln gewebt habe, wird augenblicklich wirken und Angrias rasch töten. Er hat keine Chance, zu überleben.“ Erik verschließt das Kästchen wieder und bittet Basola und Lusona zu sich. Die beiden Amazonen erheben sich von ihren Strohballen und stellen sich vor ihn hin.

„Legt eure rechte Hand mit der Handfläche nach unten auf das Kästchen“, befiehlt Erik.

Basola und Lusona tun, wie ihnen von dem Zauberer geheißen wird. Ein seltsames Kribbeln ist plötzlich in der Luft. Kleine blaue Flammen züngeln um das Kästchen und bedecken die Hände der beiden Kriegerinnen.

„Ihr seid nun mit dem Kästchen magisch verwoben“, erklärt Erik Anfohrrnus. „Nur ihr beide könnt es noch öffnen. Wenn eine andere Hand das Kästchen berührt, wird es augenblicklich in Flammen aufgehen.“

Die Amazonen nicken beeindruckt.

„Ich habe“, fährt Erik fort, „einen kleinen Teil meiner Magie mit dem Kästchen verwoben. Das bedeutet, dass ich für kurze Zeit mit euch verbunden bin und euch, wenn nötig, noch wichtige Informationen zukommen lassen kann."

Wir verstehen nicht, was er damit meint.

Erik runzelt über unsere Unwissenheit die Stirn. „Was ist, wenn König Edwin plötzlich krank wird und nicht zu den Verhandlungen erscheinen kann? Oder Angrias aus unerfindlichen Gründen das Treffen mit Edwin plötzlich absagt?"

„Ja, so etwas könnte passieren", stimmt Kathinka ihm zu. „Der Herrscher mit der dunklen Maske gilt als impulsiv und sprunghaft."

„Basola und Lusona haben durch das Kästchen die Möglichkeit, mit mir in Kontakt zu treten. Wenn auch nur für sehr kurze Zeit." Erik wendet sich direkt an die beiden Kriegerinnen. „Ihr müsst das Kästchen unbedingt zwischen der fünften und sechsten Stunde des neuen Tages öffnen und die Haarnadeln herausnehmen. Öffnet ihr das Kästchen zu früh oder zu spät, wird es sich selbst zerstören."

„Wozu das Ganze?", will Romaldo wissen, der immer noch die Kleidung eines Munchano anhat. Aber das macht in Wahrheit nicht viel Unterschied zu seinem sonstigen Erscheinungsbild.

„Werter Prinz", Erik verneigt sich in Romaldos Richtung, „ich gehe ein viel größeres Risiko ein, als du dir vielleicht vorzustellen vermagst. Jeder minderbegabte Zauberer würde anhand meiner magischen Signatur sofort erkennen, dass das Kästchen mit den beiden Haarnadeln mein Machwerk ist. Wenn auch nur eine kleine Spur zu mir führt, würde mich der Rat der Zauberer für viele Jahrhunderte in den khongonischen Verliesen verrotten lassen." Erik hebt einen Finger. „Ach ja, Basola und Lusona, dass ich es nicht vergesse: Wenn ihr die Haarnadeln an euch genommen habt, legt das Kästchen rasch beiseite. Es wird sich sogleich selbst verbrennen." Er drückt das Kästchen mit einem Seufzer Basola in die Hand. „Passt gut darauf auf."

Die Kriegerinnen nicken. Für den Augenblick ist alles gesagt.

Wir rasten und versuchen, unsere Kräfte für die bevorstehende Aufgabe zu schonen. Nach einer Weile erhebe ich mich von meinem Strohballen und hocke mich vor Kathinka hin, die sich neben mir ausruht. Sie blickt mich an. „Du machst dir immer noch Sorgen."

„Ja, ich kann nicht anders." Langsam reiche ich ihr meinen eisenbeschlagenen Kampfstab. „Den Stab kann ich bei der Kletterei nicht mitnehmen. Ich möchte, dass du ihn für mich aufbewahrst."

„Das werde ich tun." Sie ergreift den Stab „Obwohl ich vermute, dass er in den engen Abwasserkanälen recht unhandlich ist."

„Du kannst damit jedem Unhold den Schädel einschlagen."

„Wie praktisch." Kurz lächelt sie, doch gleich ist wieder die Traurigkeit in ihren Augen zu erkennen. „Ich mag keine Abschiede", sagt sie.

Erik tritt leise zu uns. „Ich verstehe dich gut, meine Liebe. Aber leider ist es so, dass das Leben ein stetes Abschiednehmen ist."

„Dann ist es also soweit?", frage ich.

„Ja, es ist soweit." Erik breitet die Arme aus.

Kathinka erhebt sich von ihrem Strohballen und geht zu ihm. Für eine kurze Weile drückt sie sich fest in seine Umarmung. „Sehen wir uns wieder, Erik?"

„Ich weiß es nicht. Aber wenn alles einigermaßen nach Plan verläuft, dann werden nur Basola und Lusona sterben. Alle anderen haben eine Chance zu überleben." Sanft streicht er ihre eine dunkle Haarsträhne aus dem Gesicht. „Und ich hoffe sehr, Kathinka Ebensa, dass es so sein wird." Er lächelt müde.

„Ich hoffe es auch." Kathinka schluchzt auf und löst sich aus seiner Umarmung.

„Komm, Skriek, wir müssen gehen." Erik wirkt plötzlich sehr müde.

Kathinka wirft mir einen langen Blick zu. „Wir treffen uns im Turm von Yestshire, mein Paladin." Eine Träne läuft über ihre rechte Wange.

„Wir sehen uns", sage ich mit fester Stimme.

Die harbaischen Zwillinge haben sich mittlerweile auch von ihren Strohballen erhoben und sich zu Erik gesellt. Sie reichen ihm zum Abschied die Hand. Romaldo schwafelt etwas von Ehre und Stolz, Knut grumpft mit belegter Stimme. Erik nickt den Brüdern noch ein Mal kurz zu und tritt zu den Amazonen. Er spricht ein paar Worte mit Sincha. Dann wendet er sich an Basola und Lusona. Vor den beiden Kriegerinnen bleibt der

Zauberer besonders lange stehen.

36

In Yestshire scheint es niemals richtig dunkel zu werden. Überall brennen Öllampen und Fackeln. Selbst so manche schmale Seitengasse ist erleuchtet.

Ich gehe mit Erik Anfohrrnus zum Turm von Yestshire. Da er immer noch die Kleidung eines Händlers trägt, erscheinen wir völlig unauffällig. Jeder, der uns sieht, würde vermuten, dass ein wohlbetuchter Geschäftsmann mit seinem recht hünenhaften Diener unterwegs ist. Dass ich wieder meine Äxte und den Rundschild trage, stört hier auch niemanden. Wenn ich mich so umsehe, bemerke ich immer wieder, wie viele zumindest einen bewaffneten Diener als Schutz bei sich haben. Ich schließe daraus, dass Yestshire, zumindest nächtens, alles andere als sicher ist.

Mit raschen Schritten schieben wir uns durch das Gewühl all jener, die jetzt noch unterwegs sind. Man trifft vor allem auf Menschen, aber auch Trolle und Gnome sind allerorts zu sehen.

Ich halte meinen Kopf meist gesenkt und mein Gesicht im Schatten meiner Kapuze verborgen. Gelegentlich bete ich zu Thurantuh und bitte ihn um Beistand. Dieses seltsame Gefühl, dass irgendetwas nicht stimmt, befällt mich immer wieder und macht mich angespannt und gereizt. Ich habe den unangenehmen Eindruck, dass ich sehenden Auges in eine Falle laufe, aber nicht weiß, worin diese Falle besteht. Ich knurre ungehalten.

„Wir haben unser Ziel erreicht, mein schuppiger Freund", sagt Erik schließlich und zieht mich in eine menschenleere, schmale Seitengasse, die voller verrotteter Holzkisten ist. Wir suchen in einer Ecke Schutz vor neugierigen Blicken. Der Turm ist nur mehr knapp hundert Meter von unserem Standpunkt entfernt. „Noch weiter kann ich dich nicht begleiten. Ab hier beginnen die magischen Siegel des Turmes zu wirken. Das letzte Stück musst du alleine gehen."

„Magische Siegel? Hemmen sie deine Macht?"

„Natürlich nicht. Sie zeigen lediglich an, welches magische Wesen sich dem Turm auf mehr als fünfzig Meter nähert", erklärt Erik. „Also wäre es äußerst unklug, wenn ich weitergehe."

„Sind im Turm auch magische Siegel?"

„Nein, das würde doch keinen Sinn machen." Erik starrt gedankenverloren zu dem Turm und erklärt sich nicht weiter. Da ich mich neben dem Zauberer des Öfteren dumm und unwissend fühle, frage ich nicht ausführlicher zu den Siegeln. Im Grunde sind sie mir auch egal, da sie mir, als nichtmagisches Wesen, sowieso nichts anhaben können.

„Denk daran", brummt Erik Anfohrrnus, „du darfst jetzt keinen Fehler machen. Alles liegt an dir."

„Ich weiß, Zauberer." Ich drücke meine Schultern durch und versuche, mein Unbehagen loszuwerden. Ganz gelingt es mir nicht. Das mag vielleicht auch daran liegen, dass ich den Turm jetzt erstmals unmittelbar aus der Nähe sehe. Er ist von gewaltigen Ausmaßen. Wie ein riesiger, trutziger Klotz steht er da und reicht gut dreihundert Meter in die Höhe. Er hat eine Seitenlänge von mindestens fünfhundert Metern und ist von schnörkelloser Schlichtheit. Eine einzige, südlich gelegene Tür, die jetzt in der Nacht fest verschlossen ist, führt ins Innere. Sie ist gerade groß genug, dass ein Einspänner hindurchfahren kann. Die Tür wird von der Gilde der Wachsoldaten bewacht und kann nur passiert werden, wenn man die entsprechenden Papiere vorweist. Ansonsten gibt es rund um den Turm keine Kontrollen. Und jetzt, wo er so unüberwindbar mächtig vor mir in den Nachthimmel hinaufragt, verstehe ich auch wieso. Normalerweise sind die Wände des Turmes für kein Wesen bezwingbar, von einem Skriek einmal abgesehen. Aber welchen Grund könnte ein sanftmütiger, friedfertiger Skriek schon haben, in den Turm von Yestshire zu klettern? Und mit einem Bastard, wie ich es einer bin, halb Mensch, halb Skriek, haben die Erbauer des Turmes sicher nicht gerechnet. Das könnte jetzt mein Vorteil sein.

Ich deute auf die gut dreißig Statuen, die in einem Halbkreis vor der Südseite des Turmes aufgestellt sind. Jede ist an die zehn Meter hoch und stellt einen Menschenmann oder eine Menschenfrau dar.

„Was ist mit diesen Figuren?", frage ich Erik.

„Jede Statue steht für eine Gilde", erklärt der Zauberer. „Der Händler, die Giftmischerin, der Magier, der Wachsoldat, der

Schmied, die Näherin, die Priesterin und so weiter."
„Wie mächtig sind eigentlich diese Gilden?", will ich wissen.
„Eine für sich allein genommen ist eher schwach. Aber gemeinsam sind sie beinahe unbezwingbar. Und sehr mächtig." Erik legt seine Hand auf meine Schulter. „Mein schuppiger Freund, wir haben genug geredet. Nun wird es Zeit, den Turm zu bezwingen. Möge dein Gott mit dir sein."
„Thurantuh ist stets bei mir." Ich blicke Erik an. „Es mag jetzt der falsche Zeitpunkt sein, doch sag mir, welchen Gott Kathinka anbetet. Ich habe nie mit ihr darüber gesprochen."
„Neugierig bis zuletzt." Erik verzieht die Lippen zu einem müden Lächeln. „Die dunklen Boten verehren den Gott oder die Göttin ihres jeweiligen Herrschers, beziehungsweise ihres jeweiligen Partners. Ich denke, dass es bei Kathinka ganz ähnlich ist."
„Das heißt ...?"
„Das heißt, dass sie jetzt wahrscheinlich Thurantuh anbetet."
„Kathinka mag meinen Gott nicht besonders. Er ist ihr zu gewalttätig."
„Wer sagt, dass sie deinen Gott mögen muss? Es reicht, wenn sie ihn anbetet und verehrt." Er kratzt seine lange Nase. „Ehrlich gesagt ist mir meine Göttin auch nicht sonderlich sympathisch."
„Welche Göttin betest du denn an?"
„Die geheime Göttin."
„Oh!" Ich habe, verflucht nochmal, nicht die geringste Ahnung, wer das sein soll!
„Ich hoffe, ich habe deine Neugierde für einen kurzen Moment gestillt. Und jetzt beeile dich. Die Zeit drängt." Erik seufzt und ich habe kurz das beklemmende Gefühl, dass es möglicherweise das letzte Seufzen ist, das ich von ihm hören werde. „Viel Glück, Schuppenkopf."
„Danke, Zauberer", raune ich mit belegter Stimme. Um mir den Abschied von Erik nicht unnötig schwer zu machen, schreite ich nach einem knappen Nicken mit forschen Schritten aus der Gasse. Nicht ein Mal blicke ich zurück, als ich mich dem Turm nähere. Ungehindert eile ich an der Gilde der Wachsoldaten, die mich kaum beachten, vorbei und die östliche Seite des Turmes entlang. Es gibt ein paar Verkaufsbuden in

der Nähe. Nur wenige sind jetzt noch unterwegs. Die meisten Nachtschwärmer sind wohl im Stadtkern von Yestshire anzutreffen, wo noch alle Gasthöfe und Schenken ihre Pforten geöffnet haben. Ich schreite weiter zügig aus und erreiche die Nordseite. Sie liegt tief im Schatten der Nacht, nur zwei Fackeln sind entzündet. Dank meiner skriekischen Augen kann ich einen kleinen Park und mehrere Bänke ausmachen. Auf einer sitzt ein Liebespaar und küsst sich leidenschaftlich.

Mit pochendem Herzen trete ich an die nördliche Mauer. Der Turm besteht aus soliden Steinquadern, die eng miteinander verbunden sind. Lediglich äußerst schmale Rillen befinden sich zwischen den einzelnen Kanten der dicken Quader. Das sind die einzigen Stellen im ansonsten glatten Stein, wo ich meine Krallen ansetzen kann. Ich blicke nach oben und starre angestrengt in die nur spärlich erleuchtete Dunkelheit, aber es ist mir nicht möglich, das Ende des Turmes zu sehen. Flüsternd schicke ich ein kurzes Gebet zu Thurantuh und drücke meine Krallen in die dünnen Rillen. Sie finden festen Halt. Meine Muskeln spannen sich an und ich klettere los. Griff um Griff. Zug um Zug. Anfangs komme ich besser voran, als ich erwartet habe. Die schmalen Rillen geben meinen Krallen so viel Halt, dass ich mich Stück für Stück nach oben ziehen kann. Mit meinen Beinen drücke ich mich hoch und schon bald habe ich gut fünfzig Meter geschafft. Durch die Monotonie der Bewegungen und der zunehmenden Anstrengung, die meine Muskeln und Sehnen fordern, wird es in meinem Kopf ganz still. Ich bin hochkonzentriert, da ich mir keinen Fehler leisten kann. Ein Sturz würde für mich unweigerlich tödlich enden.

Weitere dreißig Meter geht es aufwärts. Langsam beginne ich, schwerer zu atmen, aber meine Kraft lässt noch nicht nach. Die lange, beschwerliche Reise mit meinen Gefährten hat meine Ausdauer vergrößert und meine Muskeln in Form gehalten.

Langsam kommt etwas Wind auf, aber er ist noch nicht störend, sondern sogar recht angenehm, da er mein Gesicht kühlt. Stetig weiter geht es. Einmal blicke ich nach unten und stelle fest, dass ich bereits mehr als ein Drittel des Weges geschafft habe. Ich schwitze und atme schnaufend, aber noch geht es. Meine Züge sind noch unverändert sicher. Stück um

Stück ziehe ich mich nach oben. Meine Krallen finden stets ausreichend Halt.

Irgendwann werde ich müde. Mein Atem kommt nur mehr keuchend und stoßweise. Mein Tempo lässt deutlich nach und ich beginne mir Sorgen zu machen. Der Wind nimmt zu und rüttelt an meinem Kapuzenmantel. Die Äxte auf meinem Rücken werden mir schwer und meine Muskeln brennen. Für einen kurzen Moment halte ich inne und kralle mich einfach nur in der Wand fest. Mein Herz pocht viel zu stark gegen meinen Brustkorb und in meiner linken Wade brennen die ersten Schmerzen. Eine Sehne ist deutlich überanstrengt.

Thurantuh, flehe ich, gib mir Kraft.

Kämpfe!, knurrt mein Gott. *Du bist ein Krieger!*

Ja, das bin ich. Ein Krieger. Mit neuer Entschlossenheit klettere ich weiter. Nun fangen auch meine Arme zu brenne an. Mit jedem Meter nehmen die Schmerzen zu. Ich möchte vor Ingrimm fluchen, aber dafür fehlt mir mittlerweile der Atem. Schweiß rinnt in meine Augen und ich blinzle ihn weg. Mein Blick geht nach oben und ich spüre, wie mich eine neue Zuversicht durchströmt. Ich kann das obere Ende der Brüstung deutlich sehen. Es sind vielleicht noch fünfzig Meter. Das ist zu schaffen. Ich knurre erleichtert und stemme mich weiter nach oben. Nach wenigen Zügen nehmen die Schmerzen in den Beinen und Armen wieder zu, aber ich gebe nicht nach. Unerbittlich ziehe ich mich höher und höher. Mein Herz pocht zum Zerreißen und mein Atmen ist nur mehr ein unkontrolliertes Keuchen, aber das alles kann mich nicht mehr aufhalten. Ich weiß, dass ich den Turm bezwingen kann, und nur das allein zählt im Augenblick für mich.

Und dann ist es endlich soweit. Ächzend und aus jeder Pore meines schuppigen Körpers schwitzend ziehe ich mich über die Brüstung des Turmes. Auf der anderen Seite lasse ich mich einfach zu Boden sinken und versuche, wieder zu Atem zu kommen. Es dauert eine ganze Weile, bis ich wieder so einigermaßen bei Kräften bin. Mit noch etwas wackeligen Knien stehe ich auf und blicke über die hüfthohe Brüstung. Unter mir sind zahlreiche Lichter. Ich habe es tatsächlich geschafft. Ich bin auf dem Turm von Yestshire. Ich jubiliere innerlich und danke meinem Gott.

Schließlich wende ich mich von der Brüstung ab und sehe

mich um. Entlang der kompletten Innenseite des Turmes verläuft ein hölzerner Wehrgang, In wenigen Metern Entfernung entdecke ich eine Falltür. Ich gehe rasch zu ihr und klappe sie hoch. Eine Leiter führt zu einem weiteren Wehrgang, der unmittelbar unter der Brüstung liegt. Der gesamte Turm scheint entlang seiner Innenwände mit zahlreichen übereinander verlaufenden Wehrgängen versehen zu sein.

Während ich die Leiter hinabsteige, lausche ich. Es ist sehr still. Kaum ein Geräusch ist auszumachen. Ein, zwei Mal höre ich eine Maus herum huschen. Auch ein Vogel krächzt über mir in der Luft. Aber ich höre keine Bediensteten, keine Wachen. Wahrscheinlich bin ich noch zu hoch oben. Weiter und weiter steige ich nach unten. Mittlerweile habe ich bereits fünf Wehrgänge passiert und es geht immer noch abwärts. Erneut lausche ich. Wieder bleibt alles still. Schließlich komme ich an eine steinerne Wehr, von der eine Tür ins Freie führt. Leise öffne ich die Tür und vor mir liegt der riesige Innenhof des Turmes. Er ist mit einigen Öllampen spärlich beleuchtet. Keine Menschenseele ist zu sehen. Es gibt hier zahlreiche Bauwerke, die eng miteinander verschachtelt sind. Schindeldach stößt an Schindeldach, die Kanten der Häuser berühren sich. Es gibt viele Türen und Fenster. Hinter allen ist es dunkel. Die Leute im Turm von Yestshire scheinen alle den Schlaf der Gerechten zu schlafen.

Ich versuche, mich zu orientieren. Erik hat mir gesagt, dass sich direkt unter der dritten Zinne der Brüstung der Brunnenschacht in einer schmalen Gasse befinden soll. Sorgfältig blicke ich mich um. Wenn mich nicht alles täuscht, bin ich jetzt in etwa auf Höhe der dritten Zinne. Ich verlasse die steinerne Wehr über eine breite Treppe und ducke mich hastig in den Schatten einer Hauswand. Erneut lausche ich. Alles bleibt ruhig. Gebückt eile ich nach links und komme an eine schmale Gasse, der ich folge. An ihrem Ende ist ein kleiner, freier Platz. Er ist mit flachen Steinen ausgelegt, zwischen denen trockene Büschel Gras wachsen. Ein Stapel Holzbretter liegt in einer Ecke neben kaputten Weinfässern und einer zerbrochenen Deichsel. Alles ist staubig und ungepflegt. Ziemlich mittig, direkt vor mir, ist der Brunnenschacht. Seine Öffnung ist mit einer dicken, kreisrunden Steinplatte von gut drei Metern Durchmesser verschlossen. Ich habe mein Ziel erreicht.

Noch einmal blicke ich mich sicherheitshalber um und lausche. Niemand scheint mich bemerkt zu haben. Ich spanne meine Muskeln an und beginne zu schieben. Die Steinplatte ist unglaublich schwer, sie bewegt sich nicht das kleinste Stück. Ich knurre. Das gibt es doch nicht! Hat mir die Kletterei so viel Kraft gekostet? Etwas außer Atem gehe ich um den Brunnen herum und mir fällt auf, dass er sehr nahe an der Innenseite der Nordwand errichtet worden ist. Ich lehne meinen Rücken gegen die steinerne Wand, harke meine Krallen in die schmalen Rillen und stemme meine Fersen gegen den Rand der Steinplatte. Jetzt kann ich mich richtig gut abstützen und die Arbeit meinen Oberschenkelmuskeln überlassen. Mit aller Kraft spanne ich an und drücke gegen die Abdeckung des Brunnens. Es gibt ein leises, schabendes Geräusch. Zwar nur langsam, dafür aber beständig, gelingt es mir, die Steinplatte Stück für Stück zur Seite zu schieben. Bald entsteht eine Lücke, die so groß ist, dass sich auch Knut hindurchzwängen kann. Ich halte inne und senke meine Beine. Jetzt heißt es warten.

Es vergeht über eine Stunde, bis ich endlich die ersten Geräusche aus dem Brunnenschacht vernehme. Thurantuh sei Dank, meine Gefährten haben es auch geschafft. Als Erste klettert Sincha Ankonski ins Freie, dann folgen die harbaischen Brüder, die Amazonen und schließlich Kathinka, die meinen Kampfstab getreulich in den Händen hält. Ich schließe sie kurz in meine Arme. Alle sind frohen Mutes. Der Marsch durch die unterirdischen Kanäle scheint ohne große Probleme vonstatten gegangen zu sein. Erneut spüre ich, wie meine Instinkte revoltieren. Die ganze Angelegenheit verläuft viel zu glatt. Das Misstrauen in mir nimmt wieder deutlich zu.

Sincha holt einen Plan aus ihrem Wams. „Meine Kriegerinnen und ich werden jetzt die Schankzofen holen. Ihr wartet hier."

„Sehr wohl, Mylady", schnarrt Romaldo.

„Grumpf", bestätigt Knut. Die beiden sehen sich mit einem eigenartigen Funkeln in den Augen an.

Das Warten auf die Amazonen fällt uns allen schwer. Keiner spricht ein Wort. Romaldo und Knut stehen etwas abseits, während sich Kathinka und ich auf den Rand des Brunnens gesetzt haben. Endlich hören wir Schritte. Die Amazonen schleppen die Leichen zweier junger Frauen heran. Zwei schnelle Stiche in ihre Herzen haben ihr Schicksal besiegelt. Heute hat Sincha anscheinend keine Skrupel, unschuldige Menschen zu töten. Oder hat sie hier auf Befehl ihrer Königin gehandelt? Wahrscheinlich, vermute ich.

Ich betrachte die beiden toten Schankzofen näher. Sie erscheinen mir ausgesprochen hübsch für Menschenfrauen zu sein. Ihre Gesichter sind herzförmig und haben volle Lippen und schmale gerade Nasen. Beide Schankzofen sind blond, haben grüne Augen und einen schlanken, weiblichen Körper. Kathinka wird einiges zu tun haben, wenn sie die muskulöse Basola und die hagere Lusona in diese beiden hübschen Frauen verwandeln will.

Während Kathinka sich hinkniet und die beiden Schankzofen ganz genau in Augenschein nimmt, entledigen sich Basola und Lusona ihrer Lederhosen und Wamse. Ich muss daran denken, wie ich erst vor wenigen Tagen nur in Unterhosen bekleidet vor den anderen gestanden bin, als mich Kathinka in Zambrynus verwandelt hat.

Basola und Lusona scheinen aber im Gegensatz zu mir keine Probleme damit zu haben, nur spärlich bekleidet vor uns zu stehen.

Sincha spricht die beiden leise an. „Denkt daran“, sagt sie, „dass ihr euch später angemessene Kleidung aus den Schränken der beiden Schankzofen auswählt.“

„Das werden wir, Heerführerin.“ Basola und Lusona nicken.

Kathinka erhebt sich aus ihrer knienden Position und streicht eine dunkle Haarsträhne aus ihrem Gesicht.

„Bist du soweit?“, fragt Sincha.

„Ja, jeden Moment“, sagt Kathinka.

Ich trete zur Seite, um Kathinka bei ihrer Arbeit nicht im Weg zu stehen. Da fällt zufällig mein Blick auf die harbaischen Zwillinge. Romaldo hat seine rechte Hand auf den Griff seines Rapiers gelegt, Knut beäugt Kathinka wie ein kampfbereiter Luchs.

Achtung!, warnt mich plötzlich Thurantuh und schickt einen Gedanken von bizarrer Klarheit durch meinen Kopf. Mit einem Schlag wird mir alles klar. Ohne einen Augenblick zu zögern, trete ich seitlich an Romaldo heran und schnappe zu. Meine krallige Hand legt sich eisenhart um seinen Hals, die Kralle meines rechten Daumens drückt gegen seinen Kehlkopf. Romaldo schnauft überrascht auf und ist völlig überrumpelt. Wenn er jetzt auch nur eine einzige falsche Bewegung macht, stirbt er innerhalb eines Wimpernschlages. Unsere Blicke treffen sich und er weiß ganz genau, dass sein Leben an einem seidenen Faden hängt.

Knut hebt seinen Streitkolben. Sein „Grumpf“ klingt böse und herausfordernd zugleich.

„Schuppenkopf!“, knurrt Sincha, zieht ihren Krummsäbel und kommt zu mir. „Lass Romaldo augenblicklich los!“

Kathinka blickt mich entsetzt an. „Was ist los, Skriek?“

Ich zeige meine vier spitzen Eckzähne. „Romaldo und Knut wollen nicht, dass die Amazonen Angrias töten. Wahrscheinlich hat es mit ihrer Ehre zu tun, dass sie es nicht ertragen, nur dabei zuzusehen, wenn die Amazonen den Auftrag erledigen.“

„Grumpf!!“ Knut bebt vor Zorn, wagt aber nichts zu unternehmen, da ich Romaldo immer noch unerbittlich festhalte.

„Sprich weiter“, fordert Sincha mich auf. Die Spitze ihres Krummsäbels zeigt nun mehr auf den harbaischen Prinzen als auf mich.

„Romaldo und Knut haben von Anfang an geplant, Angrias höchstpersönlich zu meucheln“, fahre ich fort. „Darum, Sincha, haben sie auch versucht, sich bei dir einzuschmeicheln. Knut sollte den treuergebenen Paladin spielen. Und Romaldo versuchte in seiner grenzenlosen Selbstüberschätzung, dich von seiner Liebe zu überzeugen. Er nahm wohl an, dass eine hagere Kriegerin, wie du eine bist, einem schönen Prinzen aus Harba nicht widerstehen kann. Er plante, dich so verliebt in ihn zu machen, dass du ihm keine Bitte mehr abschlagen könntest. Daher forderte er dich zuerst auch zu einem Duell heraus, um dir in einem direkten Kampf Mann gegen Frau zu zeigen, was für ein starker Kämpfer er ist. Damit hoffte er, dich zu beeindrucken. Anschließend gab er sich nett und wohlwollend und behauptete, sich in dich und deine Kampfesfähigkeiten verliebt zu haben. So hoffte er, deine Zuneigung zu gewinnen und dein Herz zu erobern. Wenn ihm dies gelungen wäre, hätte er versucht, dich dahingehend zu manipulieren, dass du den

Befehl gibst, Kathinka möge doch ihn und seinen Bruder in die Schankzofen verwandeln, damit sie Angrias töten können. Als du aber sein verlogenes Werben nicht erwidert und ihm klar gezeigt hast, dass du von ihm nichts willst, änderte er sein Verhalten schlagartig. Er benahm sich wieder so, wie er wirklich ist: arrogant, selbstherrlich und herablassend. Die harbaischen Brüder ließen von ihrem ursprünglichen Plan, dich, Sincha, zu manipulieren ab und beschlossen, den rechten Moment abzuwarten, um von Kathinka mit Gewalt einzufordern, sie in die Schankzofen zu transformieren."

„Ist das wahr?" Sinchas Stimme klingt eisig.

Romaldo röchelt in meinem Griff, weigert sich aber, ein Wort zu sagen.

„Grumpf, grumpf." Knut lässt seinen Streitkolben sinken und wirkt mit einem Mal sehr traurig. „Grumpf."

„Alles, was Skriek sagt, ist wahr", übersetzt Kathinka. „Doch nun ist ihre Ehre verspielt und sie werden Yestshire in Schande verlassen."

Sincha senkt ihren Säbel und spuckt Romaldo mitten ins Gesicht. Der Prinz aus Harba läuft vor Wut rot an, kann aber nichts tun, da meine Kralle immer noch gegen seinen Kehlkopf drückt.

„Halte Romaldo weiter fest", befiehlt Sincha Ankonski. „Kathinka wird jetzt ihre Wandelmagie wirken. Sobald ihre Arbeit getan ist, kannst du den Prinzen loslassen. Er weiß ebenso wie wir, dass Kathinka dann nicht noch einmal Wandelmagie einsetzen kann."

Basola und Lusona sind völlig verändert. Sie wirken hübsch, feminin und sinnlich. Nur ihre Stimmen klingen noch ebenso schroff und hart wie vorher.

Kathinka lehnt neben mir an der Nordwand und ringt nach Atem. Sie hat all ihre Magie gegeben, damit Basola und Lusona möglichst lange als Schankzofen erscheinen.

Romaldo steht mit weißem Gesicht neben dem Brunnenschacht und lässt die Schultern hängen. Fürs Erste ist sein Kampfgeist erloschen. Die Scham seiner verletzten Ehre nagt tief in ihm. Knut geht es nicht viel besser. Er grumpft leise und leidend vor sich hin. Im Fackelschein kommt es mir sogar fast so vor, als ob eine Träne in seinem rechten Auge glitzern würde.

Sincha reicht Basola und Lusona die Hand zum Kriegergruß der Amazonen. „Macht unsere Königin stolz", sagt sie. „Dann wird Ama eure Spinnfäden ein weiteres Mal zu einem neuen Netz verknüpfen."

„Wir werden unsere Königin nicht enttäuschen." Die beiden Amazonen wirken sehr selbstbewusst. Der nahende Tod scheint sie nur wenig zu kümmern.

Sincha winkt mich zu sich. „Skriek, verschließe den Brunnen mit der Steinplatte, sobald wir hineingeklettert sind. Niemand soll je erfahren, wie wir in den Turm von Yestshire gelangt sind. Wir müssen alle Spuren verwischen, das haben wir dem Zauberer versprochen. Klettere anschließend so schnell wie möglich zurück. Nimm erneut die Nordwand, so wie es Erik Anfohrrnus dir geraten hat. Wir treffen uns alle nordöstlich von Yestshire. Es gibt einen seltsam geformten Felsen, der wie ein erhobener Finger aussieht und an die zwölf Meter hoch ist. Du hast ihn sicherlich bemerkt, als wir uns Yestshire näherten."

Ich nicke. „Ich kann mich an den Felsen erinnern, Heerführerin."

„Hinter dem Felsen, vielleicht eine knappe Meile in nördlicher Richtung, ist eine kleine Waldlichtung mit einer Quelle. Dort treffen wir uns. Erik hat versprochen, dass er, falls es ihm irgendwie möglich ist, auch dorthin kommen wird." Sie zieht ihre Augenbrauen zusammen. „Wir werden bis zur zwölften Stunde des neuen Tages warten. Vielleicht geschieht ja ein Wunder und Basola und Lusona können entkommen."

„Darauf würde ich nicht wetten", sage ich.

Kathinka, die von der Anwendung ihrer Wandelmagie noch sehr erschöpft ist, wird von Clarina und Sincha gestützt, als sie in den Brunnen klettert. Dahinter folgen Romaldo und Knut. Sie haben sich widerspruchslos die Leichen der beiden Schankzofen über die Schultern geworfen. Die Gesichter der beiden sind aschfahl. Noch haben sie ihre Niederlage nicht verarbeitet, aber ich weiß genau, dass ich nun in den beiden zwei unerbittliche Feinde habe. Kathinkas Traum kommt mir in den Sinn. Es ist wohl unvermeidlich, dass Romaldo und ich, falls wir beide das hier überleben sollten, in naher Zukunft einen Kampf auf Leben und Tod ausfechten werden. Ich seufze und denke an Kathinka. Nicht einmal richtig verabschieden konnte ich mich von ihr.

„Seufze nicht“, schnaubt Basola und deutet auf den kreisrunden Steindeckel. „Mach dich an die Arbeit.“

Ich blicke von ihr zu Lusona. „Ich hoffe, ihr könnt Angrias töten.“

„Das lass nur unsere Sorge sein, Schuppenkopf“, entgegnet Lusona.

Die Amazonen eilen ohne Gruß zu den Quartieren der Schankzofen. Ich bleibe alleine zurück. Am liebsten würde ich Kathinka und den anderen in den Brunnenschacht folgen, aber das darf ich nicht. Ich muss ja diese verdammte Steinplatte wieder über den Brunnen schieben. Ich fluche, da ich insgeheim befürchte, dass ich bei meinem Abstieg nicht so viel Glück haben werde wie bei meinem Aufstieg. Ich weiß genau, wenn mich irgendjemand an der Wand des Turmes entdeckt, ist mein Leben verwirkt. Und das will ich um keinen Preis. Zwischen Kathinka und mir ist etwas im Entstehen, das mir sehr viel bedeutet. Ich möchte um alles in der Welt heil bei jener vereinbarten Lichtung ankommen.

Meine Eckzähne schlagen aufeinander, als ich ächzend die Steinplatte auf ihren Platz zurückschiebe. Es geht etwas leichter als vorhin, da die Platte jetzt nicht so viel Reibungsfläche hat und nicht zur Gänze auf dem Brunnenrand aufliegt. Nach kurzer Zeit ist sie wieder so einigermaßen an ihrem Platz und ich werfe einen letzten Blick auf den Brunnen. Es wird Zeit, den Turm von Yestshire zu verlassen. Ich eile aus der Gasse und blicke über den menschenleeren Innenhof. Mit wenigen Schritten erreiche ich die Treppe der steinernen Wehr und sprinte nach oben. Ich öffne die Tür und betrete den untersten Wehrgang. Lauschend blicke ich mich um. Es ist alles still. Ich setze meinen Fuß auf die erste Sprosse der Leiter und erstarre, da mich *mahamsanazu* befällt. Ich versuche, mich dagegen zu wehren. Verzweifelt kämpfe ich dagegen an. Ich will nicht im Turm bleiben. Ich will zu Kathinka.

Mein *mahamsanazu* jedoch ist zu stark. Widerwillig und zähneknirschend gebe ich nach und mache mich auf die Suche nach den Schlafräumen der Schankzofen.

37

Mein *mahamsanazu* treibt mich an. Ich folge ihm, da ich weiß, dass es keinen Sinn macht, sich dagegen zu wehren. Thurantuh spukt die ganze Zeit über in meinem Kopf herum. Er ist seltsam aufgeregt und das macht wiederum mich nervös. Ich bin mir mittlerweile sicher, dass meine Vorahnungen zu Recht bestanden haben. Es ist alles viel zu leicht gelaufen. Das riecht förmlich nach einer Falle, nach einem Hinterhalt. Aber worum handelt es sich dabei? Ich weiß es nicht. Noch nicht.

Geduckt husche ich über den großen Innenhof, eile eine Treppe nach oben und überlasse mich ganz meinen Instinkten. Vor mir ist ein länglicher Säulengang, von dem vier Türen wegführen. Ich wähle die zweite und betrete das Innere eines Gebäudes. Lediglich eine Öllampe brennt in ihrer Halterung an der Wand. Für menschliche Augen spendet sie kaum Helligkeit, aber für mich ist sie mehr als ausreichend. Mein *mahamsanazu* leitet mich unbeirrt weiter. Nach wenigen Metern erreiche ich einen Treppenaufgang. Leise steige ich nach oben und komme in den ersten Stock. Eine Glastür führt auf einen Balkon, dessen Geländer aus massivem Stein ist. Ich trete ins Freie. Ein sanfter Wind streicht über mein Gesicht und ich spüre, dass ich meinem Ziel ganz nahe bin. Vor mir dringt der fahle Schein einer Öllampe durch ein Fenster. Ich schleiche näher und spähe durch das Fenster ins Innere des Raumes. Mein Ziel ist erreicht. Ich habe Basola und Lusona, die verwandelten Schankzofen, erreicht. Die beiden Frauen sitzen auf ihren Betten. Sie haben die damenhaften knöchellangen Kleider von Schankzofen angezogen. Noch immer verwundert mich ihr Aussehen und ich habe Mühe, mich daran zu gewöhnen, dass diese beiden hübschen, zarten Schankzofen eigentlich zwei muskulöse, sehnige Kriegerinnen mit scharfen Gesichtszügen und herrischen Stimmen sind.

Die Zeit vergeht. Basola und Lusona sprechen leise miteinander. Ich kann sie an ihren unveränderten Stimmen auseinanderhalten. Basola erzählt von ihrer Liebe zu einem jungen Stallburschen auf dem Hof ihrer Mutter. Er hat ihr versprochen, auf sie zu warten, bis ihre Zeit als Kriegerin um ist und sie die magischen Tränke absetzen kann. Nun wird sie ihren Stallburschen nie wieder sehen. Lusona spricht von ihrer

Schwester, mit der sie einen Marktstrand in Ontron aufmachen wollte. Ihre Schwester wird den Marktstand alleine führen müssen. Die Amazonen ergreifen sich bei den Händen und blicken sich an.

Mir wird klar, dass Basola und Lusona nicht so kaltschnäuzig sind, wie sie sich geben. Sie hängen wie alle Wesen an ihrem Leben und haben ihre Träume, die sich nun nicht mehr erfüllen werden. Ich bedauere die beiden harten Kriegerinnen.

Nach einer Weile beginnen sie erneut zu sprechen. Punkt für Punkt gehen sie noch einmal die Verhaltensregeln von Erik Anfohrrnus durch, die es ihnen ermöglichen sollen, unter den Schankzofen nicht weiter aufzufallen.

Nach einer Weile werde ich des Zuhörens müde und hocke mich unter das Fensterbrett auf den Boden. Der Stoff meines grauen Mantels umhüllt meinen Körper und schützt mich vor unliebsamen Blicken. Die Kapuze habe ich tief in mein Gesicht gezogen, während mein *mahamsanazu* noch immer all meine Sinne beansprucht, auch wenn es jetzt ruhiger ist und mich nicht mehr weiter drängt. Ich umfasse mein Stieramulett, bete zu Thurantuh und denke an Kathinka.

Stunden sind vergangen. Endlich rührt sich etwas im Zimmer der beiden Amazonen. Sie erheben sich von ihren Betten und ich kann ihre Schritte hören. Mein *mahamsanazu* wird wieder stärker. Die Zeit zwischen der fünften und sechsten Stunde ist angebrochen. Ich setze mich ein wenig auf, sodass ich durch das Fenster ins Innere sehen kann. Eine der beiden Amazonen, ich glaube, es ist Basola, aber ich bin mir seit der Verwandlung nicht sicher, da sich die beiden als Schankzofen so ähnlich sehen, geht zu dem kleinen Tisch, der neben dem offenen Kamin an der Wand steht. Sie ergreift das Holzkästchen, das ihnen Erik Anfohrrnus gegeben hat, und tritt zu ihrer Gefährtin. Die beiden Frauen legen ihre Hände auf den Deckel und ein grünliches Glühen umspielt plötzlich das Kästchen. Mit einem schnappenden Geräusch springt es auf. Sie stellen das Kästchen am Boden ab und jede Amazone ergreift eine magisch vergiftete Haarnadel und schiebt sie der anderen äußerst vorsichtig in den Haarknoten, den sie sich gebunden haben und der etwas seitlich hinter dem linken Ohr sitzt. Ihre

Gesichter sind hochkonzentriert. Ihre Lippen bilden schmale Striche der Anspannung. Die Amazonen wissen um die Gefährlichkeit der beiden Haarnadeln. Eine falsche Bewegung oder eine kleine Unachtsamkeit könnte jetzt tödlich sein. Ich spüre selbst, dass eine gewisse Anspannung mich befällt, und ich kann nicht umhin, die beiden Amazonen für ihren Mut zu bewundern.

Da quillt Rauch aus dem Kästchen. Die Kriegerinnen schnaufen überrascht. Der Rauch wird dichter, wabert hin und her, steigt nach oben, dehnt sich aus und nimmt ganz langsam die Gesichtszüge von Erik Anfohrrnus an. Die Kriegerinnen treten überrascht einen Schritt zurück und starren auf das Rauchgebilde. Auch ich schnaube verblüfft und kann kaum glauben, wie detailgetreu die Rauchwolke das Gesicht des Zauberers wiedergibt. Nur seine ohnehin schon ausgesprochen lange Menschennase erscheint mir noch länger zu sein. Ein tiefer Ernst geht von dem Rauchgesicht aus. Plötzlich spricht Eriks vertraute Stimme aus dem Mund des Zaubergebildes.

„Meine tapferen Kriegerinnen, ich grüße euch."

Die Amazonen neigen die Köpfe. „Willkommen, Zauberer."

„Ich habe nur sehr wenig Zeit. Es kostet mich große Kraft, die Verbindung zu euch aufrechtzuerhalten. Doch ich muss dringend mit euch sprechen, da sich etwas Wichtiges verändert hat." Das Rauchgesicht seufzt genauso, wie es auch Erik Anfohrrnus meist zu tun pflegt. „König Edwin weigert sich, König Angrias zu treffen, falls dieser sein Gesicht weiterhin hinter einer Maske verbirgt. König Edwin will mit Angrias von Angesicht zu Angesicht verhandeln, um sicher zu sein, dass er mit dem echten Angrias spricht und nicht mit einem Doppelgänger." Das Rauchgesicht seufzt. „König Edwins Wunsch mag ja durchaus vernünftig sein und er entbehrt natürlich nicht einer gewissen Logik und Konsequenz. Aber für uns erschwert sich dadurch die ganze Angelegenheit." Der Rauch verdichtet sich und nimmt noch deutlicher Eriks Gesichtszüge an. „Nun, wie auch immer. Angrias hat Edwins Forderung zugestimmt. Er wird heute Morgen im Ratssaal ohne seine Maske erscheinen."

„Wie erkennen wir ihn denn?", fragt eine Amazone. Der Stimme nach zu urteilen, ist es Lusona.

„Ich weiß dank einer überaus gut bezahlten Spionin, die als

Kammerzofe in Vinbon arbeitet, wie Angrias aussieht“, sagt der Zauberer. „Ich werde euch jetzt sein Angesicht zeigen. Merkt es euch gut, damit ihr den Richtigen tötet.“

Eriks Rauchgesicht beginnt sich langsam zu verändern und neue Konturen anzunehmen. Nach wenigen Augenblicken schwebt das Antlitz eines jungen Mannes im Zimmer, das wohl Angrias darstellen soll. Es hat hohe Wangenknochen, blaue Augen, kurze braune Haare, einen schmalen Mund und ein energisches Kinn. Für einen Menschenmann sieht Angrias recht passabel aus. Und er ist erstaunlich jung. Ich würde ihn auf zweiundzwanzig, dreiundzwanzig Jahre schätzen. Knut und sein Vater haben also rechtgehabt. König Angrias dürfte dank der Magie seiner Reliquie tatsächlich kaum altern, und das versteckt er hinter seiner dunklen Maske, um vor den einfachen, furchtsamen Menschen aus Euptonien zu verbergen, dass er Magie wirken kann.

Eriks Stimme klingt durch das Zimmer, obwohl der Rauch immer noch das jugendliche Gesicht von König Angrias zeigt. „Habt ihr euch die Züge des Königs gut eingeprägt?“

Die Amazonen nicken. „Ja, Zauberer.“

„Wenn ihr ihn seht, zögert nicht eine Sekunde. Er ist sehr gefährlich. Ihr müsst schnell und tödlich sein.“

„Das wissen wir, Zauberer.“

„Nun gut.“ Ein Seufzen ist zu hören und König Angrias Rauchgesicht löst sich langsam auf. „Viel Glück, ihr tapferen Kriegerinnen. Möge Ama euch stets beschützen.“

„Und mögen deine Netze nie reißen“, antworten die Amazonen. Sie heben das Kästchen vom Boden auf und stellen es in den Kamin. Es gibt eine Stichflamme und das Kästchen verbrennt. Alle Spuren, die auf Erik Anfohrrnus hinweisen könnten, sind damit vernichtet.

„Die Macht des Zauberers ist beängstigend“, sagt Basola.

„Danken wir Ama, dass er unser Verbündeter ist“, fügt Lusona hinzu.

Erik ist wunderbar, denke ich tief ergriffen und mein Herz jubiliert innerlich. Endlich sind meine Sorgen und Ängste wie weggeblasen. Über Tage hinweg war ich misstrauisch und angespannt. Stets habe ich gespürt, dass irgendetwas nicht stimmt, und meine Instinkte haben mich nicht getrogen. Doch Erik hat meine Sorgen zerstreut. König Angrias wird sterben. Mag er auch ohne Maske erscheinen, Basola und Lusona werden ihn erkennen. Jetzt kann sie nichts mehr von ihrem Vorhaben abhalten. Ich schaudere. Es wäre eine Katastrophe gewesen, wenn die beiden Amazonen Angrias unter all den Beratern und Edlen nicht sofort erkannt hätten. Jede Sekunde des Zögerns, jede Sekunde der Unsicherheit hätte Angrias das Leben retten können. Aber dank Erik Anfohrrnus Umsicht und Schlauheit wird Angrias nicht überleben. Da bin ich mir jetzt sicher. Mit deutlich ruhigerem Gemüt schleiche ich mich leise davon.

Wahrscheinlich, wird mir nach wenigen Schritten bewusst, bin ich neben den beiden Amazonen, die nicht mehr lange leben werden, eines der ganz wenigen Wesen, das weiß, wie der Herrscher mit der dunklen Maske wirklich aussieht. Ehrlich gesagt habe ich mir Angrias ganz anders vorgestellt. Das Rauchgesicht hat einen recht freundlichen und gütigen jungen Mann gezeigt, und das ist König Angrias beim besten Willen nicht. Aber natürlich kann das Aussehen täuschen. Woher soll man auch wissen, wie ein despotischer grausamer Herrscher aussieht? Ich zucke daher mit den Schultern. Mir kann es ja völlig gleich sein, wie Angrias aussieht. Wichtig ist nur, dass er den heutigen Tag nicht überlebt und dass ich heil dem Turm von Yestshire entkomme, um wieder mit Kathinka zusammen zu sein.

Ein wenig beschleunige ich meine Schritte, als ich mich der Nordseite des Turmes zuwende. Bald wird es hell. Ich muss mich beeilen, wenn ich den Turm ungesehen hinabklettern will. Bei Tageslicht würde ich niemals unentdeckt bleiben.

Plötzlich stutze ich. Ich war durch Eriks Rauchgebilde und seine Worte so erleichtert und wohl auch abgelenkt, dass ich gar nicht registriert habe, dass mich immer noch *mahamsanazu* erfüllt. Anscheinend habe ich noch nicht alles gesehen, was es hier im Turm von Yestshire für mich zu sehen gibt. Ich fluche bitterlich. Thurantuh grunzt in meinem Hinterkopf. Auch er ist voller Sorge.

Es ist hell geworden. Bald wird die achte Stunde des Tages anbrechen. Ich sitze auf einem Stützbalken hoch über dem steinernen Boden des Ratssaales und hülle mich in meinen Mantel. Selbst wenn jemand zu mir hinaufsehen würde, wäre ich kaum zu erkennen. Unter dem Dach ist es dunkel und voller Schatten. Ich bin vor neugierigen Blicken recht gut geschützt.

Der Ratssaal selbst ist ein langer hoher Raum, an dessen Wänden zahlreiche bunte Teppiche und unterschiedliche Fahnen und Wimpel hängen. Es gibt vier ovale Glasfenster, durch die das Morgenlicht dringt. Zusätzlich sind noch einige Öllampen entzündet. In der Mitte des Raumes stehen ein massiver viereckiger Eichentisch und sechs gepolsterte Sessel mit ausladenden Lehnen. Ich vermute, dass an dem Tisch die Verhandlungen zwischen König Edwin und König Angrias stattfinden werden.

Plötzlich geht die große Türe auf und mehrere Menschen betreten den Raum. Voran marschieren zehn Soldaten, die für alle deutlich sichtbar das Zeichen der Wachgilde tragen. Sie sind mit Floretten, Dolchen und schmalen Spießen bewaffnet und wirken stahlhart und kampferprobt. Die Gilde hat es sich nicht nehmen lassen, zu diesem so wichtigen Treffen ihre fähigsten Krieger in den Ratssaal zu entsenden. Hinter den Soldaten kommt ein kleiner dicker Mann mit ausladendem Schnauzbart und schwarzer Kleidung in den Ratssaal. Er hat eine ungewöhnlich große weiße Halskrause und auf seinem kugelförmigen Kopf sitzt ein spitz zulaufender Hut mit roter Feder. Neben ihm geht mit majestätischer Würde eine Zauberin. Erik hat mir ihren Namen genannt: Erina Jastantino. Sie ist dem Aussehen nach, aber das besagt bei Zauberern ja gar nichts, so um die vierzig Jahre alt, groß und schlank. Ihre grauen Augen blicken scharf, schmale Kerben sind um ihren Mund. Ihre Haare sind lang und von blonder Farbe. In der rechten Hand hält sie einen Zauberstab, dessen Enden kunstvoll mit Eisenarbeiten beschlagen sind.

Unmittelbar hinter der Zauberin und dem kleinen dicken Mann kommen vier weitere Männer. Sie gehen einträchtig nebeneinander her. Zwei der Männer sind um die fünfzig und haben dichte Vollbärte. Einer der beiden trägt einen goldenen Stirnreif und wirkt sehr selbstsicher. Ich vermute, dass es sich bei diesem Mann um König Edwin handelt. Neben ihm gehen zwei schlanke, deutlich jüngere Männer. Einer von ihnen, ich erkenne ihn sofort, ist König Angrias. Der andere hat blondes

Haar und macht einen etwas unsicheren Eindruck, ganz so, als ob er sich in seiner Haut nicht wohlfühlen würde.

Ich kneife die Augen zusammen und betrachte König Edwin und König Angrias genauer. Die beiden sind fast von gleicher Größe und haben nicht unähnliche Gesichtszüge, die von einer gewissen Weisheit und Autorität zeugen. Ich frage mich nicht sehr ernsthaft, ob solche Gesichtszüge vielleicht allen Menschenkönigen gegeben sind. Auf jeden Fall verwundert es mich ein wenig, wie einträchtig König Edwin und König Angrias nebeneinander einhergehen. Kein Groll scheint zwischen den beiden verfeindeten Herrschern zu liegen. Auch als sie an den viereckigen Eichentisch kommen, setzen sie sich in einvernehmlichem Schweigen nebeneinander hin. Der zweite ältere Mann und der blonde, unsichere Jüngling nehmen links und rechts von den beiden Königen Platz. Ich vermute, dass die beiden die jeweiligen Berater der Könige sind, wobei mir Angrias blonder Berater ausgesprochen jung und linkisch erscheint.

Die Zauberin und der kleine dicke Mann mit dem spitzen Hut setzen sich gegenüber von König Edwin und König Angrias an den Tisch. Sie wechseln ein paar kurze Worte und nicken sich zu. Die zehn Wachsoldaten haben inzwischen an der Wand Stellung bezogen und blicken wachsam zu den beiden Königen. Mittlerweile sind auch vier Schankzofen in den Raum getreten. Sie haben Tabletts mit bauchigen Rotweinkaraffen, Wasserkrügen und Kristallgläsern in den Händen. Ich erkenne Basola und Lusona augenblicklich. Im Vergleich zu den beiden echten Schankzofen bewegen sie sich viel zu wenig geschmeidig und fließend. Der Gang von Kriegerinnen haftet ihnen unübersehbar an und ich hoffe inständig, dass dies außer mir niemand bemerkt.

Der kleine dicke Mann klatscht zweimal in die Hände. Die beiden echten Schankzofen setzen sich augenblicklich in Bewegung. Basola und Lusona zögern einen winzigen Moment, bevor auch sie den Anweisungen des kleinen Mannes Folge leisten. Mit raschen Schritten und vollbeladenen Tabletts, die sie sicher und ohne auch nur einen Tropfen zu verschütten balancieren, erreichen sie den Verhandlungstisch. Sie sind Angrias jetzt ganz nahe. So nahe, wie ihm noch nie ein Attentäter gekommen ist. Eriks Plan, so glaube ich in diesem

Moment, dürfte wahrhaftig aufgehen. Der Zauberer ist ein überaus listiger Fuchs, brumme ich in Gedanken. Thurantuh stimmt mir zu. Auch er scheint den Zauberer für seinen Scharfsinn ein wenig zu bewundern.

Die beiden Könige, ihre Berater sowie die Zauberin und der kleine dicke Mann sitzen ohne Argwohn am Tisch und zollen den Schankzofen nicht die geringste Aufmerksamkeit. Für sie sind die vier hübschen Frauen nichts weiter als Bedienstete, die ihnen Wasser und Wein kredenzen.

Basola und Lusona stellen ihre vollbeladenen Tabletts am linken Ende des Tisches ab und werfen sich einen kurzen Blick zu. Dann handeln sie so, wie sie es von klein auf als Kriegerinnen gelernt haben: schnell, effizient und tödlich. Die Haarnadeln ziehen, vorwärts springen und zustoßen sind eins. Die magisch vergifteten Nadelspitzen bohren sich tief in König Angrias Hals. Der junge Mann röchelt kurz auf. Seine Augen brechen und er stirbt innerhalb weniger Augenblicke. Sein lebloser Körper sinkt im Sessel zusammen.

König Edwin schreit entsetzt auf. Seine Stimme überschlägt sich vor Ingrimm und Grausen. Aus dem Stab der Zauberin löst sich ein Feuerstrahl und durchbohrt den Brustkorb einer der beiden Amazonen. Es zischt und qualmt und die Amazone stirbt. Die andere weicht blitzschnell einen Schritt zurück und blickt sich gehetzt um.

Die Wachsoldaten heben bedrohlich ihre schmalen Spieße und fixieren die drei noch lebenden Schankzofen. Die beiden echten Zofen sinken in die Knie und brechen in Tränen aus.

„Ich will die Frauen lebend!“, ruft die Zauberin. „Wir müssen sie befragen und verhören!“

„Für Ama und meine Königin“, ruft die noch lebende Amazone mit lauter, fester Stimme. Es ist Basola. Verächtlich spuckt sie in Richtung König Angrias Leiche und rammt sich dann die magisch vergiftete Haarnadel ins Herz. Sie stirbt ebenso schnell wie der Herrscher mit der dunklen Maske.

Für einen Moment sind alle wie erstarrt, doch plötzlich keuchen die Soldaten erschrocken auf. Lusonas Körper, der vom Feuerstrahl der Zauberin durchbohrt worden ist, verändert sich. Kathinkas Wandelmagie wirkt nicht mehr. Lusona nimmt ihr altes Aussehen an. Sie ist wieder die tätowierte hagere Kriegerin, als die ich sie kennengelernt habe. Wenig später geschieht das Gleiche mit Basola. Auch sie wird wieder zur Amazone.

König Edwin ist immer noch wie von Sinnen. Er kniet neben Angrias Leiche und schluchzt voller Verzweiflung. Der blonde Jüngling tritt vor Zorn bebend zu ihm.

„Es waren verdammte Amazonen!“, brüllt er und seine Augen füllen sich mit Tränen. „Dafür werden sie teuer bezahlen!“

König Edwin hebt seinen Kopf. Auch seine Augen sind voller Tränen. „Ich schwöre bei meiner Göttin Asalona, dass ich nicht ruhen werde, bis alle Amazonen getötet sind!“ Seine Zähne schlagen verbittert und voll unterdrücktem Zorn heftig aufeinander.

Mir schwirrt der Kopf von alldem, was ich gesehen habe. Immer mehr Menschen strömen in den Ratssaal und mir wird klar, dass ich so schnell wie möglich verschwinden muss. Lange werde ich hier oben auf meinem Beobachtungsplatz nicht unbemerkt bleiben. Außerdem ist mit König Angrias Tod mein *mahamsanazu* erloschen. Es gibt also nicht mehr den geringsten Grund, länger zu verweilen.

So leise und so schnell es mir möglich ist, hantle ich mich einen Querbalken entlang. Augenblicke später erreiche ich eine kleine Dachluke, die gerade groß genug ist, um mich hindurchzuzwängen. Unter mir nimmt der Tumult zu. Rufe ertönen. Es herrscht ein einziger Wirrwarr. Ich nütze das Chaos für meine Zwecke. Jetzt, in der ersten Phase des ganzen Aufruhrs, sind meine Chancen am allergrößten, unbehelligt zu bleiben. Mir ist aber auch klar, dass ich den Turm nicht mehr über die Nordwand verlassen kann.

Ächzend stemme ich mich nach oben und ziehe mich auf das Dach des Ratssaales. Der Platz unter mir ist voller aufgeregter Menschen. Ich wende mich nach rechts, rutsche auf dem Bauch liegend über das Schindeldach und erreiche die Rückseite des Gebäudes. Eiligst klettere ich über eine Dachrinne nach unten. Bis jetzt hat mich niemand gesehen. Ich ziehe meine Kapuze noch weiter ins Gesicht und gehe leicht in die Knie, um meine Größe zu kaschieren und unter all den Menschen nicht noch zusätzlich durch meine Körpermaße herauszustechen. So ruhig und unauffällig, wie es mir bei meinem pochenden Herzen eben möglich ist, trete ich aus der Gasse und mische mich unter die Menschen, die immer noch rufend und fragend hin und her laufen. Zusehends mehr Wachen tauchen auf der Bildfläche auf und ich beschleunige meine Schritte. Es dauert nicht lange und ich erreiche jene schmale Gasse, die mein Ziel ist. Mit mühsam beruhigtem Atem trete ich vor den Brunnen hin und sammle meine Kräfte. Es bleibt nur mehr die Flucht durch den Brunnenschacht und dann weiter durch die unterirdischen Abwasserkanäle von Yestshire. Ohne Sinchas Pläne wird es kein Leichtes sein, den richtigen Weg zu finden. Aber ich bin ein halber Skriek. Meine feinen Sinne und meine Instinkte werden mich durch all die Kanäle leiten. Zumindest hoffe ich, dass es so sein wird.

38

Es ist so dunkel in den weit verzweigten Gängen der Kanalisation, dass nicht einmal meine skriekischen Augen auch nur das Geringste sehen können. Ich gehe durch absolute Dunkelheit. Immer wieder bete ich zu Thurantuh, dass er mich hier unten beschützt. Meine feine Nase nimmt die unterschiedlichsten Gerüche wahr. Zahlreiche Tiere bevölkern die Abwasserkanäle: Ratten, Mäuse, Dachse und Füchse. Und noch etwas anderes ist hier unten. Ein großes, gefährliches Tier, das nach Jagdlust und Mordgier riecht. Daher bin ich ganz besonders auf der Hut, verharre oft und wittere. Es ist ein mühsames Vorwärtskommen. So scharf meine Sinne auch sein mögen, sie können doch keine Öllampe oder brennende Fackel ersetzen. An manchen Stellen taste ich mich mit den Händen an den Wänden entlang, um nicht völlig die Orientierung zu verlieren. Zweimal rieche ich andere Wesen. Ein kleiner Trupp Menschen und drei Trolle sind hier unten unterwegs. Ob die beiden Gruppen einander suchen, weiß ich nicht. Dank meiner Nase und Thurantuhs Beistand kann ich aber stets eine Begegnung vermeiden, auch wenn das bedeutet, dass ich wiederholt gezwungen werde, einen Umweg in Kauf zu nehmen.

Ich werde immer ungeduldiger. Sincha hat gesagt, dass sie bis zur zwölften Stunde mit den anderen auf der Waldlichtung hinter dem fingerförmigen Felsen warten wird. Die Zeit drängt also und ich befürchte, dass ich nicht schnell genug durch die Kanalisation vorankomme. Aber ich kann auch kein allzu großes Risiko eingehen. Ein Kampf mit anderen Wesen oder dem großen Tier würde mich noch mehr aufhalten. Immer öfter umklammere ich mein Stieramulett und hoffe so, neue Kraft und Zuversicht zu bekommen.

Irgendwann sehe ich einen Streifen hellen Lichtes und eile auf ihn zu. Seitlich über mir ist ein Schacht mit Ausstieg. Ich weiß nicht, ob ich schon weit genug in nördliche Richtung vorgedrungen bin, aber im Moment spielt das für mich keine Rolle. Ich will nur hinaus ins Tageslicht und die stinkende Kanalisation von Yestshire verlassen. Mit einem in meinen Ohren viel zu lauten Scharren schiebe ich einen Kanaldeckel zur Seite, der den Ausstieg versperrt. Vorsichtig spähe ich nach draußen und atme auf. Niemand ist in unmittelbarer Nähe zu sehen. Schnell steige ich ganz aus dem Schacht und laufe ein paar Schritte bis zur nächsten schmalen Gasse. Dort drücke ich mich gegen die unverputzte Wand und versuche, mich zu orientieren. Der Turm von Yestshire ist so groß und mächtig, dass er in der ganzen Stadt von jeder Stelle aus als Richtpunkt zu erkennen ist. Ich hebe meinen Kopf, schnappe nach frischer Luft und blinzle in die Sonne. Es ist schon wieder ein unglaublich heißer Sommertag. Der Staub liegt mittlerweile fingerdick auf den Straßen und Gassen und es wird höchste Zeit, dass es wieder regnet.

Nach einem kurzen Rundblick entdecke ich den Turm. Er ist südwestlich von mir und gut drei Meilen entfernt. Thurantuh sei Dank, ich habe mich in der Kanalisation nicht völlig verlaufen. Zwar habe ich mich etwas zu weit nach Westen bewegt und auch nicht so viele Meilen zwischen mich und den Turm gebracht, wie ich es vorgehabt habe, dennoch will ich nicht klagen. Ich weiß ungefähr, wo ich mich befinde. Und was noch wichtiger ist, ich weiß, welche Richtung ich jetzt einschlagen muss, um zu dem vereinbarten Treffpunkt zu kommen. Nach dem Sonnenstand zu urteilen, dürfte bald die elfte Stunde anbrechen. Das gibt mir etwas Spielraum, um noch rechtzeitig Kathinka und die anderen zu erreichen.

Mit einem leichten gleichmäßigen Trab eile ich durch die

Gassen und Straßen von Yestshire. Gelegentlich werfen mir jene, an denen ich vorbeikomme, einen kurzen, skeptischen Blick zu, was vor allem daran liegen mag, dass kein vernunftbegabtes Wesen bei dieser flirrenden Hitze, noch dazu mit einem dicken Kapuzenmantel bekleidet, rennen sollte. Aber ich nehme die scheelen Blicke gerne in Kauf, da ich es mir einfach nicht leisten kann, noch mehr Zeit zu verlieren. Und dass in mir jemand einen der Attentäter von König Angrias sieht, kann ich mir nicht vorstellen. Yestshire ist viel zu riesig und weitläufig, als dass sich die Nachricht über den Meuchelmord schon überall verbreitet hätte. So gesehen fühle ich mich sogar einigermaßen sicher. Die wogende Masse der Stadt verleiht mir zusätzliche Anonymität, mag ich auch wie ein verschwitzter, schwer atmender Irrer über die Pflastersteine hetzen.

Die Zeit fliegt nur so dahin. Endlich erreiche ich die Ausläufer von Yestshire. Ich haste durch Seitengassen und um Ställe, Geschäfte und Schmieden. Eine knappe Meile vor mir beginnt offenes freies Land und ich beschleunige noch einmal mein Tempo, auch wenn mir mittlerweile jeder Muskel im Körper wehtut.

Irgendwann taucht Thurantuh in meinem Kopf auf und meint, dass König Edwin im Ratssaal recht eigenartig reagiert hat. Das gibt mir zu denken. Ja, König Edwins Reaktion auf König Angrias Tod ist wahrlich seltsam gewesen. Ich rufe mir wieder das Bild des Anschlages ins Gedächtnis und beginne mich immer mehr zu wundern. Warum ist König Edwin so voll Trauer, Zorn und Ingrimm über König Angrias Ermordung? Er müsste doch eigentlich heilfroh sein, dass er seinen unliebsamen Konkurrenten endlich los ist.

Vielleicht, sage ich in Gedanken zu Thurantuh, ist König Edwin ein begnadeter Schauspieler und hat die Rolle des trauernden Regenten nur gespielt, damit niemand vermuten kann, dass er vielleicht seine Finger bei Angrias Ermordung mit im Spiel gehabt hat.

Vielleicht, knurrt Thurantuh und klingt nicht sehr überzeugt.

Ich erreiche den zeigefingerartigen Felsen, der hoch in den Himmel hinauf ragt, und bleibe für einen Moment stehen, um nach Luft zu schnappen. Ich bin mittlerweile völlig außer Atem und mit meinen Kräften ziemlich am Ende. Die anstrengende Kletterei auf den Turm, der wenige Schlaf und der nervenzehrende Marsch durch die Kanalisation fordern ihren Tribut. Am liebsten würde ich mich unter den Ästen eines Baumes in meinen Kapuzenmantel wickeln und schlafen, aber das geht leider nicht. So setze ich mich wieder in Bewegung und laufe weiter. Allein der Gedanke an Kathinka treibt mich noch voran.

Äste streifen mein Gesicht. Ein Waldvogel ruft. Und plötzlich rebellieren meine Instinkte. Augenblicklich halte ich an, ducke mich hinter einen Haselnussstrauch und wittere mit bebenden Nasenflügeln. Vor mir lauert eine Gefahr! Aber welche?

Vorsichtig schiebe ich einen Haselnusszweig zur Seite und spähe rundum. Alles erscheint friedlich. Ich kann nichts Auffälliges entdecken. Dennoch, ich bin gewarnt. Leise erhebe ich mich aus meiner hockenden Position und schleiche vorwärts. Es dauert nicht lange und ich höre Stimmen. Sie sind nicht ganz hundert Meter nördlich von jener Stelle, wo ich mich befinde, und mir durchaus gut bekannt: Sincha und Romaldo streiten lautstark. Der Prinz fühlt sich von der Heerführerin schmählich betrogen und um seine Ehre gebracht. Die Amazone beschuldigt Romaldo, ein Lügner und Betrüger zu sein.

Ich grinse und atme erleichtert auf. Bei unserer seltsamen Gruppe scheint alles beim Alten zu sein. Es wird gezankt und gestritten. Das vermittelt mir beinahe ein Gefühl von Sicherheit und Wohlvertrautem. Schon will ich mich ganz aufrichten und den anderen zurufen, dass ich auf dem Weg zu ihnen bin, da ist Thurantuh in meinem Kopf.

Kein Wort und sei ganz leise!, befiehlt er herrisch.

Warum?, will ich wissen.

Gefahr!, faucht Thurantuh.

Ich nicke und schleiche leise weiter. Die Bäume stehen teilweise so dicht, dass sie mir einen recht guten Sichtschutz vor möglichen Gegnern, die im Unterholz lauern, bieten. Mein grauer Kapuzenmantel tut sein Übriges, um mich vor fremden Blicken abzuschirmen. Nach ein paar Dutzend Schritten bin ich nahe genug herangekommen, dass ich meine Gefährten sehen kann. Sie haben sich auf der kleinen Waldlichtung rund um die

Quelle versammelt und sind staubig und verschwitzt. Kathinka hält immer noch meinen Kampfstab in der Hand und bei ihrem Anblick setzt mein Herzschlag für einen kurzen Moment vor Freude aus. Sie hat, wie all die anderen, den Marsch durch die Kanalisation von Yestshire heil überstanden.

Romaldo schimpft immer noch und seine Nasenspitze ist bedrohlich nahe an der von Sincha Ankonski. Knut steht seitlich neben seinem Bruder und grumpft böse. Clarina wacht neben ihrer Heerführerin und ihr Gesicht zeigt eisig kalten Zorn. Es ist wie immer. Die harbaischen Zwillinge und dic Amazonen können einfach nicht miteinander.

Worauf soll ich noch warten?, frage ich Thurantuh in Gedanken.

Bevor mir mein Gott antworten kann, höre ich näherkommenden Hufschlag. Eilig verberge ich mich hinter dem Stamm einer dicken Eiche und halte den Atem an.

Der Hufschlag kommt noch näher und jetzt hören ihn auch meine Gefährten. Augenblicklich stellen sie ihre Streitereien ein und ziehen ihre Waffen. Untereinander mögen sie sich ja alle spinnefeind sein, aber wenn es gegen andere geht, bedarf es kein Wort und alle sind augenblicklich bereit, gemeinsam und wie die Teufel dreinzuschlagen und zu kämpfen.

Noch näher kommt der Reiter der Waldlichtung. Ich spähe vorsichtig hinter dem Baumstamm hervor und sehe einen großen Schlapphut, einen Zauberstab, einen grauen Mantel mit den beiden Runensymbolen und einen langen, weißen Vollbart. Wer immer dieser Mann auch ist, er ist nicht Erik Anfohrrnus.

Meine Gefährten sind mittlerweile in Kampfposition. Sincha hebt ihre Stimme, als sie in den Wald ruft. „Wer bist du, alter Mann? Und was willst du?“

Der Zauberer reitet mit einem freundlichen Begrüßungsnicken auf meine Gefährten zu und zügelt erst knapp vor Sincha sein Pferd. „Ich bringe Nachricht von Erik Anfohrrnus“, sagt er mit unglaublich tiefer Stimme.

„Dann sei willkommen“, erwidert Sincha und schiebt ihre Krummsäbel in die Halterungen hinter ihrem Rücken. Auch die anderen senken ihre Waffen.

Der Zauberer steigt von seinem Pferd und streckt sich. „Ich bin froh, dass ich euch noch rechtzeitig gefunden habe.“ Er lächelt und hebt seinen Zauberstab. Ohne Vorwarnung lösen sich fünf Strahlen aus seinem Stab und umwickeln innerhalb eines winzigen Augenblicks meine Gefährten. Bevor sie nur die geringste Chance haben zu reagieren, sind sie bereits in einem magischen Netz gefangen und völlig wehrlos. Ihre Arme werden an ihre Körper gepresst und die Waffen entgleiten ihren Fingern.

Ich will losstürmen. Schon greife ich zu meinen Äxten.

Warte!, befiehlt Thurantuh mit scharfer Stimme.

Meine Gefährten sind in Gefahr, knurre ich innerlich.

Warte!

Wie lange?

Bis ich es dir sage.

Ich nicke. Thurantuh ist mein Gott. Es steht mir nicht zu, mich seinen Befehlen zu widersetzen, mag es mir im Augenblick auch noch so schwer fallen.

Sincha, Clarina, Kathinka, Romaldo und Knut winden sich mit vor Wut weißen Gesichtern in ihren Fesseln, aber es ist völlig zwecklos. Die magischen Strahlen binden sie unerbittlich. Es gibt kein Entkommen.

„Warum?“, knurrt Sincha schließlich den alten, weißbärtigen Zauberer an und stellt ihre sinnlosen Bemühungen ein, sich von den magischen Fesseln zu befreien. „Warum?“

Der Zauberer seufzt und ich kann mich des Eindrucks nicht erwehren, dass alle Zauberer einen Hang zum Seufzen haben.

„Amazone, wenn es nach mir ginge, wärst du bereits tot“, sagt er mit seiner tiefen, knarrenden Stimme. „Aber Erik Anfohrrnus hat mich gebeten, vor eurem Tod noch ein kurzes Gespräch mit euch allen zu führen. Er hat euch trotz allem in sein Herz geschlossen. Wortwörtlich hat er zu mir gesagt, dass er es unnötig grausam findet, euch unwissend sterben zu lassen. Er findet, dass ihr ein Recht darauf habt, die Wahrheit zu erfahren.“ Der Zauberer schiebt seinen Hut mit der linken Hand ein wenig nach hinten, seine rechte hält weiter den Zauberstab.

„Die Wahrheit!“ Romaldo spuckt aus. „So sprich denn, Zauberer!“

„Nun, es ging Erik immer nur darum, unsere Welt zu einem besseren Ort zu machen“, sagt der Zauberer. „Und darum geht es immer noch.“

„Grumpf“, knurrt Knut äußerst bedrohlich.

„Diese Welt kann nur durch wahre Macht vor ihrem völligen Verfall in die Barbarei gerettet werden“, fährt der Zauberer unbeeindruckt fort. „Und allein die fünf Reliquien gewährleisten jene schier unerschöpfliche Fülle an Magie und Macht, die man benötigt, um diese Welt zu heilen und zu befrieden.

Erik war noch ein junger Zauberer, als er nach langem Suchen vor fast hundert Jahren seine erste Reliquie fand. Es war ein blauer Siegelring, der ihm große, neue Kräfte gab. Aber Erik war damals schon klug genug, um zu erkennen, dass eine Reliquie zwar mächtig ist, aber bei weitem nicht ausreicht, um wahre Herrschaft über diese Welt zu erlangen. So suchte er nach den restlichen vier Reliquien. Eine, das wusste er, befand sich seit Jahrtausenden im Besitz der Amazonen: der grüne Smaragdkelch. Aber, wie ihr ja wisst, ist der Kelch dermaßen gut bewacht, dass es fast unmöglich ist, ihn zu stehlen. Also wartete Erik zu. Und er verbarg weiterhin vor dem Rat der Zauberer, welche Macht er dank seiner Reliquie mittlerweile besaß. Denn die anderen Zauberer hätten ohne zu zögern die Reliquie an sich genommen und in den Türmen Montaniens sicher verwahrt und vor dem Zugriff eines Einzelnen bewahrt. So hielt Erik seinen blauen Siegelring geheim und begann, den Rat der Zauberer zu unterwandern. Ich bin seit vielen Jahren einer seiner Vertrauten. Aber es gibt noch mehr.“

„Verräter!“, zischt Romaldo und spuckt schon wieder aus.

„Wie unwissend du doch bist, Prinz aus Harba“, meint der Zauberer und zeigt deutlich seine Verachtung. „Erik wartete viele Jahre, bis ihn schließlich die Kunde ereilte, dass auf dem Kontinent Hestard eine dunkelhäutige Priesterin die Herrschaft ergriffen hatte. Ihre Macht verdankte sie natürlich einer Reliquie, einer silbernen Halskette, die ihr angeblich ihre Göttin Haspanarte höchstpersönlich überreicht hatte. Erik suchte die Hohepriesterin heimlich auf und die beiden schlossen einen Vertrag. Die Welt sollte unter ihnen aufgeteilt werden, damit sie endlich zu einem Ort des Friedens und der Gerechtigkeit werde und Krieg und Not ein Ende haben würden. Doch die Hohepriesterin und Erik erkannten schnell, dass ihre beiden Reliquien nicht ausreichten, um die ganze Welt ihnen Untertan zu machen. Außerdem erzählen ja schon die alten Schriften von sechs Elementen, vier Wahrheiten und eben fünf Reliquien. Des weiteren berichten die Schriften, dass die fünfte Reliquie, die die mächtigste und geheimnisvollste ist, erst gefunden werden kann, wenn die anderen vier Reliquien vereint sind. Also begann Erik erneut mit seiner Suche. Und er wartete. Zeit spielt dank der Reliquie weder für ihn, noch für die Hohepriesterin eine Rolle. Schließlich war es dann soweit. Ausgerechnet auf den Kontinent Euptonien fand ein junger Adliger aus Ostalien die dritte Reliquie, einen bronzenen Armreif. Es ist nicht schwer zu erraten, um wen es sich bei dem jungen Adeligen handelt: um König Angrias, den Herrscher mit der dunklen Maske." Der Zauberer hebt seinen Zeigefinger. „Ich sprach vorhin davon, dass für die Reliquienbesitzer Zeit keine Rolle spielt und so ist es ja auch. Möglicherweise habt ihr von dem Gerücht gehört, dass König Angrias nicht altern würde. Nun, das tut er auch nicht. Zumindest kaum. Aber das ist nicht der Grund für seine dunkle Maske. Angrias fand in sehr jungen Jahren und durch reinen Zufall seine Reliquie. Da er ein kluger Kopf war, erkannte er bald, was er da in den Händen hielt. Aber er verfügte natürlich nicht über Eriks magisches Wissen. Das führte dazu, dass er anfangs die Magie der Reliquie ein wenig unvorsichtig einsetzte." Der Zauberer seufzt. „Magie ist äußerst gefährlich. Und sie kann ein schönes Äußeres bei falscher Handhabung in eine bizarre Fratze der Hässlichkeit verwandeln. Um es kurz zu machen, dankt euren Göttern, dass ihr Angrias Antlitz niemals sehen musstet.

Aber, um mit meiner Geschichte fortzufahren: Es kam zu einem neuen Bündnis. Der dunkle Herrscher, die Hohepriesterin und Erik Anfohrrnus schlossen einen neuen Vertrag. Endlich konnte das große Wagnis angegangen werden. Drei Reliquien waren wieder vereint. Und alle wussten, wo die vierte zu finden war: Bei den Amazonen. Also wurden Pläne geschmiedet. Drei, um genau zu sein. Die Hohepriesterin schickte ihre besten Meuchlerinnen, um den grünen Smaragdkelch zu stehlen. König Angrias zahlte über Mittelsmänner Unsummen an die Gilde der Diebe, um an die Reliquie zu kommen. Nun, wir wissen ja, dass beide Versuche scheiterten. Die Amazonen waren zu wachsam. Und ehrlich gesagt, Erik hat auch nie ernsthaft daran geglaubt, dass es möglich ist, die Reliquie einfach so zu stehlen. Daher gab es noch einen dritten Plan. Amazonien muss zerstört werden.

Leider“, der Zauberer seufzt, „verfügen die drei Reliquienträger noch nicht über genügend Macht, um offen gegen die Amazonen und in weiterer Folge gegen den Rat der Zauberer vorzugehen. Also griffen sie zu einer List. Ihnen war klar, dass es im Endeffekt eigentlich nur darum gehen kann, eine Armee aufzustellen, die stark genug ist, um Amazonien zu erobern. Und wer, so wie ihr, jemals die sieben Pforten gesehen hat, wird wissen, dass es einer gewaltig starken Armee bedarf, um Amazonien und damit die vierte Reliquie zu erobern.

König Angrias hat immer noch alle Hände voll damit zu tun, König Edwin und die Aufständischen in Schach zu halten. Auf dem Kontinent Hestard lehnen sich zahlreiche Stämme immer wieder gegen die Hohepriesterin auf. Und Erik besitzt noch nicht die Macht, um offen gegen den Rat der Zauberer vorzugehen. Dafür braucht er die vierte und in weiterer Folge die fünfte Reliquie. Also kam es zu folgendem Plan: Die Amazonen sollten König Edwins ältesten Sohn Baldwin töten. Nun, und das ist auch geschehen.“ Der Zauberer lächelt. „Habt ihr Narren wahrhaftig geglaubt, dass Angrias so leicht zu töten ist?“

Sincha und Clarina wüten in ihren magischen Fesseln und Kathinka ist aschfahl im Gesicht, während die harbaischen Brüder den alten Zauberer nur fassungslos anstarren.

„Überrascht?“ Der Zauberer lächelt immer noch. „Dabei war doch alles so einfach. Erik rekrutierte eine Formwandlerin, einen skriekischen Bastard sowie Knut und Romaldo, zwei harbaische Prinzen, die allen Grund haben, König Edwins Sohn zu hassen. Schließlich hat sich ja Baldwin geweigert, die Schwester der beiden zu heiraten. Und jedermann weiß ja, wie stolz und eitel harbaische Prinzen sind. Nun, und dann brauchte man natürlich noch willfährige Amazonen, die nicht nur ein paar Zwerge töten, sondern zu allem Unglück auch noch König Edwins Sohn.“

Sincha starrt den Zauberer an. „Wie habt ihr es angestellt?“

„Ich sagte es schon. Es war ganz einfach.“ Der Zauberer bewegt seine rechte Hand und die magischen Fesseln glühen leicht auf. Meine Gefährten stöhnen. „Die Formwandlerin sorgte dafür, dass die Amazonen als Schankzofen eingeschleust werden. Der dumme Skriekbastard kletterte über die Turmmauer und öffnete den Brunnenschacht.“

„Was ist mit Skriek?“, stößt Kathinka zwischen zusammengebissenen Zähnen hervor.

„Hinter der nördlichen Wand des Turmes ist ein kleiner Park. Dort haben heute Nacht eine Handvoll Hexer auf den Skriek gewartet. Er ist mittlerweile tot.“

Kathinka schluchzt auf. Dicke Tränen rollen über ihre Wangen.

Ich kann nicht länger tatenlos zusehen. Meine schuppigen Finger pressen sich um den Stiel meiner Axt.

Warte!

Aber ich ...?

Warte! Thurantuh ist unerbittlich.

„Erik“, erzählt inzwischen der Zauberer, „gaukelte den beiden tapferen Amazonen mithilfe seines magischen Holzkästchens vor, dass König Edwin Angrias nur trifft, wenn sich dieser seiner dunklen Maske entledigt. Um König Angrias auch ohne Maske zu erkennen, behauptete Erik gegenüber den beiden Amazonen, müsse er ihnen Angrias wahres Gesicht mittels seines magischen Rauches zeigen. Aber das tat er natürlich nicht. Er zeigte den beiden ahnungslosen Amazonen das Gesicht von Prinz Baldwin, König Edwins Sohn.“

„Und Angrias?“, schnarrt Sincha.

„Der Herrscher mit der dunklen Maske hat sich heute Morgen leider um einiges verspätet. Als er im Ratssaal ankam, war Prinz Baldwin bereits von den Amazonen gemeuchelt worden.“

„König Edwin ist nicht dumm“, sagt Sincha und Schweißperlen glänzen in ihrem Gesicht. „Er wird sich niemals mit Angrias verbinden.“

„Nun, ich denke, genau das wird König Edwin tun.“ Der Zauberer streicht mit seiner freien linken Hand durch seinen langen Bart. „Und ich gebe dir recht, Amazone. König Edwin ist nicht dumm. Er wird, wenn sich der erste Schmerz gelegt hat, seine Geheimdienste befragen und Erkundigungen einziehen. Und wie wir ja alle wissen, haben sich die Formwandlerin, der Skriek und die beiden harbaischen Brüder recht frei in Ontron, Amazoniens Hauptstadt, bewegt. Das ist auch Edwins Spähern nicht verborgen geblieben. Er wird also ausreichend Kunde davon haben, dass ganz offensichtlich die Amazonenkönigin gedungene Mörder beauftragt hat, Prinz

Baldwin zu ermorden. Irgendwann wird König Edwin auch zu vermuten beginnen, dass der Anschlag der Amazonen nicht nur seinem Sohn, sondern auch ihm selbst gegolten hat. Lediglich das schnelle Eingreifen der Zauberin Erina Jastantino verhinderte, dass auch er gemeuchelt wurde."

„Warum sollten wir Amazonen so etwas tun?", begehrt Sincha auf. „König Edwin ist unser Verbündeter!"

„Er war es wohl eher, meine Liebe." Der Zauberer seufzt. „Ich denke, immer mehr Wesen werden den geistigen Gesundheitszustand eurer Königin anzweifeln. Nicht nur, dass die Amazonen völlig grundlos damit begonnen haben, Zwerge abzuschlachten, nein, sie töten auch den Sohn ihres Verbündeten. König Edwin kann gar nicht anders, als die Auslieferung der Königin von den Amazonen zu fordern. König Angrias, der Zwergenkönig Sinnly und auch der Rat der Zauberer werden dieses Ansuchen unterstützen." Er wedelt mit seiner linken Hand ein paar Mücken fort, während die rechte immer noch unerbittlich den Zauberstab hält, der mit seiner Magie all meine Gefährten zu wehrlosen Marionetten macht. „Die Amazonen werden ihre Königin niemals ausliefern. Und daher wird es zu einer gewaltigen Schlacht kommen. König Edwins und König Angrias Soldaten und die Zwerge von König Sinnly werden mit Unterstützung des Rates der Zauberer Amazonien überrennen und die sieben Pforten zum Einsturz bringen. Und dann ist auch die vierte Reliquie in unserer Hand."

„Zehntausende werden sterben", knurrt Sincha vor Ingrimm.

„Nun, einfältige Kriegerin, es wird nicht so dramatisch werden. Du übersiehst, dass auch die Gilden von Yestshire durch euren schändlichen Meuchelmord an einem hohen Gast schwer in ihrer Ehre gekränkt wurden. Und wer Yestshire kennt, der weiß, dass Ehre und Geld hier eins sind. Daher werden die Gilden all ihre Fertigkeiten ins Spiel werfen, um Amazonien in die Knie zu zwingen." Der alte Zauberer leckt über seine Lippen. „Erik vermutet, dass Amazonien in spätestens sechs Monaten gefallen ist. Und er irrt sich nie."

„Bei Ama, nein!", stöhnt Clarina. Sincha flucht erbärmlich und beschimpft den Zauberer, aber insgeheim kann auch sie die Wahrheit seiner Worte nicht länger anzweifeln. Amazonien wird fallen.

Kathinka ist ganz still geworden. Sie weint bittere Tränen, während Romaldo und Knut hilflos zu Boden starren.

„Kommen wir zum Ende meiner Geschichte", fährt der Zauberer mit seiner tiefen Stimme fort. „Ich soll euch von Erik ausrichten, dass er euch alle, aber vor allem Kathinka, wahrhaftig ins Herz geschlossen hat. Es tut ihm sehr leid, dass es so kommen musste. Aber ein Krieg für Frieden und Freiheit fordert leider auch immer seine Opfer. Ich soll euch auch noch versichern, dass er euch nie vergessen wird." Er hebt seinen Zauberstab. „Nun denn, ich werde eure Leichen König Edwin, den Gilden von Yestshire und dem Rat der Zauberer als Beweis dafür vorlegen, welch schändliche Verschwörung die Königin der Amazonen mit den harbaischen Zwillingen, dem Schuppenmonster und der Formwandlerin einging."

Jetzt!, brüllt Thurantuh.

Ich ziele auf den Nacken des Zauberers und werfe. Zauberer tötet man, indem man sie köpft. Ich habe meine Lektion gelernt.

Meine Axt saust gedankenschnell durch die Luft und kracht mit ihrer scharfen Schneide wuchtig in die rechte Schulter des Zauberers. Ich fluche voll Ingrimm. Daneben!

Der Zauberer sackt stöhnend in die Knie. Blut tränkt seinen Mantel. Die Axt steckt tief in seinem Fleisch. Sie hat ihn schwer getroffen, aber beileibe nicht getötet. Und er ist immer noch machtvoll. Seine rechte Hand hält weiterhin unerbittlich den Zauberstab, mit dessen Hilfe er meine fünf Gefährten bindet.

Der Zauberer dreht mit großer Kraftanstrengung seinen Kopf nach hinten, um zu sehen, wer er ihn so heimtückisch aus dem Hinterhalt angegriffen hat. Mit einem Ächzen hebt er seine linke Hand.

Ich zögere keinen Augenblick. Mit einem wilden Schrei ziehe ich meine zweite Axt und stürme vorwärts. Da umspielt plötzlich ein magisches Leuchten die rechte Schulter des Zauberers. Er wirkt Heilmagie. Mit einem Schmatzen löst sich die Axt aus seinem Fleisch und fällt zu Boden. Noch mehr Blut fließt aus seiner Wunde, doch das scheint ihn nicht zu kümmern.

Meine Gefährten starren mich gebannt und voller Verzweiflung an. So sehr sie sich auch gegen die magischen Ketten wehren, sie sind völlig machtlos. Der Zauberer ist zu stark. Er hebt seinen linken Arm ein weiteres Stück und spreizt Zeige- und Mittelfinger.

Ich sprinte so schnell ich kann heran, doch ich befürchte, dass ich ihn nicht rechtzeitig erreichen werde. Der Zauberer reagiert zu schnell und die Axtwunde, die ich ihm zugefügt habe, ist nicht tief genug, um ihn ernsthaft in Schwierigkeiten zu bringen. Es wird, wenn mir nicht schnell etwas einfällt, zu keinem Nahkampf kommen. Doch ein Nahkampf, bei dem ich durch meine Größe und mein Gewicht im Vorteil bin, ist meine eine winzige Chance gegen den alten Zauberer. Daher hebe ich meine Axt erneut zum Wurf. Wahrscheinlich werde ich ihn nicht tödlich verwunden, dazu ist er zu erfahren, zu kampferprobt. Aber vielleicht kann ich ihn so schwer verletzten, dass ich nahe genug an ihn herankomme, um meine Krallen und Zähne einsetzen zu können.

Ich werfe mit aller Kraft und Präzision.

Vorsicht!, kreischt Thurantuh in meinem Hinterkopf. Doch es ist bereits zu spät.

Aus den Fingerkuppen der beiden gespreizten Finger des Zauberers löst sich ein blutroter Strahl. Blitzschnell saust er heran und wischt meine Axt aus der Luft. Klirrend fällt sie vor dem immer noch knienden Zauberer zu Boden. Er grinst höhnisch. Schweiß perlt von seiner Stirn, doch eine neue Zuversicht liegt in seinen Augen. Er weiß, dass ich jetzt kein Gegner mehr für ihn bin.

Ich knurre und fauche. Meine Krallen zucken, Geifer tropft von meinen spitzen Zähnen. Ja, ich werde sterben. Aber vorher will ich meine Fänge und Krallen noch in das weiche Fleisch des Zauberers schlagen.

Er sieht meine tödliche Entschlossenheit. Mühsam richtet er sich auf.

„Du wirst sterben, Echsentier." Seine Stimme klingt jetzt aus der Nähe, ich bin vielleicht noch dreißig Meter von ihm entfernt, noch tiefer.

„Vorher wirst du meine Krallen zu spüren bekommen."

Er lacht röchelnd. „Ich werde dich häuten."

Wut ist in mir. Und rasender Zorn. Ich hebe meine Fäuste und mit einem Mal sind tausende Gedanken in mir. Ich muss an die Amazonen denken, die sinnlos gestorben sind. An Erik und seinen Verrat. An König Angrias und meinen gebrochenen

Eidschwur. An Kathinka, Romaldo und Knut. Alle drei wurden um ihre so wohlberechtigte Rache gebracht.

„Thurantuh!!!“, brülle ich und stürme los.

Der Zauberer zielt mit seinem linken Zeigefinger auf mich. Ein blutroter Funke tanzt auf seinem Fingernagel, bereit, jederzeit zuzuschlagen. Mein Ende ist gekommen, doch ich will dem Zauberer so viel Schmerz wie möglich zufügen. Mag er sich anschließend auch mit seinen magischen Kräften innerhalb von Sekunden heilen, die kurze Genugtuung, ihm Schmerz zufügen zu können, ist alles, was mich noch vorwärtstreibt.

Doch um ihn leiden zu lassen, muss ich ihn erreichen.

Im Heranstürmen sehe ich, wie blass der Zauberer im Gesicht ist. Das Binden meiner Gefährten und das Heilen meiner Axtwunde haben ihm einiges an Kraft gekostet. Doch ich gebe mich deswegen keinerlei Illusionen hin. Er ist immer noch viel zu stark und mächtig für mich.

Dennoch braucht er einiges an Kraft, um gegen mich kämpfen zu können. Und sein Vorrat an Magie ist nicht unerschöpflich. Ich sehe, wie Kathinkas magische Fesseln für einen winzigen Moment aufflackern, während sich die Magie am linken Zeigefinger des Zauberers entlädt. Es ist klug von dem Zauberer, die Fesseln von Kathinka zu lockern und nicht die von den beiden Amazonen oder den harbaischen Brüdern, wenn er für seinen Strahl zusätzliche Magie benötigt. Kathinka ist von allen fünfen die mit Abstand schwächste Kämpferin und stellt für den Zauberer keine Bedrohung dar, auch wenn ihre Fesseln sich für kurze Zeit lösen. Zumindest scheint dies der Zauberer zu meinen. Doch da irrt er sich. Denn er weiß zu wenig von dem unauslöschlichen Zorn, der in Kathinkas Herz schwarz und dunkel lodert.

Der blutrote Strahl saust heran. Mir stockt der Atem. Ich versuche eine blitzschnelle Seitendrehung um meine Achse. Im selben Augenblick weiß ich aber auch, dass es nicht reichen wird. Der blutrote Strahl ist zu präzise abgefeuert worden. Zauberer machen keine Fehler. Niemals!

Ich schreie. Doch zu meinem Erstaunen geht der Angriff des Zauberers fehl. Eine knappe Handbreite an meiner rechten Hüfte zischt der Strahl vorbei.

Der Zauberer hat gefehlt!, jubiliere ich. Und dann sehe ich auch warum: Kathinka hat die Gunst des Augenblicks genutzt und, als ihre Fesseln sich für einen winzigen Moment gelöst haben, mit wutverzerrtem Gesicht meinen Kampfstab gegen die Schläfe des Zauberers gedonnert. Dadurch wurde sein Strahl abgelenkt und hat mich verfehlt.

Aber Kathinka hat für ihren Schlag teuer bezahlt. Die magischen Fesseln müssen ihr fast alles an Kraft, die noch in ihrem Körper gewesen ist, geraubt haben. Röchelnd kniet sie am Boden, hält sich den schmerzenden Magen und würgt Magensäure hoch. Ihr Gesicht ist schreckensbleich. Kalter Schweiß fließt in Strömen aus ihren Poren. Kathinka ist erledigt. Am Ende.

Der Zauberer hingegen hat noch lange nicht verloren, auch wenn er etwas wankt, sich Blut in der klaffenden Wunde auf seiner Stirn bildet und seine Augen leicht glasig sind.

Brüllend stürze ich vorwärts. Es sind nur mehr knapp zwanzig Meter. Vielleicht kann ich ihn erreichen, bevor er erneut zu seiner Magie greift und einen weiteren Strahl abfeuert.

Der Zauberer sieht immer noch in mir die größte Gefahr, Kathinka schenkt er nach einem kurzen Seitenblick auf ihre zuckende, röchelnde Gestalt keine weitere Beachtung. Während seine rechte Hand mit dem Zauberstab weiterhin die beiden Amazonen und die harbaischen Brüder bannt, zielt er erneut mit seinem linken Zeigefinger auf mich. Wieder tanzt ein blutroter Funke auf seinem Fingernagel. Magie sprüht.

Verdammt!, durchzuckt es mich. Ich bin zu langsam. Ich erreiche den Zauberer nicht mehr rechtzeitig.

Kathinka schreit: „Thurantuh!“ Irgendwie ist sie wieder auf die Beine gekommen. Mein Kampfstab mit den eisenbeschlagenen Enden wird von ihr wie eine alles niedermähende Keule benutzt. Sie trifft erneut. Dieses Mal ist es das Kinn des Zauberers. Sein Kopf ruckt nach hinten. Er stolpert. Der Funke erlischt.

Und dann bin ich heran. Meine Krallen bohren sich tief in seinen Leib. Er zuckt. Speichel tropft von seinen Lippen und er stöhnt unmenschlich. Doch es ist noch immer nicht vorbei. Schon kann ich spüren, wie sich machtvolle Heilmagie in seinem Körper aufbaut.

Aber meine Krallen, tief in sein Fleisch geschlagen, fordern ihren Tribut. Der Zauberer kann die magischen Fesseln nicht länger aufrecht erhalten. Mit einem Zischen erlöschen sie und meine eben noch gebundenen Gefährten sind endlich frei.

Romaldo, Knut, Clarina und Sincha zögern nicht einen winzigen Augenblick. Rapier und Keule, Dolch und Krummsäbel werden geschwungen. Es gibt kein Erbarmen. Keine Gnade. Kein Innehalten.

Die vier wüten wie die Berserker. Blut spritzt. Sehnen reißen. Klaffende Wunden werden geschlagen.

Auch Kathinka steht nicht hinten an. Immer wieder wuchtet sie das eisenbeschlagene Ende meines Kampfstabes gegen den Kopf des Zauberers.

„Thurantuh! Thurantuh!“, brüllt sie ohne Atempause und macht mich damit unsagbar stolz.

Irgendwann hat die Raserei ein Ende. Mit einem letzten kraftvollen Hieb seines Rapiers trennt Romaldo den schwer ramponierten Schädel des Zauberers vom Körper und wirft ihn mit einem Fluch in den nahen Wald.

Kathinka lässt meinen Kampfstab achtlos zu Boden fallen und eilt zu mir. Wir umarmen uns stumm. Tränen glitzern in ihren Augen.

Sincha und Clarina wischen das Blut des toten Zauberers aus ihren hageren Gesichtern. Romaldo versetzt der kopflosen Leiche einen letzten heftigen Tritt in die Magengrube.

Kathinka blickt zu mir hoch. „Und was geschieht jetzt, mein Paladin?“

Ich zucke mit den Schultern, da ich es nicht weiß.

„Grumpf“, sagt Knut. „Grumpf, grumpf.“

ENDE

Liebe Leute, wenn Euch das Buch gefallen hat, würde ich mich sehr freuen,
wenn ihr mir auf Amazon eine Rezension schreibt.
Vielen Dank.
Euer K. A. Stone

Fantasy von K. A. Stone:

Die Legende von Skriek:
Das Attentat
Der Smaragdkelch
Die Fahlen Lande

Die Legende von Kalhyl
Wandelmagie
Schattenwandel
Wandelpfade

Die Saga von Myrddin
Der Söldner
Drei Fragmente
Die Erhabenen

Die Gaben von Heydrasil
Schildwache
Lindelberg
Fiodhwald
Wynfyd
Mythen

Der Stein der Verdammnis
Die weißen Magier
Der Versprochene

Printed in Poland
by Amazon Fulfillment
Poland Sp. z o.o., Wrocław

55337245R00230